천년의 예언

1

한 때 두 때

천년의 예언

1
한 때 두 때

돌판

차례

1

2

3

처음, 그때

6중주

하나님이 자기 형상대로 사람을 창조하시되 남자와 여자를 창조하시고

그 사람을 이끌어 에덴동산에 두어 그것을 경작하며 지키게 하시고…

참을 수가 없다! 그토록 원하던 그것, 이미 잡았던 그것, 이제 그것은 내 것이 아니다. 나, 사탄의 것이 아니다. 오직 분노의 부싯돌일 뿐. 아… 생각할수록 불덩어리가 치밀어 오른다. 피가 쏠려 눈알이 터지고 머리가 뽑힐 것 같다. 보면 볼수록 나를 파멸로 끌고 가는 그것! 그 이름은 바로 에덴! 에덴이다!!

－왜, 제가 아닙니까? 왜, 가장 나약한 아담에게 가장 소중한 것을 맡기십니까?
－아담은 나약하지 않다.

－진심이십니까? 돕는 배필까지 필요한 자입니다. 얼마나 나약하면….
－누구나 돕는 자가 필요한 법. 사탄 너도 마찬가지다.

－길게 말씀드리지 않겠습니다. 창조주께서는 공평하시길 원합니다.
－공평을 원하느냐? 좋다. 아담을 시험했던 곡이다. 이 곡을 연주하는 자에게

에덴을 맡기리라.-

　사탄의 눈앞에 한 장의 종이가 나타났다. 제목은 없었다. 하나의 선율만 기록된 단순한 한 장짜리 악보였다. 사탄은 피식 웃음이 나왔다.

　-비웃느냐?
　-당신께서 저에게 주신 능력 중에 최고는 음악입니다. 시험은 제가 이긴 것으로 하겠습니다.-

　-주할 수 있다고 했느냐? 못하면 어쩌겠느냐?
　-그런 일은 벌어지지 않습니다.

　-다시 묻겠노라. 연주할 수 있느냐?
　-만약에 연주를 하지 못하면 에덴은 포기합니다. 진심입니다.

**좋다. 그 곡을 연주하는 바로 그자에게,
땅에서 가장 소중한 에덴을 맡기노라**

　갑자기 피아노가 나타났다. 피어난 아지랑이라 생각했는데, 눈 한번 깜빡하는 동안 나타났다. 눈에 익은 피아노, 자신이 늘 연주하던 그 피아노였다. 사탄은 천천히 피아노 앞에 앉았다. 신중한 사탄은 숨을 깊이 들이마시고 다시 한번 악보를 보았다. 단 하나의 멜로디만 있는 악보는 단순했다. 길이도 짧고, 어려운 부분도 없었다. 누가 봐도 평범한 곡.
　사탄에게 있어서 이런 곡을 연주하는 것은 식은 죽 먹기였다. 일이 이쯤 되니 비웃음이 나왔다. 하지만 문득 이상한 생각이 들었다.

'너무… 쉽다? 혹시….'

마음에 의심이 생긴 사탄은 다시 악보를 보았다. 한 음, 한 음 다시 되짚어보았다. 악보를 허공에 들어 혹시 숨겨진 선율이 있나 보았다. 아까와 마찬가지였다.

'괜한 걱정인가?'

사탄은 마음을 다잡고 눈을 감았다. 눈을 감으니 의심이 사라졌다. 평안한 마음으로 오른 손을 피아노 위에 얹었다. 마음속으로 하나님의 마지막 약속의 말을 생각해 보았다.

좋다. 그 곡을 연주하는 바로 그자에게,
땅에서 가장 소중한 에덴을 맡기노라

에덴을 생각하자 탐욕이 끓어올랐다. 마음을 다시 가라앉혔다. 잠시 짙은 정적이 흐르고… 사탄은 건반 위 손목에 힘을 주며 깊게 숨을 들이마셨다.

그때였다. 머릿속으로부터 미세한 음성이 들려왔다.

'내가 연주할 거야.'

사탄은 놀라서 눈을 떴다. 그러자 심장으로부터도 기분 나쁘게 탁한 소리가 튀어나왔다.

'에덴은 내 거야. 내가 연주할 거야.'

사탄의 얼굴이 묘하게 일그러졌다. 뱀의 혀처럼 날름거리는 소리도 들렸다.

'두 놈 다 웃기고 있네. 에덴은 강한 나에게 어울려.'

'놀고들 있네. 에덴에 대해 알지도 못하는 것들이 꼴값 떨기는….'

'너는 뭐야? 재수없는 것들이 시끄럽기는….'

'고만고만한 것들이 도토리 키재기 하는 꼴이란….'

몇 개인지 모를 소리가 와글거리며 커졌다. 서로 자기가 연주하겠다고 우기는 아귀다툼에 사탄의 정신이 반쯤 나갔다. 사탄은 피아노 위에 올린 오른손을 움직이려고 힘을 급하게 주었다. 그러나 손가락이 부들거리며 떨고만 있을 뿐, 전혀 움직여지지 않았다. 다시 손에 힘을 주자 이번에는 목이 비틀어지고 입이 돌아갔다. 꼬인 몸은 용을 쓰며 뒤틀렸다. 그때였다. 비어 있던 왼손이 피아노 위의 악보를 잡아챘다.

'나는 내 거라도 가져가겠어.'

말과 동시에 오른손이 번개처럼 움직였다.

'어? 그거 내 거야. 가만히 안 둬?'

사탄의 입은 이제 누군가가 힘껏 당기는 것처럼 움직였다. 눈도 위아래로 자유롭게 돌아다녔다. 콧구멍은 연신 벌렁거렸다.

'이런 미친… 좋아. 내가 못 가지면 너도 못 가져.'

악보를 잡은 두 손이 악보를 확 찢었다.

삭.

싸늘하고도 예리한 소리가 검이 되어 사탄의 마음을 잘랐다.

"악."

하지만 놀랍게도 사탄의 입에서는 괴성이 나왔다.

"내가… 내가… 어떻게…….'

자신이 한 일이 믿기지 않는 사탄은 둘로 잘려진 악보를 보며 얼굴이 하얗게 되었다. 그러나 경악으로 굳은 얼굴과는 달리, 악독한 두 손은 악보를 다시 한번 찢었다.

쫙.

"아니, 아니, 아니야. 이러면 안 돼."

양쪽 눈동자가 따로 움직였다. 사탄의 절규가 허공을 돌고 돌아 자신의 머릿속으로 돌진해 들어왔다.

'에덴이 바로 앞에 있는데… 너희들 미쳤어? 이러면 안 돼. 안 된다고!'

하지만 머릿속 아귀다툼은 극으로 치달았다. 그러다 마침내 전두엽에서 대폭발을 일으켰다.

"아아, 악!"

사탄은 극심한 고통에 피아노 옆으로 나뒹굴었다. 넘어진 눈으로 흩어져 나뒹구는 악보들이 들어왔다. 바닥에 누운 사탄의 머릿속으로 하나님의 음성이 들려왔다.

너는 에덴의 주인이 될 수가 없다

사탄은 이를 악물었다. 신음소리가 저절로 흘러나왔다. 사탄은 악보 귀퉁이를 잡은 팔에 힘을 주었다. 근육이 우람한 두 팔이 부들부들 떨었다. 그럴수록 눈을 까뒤집고 목을 뒤로 꺾으며 힘을 더 주었다. 그러자 간신히 두 손이 얼굴 바로 위까지 올라왔다.

다 찢어지고 귀퉁이만 남은 악보를 간신히 편 사탄은 사시나무처럼 떨었다.

"헉 헉 헉 몸이… 좋지 않아서… 시간을 주시면… 다 다 다시… 연주를…….."

하지만 이미 늦었다는 것을 사탄 자신도 알고 있었다. 하나님의 음성이 들렸다.

아담은 악보를 볼 줄 모른다. 돕는 배필인 여자도 모른다. 하지만 둘이 칠 일을 머리를 맞대고 나서 목소리로 노래를 했다. 아담과 여자가 아름답게 잘했을까? 그렇지 않다. 하지만 약점을 서로 도와주며 곡의 끝까지 노래를 했지.

사탄, 에덴을 다스리는 일은 힘으로나 능력으로 하는 일이 아니다. 오히려 서로의 약점을 덮어주고 돕는 것이 에덴에서의 할 일이다. 아담과 여자는 세상에서 가장 약하지만 서로 싸우는 너희들보다는 강하다.

아담에게는 한 줄 악보만 주었다. 서로 싸울까봐 너에게는 여섯으로 나누어 주려 했거늘, 네가 공평을 입에 담기에 아담과 같은 악보를 주었다. 사탄, 에덴은 너의 것이 아니다.

너는 에덴을 탐하기 전에 먼저 너의 마음을 다스리라.

사탄은 눈을 꽉 감았다. 눈에서 피가 배어나왔다.

'아… 모든 것이… 탄로… 났다. 이제… 어쩔 수 없다.'

사탄은 그 자리에서 튕겨 일어나 동쪽으로 날아갔다. 사탄이 떠난 자리에는 여섯 조각으로 찢어진 악보가 나뒹굴고 있었다.

사탄은 앞만 보고 전속력으로 달렸다.

헉헉, 헉헉…. 숨이 차고 심장이 마구 떨려서 진정되지 않았다. 뛰다보니 무언가 앞을 가로막았다. 눈을 들어 바라보았다. 광화문이었다.

광화문은 에덴의 동쪽 대문이며 풍요와 생명의 땅 에덴으로 들어가는 정문이었다. 양옆으로 열리는 육중한 문 위로 커다란 돌이 아치를 이루었다. 거대한 짐승의 몸뚱어리보다 더 큰 돌은, 돌의 질감보다는 빛의 느낌이 흘렀다. 신비한 빛이 은은히 배어있는 각 돌들이 태산처럼 모여 이루어진 광화문. 그 광화문 맨 꼭대기 누각은 선이 절묘하고 고운 처마를 품었다.

엄청난 크기의 문은 가장 무거운 철로 만들어져서 문을 열려면 열두 명이 달라붙어야 했다. 사탄은 지금 이 문을 나가면, 다시 돌아올 수 없다는 걸 잘 알았다. 그렇다고 돌아갈 수도 없었다.

'여기까지 온 이상… 가던 길… 그대로 간다.'

이를 악문 사탄이 두 손을 뻗어 광화문의 육중한 문을 밀었다. 열리지 않았으면 하는 마음도 있었지만 생각보다는 어렵지 않게 열렸다.

끼익… 끼이익.

육중한 문이 열려지는 틈으로 광화문 밖의 풍경이 눈에 들어왔다.

"아……."

저도 모르게 신음소리가 나왔다. 믿기지 않는 장면을 마주한 사탄은 그 자리에 우뚝 섰다.

딱 한 명만 나갈 수 있도록 열린 광화문 밖으로 그 수를 헤아릴 수 없는 군대가 자신만 바라보고 있었다. 끝이 보이지 않는 오와 열은 반듯했고, 기치창검을 높이 든 군대는 한 덩어리였다. 에덴을 배신하고 사탄의 편에 선 사탄의 정예군단이었다.

그 정예군단의 맨 앞에 집채만큼 커다란 짐승이 웅크리고 있었다. 이름이 짐승이었다. 괴물의 대명사 짐승을 이름으로 가진 자. 그는 바로 괴물의 아비, 짐승의 근원이었다.

엄청난 덩치의 짐승은 말 같기도 하고 공룡 같기도 했다. 얼굴 전체는 검은색이었는데 정면에서 보면 사자 같아 보였고 옆에서 보면 개 같았다.

뿔이 난 머리는 단단했는데 그 뿔은 양옆으로 두 개가 있었다. 목소리는 작게 말을 해도 쩌렁쩌렁 울렸다. 꼬리는 길고 강했다. 끝에는 독을 품은 침이 있었다. 사탄의 오른팔인 짐승의 온몸은 깊디 깊은 검은색이었다. 짐승 좌우로, 화려한 갑옷과 투구로 완전무장을 한 악마와 마귀가 긴 창을 땅에 박은 채, 우뚝 서 있었다.

사탄은 말없이 자신의 군대를 마주보았다. 에덴의 정문 광화문에 적막이 흘렀다. 광화문 앞 너른 광장은 스산한 바람만 불었다. 그러기를 한참 후.

뚜벅 뚜벅 뚜벅, 사탄은 여섯 걸음 만에 광화문을 나왔다.

'이젠 돌아올 수 없는 강을 건넜다. 후회는 없다.'

잠시 마음을 정리한 사탄이 빠르고 당당하게 걸었다. 사탄이 다가오자 그의 군대는 숨을 죽였다. 사탄이 땅에 엎드린 짐승 위로 올라탔다. 그리고는 거침없이 검을 빼어들었다.

챙.

날카로운 소리가 사탄의 군대 전체를 훑고 지나갔다. 사탄은 검을 든 채로 자신의 군대를 둘러보았다. 자신의 군대는 예리한 칼을 세워 놓은 듯, 살기가 충만했다. 칼을 빼어든 사탄이 큰소리로 말했다.

"가자! 동쪽으로!"

사탄의 말이 떨어지자마자 천둥과 같은 소리가 너른 광야를 휩쓸었다.

와… 와… 와…

사탄은 짐승을 타고 동으로, 동으로 달려갔다. 에덴에 대한 미련이 진한 만큼 더욱 전속력으로 달려갔다.

'너 에덴, 오늘을 기억하고 있으라. 반드시… 다시 오겠다. 내가 옳다는 걸 증명하러, 다시 오겠다.'

사탄이 바람처럼 날아간 그 뒤를, 살기로 충만한 검은 태풍이 무서운 속도로 휩쓸며 따라갔다.

사탄이 군대를 휘몰아 동으로 가는 그때에 광화문의 누각에는 찬란한 갑옷을 입은 장수 세 명이 눈을 부라리며 서 있었다.

한가운데에는 에덴의 수비대장 라파엘이 있었고 그 왼쪽에 우리엘이, 오른쪽에 에덴에서 가장 강한 장수, 미가엘이 서 있었다. 우리엘과 미가엘은 라파엘을 도와 에덴을 지키기 위해 달려왔는데 모두 천족이었다.

천족에게는 보고 듣고 말하는 것에서 남다른 능력이 있었다. 아무리 멀어도, 보이면 들을 수 있었고, 들을 수 있으면 보였다.

"사탄… 처음부터 이런 놈인 줄 알았지만… 그래도… 이렇게 빨리 배신할 줄은……."

라파엘이 주먹을 불끈 쥐었다. 옆에 선 미가엘은 멀리 바라보며 말했다.

"그 충직하던 에덴의 장수들이 삼분의 일이나 사탄을 따라가다니… 이제부터가 걱정이야."

"언젠가… 반드시 돌아올 놈이야. 그때가 되면 형제끼리 창을 겨누겠지. 비정하게 말이야."

먼지를 내며 사라지는 사탄의 군대를 보면 볼수록 라파엘은 분이 가시지 않았다. 아까부터 멀리 달려가는 사탄을 바라보던 우리엘이 입을 열었다.

"보내지 말았어야 했을까?"

우리엘의 말에 라파엘은 그저 멀뚱 멀뚱 우리엘의 얼굴만 보았다.

"그냥 보내라 하시니 우리로선 어쩔 수 없는 일이지."

미가엘도 달려가는 사탄을 보았다. 말을 달리던 사탄이 산을 돌아가려고 옆으로 달려가고 있었다. 미가엘이 중얼거렸다.

"눈이 악독과 살기로 가득 찼군. 저런 놈이 다시 오면… 피바람이 휘몰아치겠군."

서늘한 바람이 부는 광화문의 문이 더 무거워 보였다.

에덴에서 하루 길, 그랄 평야

사탄은 탁 트인 들판을 달려가다 보니 기분이 조금 나아졌다. 에덴을 잊기 위해 쉼 없이 달렸지만 아직도 일주일은 더 달릴 수 있었다.

"주군, 꼬박 하루를 달려오셨습니다. 이제 좀 쉬시지요."

혀가 반쯤 나온 악마가 헐떡이며 말했다. 사탄이 짐승에게 말했다.

"하루? 멀리도 왔군. 짐승, 잠시 쉬자."

사탄이 짐승에서 내리자 뒤따르던 군대도 가쁜 숨을 몰아쉬며 말에서 내렸다.

사탄이 눈을 들어 바라본 넓은 평원은 끝이 보이지 않았다.

"저기는 어딘가?"

사탄이 가물가물 멀리 보이는 산을 가리키며 물었다.

"그랄 산입니다. 산이 매우 높고 험합니다. 게다가 산맥이 양옆으로 길게 늘어져 끝을 알 수 없다 합니다."

사탄은 처음 보는 풍경이었다. 마귀가 조심스레 말했다.

"이곳이 어떠하십니까? 주군의 나라를 세우시기에… 너른 평야에 먹을 것도 많고 물도 넘쳐 보입니다."

사탄은 사방을 둘러보며 걸었다. 너무 넓어서 목을 빼고 두리번거려도 다 보이지 않았다. 사탄이 갑자기 하늘로 올라갔다. 마귀와 악마도 사탄을 따라 허공으로 올라갔다. 하늘로 올라가니 땅과는 비교도 되지 않는 바람이 불었다. 세차게 불어대는 바람이 칼이 되어 눈을 찔렀다.

사탄은 눈을 가늘게 뜨고 지나온 곳을 뒤돌아보았다.

"저기 멀리 보이는 게 에덴이겠지? 그럼 에덴에서 여기까지… 하루 길이 안 돼. 하루 길이… 에덴에서 맘만 먹으면 언제든지 달려올 거리지. 조금만 방심해도 죽을 수 있는 그런 거리야. 나도 이곳이 좋긴 한데… 어쩔 수 없지만 더 가야 한다."

마귀는 그랄산의 꼭대기를 보며 다시 한 번 말했다.

"주군께서 그러하시다면… 저 산을 넘어가야 합니다. 그랄 너머 자리를 잡으면, 에덴에서의 거리도 빨라야 이틀입니다."

사탄과 악마도 몸을 틀어 그랄산을 보았다. 엄청나게 높은 산이 뾰족한 봉우리를 구름 속에 숨겨놓았다. 사탄은 가슴을 폈다.

"그럼 좋다. 그랄을 넘겠다."

하지만 마귀가 정색을 하고 말했다.

"그런데… 그랄을 넘어 나라를 세우려면 세 가지 어려움이 있습니다."

그랄을 바라보던 사탄과 악마는 마귀의 말에 고개를 돌렸다.

"일단 산을 넘는 게 만만치 않습니다. 그랄산은 수직절벽입니다. 날지 못하는 군사들은 물론, 전차와 마차, 그리고 군수물자까지 넘으려면 만만치 않습니다."

마귀의 말에 악마가 사탄의 앞으로 나왔다.

"주군, 제가 책임을 지고 넘겠습니다. 우리가 힘들면 에덴도 힘든 법. 그만큼 안전합니다."

사탄은 악마의 어깨에 손을 올렸다.

"너만 믿는다."

우쭐한 악마는 마귀를 보며 물었다.

"나머지 두 개는 뭐냐? 자신 없으면 나에게 말해라."

마귀는 악마를 힐끗 보고는 무시해버렸다.

"그랄산을 넘어도, 큰 강 유브라데가 있습니다."

"유브라데? 큰 강? 그렇다고 못 건널 강인가?"

악마가 자꾸 끼어들었지만 마귀는 계속 무시했다.

"물의 왕 요나가 문제입니다."

사탄은 요나의 이름이 나오자 고개를 끄덕였다.

"아…그렇지 요나, 요나가 있었지. 그건 미처 몰랐구나. 요나라면 조심해야 한다. 요나와는 전쟁을 하지 않는 게 상책이라 들었다. 모두 조심하라."

"운이 좋아 유브라데까지 건너가면 그곳은 더할 나위 없이 좋은 땅입니다. 에덴이 달려오려면 족히 나흘은 걸리니 안전합니다. 하지만……."

마귀가 말을 잠시 끊었다. 그리고는 심각한 얼굴로 말했다.

"하지만… 그곳은 리워야단의 땅입니다."

"리워야단까지… 천하에서 제일가는 괴물……."

"힘은 말할 것도 없고 그의 피부까지 강하다 합니다. 창칼이 들어가지 않고 불에 태워도 연기만 난다고 합니다. 그런데 더 무서운 것은… 옛뱀입니다."

"옛뱀? 이름은 들어보았다. 그런데 그가 그리 강한가?"

"옛뱀은 강하지 않습니다. 오히려 나약하다 합니다. 하지만 옛뱀이 그 땅의 왕입니다."

"음……."

사탄의 입에서 낮은 신음소리가 나왔다.

'강한 자만 살아남는 땅에서 약한 자가 강한 자들의 왕이라니…. 옛뱀이 누구기에.'

사탄은 이해가 되지 않았지만 지금은 선택의 시간이었다. 사탄은 악마와 마귀를 보며 단호하게 말했다.

"어차피 가야할 길. 모든 길은 뚫고 간다. 유브라데의 요나건 리워야단 이건 걸리는 모든 것은 부수고라도 간다."

악마와 마귀는 사탄의 발 앞에 엎드렸다. 악마는 엎드린 채로 눈알을 굴렸다.

'리워야단은 마귀에게 맡겨야겠다. 나는 요나나 옛뱀하고 놀아주어야지. 흐흐흐'

사탄은 악마와 마귀를 데리고 내려와서는 다시 짐승을 타고 달려갔다.

두두두두 땅이 울리고 하늘이 놀랐다. 가는 곳마다 땅의 가축들이 놀라서 이리 뛰고 저리 뛰었다. 새들도 하늘로 올라가서 내려오지 못하고 풀숲에서 뛰어오른 메뚜기는 말발굽에 밟혀 죽었다. 사탄의 군단은 그렇게 달리고 달려서 마침내 그랄산 아래에 이르렀다.

사탄은 다시 뒤를 돌아보았다. 에덴이 보이지 않았다. 안심한 사탄은 그랄산 아래에서 장막을 치고 야영을 했다.

달의 땅

에덴을 나와 동쪽으로 가면 너른 평야가 끝없이 펼쳐져 있었다. 그곳을 그랄 평야라 하였다. 그랄 평야를 달리고 달려가면 그 마지막에 그랄산이 우뚝 솟아있었다. 그랄산은 구름도 쉬어가는 곳이었다. 세상의 산 중에 가장 높은 산이었다.

그랄산을 넘어서 내려가면 굽이 굽이 흐르는 유브라데 강이 앞을 가로막았다. 유브라데 강은 가장 큰 강이었다. 폭도 폭이지만 깊이도 깊어서 물의 양이 어마어마했다. 큰 강 유브라데를 건너가면 곡식이 무르익고 수

풀이 우거진 땅을 만날 수 있었다. 그 땅을 달이라 불렀는데 그곳은 이미 주인이 있었다.

뱀족과 용족은 대대로 유브라데 동쪽, 달의 땅에 살았다. 그 땅 전체가 둥그렇게 생겨서 달이라 했다는 이야기도 있고, 뱀족과 용족의 시조 이름이 달이기 때문이라고 전해지기도 했다. 유브라데 강은 그랄산의 북쪽으로부터 흘러내리다가 크게 굽이를 이루는데 그 굽이 한가운데에 넓은 땅이 달의 땅이었다. 유브라데 강가 바로 옆에 있는 좋은 땅이지만 그 땅은 생각만큼 풍요롭지는 않았다. 산과 물이 풍부하고 나무도 많았지만 땅의 절반은 용암이 끓고 유황이 넘치며 사시사철 연기가 올라오는 땅이었다.

달의 땅 아래, 남쪽으로는 거인족과 네피림이 있었다. 둘은 같은 조상을 가진 족속이었는데 키가 크고 힘이 장사라서 전쟁을 잘하였다. 두 족속은 머리가 모자라고 충동적이어서 서로 크고 작은 싸움을 하였다. 늘 서로 으르렁대며 싸웠지만 지금은 니므롯 왕의 힘에 굴복한 후로는 나름대로 한 나라를 이루며 살았다.

옛뱀은 뱀족의 왕이었다. 옛뱀은 지혜롭고 간교했으며 말에 능했다. 뱀족이 원래 지혜가 많았지만 옛뱀이 그 중에서 가장 탁월했다. 전쟁을 하면 물러설 때와 전진할 때를 비상하게 잘 알았다. 그래서 뱀과 뱀족은 옛뱀을 왕으로 따랐다.

뱀족의 우두머리는 반고라는 자였다. 반고는 전쟁과 전략에 탁월했다. 옛뱀은 전쟁에 관한 모든 것을 반고에게 맡기고는 전쟁에 관한 스승이라는 의미로 군사라 불렀다.

반고 밑에서 군사들을 이끄는 대장군은 용족인 주발이었다. 용감하기로 따지면 용족이 으뜸이었는데 그 용족 중에서도 가장 용맹한 자가 주발이었다. 전장에서 물러남이 없고 충성을 양식처럼 여겼으며 목숨을 아끼지 않았다.

용의 우두머리는 리워야단이었다. 그는 잔인하고 포악했다. 생명을 가볍게 여기며 놀이 삼아 생명을 죽이는 일이 다반사였다. 하지만 포악한 리워야단도 신기하게도 옛뱀 앞에서는 순한 양이었다. 리워야단은 스스로 용암이 끓고 유황이 숨을 막는 버려진 땅에 홀로 살았다. 그래서 용족은 그 땅을 특별히 리워야단의 땅이라 하였다.

사탄의 군대가 그랄 산 아래에 진을 친 그날 저녁. 그랄 산 정상, 용문

옛뱀과 반고는 함께 용문에서 아래를 내려 보았다. 구름 아래로 간간이 사탄의 대군이 보였다. 옛뱀이 반고에게 말했다.

"군사, 세상의 중심은 에덴이다. 힘으로 보나 풍요로 보나 에덴이 늘 중심에 있다. 그런 에덴과 등을 지고 떠난 사탄이라면… 이곳에서 힘을 키워 또 하나의 에덴을 만들려고 할 것이다. 그래서 저놈은 이 땅을 노리고 온 것이다. 우리를 죽이고 이 땅을 차지하려 하겠지."

옛뱀의 말을 받아 반고가 심각하게 말했다.

"그렇습니다. 왕의 말씀대로 사탄은 우리의 땅을 노릴 게 뻔합니다. 우리 족속과는 교류가 없던 에덴은 이제 우리를 의심하며 사탄과 한패로 볼 것입니다. 이제껏 적이라곤 남쪽의 네피림 외에는 없었는데 이제부터는 땅의 가장 강한 두 곳과 전쟁을 치르게 생겼습니다. 이제 우리가 원하든 원하지 않든, 양자 간의 선택에 내몰리게 되었습니다. 에덴과 손을 잡든지 사탄과 손을 잡든지……."

"그렇다. 하지만… 그것이 최선인가?"

"겉으로는 그렇습니다만… 다른 길도 있습니다. 왕께서도 이미 알고 계시는 그 길입니다."

반고의 눈이 빛났다. 옛뱀은 여전히 사탄의 군대를 보고 있었다.

"시간이 없을 때는 빠른 결단이 생명이야. 나는 군사의 선택을 따르겠다."

옛뱀의 말에 반고가 머리를 조아리며 말했다.

"그럼 이렇게 하시지요. 우리의 속마음을 적어보는 게 어떻겠습니까?"

옛뱀은 눈이 커졌다.

"좋다. 보안은 생명. 각자 생각을 손바닥에 적도록 하자."

반고가 손뼉을 쳤다.

"아주 좋습니다. 그럼……."

반고와 옛뱀은 주저하지 않고 손바닥에 무언가를 적었다. 그리고는 서로의 눈을 맞추었다.

누가 먼저랄 것도 없었다. 옛뱀과 반고는 동시에 손바닥을 펴서 서로에게 보여주었다. 옛뱀과 반고의 손바닥에 하나의 글자가 새겨져 있었다.

달.

긴장하던 옛뱀이 크게 웃었다.

"하하하, 역시 나의 군사답다. 좋다. 좋아."

반고 역시 희색이 얼굴 전체에 피어났다.

"왕께서 정하신 일입니다."

반고와 옛뱀은 시간 가는 줄 모르고 머리를 맞대었다. 해가 뉘엿뉘엿 지고 있었지만 둘만의 은밀한 이야기는 끝나지 않았다. 그리고는 한참 뒤, 옛뱀과 반고는 각자 어디론가 떠나갔다.

용문, 옛뱀이 떠난 날 밤

그랄산의 정상 중 가장 높은 곳은 용문이라 불리었다. 용이 출입하는 곳이라는 뜻인데 그 용문에 반고가 용족의 용맹한 장수들을 이끌고 서 있었다. 밤은 깊은데 칼바람에 흔들리는 반고의 흰 수염은 은은한 은빛으로 출렁였다.

"왕께서 홀로 사지로 떠나셨다. 신하된 우리도 이제 지옥으로 들어가자."

반고의 말에 옆에 선 용족의 대장군 주발이 무릎을 꿇었다. 주발 뒤에 선 용맹한 장수들도 동시에 무릎을 꿇었다. 바람에 갈대가 쓰러지듯 수백의 장수들이 물결처럼 무릎을 꿇었다.

"목숨을 바치겠습니다."

기골이 장대하면서도 날렵한 주발은 용족에서 가장 용맹한 장군이었다. 주발 밑으로도 죽음을 우습게 여기는 장수들이 수두룩했다.

반고는 작은 주머니에서 구슬들을 꺼내더니 허공을 향해 던졌다. 그러자 구슬들이 허공으로 날아가 자리를 잡았다. 용문의 어두운 하늘에 붉은 색과 파란 색의 구슬들이 뜬 채로 제 자리에서 돌았다. 주발과 용족의 장수들은 모두 일어나 구슬을 보면서 입을 벌렸다. 반고가 허공을 향해 손을 뻗었다. 그러자 모든 구슬들이 색을 따라 확 나누어졌다. 붉은 구슬은 어림잡아 100개 정도 되었지만 파란 구슬은 단 3개였다.

"사탄은 붉은 구슬, 우리는 파란 구슬. 이제 의견들을 내라. 주발, 먼저 말하라."

주발이 앞으로 나왔다.

"적은 우리가 이곳에 있으리라고는 꿈도 꾸지 못합니다. 이런 때에 과감하게 치면 적들은 혼비백산할 것입니다."

주발의 말에 따라 파란 구슬 3개가 붉은 구슬로 돌진했다. 붉은 구슬이 흐트러지며 넓게 퍼졌다.

"좋다. 주발. 초반의 승기는 확실히 중요하다. 하지만 그 다음은 무엇이냐? 급습으로 적을 모두 죽이지 못하면 수적으로 불리한 우리는 역습을 당할 수도 있다."

반고의 말에 따라 넓게 퍼졌던 붉은 구슬들이 다시 뭉쳐서 파란 구슬을 포위했다.

그러자 주발 밑의 부장인 구자경이 앞으로 나왔다.

"적이 너무 많으니 적을 분산 하시지요."

붉은 구슬이 반으로 나누어졌다. 반고가 하늘을 보며 말했다.

"반도 많다. 우리보다 압도적으로 많아."

"넷으로 쪼개면 어떻습니까?"

"그것도 많다."

반고는 하늘을 향해 손을 내저었다. 그러자 붉은 구슬이 아래로 내려가고 파란 구슬은 더 높이 올라갔다.

"내 생각엔… 지형의 이득을 얻어야 이긴다. 사탄의 군대는 그 수가 많지만 아래에서 위를 보며 전쟁을 해야 하기 때문에 기동력이 떨어진다. 게다가 선봉은 그 수가 적고 후방은 많다. 그러니 일단은 선봉과 후방을 분리해야 한다."

아래로 내려간 붉은 구슬 중에 10개 정도가 나뉘더니 위로 올라왔다. 붉은 구슬과 파란 구슬의 가운데로 올라왔다.

"지금은 산을 오르기 전이라 모두 모여 있지만 곧 산을 넘으려 하면 선봉이 나와서 길을 만들어야 하는 법. 우리는 그때를 노리는 것이 이롭다."

그러자 주발이 말했다.

"그랄을 넘다가 산 중턱에 이르면 너른 평지가 있습니다. 선봉을 데리고 올라온 사탄은 그곳에서 필시 야영을 할 것입니다."

"잘 보았다. 그때를 노려야 한다."

반고가 허공으로 손을 휘저었다. 그러자 파란 구슬 하나가 아래로 내려갔다. 붉은 구슬 10개의 앞으로 가자 붉은 구슬 5개가 앞으로 나와서 파란 구슬을 에워쌌다. 반고의 설명이 이어졌다.

"우리가 갑자기 나타나면 적들은 난리가 날 것이다. 더군다나 그 적이 리워야단이라면… 후후후 정신줄을 놓게 될 것이다. 하지만 사탄은 움직이지 않을 터. 신중하고 약은 놈이라 마지막까지 간을 보며 숨어있을 게야."

반고가 주발을 보며 엄히 말했다.

"주발, 용족의 용맹한 용사 백을 주겠다. 너는 용사 백과 함께 흑룡과 적룡을 이끌고 그랄 산을 멀리 돌아 후방 부대의 배후를 쳐라. 단, 멀찍이 떨어져서 먼지만 날려라. 크게 날릴수록 좋다. 명심해라. 주발. 절대로 가까이 가면 안 된다."

반고의 말에 따라 파란색 구슬 하나가 멀리 돌아서 90개의 붉은 구슬 뒤로 움직였다. 그리고는 앞뒤로 심하게 움직였다. 반고의 설명이 이어졌다.

"나는 뱀 천을 이끌고 사탄과 후방부대의 사이로 들어가 쥐덫을 놓겠다. 사탄은 그 덫으로 제 발로 들어올 것이야. 주발, 내가 덫을 놓으면 즉시 들이닥쳐야 한다. 나의 덫은 시간이 지나면 스스로 풀린다. 그러면 쥐새끼를 가둘 수 없고 오히려 쥐새끼에게 물리게 된다. 주발, 절대로 늦으면 안 된다. 정해진 시간에 들이닥쳐야 한다."

주발은 결의에 차 있었다.

"군사께서 목숨을 저에게 맡기셨으니, 저 또한 목숨을 걸겠습니다. 군사, 먼저 가서 기다리겠습니다."

주발은 반고에게 목례를 하고는 그랄산 정상을 따라 번개처럼 날아갔다. 그 뒤를 용족의 장수들이 따라갔다.

"주발처럼 용맹하고 충직한 용족이 있는 한… 우리는 절대로 지지 않는다. 이제 나는 리워야단에게 가보아야겠구나. 가자."

반고는 작은 나귀를 타고 용문을 천천히 내려갔다. 내려가는 내내 누군가에게 두런두런 이야기를 하였지만 아무도 보이지 않았다. 용문의 텅 빈 허공에 마지막 파란 구슬이 붉은 구슬 사이로 스르르 움직였다.

다음 날 아침, 그랄 산 아래

그랄산 앞에 도착한 사탄의 군대는 곧바로 난감해졌다. 그랄산의 시작부터가 커다란 절벽이었다. 양쪽으로 끝을 알 수 없는 절벽이 병풍처럼 펼쳐져 있어서 옆으로 돌아갈 수도 없었다. 물론, 날아가면 될 높이였지만 말과 전차 그리고 군사들이 모두 날아 넘을 수는 없었다.

사탄은 처음부터 만만치 않은 벽에 마주했다.

"악마, 어찌하면 좋겠느냐? 수많은 군사들을 옮기려면 일 년이 걸려도 어려울 것 같은데……."

"뭘 고민하십니까? 길이 없으면 길을 내고 벽이 있으면 부숴버리면 됩니다."

악마가 나섰다. 악마는 큰 철퇴를 휘두르며 눈앞의 돌 벽을 내리쳤다.

쾅 소리가 나며 벽이 깊게 파였다. 악마는 다시 한 번 휘둘렀다. 하지만 딱 철퇴만큼만 파여 갔다.

"쯧쯧, 미련한 놈, 하는 꼴이라니… 그러다 늙어 죽을라. 벽을 통으로 무너뜨려도 모자를 판에 숟가락으로 굴을 파고 있으니……."

마귀의 빈정거림에 화가 났지만 악마 자신이 보기에도 말이 되질 않았다.

그때였다. 짐승이 하늘로 날아오르며 괴성을 질렀다.

"비켜라. 으아아… 아아아."

짐승은 말과 동시에 하늘 높은 곳으로부터 절벽으로 그대로 떨어져 내렸다. 쾅 소리와 함께 땅이 흔들리며 어마어마한 절벽이 무너져 내렸다.

우르릉. 우르릉 쾅쾅. 엄청난 흙과 돌이 무너져 내려 짐승을 덮쳤다.

"짐승, 짐승."

마귀와 악마가 산더미처럼 쌓인 돌더미를 파헤치며 짐승을 불렀다. 사탄도 적지 않게 놀랐다. 하지만 잠시 후 돌더미가 들썩거리더니 흙먼지에 둘러싸인 짐승이 늠름한 모습으로 나타났다. 무너진 돌더미는 자연스레 경사를 이루어 말과 마차가 올라갈 길이 되었다.

그랄산 중턱

첫 난관을 넘은 사탄의 선봉부대는 그랄 산 중턱에 이르러 밤을 맞았다. 마음 같아서는 밤을 새서라도 전진하려고 했지만, 마침 중턱에 넓고 평평한 곳이 있어서 사탄은 야영을 하기로 했다.

모두가 깊이 잠이 든 그때, 사탄은 장막에서 생각에 잠겼다. 사탄은 예전부터 잠을 거의 자지 않았다. 의심이 많아서 그랬지만, 이유는 다른 곳에 있었다. 사실 사탄의 영혼은 하나가 아니었다. 처음에는 하나였지만 악한 사탄의 영혼은 시간이 지날수록 쪼개졌다. 쪼개진 영혼이 다시 쪼개지고 그 영혼이 또 쪼개지기를 반복했다. 그래서 사탄의 껍데기 안에는 6개의 쪼개진 영혼이 있었다.

사탄이 잠을 자려고 누우면 쪼개진 영혼의 파편들이 무작위로 전쟁을 하였다. 원래 사탄의 무의식 안에 얌전하게 숨어있던 파편들이었다. 그러나 에덴의 주인이 되리라는 탐욕은 쪼개진 영혼들을 무의식 밖으로 불러내기에 알맞은 미끼였다. 에덴에서의 논쟁 이후에 쪼개진 영혼의 파편들은 대담하게도 밖으로 기어나왔다. 그리고는 사탄이 잠이 들려고 하면 사탄의 껍질 안에서 전쟁을 벌였다. 전쟁의 이유는 '누가 가장 강한가?'였다. 서로 왕이 되려고 전쟁을 하는 통에 사탄은 죽을 맛이었다. 그래서 사탄은 잠을 거의 잘 수 없었다. 오늘도 예외는 아니었다.

이런 저런 생각으로 날을 새우려는 이때에, 갑자기 요란한 소리가 들렸다.

"적이다."

사탄은 화들짝 놀라 번개처럼 뛰어갔다. 사탄의 장막 밖은 아수라장이었다. 군사들이 몇 겹으로 방어벽을 세우고는 날카로운 창을 앞으로 내밀고 있었다. 그 뒤로 활을 잡은 군사들이 활시위를 당긴 채로 앞만 노려보았다.

어둠이 짙게 깔렸지만 사탄은 대낮처럼 환하게 보았다. 군사들의 창끝이 가리키는 곳, 저 멀리에 시커먼 덩어리가 어둠 속에서 웅크리고 있었다.

"리워야단."

사탄은 한눈에 알아보았다. 시커멓고 거대한 괴물, 리워야단이 섬뜩하게 빨간 눈으로 자신을 쏘아보았다. 어느새 옆으로 달려온 악마가 전의를 불태웠다.

"주군·제가 저놈을 무릎 꿇리겠습니다."

사탄은 신중했다. 주위를 날카롭게 돌아보았다.

'아무도 없다. 이상하다.'

사탄은 본능적으로 신중했다. 사탄은 아무 일 없다는 듯 장막으로 들어갔다.

"내버려둬라. 굳이 덤비지도 않는데… 내버려둬. 저러다 가겠지."

악마와 마귀는 어이가 없었지만 사탄의 말이라 어쩔 수 없었다. 사탄의 장막 앞에 털을 곤두세우고 살기를 뿜어내던 짐승도 조용히 엎드려 얌전해졌다.

악마와 마귀는 사탄을 따라 장막 안으로 들어갔다. 높은 보좌에 앉은 사탄이 보좌를 손톱으로 가볍게 두들겼다. 생각이 많을 때, 사탄의 버릇이었다.

따라 들어온 마귀가 사탄의 마음에 불을 질렀다.

"주군, 무얼 그리 생각하십니까? 지금 리워야단은 눈앞의 위협입니다. 그를 먼저 치십시오."

"지금 치라? 그는 혼자 왔다. 절대 혼자 움직일 리가 없는 자가 혼자 왔으니 신중해라."

하지만 마귀는 침을 튀기며 우겼다.

"그렇지 않습니다. 그랄 산을 넘기도 전에 우리 앞에 나타난 놈들입니다. 반가워서 인사나 하려고 온 놈은 아니지 않습니까? 게다가 저놈은 지금 평지에 와 있습니다. 산비탈에서 저놈을 만난다면 우리에게는 그게 지옥입니다. 정탐하러 혼자 온 이때, 먼저 치십시오."

"이상하지 않나? 마귀. 리워야단이 강하다하나 단독으로 우리를 이기지는 못한다."

"하지만 지금 이 기회를 놓치면 땅을 칠 수도 있습니다. 적이 제 발로 걸어들어 오는데 그냥 살려 보내면 군사들의 사기만 꺾입니다. 운이 좋아 무사히 산을 넘는다 해도, 힘을 다 빼고 나서 저런 괴물과 싸운다고 생각하면 더욱 끔찍합니다. 지금은 군사 한 명이 아쉬울 때입니다. 멋모르고 나타난 놈, 가장 강한 놈을 먼저 죽일 기회입니다. 먼저 죽이고 나면 옛뱀이 아무리 날고 기는 재주가 있다 하더라도 혼자서는 우리를 막지 못합니다."

신중한 사탄이지만 마귀의 말도 일리가 있었다. 리워야단하고 옛뱀이 같이 있다면 모르되 지금은 옛뱀이 없었다. 머리가 없을 때 힘센 바보 하나 잡아 놓는 것이 현명하겠다 싶었다.

"좋다. 그럼 누가 가겠느냐?"

그때였다. 갑자기 악마가 끼어들었다.

"제가 선봉에 서겠습니다."

악마는 마귀에게 공을 뺏기는 걸 제일 싫어했다.

"힘은 힘으로 제압해야 하는 법입니다. 제가 가서 해 뜨기 전에 무릎을 꿇리겠습니다. 보내주십시오."

사탄은 아무 말도 하지 않았다. 사실 사탄은 악마를 믿지 않았다. 마귀 역시도 믿지 않았다. 오로지 사탄이 신뢰하는 자는 자신 옆에서 한시도 떠나지 않는 짐승이었다. 강한 적을 두고 짐승을 보내는 것이 가장 믿을만 했지만 사탄은 리워야단을 가볍게 보았다. 사탄은 악마와 마귀를 나란히 세웠다.

"둘이 가라. 공을 먼저 세우는 자에게 그랄 산을 먼저 넘을 영광을 주겠다."

악마는 일그러진 얼굴을 숙인 채로 막사를 나갔다. 마귀는 사탄에게 무언가를 말하려 했지만 사탄의 표정이 심상치 않아서 말을 접었다. 마귀가 총총거리며 밖으로 나가자 사탄은 더욱 깊숙이 들이 앉았다. 역시 생각이 많을 때 하는 버릇이었다.

마귀는 앞서 나간 악마를 쫓았다. 막사 밖으로 나가자마자, 악마는 시커먼 말을 타고 달려 나갈 기세였다. 마귀는 악마의 말고삐를 급히 잡고 말했다.

"워, 워 진정해라. 이대로 갔다가는 리워야단의 저녁거리 밖에 더 되겠냐?"

"뭐라? 네 이놈이 보자보자 하니 죽으려고 환장했구나."

악마가 거친 말을 쏟아냈다. 마귀는 슬그머니 웃으면서 대답했다.

"아하, 그렇구나. 가는 길이 죽으러 가는 길이라는 것이구나. 나 대신 죽으러 가준다니 고맙기도 하지. 좋다. 그럼 소원대로 먼저 가라."

마귀는 고삐를 슬그머니 놓으면서 말의 엉덩이를 세게 쳤다. 히히힝, 큰소리를 내며 악마의 말이 뛰어 올랐다. 갑자기 말이 뛰는 바람에 악마는 말에서 떨어져 땅에 나뒹굴었다. 말의 엉덩이에는 단검이 그 손잡이만 남기고 박혀 있었다.

"마귀 네 이놈."

악마가 큰 소리를 지르며 마귀에게로 달려갔다. 하지만 마귀는 이미 저멀리 달아난 뒤였다. 분한 악마는 눈앞에 보이는 모든 것을 닥치는 대로부수며 던졌다. 멀리서 마귀의 깔깔거리는 목소리가 들렸다. 마귀와 악마는 그만큼 리워야단을 가볍게 보고 있었다.

에덴의 공격이 걱정되는 사탄은 마귀가 떠난 뒤에 짐승을 타고 하늘로올라 에덴이 있는 서쪽을 보았다. 에덴은 아무런 움직임도 없었다. 안심한사탄은 방향을 돌려 그랄 산을 두루 돌아보았다. 살을 에는 바람이 불어왔지만 짐승에게는 미풍이었다. 리워야단의 피부가 강하다면 짐승의 털도막강했다. 짐승은 그랄 산을 따라 거친 바람을 뚫고 질주했다. 사탄은 믿는 수하 짐승에게 몸을 맡기고 그랄 산의 이곳저곳을 돌아보았다. 사탄도리워야단을 가볍게 보고 있었다.

그랄 평원은 넓었다. 곳곳에 물웅덩이도 많았다. 풍부한 물이 있는 그곳은 늘 생명이 넘쳤다. 사탄은 에덴이 생각났다. 에덴에 비하면 조족지혈이었지만 그래도 그랄은 생각했던 것보다 생명이 넘치는 땅이었다. 갑자기 사탄은 옛뱀이 기억났다.

'리워야단이 나타났으니 옛뱀도 어딘가에 있을 텐데.'

하지만 옛뱀 비슷한 것도 보이지 않았다. 이리저리 두리번거리다가 사탄의 눈에 에덴이 다시 한번 살짝 보였다. 저 멀리 아스라이 보이는 에덴은 왠지 이 틈에 자신을 치러 올 것만 같았다. 사실 사탄의 모든 신경은 에덴에 가 있었다. 옛뱀이나 리워야단은 깜도 되지 않는다고 생각했다. 그만큼 사탄은 에덴의 어마어마한 힘에 대해 뼈저리게 알고 있었다.

에덴에 정신이 팔린 사탄은 리워야단에 대해서 까맣게 잊고 있었다. 그러다가 귀청을 울리는 단말마 비명 소리에 정신이 화들짝 들었다. 악마의 비명이었다. 사탄은 짐승과 하나가 되어 그랄산 중턱으로 쏜살처럼 날아갔다.

분열하는 영혼들

그랄산 중턱

시커먼 비늘이 횃불 빛을 받아 출렁거렸다. 강한 리워야단의 피부와 비늘은 가장 강력한 무기이자, 적에게는 공포의 그림자였다. 창과 검이 들어가지 않는 것은 둘째 치고라도 타오르는 불에 끄덕도 없었다.

지옥이 따로 없었다. 멀리서 보기에도 참혹했다. 전쟁은 일방적이었다. 악마의 애마는 이미 쥐포가 되어 있었다. 악마는 그 옆에서 땅을 기어다녔다. 두 다리를 움켜잡고 고통에 몸부림쳤다. 리워야단은 무서운 두 눈을 부라리며 악마에게 돌진했다. 리워야단의 묵직한 다리를 따라 땅이 울렸다. 공포를 느낀 악마가 비명을 질렀다. 악마의 충성스러운 장수들이 육탄으로 리워야단을 막았지만 소용이 없었다. 모두 찢겨 죽든지 부러져 죽었다. 시체가 산을 이뤄 악마의 성벽이 되었지만 막강한 힘으로 밀고 들어오는 리워야단을 막기는 불가능했다. 예리한 칼로 찔렀지만 칼을 잡은 손이 찢어져 나갔다. 리워야단의 뒷다리 힘줄에 창을 찔러도 창이 부러졌다. 리워야단은 뭐에 화가 났는지 악마 한 놈만 죽이려고 달려들었다.

악마는 공포에 질려 벌벌 떨었다. 쌍둥이 동생 마귀는 새파랗게 질려서 멀리 떨어졌다. 마귀를 둘러싼 군사들 덕에 리워야단은 마귀를 보지 못했지만, 마귀는 리워야단이 악마를 죽이고 나서 자신을 죽이러 올 거라고 굳게 믿었다.

허공을 날아 달려온 사탄은 이 참혹한 참상에 할 말을 잊었다. 하지만 감상만 하고 있을 시간이 없었다. 사탄과 짐승은 한 몸이 되어 저 멀리 보이는 리워야단을 향해 돌진했다.

빛이런가? 번쩍거렸나 싶은 순간, 어마어마한 굉음과 함께 그랄이 흔들렸다.

콰콰쾅쾅, 쿵쿵쿵. 그랄의 먼지란 먼지가 모두 모여들었다. 수천의 군사와 창검이 빛을 잃었다. 자욱한 먼지는 그랄의 참혹한 지옥을 덮어 보이지 않게 만들었다. 앞이 보이지 않게 떠올랐던 먼지가 서서히 가라앉자 나타난 광경은 믿기지 않았다.

죽어가는 악마 앞에 산처럼 쌓인 시체들이 날카롭게 쪼개져 양 옆으로 벌어졌다. 악마의 군사들의 팔과 다리, 머리들이 조각조각 벽을 이루었다. 흐르는 피는 강을 만들어 벽을 따라 고이고 그 벽과 악마를 등지고 짐승이 바닥에 엎드려 있었다. 코에서 피를 분수처럼 흘리는 짐승의 피는 검은색이었다. 날카롭고 깊은 상처가 난 목으로부터 나오는 피를 사탄이 두 손으로 막고 서 있었다.

사탄은 짐승의 목을 눌러 지혈하면서도 눈을 들어 저 앞 그랄산 아래 높은 화강암 벽을 보았다. 그곳에는 리워야단이 웅크리고 있었다. 눈에 불을 켜고 사탄을 노려보고 있었다. 앞발을 가슴으로 모으고 뒷다리는 벽에 바싹 붙이고 언제든지 튀어나갈 준비를 하는 리워야단. 숨을 쉴 때마다 빛을 반사하는 피부는 신비했다. 자세히 보면 리워야단의 왼쪽 어깨 피부가 움푹 파였는데 짐승의 오른손가락 사이에 비늘 같은 피부가 잡혀 있었다.

"명불허전. 리워야단... 대단하구나. 하지만 여기까지. 이제 지옥으로 보내주겠다. 리워야단이라는 이름만 남기고, 이제 지옥으로 가라."

사탄은 서서히 일어나 몸 안의 살기를 끌어올렸다. 사탄의 살기에 흙먼지가 회오리쳤다. 싸늘한 살기는 주위를 얼렸다. 사탄이 한 걸음 한 걸음 리워야단에게 다가갔다.

"그르릉."

리워야단은 경고 대신 낮은 울음을 울었다. 그리고 한껏 몸을 움츠렸다. 일촉즉발의 상황. 사탄의 예민한 귀속으로 다급한 목소리가 들렸다.

"주군! 주군!"

사탄은 눈을 찢어 뒤를 보았다. 목소리는 익히 아는 목소리였다. 군대의 후방을 지키는 파수대장이었다. 파수대장의 목소리는 매우 다급했다.

"무슨 일이냐?"

사탄이 뒤를 향해 크게 말했다. 사탄의 목소리는 멀리 서쪽으로 퍼져갔다. 파수대장이 다급하게 말했다.

"주군, 에덴이 나타났습니다. 티끌의 규모로 보아서 다 나온 것 같습니다."

사탄은 에덴이라는 말에 빛처럼 쏘아 하늘로 올라갔다. 높이 올라간 사탄의 눈에 맹렬한 먼지의 폭풍이 보였다. 저 멀리서부터 생겨난 먼지와 티끌이 엄청나게 몰려들었다. 먼지와 티끌 뒤로 에덴이 아스라이 보였다.

'아뿔싸.'

사탄은 머리를 망치로 맞은 것 같았다. 눈앞의 적을 치느라 가장 강한 적에게 약점을 보인 셈이었다. 이를 악문 사탄은 급하게 땅으로 내려와 리워야단에게 말했다.

"오늘은 없던 일로 하겠다. 우리 사이에 볼일은 다음에……."

하지만 리워야단은 대답 대신 그르릉 소리를 내며 몸을 더욱 움츠렸다.

난감한 그때, 사탄은 마귀를 발견했다.

"마귀, 이리 오라."

마귀는 사탄의 명에 이끌리어 달려나왔다.

"나는 에덴을 막을 것이니 네가 저 괴물을 막아라. 네가 죽이지 못하면 내가 너를 죽이겠다. 알겠느냐?"

미귀는 기겁을 하고는 큰소리를 질렀다. 그리고는 두 눈을 꾹 감고 한껏 웅크린 리워야단을 향해 돌격해 들어갔다.

짐승은 죽었는지 살았는지 모르게 늘어졌다. 가뜩이나 무거운 짐승은 더 무거웠다. 사탄은 마음이 급했지만 자신의 유일한 충신, 짐승을 그냥 두고 갈 수는 없었다. 사탄은 짐승을 들쳐업고 있는 힘을 다해 달려갔다. 파수대 장의 다급한 목소리를 따라 한참을 달려가던 사탄은 무언가 이상하다는 생 각을 했다. 어둠 속이지만, 보이는 풍경이 한참을 달려도 그대로였다.

바람에 흔들리는 나무에서 아무런 소리가 들리지 않았다. 시끄럽게 울 리던 파수대장의 목소리도 다시 들리지 않았다. 질식할 것 같은 정적이 흘 렀다.

사탄은 급한 마음에 하늘로 솟아올라서 사방을 둘러보았다. 그러나 사 탄의 눈에 들어오는 모습은 전혀 본 적도 없는 모습이었다. 그랄 평원은 온데간데 없었다. 오로지 평화로운 꽃들의 잔치만 보였다. 사탄은 앞으로 쏜살같이 날아갔다. 그러기를 한참. 사탄이 힘을 다해 달려간 그 자리는 꽃만 만발한 바로 그 자리, 제자리였다.

'함정이다.'

사탄의 목덜미가 서늘해졌다.

"누구냐? 모습을 드러내라."

사탄이 허공에 대고 말했다. 그러자 어디로부턴지 모를 소리가 들렸다. 동서남북에서 동시에 들렸다.

"먼저 짐승을 보내라."

"싫다면?"

"그럼 군대가 전멸 당하든가."

"이런… 너는 어디서 왔느냐? 에덴이냐?"

"에덴이면 어떻고 아니면 어떠냐? 너는 지금 갇혀 있고, 시간도 없는 불쌍한 신세인걸."

"아니라는 말이구나. 그럼 되었다."

사탄은 짐승을 들어 멀찍이 내려놓았다. 그러자 눈 깜짝할 사이에 눈에서 사라졌다.

"이제 되었다. 오늘이 가기 전… 너를 찾아가겠다. 짐승은 그때 돌려주겠다."

"함정을 풀라."

사탄의 말과 동시에 놀라운 광경이 벌어졌다. 눈앞에 보이던 꽃들이 스르르 녹아버렸다. 꿈이런가, 싶을 정도로 신기했다. 보던 모든 것은 허상이고 그림자였다. 사탄은 어이가 없었다.

하지만 함정이 풀리고 나타난 광경은 더 허탈했다. 수많은 뱀들이 수많은 실들을 입에 물고 허공에서 어디론가 가고 있었다. 꿈틀거리며 움직이는 뱀들과 실들이 뒤엉켰지만 꼬이지 않았다.

사탄에게서 주체할 수 없는 살기가 솟아올랐다. 하지만 사탄은 에덴이 달려오는 그곳으로 날아갔다. 날아가면서 큰소리로 외쳤다.

"약속을 지켜라. 그렇지 않으면 피바다를 보게 될 것이니."

사탄이 날아가고 나서 한참 뒤, 어른거리는 그림자 둘이 뱀들에게 둘러싸여 있었다.

"반고 이제 우리도 가자. 리워야단에게로 가자."

두 그림자가 흔들흔들 나귀를 타고 돌아갔다.

그랄 산 중턱, 악마의 막사

사탄은 분통이 터졌다. 자신이 애지중지하던 보좌를 한 주먹으로 박살
냈다. 그래도 성이 풀리지 않는지 발로 보이는 모든 것을 부셨다. 막사 안
에 성한 것이 없었다. 짐승은 생사를 알 수 없는데다가 악마와 마귀도 모
두 혼수상태가 되어 송장처럼 누워있었다. 에덴이라 믿었던 군대는 어디
에도 없었다. 자신의 용맹하던 군대는 조금씩 동요했다. 모든 것이 한 여
름 밤의 꿈만 같았다.

그랄에서의 참패에 사탄은 분이 가라앉지 않았다. 사탄은 마귀와 악마
를 극진히 돌보라 명했다. 이중 삼중으로 진을 쳐서 리워야단의 공격에 대
비했다.

사탄의 장막

불편한 마음은 오래 가는 법. 사탄은 잠이 오지 않자 자신의 장막 안을
이리저리 서성거렸다. 밤은 빨리 지나간다. 하지만 잠을 자지 않는 자에게
밤은 한없이 길고 긴 고통의 터널이 되는 법. 사탄은 동쪽 그랄 산을 바라
보며 밤을 새고 있었다.

저 멀리, 동이 터온다. 어스름한 빛이 사탄의 눈을 간지럽혔다. 하지만
그랄산의 서쪽은 아직 한밤중이었다. 사탄은 잠을 자지 않기 때문에 늘 피
곤했지만 해 뜨기 전이 가장 피곤했다. 그랄에서의 패배를 갚기 위해 신경
이 곤두서 있었지만 시간을 이길 자는 많지 않았다.

극도로 피곤한 사탄은 깜빡 졸았다. 눈꺼풀이 무거워 천근만근이 되었다. 무거운 돌을 내렸다가 다시 드는 그 순간, 사탄의 눈이 번쩍 떠졌다. 찰나의 순간이 지나고 어른거리는 그림자 하나가 사탄의 앞에 서 있었다.

'그놈이다. 하지만… 바로 앞에 올 때까지… 전혀, 알지… 못했다.'

사탄은 번개처럼 목을 잡았다. 하지만 상대는 아무런 저항도 하지 않았다.

"옛뱀이라고 한다."

아무런 감정도 없는 말. 사탄의 털이 곤두섰다. 소름이 확 돌고 치솟은 혈압에 눈이 충혈 되었다. 하지만 묘하게도 끌렸다. 이상했다. 마음 저 깊은 곳으로부터 끌리는 무언가가 솟아오르고 있었다. 왜 그런지는 몰랐다. 그저 본능적으로 끌렸다.

사탄은 옛뱀을 끌어당겨 두 눈을 정면으로 보았다. 옛뱀도 정면으로 마주보았다. 깊이가 보이지 않았다. 표정도 없었다. 색도 달랐다. 어떤 때는 갈색, 어떤 때는 흑색, 어떤 때는 피의 색. 사탄은 이상하고 신기했다.

'마귀의 말대로, 이놈이 더 위험하다.'

사탄은 옛뱀을 한눈에 알아보았다. 가장 위험한 적이라는 사실을 알게 되었다. 게다가 설상가상, 장막의 벌어진 틈으로 이곳을 노려보는 리워야단의 두 눈도 보였다. 사탄은 등골이 서늘해졌다. 옛뱀뿐이 아니라 리워야단이 바로 코앞에 올 때까지 알지 못했다. 사탄은 적이 생각보다 강하다는 걸 알았다. 장막 밖의 리워야단은 짐승의 목덜미를 누르고 있었다. 여차하면 숨통을 끊으려는 것 같았다. 하지만 사탄은 옛뱀에게서 눈을 뗄 수 없었다. 짐승을 살리려면 리워야단이 아니라 옛뱀, 이놈과 싸워 이겨야 한다는 사실을 알고 있었다.

옛뱀도 사탄에게서 눈을 뗄 수 없기는 마찬가지. 묘한 옛뱀의 눈도 사탄의 두 눈을 알아보았다. 목숨을 걸고 싸우는 싸움판 한가운데에서 사탄과 옛뱀은 서로 눈싸움을 하고 있었다.

사탄이 옛뱀의 목을 잡은 손에 힘을 주었다.

"으윽"

하지만 정작 비명소리는 짐승에게서 나왔다. 본능적으로 리워야단은 짐승을 죽이려 들었다. 자신과 닮은 짐승을 죽이려는 것이 리워야단의 본능. 사탄은 짐승의 비명을 듣고 움찔했다. 목을 잡은 손에 힘을 풀었다.

그러자 짐승의 숨소리도 다시 돌아왔다. 사탄은 옛뱀의 목에서 손을 내렸다. 사탄은 장막의 벌어진 틈을 닫고 자신의 자리에 앉았다. 장막 밖은 짐승과 리워야단의 거친 숨소리만 가늘게 들렸다.

"옛뱀이라고… 했는가?"

"이상하지?"

반말을 꺼낸 옛뱀. 사탄의 볼이 꿈틀했다.

"소감이 어때?"

"……."

"못 알아듣는군."

"선을 넘는구나. 옛뱀."

사탄이 인내에 한계를 느꼈다.

"사탄, 우린 닮았어. 그것도 아주 많이."

"……."

"그래서 나를 만난 소감을 물었지."

"……."

사탄은 계속 말이 없었다.

"우린 많이 닮았어. 그런데 많이 다르기도 해. 그건 참 어려운 경우인데… 대략은 닮은 사람끼리는 많은 부분이 비슷한데… 너는 다른 부분이 더 많아. 뭐랄까… 네 안에…….”

그때였다. 사탄의 칼이 옛뱀의 목 끝에 닿았다. 실로 번개 같은 빠름이었다. 이제 힘만 주면 옛뱀의 목은 구멍이 생길 판. 옛뱀은 눈 하나 깜빡하지 않았다.

“바로 이 부분이 나랑 달라. 누가 아픈 곳을 찌르면… 나는 모른 척 해. 그래야 끝까지 감출 수 있거든. 근데 너는 과하게 티를 내지. 이런 행동으로 나는 너의 약점이 짐승이 아니라는 걸 알게 되고… 너는 자기의 약점을 떠벌리고 다니는 바보가 되는 거지. 그건 결코 나랑 달라. 그러니 이상해.”

사탄은 등뼈가 뽑히는 느낌을 받았다. 머리카락이 빳빳하게 서고 온 몸에 소름이 돋았다. 칼끝이 미세하게 떨렸다. 하지만 사탄은 인내할 줄도 알았다. 옛뱀의 말에 흔들리지 않고 사탄이 다시 뒤로 날아 보좌에 앉았다. 사탄이 침착하게 물었다.

“이유가 뭐냐?”

옛뱀이 간교한 눈을 빛내며 말했다.

“에덴을 무너뜨리겠다.”

사탄의 눈이 화등잔처럼 커졌다.

‘허튼 말이 아니다. 충분히 그러고도 남을 놈이다.’

사탄의 표정을 마주보던 옛뱀이 앞으로 걸어갔다.

“대신… 제국의 반을 달라.”

사탄의 눈에 갑자기 살기가 돌았다. 사탄은 본능적으로 자기의 것을 나누는 법이 없었다.

“제국을? 지금 나에게는 제국이 없다.”

“상관없다. 너는 어찌됐든 제국을 이루게 될 것이니… 나는 약속을 받으려는 것 뿐.”

"약속이라… 우리 같이 악한 족속들은 약속을 지키지 않는다."

"예외도 있지. 지킬 수밖에 없는 약속."

"그런 것도 있나? 웃기는군. 하여간 말하라."

"솔직히 말하지. 이곳에 오기 전까지는 반반이었다. 내 생각이 맞을까? 도대체 사탄이라는 악은 누구일까? 도대체 에덴을 배신하고 나올 만큼 간덩이가 부은 미친놈은 어떤 놈일까? 궁금했는데… 하지만 너를 직접 보고 나서 확실해졌다."

"……."

"너와 나는 닮았다. 아주 징그러울 정도로 닮았지."

사탄은 뜨끔했다. 사실 사탄도 옛뱀을 보며 같은 생각을 했다. 사탄은 몸을 보좌 뒤로 깊숙이 넣었다. 옛뱀은 그런 사탄을 보며 희미하게 웃었다.

"그러니… 이제 합치자."

사탄의 눈이 가늘어졌다. 옛뱀이 계속 말했다.

"사탄, 너만 눈과 귀가 있는 게 아니다. 나도 있다. 하지만 나는 눈과 귀와 더불어 촉이 있다. 촉…. 촉은 때로는 쓸모가 있는데, 특히 너같이 혼란한 놈을 만나면 쓸모가 있지. 논리적으로 설명되지 않는 놈에게는 시간 끌것 없이 그저 촉이 이끄는 대로 가면 되는 법. 에덴에서의 일은… 나의 촉에게도 흥미롭다. 너와 나는 닮았을 테고, 그러다보니 내 촉에 의하면… 너도 나와 같은 생각을 했겠지."

옛뱀이 말을 하면 할수록 사탄은 아예 입을 닫았다. 대신 지옥보다 더한 살기가 옛뱀을 향했다. 하지만 옛뱀은 똑같은 얼굴이었다.

"너는 몸집을 줄이고 싶고… 나는 몸집을 불리고 싶고…. 너는 에덴으로부터 위협을 줄이고 싶고… 나는 에덴에 더 가까이 가고 싶고. 나의 촉에 의하면 이보다 더 좋은 거래가 없다. 나의 제안이 어떠냐? 사탄, 너, 분열의 사탄아."

옛뱀의 말이 끝나자마자 갑자기 사탄의 눈이 뒤집어졌다. 비뚤어진 입에서 미세한 거품이 일어났다. 사탄의 두 손이 결박당한 것처럼 뻣뻣해지더니 번개처럼 옛뱀의 두 어깨를 잡았다. 옛뱀의 머릿속으로 극심한 고통이 몰려왔다. 사탄은 허공을 보며 실성한 자처럼 몸을 흔들었다.

그러더니 거품이 흐르는 입을 옛뱀의 귀에 대고 말했다. 놀랍게도 옛뱀의 귀로 들리는 목소리는 사탄의 목소리가 아니었다. 그건 바로 옛뱀의 목소리였다.

"옛뱀. 한 번도 본 적 없지만 완벽해. 그렇지 않아도 이 구린내 나는 몸이 지긋지긋하던 차에 잘 되었어. 이제 나도 독립할 때가 되었다고 생각했는데, 고맙게도 때맞춰 나타날 줄이야. 눈물 나게 고맙구나. 이제 나, 거짓의 아비가 친히 너에게로 들어가리라. 오늘의 은혜를 내일, 아니 앞으로 영원히 알 수 없겠지만, 너는 영광으로 알라."

말을 하는 사탄의 얼굴이 일그러지며, 입모양도 심하게 비뚤어졌다. 입술에서 부르르 경련이 일어나더니 입술의 꼬리에서 피가 뚝뚝 떨어졌다. 입 안에서 짙은 피비린내가 났다. 동시에 사탄의 두 손이 어마어마한 힘으로 옛뱀의 어깨를 눌렀다.

"으악."

옛뱀의 입이 비명을 지르는 그 순간, 사탄이 입을 크게 벌렸다. 그러자 사탄의 피 흘리는 입으로부터 검붉은 실지렁이들이 나와서 옛뱀의 입 속으로 꾸역꾸역 내려갔다. 징그러운 지렁이들은 서로 앞 다투어 옛뱀의 입 속으로 들어갔다. 정신을 잃고 기절한 옛뱀의 몸은 실지렁이가 들어감에 따라 경련을 일으키기도 하고 부풀어 오르기도 하였다.

한참 시간이 지나고, 사탄의 입에서 징그러운 지렁이들이 모두 나오자,

사탄은 피가 떨어지는 입을 열어 시 하나를 읊었다.

눈 하나가 나를 보고 있다
매끈하고 새까만 동경으로 흘러가는 악마의 먹구름.
나는 이미 그 안에 들어가 있다
애절하고 섬뜩한 그 무언가가 나를 부르고.
이제 나는 홀린 듯 가야만 한다.

시를 읊는 동안, 사탄의 검붉은 지렁이들이 옛뱀의 입 안으로 모두 들어 갔다. 옛뱀은 이제 더 이상 꿈틀거리지 않았다.

죽은 것처럼 보였다. 숨도 쉬지 않았다. 하지만 감은 눈 안에서 눈동자 만 바쁘게 돌아다녔다. 쉬지 않고 움직이는 눈동자는 가끔 밖으로 나오려 고 눈꺼풀을 밀어 올렸다. 사탄은 평안한 얼굴이 되었다. 사탄이 여러 가 지 음성으로 혼자 중얼거렸다.

 -문제만 일으키는 놈이 나갔다. 그동안 누가 봐도 재수 없었지. 잘 되었어.
 -다음 놈은 누구지? 밀어내기 한번 해볼까?
 -글쎄, 먼저 끌리는 놈이, 먼저 나가기 하는 게 어때?
 -그래? 그거 좋지. 에덴이 눈치 채기 전에….
 -이봐, 사탄. 저놈 좀 불러 봐. 이제 누가 끌리나 보자고.

그러자 사탄이 말했다.
"리워야단 이리 오라. 옛뱀을 데려가라."
사탄의 말이 끝나자마자 장막을 밀고 리워야단이 들어왔다. 길게 늘어진 몸은 다 들어올 수 없었지만 시키면 몸뚱이만 슬며시 들어왔다. 두 눈만 아니면 어디가 머리고 어디가 꼬리인지 알 수 없었다. 네 다리가 있었지만 땅을 쓸고 다니는 것을 더 좋아했다.

사탄은 리워야단의 모습을 가까이에서 보자 두려움이 은근히 밀려왔다.

'강한 놈이다. 이제야 알겠다. 이놈이 왜 그토록 나의 꿈에 나왔는지 알 것 같다. 골치 덩어리, 그놈이 왜 그토록 이놈을 원했는지 이제야 알 것 같다.'

사탄은 주저하지 않았다. 두 눈을 부릅뜨고 들어온 리워야단에게 다가갔다. 그리고는 리워야단의 두 눈을 정면으로 마주했다.

그르릉… 리워야단이 사탄에게 경고를 보냈다. 하지만 사탄은 리워야단의 두 눈을 뚫어지게 보았다.

"친구, 우린 한 형제야. 그치? 한 아비에게서 나온 형제, 피를 나눈 형제, 마주 보면 피가 끓는 형제, 안 그런가?"

리워야단의 시뻘건 두 눈이 사탄을 불태울 것처럼 타올랐다. 하지만 사탄의 두 눈도 시뻘겋게 타올랐다. 더욱 활활 타는 불길이 사탄의 두 눈에서 나와 얼굴을 마주한 리워야단을 삼킬 것만 같았다. 리워야단이 깊은 신음을 내뱉었다.

－그르릉… 형제… 형제….

그리고는 리워야단이 몸을 숙여 바닥에 엎드렸다. 사탄의 두 눈을 마주한 시뻘건 눈을 스르르 감았다.

'되었다.'

사탄은 리워야단의 등에 올라탔다. 그리고는 날카로운 자신의 검을 세우더니 그대로 리워야단의 등껍질을 찔렀다.

'죽으면 어쩔 수 없다.'

사탄은 인정사정 봐주지 않고 찔렀다. 그러나 리워야단의 등껍질은 약간의 흠만 생기고 움찔하지도 않았다.

'마음에 꼭 든다.'

사탄은 벌써부터 자신의 몸 안에서 요동치는 그놈을 알고 있었다. 리워야단의 몸에 올라타자마자 미쳐 날뛰는 그놈. 하지만 사탄은 서두르지 않았다. 리워야단의 등을 조금 긁은 그 칼을 그대로 붙잡고는 아래로 쭉 그었다. 예리하기로 세상에서 으뜸인 칼이지만 칼이 갈리는 소리만 났다. 사탄은 눈을 크게 뜨고 보았다. 리워야단의 등에는 미세한 흔적이 보였지만 그 깊이가 너무 얕았다.

'이놈 진정 강하다. 어디서 이런 괴물이….'

사탄은 날이 다 망가진 칼을 집어 던지고는 자신의 양손을 뻗어 손톱을 드러냈다. 그리고는 있는 힘껏 리워야단의 등을 사정없이 내리 긁었다.

"악."

비명을 지르며 사탄이 리워야단의 등에서 펄쩍 뛰어 내렸다. 두 손은 불덩이처럼 시뻘게졌다. 손톱이 달랑거려 언제든지 빠질 것만 같았다. 하지만 리워야단도 온전하지 못했다. 쫙 갈라진 등에서 시커먼 피가 슬슬 스미어 나왔다.

"됐다."

사탄은 덜렁거리는 손톱의 고통에도 불구하고 자신의 목을 두 손으로 잡았다. 그리고는 어금니를 악 물고 목을 재빨리 비틀었다.

찌이익. 그 소리에 사탄은 몸서리를 쳤다. 내려본 양손에는 검은 목의 피부가 한 꺼풀 들려있었다. 입에 이어 목에서도 피가 났다. 고통이 몰려들고 혼절할 것 같았지만 알 수 없는 힘이 사탄을 한계 상황으로 내몰았다.

사탄은 두 손으로 피부를 펴더니 리워야단의 피가 나는 등을 덮었다. 그러자 놀라운 일이 일어났다. 사탄의 피부가 마치 살아있는 벌레처럼 꿈틀대며 리워야단의 온몸을 덮어갔다. 처음에는 등 아래 꼬리로 내려가더니 등의 양 옆으로도 돌고 돌아 서로 만났다. 마지막으로 얼굴 쪽으로 꼬물꼬물 올라가서 시커먼 머리까지 덮고 나서야 움직이는 것을 멈추었다.

사탄의 피부로 덮힌 리워야단은 눈을 뜨지 않고 여전히 죽은 괴물처럼 누워있었다. 몸 전체에서 은은한 검붉은 빛이 나왔다.

'완벽하다. 완벽해. 정말 완벽해.'

고통이 몰려왔지만, 사탄은 피가 흥건한 입을 벌려 시 한 수를 읊었다.

눈 하나가 나를 보고 있다

매끈하고 새까만 동경으로 흘러가는 악마의 먹구름.

나는 이미 그 안에 들어가 있다

애절하고 섬뜩한 그 무언가가 나를 부르고.

이제 나는 홀린 듯 가야만 한다.

그랄의 어두운 밤하늘에는 까마귀들이 말없이 빙글빙글 돌고 있었다.

한참 후, 기력이 다한 옛뱀을 등에 태운 리워야단이 장막을 나왔다. 그리곤 비틀거리며 어둠 속으로 돌아갔다. 리워야단이 떠난 장막 밖에는 겨우 숨만 붙어 있는 짐승이 엎드려져 있었다. 사탄은 짐승을 어깨에 메고 장막으로 조용히 돌아갔다.

동이 터오르려면 시간이 아직도 많이 남은 이곳은 그랄산 서쪽 기슭이었다.

한참 뒤, 사탄은 자신의 장막을 나와 악마와 마귀가 누워있는 막사로 갔다. 사탄이 나타나자 막사를 지키던 군사들이 모두 물러갔다. 막사 위로 까마귀가 빙글빙글 돌았다.

악마의 막사 안

사탄은 나란히 누워있는 악마와 마귀를 보며 눈에서 이글거리는 불이 나왔다.

'이놈들도 그놈들이 원하는 놈이라니… 하룻밤 사이에… 이런 우연이 다 있나.'

사탄은 악마와 마귀를 보는 순간부터 눈동자 안에서 요동치는 두 놈을 느끼고 있었다. 신기했지만 분명히 느낄 수 있었다. 사탄은 숨이 겨우 붙어있는 악마와 마귀를 이리저리 살펴보았다. 팔과 다리 심장을 보다가 감겨진 눈을 보았다. 그러자 요동치던 기운이 갑자기 폭발했다.

'여기다. 눈이 그곳이다. 옛뱀의 말이 맞다. 이놈들은 나의 약점이다. 그동안 미뤄왔던 일, 이제 끝을 내자.'

사탄은 주저없이 악마의 눈꺼풀을 위로 밀어 올렸다. 그러자 바로 자신의 왼쪽 눈도 떨렸다. 이제는 마귀의 눈꺼풀을 들어올렸다. 그러자 아주 강렬한 통증이 오른쪽 눈에서 일어났다. 사탄은 입가에 희미한 미소를 띠며 슬그머니 일어났다. 그리고는 어디론가 어둠 속으로 사라졌다.

잠시 후 나타난 사탄은 의식을 잃고 누워있는 악마와 마귀의 머리 위에 자리를 잡았다. 사탄의 두 손에는 파란 물이 가득 들려있는데 신기하게도 출렁거리기만 하고 흘러내리지 않았다. 사탄은 숨을 크게 쉬고는 두 손의 물을 자신의 머리 위에 조금씩 부었다. 눈을 감은 사탄의 얼굴 위로 파란 물이 흘러내렸다. 빠르지도 느리지도 않게 흘러내리던 물은 사탄의 목 중간에서, 마치 둑을 만난 강물처럼 더 이상 내려가지 않고 쌓였다.

그러기를 한참, 사탄의 얼굴과 목과 머리가 모두 파란 빛이 도는 물로 채워졌다. 파란 물은 사탄의 목과 얼굴 주위를 빙글빙글 돌았다. 스며들지 않고 빙글빙글 도는 물은 점점 속도가 빨라졌다.

등을 곧게 세우고 앉은 채로 사탄의 두 손이 악마와 마귀의 목으로 향했다. 사탄의 강한 손가락이 목젖을 지그시 눌렀다. 그러자 놀랍게도 악마와 마귀가 두 눈을 부릅뜨고 얼굴이 부풀어 오르기 시작했다.

'악마, 마귀… 조금만 참아라. 이제 너희들은 강하고 위대한 자로 다시 태어날 것이니 평생의 영광으로 알아라. 내가 가장 아끼는 에덴의 생수를 너희에게 아낌없이 쓰는 것도 잊지 말고. 하하하. 이제 때가 되었다.'

사탄은 두 눈을 부릅뜬 악마와 마귀의 머리를 양손으로 잡고는 자신의 얼굴을 들이밀었다. 그러자 사탄의 목과 얼굴을 감싸고 빙글빙글 돌던 파란 물이 더 빨리 돌았다. 시간이 지나면서 그 속도와 크기가 점점 커졌다. 마침내 파란 물의 회오리가 악마와 마귀의 얼굴도 함께 삼켜버렸다.

이제는 파란 물의 소용돌이 안에 세 악인의 얼굴이 함께 들어갔다. 사탄은 자신의 손에서 긴 바늘을 꺼냈다. 매끈하고 날카로운 바늘은 사탄의 손에서 빠르게 움직였다. 그 바늘은 악마의 눈과 마귀의 눈을 순식간에 찔렀다. 비명 지를 시간도 없이 사탄의 바늘이 악인들의 눈동자에 수십 개의 구멍을 내었다. 그 구멍으로부터 검은 피가 새어나왔다.

'이때다.'

사탄은 황급하게 양손을 들어 물의 소용돌이 안으로 집어넣고는 자신의 눈동자를 예리한 손톱으로 베었다.

삭. 삭. 간결한 두 번의 소리가 났다. 그리곤 엄지와 검지에 각각 한 개씩 사탄의 눈동자 껍질이 들려있었다. 사탄은 주저하지 않고 악마와 마귀의 구멍난 눈동자 위를 자신의 눈동자 껍질로 덮었다.

"아악!"

단말마의 비명소리가 울리며 악마와 마귀의 몸이 작살 맞은 잉어처럼 퍼덕거렸다.

사탄이 얼굴을 들었다. 파란 물이 바닥으로 쏟아졌는데 이미 검붉은 색으로 변해 있었다.

"푸하, 푸하, 헉헉."

사탄은 가쁜 숨을 몰아쉬었다. 머릿속이 갑자기 텅 빈 것처럼 어지러웠다. 후들거리는 두 손을 뒤로 기대었다. 핑 도는 몸을 간신히 추스른 사탄은 통증이 몰려오는 두 눈으로 똑똑히 보았다. 자신의 눈 껍데기가 수백 개의 구멍이 뚫린 악마와 마귀의 눈을 향해 몰려 들어갔다. 좁은 구멍을 수많은 지렁이들이 자기 몸을 구겨서 쑤셔넣는 모습과 같았다. 그러기를 한참, 눈 껍데기가 강한 힘으로 눈동자 안으로 모두 들어갔다.

"됐다."

사탄의 입에서 감탄사가 터져나왔다. 악마와 마귀는 의식의 끄나풀을 이제야 잡았는지 손가락 끝이 조금씩 움직였다. 온몸이 젖은 사탄은 만면에 미소를 머금고 말했다.

"어둠의 제왕을 모시는 너희들은 이제 진정한 악이 되었다. 영광으로 알라. 오늘 일은 죽었다가 깨어나도 기억이 나지 않을 테지만…. 때가 되고, 나의 위대한 시가 울려 퍼지면 그제야 나에게로 돌아오리라. 이 시를 듣는 그때는, 누구든지 거절하지 못하리니 이것은 나 어둠의 대왕이 너를 부르는 명령이며 거부할 수 없는 마법이기 때문이라. 나의 종들은 귀를 씻고 들을지어다."

그리고는 고통의 눈을 감고 시 한 편을 읊었다.

눈 하나가 나를 보고 있다

매끈하고 새까만 동경으로 흘러가는 악마의 먹구름.

나는 이미 그 안에 들어가 있다.

애절하고 섬뜩한 그 무언가가 나를 부르고.

이제 나는 홀린 듯 가야만 한다.

이제 해가 뜨려 한다.

유브라데

사탄의 군대는 천신만고 끝에 그랄을 넘었다. 물론 리워야단과 용들의 도움이 없었으면 불가능했을 일이었다. 사탄의 군사들은 원수였던 리워야단이 하루 만에 친구가 된 이유가 궁금했지만 아무도 입을 떼지는 않았다. 사탄이 결정한 일이라서 복종했다. 하지만 마음의 앙금까지 없어지기는 어려웠다.

리워야단에게 죽다 살아난 악마와 마귀는 리워야단은 물론, 반고와 주발에게 이를 갈았다. 그러나 사탄은 반고를 전군의 군사로 세우고, 대장군 주발을 선봉에 세웠다. 악마와 마귀에 전혀 뒤지지 않는 자리였다. 악마와 마귀는 반고와 주발을 더욱 미워하게 되었다.

사탄은 악마와 마귀 그리고 반고와 함께 용문에 올랐다. 그리곤 용문 꼭대기에 서서 그랄 산을 내려가는 자신의 군대를 보고 있었다. 그랄 산은 내려가는 것도 어려웠다. 보기만 해도 아찔한 가파른 절벽을 내려가다 떨어지는 군사가 부지기수였다. 사탄은 눈살을 찌푸렸다. 악마가 큰소리로 외쳤다.

"주발, 정신 차려라. 군사들을 줄로 묶고 가야지. 그냥 가다 낙오하면 어쩌나?"

사탄은 일부러 크게 외치는 악마를 힐끗 보았다. 그리고는 혀를 차며 말했다.

"절벽에 말뚝을 박고 길을 내며 가야지. 그냥 굴비처럼 묶었다가 한 놈이 떨어지면 몰살시킬 일 있냐? 한심한 놈 같으니…. 머리는 생각하라고 달려있는 게야. 금투구로 장식이나 하라고 있는 게 아니다. 악마, 여기서 소리나 지르지 말고 주발과 교대하라. 주발을 올려 보내고 네놈이 내려가라."

사탄은 붉으락푸르락하는 악마의 꼴이 보기 싫어 뒤를 돌아보았다. 눈에 에덴이 들어왔다. 그런데 자세히 보니 에덴이 이상했다. 며칠 전까지만 해도 명확하게 보이던 에덴이 어른어른 나타나는 화염에 가려 잘 보이지 않았다.

"불이라… 대체 뭘까?"

혼잣말처럼 말했다. 눈을 가늘게 뜨고 보던 반고가 무릎을 치며 말했다.

"두루 도는 불의 검입니다. 에덴 북쪽을 지키는 스랍의 검이지요. 옛뱀께서 에덴으로 가신 지 한 달째입니다. 분명 에덴이 뒤집어진 겁니다. 조만간에 좋은 소식이 있겠지요. 주군께서는 이제는 동쪽만 보시면 됩니다."

사탄은 고개를 돌려 동쪽을 바라보았다. 너른 평원이 끝없이 펼쳐져 있었다. 그랄산이 워낙 높아 내려 보이는 모든 것이 평평하게 보이지만 사실 크고 작은 산들이 많았다. 그 산들 사이로 저 멀리 큰 강 유브라데가 굽이쳐 흘렀다. 동쪽에서 뜨는 해의 빛을 받아 금색으로 보이는 유브라데는 꿈틀꿈틀 유유히 흘러내렸다.

"저 강이 유브라데인가?"

"그렇습니다. 이 동쪽 땅에서 가장 크고 넓은 강입니다. 저 강으로 둘러싸인 달의 땅을 이제 주군의 에덴이라 생각하십시오."

"그렇군. 잘 말해 주었다. 저곳 달에서 힘을 기르면 되겠군. 달이라… 마음에 드는 이름이다. 그런데 저 강에 요나가 있다지?"

사탄의 말이 끝나기도 전에 악마와 자리를 바꾼 주발이 끼어들었다.

"요나는 강과 바다를 모두 돌아보아야 하는 물의 왕입니다. 매우 바쁘지요. 그래서 요나는 아주 가끔 옵니다. 하지만 그가 올 때면 모두 초긴장을 합니다."

"요나에 대해 잘 아는가?"

사탄의 말에 주발이 신이 났다. 숨이 턱에 차올랐지만 가슴을 헐떡이며 말했다.

"잘 알고 있습니다. 원래 온순합니다만 한번 화가 나면 걷잡을 수 없습니다."

"맞서본 적이 있는가?"

"저는 없습니다만 우리 용족 중 용사 한 명이 요나와 싸움을 한 적이 있습니다. 그 용사도 매우 용맹했습니다. 전투에서 패배한 적이 없는데… 그날 요나의 손에 두 다리가 부러져 버렸습니다."

사탄이 고개를 갸웃했다.

"전투를 하다보면 많이 있는 일 아닌가?"

"그게 그렇지가 않습니다. 용족의 다리는 용의 뒷다리와 같습니다. 뽑히면 뽑혔지 부러지지는 않습니다."

"그런가? 그런 다리를 뭐로 부러뜨렸다고 하는가?"

"그게… 물입니다."

"물?"

"그렇게 말했습니다. 확실합니다."

"음."

놀란 사탄은 유브라데를 한참 동안 내려 보았다.

유브라데

사탄의 군대는 천신만고 끝에 유브라데에 도착했다. 유브라데를 건너기 위해 배에 말과 전차를 싣는 동안 사탄은 반고와 장수들을 데리고 유브라데 강변을 따라 말을 몰았다.

강폭은 어마어마했다. 한눈에 담기 어려웠다. 빠르게 흐르는 강물이 한 덩어리로 움직여서 그런지 커다란 용이 유연하게 움직이는 것 같았다. 유브라데에 비하면 티끌 같은 자신이 새삼 초라해 보였다. 사탄은 유브라데를 만든 창조주가 무서워졌다.

그때였다. 진한 살기가 강 건너로부터 날아왔다. 주체할 수 없는 강한 살기에 사탄의 눈이 화등잔만 해졌다. 반고가 두 손을 들고 사탄을 말렸다.

"주군, 요나입니다. 잠시 뒤로 물러나시지요. 며칠 지나고 요나가 돌아가면 그때 건너가시지요. 지금 불필요하게 요나와 충돌을……."

요나라는 말에 사탄의 심장이 뛰었다. 사탄은 반고의 말을 잘랐다.

"여기까지 왔는데, 주인에게 인사라도 하고 가는 게 예의지."

사탄은 쏜살처럼 날아갔다. 반고는 앞을 가로막았지만 이미 늦었다. 반고의 얼굴에 걱정이 내려앉았다.

사탄은 넓은 강 유브라데를 날아가고 있었다. 강의 중간쯤에서 사탄의 예리한 눈에 요나의 모습이 들어오려는 그 순간이었다. 잔잔하던 유브라데의 강물이 갑자기 솟아올랐다. 어마어마한 두께의 물의 벽이 사탄 앞을 가로막았다.

'물? 감히 물 따위로 나를?'

사탄은 방금 전 주발이 한 경고도 잊었다. 사탄은 날아가는 속도 그대로 물의 벽으로 꽂혀 들어갔다.

콰광. 엄청난 굉음이 사방으로 퍼져나갔다. 물 분자 하나하나가 사탄의 몸을 할퀴었다. 사탄의 강한 피부를 뚫고 고통이 느껴졌다. 하지만 사탄은 이를 악물었다. 더욱 강한 힘으로 물을 뚫고 전진하였다. 그러나 갈수록 힘이 부쳤다. 사탄의 강한 힘도 물 안에서 흔적도 없이 흩어졌다. 빠르던 속도도 줄었다. 느리게 가다보니 끝이 없었다. 사탄은 아차, 싶었다.

'이런… 물은 모든 힘을 흡수한다더니… 징말이구나. 이대로는 안 되겠다.'

사방이 물이었다. 물의 벽에 갇힌 사탄은 허공에 그대로 멈췄다. 그리고는 힘을 다시 모았다. 허리와 다리에 힘을 모은 사탄은 그 자리에서 돌기 시작했다. 눈을 부릅뜨고 있는 힘을 다해 돌았다. 그러자 물이 따라 돌기 시작했다. 사탄은 점점 속도를 높여 돌았다. 사탄을 가로막았던 물도 빨리 돌았다. 그러기를 한참, 유브라데의 강물이 용오름이 되어 회전하며 하늘로 길게 올라갔다. 강물이 꼬여 돌면서 휘파람 소리가 나왔다. 귀청이 찢어지는 고통이 느껴졌다. 반고는 급히 귀를 막았지만 머리가 터질 것처럼 아팠다. 어마어마한 사탄의 힘에 물이 용오름처럼 꼬여 돌았다. 사탄의 몸을 감싸고 막던 물에 틈이 벌어졌다.

사탄은 그때를 놓치지 않았다. 물의 감옥에서 벗어나려고 휘리릭 소리를 내며 번개처럼 하늘로 쏘아져 올라갔다. 사탄은 빛의 속도로 날아서 간발의 차로 물의 회오리 터널을 빠져 나왔다. 하지만 사탄이 벗어났다고 생각하는 그때에, 꼬이고 꼬였던 물의 회오리가 엄청난 힘으로 다시 풀리면서 사탄을 덮쳐왔다.

"헉."

사탄의 목구멍에서 짧은 헛바람이 새어나왔다. 하지만 이미 늦었다. 사탄의 엄청난 힘을 고스란히 간직한 회오리 덩어리가 사탄을 무자비하게 덮쳤다.

쾅. 쾅. 쾅.

세 번의 폭발음에 땅이 흔들리며 유브라데 강이 요동쳤다. 강력한 힘을 맞고 기절한 사탄은 강변으로 다시 날아가 땅과 세 번 충돌하면서 굴렀다. 땅이 길게 파였다. 반고와 주발뿐이 아니라 사탄의 군대 모두 이 광경을 보았다. 엄청난 힘에 할 말을 잊고 그 자리에서 얼어붙었다.

뼈 마디마디, 아프지 않은 곳이 없었다. 하지만 몸이 아픈 것보다 자신의 군대 앞에서 망신을 당한 것이 더 아팠다. 사탄은 이를 악물고 일어났다. 아무렇지도 않다는 듯 가슴을 폈다. 그리곤 주발이 들고 있는 자신의 창을 잡았다. 주발이 뭐라 말할 사이도 없이 사탄은 다시 한 번 요나를 향해 돌격했다.

"아…."

누군가의 입에서 탄성이 나왔다. 사탄은 사실 땅에서 가장 강한 존재였다. 그의 힘은 리워야단보다 강하며 그의 빠름은 소리보다 빨랐다. 그런 사탄이 제대로 화가 난 상황. 사탄은 방심하지 않고 요나를 죽이려고 쏘아갔다. 사탄의 눈에 강 건너에 서 있는 자가 들어왔다. 뒷짐을 지고 자신을 보고 있는 자. 요나였다. 사탄은 강 건너편 강가에 서 있는 자에게 빛의 속도로 돌진했다. 그리곤 창을 앞으로 쑥 내밀어 요나의 심장을 찔렀다. 퍽 소리가 나며 창을 잡은 손끝에 짜릿한 손맛이 전해졌다.

'됐다!'

사탄은 요나를 창으로 찌른 채 계속 전진하였다. 땅이 길게 파이면서 먼지가 구름처럼 떠올랐다. 마지막까지 창으로 밀어붙이는 사탄의 손아귀가 찢어질 것처럼 아팠다.

마침내 쾅 소리가 나며 요나가 큰 아름드리나무와 부딪혔다. 그 충격으로 창이 크게 한번 휘었다 제자리를 잡았다. 그제야 사탄이 멈췄다.

'되었다. 이제 요나를 잡았다.'

사탄의 손아귀가 얼얼했다. 대어를 잡은 사탄은 오랜만에 전율을 느꼈다. 시야를 가린 먼지와 티끌이 가라앉으며 요나의 얼굴이 서서히 보였다. 참혹하게 죽은 요나의 얼굴을 잔뜩 기대한 사탄은 갑자기 뒤로 날아가 엉덩방아를 찧었다.

"누… 누구냐? 너는 누구냐?"

사탄의 시선이 닿아있는 그곳에는 작은 체구의 노인이 아름드리나무에 기대어 서서 심각한 표정으로 사탄을 보고 있었다. 사탄이 찌른 창은 노인의 옷자락에 작은 구멍 하나만 남기고 몸은 티끌하나 건들지 못했다. 사탄은 사색이 되었다.

"들어오라."

노인은 의외로 담담했다. 사탄은 무서워 도망치고 싶었지만 노인의 말을 거역할 수 없었다. 뭔가에 홀린 것처럼 작은 집으로 들어갔다. 아름드리나무 바로 옆 작은 초가삼간. 요나만 바라보고 돌진하느라 자세히 보지 못했지만 그곳에는 작은 초가집이 있었다. 사탄은 노인이 들어간 그 집으로 따라 들어갔다. 문을 열 때마다 삐걱거리는 소리가 길게 났다. 작은 충격에도 무너져내릴 것 같은 집으로 들어가자 더 무섭고 떨렸다. 하지만 사탄은 도망갈 수 없었다.

사탄은 집에 들어가자마자 다시 한번 놀랐다. 집안에는 노인이 앉아있었는데 그 옆에 머리가 벗겨진 물의 생물이 서 있었다. 한눈에 보기에도 요나였다. 요나는 잔뜩 화가 나 있었다. 사탄을 볼 때마다 죽일 듯 쏘아보았다. 사탄은 요나를 무시하고 노인 앞에 앉았다. 그리곤 떨리는 마음을 감추려고 일부러 하대하며 말했다.

"요나인 줄 알았는데… 너는 누구냐?"

그 순간 요나가 크게 소리치며 발을 굴렀다. 쾅, 소리가 나며 집이 들썩였다. 사탄의 귀에서 폭발이 일어나며 피가 흘러나왔다.

"감히… 네놈이……."

노인이 손을 들어 말렸다.

"요나, 그냥 두게. 쉼이 없는 나그네가 아닌가?"

그러자 요나가 분이 채 가시지 않은 얼굴을 숙였다. 하지만 사탄은 요나를 무시했다.

"누구냐고 물었다."

노인은 사탄의 얼굴을 심각하게 바라보았다.

"사탄, 유브라데를 건너가면 다시 돌아올 수 없다. 이제라도 돌이켜 에덴으로 돌아가라."

"바보가 아니냐? 나는 이미 유브라데를 건넜다."

사탄이 과장된 웃음을 터뜨렸다. 하지만 노인의 얼굴은 진지했다.

"과연 그럴까?"

사탄이 고개를 갸웃했다.

"아니라는 말이냐?"

노인이 잠시 눈을 감았다.

"요나, 보여주게."

요나가 사탄이 들어온 문으로 가서 곧 떨어질 것 같은 문을 살짝 밀었다. 끼이익. 부서질 것 같은 문이 조금씩 열리자 사탄의 고개도 따라 움직였다. 문 밖 바로 앞에 창검을 높이든 자신의 군대와 넘실거리는 유브라데 강물이 한눈에 같이 들어왔다.

"이게 무슨?"

이해가 되지 않던 사탄이 갑자기 벌떡 일어났다. 그리곤 문을 박차고 집 밖으로 나갔다.

"주군, 주군, 주군."

반고의 목소리런가? 주발의 목소리런가? 와글와글 시끄러운 소리가 들려온다. 사탄은 이상하다는 생각이 들었다.

'이상하다.'

땅이 흔들리고 온몸이 조금씩 아파왔다.

'이상하다. 강을 건넜는데… 이상해. 혹시….'

사탄이 눈을 떴다. 그러자 머리로부터 발끝까지 통증이 더 심해졌다.

"흑. 흑. 여기가… 여기가……."

"주군, 괜찮으십니까?"

반고의 목소리였다. 사탄은 억지로 고개를 들어 주위를 둘러보았다. 모두가 얼굴을 들이밀고 자신을 걱정스레 보았다. 악마와 마귀 반고와 주발까지 모두 보였다.

"노인은? 요나는? 어디로 갔나?"

"무슨 말씀을…. 요나는 강 건너에 있습니다."

"뭐라? 그럼… 아… 이런."

사탄은 이제야 알 것 같았다. 누운 자리에서 비틀비틀 일어나 건너편을 보았다. 물안개 때문에 흐릿했지만 요나는 그 자리에 그대로 서 있었다.

"반고, 내가 얼마나 누워있었나?"

"한참 되었습니다."

"그래? 그렇구나."

사탄은 반고를 따로 데리고 강가로 갔다. 반고의 얼굴은 걱정으로 반쪽이 되었다.

"주군, 지금은 뒤로 물러나시지요? 좀 쉬시는 게 좋겠습니다. 유브라데는 나중에 다시 와서 건너면 그만입니다."

사탄은 강 건너를 뚫어져라 보았다. 뒷짐을 지고 말뚝처럼 서 있는 요나가 보였다. 그리고 요나 옆 아름드리나무 옆에 작은 초가집이 보였다.

'하늘 위에 하늘인가?'

사탄은 무섭다는 생각을 했다.

"반고, 지금껏 나는 힘으로만 살아왔다. 강한 것이 아름답고 밀어붙이는 것이 멋있다 생각했는데… 이제야 크고 넓은 세상을 만났어. 반고, 배를 준비해라. 최대한 작은 배로 준비하라. 격식을 차려야할 것 같으니."

"주군."

"잘 알고 있다. 상대가 누군지. 하지만 나를 죽이려고 생각했다면… 나는 벌써 죽었다. 반고, 꿈을 주관하는 자가 저기 강 건너에 있다. 하지만 지금 아니면… 이 유브라데는 영원히 건너지 못한다."

사탄은 비장했다. 반고는 사탄을 뚫어지게 보았다. 그리곤 더 이상 말해도 소용없음을 알았다. 반고는 아무 말도 하지 않고 돌아가 작은 배를 준비했다. 사탄은 여전히 강 건너를 바라보며 망부석처럼 서 있었다.

반고가 준비한 작은 배는 정말 작았다. 사탄이 배에 오르자 반고도 같이 배에 올랐다. 배가 꽉 찼다. 반고가 노를 잡았는데 사탄이 서 있는 바람에 반고도 자리에서 일어나 섰다.

"노를 버려라. 바람이 데려가는 대로 가자. 창조주가 원하면 건너갈 것이요, 원하지 않으면 다음에 다시 가자."

사탄의 말대로 반고는 노를 버렸다. 그러자 바람이 불어왔다. 시원한 강바람이 솔솔 불어와 옷깃을 스쳐 지나갔다. 목덜미와 볼을 부비고 머리카락을 쓸고 지나갔다. 사탄과 반고는 바람이 이끄는 대로 몸을 맡겼다. 그렇게 배는 흔들흔들 강을 건너고 있었다.

지루한 시간이 지나고 작은 배는 강을 건너 기슭에 멈추어 섰다. 반고가 먼저 내리고 사탄이 따라 내렸다. 아름드리나무가 보이고 그 옆에 작은 초가집도 보였다. 사탄이 혼절 중에 보았던 그 집. 사탄의 심장이 뛰었다. 눈치 빠른 반고가 사탄을 힐끔 보았다. 사탄은 아무렇지도 않은 척 빠르게 걸었다. 아름드리나무 옆 작은 초가집에는 싸리문이 있었다. 그 싸리문 앞에 머리가 벗겨진 요나가 뒷짐을 지고 서 있었다.

물의 왕 요나. 넓게 입은 세마포 밖으로 드러난 아랫배와 작게 뜬 눈, 그리고 몇 가닥 없이 헝클어진 머리. 원래 웃는 얼굴이었지만 지금은 싸늘했다. 차갑게 뜬 두 눈에는 얼음이 들어있었다. 요나는 물의 나라의 왕이었다. 한 나라를 이끌만한 열정과 뜨거움이 속에 있었고 에덴의 현자, 시간의 생물 에노스처럼 지혜로웠다. 실제 나이로 보자면 에노스와 불의 생물 두발가인보다는 한참 아래였지만, 생물의 세 나라 중 가장 큰 물의 나라를 다스리는 대장부였다.

'아… 에덴의 힘은… 대체 어디까지인가?'

사탄이 마음속으로 탄식했다.

"사탄, 주님의 은혜로 살아있는 줄 알아라."

요나의 짧은 말이 사탄의 정곡을 찔렀다. 사탄의 얼굴이 붉으락푸르락해지는 그때, 반고가 둘 사이에 끼어들었다.

"은혜를 베푸시는 김에 좀 더 베푸시지요. 왕의 말씀대로, 생명이 살아있는 것이 중요하지 않겠습니까?"

반고가 최대한 예의를 갖추고 말했다. 요나는 반고를 처음 보았다.

"뱀족인가? 근데 처음 보는군. 옛뱀을 닮아 혀만 살이 쪘어. 그 혀로 죽인 생명이 한둘이 아닐 것 같은데… 혀로 흥한 자 혀로 망하리라. 새겨들으라."

요나의 말은 힘이 있었다. 그러자 반고는 허리를 깊게 숙이며 말했다.

"물은 죽었던 생명을 살리고 나무를 키우고 약초를 만들죠. 은혜입니다. 하지만 그 물에 목숨을 잃는 일도 있습니다."

반고의 말에 요나가 꿈틀했다. 하지만 마음을 가라앉히고 말했다.

"흐르는 물에 거스르면 화를 입는 것이지. 너의 말은, 밭을 갈라고 준 강철로 살인을 저지르고는, 살인을 강철을 준 자 탓으로 돌리는 궤변이나 다를 바 없다. 창조주께서 허락하신 좋은 머리로 창조주를 대적하다니… 너의 죄가 사탄보다 작지 않겠다."

요나가 의외로 차분하게 말했다. 반고는 충격을 받았다.

'요나는 허점이 많고 충동적이라 들었는데… 모두 잘못 알았구나.'

요나는 싸리문을 열고 초가집으로 들어갔다. 사탄과 반고는 서로 얼굴을 보다가 같이 초가집 안으로 들어갔다.

작아보였던 초가집은 마당이 있었다. 마당에는 자그마한 집 한 채와 오래되어 빛바랜 종이 매달린 종탑이 서 있었다. 우물 하나와 강아지 집이 하나 있었는데 그 강아지 집 앞에는 봄날을 이기지 못하고 엎드려 졸고 있는 강아지 한 마리가 있었다. 종탑 뒤로 어른거리는 밭에는 풀을 뜯어먹는 소 한 마리가 한가로이 노닐고 있었다. 사탄은 집만 보고 걸었지만 반고는 예리한 눈으로 마당의 모든 것을 담았다. 반고는 그만큼 신중한 자였다.

"반고, 밖에 있으라."

사탄은 반고를 남겨두고 홀로 초가 안으로 들어갔다. 집안은 긴 탁자가 문 정면에 놓여 있었는데 그 탁자 한가운데에 노인 한 명이 앉아 있었다. 혼절한 때에 본 그대로 노인이 앉아 있었다. 사탄은 노인과 눈을 마주하기 두려웠다. 사탄은 일부러 좌우를 둘러보았다.

노인의 바로 왼쪽에는 요나가 서 있었고 그 옆으로 에노스와 두발가인이 자리했다. 오른쪽에는 라파엘과 우리엘 그리고 마지막으로 미가엘이 자리를 잡았다.

'아… 에덴이… 모두 모였구나. 오늘 살아서 돌아가기는 어렵겠다.'

사탄의 얼굴이 흙빛이 되었다. 히지만 죽기를 각오한 사탄은 끝까지 교만했다.

"다시 묻겠다. 너는 누구냐?"

불의 왕 두발가인이 꿈틀했다. 당장이라도 주먹을 날릴 기세였다. 노인은 사탄을 바라보다가 조용히 말했다.

"너는 에덴을 탐하기 전에 먼저 너의 마음을 다스리라."

잊을 수 없는 목소리였다. 사탄의 눈이 화등잔같이 커졌다. 그리고는 바로 바닥에 엎드려 머리를 땅에 박았다. 사탄의 몸이 사시나무 떨 듯 떨었다.

이곳은 유브라데 강 동쪽 작은 초가집이었다.

유브라데 서쪽 강변

악마와 마귀는 궁금해 견딜 수 없었다. 반고와 사탄이 배를 타고 유브라데를 건너간 때부터 이상하리만큼 불안했다.

"무슨 일이 일어난 게 틀림없어."

악마가 안절부절못하고 이리저리 돌아다녔다. 마귀도 마찬가지. 눈을 가늘게 뜨고 강 건너를 뚫어져라 보았다.

"마귀, 이대로 있다가 우리만 찬밥이 되지 않겠냐? 안 그러냐? 여기서 이러고 있으니 우리도 가자."

악마의 제안에 평소 같으면 반대할 마귀도 얼씨구나 좋아했다. 날아가면 될 일이지만 사탄이 호되게 당한 것을 본 악마와 마귀였다. 소심한 악마와 마귀는 큰 배를 타고 정예병 100을 이끌고 유브라데를 건넜다. 시원한 바람이 불어와 배는 순조롭게 건너편에 도착했다. 사탄과 마찬가지로 아무런 일이 일어나지 않자 악마는 한껏 우쭐했다. 초가집 밖에서 서성이는 반고를 보고는 큰소리를 질렀다.

"어이 반고, 어찌 혼자 있는 게야?"

반고는 악마를 보고 어이가 없었다. 마귀도 옆에 나타나자 심각한 얼굴이 되었다.

"이렇게 오시면 어쩝니까? 에덴에서 뒤를 치면 어쩌려고요."

"그깟 에덴 타령은 이제 그만. 그건 저번에 자네가 일으킨 속임수 아닌가? 이젠 아니 속아. 그나저나 주군께서는 어디 계신가?"

반고는 말을 섞기 싫었다. 손을 들어 초가집을 가리켰다. 악마는 어이가 없었다.

"뭐라? 이 보잘 것 없는 집으로 주군을 모셨단 말인가? 어이가 없군. 내가 들어가서 혼을 좀 내주어야겠어."

악마는 말보다 행동이 빨랐다. 악마는 말과 동시에 싸리문을 열고 안으로 성큼 들어갔다.

그때였다. 마당에서 나른하게 졸고 있던 강아지가 귀를 쫑긋 세우더니 한쪽 눈을 떴다. 강아지와 예민한 악마가 눈이 마주쳤다. 성큼 걸어가던 악마는 작은 강아지가 한쪽 눈을 들어 자신을 보자 버럭 화를 냈다.

"이런 버르장머리 없는 강아지 같으니… 어른을 봤으면 인사를 해야지."

악마는 허리에서 날렵한 채찍을 꺼내 들었다. 그리곤 불쌍한 강아지를 향해 채찍을 흔들었다. 뱀처럼 유연한 채찍은 파동을 그리며 강아지에게로 날아갔다.

찰싹. 하지만 채찍은 빈 땅을 때리고 말았다. 강아지는 여전히 졸고 있었다.

"어라?"

장난삼아 벌인 일이었지만 빗나가자 자존심이 상했다. 악마는 다시 한 번 채찍을 흔들었다. 그러나 신기하게도 강아지를 맞추지 못했다. 당황한 악마는 뒤를 돌아보았다. 마귀는 벌써 비웃는 얼굴이 되었고 자신의 군사들도 수군거렸다. 악마는 평판을 목숨처럼 생각했다. 자신의 군대가 지켜보는 가운데 망신을 당한 악마는 과하게 흥분했다.

"아니 이놈이."

악마는 일부러 큰소리를 지르며 채찍을 크게 돌려 내리쳤다. 싸늘한 바람 소리가 빠르게 일어나며 악마의 채찍이 가여운 강아지에게 날아갔다. 마귀는 눈살을 찌푸리며 고개를 돌렸다. 시간이 조금 지나고… 아무런 소리도 들리지 않았다. 마귀는 이상한 마음에 고개를 돌려 보았다.

두 다리로 땅을 딛고 서서, 코로 불을 뿜고 있는 강아지가 악마의 채찍을 들고 있었다. 그 앞에 당황한 악마가 어쩔 줄을 몰라서 쩔쩔 매고 있었다. 화가 난 강아지의 목부터 얼굴까지 시뻘겋게 변해 있었다. 마귀는 믿기지 않는 상황에 입을 다물지 못했다.

초가집 안에서는 땅에 엎드린 사탄이 부들부들 떨면서 아무 말도 하지 못했다. 노인은 매우 심각한 표정으로 말했다.

"내가 이미 경고했거늘 유브라데를 건너다니……."

"아직 건너지 않았습니다. 저와 반고는 사신으로 온 것입니다. 아직 저의 군대는……."

"건너왔다."

노인이 조용히 말했다. 그때였다. 악마의 비명 소리가 들렸다.

"아악. 아악."

사탄은 어리둥절했다. 노인은 한숨을 크게 쉬더니 진지하게 말했다.

"너에게 맡기려고 만든 에덴이 아니다. 이 땅의 모든 생명은 각자 할 일이 있는 법. 너에게도 네가 잘할 수 있는 일을 맡겼다. 너의 자리는 에덴의 어떤 자들보다도 높은 자리였다. 게다가 너의 일은 생명을 살리는 일이었다. 하지만 너는 너의 자리를 지키지 않고 탐욕을 따라 여기까지 왔다. 처음에는 네가 탐욕을 핑계로 여기까지 왔겠지만, 이후로는 탐욕이 너를 개처럼 끌고 다니다가 결국 너를 삼킬 때까지 멈추지 않으리라. 사탄, 이제 잘 보아라. 네가 제국을 세우면 내가 무너뜨릴 것이요, 네가 생명을 죽이면 우리가 일곱 배로 갚아주겠다. 이 말은 영원히 변치 않는 나 창조주의 말이다."

사탄은 진정 무서웠다. 말 한 마디 한 마디 들을 때마다 영혼이 불에 타는 것처럼 고통스러웠다. 하지만 사탄은 이미 탐욕이라는 이름의 마약에 취해있었다. 영혼과 몸을 지배하는 탐욕이 이성을 마비시키고 양심을 마취시켰다. 사탄은 엎드려 있으면서도 머리를 굴렸다. 지금 사탄의 머리에는 노인의 경고나 악마의 비명 따위는 들어오지 않았다. 오히려 섬뜩한 유브라데를 없애고 싶은 마음에 아무 말도 들리지 않았다. 사탄은 욕심이 시키는 대로 입을 열었다.

"저는 에덴에서 쫓겨나 이곳까지 왔습니다. 당신께서 제가 아담보다 못하다 하셔서 여기까지 왔습니다."

뜬금없이 전능자 탓을 하자 노인은 사탄이 한심했다.

"또 다시 나를 탓하느냐? 그 전에, 네 마음 안에 숨어 있는 쪼개진 영혼의 파편이나 잘 다스려라."

사탄은 노인이 하는 말의 의미를 알고 있었다. 사탄은 엎드린 채로 희미하게 웃었다.

"저는 이미 마음을 다스렸습니다."

사탄이 자신있게 말했다. 하지만 돌아온 대답은 달랐다.

"사탄, 진정 그러하냐? 어찌 이리도 스스로를 모를까? 탐욕에 눈이 머니, 자신을 돌아볼 수가 없구나. 사탄, 진심으로 충고하겠다. 다시 돌아보라."

노인의 말은 단호했다. 사탄은 이해가 되지 않았지만 어쩔 수 없는 일. 지금은 그것보다 유브라데가 중요했다. 사탄은 본심을 꺼냈다.

"뭐라 말씀하셔도 저는 억울합니다. 에덴은 저에게 주셨어야 합니다. 이제 제가 그걸 증명하겠습니다. 아담보다 월등하다는 걸 보여드리겠습니다. 저만의 나라를 세워서 창조주께 번듯하게 보여드리겠습니다."

사탄이 잠시 말을 끊었다. 그리곤 더 큰소리로 말했다.

"그런데 제국을 세워 보여드리려면 이 유브라데는 너무 위협적입니다. 유브라데의 거칠고 강한 강물이 언제든지 저를 삼킬 수 있으니 이건… 불공평합니다. 에덴 옆에 미치고 성난 바다가 있어 언제든지 삼킬 준비를 하는 것과 같습니다. 그러니……."

노인의 눈썹이 올라갔다.

"그러니 이 유브라데를 옮겨주십시오."

사탄의 말에 요나가 와락 덤비려는 걸, 옆에 선 에노스가 간신히 잡았다. 노인이 진지하게 말했다.

"유브라데를 옮기려면 유브라데의 근원인 그랄 산도 옮겨야 하는 법. 그래도 되겠느냐?"

사탄은 엎드린 채로 눈알을 굴렸다.

'이런… 실수가… 그랄과 유브라데가 없어지면 에덴을 막을 수가 없다. 저 괴물들을 막으려면 그랄산과 유브라데는 있어야겠다. 그렇다면… 문제는 물이니… 그럼 물만 없애야겠다. 그럼 요나도 올 일이 없으니… 그럼 이곳은 나의 땅이다.'

사탄은 아무리 생각해도 스스로 머리가 좋다는 생각이 들었다. 사탄은 혼자 웃었다.

"그럼 물만이라도 없애주십시오."

노인은 사탄의 속을 이미 다 아는 듯, 주저하지 않고 말했다.

"좋다. 사탄 너의 원대로 칠 일 후에 유브라데의 물을 없애주겠다. 너의 원대로 한 일이니 그때 가서 다시 거론하지 마라."

사탄은 입이 찢어졌다.

"감사합니다. 다시는 불평하지 않겠습니다."

노인은 잠시 엎드린 사탄을 보았다. 악으로 충만한 사탄은 이제 돌이킬 수 없었다.

"내가 두 번이나 찾아와 기회를 주었다. 하지만 스스로 파멸의 길로 가는구나."

노인은 탄식하며 자리에서 일어났다. 노인은 초가집을 나서면서 말했다. 노인의 말은 멀리서부터 아련하게 돌아와서 사탄의 귀에 들렸다.

이번으로 두 번째, 이제 100일 안에 마지막으로 찾아가겠다.

그때까지 너는 마음을 다스리라.

사탄은 엎드린 채로 아무런 대답을 하지 못했다. 오히려 땅에 납작 엎드려 죽은 척 붙어있었다. 노인과 생물들이 떠나고 나서 그렇게 한참이 지났다. 겁에 질려 감히 일어나지 못하고 바싹 엎드렸던 사탄이 악마의 비명소리에 벌떡 일어났다.

초가집 마당으로 뛰어나간 사탄은 어이가 없었다. 마당 한가운데에 악마가 피투성이가 되어 쓰러져 있었는데 거의 정신줄을 놓은 상태였다. 마귀는 초가집 밖에서 사색이 되어 덜덜 떨고 있었다. 마귀의 시선이 머무는 그곳에는 강아지 한 마리가 악마의 채찍을 들고 씩씩거리고 있었다. 강아지는 멀리 사라지는 노인을 보더니 채찍을 집어 던지고 달려갔다. 혀를 빼어문 채 귀여운 표정을 하고 달려가는 강아지는 노인에게 가더니 애교를 떨며 촐싹거렸다. 그것을 본 사탄은 모든 것이 너무 무서웠다.

이곳은 유브라데 동쪽 강변 작은 초가집이었다.

달의 땅

노인의 경고에도 불구하고 사탄의 군단은 유브라데를 건넜다. 그리고는 뱀족과 용족의 땅인 달의 땅으로 갔다.

달은 산과 언덕이 있고 너른 평원도 있었다. 산과 들이 있어서 물도 풍부했다. 나무도 많고 울창했다. 나라를 이루어 살기에는 좋았지만, 모든 땅이 그런 것은 아니었다. 달의 동쪽은 화산이 있어서 연기가 터져나오고 용암이 흘렀다. 그곳은 곡식은 고사하고 풀 한 포기 자라지 않았다. 사탄은 도착하자마자 달의 곳곳을 둘러보았다. 군대는 쉽게 했지만 짐승과 함께 반고를 데리고 달의 모든 곳을 돌아보았다. 직접 보니 자신의 제국이 눈앞에 그려졌다. 사탄은 기분이 좋아졌다.

반고는 제국을 본격적으로 설계했다. 예전에 에덴을 본 기억이 있던 반고는 에덴보다 더 위대하고 웅장하게 만들고 싶었다. 에덴보다 크고 높고 위엄 있어 보이게 짓고 싶었다. 뾰족하고 높은 성을 지어서 이왕이면 에덴에서도 보이게 만들고 싶었다. 하늘과도 가까워지게 만들고 싶었다. 반고가 밤낮을 가리지 않고 설계를 마치자 용족과 뱀족은 일사분란하게 움직였다. 주발의 지휘 아래 사탄의 제국을 짓는데 온 힘을 쏟았다.

그렇게 분주하던 어느 날, 모두 잠든 밤에 사탄 앞에 뜻밖의 손님이 찾아왔다.

밤에 잠을 자지 않는 사탄은 짐승도 없이 혼자 달을 둘러보았다. 비밀이 많고 의심이 많은 사탄은 자신의 제국을 속속들이 머릿속에 넣으려고 돌아다녔다. 북쪽으로 날아가서 황량한 벌판을 둘러본 사탄은, 다시 땅으로 내려와 리워야단의 땅인 동쪽을 거쳐서 자신의 성으로 돌아오고 있었다. 화산에서 흘러나온 연기가 매캐하게 코를 자극했다. 사탄은 화산의 분화구를 보려고 날아올라 산 정상에 섰다. 아래로 시뻘건 용암이 꿈틀대는 모습이 보였다.

그때였다. 누군가가 자신의 뒤에 슬며시 나타났다. 사탄은 머리털이 곤두섰다. 사탄의 본능이 발동하고 살기로 가득 찼다. 사탄은 뒤로 돌며 상대를 죽이려고 힘을 모았다.

"무서운데. 잘못하다가는 죽겠어."

익숙한 목소리. 사탄은 입술을 물었다.

"옛뱀. 감히."

사탄의 본능을 속이고 이토록 가까이 나타난 옛뱀은 뜻밖의 모습이었다. 정말로 처참했다. 사탄은 죽이려던 마음이 사라지고 오히려 궁금해졌다.

"옛뱀… 어찌된 일인가? 이런 모습은……."

어둠 속, 구석에 웅크리고 나타난 옛뱀은 팔다리가 모두 사라졌다. 두 다리로 걸어다니던 옛뱀. 그는 이제 완벽한 뱀의 모습을 가지고 나타났다. 사탄은 당황했지만 마음 한편으로는 기회라 생각했다.

"별 거 아니야. 이미 각오한 일. 처음에는 불편했는데 지금은 익숙해졌다."

사탄이 속으로 놀랐다. 하지만 에덴에서의 일이 몹시 궁금했다.

"그렇군. 에덴의 일은 어찌 되었나?"

옛뱀은 웅크린 채로 두 눈만 껌벅였다.

"약속대로 아담을 쫓아냈다. 이제 에덴은 아무도 갈 수 없는 곳, 불의 칼이 두루 돌고 약이 오른 스랍이 지키는 땅이 되었다."

사탄은 아담을 쫓아냈단 말에 놀라 입이 쩍 벌어졌다. 소름도 온몸에 쫙 돋았지만, 이상하게도 강한 살기가 올랐다.

"옛뱀……."

사탄은 말이 나오지 않았다. 살기가 더욱 짙어졌다. 옛뱀도 사탄의 살기를 느꼈다. 잠시 침묵이 흘렀다. 사탄은 끓어오르는 질투와 살기를 억누르고 다시 물었다.

"…다리는?"

"저주, 평생 기어다니며 흙을 먹으라는 저주를 받았지. 발이 없이 이곳까지 기어오느라 늦었다. 네놈이 하도 앞서 나가서 따라오느라 애 좀 먹었지."

사탄의 입꼬리가 한쪽으로 올라갔다.

"그렇지. 멀리 왔지. 그것도 사연이 많다. 유브라데를 건널 적에 요나를 만나 죽을 뻔 했다."

사탄의 말에 옛뱀이 눈꺼풀을 껌벅였다.

"요나? 그럴 리가. 요나는 물의 왕. 물이 없는 곳에 요나도 없다. 그나저나 너는 유브라데를 어찌 건넜냐? 건널 수가 없었을 텐데."

사탄은 옛뱀의 말을 알아들었다. "그때는 물이 있었다."

"그랬군. 사탄, 이제 에덴은 접고, 제국이나 잘 만들어라. 빚은 나중에 받으러 오겠다."

옛뱀은 말을 마치자마자 어둠 속으로 흔적도 없이 사라졌다. 사탄은 어리둥절했다. 어딘가에 있겠지 하고 모든 감각을 동원해 찾았지만 사라지고 없었다. 사탄은 그제야 아차, 싶었다.

'죽일 걸 그랬나? 방심한 사이에 사라지다니.'

어둠의 대왕인 자신이 보기에도 옛뱀은 완벽했다. 사탄은 속으로 생각했다.

'옛뱀… 정말 대단하다. 하지만… 에덴을 망치고 얻은 결과가 너무 치명적이구나. 기어다니다니. 이제 와서 후회한들 어떻게 하랴? 날개 꺾인 봉황의 신세인 것을… 흐흐흐. 스스로 불나방이 되려했으니 나를 원망하지는 마라. 흐흐흐.'

사탄은 옛뱀이 전해준 소식 덕에 기분이 매우 좋아졌다.

옛뱀은 화산의 어둠 속에서 꾸물거리며 어디론가 기어갔다.

'위험했다. 예전부터 그런 놈인 줄 알았지만 살기라니…. 하마터면 개 값도 안 되게 죽을 뻔했다.'

옛뱀은 가슴을 쓸어내렸다. 옛뱀은 기어 산을 내려갔다. 뱀족으로 걸어다니던 때와 비교해서 기어다니니 불편한 것이 정말 많았다. 돌에 긁힌 뱃

가죽은 갈라지고 곪아서 터졌다. 나을만하면 다시 찢어졌다. 하지만 옛뱀은 절망하지 않았다. 생각이 달랐다.

'불편한 점이 있으면 좋은 점도 있는 법. 다리가 없지만 아무도 모르게 움직일 수 있다. 그리고 엎드려 있으니, 가장 낮은 곳에서 올려본다. 그러면… 상대방의 약점을 볼 수 있다.'

옛뱀은 여전히 무표정으로 조용히 어둠 속으로 사라졌다.

반고는 늘 밤에 책을 읽었다. 세상의 모든 책을 모아 책벌레처럼 읽었다. 사탄의 성을 지을 때 필요한 지식을 위해 요즘 부쩍 책을 읽는 시간이 많아졌다. 반고는 두 발을 쭉 뻗고 누워서 책을 폈다. 그때였다. 반고의 눈이 반짝이더니 갑자기 자리에서 일어났다. 그리고는 어두운 벽을 향해 허리를 숙였다.

"주군, 가셨던 일은 어찌 되었습니까?"

그러자 벽에서 음성이 들렸다. 보이지 않았지만 옛뱀이었다.

"군사와 이야기한 그대로 잘되었다. 리워야단은?"

"별일 없이 잘 계십니다. 뭐라고 전해 드릴까요? 그렇지 않아도 궁금해하십니다."

"잘 지낸다니 내가 직접 찾아가지. 군사, 약속은 잊지 않았겠지?"

"잊을 리 있습니까? 주군께서는 살아만 계시면 됩니다."

"좋다. 군사만 믿는다. 이제 나는 어둠으로 들어가서 군사가 판을 키우는 그때를 기다리겠다. 만사 조심하길."

"주군께서도 조심하십시오. 그럼."

반고는 다시 제자리로 돌아와 책을 폈다. 그러나 반고의 눈은 책에 가 있지 않았다. 허공을 향해 얼굴을 들고 눈을 꼭 감았다.

동궁

달의 제국

유브라데를 떠난 지 100일이 되자 사탄의 성이 완성되었다. 성만 지은 것이 아니었다. 자신을 따라온 수십만의 군사들과, 한 식구가 된 용족과 뱀족을 위한 성과 마을들도 같이 지었다. 모든 건물들은 뾰족하고 높았다. 뾰족한 건물들 중에서도 사탄의 성은 가장 높은 산 위에, 그것도 가장 높게 지었다.

건축 일은 용족과 뱀족의 도움이 있었기에 가능했다. 반고는 모든 성과 마을의 설계를 직접 했다. 늘 책을 보며 쌓은 해박한 지식으로 설계한 사탄의 제국을 보면 감탄사가 절로 나왔다. 주발은 성을 짓는 그 모든 공사를 감독했다. 그리고는 딱 100일 만에 기적적으로 모든 공사를 마무리했다. 사탄은 매우 만족했다.

고된 공사가 끝나고 모두가 잠이 든 밤이었다. 사탄은 잠이 오지 않았다. 밤이 지나고 나면 이제 공식적으로 황제가 되는 설레는 날이다. 제국의 황제가 되는 날이었다. 하지만 사탄은 잠을 이룰 수 없었다.

'그가 오늘 온다.'

사탄은 머릿속으로 유브라데의 노인을 생각했다. 생각 안에서라도 노인의 눈을 마주 볼 수 없었다.

'죽을 것 같다. 그 눈만 생각하면….'

사탄은 숨고 싶었다. 피할 수 없다는 걸 알았지만 그래도 어디론가 도망을 하고 싶었다. 어둠이 깊어질수록 마음의 병도 깊어지던 사탄은 자신의 방에 만들어 놓은 아무도 모르는 자신만의 문을 열었다. 그리곤 달에서 가장 외진 곳으로 은밀하게 갔다.

사탄의 성이 우뚝 서 있는 산은 높고 험한 산이었다. 단단한 암석이 많은 산의 이름은 달이었는데, 작은 그랄산으로도 불렸다. 사탄은 그 달 산의 동쪽 기슭에 숨겨진 작은 동굴로 내려갔다. 동굴은 사탄의 키만큼 높았다. 폭은 두 세 명이 다닐만한 너비였다. 사탄이 들어선 동굴은 구불구불했다. 습기가 차서 작은 벌레들이 많았고 미끄러웠다. 사탄은 좁은 동굴을 지나 한참을 내려갔다. 얼마나 깊이 왔는지 몰랐다. 외길이던 동굴이 양쪽으로 갈라지는 곳에 섰다. 정면의 벽을 마주보고 섰다.

사탄은 주위를 두리번거렸다. 아무도 없었다. 하지만 예민한 사탄은 다시 한번 둘러보고는 동굴 벽 한가운데를 스르르 밀었다. 그러자 암석 덩어리 벽이 통째로 밀렸다. 아무 소리도 나지 않았지만 육중한 벽이 어둠 속으로 밀려들어갔다. 그리고는 사탄의 눈앞으로 새로운 동굴이 나타났다. 다시 주위를 두리번거리던 사탄은 아무 소리도 내지 않고 안으로 들어갔다. 사탄이 들어가자 가운데 벽이 스르르 움직였다. 길은 다시 두 갈래로 되었다.

가운데 동굴로 여섯 걸음 들어가자, 갑자기 눈이 시원해졌다. 끝이 보이지 않을 만큼 높은 공간이 나타났다. 그곳은 높은 절벽이 사방으로 둘러싼 커다란 공간이었다. 사탄은 정면의 절벽 바로 앞으로 다가갔다. 절벽은 다른 곳과 달리 매끄럽고 단단했다.

사탄은 이곳 만큼은 아무에게도 말하지 않았다. 불면의 밤마다 이리저리 다니면서 찾아낸 자신만의 공간이었다. 고개를 들어 절벽을 살펴본다. 끝이 보이지 않았다. 좌우를 살펴보아도 어둠만 보이고 아무도 없다. 들어오는 길도 하나 나가는 길도 하나였다. 사방이 막혀있는 이곳은 숨기에 안성맞춤이었다.

사탄은 절벽을 등지고 커다란 돌 위에 앉았다. 사탄은 잠을 잘 수 없었지만 이곳에서는 잠을 조금이나마 잤다. 피곤이 한계를 넘으면 이곳에서 잠시 쪽잠을 자기도 했다. 사탄은 두려운 노인을 피해 달에서 가장 은밀하고 신비로운 동굴 안으로 숨었다.

'여기에 있으면 찾지 못하리라.'

아무 소리도 들리지 않았다. 그러니 불안하지도 않았다. 사탄은 자신만의 공간에서 잠시 잠을 청했다. 사탄의 무거운 눈꺼풀이 천근만근 더 무거워졌다. 잠이 오려는가? 잠이 가려는가? 사탄은 깜빡 잠이 들었다. 그때였다.

"너는 에덴을 탐하기 전에 먼저 너의 마음을 다스리라."

꿈이런가? 생시인가? 아련하게 들리는 그 목소리는 낯이 익었다.

"너는 에덴을 탐하기 전에 먼저 너의 마음을 다스리라."

마음은 원이로되 눈을 뜰 수가 없다. '누구?' 머릿속으로 불러보았다. 그러나 익숙한 음성이 저 멀리서부터 들려왔다.

"절벽 아래… 그곳으로… 내가 가리라."

사탄의 충혈된 눈이 벌떡 떠졌다.

"안 돼."

번개처럼 일어나 이곳저곳으로 눈을 돌렸다. 아무도 없었다. 절벽을 등지고 섰다. 손바닥을 절벽에 붙이고 허공을 향해 외쳤다. 마치 누군가 있는 것처럼 이곳저곳을 올려보며 애걸했다.

"오지 마십시오. 오지 마십시오. 오지 않고도 지금처럼 말하실 수 있지 않습니까? 하실 말씀은 얼마든지 하십시오. 대신 제발 이리로 오지 마십시오. 당신의 눈을 마주하면 죽을 것 같습니다."

사탄은 진심이었다. 하지만 노인도 진지했다.

"그리 무서워하면서 아직도 에덴을 탐하느냐?"

사탄의 머릿속으로 옛뱀의 얼굴이 지나갔다.

"보십시오. 놀랍게도 아담은 에덴을 배반했습니다. 막중한 에덴을 과일 하나와 바꿨지요. 에덴을 얼마나 가볍게 여기면 그럽니까? 저는 처음부터 그럴 줄 알았습니다. 생각해보십시오. 아담은 아니라고 제가 그토록 말렸지 않습니까? 그런데도 당신께서는 고집을 부리고 에덴을 맡기셨지요. 아담은 처음부터 능력이 없었습니다. 이제 능력이 모자란 아담은 제자리를 찾아갔습니다. 그러니 처음부터 당신의 선택은 틀렸습니다. 에덴은 아담이 아니라 저에게 맡기셨어야 합니다."

"네가 꾸민 일이 아니냐?"

"옛뱀이 한 일입니다. 그것도 알고 보면 여자와 아담의 선택입니다. 선악과를 따먹은 자는 옛뱀이 아닙니다. 바로 여자와 아담입니다. 저는 그저 불쌍한 옛뱀을 거두어준 죄밖에는 없습니다. 당신께서도 불쌍한 자를 돌보시지 않습니까? 저도 불쌍한 자를 돌아보고 도와줍니다. 제 자리는 원래부터 에덴입니다. 당신 말대로 모든 피조물은 제자리가 있습니다. 피조물이 각자 맡은 자리에 가 있는 것이 공평입니다. 에덴을 가출한 아담은 이제 자기 자리를 찾았지만 저는 아직 아닙니다."

사탄이 속사포처럼 쏟아내었다.

"너의 자리는 누가 정했느냐?"

"제가 정했습니다."

"아담의 자리는 누가 정했느냐?"

"그것도 제가 정했습니다."

"왜 네가 모든 자의 자리를 정하느냐?"

노인의 말에 사탄의 눈이 가늘어지며 입술이 비뚤어졌다.

"모든 자의 자리를 정하는 것이 저의 할 일입니다. 유브라데를 건너면서 확실히 깨달았습니다. 저의 자리가 어디인지. 저의 자리는 에덴입니다. 이곳 변두리가 아니란 말입니다. 창조주께서 고집을 부려 저를 이곳까지 몰아붙이셨지만 저는 이곳에서 힘을 키워 에덴으로 돌아가겠습니다. 제 자리를 찾아가겠습니다."

사탄의 말에 노인은 한동안 말이 없었다. 짧은 침묵이 이어지자 사탄은 불안했다. 하지만 침묵을 깨고 노인의 목소리가 다시 들렸다. 아까와는 다른 강한 목소리가 들렸다.

"자신 있느냐?"

모든 말에는 감정이 들어있었다. 사탄은 노인의 말을 들으며 전쟁이 떠올랐다. 창조주를 상대로 하는 전쟁은 이제 피할 수 없었다. 사탄은 노인과 논쟁을 하면서 한편으로는 잔머리를 굴렸다.

"전능자를 상대로 하는 전쟁에 어찌 자신 있겠습니까? 당신은 전능자시니 저의 노력과 땀과 수고 정도는 한 번에 뒤집어엎으실 수 있습니다. 그것이야말로 가장 불공평합니다. 만약, 공평을 약속해 주신다면 자신있습니다."

"너의 말대로 유브라데의 물도 없애주었거늘 아직도 불공평하냐?"

"저울의 균형을 맞추고, 기울어진 경기장을 평평하게 맞추어 주시면, 그럼… 다시는 불평하지 않겠습니다."

"균형이라? 말해 보라."

"하늘에서 내리는 비와 하늘의 돌아다니는 태양을 보며 땅위의 모든 자들은 창조주 당신을 생각합니다. 하루 종일, 아침부터 저녁까지, 땅 위의 모든 피조물은 태양을 보며 잠재적인 에덴의 군사가 됩니다. 비를 맞으며 창조주에게로 돌아갑니다. 하지만 그들은 나의 제국을 알지 못합니다. 전쟁은 강하고 충성스러운 군사가 필요합니다. 땅위의 모든 피조물들이 아담과 여자처럼 당신과 나 사이에서 공평하게 선택하려면 나의 이 제국도 알려야 합니다."

"……."

사탄은 노인이 말이 없자 더욱 대범해졌다.

"나의 제국을 하늘에 올려주십시오. 모든 땅에서 볼 수 있게."

"달의 제국을 하늘에?"

"태양을 하늘에 놓으신 분이 달을 하늘에 올리는 것이 어려우십니까?"

"그러면 공평하냐?"

노인의 말에 사탄의 눈이 빛났다.

"한 가지 더 있습니다. 태양과 달이 같이 있으면 곤란합니다. 태양이 너무 밝아서 달이 보이지 않습니다. 저에게 하루의 반을 주십시오. 낮은 태양이, 밤은 달의 제국이 보이면… 공평합니다."

"달이 하늘로 올라가면… 그러면 이제 공평한가?"

속사포처럼 말하던 사탄이 갑자기 뜸을 들였다.

"마지막으로 한 가지만 해결되면 공평합니다."

"또 무엇이냐?"

잠시 주저하던 사탄이 조심스럽게 입을 열었다.

"예언을 주십시오."

"예언이라 했느냐?"

"그렇습니다. 전능자께서는 장차 될 일도 모두 알고 계십니다. 저는 공평을 원합니다. 당신이 아시는 것을 저도 알아야 공평합니다. 저는 당신이 아는 모든 피조물들에 관한 예언을 원하는 것이 아닙니다. 단지 저의 마지막에 대한 예언만 원합니다. 당신만 알고 계시는 그것을 저에게도 알려주셔야 진심으로 공평하다 생각합니다."

노인은 한동안 말을 하지 못했다.

"내가 너의 마지막을 알려주면… 마지막을 바꿀 수 있다고 생각하느냐?"

사탄은 망치로 얻어맞은 것처럼 충격을 받았다. 노인의 말 한 마디로 혼란에 빠졌다.

'바꾸지 못한다 하면 알려줘도 소용없다 할 것이고, 바꿀 수 있다 하면 예언이 필요 없다, 할 것이니… 난감하다.'

사탄은 잠시 생각을 하다가 어렵게 입을 열었다.

"저는 단지 공평을 원할 뿐입니다."

사탄이 단호하게 말하자 노인도 더 이상 논쟁을 하지 않았다. 노인의 목소리는 메아리처럼 울렸다.

"좋다. 너에 대한 예언, 천년의 예언을 알려주겠다. 하지만 마지막으로 권면하노니, 너 스스로 탐욕을 따라가면 결국 죽을 것이요, 탐욕을 버리고 돌이키면 살 것이라. 너는 스스로 마음을 다스리라."

"제 마음은 제가 다스립니다. 예언을 주십시오. 공평하게 말입니다."

사탄이 큰소리로 말했다. 그러자 노인의 말이 희미하게 멀어지며 들렸다.

"사탄, 너의 욕심과 탐욕이 너를 파멸로 이끄는구나. 좋다. 달을 먼저 하늘에 올리겠다. 하지만 기억하라. 이 모든 것이 너의 선택이고 너의 책임이라는 사실을."

사탄은 노인의 말이 멀어지자 숨통이 좀 트였다. 죽을 것 같던 숨구멍도 편안해졌다. 그때였다. 갑자기 땅이 심하게 흔들렸다. 쿠쿠쿵 쿵. 땅이 흔들려 제자리에 서 있기도 힘들었다. 거대한 암석 전체가 무너져 내릴 것 같았다. 사탄은 이대로 바위틈에서 죽을 것만 같았다. 사탄은 겁이 나서 온 마음이 떨렸다.

'아… 어마어마하다. 이것이 나에 대한 분노라면 나는 살아남지 못한다.'

사탄은 단단한 절벽에 더욱 몸을 기대고는 두 다리에 잔뜩 힘을 주었다.

'전능자의 분노로 이곳에서 죽는가? 아니면 약속대로 달이 움직이는가?'

공포의 시간이 지나고, 무시무시하게 흔들리던 땅도 잠잠해졌다.

'약속이 이루어진… 건가?'

잠시 정적이 흘렀다. 의심 많은 사탄은 조급했다. 밖으로 나가서 확인하고 싶었지만 두려운 사탄은 그럴 수 없었다.

'이대로 나갔다가 죽을 수도 있다.'

의심이 마음속에서 일어나고 있는 그때였다. 갑자기 또렷한 음성이 머릿속으로 들어왔다.

이 말들은 나 전능자의 말이니 악인과 의인에게 공평하게 주노라.

교만의 아비 사탄에 관한 예언이라.

거짓의 아비 사탄의 이제로부터 마지막까지를 천년으로 정하였나니,

이 예언은 반드시 이루어지리라.

장차 이루어질 일에 대해 말하노니 듣는 자는 귀를 씻고 들으라.

악과 선은 함께하지 못하리니, 듣는 자는 깨달으라.

교만은 패망의 선봉이요……

'천년의 예언?'

화들짝 놀란 사탄은 정신을 한 곳에 초집중하고 들었다. 워낙 영리하고 뛰어난 두뇌는 한 번 들은 것과 본 것을 잊어버리는 일이 없었다. 사탄은 바라고 바라던 예언의 말을 들으며 초긴장하여 음성에 집중했다.

그러기를 잠시 후, 천년의 예언이 물처럼 계속 흘러나오는데, 사탄은 매우 당황했다.

'이상하다. 기억이 나지 않는다. 어째 이런 일이….'

들려오는 예언을 머릿속에 아무리 담아두려 해도 되질 않았다. 영민한 사탄의 머릿속으로 노인의 말이 생각났다.

악과 선은 함께 하지 못하리니, 듣는 자는 깨달으라

사탄의 머릿속으로 번개가 지나갔다.

'이런… 일이. 할 수 없다. 생각할 시간이 없다. 그렇다면….'

사탄이 입술을 깨물고 윗옷을 북 찢었다. 탄탄한 가슴과 매끄러운 배가 나타났다. 사탄은 주저하지 않고 양손을 가슴으로 가져갔다. 그리고는 손톱을 세워 자신의 몸에 예언의 단어들을 기록하기 시작했다. 말 전체를 담

을 수는 없었지만 중요하다고 생각하는 단어와 숫자들을 손톱으로 자신의 몸에 새겼다. 살이 찢어지는 고통이 밀려왔다. 하지만 고통이 무섭지는 않았다. 그에 반해 예언의 내용이 너무나도 무서웠다. 기록하는 사탄의 얼굴이 갈수록 흙빛이 되었다.

날카로운 사탄의 손톱이 지나간 자리로 피가 솟구쳤다. 그러나 사탄은 멈추지 않았다. 피가 강물처럼 흘렀다. 사탄의 몸을 타고 땅으로 떨어졌다. 사탄은 피바다 위에 섰다.

예언을 따라 두서없이 기록하던 사탄은 이제 양 어깨로 손톱을 옮겼다. 정신없이 손과 팔을 움직였다. 오른 손톱으로 왼팔과 어깨를 그어댔다.

한참을 정신없이 양팔을 움직이며 기록하던 사탄이 갑자기 멈추었다. 자신을 향해 쏟아지던 예언이 이제 모두 끝이 났기 때문이었다. 담담한 노인의 목소리는 더 이상 들려오지 않았다. 무언가 더 있을까 하여 귀를 열던 사탄도 서서히 김이 빠졌다. 한참을 그대로 서 있던 사탄이 그 자리에 털썩 주저앉았다.

"헉, 헉. 헉."

사탄은 가쁘게 숨을 몰아쉬었다. 하지만 마음의 공포는 상상 이상이었다.

'무섭다. 나의 마지막이… 너무 무섭다. 아….'

사탄은 움직일 수 없었다. 피를 너무 많이 흘리기도 했지만 엄청난 예언의 비밀을 듣고 나서 온몸의 힘이 사라졌다. 사탄은 그렇게 오랜 동안 앉아 있었다.

시간이 한참 흐르고 조금만 더 있으면 태양이 떠오를 시간이었다. 사탄은 힘을 내어 일어섰다. 다리가 후들거렸지만 머리는 상쾌했다. 이상했다. 여태껏 이런 기분은 처음이었다. 머리가 아프지 않고 가벼웠다. 몸도 매우 날렵해졌다. 원하는 것을 모두 얻어서 그런 것이라 생각한 사탄은 홀가분했다.

'얻을 건 다 얻었다. 아픈 것도 사라지고… 후후후 전쟁은 이제부터 시작이다.'

찢어진 옷을 여미 피투성이 가슴을 가린 사탄의 마음이 가벼웠다. 들어온 길로 다시 걸어 나가는 발걸음도 가벼웠다. 그런데 민감한 사탄의 본능이 이상하게 꿈틀거렸다. 앞으로 걸어갈수록 이상한 기운을 느꼈다. 끈적거리는 느낌이 뒤통수를 잡아끌었다.

'이상하다. 이런 느낌은 뭐지?'

누군가 자신을 훔쳐보는 것 같았다. 진하고 악독한 살기도 느껴졌다. 생전 처음 느끼는 살기에 소름이 돋았다.

'피곤한가?'

사탄은 습관적으로 문에 손을 얹었다.

그르릉. 미세한 소리가 나며 문이 열리고 뻥 뚫린 어둠이 보였다. 사탄은 문 밖으로 걸음을 옮기려다 갑자기 멈추었다. 아무래도 이상했다. 자신을 끌어당기는 그 무엇이 자신을 부르는 것만 같았다.

'이상하다. 누가 나를… 엿보는가?'

사탄은 이상한 생각에 몸을 서서히 돌려 뒤를 보았다.

키 높이의 동굴에서 몸을 돌려 절벽을 바라보던 사탄의 입에서 헛바람이 새어 나왔다.

"헉. 이게 대체 무슨…."

사탄의 눈에 들어오는 장면은 믿기지 않았다. 정면에 등을 기대었던 높은 절벽, 그 절벽을 따라 피가 꿈틀거리며 올라갔다. 실지렁이 같기도 하고 살아있는 혈관 같기도 했다. 굵은 피의 줄기가 꿀렁꿀렁 절벽을 타고 올라갔다.

사탄은 번개처럼 걸어갔다. 다시 눈앞에 나타난 절벽으로 사탄은 고개를 들어 보았다. 그리고는 그 자리에 털썩 주저앉았다.

높고 매끈한 절벽, 사탄의 피를 빨아들인 그 붉은 절벽의 한복판에 검붉은 시 한 편이 보였다.

눈 하나가 나를 보고 있다
매끈하고 새까만 동경으로 흘러가는 악마의 먹구름.
나는 이미 그 안에 들어가 있다
애절하고 섬뜩한 그 무언가가 나를 부르고.
이제 나는 홀린 듯 가야만 한다.

사탄은 실성한 자처럼 넋을 놓고 그 시만 바라보았다. 검붉은 시에서는 뜨거운 김이 모락모락 나오고 있었다. 이곳은 달의 제국 사탄의 성 아래 땅 속, 동쪽의 높은 절벽이다.

다음날 아침, 달의 제국은 발칵 뒤집어졌다. 달의 제국이 하늘에 걸려있었기 때문이었다. 유브라데부터 달의 제국으로 들어가는 길은 평상시와 같았다. 하지만 일단 달의 제국으로 들어오면 모든 것이 달라졌다.

아래를 내려보면 에덴이 보이고 땅의 거의 모든 곳이 보였다. 하늘에서 내려보니 에덴의 아름다움은 더 컸다. 그에 따라 제국의 탐욕은 날이 갈수록 커져만 갔다.

땅에서 달을 보면 더 장관이었다. 밤하늘에 태양의 빛을 받아 빛나는 높은 성과 뾰족한 탑은 땅의 생물과 사람들의 눈에 크게 보였다. 제국의 신하들과 장수들은 새삼 사탄의 능력에 놀랐다. 사탄은 자신의 힘으로 달을 하늘에 올렸다고 떠들었다. 그의 군대는 사탄 앞에서 충성을 맹세하며 괴성을 질렀다. 시간이 갈수록 제국의 장수들은 교만해져갔다.

달의 제국에서는 자연스레 사탄의 황제 즉위식이 열렸다. 사탄은 별 의미를 두지는 않았지만 그래도 기분은 좋았다. 게다가 마지막으로 자신의 몸 안에서 자신을 괴롭히던 놈도 없어진 터라 사탄은 긴장의 끈이 풀렸다.

사탄은 무려 6일 동안 잠을 잤다. 악마와 마귀는 사탄이 궁금해 사탄의 성으로 왔지만 막무가내로 문을 막아선 짐승 때문에 들어갈 수가 없었다. 악마가 통사정을 해 보았지만 짐승은 요지부동이었다. 악마와 마귀는 한동안 맴돌다가 돌아갔다. 그 뒤로는 사탄이 스스로 일어나기 전까지 아무도 접근하지 못했다. 사탄은 6일을 자고 일어났다. 날아갈 것 같았다. 하지만 마지막 기억이 다시 사탄을 압박했다. 사탄은 곰곰이 생각해 보았다.

'이제 편안하다. 두통도 없고 심장도 좋다. 그럼… 역시 여섯이 맞았구나. 마지막 놈이 남아있을 줄은… 미처 몰랐는데… 무섭다. 내 안에서 나를 속이고 있던 그놈이 가장 무섭다.'

사탄은 다시 불안했다. 자신의 성 바로 아래에 자신과 닮은 그놈이 있는 것만으로도 불안했다. 게다가 천년의 예언을 같이 들었다 생각하니 정신이 아득했다. 피의 절벽이 자신의 비밀을 얼마나 알고 있는지 의심이 구름처럼 일어났다. 누군가 그놈을 만나서 자신의 약점을 알게 되는 것이 가장 불안했다. 사탄의 눈에 옛뱀의 교활한 눈동자만 보였다.

사탄은 몇날 며칠을 고민했다. 다시 불면의 밤을 보낸 어느 날 밤, 사탄은 자신의 창을 옆구리에 끼고 다시 절벽을 찾았다.

'없애야 한다.'

사탄은 피의 절벽을 없애려고 마음먹었다. 혹시 마음을 바꾸거나 주저할까봐 일부러 빨리 걸어갔다. 벽의 문도 거침없이 열고 여섯 걸음을 뛰듯이 걷고는 피의 절벽 앞에 섰다.

웅웅웅, 들어올 때부터 은은한 소리가 났다. 사탄은 자신의 피내음이 이토록 진한 줄은 처음 알았다. 사탄은 은은한 악의 내음이 흘러내리는 피의 절벽 앞에 섰다.

"주군. 어서 오시지요."

사탄은 적잖이 놀랐다. 비밀의 시가 나타났던 절벽에 뜻밖의 글이 나타났다.

"너는 누구냐?"

사탄이 크게 외쳤다. 절벽이 울리면서 먼지가 피어나고 돌이 떨어져 내렸다.

"당신의 종입니다. 당신 안에 있다가 자유를 주셔서 나왔습니다. 하지만 주군으로 모시겠습니다."

사탄은 대답 대신 긴 창을 손목으로 휘감고 힘을 주었다.

"그 창으로 저를 없애시렵니까?"

사탄은 깜짝 놀랐다.

"이게 보이느냐?"

"주군의 마음으로 봅니다. 마음으로 듣고, 마음으로 이해합니다."

"그럼 더욱 살려둘 수 없다."

사탄의 창이 무자비하게 날아가는 그 순간, 어디선가 개 한 마리가 번개처럼 나타났다. 그 빠름이 상당했다. 퍽 소리가 났다. 그 개가 사탄의 창에 찔려 그 자리에서 죽어버렸다. 사탄은 당황했다. 창끝에 찔려 죽은 개를 보았다. 입에서 붉은 거품이 흘러나오고 예리한 창에 찔린 척추는 층이 지도록 꺾였다. 어디서 나타난 건지 몰랐다. 이 세상에서 사탄의 예민한 본능을 속이고 이렇게 접근할 수 있는 자는 많지 않았다. 사탄은 모골이 송연해졌다.

그때였다. 절벽 위로부터 살기가 느껴지더니 갑자기 무언가가 쏟아져 내렸다. 개들이었다. 사탄은 본능적으로 창을 휘둘렀다. 창끝에 살과 뼈가 느껴지고 피가 튀었다. 사탄의 눈앞에 갑자기 지옥이 열렸다. 쏟아져 내린 개들의 시체가 절벽 앞에 산더미처럼 쌓였다. 사탄은 화가 났지만 잠시 분을 가라앉혔다. 창을 앞으로 뻗어 시체들을 가리키며 물었다.

"이것들은 뭐냐?"

"주군의 은혜를 입은 개들입니다. 저를 돕는 떠돌이 개들입니다."

"떠돌이 개가 남을 위해 죽었다는 이야기는 듣지 못했다."

"주군 옆에도 개가 많지 않습니까? 저에게도 충직한 개뿐이 아니라 다른 것들도 많습니다."

"다른 것?"

사탄의 눈꼬리가 올라가자 피의 절벽에 검붉은 그림이 스르르 그려졌다. 사방으로부터 꾸물꾸물 모여드는 피는 조금씩 겹쳐졌다. 시간이 흐를수록 더 많은 피가 모여들어 끈적거리며 쌓여갔다.

"이놈들입니다. 더러운 곳에서 거두어들인 놈들이라서 더러운 세 영이라 합니다. 사마귀, 거미, 개구리, 이놈들은 곧 인간의 육신을 얻을 예정입니다. 그때 주군을 다시 찾아뵙겠습니다."

핏덩어리가 움직이며 음성이 흘러나왔다. 사탄은 말을 잊었다. 절벽을 향하던 날카로운 창끝이 저도 모르게 내려왔다. 사탄은 할 말이 없었다. 절벽에서는 피가 계속 모여들었다. 사탄의 창에 죽은 개들의 피도 절벽으로 빨려 올라갔다.

잠시 후, 피의 절벽에 나타난 괴물들이 일제히 사탄에게 고개를 숙였다. 그곳에는 사마귀와 거미, 그리고 개구리가 나란히 엎드렸는데 그 아래, 땅

위에 커다란 개 한 마리가 엎드린 채 말을 했다. 시뻘건 피를 머금은 개였다. 입에서 거품이 흘러나왔고 눈은 충혈 되어 새빨갰다.

"주인을 뵙습니다. 미친개입니다. 무슨 일이든지 시키기만 해주십시오. 목숨을 다하겠습니다."

미친개가 고개를 숙여 인사하자, 절벽 위 핏덩어리들도 엎드렸다. 사탄은 그 자리에서 넋이 나간 채로 오랫동안 서 있었다.

이곳은 달의 제국의 피의 절벽 앞이었다.

달의 제국, 사탄의 성

달의 제국에서는 새로운 공사가 시작되었다. 사탄의 성 바로 아래에 궁 하나를 짓기 시작했다. 이번에는 어디서 나타났는지 모를 사람들이 공사를 맡았다. 처음 보는 자들이었는데 먹지도 자지도 않고 오로지 일만 했다. 아무도 대수롭지 않게 여겼다. 사탄이 잠을 자지 않는 건 이미 다 알려진 사실이었다. 그래서 모두는 사탄이 잠을 잘 수 있는 궁을 짓는가 생각했다. 공사는 열흘 만에 끝이 났다. 공사를 맡은 사람들은 공사가 끝나자 귀신처럼 사라졌다. 모두들 궁금했지만 어디에도 물어볼 수 없었다.

이름은 동쪽에 있는 궁이라 해서 동궁이었다. 동궁은 아무나 들어갈 수가 없었다. 사탄의 성처럼 하늘에는 까마귀가 빙글 빙글 돌았다. 사탄의 영역이라는 표시였다. 그래서 달의 제국의 어느 누구도 들어가려 하지 않았다. 사탄도 거의 들어가는 일은 없었다. 밤에 몰래 들어갈 거라는 소문은 있었지만 눈으로 본 자는 없었다. 그렇게 동궁은 신비와 비밀이 되었다.

한 때

꽃동네

아담이 에덴을 나온 지 99년이 되는 해

세월이 흘렀다. 달의 제국이 세워지고 99년이라는 세월이 유수같이 흘렀다. 아담의 자손들인 사람은 땅에서 끈질긴 생명력으로 번성했다. 세월이 흐르면 흐를수록 그 수가 많아져 이루 헤아릴 수 없었다. 사람들이 땅의 모든 곳으로 퍼져나가 그곳에서 또 다시 번성하였다.

하나님은 번성하는 사람들을 에덴과 달이 있는 곳에서 멀리 옮기셨다. 하지만 아직도 그랄에는 많은 사람들이 살고 있었다. 하나님은 사탄과 달의 제국의 악함을 보시고 사람들을 지키기 위해 시공간을 흩어놓으셨다.

아라랏산

아라랏산 북쪽 면에는 절벽들이 많았다. 그 절벽들 아래에 자그마한 마을이 있었다. 마을은 숲이 우거지고 사방이 산으로 막혀 겨우 하늘의 모서리만 보였다. 산 아래 마을 초입부터 곧게 뻗은 산길은 굵고 큰 소나무들이 줄을 맞추어 서 있고 그 왼편으로 맑은 계곡물이 흘렀다. 산길 그대로 길을 따라 서로 비슷한 집들이 듬성 듬성 있었다. 모두 비슷하게 생긴 가난한 집들을 지나 한참을 올라가다 보면 산길의 마지막에 좌우로 갈라진 길이 나왔다. 왼쪽으로 가면 작은 언덕이 나왔다. 언덕에서는 해가 짧고 밤이 길었지만 희한하게도 꽃이 많았다. 그래서 한 번 와본 사람들은 그 동네를 꽃동네라 불렀다.

꽃이 많아서 꽃동네라 했다. 생명이 넘치고 색이 분명한 예쁜 꽃동네. 십년 전만 해도 꽃동네는 대여섯 집이 옹기종기 모여 살았다. 작은 마을이 었지만 사람들이 서로를 보듬고 살던 예쁜 동네였다. 가난해도 먹을 게 없어도 사람들은 웃으며 살았다.

더운 여름에 작은 언덕으로 달려간 바람은, 그곳에서 땅만 보고 밭을 일구던 사람들을 간질거리며 돌아다녔다. 짙은 녹색으로 새로 돋아난 풀과, 한껏 물오른 작은 꽃잎은 불어오는 산들바람에 좌우로 흔들거렸다. 그 녹색의 양탄자 위로 새하얀 나비들의 독무가 어우러져 내렸다. 그렇게 예쁜 동네가 꽃동네였다.

작은 언덕 위에 가난한 집이 하나 있었다. 아랫동네부터 한참을 올라가야 나오는 집은 초라하고 볼품이 없었다. 옛날에는 몇 집이 서로를 위로하며 예쁘게 살았지만, 지금은 자그마한 언덕 위, 초라한 집 한 채만 남고 모두 폐허가 돼버렸다.

여섯 살이었다. 검정 치마, 검정 고무신과 하얀 저고리를 입은 아이는 늘 웃었다. 꽃을 보며 웃었고 하늘을 보며 웃었다. 갈 곳이라곤 작은 언덕 밖에는 없었지만, 어디를 가든 한 살 바기 동생을 업었다. 초라한 집 뒤, 작은 텃밭을 일굴 때에도 어린 동생을 업었다. 힘든 일이었지만 여섯 살 그 아이는 늘 노래를 불렀다.

엄마가 가르쳐준 노래는 불러도, 불러도 질리지 않았다. 언제나 웃는 그 아이는 엄마가 보고 싶으면 노래를 불렀다.

나의 살던 고향은 꽃피는 산골 복숭아꽃 살구꽃 아기 진달래

울긋불긋 꽃 대궐 차린~ 동네 그 속에서 놀던 때가 그립습니다.

꽃동네 새동네 나의 옛고향 파란 들 남쪽에서 바람이 불면

냇가에 수양버들 춤추는 동네 그 속에서 놀던 때가 그립습니다.

오빠가 있었다. 언제나 웃는 아이처럼 밝게 웃던 오빠가 있었다. 그런데 믿음직한 오빠가 사라졌다. 어린 동생을 업은 아이는 오빠가 보고 싶으면 노래를 불렀다. 하지만 노래를 하면 엄마가 울까 봐 부르지 못했다. 하지만 이제는 노래를 부를 수 있었다. 오빠를 그리워하던 엄마가 죽었기 때문이었다. 어린 동생을 업은 아이는 오빠가 보고 싶으면 늘 노래를 불렀다.

뜸북 뜸북 뜸북새 논에서 울고 뻐꾹 뻐꾹 뻐꾹새 숲에서 울제

우리 오빠 말 타고 서울 가시면 비단 구두 사가지고 오신다더니

기럭 기럭 기러기 북에서 오고 귀뚤 귀뚤 귀뚜라미 슬피 울건만

서울 가신 오빠는 소식도 없고 나뭇잎만 우수수 떨어집니다

여섯 살이었다. 검정 치마, 검정 고무신과 하얀 저고리를 입은 아이는 늘 표정이 없었다. 꽃을 보아도 하늘을 보아도 웃지 않았다. 늘 언덕 끝 제일 높은 곳에 앉아서 아래만 내려다 보는 그 아이는 표정이 없었다. 밤이 늦도록 언덕 위에서 두 손으로 무릎을 끌어당겨 앉고는 무릎에 턱을 괸 아이는 말이 없었다.

한 살 바기 아이는 배가 고팠다. 늘 울었지만 그때마다 누나가 품에 안아서 얼렀다.

> 우리 동생 착한 동생 울지 마요 울지 마요
> 봄이 오고 꽃이 피면 맛있는 거 해줄 게요
> 우리 동생 착한 동생 울지 마요 울지 마요
> 봄이 오고 꽃이 피면 따뜻한 옷 해줄 게요

울다 지친 동생을 보며 웃는 아이는 생각했다.
'엄마… 오빠… 우리는 언제까지 버틸 수 있을까? 엄마… 오빠….'
꽃동네에 어둠이 몰려왔다.

오늘중으로 아라랏산을 넘어가야 하는 아론은 마음이 바빴다.
'오랜만에 산길이라 그런지 힘이 드네. 그동안 살이 찐 모양이야. 천하의 장돌뱅이, 나 아론이 살이 찌다니 지나가는 개가 웃겠다. 그간 게을렀어. 그나저나 오늘은 이 산을 넘어야 하는데 벌써 해가 지려나보다.'
아론은 에덴의 집사였다. 아담이 에덴을 나간 이후로 세상을 돌아다니며 이런 저런 소식을 전하고 받아오는 일을 했다. 성격이 낙천적이고 무난해서 다들 좋아했다. 그런데 오늘은 여유를 부리다가 해 넘어가는 걸 몰랐다. 산 아래는 늘 일찍 어두워졌다. 아론은 그걸 깨닫고 부지런히 걸어갔다. 아론은 소나무가 줄 지어 있는 산길을 올라갔다. 올라가는 길옆으로 졸졸졸 소리 내며 흐르는 계곡물이 정다웠다. 아론은 눈을 들어 보았다. 해는 이미 뉘엿뉘엿 산마루를 넘고 있는데 가파른 길이 끊어지지 않고 계속 나타났다.

이마에서는 땀이 났다. 아론은 마음이 조급해졌다.

'이곳은 사탄의 영토. 잘못하다가 마귀에게 걸리면 그 날은 국물도 없게 된다. 빨리 가자. 어두워지기 전에 이 산이라도 넘자.'

아라랏산에서는 밤이 위험했다. 낮에 자고 밤에 다니는 사탄의 졸개들이 많아서 아론은 최대한 밤을 피했다. 아론은 부지런히 걸었다. 그렇게 한참을 가다가 길이 양쪽으로 갈라지는 곳을 만났다. 아론은 고개를 갸웃했다.

'저번에 어디로 갔더라? 왼쪽으로 갔나? 오른쪽? 기억이 나질 않네. 큰일이네.'

아론은 난감했다. 아라랏산을 넘어가기만 하면 그곳에서 에덴으로 직접 갈 수 있는 통로가 있었다. 아론은 한참을 망설이다가 왼쪽으로 바삐 걸어갔다.

아론은 아차 싶었다. 어두워서 잘 분간이 안 되다보니 중간에 돌아가지도 못하고 끝까지 와 버렸다. 하지만 이미 엎질러진 물. 아론은 주위를 잘 살피며 끝까지 걸어갔다. 그러다가 멀리 작은 불빛을 보았다. 아론은 그 불빛을 등대 삼아 조심조심 앞으로 갔다.

가까워 보였는데 가보니 멀었다. 아론은 한참을 걷고 나서야 작은 언덕에 올랐다. 오르자마자 언덕 위에 작은 집이 보이고 그 집 문 사이로 불빛이 보였다.

'여기구나.'

아론은 집 앞에 서서는 이마를 훔쳤다. 땀이 생각보다 많이 나왔다. 아론은 대문도 없는 집 안으로 들어갔다. 마침 집 뒤에서 작은 여자 아이가 어린아이를 업고 나타났다. 여자 아이는 아론을 보자 웃으며 인사했다.

"안녕하세요."

아론은 환하게 웃는 아이를 보며 기분이 좋아졌다.

"안녕? 나는 아론이라고 한단다. 산을 넘어야 하는데 길을 잃었지 뭐니. 근데 여긴 너의 집이니? 여기서 살아?"

"네 여기서 살아요. 산을 넘으려면 이쪽으로 오시면 안 돼요. 다시 돌아가야 하는데 너무 늦은 거 같아요. 여기는 밤에 위험하거든요."

"아 그래? 알려줘서 고맙구나. 나이가 드니까 길눈이 어두워져서 큰일이야."

아론은 그래도 친절하게 웃어주는 아이가 예뻤다. 아이가 아론 가까이 오더니 웃으면서 말했다.

"아 그러네요. 할아버지시네요. 그럼, 밤이 깊었으니까 우리 집에서 자고 내일 아침에 가세요. 밤에 그냥 가다가 다치기라도 하면 큰일이에요."

아론은 갈수록 아이가 예뻤다.

"그래? 하지만 엄마한테 허락을 얻어야지. 엄마가 싫어하실 수도 있잖아."

"걱정하지 마세요. 엄마는 없어요."

아론은 놀랐다.

"엄마가 안 계셔? 그럼 누구랑 살아?"

"여동생이랑 여기 뒤에 막내랑 이렇게 살아요. 그러니까 들어오세요."

아론은 충격을 받았다. 이렇게 깊고 험한 산골에 어린 아이들 셋이서 살아간다는 게 믿기지 않았다. 하지만 뾰족한 수가 없는 아론은 아이를 따라 집 안으로 들어갔다.

"이름이 뭐니?"

웃는 아이가 밝게 웃으며 말했다.

"수영이에요. 수영. 뒤에 막내는 아리구요."

아론도 기분 좋게 웃었다.

"아 그래? 예쁜 이름이네. 수영, 아리. 모두 예쁜 이름이야."

아론은 아이를 따라 집 안으로 들어갔다. 집 안은 한 눈에 보기에도 가난했다. 무엇 하나 제대로 있는 것이 없었다. 불도 집 안 한가운데에 대충 나뭇가지들에 불을 붙인 거였다.

아론은 심각한 얼굴이 되었다. 수영이 누군가에게 말했다.

"수아야 손님 오셨어. 산을 넘다가 길을 잃으셨대. 그래서 하룻밤 주무시고 가실 거야."

아론은 수영이 말하는 곳을 보았다. 그곳은 화톳불이 닿지 않는 구석이었다. 벽을 보고 누운 아이가 수아인 모양이었다. 수아는 바닥에 누워 잠을 잤다. 아론은 이상했지만 인사를 했다.

"안녕? 수아. 할아버지가 하룻밤 신세 좀 져도 될까? 길을 잃어서 그러는데 괜찮겠니?"

그러나 수아는 말이 없었다. 얼굴도 돌리지 않고 그대로 벽을 향해 누웠다.

'자나 보다.'

아론은 그렇게 좋게 생각하고는 반대편 벽으로 가서 누웠다. 옆으로 누운 아론의 귓속으로 한 살 바기 어린아이를 재우는 여섯 살 아이의 자장가가 들어왔다.

우리 동생 착한 동생 자장 자장 잘도 잔다
우리 아리 착한 아리 자장 자장 잘도 잔다
우리 동생 착한 동생 자장 자장 잘도 잔다
우리 아리 착한 아리 자장 자장 잘도 잔다

아론은 울컥했다.

'아… 이런 일이….'

아론은 밤늦게까지 잠을 이루지 못했다.

다음 날 아침, 부스럭거리는 소리에 아론이 잠에서 깼다.

아론은 늦게까지 잠을 자는 일은 없었다. 하지만 어젯밤 잠을 이루지 못하다보니 아침이 늦어졌다. 아론은 일어나서 집 밖으로 나갔다. 집 밖에는 수영이가 자신을 보며 서 있었다.

"안녕? 잘 잤니?"

아론은 기분 좋은 웃음을 지으며 인사했다. 그러나 수영은 인사는커녕 눈길을 피하고는 쌩 가버렸다. 아론은 적잖이 당황했다.

'내가 뭘 잘못했나?'

아론은 집으로 다시 들어가 옷가지며 보따리를 챙겨 나왔다.

'빨리 가야지. 무슨 일이 있는 모양이니….'

어젯밤만 해도 상냥하던 수영이 화낸 얼굴로 가버리니 적잖이 당황했다. 아론은 집에서 나와 어제 왔던 길로 다시 가려고 들어서다가 다시 생각했다.

'그래도 어른이 그냥 가면 안 되지. 아이들끼리 어렵게 사는데 그냥 가면 안 되지.'

아론은 마음을 고쳐먹고 집 주위를 서성였다.

"어, 할아버지 언제 일어나셨어요? 가시게요?"

아론은 뒤를 돌아보았다. 그곳에는 수영이 동생을 업고 있었다.

"어? 아침에 인사를… 그런데 바쁜 일이 있는 줄 알고… 그런데 지금은…."

아론이 당황하여 말을 더듬자 수영은 한껏 웃었다.

"아~ 수아 만나셨나 봐요? 하하하."

"수아?"

아론은 어젯밤에 이야기하던 수아가 생각났다. "네 수아요. 수아랑 저랑 쌍둥이에요. 그래서 다들 헷갈려 해요."

아론은 그제야 알았다. 그러고 보니 언덕 위에 수아가 앉아 있는 게 보였다. 아론은 언덕 위로 올라갔다. 언덕 아래는 절벽이었다. 놀랐지만 수아가 놀라서 떨어질까 봐 조심스럽게 말을 붙였다.

"수아야 고마워. 수아 덕분에 어젯밤엔 아주 잘 잤어. 지금은 바빠서 빨리 가봐야 하지만, 다음에 꼭 한번 들를게."

아론은 수아의 등 뒤에서 말했다. 그러자 수아가 서서히 고개를 돌렸다. 영락없는 수영이 얼굴이었다. 수아는 짧게 말했다.

"잘 가."

영혼 없는 말이었다. 하지만 수아의 눈이 아론의 가슴속으로 확 들어왔다. 입은 '잘 가'라고 말하고 있었지만 눈은 다르게 말하고 있었다.

'같이 가. 지금….'

아론은 망설였다.

'지금 아이들을 데리고 가야 하지만… 마귀에게 걸리면 아이들이 죽을 수도 있다.'

아론은 안타까웠다. 어찌해야 할지 고민하던 아론과 수아의 눈이 마주쳤다. 찰나의 순간, 주저하는 아론의 눈을 본 수아는 곧 다시 허무한 눈으로 돌아갔다. 조용히 고개를 돌렸다. 그리고는 끌어당긴 무릎으로 턱을 올려놓았다. 허망한 눈빛이 옆으로 살짝 보였다. 말할 수 없이 깊은 한이 느껴졌다.

'어린 아이가 무슨 한이 이토록 깊을까?'

아론은 가슴이 아렸지만 어쩔 수 없었다. 수아의 뒤통수에 웃는 얼굴로 인사를 마무리하고는 언덕을 내려왔다. 밭에서 일하는 수영을 보던 아론은 가슴이 메어졌다.

'아… 아이들에게 이건 너무 가혹하지 않은가? 내가 그냥 갈 것이 아니라 이 아이들을 데리고 에덴으로 가야 하는데…. 하지만… 같이 가다가 사탄에게 들키면… 아이들도 위험하고 에덴도 위험하다. 그렇다고 불쌍한 아이들만 두고 가자니 발이 떨어지지 않는구나.'

갈등하던 아론은 수영에게 말했다.

"수영아, 이 할아버지가 이번 일 끝나면 다시 올게. 한 달만 있으면 올 수 있어. 꼭 올게. 그때면 할아버지랑 좋은 데 가자. 그러니까 그때까지 씩씩하게 있어야 해. 알았지? 할아버지가 먼저 가서 미안해. 꼭 다시 올게. 미안해……."

아론은 여러 번 미안하다 말했다. 수영은 밝은 얼굴로 고개만 끄덕였다. 수영에게도 어른이 필요했다. 수영의 가여운 눈빛이 그렇게 말하고 있었다.

아론은 메고 다니는 보자기를 통째로 수영에게 주었다. 수영은 고개를 가로저었지만 억지로 떠넘기고는 아론은 오던 길로 바쁘게 걸어갔다. 아론이 가고 나서 수아가 열어본 보자기에는 보리쌀 다섯 움큼하고 식은 떡 세 덩이가 있었다.

이곳은 아라랏산 북쪽 절벽으로 둘러싸인 꽃동네였다.

아론이 가고 나서 열흘 정도 지난 봄날이었다. 아론이 주고 간 음식이라도 나눠서 조금씩 먹었지만 동생 아리가 늘 배고프다고 보챘다. 날씨는 너무 좋았지만 배고픈 수영은 울다 지친 동생 아리를 등에 업고 달래주고 있었다.

수아는 역시 오늘도 언덕 위에서 아무 말도 없이 먼 산만 보고 있었다.

그때였다. 누군가 언덕 아래로부터 올라오고 있었다. 멀리서 보던 수영은 아리를 업은 채로 고개를 빼고 보았다. 모두 세 명이었다. 키가 큰 자부터 작은 자까지 세 명이었는데 뭐라고 시끄럽게 떠들며 올라왔다. 수아가 언덕 끝에서 뛰어 내려와서는 수영의 옷자락을 끌었다.

"빨리 들어가. 나쁜 사람 같아."

수영과 수아는 쪼르르 집 안으로 들어갔다.

잠시 후 시끄럽게 떠들던 세 명이 집 바로 앞까지 와서는 더욱 시끄럽게 떠들었다.

"완전 꽃 천지네. 그럼 여기가 딱이네. 딱이야. 안 그래?"

키가 큰 자가 키 작은 자를 보며 말했다.

"시끄럽다 사마귀. 나도 알아. 안다고."

키가 큰 자가 사마귀였다. 그러자 키가 작고 눈이 튀어 나온 자가 말했다.

"그럼 여기로 정하고… 더 이상 돌아다니기 없기. 알았지?"

"좋아 나도 찬성. 개구리도 찬성이니 거미 너도 찬성해라. 다 돌아다녀 봤지만 이만한 곳도 없어."

거미가 말했다.

"좋아. 그럼 이 집도 접수. 그렇지?"

"그럼~ 쫓아내던 죽이던 네 맘대로."

사마귀가 말을 하면서 집 안으로 들어오려고 문을 밀었다. 끼익 문이 열리고 키가 큰 사마귀가 허리를 숙여서 집 안으로 얼굴을 들이밀었다. 그리고는 무서워 떨고 있는 세 아이들을 보았다. 하지만 정작 그 자리에서 얼어붙은 것은 무서운 괴물 사마귀였다. 사마귀가 얼어붙자 거미와 개구리도 머리를 집어넣었다. 세 괴물의 무서운 눈길이 닿는 그곳에 수아가 있었다.

이곳은 참혹한 비극이 시작된 예쁜 꽃동네였다.

잠시 후, 더러운 세 영은 수영의 집밖에서 머리를 맞대었다. 먼저 사마귀가 집 쪽을 힐끔힐끔 보며 조용히 말했다.

"이봐, 너희들도 알아봤지? 그치?"

"당연하지. 보는 순간 바로 알아버렸어. 근데… 그걸 뭐랄까… 그게… 느낌은 알겠는데……."

개구리가 큰 눈알을 껌벅이며 말했다. 그러자 거미가 고개를 끄덕이며 말했다.

"그게… 그 뭔가 그 뭐라 하더라? 그게…. 그래 생각났다. 한! 한이라고 하는 거야."

사마귀가 목소리를 높였다.

"맞다. 한! 수아, 그 아이가 한이 얼마나 강하던지 보는 순간, 피가 마르는 줄 알았어."

"그럼 어서 동궁으로 가자. 가서 허락을 받아 오자. 미친개가 선수를 치기 전에 말이야."

개구리의 말에 거미도 맞장구를 쳤다.

"맞아. 개구리 말대로 미친개가 여기로 오기 전에 우리가 먼저 선수를 치자고. 그리고 저 아이는 우리가 특별히 관리하겠다고 하자고."

"좋아. 그럼 나 혼자 빨리 갔다 올 테니, 사마귀랑 거미 너희 둘은 여기 있어라. 혹시 도망갈지도 모르니까 여기서 아이들을 잡아 둬. 빨리 갔다 올게."

더러운 세 영은 보물을 발견한 것처럼 호들갑을 떨었다. 결국 사마귀와 거미는 꽃동네에 남고 개구리가 동궁으로 급하게 달려갔다. 개구리가 떠나자 꽃동네는 곧바로 어두워졌다. 사마귀와 거미는 집 안으로 들어갔다.

아이들은 한쪽 구석에서 무서워 벌벌 떨었다. 키가 큰 사마귀는 일부러 더 무서운 얼굴을 하고는 탁자에 앉아 아이들을 노려보았다. 앉은키가 남들 서서 잰 키랑 같았다. 거미는 징그러운 이를 드러내곤 무서운 표정으로 협박했다.

"너희들 내가 누군지 알아?"

겁에 질린 수영이 고개를 흔들었다.

"모르지. 모르는 게 좋아. 알면 너무 무서워서 죽을 수도 있어. 내가 한 번 화가 나면 죽여서 피를 다 빨아먹거든. 그래도 나는 좀 나은 거야. 뒤에 눈알이 밖으로 나온 저놈은 산채로 머리를 뜯어먹거든."

수영은 비명을 지를 뻔했다. 하지만 그랬다가는 정말로 죽을 것 같아 본능적으로 입을 막고 벌벌 떨었다. 하지만 수영의 등에 업혀 자던 아리가 울기 시작했다. 포근하던 누나가 떨어서 울기도 했지만 무엇보다도 배가 고팠다. 아리가 울자 갑자기 사마귀가 사색이 되었다.

"거미 미쳤냐? 지금 애를 울리면 어째? 미친개가 듣고 오면 어쩌려고? 빨리 달래서 못 울게 해."

거미는 당황했다. 자신이 겁을 준 거는 아니었다. 하지만 사마귀가 그렇다고 하니 그런 줄 알았다. 거미는 사마귀의 말대로 아이를 달래려고 생각했다. 하지만 귀신의 영 거미는 아이를 겁먹게 할 줄은 알았지만 달래는 법은 몰랐다. 거미는 달래보려고 무작정 손을 뻗었다. 수영은 아리를 해치려는 줄 알고 뒤로 물러나며 두 손을 모아서 싹싹 빌었다.

"제발, 아리는 때리지 마세요. 제발⋯⋯."

수영이 울며 말하자 아리는 더욱 크게 울었다. 거미는 그럴수록 당황해서 큰소리를 질렀다. 주먹을 쥐고는 벽을 치면서 위협을 했다. 그럴수록 아리는 더 크게 울었다.

"이게 정말 죽고 싶어서 그래? 울지 마. 울지 말라고?"

"알았어요. 제발 그러지 마세요. 제가 울지 말라고 할게요. 제발 그러지 마세요."

수영이 두 팔을 벌려 막으며 말했다. 무식한 거미는 말이 통하지 않았다. 참을성이 없는 거미는 약이 올라 아리를 죽이려고 주먹을 날렸다. 아리 앞에서 두 팔을 벌린 수영이 눈을 질끈 감았다.

바람 소리가 나며 공기를 가르는 주먹이 코앞에 느껴졌다. 수영이 고개를 움츠렸다. 죽음을 느낀 그 순간 수영에게 엄마 얼굴이 떠올랐다.

'엄마…'

하지만 그때 수영의 얼굴 앞까지 날아온 거미의 주먹은 멈추고 말았다. 눈을 꼭 감은 수영의 귀로 사마귀의 목소리가 들렸다.

"쌍둥이라 헷갈리는 거 아니야? 아무나 죽이지 마. 죽을 애는 따로 있잖아."

사마귀는 수영의 팔목을 잡았다. 수영은 너무 놀랐지만 무서워서 눈을 뜰 수 없었다. 사마귀는 수영의 팔목에 실을 맸다. 붉은 실로 몇 번을 칭칭 감더니 매듭을 지었다. 거미는 사마귀의 말에 갑자기 징그러운 이를 드러내고 웃었다.

"흐흐흐 그렇지. 애는 아니지. 죽이면 안 되지. 네놈 말대로 죽을 애는 따로 있지. 헷갈리면 안 되지. 하지만 볼수록 똑같아. 흐흐흐."

거미는 수영 뒤에서 사색이 되어 있는 수아를 징그러운 눈초리로 보며 말했다. 수영은 눈앞의 거미의 말에 눈을 번쩍 떴다. 그리고는 거미의 눈을 따라 자신의 뒤에 웅크리고 있는 수아를 보았다. 수아는 지그시 입술을 깨물었다. 수아의 앞머리 사이로 눈물이 한 방울 흘렀다. 수영은 수아의 눈물을 처음 보았다.

　가여운 아이들은 더러운 세 영과 길고 긴 공포의 밤을 보내야 했지만 깊은 산골에서 도와줄 사람은 아무도 없었다.

　밤은 악령들의 놀이터였다. 한밤중에 개구리가 번개처럼 동궁에 갔다가 돌아왔다. 사마귀와 거미는 아이들이 깰까 봐 조용히 밖으로 나갔다. 문밖에서 만난 더러운 세 영은 신이 났다.

　"뭐라 그러냐?"

　"뭐라 그러긴 당장 데리고 오라 하지."

　"별 다른 말은 없었어?"

　"흐흐흐 미친개를 물어보더라고. 나야 모른다 했지. 아마도 미친개는 별 소득이 없었나 봐."

　"그렇지. 이미 다 죽거나 도망가서 더 이상 인간은 구경할 수도 없지. 미친개가 아무리 냄새를 잘 맡아도 없는 걸 어쩔 수 없지."

　"그나저나 쟤들은 어쩔 거야? 그 애, 눈에 독이 오른 애는 이미 정해졌지만 나머지는? 같이 죽여?"

　개구리가 물었다. 그러자 사마귀가 조용히 말했다.

　"쉿, 조용히 해. 그러다가 미친개가 들으면 어쩌려고?"

　사마귀는 고개를 들어 이리저리 둘러보고는 두 명의 머리를 당겨 말했다.

　"죽이기는 아까워. 독이 오른 그 애는 꽃 밥으로 주고 나머지 둘은 데리고 가서 바로 그 꽃을 먹이자고. 아직 어리니까 잘 먹을 거 아니야? 그렇게 조금만 크면 아주 악해질 수도 있어."

　그러자 개구리가 말했다.

　"그렇긴 한데… 독이 오른 그 애 말이야. 한, 한이 들어있는 애. 그 애를 차라리 키우지 그래? 오히려 잘 키우면 아주 강력한 놈이 될 것도 같은데… 그 한이 아까워."

그러자 거미가 개구리의 머리를 쳤다.

"이 바보 자식아. 너는 그러니까 안 되는 거야. 야, 생각해봐. 그 애 한 놈만 키우는 게 이득이냐? 아니면 그 애 같은 애를 100명쯤 키우는 게 이득이냐?"

"그거야 많으면 좋지."

거미가 개구리의 머리를 한 대 더 쳤다.

"그러니까 쟤는 꽃 밥이 되는 게 이득이지. 쟤 피를 먹고 자란 애들은 자연히 한 맺힌 악령이 되잖아. 안 그래?"

"아~ 듣고 보니 그렇다. 그럼 내일 바로 데리고 갈 거야?"

"당연하지. 동이 트기 전에 빨리 데리고 가야 해. 미친개한테 들키지 않으려면 그때가 가장 좋아. 둘이 쌍둥이라 헷갈릴 것 같아서 손목에 붉은 실을 매놨어. 내일 손목에 실 맨 애랑 남자 아기를 데리고 동궁으로 가야 해. 눈에 한이 들어있는 그 애는 여기 남는 거고."

사마귀의 말에 모두 고개를 끄덕였다.

"개구리, 너는 실 맨 애랑 아기랑, 그 둘을 데리고 가. 절대로 들키지 않아야 해. 아까 등에 업힌 애가 울어서 하마터면 미친개한테 들킬 뻔했어. 아침 좀 단단히 먹여서 데리고 가. 나랑 거미는 여기 남아서 그 독한 애, 손 좀 보고 있을게. 흐흐흐 서서히 피를 뽑아야지. 흐흐흐 집 앞에 꽃 천지인데 모두 피를 먹여서 가지고 갈 테니까. 흐흐흐 그때까지 동궁에서 나오지 마. 혹시라도 미친개가 와서 훔쳐가면 안 되니까. 알았지?"

사마귀의 말에 개구리는 눈알을 굴리며 고개를 끄덕였다. 개구리는 중요한 일이 있으면 눈알을 굴렸다. 거미가 말했다.

"그럼 이렇게 하자. 일단 나랑 사마귀는 저 아래에 가서 혹시 미친개가 오는지 망을 볼게. 너는 언덕 위에 올라가서 망을 보고 있어. 그러다가 혹시 미친개가 오면 다른 데로 유인을 하자. 그리고 동이 틀 때 와서 너는 데리고 가고 우리는 남은 애를 잡고. 어때. 괜찮지?"

사마귀는 손뼉을 쳤다.

"그래 그러는 게 좋겠다. 우리가 모여 있으면 미친개가 와서 의심할 테니까. 아직 찾지 못한 것처럼 흩어지자."

더러운 세 영은 뭐가 그리 좋은지 싱글벙글 들떠서 각자 헤어졌다. 산속의 밤이 깊어져만 갔다.

수영은 아리 옆에 누워서 눈을 감았지만 잠이 오지 않았다. 하지만 더러운 세 영의 말소리를 듣고는 충격에 빠졌다. 너무 무서운 수영은 울고 싶었지만 아리가 깰까봐 눈물을 삼켰다. 수영은 죽기 전 아리와 수아를 부탁하던 엄마의 모습이 떠올랐다.

'엄마…. 수아 어떻게 해? 수아 불쌍해서 어떻게 해? 엄마….'

수영은 혹시 사마귀가 볼까봐 눈을 꼭 감았지만 그럴수록 잠이 오지 않았다. 눈물을 삼키다가 기침이 나올 뻔했던 수영은 그냥 눈물을 흘리는 편이 났겠다 싶었다. 수영은 계속 울었다. 하지만 밤은 길고 가련한 수영 옆에는 아무도 없었다. 수영은 울다가 잠이 들었다.

아리 옆에 같이 누운 수아도 잠이 오지 않았다. 수아는 울지 않았지만 눈물이 나왔다. 죽는다는 게 무섭지는 않았다. 하지만 죽어서 꽃 밥이 된다는 말에 그냥 눈물이 나왔다. 수아의 입술은 이미 깊게 패여서 피가 나왔다. 갈라진 문틈으로 달빛이 조금 들어왔다.

무심한 달빛이 집 안으로 들어와 수아의 꼭 감은 눈으로 들어왔다.

'마지막인가….'

마지막이라 생각하니 왈칵 눈물이 나왔다. 하지만 아리와 수영이 깰까봐서 수아는 꾹 참았다. 하지만 수아는 더 이상 참을 수 없었다. 어린 아이가 감당하기에는 너무 아픈 밤이었다.

잠이 달아난 수아가 조용히 일어났다. 그리고는 탁자 앞에 놓인 의자에 앉았다. 문이라 해야 나무 몇 개를 얽어 놓은 것이라 그 사이로 달빛이 더잘 보였다. 수아는 고개를 돌려 수영을 보았다. 피곤했는지 잠이 깊이 들었다.

'언니… 아리를 두고 먼저 죽어서… 미안해.'

수아는 수영을 보다가 울음이 터졌다. 밖에 개구리가 알까봐 겁이 났지만 흐르는 눈물을 막을 수 없었다. 수아는 한참을 울었다. 수아는 달빛을보다가 탁자에 떨어진 눈물을 보았다. 달빛을 받은 눈물이 서럽게 반짝였다. 수아의 손가락이 탁자 위에 올라왔다.

가여운 아이들의 잔인한 밤은 아직도 끝나지 않았다.

너무 추워서 잠이 깼다. 봄이라지만 산속의 밤은 매섭고 추웠다. 벌어진문틈으로 차가운 바람이 불어왔다. 수영은 섬뜩한 기운에 잠이 깼다. 눈을들어보니 문이 조금 열려 있었다.

수영은 일어나서 아리에게 이불을 덮어 주었다. 아리 옆에서 등을 돌리고 자는 수아는 낮게 코를 골았다.

수영은 일어나 문으로 걸어갔다. 혹시나 더러운 세 영이 올까봐 뒤꿈치를 들고 조용히 걸었다. 탁자는 밤새 날아온 먼지로 뽀얗게 덮여있었다.

'어디서 이렇게나 많이 날아왔는지….'

수영은 옷으로 문틈을 좀 막아보려고 문으로 다가갔다. 그때였다. 갑자기 강한 바람이 문틈으로 불어 닥쳤다. 집 안에 쌓인 먼지가 순식간에 날아올랐다. 수영은 갑자기 먼지가 올라와서 눈을 뜰 수가 없었다. 혹시 아리와 수아가 깰까봐 뒤를 돌아보았지만 다행히 깨지 않았다.

"휴."

수영은 문으로 다가가다가 탁자가 이상하다는 생각이 들었다.

'먼지가… 모두 날아갔네. 그런데….'

수영은 허리를 조금 숙여서 약한 달빛에 비추인 탁자 위를 보았다.

수영의 마음으로 무언가 훅 들어왔다. 수영의 눈이 커지더니 탁자 앞 의자에 조용히 앉았다. 의자 바로 앞, 탁자 위에는 눈물에 잡혀서 미처 날아가지 못하고 남은 먼지가 남아있었다. 수아가 눈물로 쓴 글자가 수영의 마음으로 쑥 들어왔다.

서러워…

탁자 위를 보던 수영의 눈에서 눈물이 스르르 나왔다. 눈물이 앞을 가린 눈으로 수아를 보았다. 수영은 한참을 그렇게 수아를 보았다. 등을 돌리고 누워있는 수아의 눈에서도 방울방울 눈물이 나왔다.

손목에 매어있는 실을 만지작거리는 수영이 탁자 위를 바라보며 오랫동안 울었다.

끝날 것 같지 않은 밤이 지나가고 아침이 되었다. 동이 희미하게 터오는 그때, 언덕 위에서 망을 보던 개구리가 허겁지겁 달려왔다.

'빌어먹을… 미친개다. 미친개가 저쪽 고개에 있다. 이러다가는 미친개한테 잡히겠다.'

개구리는 집으로 와서 문을 거칠게 열고는 소리쳤다.

"일어나라. 일어나. 빨리 가자. 잘못하다가 늦으면 미친개한테 잡아먹혀. 일어나."

개구리가 거칠게 몰아붙이자 아이들이 벌떡 일어났다. 영문을 모르는 아리는 울기 시작했다. 하지만 개구리는 어제 사마귀에게 들은 대로 쌍둥이들의 손목만 살폈다.

"여기 있네. 너 이리 와."

개구리는 손목에 붉은 실을 맨 수아를 일으켜 세우더니 울고불고하는 아리를 들어 등에 업혔다. 그리고는 수영에게 무서운 얼굴로 겁을 주었다.

"너는 여기 있어. 좀 이따가 사마귀가 올 테니, 혹시 도망가든지 따라오면 이 애들 모두 죽여버릴 거야. 알았어?"

겁먹은 수영은 고개를 끄덕였다. 마음이 급한 개구리는 서둘렀다. 개구리는 수아의 손목을 잡고 거칠게 뛰어갔다. 힘이 없는 수아는 악 소리를 질렀지만 어쩔 수 없는 일. 입술을 굳게 깨물고 앞만 보고 걸었다. 집 안에 남은 수영의 눈에서 눈물이 흘러나왔다. 활짝 열린 문으로 개구리에게 잡혀서 멀어지는 수아가 보였다. 거칠게 끌려가는 수아의 반쯤 돌린 얼굴이 보였다. 퉁퉁 붓도록 울어버린 수아의 눈이 말을 했다.

'언니 미안해…. 언니….'

수영은 고개를 끄덕거렸다. 수영도 눈으로 말했다.

'수아야 꼭 살아야 해. 아리를 부탁해. 미안해 나만 먼저 가서.'

눈물이 터져서 앞이 보이지 않았다. 눈물 사이로 자꾸 뒤를 돌아보며 울어대는 아리가 보였다. 포대기에 꼭 싸였지만 두 팔을 억지로 꺼내 버둥거렸다.

'어서 가. 아리야. 가야 살 수 있어. 착하지 우리 아리. 울지 말고 그냥 가.'

수영이 손을 들어서 가라고 손짓했다. 수영은 버둥거리는 아리를 보며 노래를 불렀다. 다시는 볼 수 없는 길로 가는 아리에게 노래를 불러주었다.

나의 살던 고향은 꽃피는 산골 복숭아꽃 살구꽃 아기 진달래
울긋불긋 꽃 대궐 차린~ 동네 그 속에서 놀던 때가 그립습니다.
꽃동네 새동네 나의 옛고향 파란 들 남쪽에서 바람이 불면
냇가에 수양버들 춤추는 동네 그 속에서 놀던 때가 그립습니다.

눈이 퉁퉁 붇은 아리는 수영이 보이지 않을 때까지 버둥거리며 울었다. 수영은 아리가 멀어지자 다시 노래를 불렀다. 엄마와 오빠가 보고 싶으면 부르던 그 노래를 불렀다.

뜸북 뜸북 뜸북새 논에서 울고 뻐꾹 뻐꾹 뻐꾹새 숲에서 울제
우리 오빠 말 타고 서울 가시면 비단 구두 사가지고 오신다더니
기럭 기럭 기러기 북에서 오고 귀뚤 귀뚤 귀뚜라미 슬피 울건만
서울 가신 오빠는 소식도 없고 나뭇잎만 우수수 떨어집니다

수영의 구슬픈 노래는 눈물과 함께 멀리멀리 갔지만 깊은 산골 꽃동네 에는 들어줄 사람이 아무도 없었다.
이곳은 비극의 땅 꽃동네였다.

며칠 후

아론은 서둘렀다. 들리는 말에, 사탄의 성 동쪽에 있는 동궁에 악독한 영들이 많이 생겼는데 그 악령들이 사탄의 군사로 쓸 사람들을 잡으러 돌아다닌다는 말을 들었다. 아론은 설마 하는 마음에 한걸음에 꽃동네로 달려왔다. 아라랏산 아래부터 가파르게 올라가는 아론 옆에는 에노스와 요나도 있었다. 아론은 이번 기회에 아이들을 데리고 에덴으로 가고 싶었다. 그동안 아론의 눈에 아이들이 내내 밟혔었는데, 이제라도 데리러가니 마음이 설렛다.

가파른 산길을 지나 두 갈래 길에서 왼쪽으로 돌아내려갔다. 잠시 내려가던 아론은 그 자리에 얼음이 되어 서버렸다. 예쁘게 피어난 꽃 대궐은 온데간데없었다. 꽃들은 모조리 파헤쳐져 있었다. 가끔 보이는 꽃의 흔적 중에 파란 것은 아무것도 없었다. 오로지 핏빛.

아론은 정신없이 뛰어 내려갔다. 그곳에서 아론의 심장이 철렁 내려앉았다. 핏빛 꽃밭 한 복판에 처참하게 죽어 버려진 수영의 모습이 보였다. 핏기란 하나도 없이 새파랗게 질린 채 죽은 수영의 몸. 가녀린 수영이 꽃밭 한가운데에 버려져 있었다.

"아… 이럴 수가…."

아론의 눈에서 눈물이 쏟아졌다. 아리를 업고 웃던 수영의 모습이 자꾸 생각났다. 다시 오겠다고 꼭 오겠다고 말하던 아론을 보며 고개를 끄덕이던 수영의 모습이 생각났다. 언덕 위에서 한 맺힌 얼굴로 앉아있던 수아도 생각났다. 아론은 눈물이 앞을 가려 잘 보지 못했지만 불쌍한 수영의 시체 앞에서 울고 있는 또 다른 노인이 있었다.

하늘을 우러러 울고 있는 노인이 있었다. 싸늘한 수영의 시체를 붙잡고 노인은 오랫동안 울었다. 죽은 수영을 품에 안고 하늘을 우러러 울던 노인은 아이를 자신의 겉옷으로 둘러쌌다. 그리고는 품에 안고 꽃동네를 떠나 내려갔다. 눈물이 빗물이 되어 추적추적 내렸다. 에노스와 요나는 노인을 따라 말없이 걸어갔다. 아론은 꽃밭에 무릎을 꿇고 비처럼 한참을 더 울고 나서 꽃동네를 떠나갔다.

그렇게 비가 오랫동안 내렸다.

고향의 봄

나의 살던 고향은 꽃피는 산골 복숭아꽃 살구꽃 아기 진달래
울긋불긋 꽃 대궐 차린~ 동네 그 속에서 놀던 때가 그립습니다.

꽃동네 새동네 나의 옛고향 파란 들 남쪽에서 바람이 불면
냇가에 수양버들 춤추는 동네 그 속에서 놀던 때가 그립습니다.

작곡 : 홍난파   작사 : 이원수   노래 : 김윤아

오빠 생각

뜸북 뜸북 뜸북새 논에서 울고 뻐꾹 뻐꾹 뻐꾹새 숲에서 울제
우리 오빠 말 타고 서울 가시면 비단 구두 사가지고 오신다더니

기럭 기럭 기러기 북에서 오고 귀뚤 귀뚤 귀뚜라미 슬피 울건만
서울 가신 오빠는 소식도 없고 나뭇잎만 우수수 떨어집니다

작곡 : 박태준 작사 : 최순애   연주 : 서혜주

이별 이야기

이렇게 우린 헤어져야 하는 걸 서로가 말을 못하고
마지막 찻잔 속에 서로의 향기가 되어 진한 추억을 남기고 파

우리는 서로 눈물 흘리지 마요 서로가 말은 같아도
후회는 않을거야 하지만 그대 모습은 나의 마음을 아프게 해
그대 내게 말로는 못하고
탁자 위에 물로 쓰신 마지막 그 한마디
서러워
이렇게 눈물만 그대여 이젠 안녕

우리는 서로 눈물 흘리지 마요 서로가 말은 같아도
후회는 않을거야 하지만 그대 모습은 나의 마음을 아프게 해
그대 내게 말로는 못하고
탁자 위에 물로 쓰신 마지막 그 한마디
서러워
이렇게 눈물만 그대여 이젠 안녕 그대여 이젠 안녕

작사, 작곡 : 이영훈   노래 : 이문세 박보람

탐욕에 이끌리어

꽃동네의 비극 한 달 후, 달의 제국

표정이 심각한 반고가 뛰는 것처럼 걸어갔다. 그 뒤를 주발이 따르고 있었는데 가슴 한가득 양피지를 안고 있었다. 주발의 뒤로 악마의 종 말코가 제 키의 두 배나 되는 커다란 두루마리를 어깨에 메고 쫓았다.

반고는 주저하지 않고 사탄의 성으로 들어갔다. 평소 같으면 어림도 없는 일이지만 오늘은 짐승이나 까마귀가 막지 않았다. 사탄의 성으로 들어가면 너른 광장이 나타났다. 그 광장을 지나 넓은 대전이 있는 건물로 들어가면 그 정면에 사탄의 높은 보좌가 있었다. 반고는 광장을 지나며 생각했다.

'무슨 일이 있어도 오늘은 결정을 해야 한다.'

작은 키의 반고는 짧은 다리를 빨리 움직여 미끄러지듯 광장을 가로질렀다. 그리곤 사탄이 높은 자리에 앉아있는 대전으로 쑥 들어갔다. 대전 안에는 제국의 모든 장수들과 참모들이 모여 있었다. 반고는 좌우로 벌려서 있는 그 한가운데로 들어갔다.

반고는 그 자리에서 엎드려 사탄에게 인사를 했다.

"늦었습니다. 주군."

"고생했다. 반고. 그래 어떻게 되었느냐?"

반고는 자리에서 일어났다. 뒤에 따라온 주발과 말코는 가지고 온 양피지들을 바닥에 내려놓고 반고만 바라보았다. 반고는 주위를 쭉 둘러보았다. 사탄의 좌우 맨 앞에 악마와 마귀가 서 있었다. 그 뒤로 늠름하고 용맹한 장수들이 갑옷을 입은 채로 창과 칼을 차고 있었다. 한눈에 보기에도 전시 상황이었다.

반고는 뒤를 돌아 말코에게 눈짓을 했다. 악마의 종 말코가 엄청나게 큰 양피지를 바닥에 내려놓고 대전의 입구 쪽으로 그 양피지를 굴렸다. 한참을 굴려 펴진 양피지에는 지도가 그려져 있었다. 반고가 품에서 주머니를 꺼내 허공에 던졌다. 허공을 가르며 날아간 주머니에서 맑고 영롱한 구슬들이 날아올랐다. 주머니는 다시 반고의 품속으로 날아 들어왔다. 대전의 장수들은 모두 신기한 눈으로 바라만 보았다.

주머니를 나온 구슬들이 바닥에 깔아놓은 양피지에게로 스스로 날아갔다. 양피지의 네 모서리에 달라붙더니 하늘로 날아올랐다. 그러자 장관이 벌어졌다. 넓고 높은 대전의 허공에 커다란 양피지가 뜨게 되었다. 사탄이 손뼉을 쳤다.

"대단하다. 반고. 대단해. 이렇게 한눈에 보니 좋구나. 그래 그럼 이제, 설명을 해보아라."

사탄의 칭찬에도 반고는 심각한 얼굴을 펴지 않았다. 눈썹 사이에 근심의 골이 깊어졌다.

"한 달 전에 시간의 생물 에노스가 에덴과 우리 제국 사이의 모든 땅을 뒤틀었습니다. 여태껏 제국의 일에 개입하지 않던 그였습니다. 그런데 이번에 갑자기 개입을 했다는 건 그만큼 우리의 힘이 더 이상 감당할 수 없는 수준이라 생각한 것 같습니다."

"반고의 말이 일리가 있다. 다른 의견은 없나?"

사탄은 신중했다. 여럿이 있을 때에 한쪽 편만 들지 않았다.

"없습니다. 군사의 말의 옳습니다."

악마가 거들었다. 마귀도 고개를 끄덕였다. 그것을 본 반고가 계속 말을 이어나갔다.

"사실 우리의 힘은 갈수록 강해지고 있습니다. 이곳에 제국을 세운 뒤에 남쪽으로는 거인족과 네피림이 무릎을 꿇었고 북쪽으로 흩어져 있던 악령들을 모아들였습니다. 지옥의 군사들도 나날이 강해지고 있습니다. 땅 아래에 퍼져있는 그림자나라도 중립이라고는 하지만 이미 제국의 편입니다. 전쟁에 나가 선봉에 설 루하도 이제는 말보다 많아졌습니다. 뱀족과 용족도 반 이상 제국을 섬기고 있고 용과 뱀의 군단은 하늘에서 천하무적입니다. 그야말로 하늘과 땅 그리고 땅 속까지, 우리 달의 제국은 막강합니다."

반고의 말에 모두들 고개를 끄덕였다. 사탄은 매우 기분이 좋았다.

"좋다. 좋아."

반고는 사탄에게 가볍게 목례를 했다.

"이제 우리에게는 에덴으로 가는 일만 남았습니다. 하필 이때에 에노스가 지도를 바꾸어버렸습니다. 판을 바꾸어버린 것입니다. 우리로서는 생각지도 못한 일입니다. 전쟁을 하려면 땅의 어디가 유리하고 어디가 불리한지 알아야 합니다. 그래서 이번에 은밀하게 조사를 했습니다. 그림자괴물과 뱀들 그리고 까마귀들이 쉬지 않고 정보를 가져다주었고 그 정보를 바탕으로 이 지도를 완성했습니다."

반고는 잠시 말을 멈추었다. 그리곤 손을 뻗어 허공을 휘저었다. 그랬더니 허공에 떠 있던 나머지 구슬들이 반고의 말에 따라 이리저리 움직였다.

"여기 이 빨간 구슬이 있는 곳이 우리 제국입니다. 지도를 보시면 제일 먼저 그랄 산이 없어졌습니다."

반고의 말이 끝나자마자 지도에서 그랄 산이 스르르 사라졌다. 대전 안이 소란스러워졌다. 반고는 상기된 얼굴로 말을 이어갔다.

"하지만 이건 나쁘지 않습니다. 에덴이 강할 때는 그랄 산이 고맙겠지만 이제는 우리가 더 강합니다. 에덴을 기습 하려면 없는 것이 좋습니다. 하지만 문제는 여깁니다."반고가 손을 들자 검은 구슬이 움직였다. 검은 구슬이 가리키는 곳은 유브라데였다.

"유브라데입니다."

사탄이 고개를 갸웃거렸다.

"유브라데는 그대로 있지 않느냐? 뭐가 달라졌다는 거지?"

"주군의 말씀대로 유브라데는 그냥 있습니다. 그리고 예전 주군께서 담판을 하셔서 유브라데의 물이 사라지고 나서는 제국에게 위협이 되지는 않는 것도 사실입니다. 하지만 문제는 강바닥입니다."

"강바닥? 그게 무슨 말이냐?"

"말 그대로입니다. 유브라데 강의 바닥이 사라졌습니다."

"무슨 말인지 모르겠군. 멀쩡한 바닥이 어디로 갔다는 건가?"

이해가 되지 않는 악마가 고개를 갸웃거렸다. 그러자 주발이 앞으로 나왔다. 주발의 손에는 손바닥만큼 작은 양피지가 들려 있었는데 주발은 그 양피지를 허공으로 던졌다. 허공으로 날아간 양피지로 반고의 구슬이 달려들었다. 구슬들이 양피지를 덮은 채로 허공에 떠있었다. 그리고는 구슬에서부터 밝은 빛이 나와 대전 한가운데 허공에 비추어졌다. 하늘을 날아가는 까마귀의 눈으로 유브라데를 바라본 동영상이 나타났다.

"지금 이 영상은 일 년 전 유브라데입니다. 비록 메말랐지만 바닥에 모래가 보입니다. 하지만 이제부터 보시는 영상은 십 일 전 모습입니다. 이젠 모래가 보이지 않습니다. 하얀 모래 바닥이 보이지 않습니다. 아무리 봐도 바닥이 보이지 않습니다. 그런데 심각한 것은 이제부터입니다. 잘 보십시오."

반고는 심각한 표정으로 허공을 보았다. 사탄과 악마, 마귀도 침을 삼키며 보았다.

허공의 동영상으로 바닥이 사라진 유브라데가 보였다. 호기심 많은 까마귀 한 마리가 유브라데 가까이 날아가는 모습도 보였다. 그런데 까마귀가 유브라데 강변으로 날아가다가 갑자기 강력한 힘에 끌려 유브라데 안으로 사라져버렸다. 그 모습을 바라보던 까마귀의 비명 소리가 들렸다. 게다가 추락하는 까마귀를 붙잡으려고 유브라데로 고개를 내민 뱀마저 엄청난 속도로 빨려 들어갔다.

대전 안은 순식간에 찬물을 뿌린 것처럼 정막이 흘렀다. 반고가 더욱 심각하게 말했다.

"심각한 것은 사실 이겁니다."

반고의 손이 가리킨 동영상에는 누군가 먼 곳으로부터 유브라데로 걸어가는 것으로 시작되고 있었다. 그자는 한참을 걸어가서 유유히 유브라데 안으로 발을 들여놓았다. 사탄은 주먹에 힘을 주었다. 하지만 놀라운 일이 벌어졌다. 유브라데 안으로 빨려 들어갈 것 같던 그 자는 허공을 밟으며 여유롭게 걸었다. 마치 땅을 밟는 것처럼 걸어간 그자는 한참 만에 유브라데를 건넜다. 반고는 심각하게 말했다.

"저자는 아론입니다. 천하를 유랑하는 자인데 에덴의 집사 정도 되는 자입니다. 어찌 알았는지 유브라데를 건너는 폼이 전혀 두려워하지 않습니다. 저희가 지켜본 바로는 아론을 비롯해서 에덴에 속해 있는 자들에게는 아무 일도 일어나지 않았습니다. 유브라데를 땅을 밟는 것처럼 건너든지 혹은 물속을 헤엄치는 것처럼 건너고 있습니다. 오로지 제국의 군사들만 빨려 들어갑니다."

사탄은 의자에 더욱 깊숙이 앉아서는 작은 신음소리를 냈다.

"유브라데로 빨려 들어가면 어디로 가는가?"

반고는 사탄의 말에 잠시 주저했다. 사탄은 반고의 이런 모습을 본 적이 없었다. 사탄은 깊숙이 기대었던 몸을 앞으로 뺐다.

"왜 그러나 군사? 말하라. 어디로 가는지."

반고는 어렵게 말을 꺼냈다.

"주군, 그게… 저의 생각으로는… 무저갱이 열린 것 같습니다."

반고의 말은 순식간에 모든 걸 얼려버렸다. 무저갱은 사탄의 성에서 금기어였다. 왜냐하면 무저갱은 사탄을 가두는 영원한 감옥이기 때문이었다.

천년의 예언의 작은 조각들은 소문의 형태로 돌아다녔다. 누가 그랬다고 하더라는 포장지를 쓴 채 돌아다녔는데 그 중에 하나가 무저갱이었다. 무저갱에 갇힌 사탄은 천년을 지내다가 마지막에 풀려난다는 예언이 제국은 물론 세상 전체에 퍼져있었다. 창백한 사탄은 애써 괜찮은 척 말을 돌렸다.

"그럼 우리가 유브라데를 건널 수는 있나?"

반고는 재빨리 주발을 바라보았다. 주발이 다른 양피지를 허공에 던졌다.

"이 영상에서 보시면 지금 뱀 네 마리가 나룻배 하나를 타고 건너고 있습니다. 배가 많이 가라앉기는 했어도 무사히 건너고 있습니다. 보시다시피 작은 나룻배는 괜찮습니다. 하지만 큰 배는 가라앉습니다."

"잘 알겠다. 반고 수고했다. 유브라데는 그렇다 치고… 시공간이 엉망이 되었는데 어떻게 변한 것인가?"

반고가 손을 크게 휘두르자 말코의 커다란 양피지가 더욱 커졌다. 반고는 그 양피지 위에 구슬을 이리저리 옮기며 설명했다.

"제국과 에덴을 가르던 그랄 산이 많이 바뀌었습니다. 우리 제국 바로 앞에 있던 그랄 산은 에덴 앞으로 옮겨졌습니다. 그래서 에덴 동쪽의 넓은 그랄 평원은 반 정도 되는 크기의 광야로 바뀌었습니다. 아라랏산이 저 멀리 북쪽에 있었는데 우리 제국과 가까운 곳으로 이동했습니다. 문제는 이렇게 움직인 것이 끝난 게 아니라는 겁니다. 지금도 조금씩 이동하고 있어서 언제든지 달라질 수 있습니다. 그게 문제입니다."

마귀가 손을 들고 물었다.

"변한다면 큰 문제가 아닌가? 전쟁을 하려면 지형을 알아야 하는 법. 계속 변하면 어찌하는가? 대책은 있는가?"

반고가 손뼉을 쳤다.

"한 달 전에 변한 지형은 아직 바뀌지 않았습니다. 아마도 시공간의 막 특성 때문에 그런 것 같습니다. 그래서 대책은 오로지 한 가지 밖에는 없습니다. 전쟁을 시작하면 한 달 안에 끝내는 것이 유리합니다."

사탄은 심각했다. 갈수록 태산이었다. 반고가 사탄의 눈치를 살피다가 조용히 말했다.

"그래서 저의 소견으로 전쟁은 지금이 적기입니다."

사탄과 모든 장수들의 눈이 커졌다.

"세 가지 이유가 있습니다. 첫째 이유는 뒤틀린 지형 때문입니다. 땅의 공간을 뒤튼 자는 에노스지만 그 에노스마저도 미리 그림을 그려놓고 뒤틀기는 불가능합니다. 그렇다면 에노스도 정확한 지도를 알지 못합니다. 그래서 에덴의 집사 아론이 이리저리 다니며 정확한 지도를 그리는 것 같습니다. 하지만 우리는 이미 정확한 지도를 알고 있습니다. 그러니 지금 우리는 지형지물에서 우위에 있습니다."

반고의 말을 들은 장수들은 고개를 끄덕였다.

"두 번째 이유는 선제공격입니다. 아담이 에덴을 나간 지 구십 년이 지 났습니다. 아무리 에덴이라도 90여 년을 한결같이 긴장할 수는 없습니다. 싸움은 선제공격이 유리합니다. 이 전쟁은 세상의 땅 전부를 얻으려는 것이 아닙니다. 오로지 에덴만 점령하면 끝나는 전쟁입니다. 그래서 적이 방심하기 딱 좋은 이때 선제공격이 상당히 유리합니다. 마지막으로……."

반고가 주저했다. 그러자 성격 급한 악마가 되물었다. "마지막으로 뭐냐?"

"마지막으로는 무저갱 때문입니다. 유브라데 밑으로 무저갱의 입구를 만들었다면… 시간이 지날수록 더 많은 무저갱의 입구를 만들 텐데… 그러하다면 더욱 큰 문제입니다. 무저갱이 더 열리기 전에, 속전속결로 끝을 보는 것이 좋습니다. 이것이 마지막 이유입니다."

반고는 말을 하는 내내 사탄의 눈치를 보았다. 하지만 반고의 말이 끝나자마자 사탄이 일어서며 손뼉을 쳤다.

"좋다, 반고. 너의 말이 옳다. 판을 뒤틀어버린 지금이 오히려 좋다. 자, 이제 때가 되었다. 우리 모두 같이 에덴으로 돌아가자. 에덴을 나올 적에 다짐한대로 다시 에덴으로 돌아가자. 가서, 에덴의 주인이 누구인지 마음껏 보여주자."

사탄은 주먹을 휘두르며 강하게 말했다. 그 말을 들은 제국의 장수들도 한결같이 괴성을 지르며 발을 굴렀다. 제국의 강한 힘에 마취된 모두가 한마음으로 미치고 보니 이미 에덴을 얻은 것 같은 착각에 빠졌다. 순식간에 사탄의 대전은 광란의 열기에 휩싸였다.

대전 한 구석 어두운 곳으로 작은 노란 빛이 반짝였다. 옛뱀이었다. 어둠 속에 스스로를 가두어버린 옛뱀은 희미한 미소를 지었다.

'흐흐흐, 무저갱이라… 그게 무저갱인지 어찌 알랴마는, 세월이 흐르니 신중한 사탄마저 전쟁으로 쉽게 빠져드는구나. 그걸 보면… 무저갱이…
그게 바로 사탄이 인내할 수 없는 단어였구나. 후후후. 나머지 단어들은
뭘까? 사탄이 도저히 인내할 수 없는 단어는 과연 뭘까?'

옛뱀은 스르르 어둠 속으로 사라졌다.

전쟁은 때때로 우습게 시작이 되지만, 그 마지막은 돌이킬 수 없는 파멸
로 가곤 했다. 탐욕이 모이고 모여 이룬 달의 제국은 탐욕의 압력을 버티
지 못하고 이제 지옥문을 열어젖혔다.

이곳은 달의 제국 사탄의 성 너른 대전이었다.

그날 밤, 동궁

사탄은 밤늦게 동궁의 늙은이들을 찾았다. 동궁의 늙은이들은 피의 절
벽에서 기생하는 늙은이들을 부르는 말이었다. 동궁에 늙은이들이 사는데
사탄이 그들에게서 점을 친다는 소문이 떠돌았다. 사탄은 그것이 재미있
다 생각하여 시인도 부인도 하지 않았다. 그러다가 스스로 그렇게 부르게
되었다.

의심 많은 사탄은 계속 동궁으로 가는 길을 바꿨다. 그러다가 사탄의 성
자신의 침실에서 바로 동궁으로 통하는 길을 만들었다. 사탄은 침실에서
동궁으로 내려가 피의 절벽으로 다가갔다. 사탄이 가까이 오면 피의 절벽
에서 그르릉 하는 소리를 내었다.

"주군, 오랜만에 뵙습니다."

피의 절벽에서 말이 흘러나왔다. 사탄은 흡족한 미소를 지었다.

"별일 없는가?"

"주군께서 편안하시면 저희도 평안합니다. 어쩐 일이십니까?"

사탄은 오전에 있던 대전의 회의를 길게 말해 주었다. 사탄의 이야기를

들는 동안 동궁은 아무 말도 하지 않았다. 사탄은 반고도 믿지 못했다. 불안한 사탄은 어느 누구도 믿지 않았다. 그래서 동궁의 늙은이들에게 점을 치라 요구하였고 동궁은 그때부터 점을 쳤다.

"너희들의 생각은 어떠냐? 이번에 에덴을 치는 것이 좋겠느냐? 아니면 때를 기다리랴?"

사탄의 말이 끝나자 잔잔하던 피의 절벽에 깊은 파장이 여섯 개 생겼다. 마치 잔잔한 호수에 돌멩이 여섯 개가 동시에 떨어진 것 같은 파장이 일어났다. 보통 사탄이 질문을 하면 하나 정도의 파장이 생겼다. 좀 중요한 일이라 하더라도 파장이 세 개를 넘지는 않았다. 하지만 오늘 사탄의 질문을 받고 피의 절벽에는 6개의 파장이 일어났다.

파장은 동심원을 만들며 퍼져나갔다. 피의 절벽에 피의 동심원이 여섯 개 생기더니 서로 퍼져나가면서 간섭이 생겨 사라지기도 하고 만나서 증폭되기도 했다. 피의 절벽은 그렇게 점을 쳤다. 그만큼 사탄의 질문은 중요하고 복잡한 문제였다.

그런데 이상한 일이 벌어졌다. 피의 절벽에서 다시 한번 피의 동심원이 생긴 것이다. 점을 다시 치는 것을 본 사탄이 물었다.

"이상한 일이네. 점을 두 번 치는 건 본 적이 없는데… 무슨 일이냐?"

그러자 피의 절벽이 대답했다.

"주군의 마음을 알 수 없어서 그렇습니다."

사탄은 의아했다.

"그게 무슨 말이냐? 나의 마음이라니……."

동궁은 의외로 머뭇거렸다. 사탄은 이상한 느낌이 들었다.

"동궁, 혹시 다른 마음이 있는 것인가?"

그러자 놀란 동궁이 다급하게 말했다.

"저희들이 다른 마음이 있는 것은 아닙니다. 다만 주군께서 이 전쟁을 하시려는 진짜 이유를 알지 못하겠기에 그렇습니다. 반고의 말대로 지금 전쟁을 하면, 이길 수 있습니다. 하지만 주군께서 반고와 같은 생각을 가지고 계신지… 모르겠습니다. 저희들은 그것이 두렵습니다."

"같은 생각? 그럼 내게 다른 생각이 있다는 말이냐? 나는 반고의 말대로 이기는 전쟁을 하려는 것. 내게 다른 마음은 없다."

사탄은 노기를 띤 채 말했다. 그러자 동궁의 늙은이들이 조심스레 말했다.

"누구를 상대로 이기길 원하십니까?"

사탄은 동궁의 말을 듣고 큰 충격을 받았다. 사탄은 말없이 피의 절벽을 보았다. 싸늘한 기운이 돌자 절벽에서 떨리는 목소리가 흘러나왔다.

"주군, 저희는 오로지 주군만 위해 존재합니다. 다른 마음은 추호도 없습니다. 그러기에 이번 전쟁에 관해 점을 칠 때, 오로지 주군의 승리만 생각합니다. 너그러이 살펴주십시오."

사탄은 깊이 생각에 빠졌다. 이곳은 땅 속, 소리가 없으면 죽음이 관장하는 무덤 같았다. 사탄이 입을 닫아버리자 공기가 질식할 것 같았다. 한참을 생각하던 사탄이 조용히 말했다.

"네가 아는 것을 솔직히 말하라. 만약에 숨기는 것이나 더하는 것이 있으면 내 손으로 너의 생명을 다시 거두어 가리라."

사탄은 칼집에 손을 대었다. 여차하면 칼을 뺄 기세였다. 피의 절벽에서 서서히 피가 한곳으로 몰려들었다. 사탄의 눈높이 조금 아래에 피가 몰려들더니 서서히 쌓였다. 그러더니 사람의 모양으로 변해 갔다. 사탄에게 중요한 이야기를 할 때 나타나는 늙은이였다. 그 늙은이가 바닥에 꿇어 엎드린 모양으로 바뀌더니 엎드린 채로 입을 열어 말했다.

"아담이 에덴에서 나온 이후 구십 년이 지났습니다. 주군의 주위에는 용맹한 장수들이 많습니다만 세월이 흐르면서, 그들의 세력 또한 막강해지고 있습니다. 처음에는 주군의 군대였다면 지금은 주군의 장수들의 군대로 바뀌었습니다. 그 예로 악마와 마귀가 있습니다. 그 둘의 세력은 나날이 커지고 있습니다. 그들에게서 배반의 냄새가 짙게 풍기고 있습니다. 세월이 더 지나면 아마도 그 둘이 주군의 자리를 놓고 서로 전쟁을 시작할 수도 있습니다. 게다가 가장 조심해야할 옛뱀은 어디에 있는지 모릅니다. 리워야단은 용암의 땅에서 나오지 않고 있습니다. 둘 다, 숨어서 무슨 생각을 하는지 알 수 없지요. 이들이 어둠에서 세상으로 나올 때, 주군께 어떤 위협이 될지 알 수 없습니다."

늙은이의 말은 차분하게 이어졌다.

"반고의 분석은 너무나도 정확합니다. 그리고 확실합니다. 하지만 문제가 있습니다. 전군을 몰아서 에덴과 전쟁을 한다면 이 제국이 텅 비게 될 때에, 옛뱀과 리워야단이 들이닥치면 어쩌시겠습니까?"

늙은이가 숨을 고르고 다시 말했다.

"거꾸로 주군께서 이곳에 계시면서, 악마와 마귀가 에덴을 접수했다고 하면… 그건 그들에게 나라를 하나 세워주시는 것과 같습니다."

사탄은 듣고 보니 심각했다. 칼을 잡은 손을 슬며시 내렸다.

"좋다. 그럼 어찌하는 것이 좋으냐?"

"두 가지 길이 있습니다. 첫째, 속전속결로 모두 다 같이 전쟁을 하러 가는 것입니다. 단, 리워야단과 옛뱀을 데리고 가십시오. 악마와 마귀를 선봉에 세우시고 주군께서 직접 전쟁을 지휘하시면 됩니다. 그럼 에덴과의 전쟁은 단기전이 될 것입니다. 하지만 리워야단은 가지 않겠다고 하면 그만입니다. 게다가 옛뱀은 어디에 있는지도 모릅니다."

사탄은 깊이 한숨을 쉬었다.

"두 번째는 무엇이냐?"

"두 번째는 전쟁을 길게 끄는 것입니다. 주군께서는 이곳 달의 제국 근처에 계시고, 악마와 마귀 그리고 반고만 보내십시오. 그리고는 적당히 이기고, 적당히 지십시오. 전쟁을 오래 치르면서 악마와 마귀의 충견들이 에덴의 장수들과 함께 서서히 소모될 겁니다. 그야말로 일석이조입니다. 하지만 그렇게 되면 단기간에 에덴을 얻기는 매우 어려워집니다."

사탄은 마음속으로 감탄하였다.

'이들이 과연… 어디까지가 이들의 능력이란 말인가? 과연 나의 속에 들어갔다 왔다 한들 이들보다 정확하랴? 무섭다.'

사탄은 갈등했다. 자신보다 뛰어난 자를 살려두자니 불안했다. 하지만 이들이 없다면 현실은 더 불안했다. 사탄이 말을 아끼자 동궁은 살기를 느꼈다.

"주군, 다른 뜻으로 드린 말씀은 아닙니다. 이미 아시겠지만 다만 저들이 밤낮으로 주군의 자리를 노리는지라 반고의 속전속결보다는 지공을 하심이 유리할 것 같아, 그렇게 드린 말씀입니다. 주군, 저희들의 충심을 믿어주십시오."

사탄은 잠시 더 말을 아끼다가 조용히 말했다.

"나는 지공도 속공도 원하지 않는다. 나는 내 뜻대로 이뤄지는 전쟁을 원한다. 내가 이기길 원할 때에 이기고, 지고 싶을 때에 지기를 원한다. 너희들은 나를 도울 수 있느냐?"

사탄은 잔인했다. 동궁이 입을 닫고 한참을 생각했다. 질식할 것 같은 시간이 흘렀다. 신기하게도 절벽에서 핏빛 땀이 흘렀다. 사탄의 눈이 서서히 가늘어졌다. 사탄은 의심이 들면 눈이 가늘어졌다. 동궁이 더 이상 지체하다가는 위험했다. 동궁의 늙은이들은 바닥에 엎드린 모양으로 간신히 말했다.

"주군에게 도움을 드릴 수 있는 자가 있습니다. 마무리 단계에 있습니다만 기대하셔도 좋습니다."

사탄의 눈썹이 올라갔다.

"그래? 듣던 중 반가운 말이다. 언제쯤 볼 수 있느냐?"

"삼 일 내로 보내드리겠습니다. 주군께서 보시면 흡족하실 겁니다."

사탄은 동궁이 이토록 장담을 하는 걸 본 적이 없었다. 은근히 기대가 되었다. 사탄은 칼을 도로 집어넣었다. 그리곤 복잡한 마음을 가지고 돌아갔다.

삼 일 후, 사탄의 성

정확히 삼 일이 지났다. 사탄은 동궁 늙은이의 약속을 잊지 않았다.

'어떤 놈이 오려는가? 동궁의 늙은이들이 그토록 칭찬을 하는 걸 보면 어쭙잖은 놈은 아닐 거고… 궁금하네. 약속한 날이니 오늘은 볼 수 있겠지.'

사탄의 성은 전쟁 준비로 눈코 뜰 새 없이 바빴다. 반고는 전략을 짜고 나날이 변하는 지도와 씨름을 하느라 잠을 잊었다. 주발도 군사들을 훈련하고 용들을 점검하느라 바빴다. 하지만 사탄은 보좌에 높이 앉아 생각에 잠겨있었다.

사탄의 성 정문

해가 중천에 떠올랐다. 머리는 산발했는데 길었다. 긴 머리에 가려진 눈만 서슬이 시퍼렇게 살아있었다. 신은 신지 않고 맨발이었는데 지저분하기가 말로 다 할 수 없었다. 옷은 구멍이 나지 않은 곳이 없고, 바싹 마른 몸은 뼈만 앙상했다. 작은 괴나리봇짐 하나 어깨에 멘 그자는 뜻밖에도 사람이었다.

사탄의 성에 인간이 나타나자 사탄의 졸개들이 껄렁껄렁 몰려들었다. 괴물들이 득실거리고 귀신들이 들락날락하는 성문에 겁없이 나타난 사람을 보며 악마의 졸개들은 침을 뱉으며 다가갔다. 성문이 소란스러워지자 멀리서 군사들을 조련하던 악마의 종 말코가 달려왔다. 졸개들은 말코를 보자 도끼에 찍힌 장작처럼 순식간에 갈라졌다.

"거지가 아닌가? 죽기 싫으면 가라. 여긴 사람의 종자가 얼씬거릴 그런 곳이 아니다."

말코는 최대한 인내하며 말했다. 하지만 그 사람은 아무렇지도 않게 말했다.

"사탄에게 안내하라."

느닷없이 나온 반말에 악마의 종 말코의 주먹이 날아왔다. 무지막지한 말코의 주먹이 허공을 갈랐다. 퍽 소리가 나며 그 사람이 저만큼 나가떨어졌다. 말코와 졸개들은 혀를 차며 돌아섰다. 그때였다. 죽은 것 같던 사람이 천천히 일어나면서 투덜거렸다.

"말코, 악마의 종 주제에 주먹질을…. 사탄이 정중하게 초대한 나를 때려?"

뒤를 돌아본 말코는 놀랐다. 자신의 주먹을 맞고 뼈가 으스러져야 하는 놈이 멀쩡히 일어나 서 있었다. 주먹으로 입의 피를 닦으며 자신을 노려보고 있었다. 말코는 사탄이라는 말에 겁이 덜컥 났다. 그 사람은 일어나 비틀거리면서 말코에게 다가갔다. 그리고는 얼떨떨한 말코의 뺨을 세게 후려쳤다.

"앞장서라. 가서 사탄에게 말하라. 동궁에서 박수가 왔다고. 그 뒤에 사탄 앞에서 네놈의 죄를 따지겠다."

말코는 수하들 앞에서 체면을 구겼지만 동궁이라는 말에 비굴한 개가 되었다. 말코는 허리를 굽히고 앞장서 걸어갔다. 박수는 그 뒤를 따르며 눈을 이리저리 부라렸다. 박수 앞에 모여 침을 뱉던 악마의 졸개들은 얼이 나가 있었다.

사탄의 성, 대전

사탄은 거지 차림으로 나타난 박수를 보며 어이가 없었다.

'아무리 봐도 전쟁을 쥐고 흔들 힘도 없다. 잔인하지도 않고, 머리가 비범한 것 같지도 않은데… 동궁이 그리 자신 있어 하는 게 뭘까? 뭘 가졌기에 그리도 자신하는지… 그게 뭘까?'

미덥지 않은 건 사탄뿐이 아니었다. 대전에 모여서 전쟁에 관한 회의를 하던 악마와 마귀, 심지어 반고도 도대체 이자가 왜 나타났는지 알지 못했다. 하지만 동궁은 절대로 허튼 말을 하지 않았다. 사탄은 박수를 내려다보며 이리저리 살펴보았다.

대전에 모인 모두는 사탄과 박수의 입만 바라보았다. 긴 침묵을 깨고 사탄이 입을 열었다.

"네가 동궁의 늙은이들이 말한 놈이냐?"

사탄의 입에서 동궁이라는 말이 나오자 대전에 모인 모두 놀라서 웅성거렸다. 그 중에서도 반고가 가장 큰 충격을 받았다. 박수가 사탄의 말에 고개를 숙이고 바닥에 무릎을 꿇었다.

"박수라 합니다. 동궁에서 보내서 왔습니다. 이제 주군으로 모시겠습니다."

박수가 동궁이라는 말을 입에 담자 대전 안은 다시 술렁거렸다. 말로만 듣고 소문으로만 알았던 동궁은 모두가 알고 싶었던 이름이었다.

"좋다. 네가 나를 도울 것이라 들었다. 무슨 재주가 있는가?"

방심한 사탄은 아무 생각 없이 물었다. 박수는 무심하게 답했다.

"큰 재주는 없습니다. 하지만 보잘 것 없는 재주 하나 가지고 있습니다."

"그래? 작은 재주를 동궁이 그토록 칭찬했다고 생각하지 않는다. 그래 그 작은 재주가 무엇이냐?"

사탄이 몸을 앞으로 기울이며 물었다. 악마가 침을 삼키는 소리가 크게 들렸다. 박수는 담담하게 대답했다.

"목숨을 거는 것입니다."

박수의 말에 모두들 고개를 갸웃했다. 사탄도 마찬가지. 사탄은 동궁에서의 일을 곱씹어 보았다.

'주군에게 도움을 드릴 수 있는 자가 있습니다. 기대하셔도 됩니다.'

하지만 사탄은 무슨 말인지 알지 못했다. 대전을 둘러보았다. 모든 장수와 수하들이 귀를 열고 자신과 박수만 바라보고 있었다. 사탄은 만약 박수가 허풍이라도 떤 것이라면 자신의 권위가 바닥에 떨어질 것만 같았다. 심각하게 말했다.

"목숨을 건다? 좋다. 만약에 허풍이면 동궁의 늙은이들과 네 목숨을 함께 거두겠다. 박수, 너는 무엇에 목숨을 거느냐?"

바닥에 엎드린 박수가 천천히 고개를 들었다.

"전쟁의 길흉을 맞추는 점괘에 목숨을 겁니다."

사탄이 그 자리에서 벌떡 일어났다. 악마와 마귀는 말할 것도 없었다. 대전에 모인 제국의 용사들 모두 놀랐다. 반고는 그 자리에서 휘청거렸다. 예리한 사탄이 놓칠 리 없었다. 사탄의 눈이 대전 안을 순식간에 훑고 지나갔다. 사탄은 아차, 싶었다.

'이런… 실수했다. 아예 존재를 알면 안 되는 것을… 이제 모두 알아버렸으니… 할 수 없다. 이제라도 그리 해야겠다.'

사탄은 정색을 하고 말했다.

"박수와 둘이만 있겠다."

사탄의 말에 모두 어안이 벙벙했지만 반고가 재빨리 대전을 나가자 그제야 하나 둘씩 대전을 빠져나갔다. 너른 대전에는 사탄과 박수 둘만 남았다. 대전의 신하들이 모두 나가자 짐승이 문을 등지고 엎드렸다. 눈을 부라리며 육중한 몸으로 입구를 막아버렸다. 하늘에는 까마귀들이 어디서부턴가 몰려들더니 빙글빙글 돌았다. 사탄의 성 너른 대전은 하루 동안 문이 열리지 않았다.

그 시각, 달의 제국, 하늘 위

미가엘은 에덴에서 가장 강력한 천사장이다. 하늘을 날면 바람이 찢어졌고 강한 팔은 사탄을 능가했다. 멀리 보는 것은 물론 듣고 말하는 능력은 상상을 초월했다. 볼 수 있으면 들을 수 있었고, 들을 수 있으면 볼 수 있었다. 그래서 미가엘은 에덴에서 파수꾼의 역할을 했다.

미가엘은 용맹했고 정의로웠다. 그래서 사탄이 에덴을 넘보다가 동으로 갈 때에도 추격하려고 몇 번이나 간청을 했지만 받아들여지지 않았다. 미가엘은 그 이후로 파수꾼의 역할에 충실했다. 늘 달의 제국과 그 안에서 일어나는 모든 일들을 감시하고 그것에 대한 대책을 에덴의 천사장과 생물들과 함께 논의했다.

미가엘은 며칠 전부터 반고의 수상한 움직임을 느끼고 유브라데와 달의 제국을 둘러보고 있었다. 달의 제국은 철통과도 같았다. 땅 위로 수상한 자가 나타나면 어디선가 나타나서 죽이든지 납치했다. 하늘은 까마귀들과 용들이 물샐 틈 없이 보초를 서고 있었다.

하지만 미가엘은 전혀 개의치 않았다. 미가엘은 하늘의 가장 높은 곳으로 날아 올라갔다. 구름보다 더 높이 올라갔다. 하지만 미가엘은 그곳에서도 듣고 볼 수 있었다. 그것이 천족의 가장 큰 능력이었다. 까마귀와 용도 하늘 높이 날아다니는 미가엘을 볼 수도 없었고 본다 해도 알 수도 없었다. 미가엘은 오늘도 하늘 높이 올라가서 사탄의 성에서 일어나는 모든 것들을 듣고 보고 있었다.

그러던 미가엘의 눈과 귀로 박수가 들어왔다. 미가엘은 동궁이라는 말에 더 놀랐다.

'동궁의 늙은이가 보내다니… 동궁은 빈집인데… 동궁이라니. 게다가 사탄에게 직접 말하는 동궁이라… 보통 일이 아니다.'

미가엘은 박수의 걸음걸이를 따라 눈과 귀를 집중시켰다. 그러나 박수가 대전으로 들어가 버렸다. 미가엘은 더 이상 들을 수 없었다. 게다가 에덴에서의 회의가 있어서 지금 떠나야 하는 신세였다. 하지만 미가엘은 궁금했다. 대전 안에서 일어나는 말은 듣지 못하지만 다시 나올 것을 기대하며 미가엘은 하늘에서 기다렸다.

박수가 들어간 지 얼마 되지 않은 때였다. 갑자기 대전의 문이 열리고 사탄의 장수들이 쏟아져 나왔다. 박수가 나올까 해서 신경을 곤두세우고 있었는데 박수는 나오지 않고 짐승이 문을 막아버렸다.

'이런… 박수가 사탄과 독대를? 보통 일이 아니다.'

미가엘이 심각하게 생각하고 있을 때에 시끄러운 악마와 마귀의 목소리가 들렸다. 먼저 앞서 가는 반고는 무슨 일인지 심각했다. 악마가 부르는 말에도 모른 척 앞만 보고 걸어갔다. 미가엘은 무슨 말을 하는지 귀를 기울였다. 귀를 열고 한참 듣던 미가엘의 얼굴이 굳어졌다. 그리고는 어느 순간 몸을 틀어 에덴으로 날아갔다.

빛처럼 날아간 그 자리에는 뭉게구름이 소소하게 피어났다.

박수의 전쟁

생물 학교, 에덴

에덴에는 생물들이 살았다. 생물은 하나의 족속이었다. 천사나 사람 혹은 천족과는 서로 비슷한 면이 많았지만 결정적으로 맡은 것이 달랐다. 생물은 주로 물과 불과 시공간을 다루었다. 그래서 생물은 세상의 모든 물을 다루는 물의 생물과, 불의 근원과 불을 다루고 통치하는 불의 생물, 그리고 시공간을 다루는 시간의 생물로 나누어졌다.

생물들은 태어날 때부터 나누어지는 경우도 있었지만 대부분의 어린 생물들은 생물 학교를 다니면서 자신에게 맞는 분야를 정하고 그 분야의 필요한 지식을 배웠다. 그러고 나서 생물 학교를 졸업하면 각자 정해진 임무를 따라 나누어졌다.

생물들 중에서는 물의 생물이 가장 많았다. 땅의 반 이상이 물이였기 때문에, 물을 다루고 조정하는 물의 생물이 가장 많았다. 반면에 시공간을 다루는 시간의 생물은 물의 생물에 비해 그 수가 훨씬 적었다. 불의 생물은 불을 다루었지만, 불과 물은 서로 긴밀하게 연결되어 있어서, 그 수가 많았다. 물의 생물보다는 적었지만 시간의 생물보다는 훨씬 많았다.

세상의 물은 주로 세 곳에 퍼져 있었다. 하늘 높은 곳에 있는 높음의 샘,

땅 위의 강과 바다, 그리고 땅 아래에 있는 깊음의 근원, 이렇게 세 곳에 나누어져 있었다. 그 중에서 높음의 샘에 물이 가장 많았다. 높음의 샘에서 눈과 비를 통해 내려온 물은 땅을 거쳐 깊음의 근원으로 들어갔고, 깊음의 근원으로 들어간 물은 증발하여 다시 땅과 하늘로 돌아갔다.

하늘 위에 있는 높음의 샘을 물이 많다 하여 물의 창고라 말하기도 했다. 이 창고를 관할하는 생물들은 그 수는 많지 않았지만 다루어야 하는 물이 워낙 많아서 매우 숙련된 생물들만 갈 수 있었다. 땅 위에 사는 생물들은 지역별로 흩어져 있었다. 물의 나라라 하면 바로 땅 위의 생물들을 말하였다. 깊음의 근원은 모든 것이 신비에 가려져 있어서 오랜 기간 동안 고립된 생활을 한다고 알려져 있었다. 이 모든 물의 나라에는 왕이 한 명 있었다. 바로 요나였다.

물의 나라와 달리 불의 나라는 어디에 있는지 아는 자가 거의 없었다. 눈에 보이는 불의 근원은 태양이었지만 태양에 불의 나라가 있지는 않았다. 태양은 시간의 생물과 불의 생물이 같이 움직였는데 어디서 움직이는지 아무도 몰랐다. 그러나 불의 근원은 태양에만 있는 것은 아니었다. 태양 말고도 보이지 않는 불의 근원이 있었는데 그 불의 근원은 땅 속 깊은 곳에 있었다. 불의 근원과 깊음의 근원은 서로 가까이에 있었다.

땅 속의 불의 근원으로부터 나온 막대한 에너지가 깊음의 근원의 어마어마한 물 덩어리를 데워서 증발시켰다. 그래서 깊음의 근원 바로 옆에 불의 근원이 있었다. 불의 나라의 왕은 두발가인이었지만 본인은 대장장이로 불리는 걸 좋아했다. 그래서 두발가인을 왕이라고 부르는 생물은 없었다.

시간의 생물은 생물들 가운데에서도 가장 신비했다. 시공간의 막을 다루어서 공간을 만들고 그 공간에 시간이 흐르게 하는 것이 임무였다. 시공간의 막은 신비했다. 거의 한없이 늘어나며 탄성이 무한대에 가까워서 아무리 큰 공간이라도 그 막으로 둘러 쌀 수 있었다. 그 막으로 둘러싸인 공간에 시간이 흐르게 하려면 시간의 소들이 시공간을 끌어당겨야만 했다. 그래서 시간의 생물들은 시간의 소를 잘 다루어야만 했다.

시간의 생물은 소수였다. 소수의 시간의 생물 중 우두머리인 에노스는 모든 생물들 중에서 가장 지혜로웠다.

생물 학교는 시간의 생물인 에노스가 교장으로 있는 학교였다. 물의 생물인 요나와 불의 생물인 두발가인 등이 선생님이었다. 학교는 에덴의 동쪽 문인 광화문 안쪽에 있었고, 어린 생물들은 학교 뒷산 기숙사에서 살면서 공부했다.

생물 학교 뒷산에 자그마하게 세워진 단독 건물은 교장인 에노스가 사는 집이었다. 에노스는 벌써 100년도 넘게 그 집에서 살았다. 그 집은 자그마했지만 비밀이 아주 많은 집이었다. 집 안 거실은 넓었지만 소박했다. 작은 통나무들이 이리 저리 널려 있어서 앉을 수 있었다. 그 통나무 한가운데에는 나무로 만든 길고 큰 탁자가 있었다. 주로 생물 학교 선생님들이 모여서 회의하는 곳인데 오늘은 특별한 손님들이 찾아왔다.

에노스의 집 거실

거실 한가운데 통나무 의자에 앉은 에노스는 심각했다. 아론을 따라 갔던 꽃동네 생각만 하면 슬픔과 분노가 동시에 일어났다.

"주님께서 그렇게 우시는 모습을 본 적이 없습니다. 저도 얼마나 울었는지……."

"저도 얼마나 화가 나던지… 당장 달려가서 깨부수고 싶었지만 어딘지 알 수 없으니 답답할 따름입니다."

화통을 삶아 먹은 것처럼 우렁찬 목소리의 주인공은 대장장이 두발가인 이었다. 두발가인은 자리에 앉지 못하고 이리저리 왔다 갔다 했다.

"그 어린 아이의 피를 뽑아, 악마의 자식을 만드는 악독한 짓을… 도대체 사탄이 무슨 짓을 하는 건지… 이대로 두면 안 됩니다."

에노스의 말에 옆에 앉은 요나가 주먹을 쥐었다.

"사탄을 만났던 그때에 죽였어야 하는데…. 그때 끝을 보는 건데… 참으로 아쉽습니다."

"그러게 말입니다."

두발가인은 씩씩거리며 돌아다녔다.

그때였다. 거실 문을 열고 미가엘이 나타났다. 뒤이어 우리엘과 라파엘까지 나타났다. 에노스는 일어나서 일일이 인사를 했다. 모두 자리를 잡고 앉자 미가엘이 먼저 말을 했다.

"오래 기다리시게 해서 죄송합니다. 작은 일이 있어서 해결하느라 늦었습니다."

"무슨 일이 있으셨습니까? 큰일이라도…….."

에노스의 말에 미가엘이 손을 흔들었다.

"아닙니다. 작은 일입니다. 제가 호기심이 많아서 탈입니다. 좀 이따가 한꺼번에 말씀드리겠습니다."

에노스가 요나에게 눈짓을 했다. 그러자 요나가 자리에서 일어났다.

"이제 다 모이셨으니… 먼저, 달의 제국에 대한 물의 생물들의 보고를 말씀드리겠습니다."

요나는 기침을 한번 가볍게 했다.

"현재, 에덴을 제외하고 땅의 많은 족속들이 사탄에게 무릎을 꿇었습니다. 달의 제국을 중심으로 말씀드리면, 남쪽의 네피림과 거인족이 충성을 맹세했습니다. 동쪽의 뱀족은 반고와 주발을 중심으로 사탄의 오른팔이 된 지 오래되었습니다."

가브리엘이 손을 들었다.

"옛뱀은 어디에 있을까요? 도통 소식이 없습니다."

"그게 저도 참 답답합니다. 가끔 보았다는 소문은 있으니 살아있겠습니다만… 어디서 뭘 하는지 아무도 모릅니다."

아론도 거들었다.

"제가 다녀보지 않은 곳이 없지만 옛뱀에 관한 소식은 못 들었습니다. 하지만 살아 있겠죠."

요나가 고개를 끄덕였다.

"뱀족은 그렇게 사탄의 충견이 되었는데, 용족은 반으로 나뉘어졌죠. 사탄을 따르는 자들은 그 땅에 남았고, 양심이 있는 자들은 남쪽으로 내려오다가 네피림을 피해 서쪽으로 빙 돌아와서 지금은 용성에 있습니다. 그리고 북쪽의 이름도 알 수 없는 수많은 족속들은 이미 달의 제국에 용병으로 들어와 있습니다. 참으로 한심합니다. 어쩌다 일이 이렇게 되었는지… 사탄은 제국을 둘러 싼 골칫거리들을 제압한 상태입니다. 이제 힘이 넘치니 곧 이곳 에덴으로 올 겁니다."

요나의 말을 듣던 두발가인도 답답한 마음에 한숨만 쉬었다. 에노스는 고개를 들어 허공을 보았다. 에노스도 답답했다. 앞으로 일어날 피바람을 생각하니 더욱 한숨이 나왔다. 가라앉은 분위기를 깨고 미가엘이 말했다.

"저는 사실 달의 제국을 갔다 왔습니다. 이곳 저곳을 둘러보려고 갔다가, 우연히 사탄의 성문에서 박수라는 자를 보게 되었는데… 신기하게도 사람이었습니다.”

“사람이요?”

에노스가 물었다.

“그러게 말입니다. 귀신들과 괴물들이 득실거리는 곳에 사람이 제 발로 나타난지라, 저도 신기하게 생각했습니다. 그런데 박수라는 사람이 동궁 이야기를 하는 겁니다. 자기가 동궁에서 보낸 사람이라고 했습니다. 그 뒤의 일은 박수가 사탄의 대전으로 들어가서 듣지 못했습니다. 그런데 얼마 되지 않아 회의가 끝났는지 악마와 마귀가 나오기에 대화를 들으니 그 박수라는 자가 동궁의 늙은이들이 보낸 자며 전쟁의 길흉을 점친다고 말을 하는 겁니다. 악마의 말이 사실이라면 보통 일이 아닙니다.”

미가엘의 말에 에노스는 눈을 감고 생각에 빠졌다.

‘동궁이라, 동궁… 어떤 곳이기에 길흉을, 그것도 전쟁의 길흉을 점친단 말인가? 이상하다.’

에노스의 머릿속으로 꽃동네의 잔혹한 참상이 오버랩 되었다.

잠시 후, 에덴의 수비대장 라파엘이 말했다.

“그랄 산이 에덴 앞으로 옮겨져 있어 사탄이 이곳 에덴까지 정예부대를 끌고 달려오려면 유브라데를 건너고 갈멜산을 넘어야 합니다. 갈멜산은 그랄산에 비할 바는 아니지만 그래도 가볍게 넘을 수 없는 큰 산입니다. 하여간 사탄이 갈멜산을 넘어 에덴으로 오려면 세 길로 올 수 있습니다. 이 세 길 중에 북쪽은 험준한 데다 그 길의 끝에 스랍들이 지키고 있어서 함부로 올 수 없을 터. 그럼 정면으로 오든지 남쪽으로 돌아와야 합니다.”

라파엘은 잠시 침을 삼켰다.

“하지만 사탄은 먼저 유브라데를 건너야 합니다. 아시다시피 에노스께서 무저갱으로 들어가는 입구를 유브라데에 열어놓으셨습니다. 그렇기 때문에 사탄이 대규모 병력을 데리고 건널 수는 없습니다. 참으로 유브라데에 무저갱을 여신 것은 기막힌 한 수가 아닐 수 없습니다. 이왕 말이 나온 김에 에노스께서 무저갱에 대해 설명을 조금만 해주시는 게 어떻겠습니까?"

가볍게 목례를 한 에노스가 보충 설명을 했다.

"유브라데에 무저갱을 열려고 생각하지는 못했습니다. 사탄이 유브라데 물을 없애 달라 하기에 생각하게 되었지요. 물을 없앤 김에 바닥도 없애면 되겠다 싶었습니다. 이게 다 요나 왕의 공입니다."

"과찬이십니다. 저보다 에노스와 두발가인께서 고생이 많으셨지요. 유브라데는 사탄에게는 지옥문과 다를 바가 없을 겁니다. 그런데 사실 건너려면 못 건널 것도 없지요. 사탄은 간교한 자라 아마 대비를 하고 있을 겁니다."

요나의 말에 두발가인이 맞장구쳤다.

"그렇습니다. 그놈도 간교하지만 그놈 옆에 있는 것들도 하나 같이⋯⋯."

에노스가 두발가인을 보며 말을 이었다.

"맞습니다. 저번 꽃동네의 비극은 아직도 가슴이 아픕니다. 아론께서는 그 후로 식사를 잘 못하시지요? 저도 잊지 못합니다. 그나저나 미가엘께서는 전쟁을 어찌 보십니까?"

미가엘은 한숨을 깊게 쉬었다.

"전쟁의 길흉을 점치는 자가 나타난 거 보면 전쟁이 시작되었다고 봐야 합니다. 우리의 의지와는 무관하게 전쟁의 소용돌이 안으로 들어가겠죠. 하지만 문제는 이겁니다. 사탄이 생명을 죽이려고 전쟁을 일으켰다고 해서, 우리도 똑같이 생명을 죽여야 하는지 말입니다. 악을 악으로 갚는 것이 과연 주님의 뜻인지… 참으로 어려운 일입니다."

미가엘의 말에 공기가 무거워졌다. 한참 동안 아무도 말을 하지 못했다.

그때였다. 에노스가 조심스럽게 말했다.

"저희 학생 중에 똑똑한 아이가 한 명 있습니다. 여호수아라 하는 아이인데, 사실 무저갱을 같이 만든 아이입니다. 그 아이가 아이디어를 줘서 만들었습니다. 그 아이가 저에게 그러더군요. '무저갱을 왜 만드세요?' 그래서 제가 감옥을 만드는 거라 했습니다. 그러자 고개를 갸웃거리며 그럽디다. 한 번 들어가면 나올 수도 없는 감옥에 들어가는 것하고, 죽는 것 하고 뭐가 다르냐고 그럽디다. 사실, 제가 답을 못했습니다. 그런데 지금 생각해보면 우리의 고민을 풀어 줄 수 있는 중요한 질문이라는 생각이 듭니다."

에노스의 말에 요나도 무릎을 탁 쳤다.

"아… 여호수아요? 시공간을 거꾸로 가게 만든 그 아이지요? 허허허 참으로 영민한 아이입니다. 에노스께서 후계자로 삼으실 만합니다. 그 친구들 모두 좋은 아이들입니다. 예후와 갈렙 그리고 해상, 개구쟁이라서 문제지만… 허허허. 그 나이에는 다 그렇죠. 며칠 있으면 졸업인데 졸업하면 좀 나아질 건지 모르겠습니다."

"개구지기만 한 게 아닙니다. 어이구 얼마나 속을 썩이는지. 후후후 하여간 대단한 생각입니다. 여호수아 그놈 만나면 한 번 안아주어야겠습니다. 갈렙과 예후는 불방망이로 엉덩이나 쳐주어야겠고. 요나께서는 해상에게 왕의 자리를 물려주려고 하나 봅니다."

"아무래도 그래야할 것 같습니다."

요나가 웃으며 말했다. 에노스가 다시 말을 꺼냈다. "일전에 꽃동네의 비극 이후로 주님께서 많이 우셨습니다. 누구보다도 많이 아프셨을 텐데,

하지만 주님께서 생명을 아끼라 하셨으니… 죽음보다는 무저갱처럼 영원히 묶어두는 것이 좋겠다, 생각합니다. 무저갱은 신비한 곳입니다. 저도 알지 못했지만 만들고 보니 그곳은 생명을 죽이지 않습니다. 오히려 죽어서 들어가도 생명을 잃지 않는 그런 곳입니다. 전쟁을 하다보면 불가피하게 죽는 자들이 나오겠지만 죽은 자들을 무저갱으로 보내면 생명을 잃지는 않습니다."

라파엘이 손뼉을 치며 말했다.

"아주 좋습니다. 그럼 이렇게 하시지요. 무저갱을 디 만들면 좋겠습니다. 악한 놈들을 무저갱에 가두는 것도 좋지만 그놈들이 모두 한자리에 모여서 수많은 시간을 같이 있다가 나중에 혹시라도 무저갱에서 나오게 되면 그것도 큰일입니다. 더 강해지고 더 악독해져서 이 세상으로 나오면 그때는 지금보다 더 참혹한 상황이 됩니다. 악독한 놈들이니 분리시키는 것도 좋겠다 싶습니다."

라파엘의 말에 모두 고개를 끄덕였다. 에노스가 요나를 보며 말했다.

"정보에 밝으신 요나께서 생각하시기에 어떠하십니까? 사탄을 제외하고 누가 가장 강할까요?"

"강한 것으로만 따지면 리워야단입니다. 단연 독보적이지요. 괴물 중에 괴물입니다."

요나가 눈을 껌벅이며 말했다. 그러자 아론이 거들었다.

"리워야단이야 말로 강한 놈이지만 저번에 꽃동네를 보면 아이들의 피를 원하는 악독한 놈들이 있습니다. 아까 미가엘께서 말씀하신 동궁이 마음에 걸립니다. 사탄 옆에서 그 정도로 악독한 짓을 할 놈은 없습니다. 그저 힘이나 쓰고 폭력이나 휘두를 줄 아는 놈들뿐인데… 혹시 동궁이 그런 짓을 한 놈들이 아닐까 생각합니다. 전쟁의 길흉을 점친다 하는데… 사실이라면 그 동궁이 가장 위험합니다. 그 동궁을 분리해야 합니다."

듣고 보니 그랬다. 에노스는 고개를 끄덕거리며 말했다.

"그럼 좋습니다. 사탄과 리워야단 그리고 동궁 이렇게 분리하고 고립시키는 방법을 찾아보겠습니다. 시간이 있을지 모르겠습니다만 최선을 다하겠습니다. 아주 좋은 말씀들을 해주셨습니다."

두발가인은 아직도 자리에 앉지 않고 왔다갔다 걸어다녔다.

"좋습니다. 저도 마음에 들어요. 그럼 이번 전쟁을 이렇게 말하도록 합시다. 달의 고립, 달의 고립 작전이라 하면 어떻겠습니까?"

두발가인의 엉뚱한 말이었지만 듣고 보니 모두 마음에 들었다. 모두 일어나 손뼉을 쳤다. 에노스의 거실에 모인 자들은 모두 하나가 되어 밤늦도록 이야기를 하며 계획을 짰다.

사탄의 성, 대전

너른 대전에 개미 소리 하나 들리지 않았다. 깊은 적막이었다. 하지만 뜨거웠다. 대전을 꽉 채운 기치창검과 갑옷을 입은 장수들의 열기로 대전 안은 뜨거웠다. 모두 하나 같이 눈을 부라리며 한 곳을 바라보았다. 사탄의 보좌. 대전의 높은 곳에 세워진 사탄의 보좌는 지금 비어 있었다.

대전 안쪽 사탄의 방

박수는 작은 상을 앞에 두고 무릎을 꿇었다. 상 위에는 작은 종지에 쌀이 가득 담겨 있었다. 잠시 눈을 감고 숨을 깊게 들이마셨다. 사탄은 아무 말도 하지 않았다. 날카로운 눈으로 박수의 모든 것을 담았다.

박수가 서서히 눈을 떴다. 그리고는 팔뚝을 날이 선 칼로 살짝 베었다. 박수의 붉은 피가 쌀이 담긴 종지 안으로 떨어졌다. 박수는 종지에 손을 넣고 쌀을 한 움큼 집었다. 그리고 입 안에 과하게 쑤셔 넣었다. 사탄이 눈을 살짝 찌푸렸다. 입에 쌀을 넣은 박수가 품에서 작은 노리개를 꺼내들었다. 오래 되어 빛이 바랜 나무로 만들어진 노리개였다. 작은 가지 세 개가 굵은 한 가지에 매달려 있었다. 그 세 개의 가지 끝에 작은 쇠 방울이 달렸는데 그 방울에서 요란하고 시끄러운 소리가 나왔다. 사탄의 눈이 반짝 빛났다.

'무령!'

무령은 박수가 점을 칠 때 늘 흔드는 노리개였다. 박수는 바닥에서 무릎을 꿇은 채로 무령을 조금씩 흔들었다.

딸랑. 딸랑. 맑고 작은 소리가 났다. 그 소리를 듣는 사탄의 눈이 가늘어졌다. 박수는 무령을 조금씩 흔들며 알아듣지 못할 소리로 중얼거렸다. 무령은 점점 큰소리를 냈다. 사탄이 저도 모르게 손을 꽉 쥐었다. 무령의 소리에 귀가 멍멍해질 정도로 시끄러워졌다.

그때였다. 박수가 무의식으로 들어갔다. 신접했다. 그러자 박수의 눈이 어둠으로 텅 비었다. 사탄은 흠칫했다. 벌어진 박수의 입 꼬리로부터 거품이 섞인 침이 흘러나왔다. 고개를 앞뒤로 규칙적으로 흔들다가 한 번씩 뒤로 심하게 튕겨졌다.

한참 동안 무령을 흔들던 박수는 이제 스스로 흔들리는 무령에 사로잡혀서 흔들렸다. 신접한 박수가 무의식으로 들어가자 박수의 혼이 들어간 무령 스스로 흔들거리며 소리를 냈다.

딸랑. 딸랑. 딸랑. 딸랑.

무령이 요란하게 흔들리자 무의식중에 박수가 무령의 힘을 누르려 손에 힘을 주었다. 하지만 무령은 이미 박수의 힘을 초월했다. 박수는 엄청난 힘의 무령을 이기지 못하고 앞뒤로 심하게 흔들렸다. 이제는 무령이 박수를 잡고 마구 흔들었다. 박수는 저도 모르게 무령에 매달려 앞뒤로 몸을 심하게 흔들었다.

무령에는 한 가지마다 한 개의 쇠 방울이 달려있었다. 하지만 다른 가지에 있는 쇠방울과 만나지 않았고 부딪치지도 않았다. 하지만 무령이 흔들릴 때마다 여러 개의 쇠방울이 부딪치는 소리가 났다. 게다가 하나로 합쳐진 것처럼 소리를 냈다. 이상했다. 사탄은 눈을 크게 뜨고 자세히 보았지만 왜 그런지 알 수 없었다.

딸랑 딸랑. 투 투 투.

박수가 두 손으로 잡은 무령에 크게 휘둘리며 무어라 중얼거렸다. 얼굴에서는 비 오듯 땀이 흘렀다. 수척하고 마른 박수의 몸은 어느 순간 부러지기라도 할 것처럼 위태로웠다.

한참 시간이 흐르고 어느 순간, 갑자기 무령이 멈추었다. 소리도 멈추고 움직임도 딱 멈추었다. 박수도 흔들던 몸을 멈추었다. 사탄의 방 전체가 멈추어졌다. 아주 잠깐이지만 짧은 정적이 흘렀다. 사탄의 손에 힘이 들어갔다. 움직임을 멈춘 박수는 죽은 송장처럼 되었다가 입을 가만히 움직였다. 그리고는 입 안의 쌀을 퉤, 소리 나게 뱉었다.

차르르.

나무 상 위로 쌀알들이 튀면서 경쾌한 소리를 냈다. 고개를 숙인 박수는 입 안에 남아있던 쌀을 어금니로 잘근잘근 씹으며 서서히 고개를 들었다. 그러다가 갑자기 고개를 맘껏 뒤로 젖힌 채로 입을 열어 말을 하기 시작했다. 놀랍게도 쉿소리 나는 박수의 목소리는 사탄의 목소리로 변해 있었다. 사탄은 너무나도 놀랐다.

"아하, 거짓의 아비가 왔구나. 왔어. 모두가 절을 하라. 경배하라. 하하하."

박수의 말에 사탄의 눈은 화등잔처럼 커졌다. 사탄의 살기가 끓어올랐다. 하지만 박수의 말이 계속되었다.

"비밀이 너무나 크구나. 입에 담자니 죽음이요, 심장에 담고 지내자니 그릇이 너무 작구나. 듣는 자는 깨달으라. 거짓의 아비요 만 악의 악, 사탄이여. 앞으로 나아가라. 지금 나아가라. 칼을 들고 서쪽으로 나아갈지어다. 유브라데를 하루에 건너가면 승리하리라. 그날은 반드시 승리하리라."

살벌한 박수의 예언을 들은 사탄은 모골이 송연해졌다. 힘껏 잡았던 손아귀도 얼얼했다. 하지만 사탄의 눈은 재빠르게 움직였다.

'승리라… 승리…. 그렇다면… 내가 간다.'

사탄은 지쳐 쓰러진 박수를 내팽개치고 대전으로 날아갔다. 사탄의 방에서 기절해 쓰러진 박수의 손가락이 조금씩 움직였다.

사탄의 성은 그 다음날 아침 일찍 성문이 활짝 열렸다. 마침내 백년을 기다려온 지옥의 군사들이 커다란 성문으로부터 쏟아져 나왔다. 그 지옥의 군대 맨 앞에는 사탄이 투구와 갑옷을 입은 채 시커먼 짐승을 타고 있었다. 땅의 비극은 이렇게 시작되었다.

전쟁이 시작된 그날 아침, 유브라데 동쪽 강변

반고는 사탄을 데리고 강변을 따라 말을 달렸다. 반고가 심각하게 말했다.

"주군, 오늘이 가기 전에 유브라데를 건너야 합니다. 그것이 전쟁의 성패를 가릅니다."

반고의 말은 박수와 같았다. 사탄은 놀랐다.

"맞는 말이다. 하지만 유브라데를 배로 건너려면 족히 보름은 걸릴 것인데 좋은 방도가 있느냐?"

반고는 말을 몰아가면서 두리번거렸다.

"있습니다만… 운이 좋아야 오늘 안으로 건널 수 있습니다."

반고는 목을 빼고 돌아보았다. 그러다가 무엇을 발견했는지 급하게 말을 몰았다. 사탄도 그 뒤를 따라갔다. 반고가 도착한 그곳은 강폭이 비교적 좁은 곳이었다. 좁았다고는 하지만 그곳도 다른 강에 비하면 매우 넓었다. 물의 흐름이 산을 만나 꺾이면서 모래가 쌓였던 듯. 그곳은 강폭이 훨씬 적었다. 반고가 반색을 했다.

"이곳입니다. 주군. 여기로 건너시면 됩니다."

반고는 기쁜 얼굴이었지만 사탄은 도무지 이해하지 못했다.

잠시 후, 사탄의 정예부대는 반고가 서 있는 곳으로 바람처럼 모여들었다. 반고가 악마와 주발에게 말했다.

"악마께서는 용맹하고 힘이 좋은 군사들을 천 명만 모아주십시오. 반드시 힘이 장사라야 합니다. 그리고 주발 장군은 용들을 모두 모아주게."

악마는 반고의 말이 이해되지 않았다.

"군사, 어쩌려는가? 천 명의 군사로 뭘 어쩌려고?"

"별 거 아닙니다. 한 조에 오백씩 두 조로 나누어서 단단한 밧줄로 묶으려합니다. 일종의 사다리죠. 우리에게 악마의 풀로 만든 줄이 있습니다. 그 줄은 절대로 끊어지지 않습니다. 그 줄로 밑에 있는 군사의 두 팔과 위에 올라간 군사의 다리를 묶으면 됩니다. 그렇게 차분하게 묶어서 유브라데를 건너서 가로질러 놓으면 두 줄이 생기고 그 위로 마차가 지나가도 끄덕도 없습니다. 반드시 힘이 좋고 용감해야 합니다. 유브라데만 건너면 주군께서 제일 먼저 상을 내리실 겁니다."

악마는 상이라는 말에 기분이 좋아졌다. 그때로부터 악마의 불쌍한 군사들은 반듯하게 누워서 악마의 풀로 만든 줄로 줄줄이 묶여졌다. 유브라데 강변을 따라 오백의 군사가 누워 굴비처럼 묶이는 광경은 장관이었다. 사탄은 혀를 내둘렀다.

'내가 반고를 얻지 않았다면 어찌 할 뻔했을까?'

사탄은 반고가 하는 일들을 보며 감탄했다. 반고는 악마의 군사 오백을 하나로 묶었다. 그러나 문제는 이들을 어떻게 유브라데를 가로질러 다리처럼 놓느냐 하는 게 문제였다. 반고는 아무것도 아니라는 듯 말했다.

"주발 준비 되었는가? 그럼 시작하라."

주발은 하늘을 향해 큰소리를 쳤다.

"흑룡, 적룡은 우리를 도우라."

그러자 구름 낀 하늘로부터 무시무시한 용들이 떼로 나타났다. 그리고는 하늘로부터 내려와서는 강변에 한 줄로 누워있는 악마의 군사들을 묶은 줄을 물었다. 한 줄에 열 마리 정도가 달라붙어서 줄을 물고 허공으로 올라갔다. 그러자 놀라운 일이 벌어졌다. 악마의 군사들이 한 몸처럼 일어나서 하늘을 향해 서게 되었다. 반고의 눈이 빛났다.

"지금이다. 줄을 놓으라."

그 말과 동시에 용들이 꽉 잡았던 줄을 동시에 놓았다. 악마의 군사들은 허공에서 휘청거렸다. 그때였다. 갑자기 흑룡과 적룡이 번개처럼 달려들어서 악마의 군사들의 꼭대기 부분을 밀었다. 그러자 무시무시한 힘으로 날아갔다. 유브라데는 자신의 영역으로 들어온 것은 무지막지한 힘으로 끌어당겼다. 악마의 군사들은 용들의 어마어마한 힘과 유브라데의 막강한 힘이 서로 맞물려 순식간에 허공을 날아갔다.

콰광. 콰광 두 번의 큰소리가 나며 지축이 흔들렸다. 먼지가 피어올랐다. 사탄은 눈을 똑바로 뜨고 바라보았다. 사탄의 입에서 감탄이 터져나왔다.

눈앞에 드러난 광경은 믿기지 않았다. 넓은 유브라데를 가로질러 두 줄의 군사들이 위태롭게 매달려 있었다. 출렁거리는 폼이 위태위태했지만 악마의 군사들은 칼을 땅에 박으며 이를 악물고 버텼다. 유브라데를 가로질러 놓인 두 줄의 다리 위로 뱀들이 빠르게 기어갔다. 굵은 동아줄을 끌고 빠르게 기어가는 뱀들은 어렵지 않게 유브라데를 건넜다. 그리고는 또 다른 동아줄이 건너갔다. 시간이 흐르면서 수많은 동아줄이 유브라데를 건너고 해가 중천에 오르기 전에 제법 넓은 동아줄의 다리가 놓였다.

사탄은 입이 떡 벌어졌다. 옆에는 악마와 반고가 웃고 있었다. 유브라데를 건너기 전에 반고는 정예부대를 따로 골랐다. 각 족속과 부대에서 가장 용맹한 자들로만 선봉에 설 부대를 만들었다. 그리고는 추상같은 명령을 내렸다.

"각 족속과 부대를 대표해서 죽도록 싸우라. 가장 먼저 갈멜산성에 오르는 족속의 이름을 저 성문에 새기는 영광을 주리라."

사탄의 선봉 부대는 매우 용감했다. 물불을 가리지 않고 오로지 자신의 족속을 위해 목숨을 버릴 각오로 충만했다. 유브라데에 동아줄 다리가 완성되자마자 반고는 선봉부대를 진격시켰다. 아직 사탄의 군대는 유브라데를 건너지 못한 때였다. 선봉에 선 장수들은 앞다투어 유브라데를 건너고는 쉬지도 않고 그대로 갈멜산을 넘었다. 선봉 부대는 홍수가 마을을 휩쓰는 것처럼 그렇게 에덴의 국경을 쓸어버렸다.

갈멜산성

에덴의 최전방은 갈멜산 꼭대기에 있었다. 갈멜산은 그리 높지 않았지만 산세가 험했다. 갈멜산에서 아래를 내려다보면 유브라데가 보였다. 안개가 낀 날은 잘 보이지 않았지만 맑은 날은 또렷이 보였다.

그날은 맑았지만 방심한 성주는 무지막지한 괴물들이 들이닥치고 나서야 현실을 알게 되었다. 갈멜산성을 지키던 에덴의 장수들은 순식간에 전멸당했다. 위급을 알리는 봉화도 올리지 못했다.

유브라데부터 갈멜산까지 먼 거리를 쉬지 않고 달려와 전쟁을 치른 선봉부대는 사기가 하늘을 찔렀다. 반고는 약속대로 용족의 이름을 성문에 새겼다.

가장 용맹한 용족이 제일 먼저 이 문을 연다.

성문 앞에 선 용족이 긴 창을 위로 들고 목청껏 소리를 질렀다. 그 뒤로 선봉부대의 장수들이 연이어 괴성을 질렀다. 사탄은 뜻밖의 대승을 거두고는 입이 크게 벌어졌다. 한껏 기분이 좋은 사탄은 반고를 보았다. 반고는 에덴을 바라보며 가지고 있는 지도와 열심히 비교하고 있었다. 사탄은 문득 박수가 생각났다. 슬그머니 자신의 장막으로 들어가 버렸다. 역시 커다란 짐승이 문을 막고 엎드렸다.

장막 안으로 들어간 사탄은 어둠 속에 앉아 있는 박수를 보았다. 박수는 이미 모든 일을 알고 있는 듯, 일어나서 고개를 숙였다.

"축하드립니다."

짧은 인사였다. 하지만 사탄은 다른 말을 했다.

"점은 쳤느냐?"

박수가 고개를 끄덕였다. 힘이 하나도 없는 폼이 점을 친 지 얼마 되지 않아 보였다.

"갈멜산을 내려가려면 길이 두 개 있다. 남쪽으로 가는 길과 북쪽으로 가는 길이다. 어느 길이 사는 길이냐?"

박수는 고개를 흔들었다.

"둘 다 죽는 길입니다. 살려면 남쪽을 급하게 치시고 아주 천천히 북쪽을 치시면 북쪽에서 길이 열릴 것입니다. 남쪽은 이러나저러나 죽는 길입니다."

사탄은 놀랐다.

"나는 어찌하랴?"

박수는 예상했다는 듯, 말이 마치기도 전에 대답했다.

"이곳에 계시기 원하시니… 계시지요. 다음에 주군께서 직접 나가실 때가 올 것입니다."

사탄은 등골이 오싹했다. 사탄은 입술을 지그시 물고 밖으로 나갔다. 어둠 속에서 웅크린 박수는 그렇게 오랫동안 있었다.

갈멜산성

사탄의 군대는 대승을 거둔 그날, 밤을 틈타서 남쪽으로 군대를 보냈다. 갈멜산성의 문에 이름을 새긴 용족이 바람처럼 밀고 내려갔다. 반고는 반대했지만 사탄은 막무가내였다. 반고는 어쩔 수 없이 용족을 보냈다. 용족이 떠나기 전, 반고는 주발을 불러놓고 단단히 주의를 주었다.

"주발, 이쪽으로 가면 용성을 만난다. 그곳에는 용족의 형제들이 있다. 에덴에서도 가장 사납고 용맹한 용족이 있다는 말이다. 절대로 방심하지 말라. 게다가 그곳에는 용족 최고의 전사, 용재가 있다. 절대로 경거망동하지 말고 신중해라. 갈멜에서의 승리는 작은 것이다. 주군께서는 이번에 용성에서 실패하면 갈멜산의 공을 잊어버리시니 각별히 조심하라."

주발은 머리칼이 쭈뼛 일어섰다. 용재는 용족의 전설이었다. 용에 리워야단이 있는 것처럼 용족에는 용재가 있었다. 주발은 그러나 가슴을 펴고 죽을 각오로 달려갔다. 주발의 뒷모습을 보는 반고는 불안해서 죽을 것 같았다. 반고는 하늘을 우러러 고개를 들고 무어라 말하더니 어둠 속으로 사라졌다.

갈멜산의 밤이 깊었다. 주발은 밤이 새도록 달려갔다. 갈멜산에서 남쪽으로 내려가는 길은 가파르지 않았지만 좁았다. 산을 내려가면 넓은 평야가 나왔다. 한 시간 정도 말을 달려가면 용성이 있었다. 원래 용성은 달의 제국 바로 아래에 있었다. 하지만 용족이 둘로 갈라지고 나서부터 달의 제국을 나온 용족들이 고향과 가장 가까운 곳에 성을 쌓고는 용성이라고 불렀다. 주발은 반고로부터 이야기를 듣고 두려웠다. 하지만 두려움을 이기기 위해 온 힘을 다해 달려갔다.

주발이 남쪽으로 가고 난 후, 갈멜산성 사탄의 장막

반고가 사탄 앞에 엎드렸다.

"주군, 용성의 용재는 실로 무서운 자입니다. 주발이 아무리 용감하고 전쟁터에서 살아온 백전의 용사라 한들 용재를 절대로 당할 수 없습니다. 주군 다시 생각해 주십시오."

반고는 사실 목숨을 걸었다. 사탄이 황제가 되고 나서 누구든지 사탄의 결정을 뒤엎은 경우는 없었기 때문이었다. 하지만 자신의 충신 주발을 사지로 보낸 반고는 사탄에게 애원하고 있었다. 사탄은 그런 반고를 보며 아무런 말이 없었다. 사실 사탄은 주발을 남쪽으로 보내고 나서 북쪽으로 보낼 군대를 세우고 있었다. 악마가 자청해서 선봉에 서겠다고 하여 악마에게 준비를 지시한 상황이었다. 사탄은 반고의 말을 들어줄 생각이 없었다.

반고는 아무리 말을 해도 요지부동인 사탄을 보며 어쩔 수 없이 물러나왔다. 그리고는 다급하게 갈멜산성의 제일 높은 곳으로 올라갔다. 주발의 부장으로 반고를 돕는 구자경만 이끌고 성의 탑으로 올라간 반고는 허공에다 큰소리로 외쳤다.

"흑룡. 흑룡. 우리를 도우라. 용족을 도우라. 주발을 도우라."

반고의 외침은 갈멜산 이곳저곳으로 울려 퍼져나갔다.

갈멜산 아래, 용성

한편, 그 시각 용성에서는 대군이 모여 횃불을 밝히고 모여 있었다. 용성의 주인인 용재가 단상에 높이 올라 칼을 빼어 들고 말했다.

"우리 용족은 사탄을 등지고 에덴으로 왔지만 한시도 고향을 잊은 적이 없다. 사탄은 거짓의 아비요 악독의 근원이다. 그런 자를 주군으로 받드는 비루한 놈들에게 우리 영광의 용족이 얼마나 강한지 보여주자. 저 겁도 없이 달려오는 것들은 우리 용족을 사탄에게 팔아넘긴 원수일 뿐. 이제 그들은 우리 용족의 뜨거운 피가 아니라 뱀의 차가운 피를 가진 배신자들이다. 밤을 틈타 수작을 부리러 오는 배신자들에게 폭풍이 무엇인지 똑바로 보여주자. 자, 가자. 용족의 전사들이여. 간사한 배신자들을 쓸어버리고 고향으로 가자. 가자!"

와! 와! 와!

용재의 웅변을 들은 용족의 전사들은 가슴 속에서 불끈 불이 올라왔다. 죽음을 두려워하지 않는 용족은 이제 하나의 거대한 불덩어리였다. 용재의 군대는 어두운 밤에 폭풍이 되어 주발의 군대에 마주쳐 갔다.

사실 용재는 치밀했다. 태어날 때부터 용사인 용재는 이미 척후병을 보내 달의 제국을 염탐하고 있었다. 달의 제국의 수상한 움직임을 느낀 용재는 갈멜산성에 수하를 보냈지만 이미 늦었다. 용재의 경고가 도착하기 바로 전에 사탄의 선봉이 들이닥쳐 모두 몰살한 뒤였다. 용재의 수하는 용감했다. 살벌한 전장에서 바로 돌아오지 않고 군대의 움직임을 보고 있었다. 그러다가 남쪽 용성으로 진군하는 주발의 군대를 확인하고는 바람처럼 용성으로 달려온 것이었다. 용재는 주발이라는 말을 듣고 칼을 갈았다. 주발은 배신자였다. 용재는 주발을 죽이리라 마음먹었다. 그리고는 급습하는 주발의 군대를 거꾸로 급습하기 위해 갈멜산성을 향해 달려갔다.

주발의 진영

갈멜산을 내려온 주발은 잠시 쉬며 눈을 들어 보았다. 키보다 더 높은 갈대들이 양탄자처럼 펼쳐진 너른 평야에 달빛이 비추니 운치가 있었다. 평야를 지나 저 멀리 용성이 보일 듯 말 듯 서 있었다. 주발은 힘들게 내려온 장수들을 독려하였다.

"자 이제 다시 달려가자. 저 멀리 보이는 용성을 먼저 급습하는 게 전투의 승패를 좌우하니, 자 군사를 정비하고 가자."

주발은 장수들을 격려하며 일일이 손을 잡았다. 자신이 먼저 말에서 내려 말굽을 옷으로 싸맸다.

"용성의 용재는 신중한 자라서 조금만 소리가 나도 눈치 챌 것이야. 그러니 다들 말에서 내려 말굽을 옷으로 싸매라. 말에게 재갈을 씌우고 이제부터는 도보로 간다."

주발은 전장에서 잔뼈가 굵은 자였다. 주발의 말에 용족은 일사분란하게 움직였다.

주발의 군대는 바람이 되어 갈대밭을 누볐다. 바람이 부는 듯 아무도 몰래 갈대밭을 지나가는 주발의 심장이 뛰기 시작했다.

'조심하자. 조심해. 상대는 용재. 이제부터 조금만 실수해도 그 순간 죽음이다.'

주발은 한발 한발 다가갈수록 심장이 더 뛰었다. 하지만 입을 다물고 오로지 자신의 명령만 따르는 부하들을 보며 더욱 앞장서서 달려갔다.

용성이 거의 다 보였다 싶은 그때였다. 갑자기 불이야 소리가 나며 갈대밭이 불에 타기 시작했다. 불은 주발에게서 그리 멀지 않은 곳에서 시작되었지만 걷잡을 수 없이 번졌다. 매캐한 냄새가 났다. 주발은 본능적으로 알았다.

'기름! 함정이다!'

주발은 큰소리를 질렀다.

"퇴각하라. 전방부대는 퇴각하라."

하지만 전방과 후방의 구분은 더 이상 없었다. 불은 넓게 원을 그리며 빠르게 번지더니 주발의 군대 모두를 빙 둘러쌌다. 주발은 사색이 되었다. 주발의 군대는 어디로 가야할지 몰라 우왕좌왕하였다. 갑자기 쌩 하는 소리가 나며 달빛이 밝은 하늘이 작은 바늘로 까맣게 뒤덮였다. 빈틈없이 하늘을 채운 바늘은 주발의 군대로 쏟아져 내렸다.

악, 악, 악.

곳곳에서 비명이 들리며 강하고 굵은 화살에 몸통이 뚫린 주발의 군사들이 나자빠졌다. 주발은 칼을 휘두르며 앞으로 달려갔다. 하지만 불타는 갈대밭 사이에서 불쑥 나타난 거인을 보며 주발은 저도 모르게 소리쳤다.

"용재."

주발은 이를 악물고 칼을 내리쳤다. 하지만 용재의 칼과 마주친 칼은 손을 떠나 멀리 날아갔다. 손이 찢어졌다. 괴력이었다. 주발은 공포를 느끼며 뒤를 돌아 도망쳤다. 용재의 비웃는 소리가 등 뒤에서 들렸다.

"뒤를 보이는 자가 어찌 용족인가? 명예롭게 죽으라. 주발."

하지만 주발은 그런 것에 신경 쓸 수가 없었다. 앞만 보고 달려가는 주발의 등이 뜨끔 하였다. 달려가는 등 위로 깊게 박힌 화살대가 느껴졌다. 달릴 때마다 흔들리며 고통을 주는 화살은 이미 폐 한쪽을 뚫은 것 같았다.

어디선가 나타난 자신의 부하 장수들이 자신에게 달려드는 용족의 용사들을 겨우 막아주었다. 주발은 수하가 건넨 칼을 휘두르며 갈멜산으로 도망하였다. 용재의 군사들은 집요하였다. 퇴각하는 주발의 군대를 뒤따르며 숨통을 끊고 있었다. 곳곳에서 용족의 용맹한 군사들이 허무하게 죽어갔다. 주발의 눈에서 피눈물이 났다. 하지만 용재의 추격은 집요했다. 주발은 말을 달려 갈멜산 아래에 도착하였다. 살아남은 부하들이 거의 없었는데 용재의 괴물 같은 장수들은 시퍼런 검을 휘두르며 달려왔다.

주발의 말이 입에 거품을 물었다.

'이제 끝이구나. 아….'

주발이 포기하려는 그때에 하늘로부터 괴성이 들렸다.

"흑룡."

주발의 입에서 탄성이 터져나왔다. 시커먼 하늘로부터 커다란 흑룡이 날개를 펴고 용재의 군사들을 덮쳤다. 무지막지한 흑룡은 공포의 대상이었다. 하지만 용재는 용족의 으뜸이었다. 용재는 긴 창을 움켜잡고 허공의 흑룡에게 맞서 싸웠다. 주발은 혀가 나왔다. 말로만 듣던 용재의 용맹함을 보고는 더욱 두려워졌다. 주발은 흑룡이 용재와 사생결단으로 싸우는 걸 보며 갈멜산으로 도망쳤다.

용재와 흑룡은 날이 샐 때까지 싸우다가 흑룡이 날아가 버리는 바람에 끝이 났다. 용재는 발이 빠른 자들을 에덴의 모든 곳으로 보내며 오늘의 승리를 전했다. 그리고는 올 때와 마찬가지로 갈대밭을 휩쓸며 용성으로 돌아갔다.

갈멜산성

반고는 사탄으로부터 북쪽 전투에 대한 이야기를 듣지 못했다. 악마의 군대가 서서히 군장을 차리고 북쪽 성문을 열고 나가려는 그때에 반고는 성의 탑으로부터 내려오는 길이었다. 악마의 군대는 그 수가 많았다. 주발이 군사 오백을 끌고 나갔지만 악마는 족히 만 명은 되어 보였다. 반고는 눈에서 불이 났다.

반고는 마음속 깊은 곳에서부터 끓어오르는 분노를 가라앉히며 생각했다.

'박수⋯ 갑자기 들어온 변수가⋯ 미풍인 줄 알았는데⋯ 알고 보니 태풍이었구나. 동궁⋯ 이번에 제대로 한 수 배웠다. 하지만 두고 보라. 이 빚은 내 꼭 갚아준다. 꼭.'

반고가 생각에 잠긴 그 순간 피투성이의 주발이 초주검이 되어 나타났다. 하늘 멀리서 흑룡의 울음소리가 들렸다. 반고는 화급하게 주발을 데리고 자신의 거처로 들어갔다.

사탄의 장막 앞

주발을 겨우 살린 반고는 사탄의 장막으로 갔다. 문 앞에 짐승이 웅크리고 있었다.

"짐승! 주군을 뵈러 왔다. 급하다."

그러나 짐승은 눈을 감은 채 아무런 대꾸가 없었다. 반고는 짐승 앞에 잠시 서 있다가 발을 돌렸다. 반고가 돌아서자 짐승의 눈이 가늘게 벌어졌다. 그리곤 다시 어둠 속으로 들어갔다.

사탄의 장막 안

"박수, 이제 북쪽으로 대군을 보냈다."

사탄 앞에 앉은 박수가 조용히 말했다.

"믿어주셔서 감사합니다."

"용성은 포기할 수 없다. 가장 중요한 곳이기도 하지만 용족을 꺾지 않으면, 제국의 용족들이 동요할 수도 있다. 용성의 용재는 용족의 으뜸. 이제 북쪽을 평정하면 용성을 치려 하는데 너의 점괘는 어떠냐?"

사탄은 초반 전쟁의 성패를 용성으로 보고 있었다. 그런데 박수가 놀라운 이야기를 했다.

"용성은 가만히 두셔도 됩니다. 이틀 안에 스스로 물러날 것입니다."

사탄은 너무나도 놀랐다. 믿기지 않았다. 쉽게 이야기하는 박수의 얼굴을 보았다. 아무런 흔들림이 없었다. 사탄이 뭐라 말을 하려는 그때, 밖에서 반고의 목소리가 들렸다. 사탄은 반고를 들어오라 말하려 했지만 박수가 먼저 말을 꺼냈다.

"용성은 반고가 알아서 할 것입니다. 내버려 두시지요."

사탄은 어둠 속에서 흔들림 없이 앉아 있는 박수에게서 두려움마저 느꼈다.

용성

한편 주발의 군대를 거의 전멸시킨 용재의 군대는 용성으로 돌아갔다. 갑옷을 벗지 않은 채로 대전에 모인 군사들은 머리를 맞대었다.

"드디어 사탄이 움직였습니다. 언제든지 일어날 일이었으니 놀랍지 않지만 이상합니다. 사탄에게는 용족의 원수, 반고가 있습니다. 그놈이 이렇게 허술하게 군사를 쓸 줄은 몰랐습니다."

용재의 오른팔인 무중이 큰 눈을 부라리며 말했다. 함께 모인 장수들도 반고를 말하며 이를 갈았다.

용재는 가만히 앉아서 생각에 잠겼다. 지난날이 꿈만 같았다. 용족이 모두 모여 강한 나라를 이루던 때가 있었다. 하지만 사탄이 달의 제국을 이루고 나서부터 용족은 분열했다. 뱀족은 먼저 제국에게 충성을 맹세했다. 뱀족의 반고는 세 치 혀로 용족을 야금야금 분열시키더니 결국 쌍성에서 용족을 갈라버렸다. 충성심이 강하고 불의를 보면 참지 못하던 용족은 반으로 나뉘어서 사탄을 반대하던 용족은 이곳 갈멜산 아래에 정착하였다. 그러나 달의 제국에 남은 용족은 이제 사탄의 노예가 되어버렸다.

용재는 반고가 다시 올 것이라 생각했다. 이대로 멈출 반고가 아니었다. 용재는 장수들과 함께 밤을 새워 전략을 짜며 전쟁을 대비했다.

용성 앞 갈대밭

반고는 사탄의 장막을 나오자마자 나귀를 타고 용성 앞으로 달려왔다. 용성의 경계는 삼엄했지만 키가 작은 반고 혼자 나타난 사실까지 알 수는 없었다. 반고는 사방에 너부러진 용족의 시체를 보며 이를 갈았다.

'이 빚은 반드시 갚겠다.'

반고는 동쪽 하늘을 보며 갈대밭에서 때를 기다렸다.

'조금만 있으면 동이 튼다. 그러면 자연히 산 아래로 바람이 불고… 그 바람은 누구에게는 피바람으로 다가가리라.'

반고는 용성 앞에서 웅크리고 있었다.

갈멜산에서 에덴으로 직접 가려면 두 갈래 길이 있었다. 하나는 갈멜산 줄기를 따라 남쪽으로 경사로를 따라 내려가 서쪽으로 꺾어 가는 길이었다. 서쪽으로 꺾어 한참을 가면 처음에 만나는 성이 용성이었다. 용성을 지나면 그때부터는 또 다시 두 갈래 길이 있었다.

에덴으로 가는 또 다른 길은 갈멜산 북쪽 산등성이를 따라 가는 길이었다. 산줄기를 따라 가는 길은 마차 두 대가 나란히 지나갈 수 있는 너비였는데 평평했다. 그렇게 한 나절 정도를 달리면 북동성을 만났다. 북동성을 지나 산을 타고 크게 빙 돌면서 내려오면 그랄 강을 만날 수 있었다.

북동성

북동성은 그렇게 큰 성은 아니었다. 하지만 산꼭대기에 세워진 성으로는 갈멜산성 만큼이나 컸다. 그 성에는 에덴의 수비대장 라파엘 밑에서 산뼈가 굵은 자들이 많았다. 게다가 라파엘의 오른팔인 주디엘이 성을 맡고 있었다. 주디엘은 용맹하고 의리가 강했다.

주디엘은 용성의 용재와 둘도 없는 친구였다. 용재가 달의 제국과의 국경으로 달려가자 주디엘도 라파엘에게 간청하여 같이 오게 되었다.

주디엘은 갈멜산성의 일을 알고 있었다. 주디엘도 늘 유브라데에서 눈을 떼지 않고 있었다. 사탄의 군대가 물밀 듯 달려온 일과 유브라데를 건넌 일도 알고 있었다. 하지만 갈멜산성이 그렇게 빨리 무너지리라고는 생각지도 못했다.

그러던 어느 날 밤에 용성 앞 갈대밭에서 일어난 큰 불을 보고는 주디엘이 장수들을 모았다.

"용성 밖에서 큰 불이 났다. 아마도 사탄의 대군이 그리로 내려간 것 같다. 지금 당장 달려가야 하지만 지금이라도 사탄의 대군이 이곳으로 올 수도 있다. 어찌하면 좋겠는가?"

장수들은 침착했다. 그중 한 명이 말했다.

"저번에 용재께서 오셔서 말씀하시기를 이런 일이 있으면 서로 돕자 하셨으니 당연히 달려가야 합니다. 만약 용성이 무너지면 산꼭대기에 있는 우리는 에덴으로부터 보급이 끊길 수도 있습니다. 하지만 이곳의 수비 또한 만만치 않습니다. 갈멜산성에서 이곳으로 오는 길은 대로입니다. 군마를 끌고 쉬지 않고 달리면 세 시간 내에도 들이닥칠 수도 있습니다."

"그럼 병력을 반으로 나누는 것은 어떠냐?"

"그것은 별로 좋지 않아 보입니다. 사탄은 전쟁을 하면서 여태껏 병력을 나누지 않았습니다. 한 곳만 집중해서 속전속결로 끝내버렸지요. 만약에 도와야 한다면 전군을 몰아 강하게 맞서야 합니다. 어설프게 부딪히면 질 수도 있습니다."

주디엘도 모든 병력을 몰아 용성으로 달려가고 싶었다. 하지만 성이 비어있는 틈을 타서 사탄의 군대가 온다면 그야말로 무혈입성인 셈이었다. 주디엘은 신중했다. 그러자 다른 장수가 말했다.

"그럼 이렇게 하시면 어떻겠습니까? 사탄의 군대가 용성으로만 갔는지 아니면 둘로 나누었는지 지금은 불확실합니다. 하지만 날이 밝으면 알 수가 있습니다. 사탄이 병력을 나누었다면 잠시 후면 도착할 테니 만약 그렇다면 여기에서 죽을 각오로 싸우고, 만약 날이 새도록 도착하지 않으면 그건 바로 사탄이 용성으로 대군을 몰고 간 것입니다. 그러면 그때 병력을 몰아가서 도와주어도 될 것 같습니다."

"그러다가 우리가 늦어서 용성이 무너지면 어쩌나?"

주디엘의 말에 처음 말했던 장수가 다시 나와 말했다.

"여기서 산을 바로 내려가 그랄 강을 끼고 달리면 용성까지 세 시간이면 갈 수 있습니다. 그럼 용성으로 병력의 사분의 일을 먼저 보내시고 나머지 사분의 이는 날이 밝으면 보내심이 좋겠습니다. 사탄이 날이 밝아도 오지 않으면 오늘은 오지 않는다 생각하고 용성을 도우러 가도 되겠습니다."

주디엘은 그 장수의 말이 마음에 들었다. 주디엘은 친히 선발대를 이끌고 성을 나섰다. 부하 장수들에게 신신당부했다.

"만약 사탄이 들이닥치면 봉화를 올리고 문을 걸어 잠그고 버티고 있으라. 내가 다시 와서 적들을 물리치리라."

장수들은 주디엘에게 고개를 깊게 숙였다. 주디엘은 바람처럼 산을 내려갔다.

3시간 후, 용성

아직도 어둠이 채 가시지 않은 그때에 용성에서는 뜻하지 않은 손님을 맞아 시끌벅적했다. 주디엘이 정예병을 이끌고 용성에 나타난 것이었다. 용재와 주디엘은 손을 맞잡고 전쟁에 대해 한참 동안 이야기했다.

"이렇게 와주니 고맙네."

용재가 말했다.

"아니지 우리는 친구가 아닌가. 친구의 어려움을 보고 외면하고 있으면 용사가 아니지. 당연히 와야지."

주디엘과 용재는 지난밤의 전투에 대해 이야기를 하며 즐거워했다. 주발의 등에 화살을 날린 일에 대해 이야기할 때에는 활 쏘는 시늉까지 했다. 주디엘과 용재는 그렇게 밤새도록 이야기꽃을 피웠다.

"북동성은 괜찮은가? 사탄이 가만 있지는 않을 텐데."

"걱정 말게. 내 다 손을 써놓고 왔으니 안심하게."

"역시 자네는 빈틈이 없네."

용재의 말에 주디엘이 물었다.

"사탄이 다시 올 텐데 어쩌려고 그러나? 나도 어차피 왔으니 우리 같이 힘을 합쳐……."

주디엘의 말이 채 끝나기도 전에 밖이 소란했다.

"봉화가 올랐다. 북동성에서 봉화가 올랐다."

주디엘은 너무 놀라 밖으로 뛰어 나갔다. 과연 갈멜산 저 너머로 시커먼 봉화가 보였다. 주디엘은 이를 갈며 말에 올라 바람처럼 달려갔다. 용재도 군사를 몰아 주디엘의 뒤를 쫓아갔다. 날이 밝고 있었다. 주디엘과 용재는 같이 군사를 몰아 북동성으로 달려갔다. 주디엘은 얼굴이 일그러졌다. 한 시라도 빨리 가려고 손에 잡은 채찍을 부러져라 휘둘렀다. 그렇게 한참을 달려 그랄 강변을 따라 달려가던 주디엘은 멀리서 달려오는 군대를 보며 대경실색했다. 그들은 다름 아닌 자신의 군대였다. 주디엘을 만난 부장은 말에서 뛰어내려 무릎을 꿇었다.

"장군, 북동성이 포위되었습니다."

주디엘도 말에서 내려 부장의 손을 잡았다.

"자세히 말하라."

"날이 밝아도 사탄의 군대가 오지 않아 저희 부대가 성을 나와 이쯤 왔었는데 봉화가 오르기에 다시 달려갔습니다. 그런데 이미 성이 불에 타고 있어서 다시 장군께로 왔습니다. 적들의 수는 만에 가깝습니다."

주디엘과 용재는 그 자리에서 굳어버렸다. 옆에서 이야기를 듣던 용재는 무언가 이상하다고 생각했다. 용재는 본능적으로 뒤를 돌아보았다. 용재의 눈에 저 멀리 보이는 용성도 불에 타고 있었다.

눈에서 불이 난 용재와 주디엘은 더 가까운 용성으로 달려갔다. 한참을 달려 용성 가까운 갈대밭에 이르렀다. 용재는 눈이 뒤집혔다. 눈에 보이는 용성에 시커먼 연기가 나고 있었는데 성루와 성벽을 따라 자신의 부하들이 손이 뒤로 결박당한 채로 매달려 있었다. 용재는 부들부들 떨었다.

그때였다. 누군가가 갈대밭에서 이곳으로 오고 있었다. 느릿하게 용재의 군대로 다가오는 자는 다름 아닌 반고였다. 나귀를 타고 홀로 나타난 반고는 용재의 눈을 뒤집어 놓았다.

용재는 번개처럼 날아가 큰소리를 지르며 철창을 내리쳤다. 바람을 가르는 소리가 났다. 하지만 반고는 그 자리에서 한발자국도 움직이지 않았다.

쾅, 소리를 내며 땅이 깊게 파였지만 나귀를 탄 반고는 그 자리에 그대로 있었다. 용재는 씩씩거리며 반고를 노려보았다.

"용재, 역시 부하들을 먼저 생각하는 장수구나. 나를 죽였다면 너의 군사들은 몰살을 당했을 게야. 용족에 너 같은 자가 한 명만 더 있었어도 망하지는 않았으리라."

반고의 말에 용재가 큰소리를 질렀다.

"시끄럽다."

"용재 잘 들어라. 네가 어젯밤에 나의 장수들을 바로 이 자리에서 도륙하였다. 모두 죽고 주발만 남았는데… 그 또한 생사를 헤매고 있지. 눈에는 눈, 이에는 이. 나 또한 너의 군사를 도륙하여 어젯밤의 빚을 갚으러 왔다. 하지만 이제는 생각이 바뀌었다. 성을 얻는 대신 목숨만은 살려주겠다. 북동성은 악마가 들어간 이상 자비란 없다. 하지만 나는 다르다. 한때 한솥밥을 먹던 사이. 살려주겠다. 그만 가라. 에덴으로."

반고의 말이 마치자마자 이상한 일이 일어났다. 갈대라고 생각했었는데 그 갈대가 스르르 움직였다. 마치 춤을 추는 것처럼 움직였다. 용재와 주디엘의 눈이 커졌다.

"뱀!"

너른 갈대밭은 이제 수만 마리의 독사들의 밭이었다. 반고의 손짓 하나면 모두 몰살당할 상황이었다. 용재와 주디엘은 눈물을 머금고 갈대밭을 빠져나왔다. 애초에 함정이었다.

용재와 주디엘은 남은 군사를 이끌고 서쪽으로 바람처럼 사라졌다. 용재와 주디엘이 시야에서 사라질 때까지 바라보던 반고가 혼잣말처럼 중얼거렸다.

"용재와 주디엘, 천하가 알아주는 용장들. 죽이는 건 나중에 언제라도 할 수 있다. 허무하게 죽이기에는 아깝지. 사탄이 판을 흔들었으니… 나도 한 번 흔들어 보자. 박수가 폭풍이라면… 저들 또한 태풍이 될 수도 있지 않은가? 하하하."

반고는 용성으로 서서히 돌아갔다. 너른 갈대밭도 징그럽게 반고를 따라 몰려갔다.

여기는 용성 밖 갈대가 없어진 갈대밭이었다.

호기심과 의심 사이

초반의 전쟁은 사탄의 대승으로 끝났다. 사탄의 군대는 순식간에 갈멜산 전체와 그 밑의 그랄 강까지 모두 손에 넣었다. 그것도 하루 만에 얻은 성과였다. 사탄의 군사들은 어느 때보다도 사기가 크게 올랐다. 사탄은 이제 자신의 거처를 용성으로 옮겼다. 에덴을 무서워해서 뒤에 숨었던 사탄은 자신감을 가지고 에덴에서 뻔히 보이는 용성으로 옮겼다.

때마침, 달의 제국을 떠난 후발대가 유브라데를 건너고 갈멜산을 넘어 용성에 도착했다. 사탄은 용성에서 모든 장수를 모아놓고 회의를 했다.

높은 의자가 대전 앞, 넓은 마당에 만들어지고 모든 장수들은 그 앞에 두 줄로 섰다.

사탄은 눈을 내리깔며 거만하게 둘러보았다. 자신감이 넘치는 사탄은 큰소리로 외쳤다.

"이제 에덴으로 가는 첫걸음을 떼었다. 이제부터 에덴은 지옥을 맛보게 될 것이다. 자비란 없다. 용서도 없다. 오로지 죽음만이 있으리라."

사탄이 힘을 주어 외치자 모든 장수들이 괴성을 질러댔다. 칼을 높이 들고 흔들며 한껏 기분을 냈다. 승리는 마약과도 같았다. 첫 승리를 맛본 사탄은 조금씩 무뎌지고 있었다.

대전 앞 광장에서 격론을 벌이는 장수들을 뒤로하고 사탄은 대전으로 들어갔다. 짐승이 문을 막자 아무런 소리도 새어나가지 않았다.

박수가 한가운데에 작은 상을 놓고 앉아있었다.

사탄은 박수를 가로질러 들어가 자리에 앉으며 박수에게 물었다.

"용성을 얻었다. 이번 전투는 너의 공이 제일 크다. 하지만 이제 시작일 뿐. 내일부터 전진한다. 용성과 북동성에서 두 갈래로 진군한다. 이제 에덴의 진정한 힘과 마주해야한다. 점괘는 어떠하냐?"

박수가 눈을 감고 잠시 몸을 흔들었다. 이미 점을 친 박수였지만 입을 떼지 않고 한참 동안 조용했다. 그러다가 마침내 입을 열었다.

"역시 북쪽은 길합니다. 그러나 남쪽은 별 소득이 없을 것입니다."

사탄이 고개를 갸웃거렸다.

"남쪽은 오히려 전쟁하기에 유리하다. 우리는 수가 많고 적은 적다. 그러나 북쪽은 에덴의 강한 군대가 몰려 있는데 어찌 그러한가?"

박수는 단호했다.

"점괘가 그렇습니다. 자세한 것은 저도 모릅니다. 다만, 남쪽은 점괘가 흐릿합니다. 이상합니다. 이런 적이 없었는데… 흐릿흐릿 보이는 것들이 불길하기도 하고 길하기도 합니다. 그 이상은 저도 모릅니다."

사탄은 욕심이 많았다. 하루라도 빨리 에덴을 쳐야 유리하다는 것을 잘 알았다. 게다가 에덴의 진정한 힘은 이제부터였다. 지금은 불의의 일격을 맞은 에덴이 정신이 없는 상태지만 시간을 끌면 끌수록 에덴이 군대를 정비하고 나올 것이기에 불리했다. 하지만 사탄의 마음은 다른 곳에 있었다.

"박수, 잘 들으라. 점을 다시 쳐라. 남쪽이 얼마나 불길한지 다시 한 번 점을 쳐라."

박수는 눈을 뜨고 허공을 보았다. 이상한 생각이 들었다. 하지만 어쩔 수 없었다. 박수는 전과 같이 점을 쳤다.

사탄은 박수를 보며 아무 말도 하지 않았다. 자신의 머릿속으로 많은 경우의 수가 돌아다녔다. 하지만 사탄의 마음을 끄는 것이 어느 하나도 없었다.

잠시 후 박수가 헉헉거리며 점을 마쳤다.

"헉헉헉, 주군께서 다시 보라 하셔서 봤습니다만 여전히 불길합니다. 전멸을 당할 수도 있습니다. 다만 아까 봤던 그림 속에서 새로운 그림을 보았습니다. 그것은 매우 길합니다. 그러니 이번 남쪽은 길과 흉이 겹쳐 있습니다."사탄의 눈이 반짝였다.

"그게 뭔가?"

"그건… 알 수가 없습니다. 그건 감히 제가 볼 수 없는 신의 영역입니다. 다만 두 그림에 모두 보이는 자들이 있습니다."

"그게 누군가? 알 수 있나?""두 명인데… 그 중에 한 명은 얼굴이 익습니다. 다른 한 명은 처음 보는데… 주군의 점괘에 이 둘이 늘 보입니다. 이름은 모릅니다."

"나의 점괘에? 길한가? 흉한가?"

사탄은 자기도 모르게 섬뜩했다. 박수가 텅 빈 눈을 들어 허공을 보며 말했다.

"그런데… 그 둘은 잘 모르겠습니다. 그런 것 같기도 하고 아닌 것 같기도 하고… 어쨌든 남쪽은 대략 불길합니다."

사탄은 박수의 말에 다시 불안해졌다. 그날 밤에 사탄은 잠을 이루지 못했다.

다음날 아침, 사탄은 반고를 불렀다.

"반고, 네 덕에 용성을 얻었다. 주발은 어떤가?"

반고는 웃지 않았다.

"과찬이십니다. 주군께서 북동성에 제때에 진군을 하셔서 저도 작은 공을 세울 수 있었습니다. 주발은 이제 좀 나아졌습니다. 화살에 맞은 상처는 며칠 있으면 좋아질 것입니다."

"음… 다행이다. 그럼 이번 출정은 주발을 두고 가라. 다 나으면 그때 보내겠다."

"알겠습니다."

사탄은 반고의 눈치를 보며 말했다.

"어디로 가는지 묻지 않는가?"

"저는 가라 하시면 갑니다. 그뿐입니다."

사탄은 반고의 말을 곧이곧대로 듣지 않았다.

"그럼 이번은 군사가 정하라. 두 길이 있다. 북쪽으로 돌아가는 길이 있고 이곳 용성에서 바로 올라가는 길이 있다."

"그럼 이곳에서 바로 올라가겠습니다."

사탄은 흠칫했다.

"용성에서 바로 올라가는 길은 두 가지가 있다. 정면으로 돌파하는 길이 있고 남쪽으로 돌아가는 길이 있다."

"남쪽으로 가겠습니다."

"좋다. 반고 너는 남쪽으로 가라. 이번에는 후방에서 모든 병력이 다 왔으니 데리고 가고 싶은 자들을 모두 데리고 가라." 반고는 고개를 끄덕이며 일어났다. 사탄은 말없이 나가는 반고에게 말했다.

"반고, 이번 원정은 조심하라. 길보다 흉이 많다."

사탄은 처음으로 자신의 속내를 비추었다.

"명심하겠습니다."

반고는 짧은 말만 남겼다. 사탄은 박수의 점괘가 생각났다.

'혹시… 반고가… 박수가 말한 그인가?'

사탄은 갑자기 생각이 많아졌다.

잠시 후, 주발의 장막

반고는 출병하기에 앞서 주발을 찾았다. 주발은 반고가 들어가자 일어나 앉았다. 반고가 말렸지만 소용없었다.

"주발 몸조리 잘 하고 있으라. 다 나으면 그때 부르겠다."

주발은 갑자기 일어났다. 통증이 몰려와 얼굴을 찌푸렸다.

"저도 갑니다. 전장에서 죽을지언정, 이곳에서 환자로 누워있기 싫습니다."

반고는 두 손을 들어 말렸다. 하지만 주발은 이미 갑옷을 입고 있었다. 주발은 창을 잡고 몸의 중심을 잡았다.

반고는 어쩔 수 없었다. 주발의 한쪽 팔을 잡고 장막을 나섰다. 주발의 부장인 구자경이 얼른 뛰어왔다.

"대장군 지금은……."

"잔소리 말고 너도 따라 나서라. 군사께서 가시는데 우리만 남을 수 없지 않느냐? 군사들을 준비시켜라."

구자경은 바람처럼 달려가서 부대를 소집했다. 반고는 어쩔 수 없이 주발을 데리고 다시 지옥으로 달려갔다. 반고의 눈빛이 심상치 않았다.

용성의 남쪽, 네피림의 땅 경계

반고는 용성을 나와 남쪽을 따라 진군했다. 에덴으로 바로 올라갈 수도 있었지만 남쪽으로 돌아가면서 에덴의 국경 부근에 있는 여러 성들을 점령하려고 진군했다. 그래야 중요한 전쟁을 앞두고 안전했다. 행여나 적이 등 뒤에 남으면 언제 기습을 당할지 모르는 일이었다. 반고는 빠르게 진군하면서 작은 성들을 하나하나 점령해 나갔다.

비교적 순조롭게 진군하던 어느 날이었다. 용성으로부터 전령이 도착했다. 전령은 반고에게 사탄의 편지를 전하고 대답을 기다렸다. 반고는 심각한 얼굴로 사탄의 편지를 읽고는 전령에게 말했다.

"주군께 전하라. 전심을 다해 막겠노라고 전하라. 발 뻗고 주무시도록 말이다."

전령은 고개를 땅에 닿도록 절하고 다시 바람처럼 달려갔다.

"무슨 일입니까? 전령이 급하게 왔다 가는 게 큰일이라도 난 것 같습니다."

"큰일이다. 네피림과 거인족이 반란을 일으켰다."

주발은 크게 놀랐다.

"그럼 달의 제국이 위험하지 않습니까?"

"그렇다. 하지만 그들도 함부로 움직이지는 못한다. 천만다행으로 우리가 그들의 목줄기 앞에 있으니… 주발, 구자경과 이 땅을 지키고 있으라. 내가 가겠다."

"군사, 같이 가겠습니다. 구자경이라면 이곳을 지키는 데 문제없습니다."

반고는 주발이 걱정되었다.

"주발, 그들은 용맹하고 거친 족속들이다. 몸도 성치 않은데 이곳에 있으라."

주발은 반고의 말을 듣지 않았다. 반고를 졸졸 쫓아다니더니 결국 같이 진정한 지옥으로 가게 되었다.

니므롯의 땅

반고와 주발은 말을 달려 니므롯의 땅으로 왔다. 몇날 며칠을 쉬지 않고 달려온 반고는 정탐꾼을 보내고 잠시 쉬었다. 주발을 위한 배려였지만 나름대로의 이유가 있었다.

'내가 아는 니므롯은 쉽게 배반하지 않는다. 그리고 배반하더라도 시끌벅적하게 배반할 놈이다. 아무도 모르게 배반할 위인이 아니다. 그런데 여기까지 오면서 배반했다는 소문도 없었다. 이상하다.'

반고는 하루를 지나온 정탐꾼에게 물었다.

"니므롯은 어디에 있는가?"

"바벨에 있습니다. 그런데 조용합니다."

반고는 고민에 빠졌다.

'사탄은 분명 배반하고 군사를 일으켰다고 했다. 그런데 너무나도 조용하지 않나? 혹시 그 사이에 니므롯에게 무슨 일이라도 생긴 건가?'

반고는 3일을 고민했다. 배반을 하지 않았는데 칠 수도 없지만 그렇다고 마냥 배반할 때까지 기다릴 수도 없었다. 전쟁을 빨리 끝내고 에덴으로 달려가야만 하는 반고는 주발을 불렀다.

"주발, 저기 보이는 작은 성으로 가라. 많아야 이십 명 정도 있는 성이고 별 쓸모는 없다. 거인족이 지키고 있는데 저 성을 점령하라. 대신 죽이지 말고 살려두라. 그리고 한 놈 정도 놓아 보내라. 그러면 니므롯에게 뛰어갈 것이니 가부간에 결단이 있을 게야."

주발은 반고의 말을 잘 알아들었다. 주발은 정예병 50을 데리고 한낮에 졸고 있는 작은 성으로 벼락처럼 들어갔다.

싸움은 싱겁게 끝났다. 거인족은 누가 왔는지도 모르고 성문을 열어둔 채 낮잠을 자고 있었다. 주발은 자고 있는 놈들을 깨워 밧줄로 묶었다. 한 놈만 슬쩍 놓아주고는 나머지는 밧줄로 묶어서 성벽에 줄줄이 매달아 놓았다.

하루가 지나자 니므롯이 대군을 이끌고 왔다. 넓은 평야에 끝없이 보이는 기치창검은 엄청났다. 게다가 하나같이 키가 큰 거인족이었다. 반고는 큰 산을 보는 것 같았다.

니므롯의 뒤로 거인족의 대장 아낙과 네피림의 대장 게라가 보였다. 반고는 멀리서 니므롯을 보며 입술을 깨물었다. 자신이 알던 니므롯보다 훨씬 강해 보였다. 반고는 잘못하면 지옥이 열릴 것이라 생각했다. 반고는 강한 니므롯의 군대를 한눈에 알아보고는 급격하게 생각을 바꿨다.

반고는 사로잡은 거인족의 밧줄을 풀고는 주발과 함께 나귀를 타고 니므롯에게 갔다. 주발은 긴 창을 겨드랑이에 끼고 두 눈을 시퍼렇게 떴다. 반고는 떴는지 감았는지 모를 눈으로 니므롯을 샅샅이 보았다.

'거인족과 네피림을 한 번에 굴복시킨 용장이다. 갑자기 용재가 생각나는구나.'

반고가 먼저 말을 했다.

"대왕께 군사 반고가 인사드립니다. 작은 오해가 있었습니다만 이제 대왕을 뵙고 오해를 풀었으면 좋겠습니다."

반고는 최대한 공손하게 말했다. 주발도 눈을 깔고 인사했다. 니므롯은 별 생각이 없어 보였다. 니므롯이 말했다.

"좋다. 오해는 풀고 예물은 받는다."

반고는 예물이 무슨 말인지 몰랐지만 일단 웃었다.

"네 그렇게 하시죠. 감사합니다. 그럼 이만……."

반고가 인사를 마치고 돌아서자 니므롯도 돌아서 말을 달렸다. 반고는 별 생각 없이 나귀를 돌렸는데 갑자기 아낙이 달려와서는 앞을 막았다.

"예물은 주고 가라."

반고는 놀랐지만 침착했다.

"원하는 걸 말하라."

"금덩이가 가장 좋지만 전쟁터에 금덩이가 있을 리가……."

아낙의 말이 끝나기도 전에 반고가 말했다.

"금덩이를 보내겠다."

아낙은 눈이 휘둥그레졌다. 반고와 주발은 아낙을 뒤로 하고 진영으로 돌아왔다. 그리고는 전령을 보내 금 한 덩어리를 보냈다. 전령을 보내면서 반고가 말했다.

"금 한 덩어리에 전쟁을 막으면 그게 가장 싸다."

주발은 부아가 치밀어 올랐지만 어쩔 수 없었다.

전령은 금덩어리를 들고 아낙에게 갔다. 그리고는 금덩어리를 아낙에게 주고 돌아섰다. 주발은 이 광경을 멀리서 보고 있었다.

그때였다. 전령이 말을 타고 돌아오는데 갑자기 아낙의 화살이 날아와 전령의 등을 꿰뚫어버렸다. 멀리 아낙이 씩씩거리며 이곳을 향해 알아들을 수 없는 욕을 해댔다. 옆의 부장들이 말리지만 아낙의 분이 풀리지 않은 듯 계속 욕을 했다. 아마도 아낙도 금덩이를 원했던 모양이었다. 사실 거인족에게는 중간에 중재를 한 자도 수수료를 주는 풍습이 있었다. 수수료를 받지 못하면 심하게 모욕당했다고 여겨서 죽기 살기로 전쟁을 했다. 반고는 그걸 몰랐다.

수하가 죽음을 당하자 주발의 눈에서 불이 났다. 주발은 번개처럼 말을 몰아 아낙에게로 돌격해 들어갔다. 전쟁은 어이없게도 작은 불씨로부터 번지는 들불과도 같았다. 반고와 주발의 대군과 니므롯의 대군은 그 날부터 한 치의 양보도 없는 전쟁에 돌입했다.

그 시각, 용성 대전 안, 사탄의 방

반고가 니므롯과 사생결단으로 싸우고 있던 그 시각에 사탄과 박수는 점괘를 이야기하고 있었다.

사탄은 계속 궁금했다.

"북쪽으로 간 악마와 마귀는 연전연승. 사기가 하늘을 찌르고 있다. 남쪽으로 간 반고는 니므롯에게로 달려갔으니 아마도 쉽게 끝나지 않겠지. 박수, 이제 점괘를 말하라. 북쪽은 곧 에덴의 사거리 안으로 들어간다. 길하겠느냐?"

박수는 주저없이 말했다.

"매우 흉합니다."

사탄은 그 말에 놀랐다. 하지만 다음 말에 더 충격을 받았다.

"그냥 두시지요."

"박수!"

사탄이 소리를 질렀다. 하지만 박수는 흔들림이 없었다.

"주군께서 그리 원하시니 드리는 말씀입니다."

사탄은 할 말이 없었다. 박수가 계속 말했다.

"악마와 마귀는 반역의 상입니다. 반역은 시간문제지요. 그러나 세력이 커지면 앞당겨질 수 있으니… 한 번은 꺾으심이……."

사탄은 박수에게 손뼉을 쳤다.

"좋다. 내 너의 충고를 새겨듣겠다."

"감사합니다."

"반고는 어찌 하랴?"

"밝은 대낮에 나는 칼부림은 피하기 쉽지만 한밤중에 찔러오는 단도는 피하기 어렵습니다. 의심이 되시면 잠깐 불러올리시지요?"

"니므롯은 반고가 아니고는 막을 수 없다."

"점괘는 다릅니다. 계속 있으면 매우 흉합니다. 이쯤해서 빠지시는 것이 좋을 듯합니다. 오면 제가 한번 보겠습니다."

사탄은 무릎을 탁 쳤다.

"절묘하다. 니므롯과의 전쟁은 늪에 빠진 것과 같다. 치고 빠질 수 있으면 그리하지. 이참에 반고의 운명을 보자. 길인지 흉인지."

사탄은 그 자리에서 남쪽과 북쪽으로 전령을 보냈다. 사탄의 전쟁은 예측 불허의 늪으로 빠져들었다.

아낙의 땅

반고는 사탄의 명을 받고 어이가 없었다. 주발이 이끄는 군대는 아낙과 사투를 벌이고 있었다. 겨우 승기를 잡았다는 생각이 들었는데 철수하라는 명을 받고 반고는 수치심마저 들었다. 하지만 사탄의 명은 어길 수 없었다. 반고는 펄펄 뛰는 주발을 겨우 설득해서 한밤중에 철군했다.

아낙은 날이 갈수록 부하들이 죽어가는 통에 머리가 아팠다. 그런데 어느 날 아침에 보니 반고의 군대가 눈에 보이지 않았다. 아낙은 그때부터 반고의 군대가 자신이 무서워서 도망갔다고 떠들면서 스스로 대왕이라고 불렀다. 거인족은 머리가 나빴다. 아낙이 그렇게 우기자 모두 아낙에게 무릎을 꿇었다.

반고와 짧은 만남을 하고 돌아갔던 니므롯은 그때부터 행방을 아는 자가 없었다. 바다에 빠진 물처럼 그렇게 흔적도 없이 사라졌다. 아낙은 자신이 니므롯이 지명한 후계자라고 떠들면서 대왕이 되었는데 네피림의 대장인 게라는 그것을 못마땅하게 생각했다. 게라와 아낙은 사탄의 성으로 진격하는 것을 까맣게 잊고 대왕의 자리를 두고 싸움을 시작했다. 그리고 그 싸움은 끝날 줄을 몰랐다.

용성, 사탄의 방

반고는 서둘러 용성으로 돌아왔다. 그리고는 곧바로 사탄에게로 갔다. 뜻밖에 방으로 들어오라는 전갈을 받고 반고는 긴장했다. 보통은 대전에서 만났는데 사탄의 방은 반고도 처음이었다. 반고가 방으로 들어가자 사탄은 자신의 보좌에 앉아서 반고의 노고를 치하했다.

"반고 그동안 고생 많았다. 불철주야 전투를 이끌어주어 지금의 용성도 얻었다. 그리고 니므롯도 더 이상 반역을 일으키지 않으니 이게 다 너의 공이다."

반고는 뜻밖의 말에 무릎을 꿇고 엎드렸다.

"일어나라."

사탄의 말에 반고가 무릎을 펴며 일어났다. 사탄은 반고를 자세히 보며 말했다.

"조만간에 에덴으로 바로 진격할 테니. 이제 좀 쉬어라."

반고는 고개를 숙여 인사했다. 그리고는 뒤로 물러 나왔다. 반고는 속으로 생각했다.

'이상하다. 에덴으로 진격하는 건 급하지 않은 일… 겨우 이 말을 하려고 그리 급하게 불러들이다니… 분명 무언가가 있다.'

반고는 머리가 복잡했다.

반고가 나가자 사탄이 옆을 돌아보았다. 방 옆으로 작은 방이 있었는데 그곳에 박수가 머리를 좌우로 흔들며 있었다.

"아닙니다. 저자는 점괘에 나오는 자는 아닙니다."

"그럼… 누구란 말인가? 누가 나에게 흉한 자며 누가 나에게 길한 자인가?"

사탄은 궁금하면 가만히 있지 못했다. 사탄은 어렵게 불러들인 반고가 점괘에 나오지 않자 실망했다. 하지만 사탄은 포기하지 않았다. 늘 마음에 두고 생각했다.

박수가 사탄에게 심각하게 말했다.

"이제 어찌하시렵니까? 반고에게 에덴으로 보내겠다, 하셨으니 보내야 하지 않겠습니까?"

"너의 점괘는 어떠하냐?"

박수가 의외의 말을 했다.

"저에게 시간을 며칠만 주십시오. 점을 좀 쳐 보겠습니다. 무언가 불안합니다."

사탄은 박수를 기다리는 수밖에 없었다. 그렇게 용성의 시간은 훌쩍 지나갔다.

6일 후. 용성

6일이 지나고 난 아침이었다. 북쪽으로 진군한 마귀로부터 전갈이 왔다. 사탄은 그 전갈을 보며 대로했다.

"뭐라? 대패? 대패라 했는가?"

전갈을 가져온 전령은 고개를 바닥에 박고 죽은 자처럼 되었다.

"그게 용재와 주디엘이 목숨을 걸고 쳐놓은 함정에 그만… 게다가 갑자기 미가엘이 나타났습니다. 루하가 전멸하고……."

루하 이야기를 듣던 사탄이 보좌를 쾅, 하고 내리쳤다.

"뭐라? 루하가 전멸을… 대체 마귀는 뭐를 하고? 루하를 어쩌다 잃었단 말이냐?"

전령은 사색이 되었다.

"그게, 그게……."

사탄은 쩔쩔매는 전령을 노려보았다. 반고가 앞으로 나섰다.

"주군, 그럼 일이 급합니다. 이제 원군을 보내셔서 악마와 마귀를 구하심이 어떠하시겠습니까?"

사탄은 분이 가라앉지 않았지만 반고의 말이 맞았다. 사탄은 그 자리에서 흑룡과 적룡에게 전령을 따라가라 하였다. 사탄이 가장 믿는 용들이었다. 그리고는 반고를 보며 말했다.

"북쪽이 급하면 어쩔 수 없이 급소를 쳐야 한다. 북으로는 흑룡이 갔으니 너는 에덴으로 직진하라. 에덴을 치러 달려가면 필시 미가엘이 에덴으로 달려갈 터. 너는 에덴으로 들어가지 말고 최대한 크게 붙기만 하라."

반고도 고개를 끄덕였다. 사탄의 말은 맞는 말이었다. 에덴으로 가서 미가엘과 정면으로 붙는 것은 좋지 않았다. 반고는 주발을 불러 다시 군대를 모아 출격 준비를 하였다.

주발이 한나절 만에 군대를 조직했다. 반고의 군대는 용성의 문 앞에 도열했다. 사탄이 용성의 높은 곳 자신의 방에서 창문을 활짝 열고 내려 보았다. 말 위의 반고와 주발은 그런 사탄에게 목례를 하였다. 사탄이 손을 들어 흔들자 반고의 군대가 괴성을 질렀다.

와, 와, 와.

반고의 군대는 물밀 듯 성문을 빠져나갔다. 그때였다. 사탄의 뒤 어둠에서 눈만 내놓고 보던 박수가 비명을 질렀다.

"주군, 주군 저자, 저자입니다. 반고 옆에 장수… 저자가 점괘에 나오던 바로 그자입니다."

사탄은 급하게 눈을 들어 보았다. 반고의 뒤를 따라 막 성문으로 나가려는 장수가 보였다. 그는 바로 주발이었다. 사탄의 눈이 이글거렸다.

한 달 뒤, 에덴의 동쪽, 대평원

반고는 대군을 이끌고 에덴으로 달려갔다. 남쪽에서 반란의 기미가 있던 아낙과 게라는 서로를 헐뜯느라 세월을 허비했다. 그러니 남아있는 작은 부족들은 사탄에게 반란을 할 엄두를 내지 못했다. 그 틈을 타서, 반고는 앞만 보고 달려갔다. 사탄의 말은 생각할수록 맞는 말이었다. 에덴으로 달려가 전투를 하다가 북쪽의 군사들이 달려오면 최대한 시간을 끄는 것이 반고의 전략이었다.

반고는 태어난 이후로 전쟁 속에서 살았다. 에덴으로 가는 길에 만나는 성들은 반고의 칼 아래 추풍낙엽처럼 떨어졌다. 물론 반고의 군대 역시 병력 손실이 많았다. 하지만 에덴의 장수들은 훨씬 많은 수가 죽어나갔다. 이대로의 기세라면 에덴을 삼키고도 남았지만 반고는 사탄의 경고를 잘 기억하고 있었다.

에덴이 손에 잡힐 듯 보였다. 날씨가 궂어도 보일 거리에 도착한 반고는 갑자기 야영을 지시했다. 에덴이 훤히 보이는 평야에서 말뚝을 박고 장막을 친 반고는 무슨 이유에선지 도무지 움직이지 않았다.

그렇게 6일이 흘렀다. 반고에게 말코가 왔다. 악마의 종 말코는 은밀하게 변장까지 하고 소리없이 왔다. 반고는 놀랐지만 예를 갖추었다. 말코는 반고에게 사탄의 말을 전하고 바람처럼 사라졌다.

반고는 말코가 주고 간 양피지를 보았다. 봉인이 되어 있었다.

'말코도 볼 수 없다면 중요하다.'

반고는 어둠 속에서 몰래 양피지를 열었다.

우리엘을 데려오라

반고는 당황스러웠다. 우리엘은 미가엘과 함께 천하무적이라 불리어지는 자들이었다. 반고가 데리고 갈만한 자가 아니었다. 반고는 당황했다.

'우리엘을? 불가능한 일을… 이렇게 중요한 때에 왜? 이건 뭔가 있다.'

예민한 반고는 양피지를 들고 이리저리 살펴보았다. 그러기를 한참, 반고는 양피지를 어둠속에서 이리저리 돌려보았다.

그러기를 한참, 반고는 칼을 꺼냈다.

'우리엘은 불가능하다.'

반고는 우리엘이라고 써진 글자를 칼로 살살 긁었다. 그러자 우리엘이 사라지고 남은 자리에 희미하게 보이는 그것은 바로 주발이었다.

주발을 데려오라

더욱 말이 되지 않았다. 반고는 양피지를 손에 들고 주발이라는 글자를 불에 태웠다. 그러자 주발의 이름이 타버리고 언뜻 드러나는 이름이 있었다.

한나를 데려오라

반고는 양피지 전체를 불에 넣고 태웠다. 활활 타는 양피지는 반고의 눈앞에서 재로 변했다. 반고는 밤새 깊은 생각에 빠졌다. 반고에게는 길고 긴 밤이었다.

다음 날, 반고는 높은 산에 올랐다. 눈앞에 보이는 평야는 끝이 없었는데 서쪽 해 지는 곳으로 보이는 에덴을 제외하고는 모두 황무지요 빈 들이었다. 버려진 땅을 자신의 군사들이 가득 덮고 있었다. 대장군 주발이 우렁찬 목소리로 말했다.

"어찌 기다리십니까? 이제 진군을 해도 되질 않습니까? 말씀만 하신다면 바람처럼 달려가겠습니다."

반고는 주발의 말에 관심이 없었다. 에덴을 보며 혼잣말로 중얼댔다.

"이상하다. 이상해… 분명 이게 아닌데… 너무 쉬워."

"주군께서 너무 적을 크게 보시는 것 같습니다. 구석에 숨어서 오줌을 지리고 있을 놈들 입니다. 만 명의 군사만 주신다면 제가 가서 문을 열겠습니다."

주발이 가슴을 내밀며 하는 말에도 반고는 에덴의 끝을 바라보며 중얼대기만 했다.

"이상하다. 이상해."

그러기를 한참. 반고는 뜻밖의 말을 하였다.

"철수한다. 모두들 짐을 챙겨서 용성으로 퇴각한다. 빨리 가자."

말을 마친 반고는 급히 자리에서 일어나서는 휭하니 가버렸다. 주발은 뜻밖의 말에 어리둥절하였다. 주발이 무슨 말인지 몰라 우왕좌왕하자 주발의 참모인 구자경이 주발의 귀에다 대고 말했다.

"반고께서 하신 말씀입니다. 서두르시는 게 좋습니다."

"가다니… 우리가 여기까지 어찌 왔는가?"

주발은 입을 내밀며 말했다. 구자경이 다시 말했다.

"너무 쉽게 오질 않았습니까? 우리가 피를 얼마나 흘렸습니까? 고작 해봐야 천이 안 됩니다. 적들도 마찬가지. 저도 그게 이상합니다. 그 많던 천군과 천사는 어디에 있습니까? 제가 보기에도 저 광활한 들판 너머 에덴에서 살기가 도는 것 같습니다. 확실하지 않을 때는 몸을 사리는 것이 좋을 때도 있습니다. 장군, 서두르시지요."

주발도 듣고 보니 그랬다. 역시 전쟁은 힘으로만 하는 것이 아니라는 생각이 들었다. 주발은 큰소리를 지르며 돌아다녔다.

"철수한다. 철수. 잔말 말고 용성으로 간다."

에덴의 남쪽 망루

주발의 메아리는 넓게 퍼져나갔다. 너른 들판을 지나 에덴의 동문 남쪽 망루에 진을 치고 있는 미가엘의 귀에 이르렀다. 미가엘은 주먹을 쥐며 탄식했다.

"덫을 피하다니… 적에게 지혜로운 자가 있구나. 이제 전쟁은 어디로 가려는가?"

미가엘은 자리에서 일어나면서 옆의 시비에게 말했다.

"너는 가서 라파엘과 가브리엘을 모시고 와라. 그리고 우리엘을 찾아서 반드시 데리고 와라. 반드시 우리엘을 찾아야 한다. 알았느냐? 한시가 급하니 서둘러라."

미가엘은 철군의 파동이 물결처럼 퍼지는 적진을 한참 동안 바라보았다.

한편, 갑자기 철군을 하는 반고의 군대는 일사분란하게 움직였다. 밀려올 때도 정연했지만 철군도 질서가 있었다.

군대의 중간에서 철군하던 반고가 선봉에서 달리는 주발을 불렀다. 말을 타고 달리며 철군을 독려하던 주발은 반고가 갑자기 부르자 지체없이 달려왔다. 나란히 말을 달리는 반고는 아무 말없이 주발에게 검은색 주머니를 주었다. 반고와 전장을 누빈 지가 수십 년이었다. 주발은 아무 말없이 주머니를 받고는 앞으로 달려갔다. 에덴이 보이는 평원에서 야트막한 언덕으로 돌아가던 주발은 어느새 사라져버렸다. 반고의 대군은 아무 일도 없다는 듯 용성으로 달려갔다.

에덴의 남쪽 우리엘의 집

우리엘은 한나와 에덴의 남쪽에 살고 있었다. 작은 통나무 오두막집에서 모든 근심 걱정 없이 둘이서만 살고 있었다.

해가 뉘엿하게 지려 하는 어느 늦은 저녁에 배부르게 저녁을 먹은 우리엘과 한나는 서쪽으로 넘어가는 해를 바라보며 느긋한 일몰을 즐기고 있었다. 온 세상이 금빛으로 물들며 하루를 마감할 때, 한나의 남산만한 배를 쓰다듬는 우리엘의 손길은 한없이 포근했다.

식곤증에 한나는 슬며시 눈을 감았다. 자연스레 우리엘의 어깨에 머리를 기대었다. 우리엘은 사랑스런 아내 한나의 머리를 어깨로 받치고는 창포 냄새를 맡았다. 싱그러운 내음을 맡으며 한나의 손을 꼭 잡은 우리엘은 이런 행복한 순간이 오히려 불안했다.

'언제까지일까? 이런 행복이… 지금 들리는 저 소리는 미가엘의 소리… 미가엘이 나를 찾는구나.'

우리엘은 멀리 떨어진 미가엘의 말을 듣고 있었다. 그건 당연했다. 우리엘은 미가엘과 같은 천족이었다. 보고 듣고 말하는 능력을 하늘로부터 이어받은 천족. 그들 서로는 어디에 있든지 서로 듣고 말할 수 있었다. 그리고 남들보다 먼저 보고 먼저 들었다. 그러나 천족에게만 있는 이런 능력을 사람들은 알 수 없었다. 천족의 숫자가 워낙 적었기 때문이다.

이제 남은 두 천족, 바로 우리엘과 미가엘은 그래서 친구 이상이었고 가족 그 이상이었다. 그러나 우리엘은 이 행복한 세월이 얼마 남지 않은 것을 느끼며 마지막으로 아내와 행복한 시간을 갖고 있었다.

'미가엘의 시비가 올 때까지만이라도 기다리자. 어차피 길어질 전쟁이 아니던가.'

우리엘은 한나의 낮은 코고는 소리를 들으며 자신도 눈을 감았다.

바람이 분다. 전에 없던 바람이 불어온다. 우리엘은 언뜻 한기를 느끼고는 눈을 떴다.

'무슨?'

바로 옆에 자신의 어깨를 베고 누운 한나는 그대로 있었다. 그러나 불안한 마음에 귀를 쫑긋 세웠다. 잠시 후 우리엘은 조심스레 한나를 눕히고는 하늘로 튀어 올랐다. 그리고는 낮은 목소리로 말했다.

"누구냐. 나와라."

그러나 돌아오는 건 메아리뿐. 우리엘은 오두막집 맞은편 대나무 숲으로 번개처럼 쏘아갔다.

스스슥 스스슥.

바람소리와 함께 대나무 숲으로 날아간 우리엘은 잠시 후 누군가의 멱살을 잡고 숲 위로 날아올랐다.

"다시 묻겠다. 누구냐? 누군데 아까부터 나를 엿보느냐?"

"켁 켁, 이걸 좀 풀어줘야."

우리엘은 멱살을 잡은 채로 대나무 숲 한가운데 공터로 내려왔다. 그리고는 괴한을 커다란 나무에 밀어붙인 채로 말했다.

"마지막으로 묻겠다. 너는 누구냐?"

"헉, 헉… 빌어먹을… 힘이 드는군. 후후, 우리엘, 신중하지 못한 놈. 이러니 지 마누라 업어 가도 모르지."

"뭐라?"

우리엘은 아차 싶었다. 뒤를 돌아서 빛처럼 다시 날아간 우리엘은 텅 빈 오두막집을 보고 분노했다.

"우아아아아!"

우리엘은 다시 대나무 숲 공터로 날아갔다. 텅 빈 줄 알았던 우리엘은 의외로 그 괴한이 웃고 있는 것을 보고는 분노로 부딪쳐갔다.

쾅! 그 괴한은 날아서 대나무 수십 그루를 부러뜨리고야 멈추었다.

"아프잖아. 너무 아파. 자꾸 그러면 네 아내는 이 세상에 없게 될 줄 알아."

다시 한번 주먹을 뻗던 우리엘은 그자의 말에 그 자리에 우뚝 섰다. 괴한이 웃으며 입을 닦고는 자리에서 일어났다.

"인사부터 하지. 나는 주발이라 한다. 이래봬도 대장군이지. 그러니 함부로 주먹질하지 말란 말이야."

"어디에 있나. 어디에 뒀어? 내 아내 한나를 어디에 두었나?"

"워워. 진정하라고. 일단 한나는 잘 있어. 물론 뱃속에 아기도 마찬가지지. 우리가 바보가 아닌 이상, 우리엘 자네와 원수질 일이 없지. 안 그래?"

"무얼 원하는가?"

"역시. 눈치 하나는 마음에 드는군. 뭐 이런 마당에 숨길 일이 뭐가 있을까? 솔직히 얘기하지. 나의 주군께서는 우리엘 자네가 우리 편에 서기를 원하시지만 나는 생각이 다르지. 자네 같은 거물이 우리 편에 서는 거보단 아무 편에도 서지 않는 것이 더 유리하지. 그게 내 생각이야. 설마하니 자네가 우리 쪽으로 오려는 것은 아니겠지?"

"……."

"고민이 되겠지. 그럼 고민이 되고 말고. 하지만 말이야 우리도 이렇게까지 유치하게 자네를 다루는 것을 이해해줘. 그만큼 자네는 거물이거든. 하여튼 길게 말하지 않겠어. 우리는 서로 못 본 거야. 지금도 그렇고, 앞으로도 영원히. 곧 전쟁이 끝나면 그땐 한나를 만나게 될 거야. 뱃속의 아이도 마찬가지고."

우리엘은 분노로 눈이 빨개졌지만 바로 눈앞에서 천연덕스럽게 협박하는 주발을 어찌할 수가 없었다. 주발은 말을 마치고 마치 소풍 나온 아이처럼 그렇게 대나무 숲속으로 사라져 버렸다. 양손을 꼭 쥔 우리엘은 잠시 후 들려온 미가엘 시비의 발소리에 굳었던 인상을 풀었다. 잠시 후 우리엘은 시비와 함께 오두막을 떠났다. 우리엘이 떠나자 대나무 숲에서 숨어 바라보던 주발은 가슴을 쓸어내렸다. 그리고는 정신을 잃은 한나를 맨 부하들과 함께 동쪽으로 사라져갔다.

용성, 대전

사탄은 한나를 보며 입이 벌어졌다. 정신을 잃고 쓰러진 한나의 배는 곧 해산을 앞두고 있었다. 주발은 사탄 앞에 무릎을 꿇고 있었는데 그 옆에 반고가 서 있었다.

"주군, 명령하신 대로 한나를 잡았습니다. 한나를 끔찍이도 생각하는 우리엘은 이제 주군에게로 올 것입니다. 에덴의 방어의 큰 구멍이 생긴 것이지요. 에덴의 파수꾼을 얻으셨으니 주군의 복입니다."

사탄은 고개를 끄덕였다.

"그렇다. 주발이 큰일을 했다. 이제 에덴의 목을 조를 일만 남았다. 북쪽에서 타격이 컸지만 회복할 수 있다. 시간이 지나면 이제 전군을 몰아가야겠다. 반고, 한나의 모습을 담은 까마귀를 우리엘에게 보내라. 그리고 주발을 대장군으로 전군을 개편하고 악마와 마귀가 돌아오는 대로 에덴으로 가자. 이제 진정한 전쟁을 보여줄 때가 왔다."

사탄은 한나를 데리고 사탄의 방으로 들어갔다. 허공에 둥둥 뜬 한나는 미끄러지면서 사탄의 뒤를 따라 들어갔다. 반고는 주발을 데리고 대전을 빠져나갔다.

텅 빈 대전에 반짝이는 빛이 보였다 사라졌다.

사탄의 방

한나를 데리고 방으로 들어간 사탄은 박수의 앉은 자리 앞에 한나를 눕혔다.

박수는 한나를 보고 적잖이 놀랐다.

"주발이 큰일을 하였습니다. 주군께는 길이요. 하지만 주발에게서 흉도 보입니다."

사탄은 한나에게서 눈을 떼지 않았다.

"점괘에 나오는 다른 자가 한나가 확실한가?"

"확실합니다. 주발을 보고나니 한나가 보였습니다. 한나의 배가 점괘에서 본 그대로입니다."

사탄은 고개를 끄덕였다.

"배를 보니 확실해 보이는군. 그런데 이런 한나가 어찌 나에게 흉이란 말인가?"

"그건 알 수 없습니다. 한나가 주군에게 흉일지, 뱃속의 아기가 흉일지 모르는 일입니다. 하지만 지금 한나는 길한 소식이지요. 우리엘이 꼼짝할 수 없으니까요."

"음."

사탄은 이해가 되지 않았다. 한나를 뚫어져라 보며 속으로 생각했다.

'박수의 점괘는… 틀린 적이 없다. 그러면 한나를 죽여야 한다. 뱃속의 아이까지… 우리엘이 필요 없어지면 그때 한나를 죽이고 주발도… 죽인다.'

사탄은 속으로 결심했다. 박수에게 물었다.

"박수, 조만간 힘을 모아 에덴으로 간다. 내가 직접 에덴으로 가서 큰 전쟁을 하려 한다. 박수, 점을 여섯 번 쳐라. 그리고 여섯 번을 친 점괘를 나에게 말하라."

박수는 표정의 변화가 없었다.

"하루만 주십시오."

"좋다."

"그럼 내일 밤에 뵙겠습니다."

박수는 눈을 감았다. 사탄은 한나를 데리고 어디론가 가버렸다. 박수는 혼자 남아서 몸을 앞뒤로 흔들었다.

사탄은 한나를 데리고 지하로 내려갔다. 방에서 꼬불꼬불한 길을 따라 내려간 사탄은 한나를 벽에 숨겼다. 정신을 잃어버린 한나는 불쌍하게도 차가운 땅속에 누웠다.

사탄은 어디를 가든지 자신만이 아는 곳을 찾았다. 은밀한 곳을 만들고 까마귀가 보초를 섰다. 의심이 많아 잠을 이루지 못하던 사탄은 전쟁이 순조롭게 진행되자, 큰 전쟁을 앞두고 오랜만에 잠을 청했다.

창조주가 던진 꿈

무겁다. 피곤이 몰려온다.

쉼이 없는 나약한 삶은 끝이 없고…

욕심의 강물에 빠진 솜뭉치는 천근만근.

나는 여섯 마리 개가 끄는 마차인가? 마부인가?

아니면 탐욕의 마부가 이끄는 대로 달려가는

여섯 마리 개인가?

사탄은 꿈을 꾸었다. 저 멀리 보이는 고향 에덴, 그곳으로 달려가는 꿈을 꾸었다. 앞만 보고 달려가는 사탄은 이제 에덴의 문, 광화문 앞에 섰다. 가슴이 두근두근 떨려왔다. 그토록 바라던 그 순간이 바로 눈앞에 있었다. 문을 밀었다. 문이 조금씩 열렸다. 에덴을 나오던 그날처럼 조금씩 열리는 문, 광화문이 열리고 있다! 행복했다. 사탄은 힘을 냈다. 어깨와 등뼈 그리고 허벅지로 이어지는 강한 근육이 툭 불거졌다. 끼이익 소리가 났다. 여전히 용을 쓰며 문을 열었다. 마침내 에덴을 나오던 그날만큼 열리고… 고통의 세월이 스르르 사라졌다. 에덴의 공기를 들이마셨다. 날아갈 것 같다. 늘 텅 비었던 마음이 뿌듯한 욕심으로 꽉 찼다.

그런데 허공, 그 비어있는 곳으로 작은 점들이 움직인다. 꾸물꾸물 움직이는 것들은 서로 모였다 흩어졌다 다시 모인다. 귀엽다. 뭘까? 눈을 들어 멀리 내다본다. 귀여운 점들이 보인다. 고개를 갸웃거려 본다. 점들도 갸웃 나를 본다. 그리고 나의 눈으로 들어온다.

낯익은 글들… 거기에 나의 이름이 나온다.

…잡으니 곧 사탄이라 잡아서 천 년 동안 결박하여
무저갱에 던져 넣어 잠그고 그 위에 인봉하여 천 년이 차도록…

악!

사탄이 자리에서 벌떡 일어났다. 땀으로 범벅이 된 얼굴 위로 초점 없는 눈동자가 허공에 고정되어 박혔다. 시간도 멈추었다. 눈동자도 멈추었다. 다만 입술이 부르르 떨렸다. 그 입술을 비집고 무서운 말이 새어나왔다.

"천년의 예언… 예언이 나타났다."

사탄은 실성한 자처럼 중얼거렸다.

"예언이 나타나다니… 왜 하필 이때에……."

사탄은 자신의 운명에 관해서는 심각할 정도로 과하게 반응했다. 모든 자를 의심하고 모든 자를 질투했다. 꿈에 나타난 예언을 누군가가 들여다보는 것만 같았다. 자신의 약점을 알아보는 것만 같았다. 사탄은 시간이 지날수록 불안했다.

'나의 약점은 아무도 알아서는 안 된다. 절대로 알면 안 돼. 그 어느 누구라도….'

사탄은 생각과 동시에 번개처럼 뛰어나갔다.

한밤 중, 용성 대전

사탄은 짐승을 찾았다. 잠시 후, 시커먼 짐승을 데리고 까마귀가 나타났다. 헐레벌떡 뛰어온 짐승은 사탄 앞에 있는 한나와 박수를 보고 너무나도 놀랐다.

"짐승, 한나와 박수를 데리고 나를 따르라."

사탄은 대전 밖으로 급하게 걸어갔다. 짐승은 영문도 모른 채 한나와 박수를 등에 태우고 사탄을 따라갔다.

갈멜산에서 칼바람이 불었다. 사탄은 짐승을 한번 돌아보더니 하늘로 높이 날아올랐다. 짐승은 사탄을 따라 빛처럼 날아올랐다. 박수의 눈이 커졌다. 하지만 눈으로 파고드는 칼바람에 질끈 눈을 감았다.

사탄과 짐승은 엄청난 속도로 날아갔다. 박수는 궁금했다.

'이 밤에 이렇게 급하게⋯ 어디로 가는가?'

한참을 날아간 짐승이 갑자기 땅으로 내려갔다. 박수는 어지러웠다. 땅 근처에서 일직선으로 달리다가 다시 하늘로 날아올랐다. 박수의 머리로 유브라데가 스쳐 지나갔다.

'혹시⋯ 달의 제국?'

사탄과 짐승은 어둠 속을 뚫고 사탄의 성 꼭대기로 날아 들어갔다. 그 성을 아무런 소리도 내지 않는 까마귀들이 뒤덮어버렸다. 비밀이 많은 밤이었다.

사탄의 성, 대전

사탄은 박수를 데리고 대전으로 들어갔다. 대전 안은 아무도 없었다. 겨우 보일락말락할 만큼 불빛만 있었다. 박수는 어리둥절했지만 무언가 중요한 일이 있음을 직감했다. 박수는 대전 아래에 무릎을 꿇었다. 사탄은 박수 앞으로 보좌를 끌어당겨 앉았다. 그리고는 조용히 말했다.

"박수, 점괘는 어찌 되었나?"

박수는 사탄의 말이 중요하지 않은 걸 알았다. 점괘가 궁금하면 용성에서도 충분히 물어볼 수 있었다. 박수는 사탄이 말을 돌리고 있음을 알았지만 모른 척했다.

"길도 흉도 아닙니다. 다만……."

사탄이 잽싸게 말을 받았다.

"다만 뭐냐?"

"다만… 주군에게는 흉과 길이 같이 있습니다. 이런 경우는 없었는데 이상합니다. 그게 마음에 걸립니다."

"음."

사탄은 깊은 신음소리를 냈다. 그러더니 턱을 괴고 생각에 잠겼다. 박수는 갑자기 불안해졌다. 이전에 한 번도 경험하지 못했던 불안은 시간이 지날수록 심해졌다. 한참을 생각하던 사탄이 턱을 괸 팔을 풀고 박수를 정면으로 보았다. 사탄의 눈을 본 박수는 두렵고 떨렸다. 사탄의 눈에 용암이 보였기 때문이었다.

'무슨 일인지 모르지만… 잘못하면 오늘… 죽을 수도 있겠다.'

박수가 죽음을 떠올리는 그때에 사탄이 말문을 열었다.

"박수……."

사탄의 목소리가 떨렸다. 박수는 그런 사탄의 모습을 처음 보았다. 박수도 같이 떨었다.

"주군. 말씀하시지요."

사탄은 박수의 말을 듣고 한참을 망설였다. 하지만 이미 결심하고 달의 제국까지 온 바에 못할 이야기도 없었다. 사탄은 굳게 마음먹고는 본심을 꺼냈다.

"박수, 나의 마지막은 어찌 되겠느냐? 점을… 쳐라."

박수는 소스라치게 놀랐다. 박수는 점을 쳤지만 그렇다고 눈치가 없지는 않았다. 사탄에 대한 점은 목숨을 내어놓아야 하는 일이었다. 박수가 그걸 모를 리 없었다. 박수는 그 자리에서 바닥에 엎드렸다. 머리를 바닥에 피가 나도록 부딪혔다. 납작 엎드려 간곡하게 말했다.

"주군, 저를 죽여주십시오. 제가 어찌 주군의 마지막에 대해 점을 칠 수 있겠습니까? 감히 개 주제에 주인에 대한 점괘를 어찌 보겠습니까? 차라리 저를 죽여주십시오."

박수는 부들부들 떨었다. 그러나 이미 결심한 사탄은 집요했다.

"박수, 걱정하지 마라. 아무리 점괘가 흉해도 절대로 너를 상하게 하지 않겠다. 나에 대한 길과 흉이 있다 하지 않았느냐? 어서 나에 대한 점을 치라."

박수는 재차 엎드렸다.

"주군, 절대로 불가합니다. 전쟁에 관한 길흉을 점치는 비루한 점쟁이가 무슨 수로 대왕의 점을 치오리까? 대왕은 존귀하신 분이시오니 스스로 운명을 바꾸실 분이십니다. 점 따위에 얽매이실 분이 아닙니다."

박수는 필사적으로 물러났다. 하지만 사탄은 이미 정해놓은 마음을 바꾸는 일이 없었다. 박수가 사양할수록 사탄의 고질병이 더 도졌다.

'혹시 숨기는 것이?'

박수가 버티면서 시간이 지날수록 사탄은 의심하기 시작했다.

"박수… 혹시 나 몰래 숨기는… 것이라도 있느냐? 혹시 동궁?"

박수는 죽을 맛이었다. 갈수록 태산이라 생각한 박수는 더욱 납작 엎드렸다. 그리고는 떨리는 목소리로 겨우 대답했다.

"그럴 리가 있겠습니까? 저는 오로지 주군만 섬기고 주군에게 생명을 걸었습니다. 만약 주군께서 그렇게 의심하신다면 저는 자결로서 충성을 보일 수밖에는 없습니다."

"너의 목숨은 나의 것이니 함부로 버리면 나의 것을 도둑질 하는 것이다. 다신 입에 담지 마라. 너의 충성은 점을 치는 것이다."

박수는 난감했다. 엎드린 채로 입술을 꽉 문 박수는 어쩔 수 없었다.

"정히 그렇게 생각하신다면 주군의 말씀대로 점을 치도록 하겠습니다. 그저 주군의 마지막이 아니라 주군의 길흉에 대해서 다시 점을 치도록 하겠습니다."

사탄은 그제야 조금 풀렸다.

"좋다. 지금 이 자리에서 점을 치라. 내가 너의 점괘를 듣고 에덴을 정벌하러 가리라."

삭.

사탄은 칼로 피를 내어 상 위의 쌀에 뿌렸다. 그리고는 보좌에 바싹 당겨 앉았다. 박수는 일어나 앉았다. 상을 당겨 무릎 위에 놓고 떨리는 손으로 상위의 쌀을 입에 물었다. 사탄의 피를 입에 물었다. 박수의 코로 죽음의 냄새가 짙게 들어왔다. 그리고는 무령을 꺼냈다.

박수는 무령을 흔들었다. 그런데 소리가 나지 않았다. 무령을 흔들고 있는 박수는 이상하다 생각했지만 어쩔 수 없었다. 점을 치다가 말면 사탄의 의심에 목이 날아갈 게 뻔했다. 박수는 이를 악물고 무령을 흔들었다. 아무런 소리가 나지 않자 사탄도 눈을 크게 떴다. 그리고는 하나라도 놓칠 새라 무령만 뚫어지게 보았다.

한참을 흔들던 박수가 드디어 고개를 뒤로 젖혔다. 사탄의 몸이 보좌의 앞으로 쏠렸다. 무령은 이제 스스로 움직였다. 박수가 고개를 다시 숙였다. 그리고는 입에 문 쌀을 상 위로 토해냈다. 쌀이 상 위로 떨어졌다. 그러나 아무런 소리도 들리지 않았다. 사탄은 신기한 얼굴로 바라보았지만 박수는 이제 접신이 되어 아무 것도 알지 못했다.

쌀을 뱉은 박수가 눈동자를 뒤집더니 입으로 말을 시작했다. 놀랍게도 사탄의 목소리였다.

"아하, 그랬구나. 그랬어. 교만의 아비 사탄이 들은 예언이라. 교만의 선봉이요 거짓의 아비며 악독의 도가니인 사탄에 관한 예언이라. 아하, 그랬구나. 그랬어. 멸망의 대왕인 사탄의 마지막에 관한 예언이니 듣는 자는 귀를 열고 들으라."

박수가 내뱉는 예언을 듣던 사탄은 머리칼이 쭈뼛 섰다. 설마 하는 마음으로 시작한 일이었지만 사탄의 마음은 매우 불안했다. 박수의 예언이 이어졌다.

이 말씀들은 나 전능자의 말씀이니 악인과 의인에게 공평하게 주노라.

교만의 아비 사탄에 관한 말씀이라.

늙은이들과 박수에게 주었나니 세 번의 기회가 있으리라.

그 시간이 지나가면 담을 수 없으리니, 악인에게는 들어갈 수 없는 말씀이라.

거짓의 아비 사탄의 이제로부터 마지막까지를 천년으로 정하였나니,

반드시 이루어지리라.

그동안 장차 이루어질 일에 대해 말하노니 듣는 자는 귀를 씻고 들으라.

악과 선은 함께 하지 못하리니, 듣는 자는 깨달으라.

교만은 패망의 선봉이요… 잡으니 곧 사탄이라 잡아서 천 년 동안 결박하여

무저갱에 던져 넣어 잠그고 그 위에 인봉하여 천 년이 차도록…

사탄은 너무나도 놀라서 까무러칠 뻔했다. 사탄은 이를 뿌드득 갈았다.

"동궁 네 이놈들이 죽으려고 환장을…. 감히 역린을……."

머리끝까지 화가 오른 사탄은 박수의 예언을 다 듣지도 못하고 박수를 세게 쳤다. 박수는 엄청난 충격을 받고 끊어진 연처럼 날아갔다. 그러나 가련한 박수는 사탄의 주먹에 맞고 날아가는 그때에도 눈을 부릅뜨고 예언을 했다. 대전을 한참 날아간 박수는 문 옆 구석에 강하게 쳐박혔다. 피를 토하며 예언을 하는 박수를 보며 사탄은 번개처럼 날아와 멱살을 잡았다.

"네가 감히 나를 훔쳐보느냐? 감히."

사탄은 박수를 가까이서 보고는 놀라운 사실을 발견했다. 박수가 예언을 하면서 까뒤집은 눈동자로 깨알 같은 글씨가 지나갔다. 흰자위 위로 새빨간 색의 글자가 지나갔다. 사탄은 저도 모르게 큰소리로 외쳤다.

"천년의 예언!"

사탄은 충격으로 그 자리에 주저앉았다. 하지만 코와 입으로 피를 토하는 가련한 박수는 아직도 예언을 하고 있었다.

갑자기 사탄이 벌떡 일어났다. 까마귀에게 무어라 말하고는 벽으로 다가갔다. 어두운 벽은 사탄을 스르르 흡수했다. 대전은 이제 박수만 홀로 남았다. 줄기차게 예언을 말하던 박수가 지쳐서 쓰러진 채로 누웠다. 옆으로 누운 박수의 눈에서 작은 물방울이 떨어졌다.

동궁, 절벽 앞

동궁으로 뛰어들어온 사탄이 절벽을 마주보고 섰다. 분노가 폭풍처럼 일어났다.

"네가 감히… 천년의 예언을 넘보다니."

사탄은 절벽을 앞에 두고 발을 세게 굴렀다.

우르릉 엄청난 소리가 나며 바닥뿐 아니라 벽 전체가 흔들렸다. 절벽 앞에 무릎을 꿇은 더러운 세 영과 미친개가 벌벌 떨었다. 사탄은 창을 들어 피가 출렁거리는 벽을 찔렀다.

크아아악.

단말마의 비명이 터졌다. 절벽으로 깊게 들어간 창 주위로 피의 소용돌이가 생겼다. 사탄은 눈썹을 꿈틀대더니 창을 쥔 손에 힘을 주었다. 창이 빙글 돌면서 더 깊이 들어갔다.

"아아악 주군, 제발 살려주십시오."

절벽을 찌르는데 더러운 세 영과 미친개가 똑같이 가슴을 부여잡고 울부짖었다. 사탄의 눈빛이 더욱 잔인해졌다. 동궁의 늙은이들은 절규했다.

"주군, 저희들은 오로지 주군에게만 충성합니다. 다시 한번 기회를 주시면 주군에게 모든 걸 바치겠습니다."

그러나 사탄은 더욱 힘을 주었다. 창을 잡은 사탄의 손에 굵은 힘줄이 툭 불거졌다. 그러자 절벽에서 더욱 처절한 비명이 울렸다. 하지만 사탄은 미쳐있었다.

"역린. 역린하는 모든 건 모조리 죽인다. 모조리."

사탄의 분노는 식지 않았다. 동궁의 늙은이들을 죽이기 전에 끝나지 않을 기세였다.

절벽에서 마지막 한 수를 던졌다.

"주군, 저희들에게 마지막 기회를 주십시오. 주군을 위해 점을 치겠습니다. 천년의 예언을 피할 점을 치겠습니다."

그 말을 하자마자 사탄이 움찔했다. 동궁의 판단은 정확했다. 사탄은 천년의 예언을 피할 수 있다는 말에 반응했다. 그때를 놓칠 동궁이 아니었다. 바닥에 꿇어 엎드린 더러운 세 영과 미친개가 갑자기 절벽 안으로 빨려 들어갔다. 그리고 절벽의 모든 곳에서 피의 파동이 생겼다. 백여 군데 가 넘는 피의 파동은 큰소리를 지르며 서로 부딪혔다.

사탄은 창을 거두지 않았다. 절벽에 깊게 박고는 살벌한 눈을 들어 피의 소용돌이를 보았다. 시간이 한참 흘렀다. 피의 동심원이 이제는 3개가 남 았다. 그리고는 더 이상 줄어들지 않았다. 그때였다. 동궁의 늙은이들이 창에 찔린 피의 소용돌이로부터 나타났다. 소용돌이 안에서 나타난 늙은 이들의 심장을 관통한 창으로부터 가래 끓는 목소리가 나왔다.

이번 전쟁은 마지막이자 시작이 되겠구나.

죽어도 죽지 못하고 살아도 산 것이 아니니 고통이 천년을 가겠구나.

원래 하나였던 것이 세 개로 나누어지겠지만 운명마저 나눌 수는 없구나.

앞에 놓인 운명의 상자는 세 개나 되지만 무얼 고를지는 정해진 운명이구나.

각자 탐욕이 이끄는 대로 끌려가는 불쌍한 존재여.

이제 고르라. 운명의 상자를. 이제 선택하라 천년의 운명을.

절벽에서 흘러나오는 말이 그쳤다. 사탄은 도무지 알아들을 수 없었다. 헉헉 신음소리가 나오는 절벽을 향해 사탄이 물었다.

"무슨 말이냐? 간단하게 풀어서 말하라."

절벽에서 천식환자에게서 나는 숨소리가 들렸다.

"주군, 창을 좀……."

사탄은 싸늘한 얼굴을 하며 창을 거두었다.

"다른 마음이 보이면 맹세코 죽이겠다."

절벽의 핏덩어리가 크게 숨을 들이쉬었다. 몇 번을 그렇게 들이쉬었다. 절벽에서 입술 모양의 핏덩어리가 만들어졌다. 그리고 그곳으로부터 놀라운 이야기가 흘러나왔다.

"주군, 이번 전쟁은 매우 흉합니다. 전멸을 하게 될 것입니다."

사탄은 너무나도 놀랐다. 소름이 온몸으로 퍼졌다. 그때였다. 입술모양 핏덩어리 위로 글자가 만들어졌다.

무저갱, 사탄, 천년.

동궁의 늙은이들이 다시 말했다.

"하지만 죽지는 않습니다. 다만 전쟁이 지나고 나면, 천년 동안 무저갱에 들어가시게 됩니다. 그리고 때가 차면 다시 나오실 것입니다. 이 운명이 첫번째 상자입니다."

사탄은 매우 놀랐다. 자신의 몸에 새긴 예언의 파편이 동궁의 늙은이에게도 있다니 너무 놀라웠다. 동궁은 사탄의 마음을 아는지 변명을 늘어놓았다.

"주군, 저희가 주군의 파편을 훔친 것이 아닙니다. 점을 계속 치면서 얻은 것이니 용서하여 주십시오. 그 예언의 파편들을 얻는 데에만 꼬박 오십년이 걸렸습니다."

동궁이 잠시 사탄의 눈치를 보며 말했다.

"나머지 두 상자는 어떤 운명인지 모릅니다. 다만 그 상자를 누가 고르는지는 알고 있습니다."

사탄의 눈이 커졌다.

"상자를 고르는 자를 알고 있다? 그게 누구냐?"

"한 명은 리워야단입니다."

"리워야단."

사탄이 소리쳤다.

"바보가? 운명을 고른다? 웃기는군. 하여간 좋다. 마지막 운명의 상자를 고르는 놈은 누구냐?"

사탄의 말에 동궁이 대답을 하지 못하고 조용해졌다. 사탄은 다시 창을 잡은 손에 힘을 주었다. 그때였다. 절벽의 입술이 살짝 떨리며 말했다.

"동궁입니다."

사탄은 망치로 큰 충격을 받은 것처럼 멍해졌다. 절벽도 심하게 떨었다. 동궁의 늙은이들이 가까스로 진정을 시키더니 다시 입술이 나와 말했다.

"그런데… 이상한 점이 있습니다. 운명의 상자를 들고 오는 자가 있습니다."

"상자를 들고 와? 운명의 상자를? 그건 또 누군가? 이름을 알고 있느냐?"

"옛뱀입니다."

사탄에게는 충격의 연속이었다. 사탄의 얼굴이 흙빛이 되었다. 옛뱀이 운명의 상자를 들고 오다니 무슨 말인지 알 수 없지만 충격이었다. 한참을 생각하던 사탄이 절벽을 보며 말했다.

"리워야단의 상자는 어떠냐? 길이냐? 흉이냐?"

사탄의 말에 절벽에서 피의 소용돌이가 네 개 생겨났다. 동심원이 아니라 아예 폭풍 같은 소용돌이가 나타나더니 서로 커지다가 부딪히고 합쳐지기도 하였다. 한참을 돌던 피의 움직임이 서서히 가라앉았다. 그리고는 다시 입술이 나타났다.

"그게… 매우 길합니다."

"그래? 좋다. 그럼 너는 어떠냐? 네가 고르는 상자는 길하냐? 흉하냐?"

사탄의 입술에 사악한 미소가 번졌다. 절벽으로부터 아무 소리도 나오지 않고 뚝 끊어졌다. 사탄의 눈꼬리가 올라갔다. 적막이 한동안 동궁의 시간을 멈추었다. 잠시 후, 동궁의 입술이 부르르 떨며 말했다.

"대흉입니다."

다음 날 아침, 사탄의 성, 대전

까악, 까악.

하늘로부터 까마귀 우는 소리가 들려왔다. 에덴을 내려다보던 짐승은 재빠르게 고개를 들었다. 하늘을 돌던 까마귀들이 소란스럽게 울어대며 뾰족한 탑 주위를 돌았다. 평소에 울지 않는 까마귀들이 우는 일은 흔하지 않았다. 게다가 여러 마리가 울어대는 일은 더더욱 흔하지 않은 일이었다.

'까마귀가 울다니… 대전 안에서 무슨 일이.'

짐승은 호기심에 문틈으로 눈을 넣었다가 기겁을 하였다. 미세한 문틈으로 보이는 대전 안에는 눈을 부라리며 화가 잔뜩 난 사탄이 자신의 보좌에 앉아 있었다. 그리고 그 앞에 예언자 박수가 피를 흥건히 흘리며 바닥에 엎드려 있었다. 진하고 끈적거리는 박수의 피는 박수의 널브러진 몸뚱이 길이보다 더 멀리 퍼져있었다.

'박수가 죽은 건가?'

그때였다. 죽은 듯 누워있던 박수가 꿈틀거렸다. 그 순간, 검은 까마귀 두 마리가 나타나 박수의 어깨를 물고는 날아올랐다. 까마귀가 날카로운 이빨이 촘촘히 박힌 부리로 물자 박수의 어깨에서는 뼈가 으스러지는 소리가 났다. 박수의 미세한 신음소리가 들렸다.

날카로운 까마귀의 부리에 잡힌 박수는 대전 문 쪽으로 돌아서 끌려나왔다. 공중에 매달려 돌아선 박수의 늘어진 얼굴, 그 피투성이의 얼굴에는 휑하게 뚫린 두 어둠이 진한 피를 쿨럭쿨럭 토해내고 있었다.

'헉, 눈이… 눈이 없다니… 헉.'

짐승은 고개를 돌려 사탄을 보았다. 사탄은 두 눈을 부라리며 잔뜩 화가 나 있었다. 게다가 사탄의 오른손에는 피가 뚝뚝 떨어지는 박수의 두 눈이 들려있었다. 짐승은 모골이 송연해졌다. 눈알이 파내어진 박수의 얼굴은 눈을 뜨고 볼 수가 없었다. 짐승은 미세하게 떨었다. 심장이 두근거리고 피가 거꾸로 솟는 짐승의 눈에는 처참한 박수의 모습 대신에 꼭 자신이 비참하게 매달려 있는 것 같았다. 짐승은 눈을 꼭 감고 고개를 돌렸다.

'박수가 무슨 죄를? 아… 처참하다.'

짐승은 두려웠다. 짐승은 늘 알 수 없는 두려움을 안고 살아갔다. 하지만 그 근원에는 공포의 사탄이 있다는 것을 잘 알고 있었다. 짐승은 두려움에 길들여져 있었다. 그 두려움이 공포가 되었지만 그 공포에서 벗어나려는 생각은 추호도 할 수가 없었다. 그런 생각 자체가 다시 공포로 다가오기 때문이었다. 되돌릴 수 없는 공포가 짐승을 사탄이 가장 신뢰하는 수하로 만들어 주었다.

짐승은 대전의 육중한 문이 열리고 끌려나오는 박수를 마주볼 용기가 없었다. 짐승은 눈길을 애써 피하며 열린 문을 통해 대전 안으로 들어갔다. 바닥의 흥건한 박수의 피를 피해 일부러 허공으로 날아간 짐승은 사탄 앞에 무릎을 꿇었다. 사탄은 입을 굳게 다물었다. 얼굴이 붉어졌다. 곤란한 상황인 모양이었다. 한참 말이 없던 사탄이 갑자기 일어났다.

"리워야단… 리워야단을 만나자. 그래, 그게 좋겠군. 그놈을 만나자. 자, 가자."

사탄과 짐승이 너른 대전을 휙 소리를 내며 날아가 버렸다. 그 뒤에는 어둠과 적막만이 남았다. 바로 그때에 어두운 벽으로부터 옛뱀이 나타났다.

'사탄이 고민을 하다니… 나도 궁금하지만 알 길은 없고… 그나저나 후후, 리워야단이라… 리워야단. 그 무식한 리워야단이라… 뜻밖인걸. 점점

재미있어지는구나.'

옛뱀은 다시 소리를 삼키며 어둠 속으로 기어갔다. 사탄의 대전은 적막에 싸였다.

리워야단의 땅

아무도 살지 않는 뜨거운 곳이었다. 사시사철 용암이 터져나오고 유황이 들끓었다. 메케한 공기가 코로 숨을 쉬는 것들을 괴롭히고 넘어뜨리는 땅이었다. 에덴과의 중요한 결전을 앞두고 사탄은 리워야단의 땅에 왔다. 사탄이 서둘러 날아간 이곳은 리워야단의 땅, 지하로 뚫린 커다란 동굴이었다.

뜨거운 유황연기가 입구를 가린 동굴 앞에 선 사탄은 굳게 입을 다물었다. 발밑으로 흐르는 용암이 기포를 터뜨리면서 사탄의 발에 화상을 입혔다. 하지만 꿈쩍도 않고 동굴의 깊음만을 바라보는 사탄은 긴장하고 있었다. 자신의 믿음직한 수하, 짐승이 들어간 지 꽤 시간이 지났지만 아직도 감감무소식이었다.

'혹시, 그놈에게….'

사탄은 내심 불안했지만 미동도 하지 않고 서 있었다. 그러기를 한참. 마침내 동굴 안으로부터 짐승의 시끄러운 소리가 들려왔다.

"빨리 가자. 대왕께서 기다리신다."

"……."

짐승은 쉬지 않고 떠들었지만 리워야단은 아무런 말이 없었다. 동굴의 입구에서 눈만 내밀고 더 이상 나오지 않았다. 짐승은 부아가 치밀어 올랐다. 씩씩거리는 얼굴은 더욱 흙빛이 되었다. 그러든 말든 리워야단의 눈은 이미 사탄에게 가있었다.

"말이 없어졌구나, 리워야단."

"……."

"얼어버린 거냐?"

"……."

"너무 오래 살은 게로군."

리워야단은 그제야 입을 열었다.

"원하는 걸 말하라."

지옥의 소리인가? 한 번의 말속에 낮은 남자의 소리와 높은 여자의 목소리가 어우러져서 들렸다. 웅얼거리는 듯 들리지만 또렷이 알아들을 수 있었다. 리워야단의 목소리는 이상하리만큼 심장을 벌렁거리게 만들었다. 짐승은 그의 목소리에 얼굴을 찡그리며 귀를 막았다.

"나를 도와라."

"지는 전쟁은 안 한다."

"후후, 여태 이겼다."

"그건 네놈 생각이고. 얻을 게 없는 전쟁이다."

"후후, 에덴이 눈앞에 있다."

"얻어 보았자… 그건 네놈 꺼지. 내가 얻는 건?"

"에덴이다."

리워야단의 눈이 처음으로 가늘어졌다.

"에덴은… 나눌 수 있는 게 아니지."

"둘만 얘기를 하자. 나에게 짐승은 분신과도 같지만… 특별히 배려하여 둘만의 시간을 갖자."

리워야단은 사탄의 말에 잠시 눈을 감았다. 무섭게 빛나던 두 개의 달이 지자 순식간에 어둠이 찾아왔다.

잠시 후 눈을 뜬 리워야단은 짧게 말했다.

"들어오라."

리워야단은 동굴 안으로 들어가 버렸다.

사탄은 입가에 희미한 미소를 머금고는 안으로 성큼 들어갔다. 같이 쫓아오려는 짐승에게는 손짓으로 막았다.

"짐승, 이곳으로는 개미새끼 한 마리도 들어오면 안 된다. 들어오려는 놈은 어느 누구든지, 죽여도 좋다. 알았느냐?"

"알겠습니다."

짐승도 짧게 대답하고는 부풀린 등을 돌려 입구를 막아버렸다. 무서운 눈을 부라리고 살벌한 기운을 뿜으며 동굴과 하나가 되어버렸다.

석상처럼 서 있는 짐승을 멀리서 훔쳐보며 옛뱀은 희미한 미소를 머금었다. 한참을 보던 옛뱀은 뒤로 돌아서 느릿느릿 흐느적거리며 땅을 기어갔다. 아담과 하와를 꾄 죄로 저주를 받아 땅을 기어다니는 뱀은 늘 멸시를 받았다. 그러나 옛뱀은 늘 미소를 달고 살았다.

'내가 땅을 기어가는 걸 저주라고 생각하겠지만 나는 다르다. 몸이 불구라고 머리까지 바보라고 생각하면 오산이지. 걸어다니거나 날아다닐 때와 달리 기어다니면 또 다른 세상을 볼 수 있는 법. 여태 생각지도 못한 것을 볼 수 있고, 알게 된다. 지금 같이 이상한 전쟁에서 목숨을 내놓고 싸울 필요도 없고 적들의 표적도 되지 않는다. 나는 부상병의 대우로 족하다. 눈에 뜨일수록 그 명이 짧아지니 나는 지금 이대로가 좋다. 하하하.'

옛뱀은 뭐가 그리 좋은지 웃기까지 했다. 옛뱀은 어둠 속에서 똬리를 틀고 생각에 잠겼다.

리워야단의 동굴

사탄은 리워야단을 따라 동굴로 내려갔다. 동굴은 축축하고 미끄럽고 더러웠다. 각종 벌레가 눈에 보였다. 높이와 폭은 리워야단의 몸집과 그대로 맞았다. 사탄은 아무 말없이 리워야단의 뒤를 따라 내려갔다. 한참을 내려간 사탄은 너른 광장 앞에 섰다. 리워야단보다 훨씬 큰 광장이었다. 광장 한가운데에는 큰 호수가 있었다. 사탄은 그제야 리워야단이 은밀하게 움직일 수 있는 이유를 알았다. 물 아래로 다니기 때문이었다. 사탄은 리워야단의 눈을 바로 보며 말했다.

"리워야단, 이제 합치자."

리워야단은 감정의 기복이 없었다. 어떤 일에도 흔들림이 없었고 느렸다. 하지만 사탄의 말을 듣고는 눈을 번쩍 떴다. 사탄은 리워야단의 눈에서 나오는 빛에 소름이 돋았다.

"지나가는 개가 웃겠다. 사탄. 불가능하다."

리워야단의 말 치고는 길었다. 사탄은 내심 됐다 싶었다. 사탄은 리워야단의 눈을 더욱 마주보며 말했다.

"개도 살려면 웃어야하는 법. 리워야단! 살려면 합쳐야 한다."

사탄의 말에 리워야단의 눈이 가늘어지며 말했다.

"너는 내가 누군 줄 알고 그러느냐?"

리워야단의 말에 사탄은 잠시 혼란에 빠졌다. 리워야단은 매우 진지했다. 사탄의 머릿속으로 여러 가지 생각이 스쳐지나갔다.

'이놈이 뭐라는 것이지? 아무리 돌대가리라도 지가 누군지 모르지 않을 텐데….'

사탄은 리워야단을 찬찬히 살펴보았다. 그러다가 리워야단의 눈꺼풀 속에 자리잡은 동공을 보았다. 지난날의 전투가 생각났다. 머릿속으로 번쩍 번개가 지나갔다. 그리고는 갑자기 소름이 돋았다.

'눈이… 달라졌다. 혹시? 그놈?'

사탄은 리워야단의 눈을 뚫어져라 바라보며 시 하나를 읊었다.

눈 하나가 나를 보고 있다.

매끈하고 새까만 동경으로 흘러가는 악마의 먹구름.

나는 이미 그 안에 들어가 있다.

애절하고 섬뜩한 그 무언가가 나를 부르고.

이제 나는 홀린 듯 가야만 한다.

그때였다. 리워야단의 눈동자에 비웃음이 스쳐지나갔다. 원래 시를 들은 사탄의 영혼은 자신에게로 돌아와야 했다. 본능적으로 사탄에게로 돌아와야만 했다. 쪼개진 악의 영혼들은 누구 하나 예외 없이 돌아와야 했다. 하지만 리워야단은 징그럽게 웃었다. 사탄은 너무 놀랐다. 당황한 사탄에게 리워야단이 말했다.

"이제 알았느냐? 사탄. 아니 교만이라 해야겠지. 나도 사탄으로 불리니 서로 구분하는 게 좋겠지. 하하하. 멍청한 돌대가리 같으니. 하하하."

리워야단은 목이 흔들릴 정도로 크게 웃었다. 사탄은 그 자리에 털썩 주저앉았다.

"교만의 아비, 귀를 씻고 잘 들어라. 내가 들어오기 전부터 이놈은, 옛 뱀에게 영혼을 팔아먹어서 빈껍데기만 남은 놈이었다. 이제 영광스럽게도 포악의 근원인 내가 이놈의 뇌에 생명을 넣어주었으니 이제 리워야단의 주인은 바로 나, 포악이다. 그냥 남의 집에 방 하나 얻어서 살다가 네가 부르면 집에서 쫓겨나서 너에게로 돌아가는 그런 바보가 아니란 말이다. 그러니 합치려면 껍데기에게 말하지 말고 주인인 나, 포악에게 말하라. 알겠느냐?"

리워야단은 이제 더 이상 바보가 아니었다. 사탄은 그 자리에 앉아서 혼잣말처럼 중얼거렸다.

"그래 포악. 포악이었어. 바보같이 괴물 중 가장 강한 놈에게 포악의 날개를 달아주었구나."

한참을 앉아서 생각하던 사탄은 자신을 비웃고 있는 리워야단에게 다시 말했다.

"포악의 괴물 리워야단, 잘 들어라. 에덴의 힘은 상상할 수 없을 만큼 강하다. 너나 나나 이제 합치지 않으면 살 수 없다. 합쳐서 먼저 생명을 보존하고 나중을 기약해야 한다."

"에덴은 너를 죽이려들겠지. 나에게는 관심이 없다."

포악의 말에 교만의 아비 사탄이 교묘하게 말을 이끌어갔다.

"과연 그럴까? 에덴이 너만 빼고 전쟁을 할까? 아담을 타락시킨 옛뱀과 한통속인 너를 고이 놔두고 나만 죽이려 들까? 나를 죽이면 다음은 너, 포악의 괴물이 될 것이야. 도망가려면 가라. 그러나 죽을 때까지 에덴은 포기하지 않고 너를 쫓을 것이다."

그제야 리워야단도 심각해졌다. 사실 사탄의 말은 맞는 말이었다. 리워야단이 껍데기 시절부터 옛뱀과 하나라고 보는 에덴이 아담의 일을 복수할 것이 뻔했다. 리워야단이 말문을 닫았다. 사탄은 리워야단의 귀 옆으로 갔다. 그리고는 말했다.

"너나 나나 서로를 믿지 못한다. 그러나 일단 목숨부터 보장해 놓고, 순서는 나중에 정하자."

리워야단이 한참 만에 입을 열었다.

"나중은 무슨? 우리 같이 신의가 없는 것들은 나중이라는 것은 없지. 순서는 분신을 통해 가르자. 한 명씩 골라서 우리 대신 전쟁을 시키면 되지 않겠나? 분신이 이기는 놈이 이기는 것으로 하자."

사탄은 속으로 생각했다.

'그게 좋겠다. 나중에 불리하면 그때 엎으면 될 일. 지금은 합치는 것이 중요하다.'

사탄이 박수를 치며 말했다.

"좋다. 아주 좋다. 그럼 너부터 분신을 골라라."

리워야단은 잠시 생각하더니 이렇게 이야기했다.

"가장 악하고 강한 놈으로 둘을 데려와라. 내가 먼저 고르겠다. 데려오는 것은 네가 먼저, 고르는 것은 내가 먼저, 어때? 공평하지?"

사탄은 어쩔 수 없었다. 고개를 끄덕이며 말했다.

"마침 적당한 놈들이 있는 곳을 알고 있다. 동궁, 그곳에서 둘을 데리고 곧바로 오겠다. 그때 가서 딴소리 하지 마라. 포악!"

사탄은 말을 마치고 번개처럼 동굴을 빠져나갔다. 리워야단은 눈을 가늘게 뜨고 생각하다가 아예 눈을 감았다. 깊은 어둠 속으로 들어갔다.

잠시 후, 동궁

사탄은 번개처럼 날아서 동궁으로 들어갔다. 짐승도 물리치고 혼자 들어간 사탄은 급하게 들이닥쳤다. 그리고는 다짜고짜 말을 꺼냈다.

"동궁, 세상으로 내보낼 아이들 중에, 가장 강하고 악한 아이들로 둘을 고르라. 아주 긴히 쓸 것이니 가장 강한 아이들로 골라라."

그러자 동궁은 이미 알고 있다는 듯 바로 말했다.

"주군께서 마음에 들어하실 아이들이 있습니다."

"많이도 필요 없다. 둘만 있으면 되니 이리로 데리고 오라."

사탄은 급한 마음에 서둘렀다.

"그렇지 않아도 준비하고 있었습니다. 이 아이들입니다."

동궁의 말이 끝나기도 전에 스르르 누군가가 나타났다. 절벽의 양쪽에서 각각 한 명씩 나타났다. 사탄은 유심히 보았다. 왼쪽에서 나타난 아이는 여자 아이였다. 사탄과 눈을 마주하지 않았지만 일부러 피하는 기색은 아니었다. 흐트러진 머리카락 사이로 언뜻 보이는 눈동자는 매우 아름다웠다. 목이 곧고 길었다. 하얀 얼굴은 분칠을 한 것 같았다. 천하의 사탄 앞에서 조금도 어려워하지 않았다.

"이세벨이라 합니다."

동궁이 말했다. 그래도 이세벨은 아무런 말도 없고 표정도 없었다. 사탄은 이세벨을 보는 순간 심장이 아팠다. 이상했지만 그랬다. 사탄은 이세벨이 마음에 들었지만 한편으로는 꺼림칙했다.

"이 아이는 아리라고 합니다."

오른쪽으로 고개를 돌린 사탄의 눈에 아주 작은 아이가 보였다.

"몇 살이냐? 완전 아기가 아니냐?"

사탄이 말했다. 그러나 동궁은 징색을 했다.

"나이는 어립니다만 오죽하면 주군께 소개해 드리겠습니까? 실망하지 않으실 겁니다."

사탄은 새삼 동궁의 존재가 두려워졌다. 하지만 지금은 그런 것을 따질 때가 아니었다.

'동궁이 갈수록 두려워진다. 하지만 동궁 너는 움직이지 못하는 고목이니 어찌하랴? 환란의 날이 오면 그 자리에서 불에 탈 운명인 것을.'

사탄은 예언의 사건 이후로 동궁을 죽이기로 결심했다. 하지만 지금은 동궁의 힘이 절실했다. 사탄은 만족한 얼굴로 말했다.

"동궁, 이 아이들을 지금 데리고 가겠다. 더 할 말은 없는가?"

동궁은 차분하게 대답했다.

"없습니다. 부디 만족하시길 바랄뿐입니다. 주군."

사탄은 두 아이를 품에 안았다. 아리는 오른팔에 안고 이세벨은 왼팔로 안았다. 아리는 아이처럼 안을 수 있었지만 이세벨은 사탄의 팔에 걸터앉은 채로 먼 곳을 바라보았다. 사탄은 그런 이세벨을 보며 생각했다.

'요물, 요물이구나. 사악하고 싸늘하다. 이 아이가 세상으로 나가는 그 날에 피바람이 불겠다. 동궁 생각할수록 살려두면 안 되겠다.'

사탄은 두 아이를 품에 안고 리워야단의 땅으로 번개처럼 날아갔다. 그리고는 아무도 보이지 않는 리워야단의 동굴로 은밀하게 들어갔다. 사탄은 아침 해가 뜨기까지 밖으로 나오지 않았다. 정오가 다 되어서야 밖으로 나온 사탄은 혼자였다.

사탄은 주위를 두리번거리며 나오더니 자신의 성으로 쏜살처럼 날아갔다. 사탄이 날아가고 없는 적막한 곳 땅 아래로부터 나타난 옛뱀은 눈을 반짝이며 혼잣말로 말했다.

"사탄이 정신을 놓고 다니는군. 감히 이곳으로 와서 협상을 하려하다니 나를 잊은 건 좀 섭섭하다만… 그나저나 셋이 들어가서 혼자 나왔다는 말은… 사탄이 리워야단과 손을 잡았다는 이야기. 점점 어려워지는 걸. 사탄에게 물어볼 수도 리워야단의 속을 까뒤집을 수도 없으니 이젠 어쩐다? 하는 수 없군. 그럼 이제 핵심 증인에게나 가보아야겠구나. 증인이 얼마나 정직할까? 정직해야 하는데… 어쩐다?"

옛뱀은 느릿하게 움직였다. 그러다가 어느 순간 쏜살처럼 하늘로 날아올랐다.

인간 세상으로 가는 길목, 밀밭

맑은 날씨와 따가운 햇볕이 내리쬐는 황금밀밭. 하늘에서 내려다 본 광활한 밀밭은 보는 이의 마음을 시원하게 해주었다. 탁 트인 밀밭, 그 한가운데로 실낱같은 길이 나 있는데 그 길옆으로 다 익은 밀들이 몸을 뒤틀며 군무를 추었다. 장엄한 군무에 맞추어 황금빛 들녘에 비추이는 햇살도 같이 흔들리며 반짝였다. 속이 꽉 찬 밀 이삭이 서로의 몸에 부딪기며 내는 자글자글한 소리들이 한데 어울려 감동의 교향곡을 연주한다. 밀밭 한가운데로 난 길은 자연이 만든 음악회의 가장 좋은 자리였다.

지팡이를 짚었다. 장님이었다. 귀는 비정상적으로 컸고 얼굴은 붕대로 감은 눈만 제외하면 꽤 번듯해 보였다. 키도 작은 편이 아니었지만 그렇다고 당당한 체구는 아니었다. 터벅터벅 걷는 걸음걸이는 빠르지도 느리지도 않았다. 다만 깊은 허망을 담고 있었다.

하늘에서는 까마귀 두 마리가 원을 그리며 기분 나쁜 소리를 내며 따라왔다.

대자연이 주는 감동의 밀밭, 그 한가운데를 가로지르는 고즈넉한 길의 중간에서 지팡이를 짚은 자가 갑자기 걸음을 멈추었다. 잠시 그 자리에 우뚝 선 그자는 지긋이 아랫입술에 힘을 주었다. 그리고는 밀 이삭이 춤을 추는 길 한가운데에서 미친 자처럼 홀로 말했다.

"나와라. 둔한 멍청이들을 속일 수는 있겠지만 나는 어림없다."

아무도 없었다. 지팡이를 짚은 자의 내는 소리는 허공을 가르고 그 아래로 무심한 황금빛 물결만이 일렁였다. 그러나 그의 말이 끝나자마자 이상한 일이 일어났다.

그것은 밀밭의 군무를 닮았다. 바쁠 것 없는 느긋한 움직임이 앞쪽 멀리 밀밭 사이에 나타났다. 밀이 갈라지는가? 바람이 갈라지는가? 아니면 구불거리는 그림자인가? 밀의 수상한 속삭임을 등에 업고 외길로 나타난 그것은 놀랍게도 옛뱀이었다.

빠르지 않지만 늦지도 않게 장님의 앞에 나타난 옛뱀은 햇볕에 그을린 황금색이었다.

눈꺼풀이 몇 겹인지 모를 눈을 가늘게 뜨고는 조용히 입을 열었다.

"박수, 오랜만이야. 어딜 그리 열심히 가시나? 없는 눈으로 말이야."

장님의 이름은 박수였다.

"네가 알 바가 아니다. 옛뱀."

"그렇지. 내가 알 바는 아니지. 하지만 멀쩡한 대낮에 허망을 안고 어디론가 가는 놈을 보면 궁금해지거든. 더군다나 지금은 전쟁 중, 중요한 일전을 앞두고 박수가 자리를 비우는데 궁금하지 않을 놈이 있을까? 나는 궁금하면 참지 못해. 게다가 불쌍한 놈을 보면 도와주고 싶어서 안달이거든. 그러니 물어볼 수밖에."

"미친놈. 터진 입이라고 맘대로 지껄이는군."

"안 믿는군."

"그렇게 사랑이 넘치는 놈이라서 아담과 여자를 잘도 망쳐놓았구나."

"옛날 일이지만, 말은 정확하게 해야지. 나는 도와주려 했던 것뿐이야."

"사탄을 도우려 했겠지."

"말이 그렇다는 거지. 따져보면 내가 한 말은 별로 없어. 안 그래?"

"개가 웃을 일."

"말해 줄까?"

"……."

박수는 대답할 가치를 느끼지 못했다. 들어본다고 자신에게 떡이 떨어지는 것도 아니었다. 옛뱀이 징글맞게 웃으며 다가왔다. 징그러운 몸을 곧

추세워 박수의 귀에다 속삭였다.

"말해 줄게. 네가 궁금해 하면 내가 미안할지도 모르니까. 안 그래?"

"……."

뱀의 차가운 살결이 언뜻 느껴졌다. 박수는 소름이 돋았다.

"자, 내가 그날에… 그래 그날이었어. 그날, 내가 물어봤지. 여자에게. 하나님이 정말로 그 나무의 실과를 먹지 말라 하더냐? 라고 말이야. 그랬더니 여자가 뭐라 그러는 줄 알아? 하나님이 먹지도 말고 만지지도 말라 하셨다는 거야."

"……."

"그게 무얼 뜻하는 줄 알아?"

잠시 뜸을 들인 옛뱀은 목소리에 힘을 주었다.

"서운한 거야. 내가 가기 전부터 여자가 하나님한테 서운한 게 있던 거야."

박수는 붕대 위로 눈썹을 꿈틀했다. 옛뱀은 박수의 귓불로 더 바짝 다가섰다.

"내가 너한테 이 길로 가다가 옆에 있는 밀을 먹지 말라고 했다고 치자. 그런데 네놈이 마귀한테 가서 말하기를 '옛뱀 그놈이 밀을 먹지도 말고 쳐다보지도 말라고 했다'면 마귀가 생각하기를 '아하, 박수 이놈이 옛뱀에게 감정이 많이 있구나'라고 생각하겠지?"

"……."

"바로 그거야. 내가 알기로는 하나님이 먹지 말라 했지, 만지지도 말라 하진 않았는데… 후후후 웃기게도 여자는 없는 말을 지어내더라 이거야. 그건 평소에 섭섭했던 마음이 밖으로 나온 거야. 그래서 나는 위로의 말을 해준 거지. 단지 위로의 말. 죽지 않으니까 걱정하지 말라고."

"그게 거짓말인 거야."

"죽지 않았잖아?"

"영원히 살 수 있는 놈을 죽게 만들어놓고……."

"당장은 안 죽었잖아?"

"나쁜 놈."

"네가 뭐라 해도 상관없어. 하여간 그랬더니 여자 그것이 자기 손으로 따먹고 옆에 있던 아담에게도 주었지. 나는 아무 일도 하지 않았어. 내가 그 실과를 따서 입을 벌리고 먹인 것도 아니고, 나는 단지……."

"그게 가장 나쁜 거야. 환상을 보고 예언을 하는 나도 나쁘지만 너는 정말로 나쁜 놈이다. 네놈이 여자를 꼬이려고 여자 곁에서 매일 맴돌면서 섭섭한 생각을 하도록 한 거 다 알아. 어느 날 여자가 너를 찾아와서 하소연한 것도 아니고, 네놈이 꾸준히 여자를 지켜보다가 여자가 방심한 틈을 노린 거지. 그러니 네놈이 제일 악질이야. 그래서 저주도 받았고, 끌끌끌."

박수의 말에 옛뱀의 얼굴도 붉어졌다.

"후후, 웃기는 놈이군. 네놈도 저주를 받은 주제에…. 안 그래? 여자처럼 네놈에게도 물어 볼까? 네놈이 모든 전쟁에 앞서서 예언을 해주었지. 네놈 덕에 사탄이 백전백승이지. 그런데 그 엄청난 공에 대한 대답은? 흐흐흐, 입에 담기도 불쌍하군. 상을 주기는커녕 오히려 네놈이 클까봐 눈을……."

"그만, 그만하라."

박수는 갑자기 노기가 충천해졌다. 언성이 높아지며 얼굴이 붉어졌다. 눈 이야기가 나오자 침착하던 박수는 흥분했다. 박수는 큰소리를 지르며 지팡이를 휘둘렀다. 옛뱀은 살기를 느끼고 번개처럼 뒤로 물러났다. 박수의 지팡이는 아슬아슬하게 옛뱀의 꼬리를 스쳤다. 옛뱀은 간교했다. 더욱 박수를 자극하였다.

"말이 나온 김에… 눈알이 뽑히던 그날, 환상 중에 사탄의 약점을 보고
나서 그만……."

"악! 그만. 그만!"

옛뱀의 집요한 공격에 박수는 지팡이를 집어 던지며 귀를 잡고 괴로워
했다. 뇌 안으로 폭풍이 밀려오며 압력이 솟아올랐다. 화병은 마음에서 시
작하지만 결국은 뇌를 공격하였다. 쿵 하는 소리와 함께 뇌로 밀려든 그날
의 영상은 박수에게 죽을 만큼의 고통을 주었다.

소리를 지르며 귀를 막고 비틀대던 박수는 어지러워서 땅으로 쓰러졌
다. 눈동자가 없는 눈을 들어 허망을 보며 땅에 얼굴을 대고 누운 박수에
게 옛뱀이 집요하게 달라붙었다.

"사탄의 약점을 본 네놈을 사탄이 걸레로 만들었다만, 나는 다르다. 나
는 너에게 다시 볼 수 있는 은혜를 베풀겠다. 눈을 주겠다는 것이지. 그것
도 남들이 그렇게도 가지고 싶어 하는 매의 눈을 말이다."

옛뱀의 끈적이는 말은 집요했다. 멍해진 박수의 뇌리로 옛뱀의 말이 스
며들었다.

'눈, 눈을… 눈이라 했는가?'

박수는 떨리는 손을 뻗어 지팡이를 찾아 일어나 앉았다.

"매의 눈이라 했느냐?"

"그렇다. 매의 눈을 주겠다. 그것도 네 개를. 나는 사탄과는 다르다. 주
고받을 줄 알지. 그놈처럼 받기만 하지 않는다. 나도 그놈에게 버림받았
다. 나도 비참한 신세."

옛뱀은 잠시 복받쳐 오르는 감정을 꿀꺽 삼켰다.

"이제는 사탄 그놈을 믿지 않고 나만 믿는다. 박수, 나를 믿고 나의 손을

잡아라. 어차피 너는 사탄의 눈 밖에 났으니 이젠 죽는 건 시간문제. 사탄이 세상으로 가서 자신의 길을 예비하라 했겠지만 그게 너의 끝이 될 것이다. 쓸모가 없어진 사탄의 부하는 모두 죽고 말았다. 그것도 모두 비참하게."

옛뱀은 여기까지 말하고는 조용히 입을 닫았다. 그리고는 박수의 한 발 앞에서 조용히 똬리를 틀고 앉았다. 박수는 부들거리며 이를 갈았다. 박수가 갈등하는 동안 광활한 밀밭에는 고요한 정적이 흘렀다. 얼마의 시간이 흘렀을까? 시간의 지루함을 뚫고 박수의 입이 열렸다.

"원하는 게 뭐냐?"

"예언과 우리엘의 아내, 한나."

박수는 이해가 되지 않았다. 옛뱀이 다시 분명히 말했다.

"하나는 천년의 예언이다. 네가 사탄에게 말해준 그 비밀. 그 비밀을 나에게 주면 된다."

박수는 빈 눈으로 허공을 보았다.

"그리고는?"

"한나가 어디에 있는지만 말해 주면 된다. 그게 전부다."

박수는 믿기지 않았다.

"너무 싸 보이는데."

"그렇지. 싸지. 그것도 엄청나게 싸지. 네가 광명을 찾는 것에 비하면 너무나도 싸다. 하지만 그 싼 것이 누구에게는 귀한 것이 될 수가 있지."

박수는 의외였다. 보통은 자신을 종으로 삼는다든지 아니면 영혼을 달라고 하는데 옛뱀의 말은 너무나 달랐다. 거부할 수 없는 제안이라 고개를 끄덕인 박수는 입을 닫고 조용히 그 자리에 앉았다. 옛뱀은 신중했다. 박수에게 한 번 더 다짐을 했다.

"박수. 이건 거역할 수 없는 계약이다. 그러니 다시 묻겠다. 후회하면 없던 걸로 하겠다."

"눈을 얻는데 후회할 게 있을까? 시작해라."

박수의 표정에는 거짓이 없었다.

"좋다. 그럼 너의 매 둘을 불러 내려라."

박수는 깜짝 놀랐다.

"저 아이들의 눈을 내가 갖는 것인가? 처음 듣는 얘긴데."

"그렇다. 너는 할 수 없지만 나는 할 수 있다. 아무도 모르지만 나의 피로 할 수 있지. 어서 불러라."

박수는 놀랐지만 이미 엎질러진 물이었다. 박수는 입을 모아 짧은 소리를 두 번 내었다. 그러자 하늘을 맴돌던 까마귀들이 박수와 옛뱀이 있는 곳으로 내려왔다.

옛뱀은 내려온 까마귀 두 마리를 자세히 보았다. 까마귀는 옛뱀이 자신들을 보자 온몸을 떨며 도망치려 하였지만 이미 뱀의 눈에 마비가 되어버렸다. 옛뱀은 힘을 잃고 꼼짝없이 누워버린 까마귀를 온몸으로 조이며 말했다.

"까마귀와 매의 잡종. 몸은 까마귀로 보이기도 하고 매로 보이기도 하지만 부리는 영락없는 까마귀요. 소리도 까마귀 소리를 낸다. 하지만 눈만은 순수한 매의 눈이지. 박수, 아쉬워하지 마라. 그동안 정도 많이 들었겠지만 마지막을 주인을 위해 죽는 걸 알면 이놈들도 편하게 눈을 감을 것이니. 아니지, 아니지. 눈은 주인에게서 다시 태어나지. 그럼 영광으로 알고 죽겠구나. 하하하."

옛뱀은 두 까마귀를 온몸으로 감싸더니 약간 떨어진 곳으로 날아갔다. 박수도 그 소리를 따라 달려갔다. 눈이 없었지만 소리만으로도 움직이는 박수는 비호같았다.

옛뱀은 커다란 바위의 움푹 꺼진 부위 앞으로 갔다. 반질거리는 바위 한 가운데가 그릇 모양으로 푹 꺼진 그곳에 가서 멈춘 옛뱀은 주저하지 않고 몸에 힘을 주더니 까마귀 두 마리를 순식간에 죽여버렸다. 그리고는 즙을 짜듯 온 몸을 비틀어 까마귀 피를 짜내더니 바위 한가운데 그릇 모양의 바위에 담았다.

옛뱀은 입을 벌려 피가 모두 빠진 까마귀를 삼켜버렸다. 그리고는 날카로운 돌에 자신의 몸을 문질러서 피를 내었다. 그 피를 까마귀 피에 섞으면서 옛뱀은 박수에게 말했다.

"잘 들어라 박수. 내가 이들의 눈을 골라서 이곳에 뱉으면 너는 바로 얼굴을 이 피에 담그고 숨을 참아라. 오래 걸리지는 않을 터. 얼굴을 까마귀 피에 담그고는 눈을 뜨고 있어라. 약간의 고통이 있겠지만 길지는 않을 것이야. 매의 눈은 모두 네 개. 그것은 주인을 찾아갈 테니 걱정하지 말고. 자, 다 되었다. 이제 내가 매의 눈을 뱉을 테니 너는 내가 시킨 대로 하도록. 자, 그럼 간다."

옛뱀은 움푹 파인 바위, 그 까마귀 피와 자신의 피가 담긴 그릇 모양의 바위에 무언가를 뱉었다. 노랗고 동그란 4개의 눈이 옛뱀의 입을 떠나 피로 가자 갑자기 이상한 일이 일어났다.

잔잔하던 피가 소용돌이를 치며 매의 눈을 한가운데로 몰아갔다. 그 소용돌이는 시간이 갈수록 빨라져갔는데 새빨간 피의 소용돌이로 떠다니는 4개의 노란 매의 눈은 섬뜩하고 기괴한 광경을 만들어내었다. 박수는 매의 눈이 피로 떨어지는 소리를 듣고 주저없이 얼굴을 피에 담갔다.

옛뱀은 피가 나는 몸통을 꼬고 앉아서는 긴장한 눈으로 보고 있었다. 황금빛 밀밭 한가운데 구불거리는 황토길. 그리고 그 길 위로 시뻘건 피와 노란 매의 눈. 그리고 그 피에 얼굴을 담그고 있는 박수. 그리고 사악한 뱀한 마리.

중천에 떠오른 태양은 이 기괴한 광경을 말없이 보고 있었다.

사탄의 성, 대전

사탄은 몇 날 며칠을 생각에 잠겼다. 이미 에덴과 전쟁을 하고 있는 전방에서는 피 튀기는 전투가 벌어지고 있었지만, 사탄은 결정적인 판단을 내리지 못하고 있었다. 에덴으로의 총공격만 남은 상황이었다. 시간을 너무 끌면 에덴이 반격해 올 것이 마음에 걸렸고, 반대로 속전속결로 에덴을 무너뜨리면 악마와 마귀가 배반하게 될 것이 무서웠다. 사탄은 이상하리만큼 신중했다. 문을 걸어 잠그고 생각만 하던 사탄은 짐승에게 말했다.

"가서 악마와 마귀, 반고와 주발, 말코를 모두 데리고 오라. 내일 오전, 대전에서 회의를 하겠다."

짐승은 사탄의 말과 동시에 하늘로 날아올라 서쪽으로 날아갔다. 사탄은 날아오른 짐승을 바라보다가 문득 대전을 보았다. 커다란 대전은 이제 텅 비어 있었다. 사탄은 낯설었다. 사탄은 입술을 지그시 깨물며 나지막하게 말했다.

"박수… 이젠 없구나."

사탄은 잠시 생각을 하더니 동궁으로 발걸음을 옮겼다.

동궁, 절벽 앞

사탄은 다시 피의 절벽 앞에 섰다.

"주군을 뵙습니다. 원하시는 것이 있으시면 말씀하시지요."

사탄은 고개를 들어 절벽 위 어둠의 공간을 보았다.

"동궁, 박수가 없으니 이제 너에게 묻겠다. 전쟁의 길흉은 이미 들었으니 전쟁에 대해 묻겠다."

"점은 박수가 쳤습니다. 저는 그저 주워들은 걸 말씀드릴 뿐입니다. 주군의 말씀대로 하겠습니다. 말씀하시지요."

"에덴과의 전면전을 앞두고 있다. 하지만…. 박수가 없으니 이번 전쟁에서 반고의 공이 가장 크다 할 수 있다. 다음으로는 주발이 우리엘을 잡았으니 주발의 공도 크다. 처음에는 악마와 마귀의 세력이 거슬렸는데 이제 달의 동쪽이 가장 거슬린다. 뱀족과 용족이 합쳐서 세력이 커지면 그건……."

사탄이 채 말을 하지 않았지만 동궁의 늙은이들은 잘 알고 있었다. 절벽에서 동심원 파장이 일어났다. 한두 개가 아닌 수십 개의 파장이 일어났다. 징그러울 정도로 서로 합쳐지고 사라지는 새빨간 피의 파장이 절벽 전체를 덮어버렸다.

사탄은 눈을 가늘게 뜨고 바라보았다. 한참 동안 움직이는 피의 동심원은 그칠 줄 몰랐다. 사탄은 인내를 가지고 입을 굳게 다물었다. 한참 후에 피의 절벽 위로 출렁거리던 핏물이 잦아들었다. 피의 절벽 한가운데에 피가 뭉쳐 올랐다. 사탄은 그 모습에 적잖이 놀랐다. 피의 절벽으로 늙은이가 네 명 나타났기 때문이다. 맨 앞에 늘 보던 늙은이가 나타나 엎드리고 그 뒤로 작은 늙은이들 세 명도 같이 엎드렸다. 사탄은 보통 일이 아니라 생각했다.

"주군, 그러하시면 주발을 버리십시오. 반고를 버리면 전쟁 전체를 잃으실 수도 있습니다. 주발을 버리시되, 말코도 같이 버리시지요. 악마는 말코마저 없으면 스스로 할 수 있는 일이 없습니다. 마귀는 진심으로 따르는 세력이 없습니다."

"주발을? 그만한 장수를 얻기도 어려운 마당에 버리기만 하기에는 아깝지 않느냐? 게다가 무슨 핑계를 대고 버리겠느냐? 말코는 또 어쩌고?"

"걱정하지 마시지요. 주군. 주발을 이번 전쟁에서 버리시는 것뿐입니다. 말코도 마찬가지입니다. 둘 다 재생해서 쓰시면 됩니다. 박수도 죽이지 않으시고 인간 세상으로 내보내셨으니 주발과 말코도 그리하시지요. 저희들이 돕겠습니다."

"너희들이 돕는다?"

"적당한 핑계를 대서 이곳으로 보내주시면 저번에 보신 아이들처럼 만들어 드리겠습니다. 어차피 이곳에서의 전쟁은 이제 큰 의미가 없게 되었습니다. 주발과 말코가 없어도 이번 전쟁은 지기 어렵습니다. 이기기도 어렵지만 지기는 더 어렵습니다. 그들을 재생해서 인간 세상으로 내보내심이 좋을 듯합니다. 더러운 세 영과 미친개가 귀신의 영으로 만드는 데에 일가견이 있습죠. 그놈들이 그동안 주군께 바치려고 준비한 귀신의 영들도 이번 기회에 같이 보내심이 좋겠습니다."

"음."

사탄은 동궁의 늙은이들의 말을 들으면서 오싹했다. 하지만 듣고 보니 하나같이 옳은 말이었고 자신의 욕구와 딱 맞아 떨어졌다. 사탄은 결정했다.

"좋다. 동궁. 그럼 이제 핑계거리를 만들라."

"이미 준비해 놓았습니다. 누가 봐도 당연한 핑계를 만들어 놓았습니다. 기대하셔도 좋습니다. 주군."

사탄은 자신있게 말하는 동궁의 말에 믿음이 갔다. 사탄은 오랜만에 웃었다. 그리고는 밤늦도록 은밀한 이야기를 하고 나왔다. 사탄이 동궁을 나가자 피의 절벽은 암흑 속으로 들어갔다. 그리고 한참 만에 붉은색 빛이 절벽으로부터 새어 나왔다. 그 빛에 비추어진 절벽 앞에는 미친개가 있었는데 미친개 앞에는 아리가 죽은 것처럼 누워있었다.

미친개 모든 것이 너에게 달렸다. 너도 이제 준비하라.

큰 꿈으로 같이 들어가자. 크고 놀라운 그 꿈으로… 가자.

그르릉. 미친개는 나지막하게 울었다. 이곳은 비밀이 많은 동궁의 절벽, 피의 절벽이었다.

다음 날 아침, 사탄의 성 넓은 대전

사탄의 성은 갑자기 분주해졌다. 전쟁 이후로 출입이 없던 사탄의 성이 활짝 열렸다. 하나같이 쟁쟁한 장수들이 서둘러 들어오고 그들의 부관들도 허둥지둥 뛰어다녔다.

사탄이 갑자기 소집한 회의는 넓은 대전에서 열렸다. 대전에는 이미 도착하여 두 줄로 서 있는 장수들의 말소리로 시끄러웠다. 맨 앞의 높은 보좌에 앉은 사탄은 심각하게 말했다.

"에덴을 나온 지 어언 백년이 지났다."

사탄이 심각하게 말하자 모두 귀를 쫑긋 세우고 들었다.

"나의 충성스러운 장군들 덕분에 우리는 지금까지 잘 싸웠다. 하지만 에덴은 진정 강하다. 이제껏 힘을 숨기고 때를 기다리고 있을 터. 전쟁은 이제부터다."

대전 안은 사탄의 말 외에는 숨소리 하나도 들리지 않았다. 사탄의 목소리가 대전을 쩌렁쩌렁 울렸다.

"하지만 우리의 힘도 이제 충분히 강하다. 저들은 이제부터 우리의 진정한 힘 앞에 당황하고 무너질 것이다. 때를 놓치면 후회만 남는 법. 이제 나 공포의 대왕은 나의 충성스러운 장수들과 함께 에덴으로 갈 것이다. 모든 병력을 다 모으고 동원해서 진정한 힘이 무엇인지 보여주어야 할 때이다.

에덴이 강하다 한들, 이제 대세는 우리 편이다. 이제부터 육일 후에 달의 제국의 모든 힘은 에덴으로 진군한다. 그 전까지 만반의 준비를 하도록. 이제 우리의 진정한 힘을 에덴에 보여주고 에덴을 접수하는 그날까지 전진만 있을 것이다."

사탄은 자리에서 일어나 칼을 뽑아들었다. 챙. 소리가 나자 대전의 모든 장수들과 괴물들이 일제히 괴성을 질렀다.

대전 안에 남은 장수들이 병사들과 물자를 확인하는 동안 사탄은 반고와 주발을 따로 데리고 대전 밖으로 나갔다. 반고는 물론 주발도 어리둥절했다. 사탄은 반고와 가까이 걸었다. 그 뒤를 주발이 따랐다.

"군사, 이번 전쟁에서 군사에게 거는 기대가 크다."

"감사합니다."

"주발의 공도 잊지 않고 있다. 한나를 데려온 것은 가장 큰 공이다."

뒤를 따르던 주발이 허리를 깊숙이 숙였다. 사탄은 주발의 어깨를 잡고 말했다.

"주발, 한 가지만 더 해주어야겠다."

주발은 허리를 굽힌 채로 말했다.

"영광입니다. 주군, 말씀만 하십시오."

"우리엘을 데려오라. 미가엘과 우리엘은 파수꾼이니 우리엘이 우리에게로 온다면 그만큼 힘이 되는 것이지. 주발 너만 믿는다."

주발은 바닥에 무릎을 꿇었다.

"주군, 그리 하겠습니다."

옆에 선 반고는 이해가 되지 않았다.

"주군, 백 년 동안 크고 작은 전투에서 우리엘이 함께한 모든 전투는 에덴이 진 적이 없습니다. 하지만 한나가 우리에게로 오고 나서 치른 전투와, 용성 앞에서 벌어진 큰 전투에서 우리는 대승을 거두었습니다. 그러니 우리엘이 에덴에 남아있는 것이 더 유리합니다. 게다가 우리엘에게 아무리 하나가 중요하다 해도 이리로 오라 하면, 큰 전쟁을 앞두고 순순히 올 것 같지 않습니다. 혹시나 마음이 바뀌어 다시 에덴으로 돌아간다면 역으로 에덴의 큰 덫에 걸릴 수도 있습니다."

사탄은 고개를 가로저었다.

"군사, 그렇지 않다. 동궁의 정보로는 그렇지 않아. 파수꾼이 있는 전쟁과 없는 전쟁은 군사의 말대로 유불리가 확실히 갈린다. 허나 미가엘 혼자 치르는 전쟁 또한 우리에게 유리하다. 우리엘을 잡아만 둔다면 미가엘 혼자 망을 볼 수는 없는 법. 동궁의 정보로는 미가엘이 따로 움직일 것이 확실하다. 그럴 때에 우리엘마저 없으면 절호의 기회가 될 수도 있다."

반고는 듣고 보니 그랬다.

"주군의 혜안에 탄복합니다. 부족한 저를 용서하여 주십시오."

반고가 고개를 숙이자 사탄은 기분이 좋아졌다.

"별 것 아니니 마음에 두지 마라. 주발 너는 말코를 데리고 은밀히 가서 우리엘을 데리고 오라. 와서는 지하감옥에 넣고 햇빛을 보지 못하게 하라. 나의 대군은 그 뒤에 에덴으로 달려가겠다."

말코라는 말에 흠칫 했지만 주발은 허리를 더욱 숙였다.

"목숨을 걸고 데려오겠습니다. 그럼 다녀와서 뵙겠습니다."

주발이 서둘러 대전으로 달려가더니 말코를 데리고 성문으로 달려갔다. 영문을 모르는 말코는 주발의 뒤꽁무니만 보고 달려갔다. 반고가 은근히 걱정이 되는지 사탄에게 말했다.

"주군, 말코는 가벼운 자입니다. 이렇게 중대한 일을 말코에게 맡기심은 불안합니다."

사탄은 대수롭지 않은 듯 말했다.

"주발이 있지 않으냐? 잘 데리고 하리라 믿는다. 그나저나 군사."

사탄의 말에 반고가 불안한 얼굴로 대답했다.

"네 주군. 말씀하십시오."

"군사가 대장군까지 맡아주어야겠다. 악마와 마귀는 돌대가리라 큰일을 맡기기에는 부족해. 그러니 군사가 어렵지만 맡아서 에덴으로 가라. 나는 군사만 믿고 따라가겠다."

반고는 너무 놀랐다. 영민한 반고는 무슨 말인지 충분히 알았지만 모른 척 물었다.

"주군, 저는 계략을 짜는 자이지 장군은 아닙니다. 혹시나 대세를 그르칠까 두렵습니다. 명을 거두어 주십시오."

반고는 그 자리에서 무릎을 꿇었다. 하지만 사탄은 요지부동이었다.

"아니야 나의 눈이 정확하다. 군사가 모두 맡아라. 마지막에 에덴을 여는 일은 내가 하겠다. 그 전까지, 에덴 앞 광화문까지의 길은 군사가 열라. 나의 군대를 모두 주겠다. 군사는 목숨을 걸고 열어야 한다. 알겠느냐?"

사탄은 엄하게 말했다. 반고는 사색이 되었지만 거역할 수도 없었다. 반고는 바닥에 엎드려 큰소리로 외쳐야만 했다.

"신명을 바쳐 길을 열겠습니다, 주군."

사탄은 만족한 얼굴로 웃었다. 멀리서 악마와 마귀가 이 광경을 보았다. 악마와 마귀의 얼굴이 사색이 되었는데 그 중에서도 악마의 얼굴은 완전 흑색이 되었다.

바닥에 엎드린 반고가 입술을 굳게 깨물었다.

전쟁은 이제 걷잡을 수 없이 커져갔다. 소규모 국지전에서 이제 전면전으로 달려갔다. 달의 제국을 중심으로 죽음의 물결이 서쪽으로 퍼져나갔다.

에덴, 생물 학교

생물학교에서 아이들이 공부하는 본관 건물은 단층이었다. 하지만 본관은 매우 넓었고 높이도 7층 높이였다. 생물학교에는 엘리베이터가 한 대 있었는데 신기하게도 본관에 있었다.

본관 가장 구석에 있는 방은 에노스가 사용하는 교장실이었다. 교장실에는 에노스가 사용하는 작은 책상이 있었고 그 앞으로 응접실처럼 탁자와 의자들이 있었다. 교장실의 한쪽 벽으로 벽난로가 있었고 그 반대쪽 벽으로 책들이 빼곡하게 꽂혀있는 책장이 있다. 에노스의 책상 뒤로는 작은 창문이 있었고 그 창문으로 아름드리나무와 예쁜 꽃이 피어있는 정원이 보였다.

에노스는 창문으로 꽃이 핀 정원을 보고 있었다. 벌이 날아다니고 새가 지절대는 정원은 예뻤다. 그때였다. 덜컹거리는 소리가 나며 문이 열렸다. 에노스가 뒤를 돌아보았다. 두꺼운 나무문으로 두발가인과 요나 그리고 미가엘이 들어왔다. 에노스는 반색을 하며 인사했다.

"어서 오십시오."

에노스는 말과 동시에 창문을 열었다. 민트색의 창틀이 스르르 소리를 내며 옆으로 움직였다. 그러자 놀랍게도 새로운 풍경이 나타났다. 초록으로 칠해진 엘리베이터가 나타났다. 에노스가 안으로 들어가자 모두 따라 들어갔다. 엘리베이터는 넓었다. 모두 들어가자 문이 스스로 닫혔다. 그러자 교장실에는 다시 창문이 나타나고 벌과 새가 날아다니는 예쁜 정원이 보였다.

엘리베이터 문이 닫히자 에노스가 문 옆에 있는 0층 버튼을 눌렀다. 그러자 웅, 소리를 내며 엘리베이터가 아래로 움직였다. 잠깐의 시간이 지나고 엘리베이터의 문이 열리자 눈앞에 커다란 광장이 나타났다. 모두 내리자 다시 엘리베이터의 문이 닫히고 에노스의 방 창문 풍경이 그대로 나타났다. 벌과 새도 동일하게 날아다녔다. 신기했다.

에노스가 대리석으로 된 바닥을 걸어서 광장의 한가운데로 걸어갔다. 그곳에는 아론과 라파엘도 함께 있었다. 너른 광장 한가운데에 둘러앉은 모두는 신기한 듯 주위를 두리번거렸다.

광장의 천장은 신기하게도 뻥 뚫려 있었다. 하늘이 보이고 뭉게구름도 떠다녔다. 분명 지하 광장인데 동서남북 사방으로 창문이 있어서 야외 같았다. 시원한 산들 바람도 불어왔다. 모두 너무나도 신기했다. 자리를 잡고 앉자 분위기가 무거워졌다. 에노스가 먼저 입을 열었다.

"불행하게도 달의 제국에서 전면전을 시작한다고 합니다. 얼마 전 유브라데로부터 연락이 왔는데 요나께서 설명해주시지요."

요나가 헛기침을 하고는 말했다.

"사탄의 군대는 유브라데를 건너지 않고는 에덴으로 올 수가 없습니다. 사탄은 여러 번 건넜지만 주력부대는 구할 이상 달에 남아있었습니다. 그건 거인족이나 리워야단이 사탄이 없는 틈을 타서 제국을 접수할까 두려워 그런 것으로 봅니다만 거인족과 네피림은 서로 싸우느라 달의 제국에게 위협이 되지 않습니다. 사탄의 움직임이 수상합니다. 리워야단의 동굴로 들락날락합니다. 며칠 전부터 나머지 주력부대가 건너려는 움직임도 있습니다. 아마도 수일 내에 건너리라 봅니다. 이제 전면전은 시간문제가 되었습니다."

요나의 말에 미가엘이 말했다.

"차라리 잘 되었습니다. 가랑비에 옷이 젖는 법입니다. 작은 전투가 지속되다 보니 군사들의 피로도가 높아졌습니다. 이번 기회에 군대를 정비해서 한꺼번에 소탕하는 것도 좋을 것 같습니다."

라파엘도 말했다.

"미가엘의 말이 맞습니다. 전쟁에서 수비를 오래하면 할수록 더 어려워집니다. 이제는 적극적으로 공격을 해야 할 때입니다."

요나가 말을 받았다.

"저번에 모임에서 말씀 드린 대로 이번에 모두 기어나온다면 한 번의 전쟁으로 끝을 보아야합니다. 에덴의 수비는 라파엘께서 해주시겠지만 리워야단은 제가 맡도록 하겠습니다."

요나가 주먹을 불끈 쥐었다. 그러자 미가엘이 거들었다.

"사탄 그놈은 제가 잡도록 하겠습니다."

"미가엘, 하지만 다른 방법을 생각하는 게……."

두발가인이 걱정하는 얼굴로 말했다. 그러자 미가엘이 환한 얼굴로 말했다.

"두발가인 걱정 말게. 사탄을 잡으려면 그 길 외에는 없어. 다른 길을 찾다가 애꿎은 생명만 사라지게 될 거야. 나는 괜찮으니 걱정하지 말고 두발가인 자네나 잘 준비해 주게."

두발가인은 뭐라 말을 하려다가 접었다. 전에도 수없이 이야기해 보았지만 미가엘의 의지를 꺾을 수는 없었다.

"미가엘께서 목숨을 거시니 진심으로 감사드립니다. 그럼 저는 달을 맡도록 하겠습니다. 나머지 분들은 의견 있으시면 말씀해 주십시오."

에노스가 조용히 말했다. 그러자 근심이 가득한 요나가 말했다.

"리워야단의 진정한 힘은 아직까지 아무도 모릅니다. 제가 리워야단을 단숨에 제압하면 좋겠지만, 만에 하나 그렇지 못하면 깊음의 근원으로 들어가려 합니다. 들어가는 건 어렵지 않은데 그 괴물이 다시 나오게 될까봐 그게 두렵습니다. 에노스께서는 제가 들어가면 깊음의 근원을 폐쇄해

주십시오. 그 안에서 리워야단을 영원히 잡아두겠습니다."

에노스는 고개를 끄덕였다.

"분리하는 데에는 깊음의 근원이 가장 좋습니다. 무저갱이나 깊음의 근원 같은 곳은 힘으로는 나올 수 없는 곳이지요. 그렇게 하겠습니다. 하지만 깊음의 근원에 계신 수많은 생물들이 걱정입니다. 부디 먼저 제압하시길 바랍니다."

그때였다. 아론이 말했다.

"그런데 문제가 생겼습니다. 사탄이 귀신의 영들을 인간 세상으로 보내고 있습니다. 아라랏산을 통해서 지독한 놈들을 보낸다고 하는데 도대체……."

"그만큼 자신이 있는 게지요. 이번 전쟁을 이겼다 생각하는 모양입니다. 원래 허풍이 심한 자입니다만 그래도 뭔가 믿는 구석이 있어 보입니다. 하여간 잘 보아야겠습니다."

라파엘이 말했다. 그러자 에노스도 근심 어린 얼굴로 아론에게 부탁했다.

"아론, 그럼 인간 세상으로 가셔야겠습니다. 그곳이야말로 중요합니다. 어리석은 인간들이 귀신의 영에 속아 사탄의 군사가 되면 전쟁은 어려워집니다."

아론은 고개를 끄덕였다.

"그렇게 하지요. 그곳에서라도 제 할 일을 하게 돼서 기쁩니다. 그럼 저는 내일이라도 떠나겠습니다."

에노스가 말했다.

"그리고 앞으로 아론께서 이 엘리베이터를 맡아주셔야 하겠습니다. 제가 열쇠를 드릴 테니 이걸 타고 다니시면 훨씬 빨리 다니실 수 있습니다. 소식도 빨리 전해 주실 수 있으니 이걸 타십시오."

에노스는 품에서 작은 열쇠를 아론에게 주었다. 아론은 입이 함박만 하게 벌어졌다.

두발가인이 미가엘에게 말했다.

"미가엘, 사탄은 의심이 많은 놈이라서 방심할 때를 노려 잡아야 하네. 자네는 눈에 띄지 않게 다닐 수 있지만 나는 체구가 커서 숨어 다닐 수 없어. 그래서 말인데… 조금 있으면 생물들의 졸업식이 있는데 그때 내가 불의 산으로 갈 터이니 시간을 맞추어서 오게. 언제나 졸업식이 끝나면 갔으니, 그때 가면 사탄이 눈치 채지는 않을 게야."

미가엘이 말했다.

"알겠네. 그때에 맞춰 가지. 꼭 가겠네."

에노스는 말없이 듣기만 했다. 요나와 라파엘과 아론이 머리를 맞대고 의논하는 동안 에노스는 생각에 잠겼다.

'달의 제국을 어쩐다? 어찌해야 고립이 될까?'

에노스는 복잡했다. 무저갱을 만들고 깊음의 근원도 손을 보는 동안 피곤한 나날이었다. 하지만 가장 중요한 달의 고립을 두고는 어찌 할지 알지 못했다.

생물들과 천사들은 오랜 동안 이야기를 나누었다. 며칠이 지났는지 몰랐다. 어느 날 밤 은밀한 시각에 천사와 생물들이 학교를 빠져나왔다.

그 다음 날, 사탄은 마지막으로 숨겨두었던 주력부대를 휘몰아 유브라데를 건넜다. 에덴과 제국의 주력부대들이 마지막 전쟁을 시작했다. 전쟁은 실로 악전고투였다. 전선이 따로 없었다. 루하를 앞세운 지옥의 전차부대는 막강한 에덴의 군대를 서서히 괴멸시켰다. 죽여도, 죽여도 나타나는 악의 군사들은 어디서부터 왔는지 몰랐지만 그 수효가 줄지 않았다. 오히려 더 불어났다. 에덴의 강인한 군사들도 서서히 질려갔다. 게다가 이렇게 중요한 전쟁에서 우리엘이 사라지고 없었다. 파수꾼이 없는 전쟁은 실로 어려웠다. 라파엘은 악전고투를 하면서 우리엘을 간절히 찾았다. 하지만 우리엘은 어디에도 없었다.

달의 제국

한편 우리엘을 데리러 갔던 주발이 돌아왔다. 우리엘은 한나를 찾기 위해 순순히 따라와서 제 발로 지하감옥에 들어갔다. 우리엘을 지하감옥에 가둔 주발은 말코와 함께 사탄에게로 갔다. 사탄은 주발의 공을 칭찬하며 들떠 있었다. 사탄은 주발이 우리엘을 데려오리라 생각을 하지 못했었다. 하지만 주발이 우리엘을 데려오자 사탄은 입이 마르도록 칭찬했다. 주발은 으쓱했지만 전쟁터로 돌아가려고 사탄에게 말했다.

"주군, 이제 전쟁터로 돌아가겠습니다. 모두 목숨을 걸고 싸우는데 저만 빠질 수 없습니다."

그러자 사탄이 말했다.

"좋다. 오늘은 늦었으니 내일 날이 밝는 대로 유브라데를 건너가라. 오늘은 푹 쉬도록."

주발이 고개를 숙이고 나왔다. 말코도 같이 나오려는데 사탄이 팔을 잡았다. 말코는 사탄 앞에 엎드렸다. 사탄은 말코의 귀에 대고 말했다.

"묻지도 따지지도 말고 이대로 남쪽 전장으로 가라. 그곳에 가면 백룡이 파수를 볼 테니 그에게로 가서 내가 이르는 대로 말하라. 절대로 발설해서는 안 된다. 악마라 할지라도 안 된다. 알겠느냐?"

말코는 영문을 몰랐지만 사탄의 명령이라 어길 수 없었다. 사탄은 말코의 귀에 대고 무어라 말을 했다. 말코가 소스라치게 놀랐다.

"네? 어찌……."

사탄은 엄하게 말했다.

"말코. 아무 말 하지 마라. 가서 그대로 전하라. 그리고 다시 오면 주발을 데리고 갈 곳이 있으니 그렇게 알고 빨리 갔다가 오라. 짐승을 내어 줄테니 얼른 가라."

말코는 짐승의 등에 올라탔다. 짐승은 일부러 무서운 소리를 내며 겁을 주었다. 말코는 간이 콩알만 해졌다. 하지만 이제는 어쩔 수 없었다. 짐승의 털을 꽉 잡고 떨어지지 않으려고 용을 쓰는 수밖에는 없었다. 그렇게 말코는 에덴으로 날아갔다.

그날은 말코와 주발에게는 길고도 긴 밤이었다.

다음 날, 사탄의 성

오후가 다 된 시각, 사탄의 성은 발칵 뒤집어졌다. 우리엘이 탈출한 것이었다. 감옥은 철통같은 경비 속에 있었는데 감쪽같이 우리엘이 사라졌다. 사탄은 노발대발했다.

"우리엘이 없어지다니… 누군가 반역을 하지 않고는 일어날 수 없는 일이다. 에덴과 생사를 걸고 싸우는 이때 어느 누가 그런……."

사탄이 불같이 화를 내는 바로 그때였다. 말코가 헐레벌떡 들어왔다. 그리곤 큰소리로 외쳤다.

"반역입니다. 반역. 대장군 주발이 우리엘을 놓아주었습니다. 주군, 주발이 반역했습니다."

사탄은 그 자리에서 일어나 보좌를 쾅, 쳤다. 그리고는 큰소리를 질렀다.

"주발을 잡아오라. 어서."

짐승과 말코 그리고 까마귀들이 주발을 잡으러 번개처럼 튀어갔다. 그러나 주발은 사탄 앞에 나타나지 않았다. 말코도 나타나지 않았다. 하루가 지나고 짐승이 스르르 나타나더니 까마귀들도 허공을 맴돌았다. 다들 주발과 말코가 없어진 것에 대해 말이 많았지만 아마도 주발의 손에 말코가 죽었으리라 생각했다. 그리고 주발은 에덴으로 도망친 것으로 소문이 돌았다.

사탄은 몇 날 며칠을 소리소리 질러대더니 전쟁터를 돌아본다는 핑계로 용성으로 가버렸다.

그러던 어느 날, 말코가 돌아왔다. 사탄이 없는 성으로 돌아온 말코는 아무 말도 하지 않았다. 주위에서 아무리 캐물어도 입을 다물었다. 그리고는 다음 날 치열한 전쟁이 벌어지는 전쟁터로 떠나갔다. 그리고는 모두 그날의 일을 잊었다. 하지만 잊지 못하는 자가 한 명 있었으니 그는 바로 반고였다.

반고는 전방에서 피 튀기는 전쟁을 치르고 있었지만 자신의 수하 주발을 애타게 찾았다. 하지만 그 어디에도 주발의 흔적은 없었다. 주발은 그대로 증발한 것처럼 보였다. 하지만 반고는 알고 있었다. 주발이 없어진 이유를 희미하게나마 알고 있었다. 그러나 반고는 아무런 말도 하지 않고 내색도 하지 않았다.

전쟁은 갈수록 치열해져갔다. 사탄은 용성에서 진두지휘를 하였다. 주발이 사라지고 나서 악마와 마귀도 조심하는 눈치였지만 반고는 그럴수록 더욱 적극적으로 사탄을 도와주었다. 사탄은 반고와 함께 에덴으로 들어갈 꿈을 꾸기 시작했다.

생령

    여호수아, 갈렙, 예후, 해상. 네 명은 생물학교를 다니는 친한 친구들이다. 어릴 적부터 생물학교 기숙사에서 같이 지낸 친구들이다. 10년을 같이 공부하며 가족처럼 지낸 친구들은 졸업식을 앞두고 있었다. 하지만 장난꾸러기 네 친구들은 헤어지기가 싫었다. 졸업을 하면 그때부터 각자 맡은 곳으로 가야만 했기에 헤어지기 싫은 친구들은 자신의 분신을 만들어서 집으로 혹은 일터로 보내고 자신들은 헤어지지 않고 같이 지내려고 철없는 계획을 짰다.

    에노스의 뒤를 이어 시간의 생물이 되어야하는 여호수아는 영민했다. 친구들은 여호수아가 도서관의 모든 책을 보고 알아낸 방법으로 자신들의 분신인 생령을 만들기로 했다. 여호수아는 생령의 피부를 만들기 위해 시공간의 막을 조금 슬쩍했다. 불의 생물인 갈렙과 예후는 에덴의 흙을 가져와 생령의 몸을 만들기로 했다. 물의 왕이 될 해상은 비손강의 신비한 물을 가져왔는데 그 비손강의 물은 생령에게 혈관과 피를 만들어 주는 신비한 물이었다.

    하지만 생령을 만드는 일은 생물학교 교장인 에노스가 엄격하게 금지한 일이었다. 만약에 만들다가 들키면 퇴학을 당할 일이었다. 하지만 호기심에 이끌린 아이들은 졸업식 전날 기숙사의 담을 넘어 에덴의 은밀한 곳으로 가고 있었다.

에덴 생물학교, 뒷동산

"쉿."

앞서가던 갈렙이 급히 멈추어 섰다. 허리를 굽히고 갈렙의 뒤를 바싹 따라붙던 여호수아는 갈렙의 너른 등짝에 얼굴을 묻었다. 진한 땀내가 배어 나왔다. 여호수아는 코를 문지르며 뒤를 돌아보았다. 칠흑 같은 어둠 속에서 자신의 뒤를 바싹 따르는 줄 알았던 해상이 동그란 눈만 드러내고는 멀찍이 따르고 있었다.

'자식 간덩이가 제법 큰가보네. 무섭지도 않나? 어이구 살 떨리네.'

속으로는 무서워서 벌벌 기는 여호수아였지만 겉으로는 천하태평이었다. 갈렙의 뒤에 바싹 붙은 거 외에는 겁쟁이로 보일 건 없었다. 그러나 앞서서 씩씩하게 걸어가던 갈렙이 갑자기 멈추자 여호수아는 너무 놀라 까무러질 것처럼 소리쳤다.

"악."

갈렙은 한심하다는 얼굴로 여호수아를 돌아보았다. 갈렙은 얼굴을 살짝 찌푸렸다.

"야, 너희들, 조심해. 뒤에 바싹 따라오라니까? 여호수아는 너무 붙어 난리인데 해상, 너는 왜 안 붙어?"

"너네 다 보여. 그러니 걱정하지 말고 가. 잘 따라갈 테니."

해상은 천하태평이었다. 이상한 새가 울고 벌레가 괴성을 지르며, 살을에는 어둠이 지배하는 한밤중에 산길을 가면서도 콧구멍을 파는 해상은 세상에 두려울 게 없었다.

'원래부터 무서움이 없었는지 아니면 정신이 나간 건지 모르겠네.'

속으로 중얼거리는 여호수아는 다 보인다는 해상의 말에 뜨끔했다.

"갈렙, 해상이가 다 보인다는 건 믿지 마. 너무 무서워서 말이 잘못 나오는 거야. 네가 천천히 가면 돼. 나야 잘 따라가니까 걱정하지 말고."

"놀고 있네. 여호수아, 너 무서워서 허둥대는 거 다 보여. 그렇게 갈렙의 뒤에 바싹 붙다가는 둘이 한 몸인 줄 알겠다."

"그래 여호수아야, 넌 너무 바싹 달라붙……."

갈렙의 말은 오래 가지 않았다. 갑자기 앞에서 부스럭거리는 소리가 들렸기 때문이다.

세 친구는 무게중심을 낮추며 화들짝 놀랐다. 여호수아는 이미 갈렙의 등 뒤로 숨어서는 눈만 밖으로 빼꼼 내밀었다.

잠시 적막이 흘렀다. 다리를 웅크린 세 친구들은 모두 얼음이 되었다. 해상의 발바닥이 간질해질 때쯤, 용감한 갈렙이 먼저 움직였다. 앞으로 두세 걸음 걸어갔다. 여호수아는 갈렙의 등 뒤에 한 몸처럼 붙어서 따라갔다. 갈렙은 한참을 두리번거리더니 손짓을 해 역시 코를 파고 있는 해상을 불렀다. 다시 한 줄이 된 세 명의 친구들은 소리를 죽이고 어둠의 강물 속으로 들어갔다. 어둠은 지나가는 모든 것을 삼키고는 다시 본래의 깊음으로 돌아갔다.

한참을 더 들어간 숲속에는 아련히 비치는 불빛이 있었다. 멀리서 볼 때에는 너무 작고 희미해서 몰랐는데 가면 갈수록 환해보였다. 조심스레 다가간 그곳에서 갈렙은 실눈을 떴다. 너무나 강한 빛이 눈을 찔러와 적응하는데 애를 먹었다.

갈렙의 눈을 찔러온 그 불빛은 작은 호롱불이었다. 기름이 조용히 타올라 빛으로 바뀌는 평범한 초롱불. 갈렙은 이상했다.

'가까이서 이렇게 밝은데 멀리서는 어떻게 안 보였지?'

갈렙의 생각과 같은 해상도 투덜댔다.

"아니 예후 이놈은 어디 간 거야? 이렇게 이상한 호롱불 하나만 달랑 켜 놓고 가면 어쩐대? 그렇지 않아, 갈렙? 불빛이 갑자기 밝아지니까 눈을 못 뜨잖아? 근데 아까는 왜 보이지도 않은 거지?"

"그러게 말이야? 나도 갑자기 눈이 부셔서 죽는 줄 알았어."

"어이구. 너희들도 어지간하다. 어지간해. 아니 그래 이걸 보고도 모르면 어쩌라고……."

"야, 여호수아. 너는 알아?"

"그럼 알지."

"진짜로? 알아? 이게 뭔지?"

갈렙의 말이 점점 기어들어갔다. 여호수아가 자신 있게 말하면 한 번도 틀린 적이 없었다. 갈렙은 재빨리 머리를 굴려서 눈앞의 호롱불이 무엇인지 기억해내려고 애를 썼다. 그러나 해상은 갈렙과 달리 천하태평이었다.

"물이면 몰라도 이건 불이니 나는 몰라도 돼."

해상의 여유 있는 모습에 여호수아가 입을 내밀었다.

"누가 들으면 진짜인 줄 알겠다. 네 것도 모르잖아. 모르는 것도 없고 아는 것도 없는 우리 해상님."

"그러니까 너희들이 한 수 아래라는 거야. 나는 필요한 거만 알면 돼. 너무 많이 알아도 정작 필요할 때 못써먹거든."

그때였다. 조용히 타오르던 불빛이 흔들리며 예후가 나타났다.

"으이구 여전하구나. 학교에서도 으르렁, 집에서도 으르렁. 이 산에서도 으르렁, 그저 만나기만 하면 으르렁거리는구나."

"예후."

"야, 어디서 나온 거야?"

"자식 잘난 체 하는 건 여전하구나."

세 친구들은 새로 나타난 예후를 보며 반가워했다. 몇 년을 보지 못한 것처럼 서로를 끌어안으며 진지하게 인사를 나누었다. 조금 전까지만 해도 같이 있던 친구들이었다. 하지만 잠시만 떨어져 있다가 다시 만나도 그렇게 했다. 예후가 급한 어투로 말했다.

"이제 그만. 그만해. 시간이 얼마 없어."

"어제는 시간이 많다며?"

"갈렙, 어제는 어제고 오늘은 시간이 별로 없어. 해 뜨기 전에 내려가야 하잖아."

무언가 이상한 낌새를 느낀 여호수아가 실눈을 뜨고 말했다.

"너 뭐 하나 빼먹었지? 그렇지. 오늘도 뭘 깜빡했지?"

예후는 화들짝 놀랐다.

"아니 뭐 그런 게 아니고……."

예후가 놀래자 여호수아는 더 이상했다.

"그럼 뭐야? 시간이 넉넉하다며? 뭔가 숨기는 거 있지? 그치?"

여호수아가 재차 캐묻자 예후가 한숨을 쉬었다.

"그게 아니라, 사실은 흙이… 충분하지가 않아서."

"뭐라고?"

"뭐?"

갈렙과 여호수아는 놀라서 소리를 질렀다.

해상은 여전히 코를 파고 있는데 두 친구는 심각한 얼굴이 되었다. 심각한 표정의 친구들을 보며 예후가 곤란해 했다.

"너무 놀라지마. 사실 조금 모자라는 건데… 그러면 이렇게 하지 뭐."

"어떻게?"

"그냥, 이건 내 생각인데, 두 명만 만들고 나머지는……."

"두 명만 만들자고? 흙이 그렇게 부족해? 조금 모자란다며?"

"많이 모자라는 모양이네."

해상이 여전히 코를 후비며 말했다.

"야 해상아, 너는 참 편하게 말한다?"

"그럼 불편하게 말할까? 그럼 내가 빠지면 되잖아? 잘못은 예후가 했으니 예후는 당연히 빠지는 거고. 두 명이라고 하니 나까지 빠지면 돼."

"야 그걸 말이라고 해?"

"그럼 내가 소처럼 보이냐? 그냥 짖는 걸로 보여? 나는 그냥 쉽게 살려고."

"그게 무슨?"

"나는 그냥 졸업식을 빠지겠다고. 너희들처럼 어렵게 생령을 만들어서 대리출석 시키지 않고 그냥 빠지겠다는 거지. 그게 제일 편할 거 같아. 복잡하지도 않고. 안 그래? 뭐 하러 분신까지 만들어서 졸업을 하냐고. 나는 그냥 빠져줄 테니 너희 둘 꺼나 만들어. 예후는 안 만들어도 되지? 그렇지?"

"… 응… 그게 공평하겠지."

예후는 아쉽지만 그렇게 말을 하며 고개를 끄덕였다.

그러자 그제야 낯빛이 풀린 갈렙과 여호수아는 씩 웃으며 입을 열었다.

"남아일언."

"중천금."

그 말과 동시에 네 아이들은 언제 그랬냐는 듯 진지하고 빠르게 움직였다.

예후와 갈렙은 커다란 구덩이를 파기 시작했고 여호수아는 품 안에서 얇은 천 몇 개를 꺼냈다. 그리고는 진지하게 땅에 펴더니 이리저리 다리를 움직여 천 주위를 돌아다니며 살폈다.

해상은 코를 파던 손을 멈추고 품 안에서 작은 병을 꺼내들고 이리저리 살펴보았다.

갈렙과 예후는 체격이 크고 건장했다. 둘은 익숙한 솜씨로 땅을 파내려 가더니 얼마 되지 않아 이마의 땀을 닦으며 허리를 폈다. 예후도 얇은 천을 꺼내더니 구덩이에 조심스레 깔았다.

"다 됐다. 갈렙, 너 이리로 눕고 여호수아도 그 시간의 끈 그만 보고 이리로 와. 내가 할게."

예후의 말에 갈렙은 철퍼덕하며 구덩이에 드러누웠다. 얇은 천이 등 뒤에 착 감겨왔다.

갈렙은 기분이 묘했다. 꼭 무덤에 들어가는 기분이 들었다. 눈을 들어 바라본 하늘에는 아까는 없던 달이 떠 있었다. 온통 삐죽한 탑으로 둘러싸인 달의 모습을 보며 갈렙은 혀를 삐죽 내밀었다.

'웃기는 놈들이야. 저렇게 탑을 쌓아서 뭐하려고 저러나. 저러다 지진 나서 무너지면 몰살일 텐데. 그나저나 여기에 누우니 약간은 으스스한데. 꼭 죽으러 가는 것 같아. 흐흐, 그러나 고통 없는 영광은 없겠지. 잠시 후면, 조금만 참으면 나에게 또 다른 내가 생긴다.'

여호수아는 바닥에 깔아 놓은 천에서 눈을 떼지 못하며 구덩이로 오더니 예후에게 신신당부했다.

"잘 다뤄야 해. 예후. 알았지? 잘못 다루다가는 모두가 끝이야. 영영 못 보게 될 테니."

예후는 귀찮다는 듯 건성으로 대답했다.

"알았어. 알았다고. 한 번만 더 말하면 백번이야. 알아. 그러니 빨리 누워."

여호수아는 미심쩍은 얼굴이 되어 자꾸 돌아보았다. 하지만 이미 결심한 일. 여호수아도 갈렙처럼 구덩이에 누웠다. 여호수아도 역시 기분이 이상했다. 자신들이 하는 일이 어떤 일인지 잘 알았지만 그래서 별로 하고 싶지 않았지만 멈추기에는 너무 멀리 왔다는 생각을 하였다. 여호수아는 구덩이에 누워 눈을 감았다. 그러자 마음이 차분해지며 편안해졌다.

"자 그럼 간다. 여호수아랑 갈렙은 숨을 참아야 해. 아마도 일 분 정도 걸릴 거야. 그러니 참아. 자, 간다."

갈렙과 여호수아는 침을 꼴딱 삼키고는 숨을 크게 들이 쉬었다. 그때였다. 자신들의 등 뒤로 깔려 있던 비단 같은 천 조각이 자신의 온 몸에 밀착되는 걸 느꼈다. 그리고는 모든 것이 사라져버렸다. 기억도 몸도 육신도 영혼도 모두 사라져 버렸다.

해상은 두 눈을 크게 뜨고 예후가 바삐 움직이는 걸 보고만 있었다. 자신은 별 도움이 되질 않아서 예후를 도와줄 수도 없었다. 그저 지켜볼 뿐인데도 해상은 손에 땀이 흐르는 걸 느꼈다.

예후는 여호수아가 펴놓은 천 쪼가리를 조심스레 들더니 하늘에 비추어 보았다. 장난기 가득하던 얼굴은 사라지고 진지한 표정에 긴장하는 듯 살짝 떨리는 손가락까지. 예후를 보던 해상도 손가락 끝이 아련하게 저려왔다.

예후는 이리저리 살피던 천 조각을 들고 구덩이로 다가갔다. 그리고는 눈을 꼭 감고 누워있는 갈렙의 머리 위부터 조심스레 천을 덮어갔다. 천은 하늘거리며 나풀거렸지만 신기하게도 갈렙의 머리가 닿자 말 잘 듣는 광목처럼 예후의 손길을 따랐다.

긴장된 시간이 흐르고 얇은 천으로 갈렙을 다 덮은 예후는 서둘러 다른 천을 들고는 갈렙과 똑같이 여호수아의 온몸을 덮어갔다. 살짝 떨리는 손끝은 마지막 천을 놓으며 더욱 떨렸다. 이를 바라보는 해상도 온 몸이 저리고 신경이 곤두서서 자신도 모르게 몸을 앞으로 굽히고 눈을 가늘게 뜨며 보고 있었다. 모두를 다 덮은 예후는 해상을 바라보았다.

해상은 자신을 바라보는 예후와 눈이 마주쳤다. 예후의 눈이 찌푸려졌다. 해상은 가느다란 눈을 반쯤 뜨고 의아하게 보다가 점점 눈이 커지더니 아차 싶었는지 큰소리를 질렀다.

"모래시계!"

해상은 서둘러 품을 뒤졌다. 뭐든지 정리하고는 거리가 먼 해상의 품 안에서는 온갖 진귀하고 알 수 없는 것들이 쏟아져 나왔다. 이름도 알 수 없는 것부터 예후가 1년 전에 잃어버린 구슬까지 모두 나오더니 마침내 허둥대던 해상의 입에서 탄식이 나왔다.

"찾았다."

그리고는 해상은 서둘러 모래시계를 뒤집었다.

탁. 해상은 그제야 안심하며 예후의 얼굴을 보았다. 그러나 이상했다. 간신히 찾은 모래시계를 보는 예후의 얼굴이 새파랗게 질려 있었다.

"너… 너……."

예후는 말을 하지 못하고 다만 손가락을 뻗었다. 예후의 손가락은 해상이 꺼내놓은 모래시계를 가리키며 부들부들 떨었다. 해상은 뭔가 불길한 예감이 들긴 했지만 설마 하는 마음으로 모래시계를 바라보았다.

"악, 내 모래시계! 모래시계가!"

해상은 산산이 부서져서 모래가 삐져나온 모래시계를 보며 입을 다물지 못했다.

해상이 급한 김에 엎어버린 모래시계는 단단한 바위에 부딪혀 유리가 깨지며 모래가 모두 쏟아져 버렸다. 시간을 재야 하는 모래시계가 부서지자 모든 일에 만만디이던 해상의 얼굴도 흙빛이 되었다.

"예후, 예후, 어떻게 하냐? 시간을 잴 수가 없는데. 그러면 재들의 목숨은 어떻게 되는 거냐?"

예후는 해상의 말에 대꾸하지 않았다. 입술을 꽉 깨물더니 바닥에 남은 천을 황급히 들고는 하늘에 비추어 보았다. 달빛에 비추는 예후의 손이 덜덜 떨렸다. 숨까지 멈춘 예후는 너무나 진지한 얼굴로 얇은 천을 통해 달을 보았다. 예후를 보며 해상은 안절부절못했지만 상황이 급박하고 중한지라 장난은커녕 숨조차 제대로 쉬질 못했다.

얼마의 시간이 흘렀을까? 찰나가 흘렀지만 해상의 머릿속으로는 천년이 흘러갔다.

가슴이 답답하고 머리가 어지러울 즈음 해상의 귓구멍으로 예후의 다급한 소리가 들렸다.

"지금이다 지금. 해상. 갈렙을 깨워. 빨리."

해상은 정신이 번쩍 들었다. 해상은 번개처럼 몸을 날려 갈렙을 덮었던 천을 잡아서 들어 올렸다. 그러자 이상한 일이 생겼다. 분명 갈렙을 덮은 천이 들렸는데 그 안에는 아무도 없었다. 갈렙 뿐이 아니라 갈렙의 흔적만 있고 머리털 하나도 볼 수가 없었다. 해상이 온 힘을 다해 든 하늘하늘하던 천은 딱딱하게 굳어있었다. 게다가 엄청나게 무거웠다. 하지만 이미 예상하고 있던 일. 해상은 다리와 배에 엄청난 힘을 주며 천을 들어올렸다. 그리고는 외쳤다.

"갈렙, 일어나라. 일어나서 밖으로 나와라. 갈렙 제발!"

해상의 간절한 마음의 소리를 갈렙이 들었는지 해상의 말이 끝나자마자 신기한 일이 벌어졌다. 그 딱딱하게 굳은 얇은 천, 안에서부터 하얀 연기가 피어오르더니 바닥으로 내리깔렸다. 쉭쉭, 소리를 내며 날아 깔린 연기는 흩어지지 않고 사람 모양으로 뭉쳐지더니 점점 자연의 색을 띠어갔다. 해상은 기도하는 마음으로 바라보았다.

'제발, 제발 살아나라. 갈렙. 어서, 살아나기만 하면 내가 원하는 건 무엇이든지 해줄게. 어서 살아나라.'

해상의 간절한 기도가 통했을까? 그 뭉치던 안개는 어느덧 시간이 흐르면서 갈렙의 모양으로 바뀌어져갔다. 해상은 들었던 딱딱한 천을 한쪽에 내려놓고는 갈렙에게 달려갔다. 예후는 그런 갈렙과 해상을 본체만체 하고는 여호수아를 덮은 천을 들어올렸다.

"여호수아야 나와. 이제 나와. 너무 늦으면 안 돼 빨리 나와."

예후의 애타는 외침을 들었는지 들어올린 곳으로부터 안개덩어리로 보이는 것이 미끄러져 나오다가 얼마 되지 않아 딱 멈추어 버렸다. 예후는 순간 심장이 멈추는 걸 느꼈다.

"아, 안 돼. 여호수아야 힘을 내서 나와. 어서. 너무 늦으면 안 돼."

예후의 간절한 외침을 들었는지 여호수아는 진한 연기를 밖으로 삐죽 내밀며 나오려고 애를 썼다. 그러나 평상시에 연약하기만 하던 여호수아는 쉽사리 힘을 내지 못했다. 점점 작아지며 도로 들어가는 연기를 보며 예후의 두 눈은 뒤집혀갔다.

"여호수아야, 여호수아야!"

예후가 애처롭게 외치고 있는 바로 그때였다.

갑자기 누군가가 여호수아의 그 작아지기만 하는 안개 덩어리를 붙잡았다. 우왁스럽게 잡은 그 손은 힘을 주어 한 번에 끌어당겼다.

"끙, 끙."

온몸을 비틀며 내는 신음소리가 나고 예후는 순간 두 눈을 의심했다. 잡아당긴 그 안개덩어리가 갑자기 미끄러지듯이 쑥 하는 소리를 내며 밖으로 나왔다.

긴장이 풀린 예후는 그 자리에 주저앉았다. 그러나 주저앉는 예후를 왼팔로 잡는 누군가가 있었다.

예후의 두 눈에 눈물이 핑 돌았다. 자신의 힘없는 육신을 왼팔로 잡고 있는 자는 바로 갈렙이었다. 그리고 갈렙의 힘있는 오른팔에는 온몸에 미끄러운 물을 뒤집어쓰고 오들거리며 떨고 있는 여호수아가 매달려 있었다. 여호수아는 무의식중에도 갈렙의 오른손을 두 손으로 꼭 잡고 있었다.

예후는 몸의 기운이 탁 풀리며 갑자기 편안해졌다. 그리고는 잠이 들었다. 예후는 늘 그랬다.

예후는 다시 정신이 돌아오는 걸 어렴풋이 느꼈다. 두런두런 말하는 여호수아와 해상의 목소리도 들렸다.

"괜찮냐? 좀 어때?"

"응 괜… 찮아."

"정말?"

"그래 정말이야. 괜찮아. 근데 예후는?"

"안 죽었어."

"풋, 그렇지. 죽지는 않았겠지. 또 이번에도."

"그래 기절했지 뭐니? 병이 있는 거 같은데. 예후한테 물어보면 펄쩍 뛰니 계속 물어보기도 뭐하고. 하여간 그놈이 신경을 엄청 썼나봐. 미안할 따름이지. 뭐, 다 나 때문에 일어난 일이니."

예후는 눈을 감고 들리는 해상과 여호수아의 이야기를 들으며 가슴이 뭉클했다. 겉으로는 으르렁댔지만 속 깊은 친구들 덕에 늘 기분이 좋았다. 예후가 눈을 뜨고 아는 체 하려는 순간 갈렙의 목소리가 들렸다.

"아, 힘들어. 이제 다했네. 해상아 이리와 봐. 이 정도면 되겠지?"

"내가 보면 아냐? 여호수아가 봐야지."

해상의 말에 여호수아가 주섬주섬 일어났다.

"야 좀 더 누워 있어."

"괜찮아. 이제 일어나도 돼. 예후나 잘 봐줘."

두 발로 일어난 여호수아는 갈렙에게로 갔다. 갈렙은 여호수아와 자신이 누웠던 천 앞에 서 있었다. 하늘거리며 연하던 그 천은 이제 딱딱해져 있었다. 갈렙은 여호수아와 자신이 누웠던 그 모습 그대로가 새겨진 딱딱해진 천을 고운 흙으로 메꾸어 놓았다. 엄청 고와 보이는 흙은 다른 흙과 달리 붉은색이었다. 한쪽 편에 쌓아두었던 흙은 이제 거의 남지 않았다. 여호수아는 붉은 흙을 이리저리 살펴보다가 입을 열었다.

"해상아 그럼 이제 그 물을 좀 줄래?"

"응. 미리 준비하고 있었지. 저번처럼 실수하면 안 되니까. 자, 여기."

여호수아는 해상이 건네주는 물병을 받아들었다. 작은 유리병에 담긴 물은 투명했다. 물이 담긴 높이를 보지 않는다면 아무것도 들어있지 않은 걸로 보일 것만 같았다. 자세히 들여다보면 더욱 신기했다. 일단 투명하며 시원해 보이는 물에는 기포가 보이지 않았다. 물이라면 어김없이 생기는 기포가 없이 맑고 투명한 물은 보는 것만으로도 신비하고 시원했다. 여호수아는 해상이 건네준 물병을 들고 마개를 뽑았다.

뽕, 맑은 소리가 나며 입구가 열린 물병에서 신기하게도 시원한 향기가 났다. 머리가 맑아지며 눈앞이 환해져왔다. 해상은 자신이 가지고 있던 것이었지만 마개를 따보기는 처음이라 더욱 신기했다.

"와, 엄청 좋은 향이 나네."

"그래 그렇지. 이게 그 에덴에서 얻은 거라고 그랬지? 에덴의 비손강이라고? 그 원줄기에서 가져왔다고 그랬지?"

"응. 분명히 그렇게 들었어."

"그럴 거 같다. 아무리 봐도 매력적인 걸. 하하하. 이제 아픈 것도 다 나은 거 같네."

여호수아는 해상이 보는 가운데에서 후루룩 마시고 싶다는 생각을 했다. 그러나 여태껏 한 일이 너무나도 아까웠다. 여호수아는 병 안의 물을 정확히 네 등분해서 그 하나를 갈렙이 누웠던 자리의 흙 위로 부었다. 그리고 또 다른 하나도 역시 자신이 누웠던 자리에 붓고는 얼른 마개를 닫았다.

다시 해상에게 돌려주며 여호수아가 말했다.

"너 혼자 이거 마시면 안 돼. 나중에 나도 좀 줘야 돼 알았지?"

"야, 내가 너를 두고 어떻게 혼자 먹겠냐? 여기 갈렙 하고 예후도 있는데 나중에 꼭 줄게."

"진짜?"

"그럼 약속이라도 할까?"

"아니야 이미 약속했으니 됐어. 자 이제 그럼 다시 뚜껑을 닫자."

여호수아의 말에 갈렙이 자신을 덮었던 딱딱한 천을 들어 흙 위에 덮었다. 그러자 신기하게도 갈렙의 모양을 띠었다. 색도 붉은 색이어서 언뜻 보면 사람 같았다.

여호수아의 껍질도 마찬가지로 다 덮은 갈렙은 큰소리로 말했다.

"예후, 일어나. 이제 마지막 제일 중요한 때니까 어서 일어나. 이제 좋은 구경 놓치면 언제 또 보겠어,"

죽은 듯 누워있던 예후는 갈렙의 말에 벌떡 일어났다.

"어, 안 자고 있었네?"

"뭐야 놀랐잖아."

예후는 여호수아와 해상의 말에 둘의 어깨에 매달리며 어깨동무를 하였다.

"아까부터 깨어 있었지 뭐. 하하하. 너희들 하는 얘기 다 들었어. 하하하."

갈렙은 예후에게 웃음을 지으며 말했다.

"자, 잘들 봐. 이제 나의 분신, 생령 하나가 생길 테니. 눈을 크게 뜨고 잘 보라고. 자, 간다."

갈렙은 숨을 크게 들이쉬고는 붉은 흙을 덮은 천의 코가 튀어나온 부위에 입김을 불어넣었다.

후— 후—.

꽤 많은 숨을 불어 넣은 갈렙은 친구들에게로 돌아와서는 어깨동무를 하였다. 그러자 이번에는 여호수아가 허리를 굽히고는 자신의 분신에게 생령의 숨을 불어 넣어주었다.

후— 후—.

그리고는 역시 친구들 틈에 돌아와서 눈을 크게 뜨고 내려다보았다.

호롱불이 흔들렸다. 그림자도 흔들리고 공간도 흔들렸다.

우주가 흔들리고 마음도 흔들렸다.

호롱불에 이어 어디선가 불어온 바람이 네 친구들의 낯을 간지럽혔다.

바람은 누워있는 분신들을 휘감아 돌고 멀어져갔다.

바람이 지나가자 새로운 시작을 알리는 먼동이 터왔다.

어렴풋이 밝아오는 먼동의 불빛.

그 황금빛 불빛이 어린 친구들의 고운 낯을 비추었다.

그리고는 바닥에 누운 생령, 분신들에게도 어김없이 비추어갔다.

숨을 죽이고 있는 네 명의 장난꾸러기 친구들의 얼굴은 더 이상 장난꾸러기들의 얼굴이 아니었다. 진지했다. 모방과 창조의 그 아슬아슬한 경계. 그 외줄을 위태롭게 타는 아이들은 생명의 신비에 경외감을 느꼈다. 바닥에 누운 분신들의 얼굴에 햇살이 비추이자 황금가면처럼 보였다.

바닥에 의미없는 흙더미처럼 쌓아져만 있던 갈렙과 여호수아의 분신은 무의미한 하얀 빛깔을 벗고 생명이 넘치는 자연의 색으로 물들어갔다.

탄성이 절로 나왔다. 하지만 누구 하나 소리 내지 않았다.

서서히 사라지는 가면 아래로 오뚝한 코가 솟아나왔다.

감은 눈 위로 자라나는 눈썹은 반원을 그렸다.

주름 하나 없이 매끈한 이마가 떠올랐다.

이마를 지나 머리카락의 뿌리가 드러나자 바람이 다시 불었다.

간지러운 바람 따라 군무를 추는 머리카락의 뿌리는

이마와 더불어 시원한 들판을 닮았다.

속도감 있게 기어가는 머리카락은 진한 흙을 닮았다.

스물스물 자라나는 머리털은 한 올 한 올 그 방향이 달랐다.

조금씩 사라지던 하얀 색은 귓볼을 넘자 갑자기 사라졌다.

딱딱하던 덮개는 그 힘이 풀리고 탄력을 가지더니,

투명한 아기 피부 아래로 흐르는 모세혈관이 보였다.

생명의 근원 빨간 핏줄이 흘렀다.

그리고는 생령이 되었다.

네 친구는 입이 절로 벌어졌다. 눈에 보이는 모든 걸 믿기에는 네 아이들의 눈이 모자랐다. 갈렙이 소리를 질렀다.

"야호. 드디어, 또 다른 내가 생겼다. 야호."

"정말 신기하네. 나중에는 꼭 해봐야지."

해상은 부러운 눈초리로 바라보았다. 하지만 여호수아는 차분하게 입을 열었다.

"다들 좋아하긴 일러. 이제부터는 교육을 시켜야 돼. 교육을. 우리 대신 수업도 듣고 숙제도 하려면 단단히 시켜야 할 걸? 아마도 갈렙 네가 가장 힘들겠지만 말이야. 쟤가 너를 닮았으면 땀 꽤나 쏟겠지. 안 그래? 이 말썽꾸러기."

그 말에 네 친구는 기분이 좋아지며 껄껄대고 웃었다. 어른도 아니고 그렇다고 꼬마도 아닌 아이들이 자신들이 한 일이 얼마나 위험한 일인지 모르고 그저 성취감에 들떠있었다.

에덴의 동쪽으로부터 불타오른 태양은 새 생명이 탄생한 숲을 따뜻하게 비추고 있었다.

에덴의 동쪽 문, 광화문 앞

아침부터 하늘은 맑았다. 맑고 푸른 하늘 한구석에 해를 머금은 뭉게구름이 두둥실 떴다. 솜사탕 같은 뭉게구름 사이로 비집고 내려오는 따사로운 햇살. 그 축복의 햇살은 빛의 문, 광화문의 현판을 비추며, 생물아이들이 재잘거리며 앉아있는 경복궁의 바닥 돌판을 달구었다.

광화문. 빛의 통로였고 에덴으로 들어가는 동쪽 문이었다. 어느 누구도 빛의 허락없이 들어갈 수 없고 나올 수도 없었다. 광화문을 등지고 바라보는 경복궁 뜰의 돌판은 넓고 길게 뻗어 있었다. 그래서 빛의 통로 광화문 앞에서는 늘 큰 행사가 많이 열렸다. 오늘 기분 좋은 아침에는 생물학교의 졸업식이 열렸다.

새로운 아침이었다. 동에서부터 올라와서 광화문 현판에 맨 먼저 비추이는, 아침 햇살은 빛이 되어 돌판을 비추었다. 그 태양빛을 한껏 온몸으로 맞으며, 졸업식을 앞둔 생물의 아이들이 돌판 위에 앉아있었다.

만물이 기지개를 켜고 새로운 활력을 찾는 아침에 이 모든 걸 지은 창조의 주인은 하얀 돌판에 앉은 아이들처럼 기쁘고 들떠 있었다. 아이들의 마음을 그대로 담은 창조주의 마음은 산들바람이 되어 끝없이 재잘거리며 웃는 아이들 사이를 돌아다녔다. 민감한 살갗을 스치는 바람의 절묘한 힘 조절 덕에 아이들은 엄마 자궁으로 돌아간 것처럼 마음이 푸근해졌다. 적당히 나부끼는 머리털 속에 빛나는 아이들의 우웃빛 살결은 새들도 부러워 울며 날아다녔다. 바람에 실은 창조주의 마음은 경복궁 광화문 앞 돌판에 줄 맞추어 있는 아이들의 마음 마음으로 스며들었다.

붉고 하얗고 파란 옷을 각기 입은 세 무리의 아이들은 졸업식을 맞아 들떠 있었다. 10년 동안의 지난 일들을 추억으로 묻고 저마다 재잘거리며 앞으로의 미래를 꿈꾸었다. 들뜬 얼굴에서는 뽀얀 살결과 붉은 입술이 서로 대비되며 꽃처럼 피어났다. 앞뒤 좌우로 번갈아가며 떠드는 아이들의 환한 얼굴로 팔랑거리는 나비가 날아들 때면 모두들 낮은 탄성을 질렀다. 날아든 나비를 보며 웃고, 해를 보며 또 웃고, 그리고 서로의 얼굴을 보며 웃는 아이들.

환한 얼굴로 이야기꽃을 피우는 돌판의 예쁜 꽃들이 보이는 광화문 앞 단상에는 졸업을 축하하러 온 졸업생들이 노래를 하고 있었다. 본격적인 졸업식을 앞두고 연습에 여념이 없는 졸업생들은 저마다 갈고 닦은 노래 솜씨를 뽐냈다. 청량한 하늘에는 두어 마리의 매가 노래에 맞추어 돌며 날아다녔다.

그러나 밝은 노래가 흐르는 단상 앞과는 달리 광화문 바로 밑의 귀빈석은 어두웠다.

무거운 분위기가 흐르는 귀빈석에 앉은 자들은 별로 움직임이 없었다. 아이들을 바라보거나 멀리 하늘을 둘러보는 일이 전부였다. 웃고 떠드는 모습은 찾아볼 수 없었다.

가로로 길게 늘어진 귀빈석의 한가운데에 앉은 백발의 노인은 길게 드리워진 수염만큼이나 세월의 깊이가 흘러나왔다.

에노스. 생물학교의 교장이었다. 지혜가 강물처럼 흐르는 머리는 하얀 백발이 덮고 있었고, 깊이를 알 수 없는 맑은 눈망울은 별을 닮아 있었다. 그러나 돌판의 맨 앞에 공손하게 앉아있는 어호수아와 갈렙을 보며 에노스의 눈에는 수심이 가득했다. 아마도 그 옆에 비어있는 자리 하나에 눈길을 주는 듯했다. 해상의 자리였다. 물의 생물들을 대표해서 상을 받을 해상이 자리에 없었다.

수심이 가득한 에노스 뒤로 두발가인이 안절부절못하고 있었다. 불의 나라에서는 화덕을 지피는 대장장이지만 지위가 왕과 같았다. 그러나 왕으로 불리는 것을 싫어한 두발가인은 누구든지 자신을 왕이라 부르면 불처럼 화를 냈다. 그래서 사람들은 모두 그를 대장장이라 불렀고 두발가인도 그것을 좋아했고 자랑스러워했다. 심란한 두발가인 옆에 조용히 앉아서 눈만 껌벅이고 있는 자는 요나였다.

요나. 물의 생물로 수백 년을 지내온, 물의 나라의 왕이었다. 요나는 두발가인과는 달리 차분히 앉아서 자신이 데려갈 물의 생물 아이들을 하나하나 유심히 보고 있었다. 자신이 아끼는 제자 해상이 없어진 걸 아는지 모르는지 요나는 표정의 변화가 없었다.

에노스와 요나가 앉은 의자 뒤로 여러 내빈들이 앉아 있었다. 에노스 바로 오른쪽 뒤에 앉은 자는 에덴에서 온 천사 가브리엘이었다. 급박히 돌아가는 전쟁의 와중에 졸업식에 참석한 가브리엘을 보며 다들 고개를 갸우뚱했다. 그 가브리엘의 왼쪽 옆으로 볼품없는 노인 하나가 덩그러니 앉아 있었다.

반고. 보이는 것과 달리 뱀족을 이끌고 있는 실질적인 왕이었지만 공식 직함은 군사였다. 반고는 뱀족의 아비처럼 추앙받지만 에덴에서는 공적 1호였다. 비상한 머리에 들어있는 지혜를 풀면 초원이 피바다를 이루었고 골짜기가 시체로 메워졌다.

이상한 자는 또 있었다. 왼 어깨에 오른 매를 애완동물처럼 어루만지며 거만한 얼굴로 졸업식장을 돌아보는 자, 그자의 이름은 달의 제국의 2인자 악마였다. 사실 악마와 반고는 이번 졸업식에 초대되지 않았다. 그러나 졸업식 며칠 전부터 오겠다고 우기는 통에 할 수 없이 오게 되었다. 악마는 달의 제국의 3인자 마귀와 함께 무작정 들어와 단상에 앉아 있었다. 에노스는 비록 적이지만 생물학교의 졸업식을 축하하러 왔다는 말에 허락해 주었다. 그러자 반고는 졸업식을 하는 동안만 전쟁을 멈추어주었다. 하지만 에덴의 밖에는 수많은 군사들이 진을 치고 있었다.

두발가인은 신경이 쓰이는지 연신 악마를 노려보았다. 하지만 악마는 요지부동. 오히려 그 상황을 더 즐겼다. 여유롭게 앉아 있는 악마는 거만한 얼굴로 주위를 살폈다.

졸업식은 이미 그 시작 시간을 넘겼다. 기다리던 하객과 학생들은 식이 시작하지 않자 동요했다. 관심이 없던 아이들도 단상의 무거운 분위기에 시간이 지나면서 하나둘씩 말소리가 작아져 갔다.

"왜 시작을 안 하지?"

"해상이랑 예후가 없잖아."

"진짜?"

"없어. 근데 이상하게도 갈렙과 여호수아는 있단 말이지."

"그게 뭐?"

"야, 생각해 봐. 걔네 네 명이 떨어져 있는 거 봤어?"

"아니."

"그러니까 이상하다는 거야. 둘은 있는데 둘은 없어. 그러면 이상한 거야. 걔들은 늘 붙어 다니는데."

"그래 그러니까 두발가인이 화가 난 거구나. 걔들 말고 저렇게 두발가인의 화를 돋우는 애들이 또 있겠어?"

"그거야 그렇지만. 그렇다고 없는 애들은 없는 거고 졸업식은 졸업식이잖아? 빨리 해야지."

"맞아. 손님도 많이 왔는데 빨리 해야지."

그때였다. 이제까지 조용하기만 하던 에노스가 자리를 털고 일어났다.

"기다릴 만큼 기다렸으니 이제는 가서 데려와야겠습니다. 두발가인과 요나께 졸업식을 부탁드립니다."

"어디로 가시렵니까? 제가 같이 가겠습니다."

두발가인의 말에 에노스는 대답 대신 손을 들어 뒤로 흔들며 걸어나갔다. 에노스가 아무 말 없이 걸어나가자 천하의 두발가인도 어쩔 수가 없었다. 에노스를 보며 반고가 생각했다.

'에노스가 어디로 가는가? 대체 얼마나 중요한 아이들이기에 에노스가 친히 간단 말인가? 나중에라도 아이들을 보면 잘 기억해 두어야겠다. 알아볼 만큼 알아보았으니 나도 이제 가야겠다. 이만하면 되었다. 이제 가자.'

졸업식은 에노스와 반고가 나란히 가고 없자 일사천리로 진행되었다.

그 시각 뒷동산

캄캄한 새벽에 일어나, 몰래 학교를 나온 여호수아와 개구쟁이들은 동트는 곳을 보며 한참 걸어갔다. 동트기 전, 캄캄할 때부터 걸었으니 꽤 걸었지만 그래도 아직 도착하지 못했다. 앞서서 걸어가는 예후를 보며 갈렙이 큰소리로 물어보았다.

"예후, 아직도 멀었어? 언제까지 가야 하지?"

"응 거의 다 왔어. 저번에 왔을 때랑 다른 길로 와서 그래. 거의 다 온 거야."

"나도 그런 거 같아. 그나저나 누렁이는 잘 있겠지? 마당쇠도 그렇고?"

여호수아가 갈렙과 예후의 말에 끼어들었다.

"그럼 잘 있겠지. 저번에 마당쇠 얘기로는 이사를 간다고 그러긴 했는데. 그러기 전에 만났으면 좋겠다. 할아버지가 걔들 데리고 가도 된다고 했으니까 이사 가더라도 우리가 가고 나서 가겠지? 그렇겠지?"

해상도 끼어들었다.

"히히 해상이 너 마당쇠랑 누렁이 좋아하는구나?"

"그럼 좋아하지. 얼마나 귀엽냐?"

"하긴."

그때였다. 갑자기 갈렙이 뛰었다.

"야호, 저기 봐 저기. 나무다. 나무. 자 다 왔어."

한명이 뛰어가니 나머지도 뛰었다. 눈에 가득 행복한 웃음이 담겼다. 크게 벌린 입으로도 연신 웃음이 나왔다. 무어가 그리 좋은지 아이들은 저마다 재잘대며 앞서거니 뒤서거니 했다. 행복한 아이들은 너른 들판에 봉긋하게 솟은 언덕으로 뛰어갔다.

힘이 좋은 갈렙과 예후는 맨 먼저 도착하였다. 도착한 곳은 아담한 언덕이었다. 숲이 우거진 곳에서는 가장 높은 곳이었지만 그리 높지 않은 뒷동산 정도 되는 언덕. 그 언덕 중앙에 커다란 나무가 두 그루 있었다. 네 명이 모두 합쳐서 손을 벌려도 어림없는 굵기의 나무는 잎이 무성했고 풍부했다. 그 나무 아래에 누워서 잠을 자면 좋은 꿈도 꾸고 잠도 잘 왔다. 몸이 개운해지며 맑아지고 피곤하지 않았다. 따가운 햇살을 막아주기도 하고 비도 피하게 해주었다. 하늘 높이 뻗은 가지와 잎사귀들은 바람이 불 때마다 아이들에게 꿈과 미래를 들려주고 동화책을 읽어주었다. 아이들은 한마디로 이 나무에 반해서 늘 이곳으로 놀러오곤 하였다.

갈렙은 맨 먼저 도착하고는 이리저리 두리번거렸다. 잠시 후 갈렙 다음에 도착한 예후가 가쁜 숨을 몰아쉬며 말했다.

"찾았어?"

"아니. 아직."

"어딘가에 숨어서 숨바꼭질하는 거겠지, 그치? 이사 가지 않고 숨바꼭질하는 거겠지?"

"글쎄. 여긴 언덕이라서……."

갈렙의 자신 없는 말에 예후는 몸이 달았다. 뒤이어 도착한 아이들도 같은 말을 하였다.

"어딨어? 누렁이는? 마당쇠는?"

"글쎄. 그게……."

"없어? 벌써 이사 간 거야? 그럴 리가."

"그러면 큰소리로 불러보자. 누렁아!"

"누렁아! 마당쇠야!"

"누렁아 어딨니?"

아이들은 커다란 동산 전체를 한참을 찾아 헤매었다. 하지만 아이들이 찾는 놈들은 코빼기도 볼 수 없었다. 이리저리 흩어져서 누렁이와 마당쇠를 찾던 아이들은 시간이 지날수록 힘이 들었다. 빈 동산에는 메아리조차 없었다. 점점 행동이 느려지던 아이들은 아무런 말없이 나무 주위에 주저앉았다. 예후가 말했다.

"일찍 왔으면… 만날 수 있었을까?"

"글쎄. 모르긴 해도 그랬을 수도…."

"근데 왜 이사를 갔을까?"

"글쎄."

"그냥 글쎄, 글쎄 그러지만 말고 생각을 해 봐."

"글쎄. 할아버지 아들이 집을 나가서 그랬다는 것만 알아. 그것도 저번에 마당쇠가 몰래 얘기해 준거야."

"불쌍한 할아버지."

"나쁘다. 외로운 할아버지를 혼자 두고 어딜 갔대?"

"글쎄."

이 말 저 말로 떠들던 아이들은 시간이 지날수록 말이 짧아졌다. 졸업식도 빼먹고 생령까지 만들면서 여기까지 왔지만 막상 만나지 못하니 기분이 묘했다. 마음 한구석이 뻥 뚫렸다.

하늘은 높고 바람은 적당했다. 솔솔 불어오는 산들바람에 기운이 탁 풀린 아이들은 너나 할 것 없이 나무뿌리를 베개 삼아 낮잠에 빠져들었다. 어제 밤을 꼬박 지새운 아이들은 피곤한 몸을 누이고 깊고 깊은 꿀맛 같은 잠에 빠져들었다. 바람이 아이들의 뺨을 지나 머리카락을 세고는 나무를 타고 하늘로, 하늘로 날아갔다.

그리곤 얼마가 지났을까? 갈렙은 이상한 기분이 들었다. 뭔가가 코로 들어와서 미끈거렸다. 갈렙은 자신의 콧구멍이 신경 쓰여 깨어났다. 갈렙은 슬며시 눈을 떴다. 밝은 햇살이, 풍성한 나뭇잎을 피해 눈으로 들어왔다. 갈렙은 찡그린 눈으로 살며시 앞을 보았다. 무언가 시계추처럼 움직이며 어른거리는 것이 빛을 가렸다가 비키기를 반복했다. 코로 들어오는 익숙한 냄새.

갈렙은 눈을 번쩍 뜨고 자신을 내려다보는 커다란 황소를 보았다. 입에서는 찐득이 같은 침이 흐르고 자신의 얼굴을 다 덮고도 남을 커다란 혓바닥이 자신의 얼굴을 쓸고 있었다. 눈에 들어온 커다란 소를 보곤 갈렙은 용수철처럼 튀어 올랐다.

"마당쇠."

갈렙은 마당쇠의 침을 닦으며 좋아했다.

"안 갔어? 이사 안 갔어?"

갈렙은 커다란 몸집의 소를 부여잡았다. 한 아름에 감기지 않을 정도로 굵은 소의 목을 잡고 갈렙은 어린아이처럼 좋아했다.

"이사 간다기에, 설마 했는데. 먼저 간 줄 알고 얼마나 걱정했는지 알아?"

"에이, 설마 작별인사도 없이 갈까 봐? 할아버지께서 너희들을 얼마나 보고 싶어 하시는데."

마당쇠가 놀랍게도 말을 했다. 그러나 갈렙은 전혀 놀라지 않았다. 갈렙은 친구처럼 말했다.

"그렇지. 그렇게 될 줄 알았어. 근데 할아버지는 어디 계셔? 누렁이는?"

"누렁이는 어디 갔어. 이따가 볼 거야. 할아버지는 여기 계실 텐데."

마당쇠는 말을 하며 그 큰 몸집을 움직여 뒤를 돌아보았다. 그리고는 큰 나무를 따라 걸음을 옮겼다. 갈렙도 마당쇠를 따라갔다.

"여기 계셨는데. 어디로 가셨나?"

"그러게. 할아버지 혼자 계시게 두면 안 되는데. 할아버지, 어디 계세요?"

갈렙이 큰소리로 불렀다. 그러자 갈렙의 등 뒤에서 할아버지의 목소리가 들렸다.

"누구냐? 어느 놈이 왔을까나?"

"할아버지."

"그래 갈렙이구나. 목소리가 우렁찬 걸 보니. 갈렙이야."

갈렙은 뒤로 돌아 달음박질했다. 커다란 나무를 돌아가니 아까 자신이 누워있던 그곳에 할아버지 한 분이 보였다. 한눈에 보기에도 완연히 나이가 든 할아버지였다. 백발이 성성한 할아버지는 그러나 초라했다. 누비고 닳은 헌 옷을 입고 맨발로 밭을 갈며 나무들을 돌보는 할아버지는 백발의 수염도 아무렇게나 나 있었다. 그러나 눈에는 사랑이 잔뜩 들어 있었고, 입꼬리는 무엇이 그리도 좋은지 연신 웃었다.

"할아버지."

"아이쿠, 이놈 갈수록 크는구나."

갈렙은 할아버지를 보고는 달려가 안겼다. 할아버지는 연약한 농부였다. 황소만한 아이가 달려와 안기니 휘청거렸다. 그러나 사랑하는 마음으로 갈렙을 꼭 안아주었다. 갈렙은 할아버지 품 안에서 그대로 있었다. 할아버지의 내음이 좋았다. 땀 내음과 흙 내음이 합쳐진 할아버지의 내음을 갈렙은 유난히 좋아했다. 할아버지의 품 안에서 두근거리는 할아버지의 심장소리를 귀로 느끼고 있으면 마치 엄마의 자궁 안에 들어와 있는 것 같았다. 포근하고 또 푸근했다.

한참을 안고 있던 할아버지가 슬며시 팔을 풀며 말했다.

"오늘 졸업식일 텐데."

"하하하. 괜찮아요."

"가야지?"

"가면요? 졸업식 끝나면 이제 다들 헤어져야 하잖아요."

"……."

"우리는 헤어지는 게 싫어요. 물론 할아버지랑 헤어지는 것도 싫지만."

"그렇지 헤어지는 건 나도 싫지. 허허허, 그래도 언젠가는 헤어질 텐데. 그때는 어찌하누?"

"그때는, 뭐 그때 일이구. 지금은 헤어지기 싫어요. 졸업식 안 하면 학교를 다시 다닐 수 있잖아요. 두발가인께서 그러셨는데 졸업식 안 하면 일 년 더 다닌다구."

"허허. 그래서 일부러 안 갔구나? 너희들끼리 헤어지기 싫어서."

"네, 그렇기도 하구요. 할아버지랑도 헤어지기 싫어요."

"고맙네. 이 할아버지를 생각해 주고. 아무도 이 할아버지 생각은 하지 않는데. 너희들이 이 할애비를…."

할아버지가 말 뒤를 흐리자 이번에는 갈렙이 화제를 바꿨다.

"근데 할아버지 이사 가요? 얘들이 그러던데요."

"마당쇠가 또 떠들었구나."

"진짜 가요?"

"……."

"가는구나."

"……."

갈렙의 얼굴에 슬픈 표정이 돌았다. 할아버지는 갈렙의 말에 대답을 할 수가 없었다. 자신을 끔찍이도 좋아하고 따르는 아이들의 말에 무슨 말을 해야 할지 몰랐다. 할아버지는 가슴이 아려왔다. 할아버지는 대답 대신 갈렙을 다시 끌어안으며 눈을 감았다. 작은 눈물이 한 방울 갈렙의 머리 위로 굴렀다. 갈렙은 할아버지가 울고 있는 걸 알았다. 가슴이 메어졌다.

'할아버지가 무슨 말 못할 사정이 있으신가 보다. 울게 해드리면 안 되지.'

갈렙은 울고 있는 할아버지 품 안에서 입을 열었다.

"울지 마요. 할아버지……."

갈렙의 말에 할아버지는 대답을 할 수 없었다. 사랑하는 갈렙의 말에 목이 메어서 말이 목을 넘지 못했다. 갈렙은 할아버지가 눈물을 삼키는 소리를 들었다. 갈렙도 할 말이 없었다. 바람만 휭, 하고 불어왔다.

그러기를 한참 이번에는 갈렙이 할아버지를 꼭 끌어안고 말했다.

"할아버지 그러면 이렇게 하면 어때요? 나중에 여기서 다시 만나는 거. 어때요? 일 년 있다가, 아니면 이 년 있다가. 그것도 안 되면 한, 십년쯤 있다가. 나중에 할아버지는 이사 갔다가 다시 오고, 우리도 커서 이곳에 다시 와서 이 나무 아래에서 만나면, 그러면 어때요. 그러면 지금 울지 않아도 되잖아요. 우리는 할아버지 보고 싶으면 이 나무에서 만날 날을 생각하면서 참으면 돼요. 할아버지도 우리 보고 싶으면 우리처럼 그렇게 하면 되고."

"……."

할아버지는 갈렙의 말을 듣고 더욱 가슴이 미어졌다. 할아버지는 대답 대신 고개를 끄덕였다. 순간, 갈렙은 할아버지가 너무 불쌍해졌다. 갑자기 품 안에서 무언가를 꺼냈다. 그리고는 할아버지에게 주며 눈을 빛냈다.

"이거, 할아버지 가져요."

할아버지는 갈렙이 자신의 손에 쥐어 준 걸 보았다. 눈물이 앞을 가려서 소매로 눈물을 닦으며 내려다보았다.

"내가 보고 싶으면 이걸 봐요. 이거, 내가 어제 불의 근원에서 일등 했거든요. 그래서 상으로 받은 건데, 이거 줄게요. 지금 내가 가진 건 이거 밖에 없어요."

할아버지는 눈물을 삼키며 억지로 말을 꺼냈다.

"아이구, 이렇게 귀한 걸 이 할애비한테 주면 어떻게 해. 너한테는 이게 꼭 필요할 텐데."

"아니에요. 그렇게 필요하지 않아요. 저야 어차피 불의 나라로 갈 것도 아니고. 일등은 어쩌다 한 건데요 뭐. 그리고 할아버지가 가지고 있다가 나중에 우리 다시 만나면 그때 도로 주면 되지. 안 그래요? 그러니까 할아버지 가져요."

할아버지는 손 안에 들어있는 귀한 물건을 알아보았다. 작은 메달은 묵직했다. 불의 근원의 모양이 그려져 있고 그 안에는 갈렙의 이름이 새겨져 있었다. 정교하게 조각되어 있었는데 메달을 만든 재질도 범상치 않았다. 가장 강한 철로 만들어져 있는 걸로 보아 가장 강한 철을 다룰 줄 아는 두 발가인이 손수 만든 것이 분명했다. 갈렙이 이걸 가지고 있으면 불의 나라의 후계자가 될 수 있을 뿐만 아니라 위급할 때면 자신을 보호할 수도 있는 신비한 물건이기도 했다. 갈렙도 이 메달에 대해서 잘 알고 있었지만 미련없이 할아버지에게 주는 갈렙의 마음이 더 귀했다. 할아버지는 너무나 감격한 나머지 말없이 눈물만 흘렸다.

"할아버지 이제 그만 울어요. 너무 울면 몸에 해로워요."

"그래 그러자꾸나. 이제 그만 울고 이 할애비도 할 일을 해야겠구나. 갈렙, 고맙다. 고마워. 이 쓸쓸한 할애비를, 아무도 거들떠보지도 않는 할애비를 이렇게까지 생각해 주다니. 갈렙, 나중에 우리 꼭 만나자꾸나. 때가 되면 우리 꼭 만나서 이 할애비가 이 메달을 다시 네 목에 걸어 줄게. 그 전까지 이 할애비가 갈렙 너를 보고 싶을 때면 이걸 보고 있을게. 고맙다,

갈렙."

갈렙은 다시 한 번 할아버지의 품에 안겼다. 할아버지의 심장 박동은 더욱 빨라지고 따뜻해졌다. 갈렙은 한참을 더 있다가 손에 힘을 풀고 뒤를 돌아보았다. 누군가가 온 것 같아 뒤를 돌아 본 갈렙은 너무나 놀랐다.

그곳에는 바로 에노스가 하얀 말을 타고 서 있었다. 갈렙은 얼른 뒤를 돌아서 인사를 하였다. 불호령이 떨어질 줄 알았는데 인사를 하는 내내 에노스는 아무 말이 없었다. 고개를 차마 들지 못하는 갈렙은 땅을 바라보며 생각에 잠겼다.

'에노스께서 여기를 어떻게 아셨을까? 우리는 이제 죽었다.'

그러나 에노스는 아무 말이 없었다. 한참을 고개를 숙이고 있던 갈렙은 무언가 이상해서 슬금슬금 고개를 들었다. 그리고는 조심스레 에노스를 보았다. 갈렙의 눈앞에 있던 에노스는 어느새 자신의 뒤에서 할아버지와 얘기를 나누고 있는 것이 보였다. 갈렙은 다시 놀랐다. 할아버지는 마당쇠를 타고 이미 저 만큼 가고 있는데 에노스는 그 옆에서 걸어가며 무슨 말을 나누고 있었다.

'두 분이 서로 알고 계시나? 아니면 나 때문에 그러시나?'

잠시 후 에노스는 할아버지에게 인사를 하고는 갈렙이 있는 쪽으로 왔다.

"갈렙 이제 가자. 가야할 때가 되었으니 가야지?"

갈렙은 에노스 뒤로 마당쇠를 타고 가는 할아버지를 보았다. 터벅터벅 소를 타고 가시는 할아버지는 쓸쓸해 보였다. 갈렙은 눈으로는 할아버지를 보며 에노스에게 말했다.

"네."

바람이 부는 언덕에는 푸르렀던 나무의 잎들이 떨어지고 있었다. 낙엽으로 떨어지는 나뭇잎들은 에노스의 하얀 말 앞에 타고 가는 갈렙의 얼굴을 살짝 때리며 흘러내렸다. 그러다 어느 순간 우수수 떨어지는 나뭇잎들은 갈렙의 시야를 가리며 뺨을 어루만졌다.

그러면서 갈렙의 귓불에 대고 작은 소리로 말했다.

안녕…갈렙, 안녕…

악전고투

동산 언덕에 부는 바람은 갈수록 거세어져갔다. 갈렙은 언덕을 내려와서 숲을 지나갔다. 가는 내내 에노스는 아무 말도 하지 않았다. 갈렙은 속으로 여러 가지 생각이 들었다. 갈렙은 지나가는 길 뒤로 죽음의 어두움이 숲을 덮치는 걸 알지 못했다. 갈렙과 에노스가 탄 말이 지나가자 바로 숲이 죽고 나무가 시들어갔다. 풀이 마르고 꽃이 지며 새와 곤충들이 어디론가 날아가 버렸다. 에노스는 근심어린 표정으로 하늘만 바라보았다. 그럴수록 에노스의 근심이 자신 때문인 줄로만 아는 갈렙의 고개는 더욱 땅으로 숙여졌다.

한참을 말을 타고 가던 갈렙은 눈앞에 한 무리를 보고 겨우 얼굴이 펴졌다. 저 앞에 보이는 숲의 끝자락 공터에는 두발가인이 커다란 몸집을 땅에 박고 우뚝 서 있는데 친구들도 모두 함께 있었다. 게다가 보고 싶던 누렁이도 눈에 들어왔다. 갈렙은 한눈에 알아보고는 손을 흔들었다. 그러자 친구들도 소리를 질렀다. 두발가인이 커다란 목소리로 말했다.

"갈렙, 이놈!"

두발가인의 쩌렁거리는 소리에 갈렙은 쥐구멍에라도 들어가고 싶었다. 에노스는 그런 갈렙을 보며 일부러 큰소리로 말했다.

"두발가인, 어서 서두릅시다. 이러다 늦으면 큰일이 나겠습니다. 아이들의 일은 이 정도에서 마무리를 하고. 가브리엘께서는 어디 계십니까?"

"광화문에 있습니다. 아까부터 기다리고 있지요. 요나도 그곳에 계십니다."

"그럼 아이들은 누가 인솔해 갔습니까? 안전하게 가야 할 텐데요."

"마노야 선생님이 가셨지요. 졸업생들도 같이 갔습니다. 워낙 총명한 아이들이니 잘 데리고 갈 겁니다. 그보다, 마귀와 악마도 모두 같이 움직여 갔습니다만… 반고가 어디에 갔는지… 보이질 않습니다."

에노스는 말을 몰아가며 두발가인에게 말했다.

"반고가 없어졌다면 문제겠습니다. 하지만 어쩔 수 없지요. 그러면 저도 가봐야겠습니다. 두발가인께서 요나 선생님과 함께 아이들을 좀 데려다 주시지요. 가브리엘에게는 인사를 못 드린다고 전해 주시구요."

"알겠습니다. 그럼 제가 이 아이들을 책임지고 데려다 놓겠습니다. 부디 몸조심하시길."

"그럼, 두발가인께 모든 걸 맡깁니다. 여호수아, 누렁아 가자."

에노스는 말을 마치고는 여호수아를 불렀다. 그러자 여호수아가 누렁이와 함께 에노스의 앞으로 왔다. 고개를 들지 못하는 여호수아에게 에노스가 입을 열어 말했다.

"너무 자책하지 마라. 자세한 얘기는 가면서 하면 될 것. 이제부터는 내 말을 잘 들어야한다. 이제부터는 어린아이 장난이 아니라 전쟁이 될 테니. 자, 누렁이도 같이 가자."

에노스는 여호수아와 누렁이를 함께 자신의 말에 태웠다. 그리고는 말을 몰아 옆으로 빠져서 다시 학교를 향해 돌아갔다. 에노스와 여호수아와 누렁이가 탄 하얀 말은 천천히 걸어가는 것 같다가 갑자기 빠른 빛이 되어 날아갔다.

아이들은 그 모습을 보고는 기절하였다. 하늘을 나는 말 이야기를 대충은 들어서 알고 있었지만 에노스의 흰말이 하늘을 날아가는 모습은 장관중에 장관이었다.

하늘을 날아가는 흰말이 점으로 보이자 두발가인이 말했다.

"자, 우리도 가자. 빨리 가야 그나마 목숨을 건질 수 있을 터. 가자."

두발가인은 앞서가던 말들의 엉덩이를 힘껏 쳤다. 그러자 말들은 높은 울음소리를 내더니 전력을 다해 질주하였다. 목숨이라는 말에 아이들은 바싹 긴장을 하였다. 살벌한 분위기에 아이들은 말위에 바싹 엎드렸다. 귀청을 찢고 지나가는 바람 소리만 들렸다.

때는 악했다. 사탄이 심어 놓은 미움이 커져 곳곳에서 전쟁이 일어났다. 강한 바람을 등에 업은 들불처럼 번져나가는 전쟁과 미움은 삽시간에 에덴 전체를 휘감았다. 옛뱀의 절묘한 말 한마디에 아담과 여자가 무너지자 사탄은 기다렸다는 듯이 전쟁을 일으켰다. 복종하지 않으면 죽였고 복종하더라도 쓸모가 없으면 죽였다. 사탄은 모든 힘을 모아 에덴을 공격했다. 에덴의 동쪽을 지키는 라파엘과 사탄의 오른팔 반고 간에 치열한 전투가 벌어졌다. 지옥에서나 나올 법한 괴물들과 귀신들이 에덴 앞 평야로 속속 모여들었다. 천사들과 생물들은 죽을 각오로 에덴의 문을 지키고 있었지만 전쟁은 아무도 알 수 없는 미궁으로 빠지고 있었다.

그런 와중에 에덴의 미래를 짊어지고 나갈 어린생물들의 졸업식이 열렸다. 졸업식이 끝나면 사탄이 어린생물들을 노린다는 소문이 무성했다. 졸업식을 마치고 먼저 행군을 떠난 어린생물들은 안전한 지름길로 갔다. 전쟁중이라서 안전한 길은 어디에도 없었다. 하지만 시간의 생물인 에노스가 시공간의 틈을 비집고 절묘하게 지름길을 만들어 놓았다. 지름길은 아무도 몰랐다. 오직 에노스만 알았다. 그래서 먼저 출발한 물의 생물과 불의 생물들은 안전하게 갈 수 있었지만, 늦게 출발한 두발가인과 갈렙 일행은 그 지름길을 돌아가야만 했다. 두발가인과 갈렙은 하는 수 없이 광화문을 지나 에덴 서쪽에서부터 빙 돌아서 서남쪽의 불의 나라를 향해 무작정 가야만 했다.

두발가인 일행은 말을 몰아 광화문에 도착하였다. 얼마나 세게 말을 몰아왔는지 준마들이 헐떡거리며 거품을 물었다. 아이들도 호흡이 가쁘고 허벅다리가 저려왔다. 모두가 헐레벌떡 힘들어서 쉬고 싶었지만 두발가인은 쉬지 않았다.

말에서 내린 두발가인은 광화문 앞에 서 있는 생물들을 향해 바람처럼 달려갔다.

"늦지는 않았는지……."

"늦지 않았지만… 시간이 많은 것도 아닙니다."

천사 가브리엘이 말하며 아이들에게서 눈을 떼지 않았다.

"저 아이들입니까? 에노스께서 그리도 칭찬을 아끼지 않으시던."

"그렇습니다. 그냥 보기에는 그저 철없는 장난꾸러기들 입니다."

"에노스께서 좋게 보셨으니 다르겠지요."

"그리 믿어야겠지요. 그나저나 문 밖의 적들은 얼마나 됩니까?"

"다 왔습니다."

"다 오다니요?"

"모두 왔습니다. 몇몇 행방불명인 자들을 제외하고는 모두 왔습니다."

두발가인은 너무나 놀랐다. 여기는 에덴의 코 앞 광화문이었다. 제국의 군대가 절대로 올 수 없는 곳이었다. 가브리엘도 고개를 흔들었다.

"사실 너무나도 이상합니다. 라파엘이 막고 있는 방어선을 어찌 뚫었는지 모르겠습니다."

"이런… 그나저나 사탄은 왔습니까?"

"아직 나타나지 않았지만 사탄이 공언하기로 밤에 나타난다 하였답니다. 그나저나 적들이 엄청납니다. 돌아가시는 게 좋지 않겠습니까?"

"다른 길은 없습니다. 이제는 죽을 각오로 뚫고 가야지요."

가브리엘과 두발가인의 대화를 듣고만 있던 요나가 한발 앞으로 나오며 말했다.

"너무 걱정 마십시오. 죽기를 각오하고 제가 선봉에 서겠습니다."

요나는 아이들에게 손짓을 하였다. 아이들은 요나의 손짓에 모두 모여서 고개를 숙였다.

"너희들 데리러 가는 동안, 사탄의 군대가 모두 모여 광화문 앞을 막게 되었다. 죽음을 각오하고 가야하는 상황이 되었다는 말이다. 사탄의 군대를 뚫고 가지 못하면 이 전쟁은 이길 수 없다. 수많은 형제들의 죽음이 헛되게 된다는 말이다. 천추의 한을 남기지 않으려면 빨리 서둘러라."

요나의 말에 아이들은 어리둥절했다. 요나는 심각한 표정으로 이어 말했다.

"우리는 지금부터 불의 나라로 간다."

아이들은 점점 눈이 동그래졌다. 집으로 가는 줄 알았는데 난데없이 불의 나라라고 하니 더욱 놀랐다.

"불의 근원으로 가야 한다. 그래야 에덴에서 죽어가는 우리의 형제들을 살릴 수 있다. 지금도 죽어가는 자들을 생각해 보라. 철없는 놈들, 네놈들은 부끄러운 줄 알아야 한다."

아이들은 고개를 들 수 없었다.

"이제 광화문을 나가서, 저 수많은 적들을 뚫고 불의 나라로 간다. 가는 길은 험난하고 위험하다. 만약 누구라도 가기 싫은 놈이 있다면 이곳에 남아도 좋다. 하지만 이곳도 곧 적들이 밀고 들어올 테니 이곳이 더 안전할지는 모르겠다. 우리와 같이 간다고 너희들을 보호해주리라는 생각은 버려라. 우리도 역시 목숨을 내놓았다. 결정은 너희들 스스로 해라. 자, 이제 우리와 같이 갈 자는 앞으로 나오라."

아이들은 요나의 말이 끝나자마자 눈치 볼 것 없이 발을 앞으로 내디뎠다. 두발가인은 조마조마한 마음으로 지켜보았는데 주저없이 앞으로 나오는 아이들을 보며 새로운 힘이 솟았다.

"요나께서는 뒤에 서십시오. 아무래도 선봉은 저에게 맡기시는 것이 좋겠습니다. 가브리엘과 아이들이 가운데 서고 요나께서 뒤를 봐주십시오. 제가 죽기를 각오하고 길을 내겠습니다."

두발가인은 요나의 대답을 기다리지도 않고 광화문을 열어젖혔다. 아이들은 두발가인의 행동을 보며 침을 꿀떡 삼켰다. 두발가인이 미는 광화문은 육중한 철문이었다. 십여 명이 밀어야 겨우 꿈쩍하는 문을 두발가인 혼자 밀었다. 문은 처음에는 느리게 움직였지만 곧 끼익 하는 중후한 음을 내며 활짝 열렸다.

광화문 밖은 엄청나게 넓은 평야였다. 가도 가도 지평선만 보이는 너른 평야는 쥐 죽은 듯 고요했다. 두발가인의 문 여는 소리만이 평야를 돌아울렸다. 하지만 쥐죽은 듯 조용한 정적 뒤로는 엄청난 살기가 퍼져있었다. 눈으로 다 담을 수 없는 대군이 광화문 앞에서 멀찍이 떨어진 곳부터 지평선 끝까지 가득 채우고 있었다. 멀리 지평선 끝에서 엄청난 연기가 올라오는 것으로 봐서 그곳에서 이미 생사를 건 전투가 치열해 보였다. 그 전선을 뚫고 광화문으로 몰려든 사탄의 대군은 살기를 머금고 두발가인만 보았다. 죽음의 그림자가 드리워진 적막한 평원도 역시 긴장을 하고 있는 듯, 모두가 숨을 죽이고 광화문만 보고 있었다.

미풍이 불어와 헝클어진 두발가인의 앞머리를 살짝 들어 올렸다. 그 안으로 불타는 눈을 가진 두발가인의 늠름한 얼굴이 나타나고 적들은 그의 눈빛에 압도당하는 듯 더욱 숨을 죽였다.

광화문이 활짝 열리고 나타난 두발가인을 보며 숨을 죽이던 적들은, 그러나 어느 순간, 누군가가 든 깃발을 보며 일제히 괴성을 질러댔다.

크아아아! 으아아아아아! 우아아아!

적들, 수만 대군의 함성은 폭풍이 되어 몰려왔다. 아이들은 너무나 놀라 그 자리에서 쓰러질 뻔했는데 옆에서 가브리엘이 잡아주는 바람에 겨우 중심을 잡고 섰다. 폭풍이 지나가고 먼지가 흩날리는 가운데 가라앉는 먼지 사이로 두발가인의 늠름한 모습이 들어왔다. 한 발자국도 뒤로 밀리지 않았다. 태산처럼 서 있는 두발가인에 아이들은 탄성을 질렀다.

먼지가 가라앉자 두발가인은 눈을 부릅뜬 채로 숨을 한 번 크게 들이쉬었다. 그리고는 옆에 선 말에 올라타더니 천천히 말을 몰아 광화문 밖으로 나갔다. 오른손에는 어느덧 본 적이 없는 창이 들려있었는데 보기에도 육중한 그 창에는 불이 타는 그림이 새겨져 있었다.

아이들은 두발가인의 뒤에 붙어서 서서히 말을 몰아갔다. 맨 마지막에 선 요나는 눈을 부라리며 뒤를 막았다.

천천히 말을 몰아 광화문을 벗어난 두발가인 일행 뒤로 광화문이 스르르 소리를 내며 닫혔다. 아이들은 모두 뒤를 돌아보는데 두발가인의 음성이 들렸다.

"뒤를 돌아보지 마라. 앞만 보고 옆도 보지 마라. 우리가 가야 하는 곳은 저곳, 불의 나라니라. 자, 가자! 나의 제자들아! 나와 함께 가자. 지옥으로!"

두발가인은 앞만 보고 번개가 되어 달려갔다. 그러자 때맞추어 아이들이 탄 말들도 보조를 맞추어 번개처럼 뛰어나갔다. 너른 평원에 한줄기 먼지를 일으키며 달려가는 두발가인은 어깨에 에덴의 명운을 짊어지고 거대한 바위를 향해 맨몸으로 돌진하고 있었다.

리워야단의 동굴

전쟁이 절정에 다다르고 있는 그때, 모두의 이목이 광화문에 고정되어 있을 때에 리워야단은 긴 침묵을 깨고 세상 밖으로 나왔다. 리워야단은 움츠렸던 몸을 뒤틀어 기지개를 켰다. 뿌드득, 소리가 났다. 강한 근육들이 비틀어지며 내는 소리였다.

가만히 웅크리고 있던 리워야단은 네 발로 딛고 일어섰다. 그리고는 갑자기 커다란 소리를 지르더니 믿을 수 없는 빠르기로 달려갔다. 기어다니기만 하던 리워야단이었지만 달리기를 하니 엄청 빨랐다.

리워야단이 지나가고 나면, 진공관으로 빨려가듯, 잠시 후 나무와 돌이 날아갔다. 땅에서 날아올라가는 것이 아니라 땅을 딛고 뛰는 리워야단은 소리보다 더 빨리 달려갔다. 가공할 리워야단의 속도 뒤에는 움푹 파인 땅이 폐허로 남았다. 리워야단은 소리의 빠르기로 달려가면서도 호흡이 흐트러지지 않았다. 보일 듯 말 듯 뜬 암흑의 두 눈으로 사물을 보며 거침없이 달려가는 리워야단의 얼굴은 평온했다. 숨도 규칙적으로 쉬었고 땀도 흐르지 않았다. 그렇게 리워야단은 전속력으로 달려갔다.

그 시각, 광화문 앞. 대평원

두발가인은 광화문을 나와서 에덴의 벽을 따라 남쪽으로 질주했다. 미친 듯 말을 몰아가는 두발가인의 뒤를 아이들과 가브리엘이 따르고 맨 뒤를 요나가 지켰다.

두발가인 일행이 전력을 다해 돌진해 나가자 놀란 것은 오히려 적들이었다. 하늘 위에서 보고만 있던 악마는 당황하였다.

"아니, 저런 미친 놈 같으니라고. 수만의 대군을 혼자서 어쩌려고. 막아라! 막아! 어떻게 하든지 막아라!"

악마의 다급한 외침을 들었는지 성벽을 따라 나열해 있던 궁수들이 일제히 활을 쏘았다.

슉 슉 슉!

엄청난 수의 화살들이 하늘로 날았다. 갑자기 하늘이 어두워졌다. 수천의 병사들이 쏴 올린 화살들은 한 몸처럼 아름답게 움직여 날아올랐다. 생물의 아이들은 처음 보는 장관에 그만 넋이 나갔다. 아이들이 아름답다고 느낀 그 순간, 죽음의 화살들은 날아오른 속도의 100배나 되는 속도로 내리꽂혀왔다.

헉! 아이들의 입에서 헛바람만 새어나왔다. 눈 안으로 쏟아져 들어오는 화살들을 차마 볼 수 없어 눈을 감았다. 그런데 그때였다. 이상한 북소리가 울렸다.

둥 둥 둥! 둥 둥 둥! 북소리가 들리자 모든 화살들이 힘을 잃고 그 자리에서 떨어졌다.

"헉 이런, 가브리엘이… 빠드득. 가브리엘이 에덴의 북을 가지고 있다니."

악마의 눈에 가브리엘이 들고 있는 작은 북이 들어왔다. 아이들은 처음 보는 광경에 입이 다물어지지 않았다. 그러나 아이들이 놀랄 일은 그 뿐만이 아니었다. 잠시 후 가브리엘은 밀려드는 화살이 너무 많아지자 갑자기 공중으로 날아올랐다. 그리고는 입술을 깨물며 더욱 세게 북을 쳤다. 이번에는 엄청나게 큰소리가 들려왔다.

쿵 쿵 쿵!

그러자 그 북소리는 눈에 볼 수 있는 파동이 되더니 땅을 뒤집으며 퍼져나갔다. 가브리엘의 북소리는 퍼져갈수록 강해져 커다란 동심원을 그리며 순식간에 퍼져나갔다. 너른 평야는 일순 아수라장이 되었다. 가브리엘이 온 힘을 다해 친 북의 파동이 땅을 뒤집고 퍼올려 홍수처럼 주위로 밀려나갔다. 파동은 땅을 뒤집은 채 빠른 속도를 내었다.

무시무시한 그 파동에 휩싸인 수만의 군사들은 모두 비명을 지르며 날아갔다. 하지만 동심원의 중심에 있는 두발가인의 일행은 아무렇지도 않았다. 때에 맞추어 두발가인과 아이들이 탄 말이 허공으로 떠오르며 땅과 어른 키 높이만큼 하늘을 날았다. 말들이 하늘을 날자 악마는 까마득한 허공에서 어찌할 바를 몰랐다. 그저 고래고래 고함만 질렀다.

두발가인 일행은 까마득히 깔려있는 악마의 군대를 대나무 쪼개듯 쪼개며 파죽지세로 달려갔다.

"막아라! 막아라!"

그러나 악마의 뜻대로 될 문제가 아니었다. 악마는 커다란 새를 타고 허공에 떠 있었는데, 마침 가브리엘이 악마의 발 아래로 지나갔다. 발만 동동 구르던 악마는 절묘한 기회라고 생각했다.

'기회가 왔다. 죽기 아니면 까무러치기다.'

악마는 갑자기 새에서 뛰어내렸다. 까마득한 하늘에서부터 맨 몸으로 떨어져 내리던 악마는 가브리엘을 향해 정면으로 날아갔다. 악마도 작은 북 하나를 꺼내들었다. 악마는 옆구리에 북을 끼우고는 가브리엘의 머리 위로 덮쳐갔다.

가브리엘은 에덴의 북을 치느라 정신이 팔려서 위를 보지 못했다. 악마가 거의 가브리엘의 머리 위로 떨어질 그때였다. 가브리엘의 옆에서 말을 달리던 해상이 검은 그림자가 머리 위에서 어른거리는 것을 보았다. 해상은 생각보다 몸이 먼저 움직였다. 해상은 옆에 있던 가브리엘에게 몸을 날려 밀어내었다. 동시에 악마의 북이 크게 울렸다. 해상은 강한 북의 음파를 온몸으로 맞았다. 쾅! 악마의 회심에 찬 북은 애꿎은 해상을 정통으로 때렸다. 악마는 북의 반동으로 다시 하늘로 날아올랐다. 그리고는 큰새를 타고 높은 하늘로 올라갔다.

앞만 보고 달리던 두발가인은 피를 튀기며 나뒹구는 해상이 저만치 날아가는 것을 보았다. 가브리엘의 음파에 뒤집어진 땅의 한가운데에 널부러져 있는 해상은 정신을 잃고 입에서는 피를 꾸역꾸역 토하고 있었다.

두발가인은 처참한 해상을 향해 미친 악귀들처럼 달려드는 악마의 군사들을 보았다. 두발가인은 전후 사정을 따질 시간이 없었다. 너무나 급박한 두발가인은 손에 들고 있던 무시무시한 무쇠 창을 앞으로 던졌다.

슉! 두발가인의 손을 떠난 무쇠 창은 빛보다 빨리 날아가며 불이 붙었다. 악마의 군사들은 엄청나게 커다란 불의 소용돌이를 내며 달려드는 무쇠 창을 보며 대경실색했다. 날아가는 반경 100미터에 불의 바다를 이루며 날아간 무쇠 창은 스치는 것들을 모두 태워버렸다.

아비규환이 따로 없었다. 불의 기운이 한 번 날개를 펴자 그 주위의 모든 것들은 불에 타서 지옥의 땔감으로 변해버렸다. 불에 그슬린 고기 냄새가 진동을 하며 사방에 불바다를 이루고 있었지만 신기하게도 물의 생물인 해상만은 불에 휩쓸려도 끄덕도 없었다. 그리고는 불의 폭탄처럼 묵직한 바람 소리를 내며 날아간 무쇠 창은 맨 앞에 달려들던 십여 명의 가슴을 뚫어버렸다.

으아악! 불에 데고 가슴을 후벼 파는 고통에 긴 단말마의 비명이 전장을 울렸지만 불을 본 불나방처럼 해상에게 달려드는 적들의 함성에 묻히고 말았다. 죽어 나자빠진 동료의 모습에 기가 꺾인 것도 잠시 해상으로 달려드는 악귀들의 모습이 두발가인의 눈에 아른거린다고 생각이 들 즈음, 병사들을 뚫고 날아갔던 불의 무쇠 창은 크고 맑은 소리를 내며 산산이 부서졌다.

창! 창! 그리고는 날카로운 수십 개의 검이 되어서 허공을 날았다. 불이 붙은 불의 검이 드디어 모습을 드러내었다. 에덴을 돌며 생명나무를 지키는 불의 검이 두발가인의 손끝에서부터 모습을 드러내었다.

악마는 가늘게 떨었다.

'불의 검까지 나타나다니. 오늘은 살아서 돌아가기 어렵겠구나.'

불의 검은 잔인했다. 눈에 보이는 악은 사정없이 베고 자르며 빈 틈 없이 날아다녔다. 악마에 영혼을 판 군사들은 너나 할 것 없이 모두 팔 다리가 잘리고 목이 베어져서 죽어갔다.

썰물처럼 도망을 하여도 두발가인의 눈이 없는 불의 검은 인정사정없었다.

"이놈들, 불의 검은 눈이 없고 자비도 없고 심장도 없으니! 살고 싶으면 모두 길을 비켜라!"

두발가인은 불호령을 지르며 해상에게 날아갔다. 땅에 얼굴을 쳐박고 누운 해상은 숨소리가 거칠고 작았다. 두발가인은 다급했다. 거의 동시에 자신에게 날아온 가브리엘이 해상의 상태를 보고는 무언가를 꺼내 입에 넣었다.

"해상, 이 만나를 먹고 정신을 차려라."

가브리엘은 치료의 천사장이었다. 의술로는 둘째가라면 서러운 가브리엘의 분주한 손놀림에 해상의 몸 곳곳에 난 상처는 피가 멎고 아물어갔다. 그러나 해상은 아직 정신을 차리지 못했다. 자신의 애제자가 피투성이 된 모습에 요나가 분노하였다.

"이놈들. 살려두지 않겠다!"

요나는 화가 머리끝까지 나서 하늘로 날아오르려 하였다. 하지만 곧 가브리엘이 손을 잡았다.

"요나. 이대로 복수할 시간은 없습니다. 시간이 없습니다. 미가엘이 사지를 지나오고 있습니다. 어서 불의 산으로 가야 합니다. 해상은 아직 죽지 않았습니다."

요나는 가브리엘의 말에 분을 삼킬 수밖에 없었다. 요나는 혼비백산 흩어지는 악마의 군사들을 말없이 보다가 해상을 어깨에 메었다. 그리고는 말에 올라 하늘을 올려다보며 소리쳤다.

"내가 다시 올 것이다. 그때까지 목숨을 부지하고 있어라. 악마, 내 손으로 반드시 너의 목숨을 거두어 갈 것이다!"

요나의 말을 들은 악마는 등골이 오싹하였다. 꼭 그러고도 남을 놈처럼 보였다. 그러나 악마는 눈싸움이나 하고 있을 수는 없었다. 흩어지는 자신의 군사들을 독려하여 불쏘시개로 써서라도 두발가인의 행군을 막아야만 했다. 아니면 적어도 시간이라도 끌어야만 했다. 악마는 서서히 저물어 가는 태양을 보다가 흠칫 놀랐다. 어느새 달이 둥그러니 떠있었기 때문이었다. 악마는 잠시 주저하다가 눈을 감았다.

'하필 이때에. 대왕이 이 꼴을 보면 뭐라 하겠는가? 문책 아니면 죽음이겠지. 빠드득. 가자, 이제 그 괴물도 올 시간이 되었으니 싸우는 척이라도

해야 하지 않겠는가?'

악마는 꽁무니를 빼고 달아나려 했지만 달의 떠오르자 맘이 바뀌었다. 사악한 사탄이 자신을 보고 있다고 생각하니 등골이 오싹했다. 땅위의 무서운 괴물들보다 악마는 사탄이 더 무서웠다. 악마는 달을 힐끗 한 번 더 보고는 무서운 속도로 떨어져 내려갔다.

슈 슈 슉! 악마가 달려들자 악마의 군사들도 도망가는 걸 멈추었다. 그리고는 침을 삼키며 일이 어찌되나 보았다. 두발가인은 악마가 달려드는 걸 보고는 요나를 보았다. 요나는 입술을 베어 물며 주먹을 꼭 쥐었다.

"두발가인. 빨리 가십시오. 내가 저놈을 막겠습니다. 그리고 이 못난 나의 제자 해상을 부탁합니다. 이 아이가 물의 나라를 이어받을 수 있도록 두발가인에게 부탁합니다. 그럼."

해상을 가브리엘에게 넘긴 요나는 짧은 말을 남기고는 우뚝 섰다.

'오라, 악마. 네놈에게 물의 무서움을 알려주겠다.'

악마도 얼굴을 굳히고는 온몸을 던져 요나에게 부딪쳐갔다. 특유의 삼지창을 꼬나 잡고는 하늘을 날아 땅의 요나에게 돌진하였다. 요나는 악마가 온몸을 던져 날아오는 걸 보고는 눈을 감았다. 그리고는 작은 목소리로 읊조리며 양팔을 들었다.

"깊음에 있는 나의 백성들은 들으라. 나 요나, 물의 왕이 너희에게 말하노니 이는 물의 나라를 가벼이 보았고 나의 후계자를 죽이려 했음이라. 우리가 오늘 물의 나라와 그의 백성을 위해 큰 살육을 하리라. 자, 나에게 오라. 나의 백성들, 나의 군사들은 이곳 지옥의 전장으로 모이라. 악마에게 물의 무서움과 능력을 보여주자."

그러자 놀라운 일이 벌어졌다. 갑자기 땅이 쩍 소리를 내며 갈라졌다. 순식간에 땅이 벌어지며 쪼개졌다. 갈라진 틈 옆으로 온 땅이 흔들리며 요동하였고 위 아래로 크게 움직였다. 그러기를 한참 만에 땅의 갈라진 틈에서 분수와도 같은 물줄기가 튀어나왔다. 수백 미터를 솟구치는 물줄기는 보기에도 엄청났다. 요나가 눈을 감고 서 있는 바로 그 뒤로 요나의 무시무시한 물이 솟구쳐 올랐다. 하늘 높이 솟구친 물의 기둥은 뱀의 허리처럼 유연해졌다. 하지만 사실은 강철보다도 강했다. 요나의 뒤로 높이 솟아오른 물기둥은 나뭇가지보다도 더 부드럽게 변해서 요나 뒤에서 춤을 추었다.

그때였다. 요나가 눈을 뜨더니 하늘을 향해 벌린 양팔을 가슴으로 모았다가 온힘을 다해 밖으로 내밀었다. 그러자 땅에서 솟구친 물의 기둥이 갑자기 요나의 손짓을 따라 앞으로 뻗어나갔다. 엄청나게 큰 물기둥이 빛보다 빠르게 날아오는 악마를 향해 후려쳐갔다. 워낙 거대한 물줄기라서 언뜻 보면 느린 것처럼 보이던 물줄기도 한 번 움직이자 악마로서는 피할 길이 보이지 않았다. 빛처럼 날아오던 악마는 너무 놀랐지만 이미 늦은 일. 그저 물기둥이려니 생각하고는 정면으로 부딪쳤다.

콰쾅! 콰쾅! 엄청난 소리가 터져 나오고 물이 사방으로 튀어 날았다. 만만하게 보고 덤비던 악마는 한 방에 모든 것이 끝났음을 느꼈다. 물이 모이자 무엇보다도 강했다. 쇠몽둥이로 머리를 맞은 충격에 악마는 모든 것이 두 개로 보였다. 코에서는 피가 흐르고 이는 모두가 뽑힌 것 같았다. 무엇보다도 요나에게 날아올 때처럼 날아가서는 차가운 대지에 코를 박았다.

한방에 날아간 악마는 저 멀리 갈라진 땅의 틈에 겨우 몸을 의지하고 기대서는 피를 토해냈다.

'아, 무시무시하구나. 나의 어리석음으로 명을 단축하는구나.'

악마는 절망이라는 단어를 떠올렸다. 모두에게 공포요 절망이었던 자신이 이렇게 비참하게 마무리를 하려니 억울했다. 가공할 요나와 물의 힘 앞에 악마는 절망하였다. 요나는 분이 풀리지 않는지 다시 한 번 물기둥을 불러 모았다. 그리고는 비스듬히 기대어 앉아 손가락하나 까딱 할 수 없는 악마에게 마지막 철퇴를 날리려고 힘을 모아 던졌다. 더욱 커진 거대한 물기둥은 악마의 붉은 피를 머금은 채 붉은 빛을 띠고는 서서히 악마를 덮쳐갔다.

악마는 자신의 최후를 직감하고는 본능적으로 꿈틀대었다. 서서히 밀려오는 물의 몽둥이가 자신의 명줄을 끊으러 오는 걸 보고는 공포에 사로잡혔다. 비스듬히 옆으로 누워서 몸을 구부린 악마는 눈을 감았다.

그러나 그때에 쿠쿠쿵. 천지가 뒤집히는 소리가 났다. 어디선가 나타난 리워야단이 등을 돌려 물기둥을 막았다. 그러나 그 힘에 밀려 리워야단은 열 걸음 정도 밀려났다. 깊게 땅이 파였다. 요나는 신중한 얼굴로 리워야단을 바라보았다. 요나는 리워야단에 대해 너무나도 잘 알고 있었다.

리워야단은 커다란 괴성을 지르며 요나에게 돌격했다. 요나도 물의 기둥을 온몸을 흔들어 던졌다. 악마를 쳐낸 물의 기둥보다 더욱 커다란 물의 기둥이 바람을 가르며 날았다.

쉬익! 쾅! 쾅!

엄청나게 커다란 소리가 났지만 리워야단은 움쩍달싹도 하지 않았다. 요나는 품에서 실처럼 가느다란 검을 꺼내서는 허공을 그었다.

사각!

그러자 리워야단의 목줄기에 작은 상처가 났다. 실금 같이 얇은 피가 맺혔다. 리워야단의 피는 붉은색이 아니라 검은색이었다. 목을 타고 한 방울의 피가 맺힌 것을 본 리워야단은 인상을 굳히고는 하늘을 향해 길게 울었다.

우우우우우우우!

그러자 거대하던 리워야단의 몸이 더욱 크게 부풀어 올랐다. 그러면서 점점 커지는 몸을 번개처럼 날려서 요나를 쫓아 날아다녔다. 요나는 힘을 다해 날아다녔다. 하지만 리워야단은 요나가 생각했던 것보다 훨씬 빨랐다. 요나는 리워야단을 피해 도망다니기에 바빴다. 그렇지만 지치지 않는 리워야단에 비해 요나는 쉽게 지쳤다. 힘이 빠진 요나는 그만 강한 리워야단의 꼬리에 비껴 맞았다.

요나는 리워야단의 꼬리에 스쳐 맞았지만 뇌가 흔들리며 심장이 멎는 것만 같았다. 요나는 땅에 몇 번이고 떨어져 뒹굴었다. 세 번 정도 땅에 튀긴 뒤에 겨우 중심을 잡은 요나는 입으로 나오는 피를 주먹으로 닦으며 말했다.

"정녕 강하고 빠르구나. 이런 괴물이 앞으로 얼마나 많은 영혼을 죽일 것인가? 아무도 이 괴물을 막지 않는다면 그 또한 죄가 되겠구나. 좋다. 오라. 리워야단, 나의 이름이 왜 요나인지 알려주겠다."

요나는 하늘을 보며 눈을 감았다. 그러자 어디선가 모를 바람이 살살 불어왔다. 바람이 불어오는가 싶더니 갑자기 미친 광풍이 되었다. 순식간에 커다란 몸집의 리워야단은 바람에 맞서는 신세가 되었다. 하늘에 떠 있던 악마는 심상치 않음을 느끼고 동쪽 하늘 멀리 달아났다.

리워야단은 강한 태풍을 뚫고 요나에게 한 걸음씩 다가갔다. 커다랗던 몸집은 어느덧 처음처럼 줄어있었지만 그래도 강한 바람은 리워야단의 발걸음을 느리게 했다. 요나는 품 안에서 무언가를 꺼내 바람에 실어서 리워야단에게 던지고는 하늘을 향해 말했다.

"궁창 아래의 물들은 나의 말을 들으라. 리워야단을 휩쓸고 가둘 나의 백성들은 모두 들어라. 이제 나에게로 오라. 와서 저 간악하고 포악한 리워야단을 묶고 다 같이 깊음의 근원으로 들어가자. 자 모두 모여라."

요나의 말이 끝이 날 무렵 리워야단에게로 날아간 것은 리워야단의 몸 근처에서 무지개처럼 퍼져나갔다. 리워야단은 바람에 실려 날아온 그것을 대수롭지 않게 보았다.

"요나, 이제 가진 재주가 없는 모양이구나. 하찮은 끈으로 나를 잡으려 하다니."

무지개처럼 날아간 그것은 의아해 하는 리워야단의 몸 전체를 감싸며 돌았다. 그리고는 순식간에 리워야단을 포박하였다. 리워야단은 코웃음을 쳤다.

"어리석구나. 세상에서 나를 잡을 끈은 없다."

리워야단의 거만한 웃음에 요나는 미소를 띠었다.

"어리석은 것은 너다. 그것이 무언지 아직도 모르다니. 자, 이제 나 요나와 함께 가자. 네놈이 죽든지 내가 죽든지."

요나의 말이 끝나자 리워야단을 감싼 끈이 갑자기 얼어붙기 시작했다. 리워야단은 미처 생각을 하지 못했지만 요나가 던진 끈은 급속도로 얼었다. 그러나 엄청난 속도로 얼어가는 끈을 보면서도 리워야단은 손을 쓸 수가 없었다. 자신을 옥죌 줄로만 알았던 리워야단은 세상의 모든 걸 얼려버리는 끈에 당황하였다.

"이런. 이런 실수가."

리워야단은 몸이 얼자 움직임이 둔해졌다. 요나는 하늘을 바라보면서 회심의 미소를 지었다.

"온다. 이제 온다."

리워야단은 하늘로부터 갑자기 쏟아진 물을 보며 기겁을 했다. 궁창 아래의 엄청난 양의 물이 리워야단을 덮쳐왔다. 리워야단은 후회가 되었지만 이미 늦었다. 엄청나게 쏟아져 내린 물은 리워야단의 몸을 둘러싸자마자 얼어버렸다. 시간이 지날수록 엄청난 양의 물이 얼음이 되며 리워야단을 옥죄었다. 리워야단은 더욱 꼼짝할 수 없었다.

리워야단은 황급히 얼음을 녹이려고 입에서 불을 뿜었다. 강한 불이 나오자 얼음이 녹아내렸다. 그러나 녹여도, 녹여도 다시 얼어 오는 얼음의 기세에 헛힘만 뺐다. 리워야단은 온 힘을 다해 끈을 끊으려고 용을 썼다. 우두둑 소리가 나며 하나 둘씩 끈이 끊어지는 소리를 들은 요나는 다급해졌다. 하늘로 올라가서는 하늘에 숨겨둔 궁창 위의 물을 불렀다.

"나의 백성들은 마지막으로 나의 말에 답을 하라. 나, 물의 왕 요나가 명하노니 나의 백성들은 나의 말에 복종하라. 하늘에 숨겨진 궁창 위의 물, 나의 마지막 남은 백성들의 족쇄를 풀어주노니 이제는 자유롭게 내려와서 나를 도우라. 저 악한 괴물 리워야단과 함께 깊음의 근원으로 가려하니 나의 백성들은 나를 도우라."

요나의 말은 작았지만 하늘을 울리고 땅을 돌아다녔다. 요나의 말을 받아서 전해주는 것처럼 요나의 말은 하늘 높이 울리고 땅 아래로도 울려갔다.

잠시 조용한 시간이 흘렀다. 리워야단은 몸부림을 치면서도 이상하다 생각했다.

'뭐가 또 남았을까?'

그때였다. 벌떼가 내는 소리가 들렸다. 아스라이 멀리서 들리던 소리는 시간이 지날수록 가까워졌다. 그러다가 마침내 궁창의 엄청난 물이 모여들었다. 요나가 날아오른 그 하늘 바로 위로 시커먼 먹구름과 물 덩어리들이 나타났다. 살아있는 것처럼 요나의 주위를 돌던 그 궁창의 물들은 요나의 신호만 기다렸다. 요나는 리워야단을 한 번 쳐다보았다.

땅위의 리워야단은 그 엄청난 힘으로 얼음의 사슬을 끊으려 하고 있었다. 시간 문제였다. 요나는 입술을 한 번 크게 깨물고는 주저하지 않았다. 양팔을 높게 들더니 주저없이 땅으로 내려버렸다. 그러자 엄청난 소리를 내며 땅이 갈라지고 하늘의 궁창의 물이 쏟아져 내렸다. 땅도 그 압박을

견디지 못하고 입을 열었다. 땅이 벌린 그 입은 깊었다. 그 끝이 보이지 않았다.

쿠르릉 쾅쾅! 땅이 갈라지는 소리와 하늘로부터 떨어지는 물의 어마어마한 힘이 내는 소리가 귀청을 찢었다. 리워야단의 눈에 절망의 빛이 스쳐지나갔다.

궁창의 물은 다시 리워야단을 덮쳤다. 아무리 강한 리워야단이라 해도 얼음에 갇히고 궁창의 어마어마한 물이 휩쓸자 나무토막처럼 떠내려갔다. 리워야단을 쓸어버린 궁창의 물은 땅이 벌린 그 입으로 빨려 들어갔다. 리워야단은 무기력했다.

'천추의 한을 남기는구나. 아, 이것이 천년의 예언인가?'

리워야단은 절망하였다. 요나는 궁창의 물이 리워야단을 덮치고 쓸어내려가자 땅이 벌린 그 입으로 몸을 날렸다. 번개처럼 몸을 날려 밀려 내려가는 물을 따라 잡았다. 그리고는 쏟아지는 물 위에 섰다.

"가자. 깊음의 근원으로."

비장한 말을 남기고 요나는 주저없이 몸을 틀었다. 요나는 자신의 몸을 휘돌려서 엄청난 소용돌이를 일으켰다. 그 소용돌이는 엄청나게 빠르게 돌았다. 그러면서 입을 벌린 땅을 깎으며 파고들었다. 요나의 소용돌이는 깊음으로 파고들었다. 요나는 그 소용돌이의 중심에서 계속해서 돌면서 외쳤다.

"두발가인! 두발가인! 부디 아이들을 구해서 에덴의 미래를 열어주시오. 가브리엘! 부디 해상을 살려서 물의 나라의 뒤를 잇게 해주시오. 나는 리워야단과 함께 깊음의 근원으로 들어갑니다. 주님의 은총이 있으면 부활의 그때에 보겠지요. 그럼 나는 믿고 갑니다."

깊음의 근원으로 들어가는 요나의 외침이 긴 여운으로 남았다.

달의 고립

한편, 두발가인과 헤어진 에노스는 여호수아와 누렁이를 데리고 다시 생물학교로 돌아갔다. 여호수아는 말을 탄 채로 하늘을 날게 되자 신이 났다. 게다가 누렁이가 계속 재잘대는 덕에 심심하지도 않았다. 하지만 여호수아는 학교의 모습에 눈이 휘둥그레졌다. 학교는 변해 있었다. 아이들이 있을 때의 밝고 화사하던 모습은 어디가고 음울하며 어두운 분위기만 흘렀다. 폐가 같았다.

빠르게 학교로 돌아온 에노스는 어릴 적 살던 집을 찾았다. 신비한 집은 시간에 따라 그 위치가 변했다. 그래도 에노스는 늘 집을 잘 찾았다. 하지만 지금은 이상하게도 자신의 옛집을 찾을 수가 없었다. 에노스는 학교를 이리저리 둘러보다가 마지막으로 학교 뒷산으로 갔다. 에노스는 뒷산의 어두운 곳에서 자신의 집을 겨우 찾았다.

"휴."

에노스는 어릴 적 살던 자신의 빈 집으로 들어갔다. 여호수아도 뒷산을 오고가면서 가끔 보아온 집이었다. 오랫동안 방치된, 기분 나쁜 집이라서 들어가지 않았었다. 에노스는 신중하게 문을 열고 들어가면서 말했다.

"이곳이다. 내가 어릴 적에 지내던 집이지. 그런데 들어가기 전에 꼭 명심해야 하는 일이 있다. 무슨 일이 있어도 내 뒤에 바싹 붙어야 한다. 절대로 한눈을 팔거나 뒤를 돌아보면 안 된다. 어떤 일이 있어도 말이다. 알았지? 누렁이도 마찬가지야. 알았지?"

말에서 내린 누렁이와 여호수아는 영문도 모른 채 에노스의 뒤에 바싹 붙었다. 뒤를 보지 말라 하니, 뒤가 더욱 보고 싶어졌다.

에노스의 등 뒤로 누렁이가 붙고 그 뒤로 여호수아가 붙었다. 에노스는 바싹 붙은 누렁이와 여호수아를 데리고 집 안으로 성큼 들어갔다. 그리고는 큰소리로 외쳤다.

"나의 집에 있는 그림자괴물들은 들으라. 나는 에노스, 이 집은 나의 집이다. 시간의 생물 에노스가 나의 집에 와서 맡겨놓은 물건을 가져가려 하니 소동을 피우지 말고 얌전히 있기를 바란다."

여호수아는 깜짝 놀랐다. 그림자괴물에 대해서는 들어서 알고 있지만 만나 본 적은 없었다.

그림자 괴물. 땅 속이나 깊음에 살며 살아있는 영혼들의 그림자에 기생해 사는 괴물들이었다. 무엇을 먹고 사는지, 어떻게 사는지, 어떤 모습인지, 알 수가 없었다. 살아있는 생명체가 뒤를 자꾸 돌아볼수록 그림자괴물들은 더 달라붙었는데, 그건 뒤를 돌아보는 행동이 그림자괴물들에게는 달라붙어달라는 표시로 여겨졌기 때문이었다.

여호수아는 에노스의 뒤에 더욱 바싹 붙어서 걸어갔다. 에노스는 환한 빛이 나는 구슬을 손에 들고 앞으로 갔다. 스스로 빛을 내는 작은 구슬인데 이것 역시 여호수아는 처음 보았다. 에노스가 방문을 슬며시 열었다.

끼익. 살짝 밀었는데도 문은 기분 나쁜 소리를 내며 활짝 열렸다. 에노스는 잠시 주저했다. 들어가지 않고 방 앞에 서서는 뚫어져라 안을 보았다. 주저하던 에노스가 오른발을 앞으로 내밀어 방 안에 한 발 들여놓았다. 그러자 갑자기 조용하던 방안에서 이상한 음성이 들려왔다.

무섭고 기괴한 목소리였다. 목이 쉰 할아버지의 목소리 같기도 하고 어린아이의 목소리 같기도 한 목소리였다. 여호수아는 등골이 오싹하고 머리칼이 곤두섰다.

"흐흐흐 늙은이가 겁이 없구나. 이곳이 어딘 줄 알고."

"허허허, 그림자대왕이 이곳에 있는 줄은 몰랐소. 하지만 이곳은 원래 나의 집이오. 이제 나의 물건만 가지고 갈 터이니 대왕은 길을 내어 주시오. 물건만 가지면 고이 가겠소."

"내가 이 집에 있은 지 이미 수백 년. 이곳은 이제 나의 집이다. 그러니 이곳의 물건도 나의 것. 당연히 나, 주인의 허락없이 물건을 가져가는 건 도둑질이 된다. 도둑질은 나쁜 것. 죄의 삯은 죽음이니 나의 물건을 탐내는 자에게는 죽음뿐이다."

"그 물건은 당신들에게는 필요가 없는 물건이오. 너그럽게 내어주시구려."

"나의 물건이 필요하든 필요하지 않든, 그건 내가 정한다. 남이 왈가왈부할 일이 아니지. 그리도 소중한 물건을 여태껏 버려두었다는 건 나에게 맡겨둔 거지. 우리가 가지고 있으면 안전하니까. 그렇지 않나? 이 교활한 늙은이야."

에노스는 눈을 감았다. 사실 중요한 물건을 이곳에 버려둔 건 그림자괴물들이 안전하게 지킬 거라는 생각도 있었지만 그보다도 물건이 이리저리 옮겨다니기 때문이었다. 자신의 의지대로 안전한 곳을 정해서 숨는 그런 물건. 살아있는 물건을 찾으러 온 에노스는 그림자괴물의 말이 영 틀리지 않았다는 걸 알았다. 물건 스스로도 그림자괴물들 사이에 있을 때 안전하다고 느꼈을 테니 더 이상 흥정을 해도 소용이 없었다. 에노스는 결심을 하고 눈을 떴다.

"무얼 원하시오?"

"좋아. 이제라도 순순히 나오니 말을 하지. 우리는 원하는 것이 별로 없어. 왜냐하면 지하에서 우리끼리 잘 살고 있거든. 남들이 오기 싫어하는 곳에 있다 보니 경쟁이 없다고나 할까? 별로 아쉬운 게 없다는 말이야."

그림자대왕은 잠시 말을 끊고 기침을 서너 번 하고 다시 말했다.

"하지만 말이야. 이렇게 편안한 세월이 오래되다 보면 말이야… 원하는 게 하나 정도는 생기게 되지. 우리는 수도 많아지고 기반도 튼튼하니 그렇게 되면 원하는 게 하나 정도는 생기게 되는데."

그림자괴물이 뜸을 들였다. 급한 건 에노스였다.

"육신을 원하는군."

"브라보, 브라보."

그림자대왕이 탄성을 지르자 갑자기 수많은 외침이 들렸다.

와우! 브라보! 하하하! 다른 그림자괴물들도 모두 집에 있는 모양이었다.

"역시 에노스야. 우리가 원하는 건 육신이야. 생령이라 할 수 있지. 살아 있다는 걸 느끼고 싶다고나 해야 할까? 어둠에 있으면서 존재하지 못하는 우리가 번성하면 얼마나 번성하겠는가? 행복하면 얼마나 행복할 거야? 몸도 없고 영혼도 없이 남의 몸과 영혼에 기생하거나 땅에 붙어사는 이 신세. 이제 우리도 이런 신세를 벗어나야 하지 않겠어? 어때 그럴 만하지? 에노스 당신이라면 우리를 이해할 수 있겠지?"

에노스는 황당한 말에 어이가 없었다. 한시가 아까웠지만 눈을 감았다.

'이들에게 육신을 주는 것이 주님의 뜻일까? 이들이 악하다면? 사탄을 잡으려다가 또 다른 사탄이 나올 수도 있는데. 어찌하면 좋을까?'

에노스의 갈등은 길어졌다. 그러나 정답은 없었다. 마냥 주저할 수는 더더욱 없었다. 시급한 일이 기다리고 있었다.

"좋다. 그럼 생령을 만들어 주겠소. 나의 말은 곧 약속이니, 그림자대왕은 그리 알고 나의 물건을 주시오."

"그건 안 되지."

"뭐라?"

에노스는 그림자대왕의 말에 노했다. 여호수아는 에노스가 노하는 모습을 처음 보았다. 발로 땅을 꽝하고 구르며 노기를 드러냈다. 땅이 흔들리며 집이 무너질 것처럼 위태로웠다. 지하에 숨어있던 그림자괴물들은 혼비백산하며 튀어나왔고 먼지가 방안을 뒤덮었다.

사실 에노스는 자신의 말을 어긴 적이 한 번도 없었다. 에노스가 한 번 약속을 하면 반드시 지켰다. 그건 모든 생물들이 알았다. 그런데도 안 된다고 하자 에노스는 화가 치밀어 올랐다. 에노스가 노기를 품자 아까와는 다른 분위기가 생겨났다. 살기 비슷한 것이 흘러나와 방 안은 질식할 것 같은 분위기였다.

일이 이쯤 되자 그림자대왕의 목소리도 떨려왔다. 그림자대왕도 이미 알고 있었다. 에노스가 마음만 먹으면 전멸을 당할 수도 있다는 것을. 하지만 자신들에게는 시간이라는 무기가 있었고 에노스에게는 시간이 없었다.

"내 말은… 지금 달라는 거지."

"그게 무슨 말이오? 생령은 만들어야 줄 수 있지, 갑자기 하늘에서 떨어지는 것은 아니지 않소?"

"허허. 그게 무슨 섭섭한 말인가? 말이 되는 얘기를 해야지. 에노스 자네 뒤에 생령이 있지 않은가?"

"그게 무슨?"

에노스는 이해가 되지 않았다.

"에노스, 뒤를 돌아보아라. 자네 제자, 뒤에 생령이 함께 있는 걸 모른단 말인가?"

에노스는 설마 하는 마음으로 여호수아를 돌아보았다. 그러다가 놀라서 까무러칠 뻔했다.

그림자대왕의 말대로 여호수아의 몸 뒤에 그림자처럼 붙어 있는 생령을 보았다. 생김새는 완전히 여호수아와 판박이처럼 같았다. 자세히 보니 생령이었다. 여호수아도 자신의 뒤에 붙어 있는 생령을 보며 깜짝 놀라 소리를 질렀다.

"악!"

"악!"

그러자 여호수아의 생령도 동시에 소리를 질렀다. 여호수아가 그걸 보고 주저앉자 생령도 주저앉았다. 그림자대왕의 목소리가 들렸다.

"그것 봐라 완벽한 생령이지 않느냐? 그런데도 모른다니 천하의 에노스도 모르는 게 있는 모양이구나. 나는 저 생령을 원한다. 저 생령만 우리에게 준다면, 우리는 너의 모든 일에 협조를 다 하고 더 나아가서 너를 위해 목숨도 바칠 수 있다."

에노스는 할 말이 없었다. 그러고 보니 졸업식 때 버젓이 앉아 있던 여호수아가 바로 생령이었던 것 같았다. 동산에서 데려온 여호수아가 진짜 여호수아였고 시간의 나라로 보낸 여호수아의 분신은 여호수아를 찾아 다시 온 것 같았다. 분신이 학교에 되돌아와서 여호수아를 찾아다니다가 때맞추어 다시 학교로 돌아온 여호수아를 보고 달라붙은 모양이었다.

에노스는 한숨을 쉬었다.

'이게 다 주님의 뜻이라면 어쩔 수 없지.'

"좋다. 저 생령을 너희들에게 주겠다. 하지만 나도 조건이 있다. 나를 도와라."

"그건 걱정하지 마라. 그럼 계약이 된 줄 알고 내가 먼저 들어가겠다."

그림자대왕은 여호수아와 놀고 있는 생령에게 들어가려고 땅에서 나왔다. 마치 투명한 유령처럼 생긴 괴물이 땅에서부터 공중으로 나오더니 어리둥절한 생령의 코를 통해 생령에게로 들어갔다.

생령은 처음에 이상하다는 듯 코를 잡았지만 곧 재미있다는 듯 여호수아와 노느라 정신이 팔려버렸다. 여호수아의 생령은 아이와도 같았다. 갓난아기처럼 여호수아를 따랐는데 그림자대왕이 별 탈 없이 여호수아의 분신 안으로 들어가자 생령이 갑자기 힘을 잃고 누워버렸다. 그러나 잠시 후 언제 그랬냐는 듯 벌떡 일어나서는 그림자대왕의 말을 하였다.

"좋아. 좋아. 아주 훌륭해. 역시 에노스는 대단해. 이런 생령을 만들다니."

"내가 아니야. 바로 저 아이가 한 짓이지."

에노스는 여호수아를 가리켰다. 여호수아는 에노스의 말에 고개만 숙이고 있었다. 그림자 괴물이 여호수아의 어깨를 툭 치며 말했다.

"고맙다. 이름이."

"여호수아라 합니다."

"좋아 그럼 여호수아. 우리 친구 하자. 어차피 생김새는 너와 같으니 쌍둥이라 생각하고 친구 하면 되겠네. 안 그래?"

"……."

여호수아는 장난꾸러기였지만 지금의 상황은 그럴 분위기가 아니었다. 에노스의 눈치만 보고 있는데 에노스가 고개를 끄덕였다. 그러자 여호수아가 기어들어가는 목소리로 말했다.

"네 그러지요. 그럼 우리는 이제부터 친구."

"좋았어. 친구가 되는 거야. 나도 이제 친구가 생겼으니 이름을 하나 지어야겠는데. 계속 그림자괴물이라고 할 수는 없잖아 안 그래?"

여호수아는 잠시 생각을 했다. 생령을 만든 자가 자기라서 이름을 지어야겠다고 생각했다. 잠시 생각을 하던 여호수아가 그림자괴물에게 말했다.

"그러면 이렇게 해요. 아니 해. 키메라. 키메라라고 하지 뭐. 둘이 합쳐서 하나가 되었으니 키메라가 좋겠다."

그림자대왕도 마음에 들었다. 뭔가 위대한 자의 이름 같았다.

"키메라 좋네, 좋아. 나는 그럼 지금부터 키메라야. 내 이름은 키메라. 얘들아 알겠니?"

"네, 네."

키메라가 그림자괴물들에게 말을 하자 사방 천지 땅에서 모두 우렁차게 대답을 하였다.

에노스는 그런 키메라를 보며 안도의 한숨을 쉬었다.

'저리 노는 걸 보니. 악하지 않아서 다행이다. 선하다 할 수는 없지만 적어도 순수하다 할 수는 있겠다.'

키메라는 에노스를 보며 물었다.

"좋아. 그러면 약속을 지켜야지. 뭘 도와줄까?"

"달을 묶으려하니 좀 도와주게."

"뭐? 달을 묶다니?"

키메라는 이해를 하지 못했다.

"달이라 하면 달의 제국을 말하는 건데 도무지 무슨 말인지 알 수가 없네."

에노스는 궁금해 하는 키메라를 보며 분명히 말했다.

"달의 시공간을 바꾸는 게야. 다시 말해서 달을 없애는 거지."

에노스의 분명한 말에 웃고만 있던 키메라의 얼굴빛이 서서히 어두워졌다. 그러더니 그만 땅으로 무너지며 기절해 버렸다. 기절한 키메라를 보며 여호수아와 그림자괴물들이 난리법석을 떨었다.

그때였다. 집 밖이 소란해졌다. 그림자괴물들이 누군가와 입씨름을 하고 있었는데 갈수록 그림자괴물들의 비명이 커졌다. 에노스는 밖으로 한달음에 나갔다. 집 밖에서는 훤히 떠오른 보름달 빛 아래 누군가가 그림자괴물들을 윽박지르고 있었다. 보름달 아래에 환한 얼굴과 하얀 피부, 대장부와도 같은 기개에 긴 머리카락. 에노스는 한눈에 누군지 알아차렸다.

"미가엘!"

에노스가 외치자 모두는 놀랐다. 여호수아는 말로만 듣던 미가엘을 바로 눈앞에서 보고는 흥분이 되었다. 누렁이는 이미 안면이 있는지 제일 먼저 달려가서 미가엘에게 안겼다.

"누렁아 오랜만이야. 근데 너 왜 여기 있니?"

"에노스가 따라오래서."

누렁이는 아무렇지도 않게 말을 했다.

"먼 길에 고생이 많으셨습니다. 마침 적당한 때에 와주셨군요. 그런데 이곳을 어찌 찾으셨습니까?"

"제가 듣는 귀가 열려있다 보니."

"아 참, 그러시지요. 천하의 미가엘을 몰라 뵈었습니다."

"아닙니다. 그나저나 일은 어찌 되셨는지. 주님께서 불의 산으로 가기 전에 만나라 하셔서 왔긴 합니다만… 제가 할 일이라도……."

"먼저 들어가시지요. 시간이 별로 없지만 오히려 잘되었습니다."

에노스는 미가엘을 집으로 데리고 들어갔다. 여호수아와 키메라를 집 밖에 세워 두고, 에노스는 미가엘과 방 안에서 마주 앉았다.

"일이 급하지만 의외로 도움이 생겼습니다. 저 그림자괴물이 우리를 돕기로 했습니다."

"정말이요? 대단하십니다."

"별말씀을요. 여기 있습니다. 이게 필요하실 겁니다."

에노스는 품을 뒤져 소중하게 무언가를 꺼냈다. 작은 수정같이 생긴 막대인데 한눈에 보기에도 귀해 보였다.

"무엇입니까?"

"시공간의 열쇠입니다."

"네? 그럼 이게?"

"네, 그렇습니다. 무저갱을 여는 열쇠지요. 또한 시공간은 어디든 열립니다."

"그럼 어찌 씁니까? 무저갱은 어디에 있고요?"

미가엘이 눈을 굴리며 물었다.

"이건 그냥 땅에 꽂으면 됩니다. 그러면 바로 열리지요. 간단합니다. 그리고 그곳은 어디에나 있지만 사탄을 잡아넣을 그곳은 바로, 에덴의 동쪽에 있습니다. 바로 동쪽 광화문 앞 평야입니다. 지금쯤 라파엘이 밀려서 그곳에서 배수의 진을 치고 있겠지요."

"아 그렇군요. 예전에 용의 나라가 있던 그곳이군요."

미가엘은 손에 든 수정막대를 자세히 보았다. 언뜻, 평범해 보이지만 손에 전해오는 느낌은 엄청났다. 마치 엄청나게 무거운 걸 잡았을 때처럼 손에 부담으로 다가왔다. 미가엘은 품안에 소중하게 넣고는 에노스를 보았다.

"제가 불의 산으로 가고 나면 도와드릴 수 없습니다. 힘든 일인 것 같으신데 제가 돕겠습니다."

에노스는 두 팔을 휘저었다.

"아닙니다. 두발가인이 불의 산으로 간 지 한나절이 지났습니다. 빨리

가셔서 도우셔야 합니다. 두발가인이 최대한 시끄럽게 하고 간 덕에, 적들의 이목은 모두 그곳으로 쏠려있습니다. 덕분에 저는 안심하고 일을 할 수 있습니다."

"그럼 염치없이 먼저 가겠습니다. 부디 달을 고립시키시길 바랍니다. 나중에 살아서 에덴에서 뵙기를."

미가엘은 인사를 마치고 비호처럼 나갔다. 에노스는 미가엘이 나가자 깊은 시름에 잠겼다.

'자 그럼 이제 어쩐다. 나만 남았구나. 달을 고립시키는 일은 어렵지 않겠지만⋯ 어떻게 하면 들키지 않고 고립시킬 수 있을까? 그게 문제구나.'

미가엘이 가자 에노스는 서둘러 키메라에게 맡겨두었던 것을 챙겼다. 키메라는 일일이 집안 구석구석을 돌아다니며 에노스에게 찾아주었다. 에노스는 찾은 물건을 일일이 설명해 주었다. 여호수아와 누렁이, 그리고 키메라는 에노스의 설명을 들으며 입을 벌렸다.

"이건 바늘이다. 평범한 바늘처럼 보이지만 이게 없으면 시공간의 막을 꿰맬 수 없지. 시공간의 막은 엄청나게 질겨서 구멍이 나지 않지만 유일하게 이 바늘로만 꿰맬 수가 있지."

"그게 무슨?"

키메라는 이해가 되지 않았다. 에노스는 바쁘게 챙기는 와중에도 친절하게 설명해 주었다.

"이 세상을 하나님께서 만드실 때의 일이지. 처음에는 시공간의 막만 있었지. 그런데 이 막으로 큰 에너지가 들어오게 되었어. 그러니까 납작했던 시공간의 막이 부풀어오른 거지. 갑자기 공간도 생기고 시간도 흐르게 된 거야. 그러면서 막 안에 생긴 공간에는 소용돌이가 생겼는데 그 소용돌이, 다시 말해서 에너지의 소용돌이들이 뭉쳐서 물질이 생기게 된 거지. 그때

생긴 물질 중에 제일 처음 생긴 게 철이야. 그 철은 엄청나게 강해서 세상의 어떤 것도 뚫을 수가 있지. 이 바늘은 그 철로 만든 거야. 그러니 시공간의 막도 뚫을 수 있는 거지."

"아 그렇군. 그래도 잘은 모르겠다만 대략은."

"그리고 이것 역시 같은 철로 만들었다."

에노스는 작은 검을 들어 보였다. 달빛을 받아 푸르스름한 빛을 내는 검은 한눈에 보기에도 섬뜩했다. 날카롭기가 다른 어떤 검보다도 앞서 보였다.

"이 검은 막을 자를 때 써. 검과 바늘, 이 두 개는 항상 같이 다녀. 사실 이 바늘은 우리가 바느질을 할 필요가 없어. 알아서 자기가 바느질을 하니까. 막이 찢어진 부위가 있으면 번개처럼 달려가서 스스로 바느질을 하지. 검도 마찬가지인데 잘라야 할 부위가 있으면 늘 스스로 자르지. 둘이 같이 있어서 늘 자르고 꿰매고, 또 자르고 꿰매고, 둘이 좀 바빠."

에노스의 말을 듣고 보니 검과 바늘은 예사롭지가 않았다. 여호수아는 눈을 뜨고 보다가 말했다.

"스승님 그러면 막은 어디에 있습니까? 보이지가 않습니다."

"막은 원래 보이지 않는 법이다. 막이 보이면 시공간을 나누어도 의미가 없지. 자, 막은 이 안에 들어 있다."

에노스는 작은 옥합을 열었다. 여호수아는 눈을 크게 뜨고 보았다. 하지만 그 안에는 아무것도 보이지 않았다. 여호수아는 살짝 실망하였다.

그러자 에노스가 약간의 미소를 띠며 말했다.

"아까도 얘기 했지만 막은 보이지 않아. 하지만 잘 보면 그림자라도 볼 수는 있지."

에노스는 옥합을 들어서 달빛에 비추어 주었다. 그러자 여호수아의 눈에 뭔가 일렁이는 것이 보였다. 투명한 것이 별과 달빛을 반사해서 약간 일렁이는 모습을 띠었다. 여호수아는 그제야 이해를 했다.

"그럼 이걸로 어떻게……."

"이걸로 달을 뒤집어 싸면 된다. 자 밖으로 나가자. 이제 시간이 얼마 없으니 바로 가서 달을 묶어버리자꾸나."

에노스는 아직도 이해를 하지 못하는 여호수아를 데리고 밖으로 나갔다. 밖에는 언제 왔는지 모를 황소들이 수십 마리가 있었다. 오는 것을 그림자괴물들도 모를 정도로 조용히 온 황소들은 울지도 않았다. 여호수아는 그것이 신기했다.

밖은 보름달이 환하게 비추고 있었다. 보름달은 유난히도 크게 보였다. 환한 보름달은 뾰족한 탑들이 수없이 덮고 있었다. 사탄의 성이 한가운데에 보였다. 에노스는 그림자괴물들까지 모두 데리고 학교 뒤에 있는 작은 호수로 갔다. 여호수아도 알고 있는 작은 호수는 아이들의 놀이터였다.

작은 호수에는 아름다운 달의 모습이 풍덩 빠져 있었다. 에노스는 호숫가로 가더니 짐을 풀었다. 그러면서 호수에 비친 달을 한번 보았다. 그리고는 옥합을 보고 다시 호수에 비친 달을 보았다. 그때였다. 달을 본 에노스가 들고 있던 검을 놓쳤다.

쨍그랑. 여호수아는 놀랐다. 에노스의 얼굴은 심각했다. 여호수아는 에노스의 이런 모습을 한 번도 본 적이 없었다. 떨어진 검을 여호수아가 집어 들었는데도 에노스는 무엇에 홀린 듯 호수에 비친 달만 보았다.

에노스는 당황하였다. 생각하지 못했는데, 막상 달의 제국을 보니 너무나도 컸다. 시공간의 막이 워낙 방대하다지만 그것도 한계가 있었다. 호수에 비친 달은 1년 전에 보던 달의 제국과는 비교도 할 수 없이 커져버렸다. 그건 달 스스로가 팽창하고 있기 때문이었다. 나날이 번져가는 죄가 커지면서 그 죄를 담는 그릇인 달도 커져버린 듯 했다. 에노스는 아무리 시공간의 띠를 늘려도 달 전체를 담을 수가 없는 걸 알았다. 정확히 잴 필요도 없었다. 언뜻 눈대중으로 봐도 상대가 되지 않았다. 허탈한 에노스는 실망의 빛을 감추지 못했다.

"왜 그러십니까? 달을 묶어야 하지 않습니까?"

여호수아가 조심스레 물었다.

"몇 년 전의 일이다. 주님께서는 나에게 저 달을 고립시키라 하셨지. 그래서 나는 수년을 두고 고민을 하며 준비를 했단다. 달 전체를 시공간의 보자기로 싸매어서 완전히 다른 시공간으로 분리해 놓으면 악한 자들이 이 세상으로 나오지 못하겠다 싶은 생각으로 시공간의 띠를 한없이 늘려서 준비를 했던 것인데. 달이 팽창하는 속도를 생각지 못했구나. 너무나도 커버린 달은 이제 시공간의 막으로 감싸서 분리할 수가 없구나. 내가 어리석었구나. 어리석었어."

"그게……."

여호수아는 무슨 말인가를 하려 했지만 말이 잘 떨어지지 않았다. 에노스는 손에 쥔 옥합을 만지작거리기만 할 뿐 아무 말도 할 수가 없었다. 여호수아도 달을 바라보며 입을 닫고 깊은 생각에 빠졌다.

'이상하다. 다른 길이 있는데 왜 스승님은.'

여호수아는 아무리 생각을 해도 어려운 일이 아니었다. 보자기로 싸지 못한다면 다른 길이 있었다. 여호수아의 밝고 맑은 눈동자에는 그런 그림이 그려지고 있었다. 여호수아는 여러 가지 생각을 하다가 조심스레 입을 열었다.

"달을 고립시키기만 하면 되는 겁니까? 저에게 좋은 생각이 있습니다."

"무엇이냐?"

"뒤집으면 됩니다."

"뒤집어?"

에노스는 이해가 되지 않았다. 그러나 여호수아는 당당히 말했다.

"네 그렇습니다. 달을 뒤집으면 됩니다."

"뒤집는다고 해결이 되느냐?"

"그렇습니다. 달은 크고 뾰족한 탑이 하늘로 뻗어 있어서 더 커진 겁니다. 그 탑을 모두 안으로 넣어버리면 됩니다."

에노스는 이해가 되지 않았지만 자신있게 이야기하는 제자, 여호수아를 믿었다.

"그래? 좋다. 훌륭한 생각이다. 그러면 어떻게 뒤집느냐?"

여호수아는 스승이 관심을 갖자 신이 났다.

"그냥 뒤집는 것이 아니라 완전히 뒤집으면 됩니다. 밖을 안으로, 안을 밖으로 뒤집는 겁니다. 다시 말해서 달의 시공간의 막을 칼로 조금 자르고는 확 까뒤집으면 됩니다."

에노스는 여호수아의 말을 곰곰이 생각했다. 말이 되는 것 같기도 하고 아니 되는 것도 같았다. 여호수아는 스승이 완전히 알아듣지 못하자 갑자기 웃옷을 벗었다.

"이렇게 하면 됩니다."

여호수아는 두 팔을 들더니 머리 쪽으로 웃옷을 벗었다. 그러자 여호수아의 옷은 안과 밖이 뒤집혀 나왔다.

"이렇게 하고 나서 꿰매면 됩니다."

에노스는 그제야 알아들었다. 하지만 문제는 다른 곳에 있었다.

"대충은 알겠다. 하지만 이번 일은 아무도 모르게 해야만 한다. 만약에 저들이 알면 빠른 자들이라서 달을 탈출할 텐데 그러면 도루묵이 되어 버린다."

"길이 있습니다. 그것도 쉬운 길입니다."

"길이 있다?"

"네 있습니다."

"그럼 어서 말을 해보아라."

에노스는 지푸라기라도 잡고 싶은 생각이었다. 여호수아는 기침까지 하며 말했다.

"그게 말하자면 깁니다만… 저번에 학교에서 하려다 하지 못한 말씀이 있습니다. 그게, 사실은 시간을 거꾸로 가게 하는 것만 말씀드렸지만… 원래 제가 보여드리려는 건 다름이 아니고 시간이 흐르지 않게 하려는 거였는데… 시간이 흐르지 않는다면 달의 제국에 있는 자들이 달이 뒤집히는지 떨어지는지 알 수 없습니다. 시간이 흐르지 않으니 소음도 없고 진동도 없습니다. 에덴에 비춰진 그림자로는 알 수 있겠지만 시간의 생물인 저희들도 잘 모르는 걸 어찌 그들이 알겠습니까?"

에노스는 무릎을 쳤다.

"실로 묘하다. 어찌하면 그리 할 수 있느냐?"

"시공간의 황소를 반대편으로 끌고 가면 시간이 반대로 흐릅니다. 하지만……."

"하지만?"

"똑같은 힘으로 양쪽에서 끌면, 그러면……."

에노스는 잠시 생각을 하다가 저도 모르게 소리를 질렀다.

"그래 그러면 시간이 흐르지 않지. 그렇지. 아, 나는 왜 그런 생각을 하지 못했을까? 그렇지, 그래."

에노스는 갑자기 기분이 좋아졌다. 여호수아는 좋아하는 에노스를 보며 자신도 신이 났다.

"그러면 시간이 흐르지 않아서 그 시공간에 있는 자들은 무슨 일이 일어났는지 알 수가 없습니다. 그렇게 양쪽에서 전력을 다해 끌다가……."

"끌다가?"

에노스는 침이 바싹 말랐다.

"끌다가, 삭… 이렇게 하면."

여호수아는 말을 하면서 손에 든 검을 들고 허공에 그었다. 정적이 흘렀다. 모두 여호수아의 말을 못 알아듣자 여호수아는 연신 허공을 갈랐다. 처음에는 모두 여호수아의 말이 무슨 뜻인 줄 알 수가 없었다. 여호수아가 그은 허공을 보며 별 생각없이 있었지만 재차 여호수아가 허공을 긋자 그제야 무슨 뜻인 줄 알았다. 에노스는 머릿속이 환해졌다.

"아, 그런 수가 있었구나. 양쪽에서 당기면 시간이 흐르지 않고 그러면 달의 제국에 있는 자들은 무슨 일이 일어나도 모르게 되지. 그렇게 양쪽에서 당기다가 칼로 자르면 시공간이 양쪽으로 찢어지게 되고 그 찢어진 그 공간을……."

"네, 둘로 벌어진 두 개의 시공간을 뒤에서 밀면 오목하던 것이 볼록해지면서… 계속 끌어당기면 결국 달의 안과 밖이 바뀌게 됩니다."

여호수아는 신이 나서 침을 튀기며 말했다. 그러다가 누렁이와 눈이 마주쳤다. 누렁이가 멍한 표정으로 여호수아를 보았다. 도무지 못 알아듣겠다는 표정이었다.

"누렁아, 내가 쉽게 말할게. 고무공을 반만 잘라. 그리고 난 다음 잘린 곳에 엄지손가락을 넣고 양쪽으로 당겨. 그렇게 양쪽을 잡고 당기다가 나머지 네 손가락으로 고무공의 뒤를 누르면, 안을 밖으로 나오게 확 뒤집으면, 그러면 밖과 안이 뒤바뀌잖아. 같은 원리야. 밖에 있던 달의 괴물들은 안으로 향하는 시공간에 갇히게 돼. 그리되면 달의 괴물들은 영문도 모른 채 이 세상으로 나오는 출구를 잃어버리게 된다고. 그런 후 찢어진 시공간을 꿰매면 모든 것이 끝나. 격리가 되는 것이지.”

옆에서 대화를 듣던 키메라는 입을 벌리고 할 말을 잊었다. 정확하게 무슨 말인지는 알 수 없지만 대략은 알 것 같았다. 고무공을 뒤집는 건 키메라와 누렁이도 익히 잘 알고 있었다. 그러나 달을 뒤집는 게 가능한지 키메라는 얼른 이해가 되지 않았다.

에노스와 키메라, 그리고 입을 벌린 누렁이는 얼굴이 벌겋게 달아오른 여호수아를 보며 넋을 잃었다.

잠시 후, 에노스는 모든 준비를 마쳤다. 여호수아 말대로 시공간의 띠를 잘게 잘라서 줄로 연결하고는 황소를 세 편으로 나누었다. 두 편의 황소는 양쪽을 당기고 나머지 황소들은 호수 뒤편에서 준비하고 있다가, 에노스가 시공간의 막을 베어서 찢으면, 달의 뒷면 시공간을 눌러서 뒤집기로 하였다. 시공간의 띠를 꿰맬 바늘도 준비하였고 마지막으로 묶을 끈도 준비하였다.

그러나 문제는 이제부터였다. 사실 여호수아의 말대로 한다 하더라도 두 가지 문제가 남아 있었다. 에노스는 모든 준비를 마치고 시공간의 문 앞에 서서 여호수아에게 말했다.

“자, 이제 모두 준비를 마쳤다. 그런데 문제는 양쪽의 황소가 같은 속도로 가주어야 하는 것인데… 양쪽에서 똑같은 속도로 몰수가 있을까? 어떻게 하면 좋겠느냐? 아무리 잘 몰아도 속도가 달라서 삐끗하면 적들이 알아차릴 텐데.”

여호수아는 머리를 긁었다.

“그게 저도 아까부터 생각을 했지만 사실 별 뾰족한 수가 없습니다. 최대한 비슷하게 가야겠지만 그게 어려워서.”

"그렇지. 그게 문젠데. 어찌 한다?"

"⋯⋯."

똑똑한 여호수아도 이번에는 뾰족한 수가 없었다. 작은 호수에는 둥그러니 달이 담겨 있고 그 바로 위 허공에는 시공간의 막이 물에 닿을 정도로 놓여 있었다. 그 막은 양쪽으로 길게 늘어져서 황소가 끌고 있었는데 문제는 둘의 속도가 맞지 않는 것이었다.

속도만 같으면 그 막을 물에 잠긴 달에게로 내리면 되었다. 그러면 시간이 흐르지 않는 시공간의 막이 달의 제국의 시공간의 막과 하나가 될 수 있었다. 그렇게 되면 달에 시간이 흐르지 않았다. 물에 잠긴 달의 시공간의 막은 허공에 떠 있는 에노스의 막과 하나가 될 준비가 다 되어 있었다. 그러나 허공에 뜬 시공간의 막을 끄는 양쪽 황소들의 마음이 같질 않았다.

에노스와 여호수아는 마지막 단계만을 남겨두고 답답한 마음에 하늘만 보았다. 에노스와 여호수아가 심각해지자 키메라가 이상하다는 표정으로 물었다.

"뭐가 문젠데?"

"너는 말해도 몰라."

"나도 좀 알자."

"그게 간단하지 않아."

"그래도 같이 알자. 궁금해."

키메라는 집요했다.

"좋아, 양쪽에서 같은 속도로 끌어당길 수가 없어서 그래."

"그게 무슨 말이야?"

"거봐, 모르잖아."

"그게 아니라 이해가 안 돼서 그래."

키메라의 눈이 빛났다. 여호수아는 자신 있어 하는 키메라를 보며 말했다.

"그럼 쉽게 말하지. 쉽게 말하면 서로 다른 곳에 있는 소를 어떻게 똑같이 움직일 수가 있느냐는 거지. 두 소를 같은 속도로 움직여야 하는데 그게 불가능하잖아."

"뭐가 불가능해?"

"그럼 그게 가능해?"

"그럼."

여호수아는 답답했다. 아무리 설명을 해도 판소리였다.

"야 생각을 해 봐. 너는 저기서 소를 몰고 나는 저기서 소를 몰면 어떻게 똑같을 수가 있어? 서로 다른 자들끼리 어떻게 똑같이 모냐고?"

"무슨 소리야? 똑같이 몰면 되지."

여호수아는 속이 터질 것 같았다.

"진짜로 말이 안 되네. 어떻게 그게 가능해? 너랑 나랑 다른데."

"야, 너랑 나랑 왜 달라? 우린 하나잖아? 나는 너의 복사판이잖아. 복사판. 그러니 서로 같지. 그러니까 나는 네가 하는 대로 할 수 있어. 안 그래?"

여호수아와 에노스는 키메라의 말을 이해하지 못했다. 그러나 너무나도 자신있게 말하는 키메라의 얼굴을 보며 찬찬히 생각을 하자 달라졌다.

여호수아는 갑자기 머릿속이 환해졌다. 여호수아는 키메라를 얼싸안고는 덩실덩실 춤을 추었다. 에노스도 둘의 말을 알아차리고는 키메라를 다시 보았다. 괴물이라 생각했던 자신이 부끄러웠다.

'진심으로 내가 부끄럽다. 괴물이라 생각했거늘… 외모로만 판단할 것이 아니구나.'

키메라는 영문도 자세히 모르지만 덩달아 기분이 좋아졌다. 여호수아와 키메라는 같이 손을 잡고 펄쩍펄쩍 뛰었다. 에노스는 한시도 지체할 수 없었다. 키메라와 여호수아에게 신신당부를 하고는 둘을 황소 위에 각각 태웠다. 동서로 뻗은 황소들은 맨 앞의 황소가 끄는 대로 움직였다. 나머지 황소들은 달의 뒷면 쪽에서 달을 향해 섰다. 키메라는 황소 위에 올라가서 잠시 눈을 감았다. 그러자 신기하게도 여호수아의 마음을 읽을 수가 있었다. 여호수아도 눈을 감고 마음을 키메라에게 주었다. 그러자 놀라운 일이 벌어졌다.

여호수아가 황소를 천천히 몰아가자 키메라도 정확히 속도를 맞추어서 황소를 몰았다. 양쪽의 황소들은 정확하게 같은 속도로 움직이기 시작했다. 에노스의 손에 땀이 맺혔다. 서서히 움직이는 황소들은 정확하게 같은 속도로 움직였다. 그러자 시공간의 막에 비친 갈대들이 갑자기 움직이지 않았다. 에노스는 눈을 돌려 막 옆을 보았다. 그러나 그곳의 갈대들은 바람에 흔들리고 있었다.

에노스는 눈으로 보면서도 믿기지 않았다. 하지만 지금 그런 걸 감상만 하고 있을 수는 없었다. 에노스는 물 위에 떠 있는 시공간의 막을 보며 누렁이에게 신호를 했다. 그러자 누렁이는 공중에 둥둥 떠서 시공간의 막 위에 내려앉았다. 그러자 막이 슬며시 내려와서는 물에 비친 달의 그림자에 앉았다. 그러자 시간이 흐르지 않는 시공간의 막이 닿은 달의 부분부터 풀로 붙이는 것처럼 달에게로 붙어 갔다.

막에 달라붙은 달. 호수에 비친 그 달은 누렁이가 막 위에서 날아오르자 서서히 호수 밖으로 나왔다. 잠시 후 호수에 비쳤던 달은 황소가 끄는 시공간의 막에 붙어서 호수 밖으로 올라왔다. 눈으로 보고도 믿을 수 없었고 신비로웠다. 비록 막은 달의 크기에 십분의 일밖에 되지 않았지만 달의 원래의 막과 붙기에 충분했다. 누렁이가 막을 붙이고는 에노스의 옆으로 날아왔다.

달은 허공에서 멈추어 있었다. 돌지 않았다. 양쪽의 황소들은 똑같이 움직이는데 그에 걸린 달은 미동도 하지 않았다. 달의 제국은 시간이 흐르지 않게 되었다. 에노스는 긴장이 되었다. 에노스는 하늘의 달을 쳐다보았다. 역시 아무런 움직임이 없었다. 평상시와 같이 고요한 달. 확인에 확인을 거듭하고는 에노스는 손에 잡은 검을 높이 들었다. 다시 숨을 고르고는.

사각.

에노스의 검이 달 위를 지나가자, 놀랍게도 달에서는 작은 지진이 일어났다. 그러나 너무나도 작은 지진은 아무도 알아차리지 못했다. 검이 지나간 자리로부터 서서히 달이 두 조각으로 찢어지고 있었다. 처음에는 작은 선이 보이다가 키메라와 여호수아가 황소를 빨리 몰자 틈이 벌어지기 시작했다. 그 틈이 점점 커지더니 마침내 달이 세로로 길게 찢어졌다.

에노스는 눈을 들어 달을 보았다. 하늘에 걸린 달은 기묘하게 변하고 있었다. 양 옆으로 찢어진 달은 길쭉한 타원형을 하고 있었으며 그 양 옆으로 눈썹 같이 보이는 시공간의 막들이 길게 보였다. 위와 아래로 보이는 달의 높은 탑들은 속눈썹처럼 보였다. 누렁이는 그 달을 올려다보며 입을 열었다.

"눈이네. 눈썹까지 길게 있는 눈. 그 커다란 눈이 점점 감겨지네."

그 말을 들은 에노스도 누렁이의 말이 맞다고 생각했다. 길게 찢어지던 눈은 어느덧 감겨가고 있었다. 그러다가 힘센 황소가 잡아당기는 힘에 뒤집어지던 달의 안쪽 면이 조금 밖으로 드러나게 되었다.

그때였다. 허공에 떠서 이제나 저제나 하던 나머지 황소들이 일제히 달에게 달려들었다. 에노스가 자른 달의 면 뒤로 달려든 황소들은 달의 뒷면을 힘껏 들이받았다. 그러자 달에서 지진이 나며 변화가 생겼다. 에노스가 서 있는 쪽으로 달이 불룩 튀어나왔다. 그러자 뾰족한 탑만 있던 달의 모습은 온데간데없고 곰보처럼 탑의 기초만 보이는 황량한 달의 모습이 드러났다. 황소가 들이받은 충격으로 거대한 달은 서서히 에노스 쪽으로 미끄러져 나왔다. 어머니의 품을 벗어나 세상으로 나오는 아이처럼 달의 안쪽 면이 세상으로 나오고 있었다. 잠시 후 완전히 빠져나온 달의 안쪽 면이 마침내 호수로 빠졌다. 소리는 없었다.

하늘의 달에서도 같은 일이 벌어졌다. 감겨지던 달의 눈이 다시 떠지는 모습을 보던 에노스는 작은 탄성을 질렀다.

"아…."

달은 점점 동그란 원형을 찾아가는데 그 표면은 완전히 달라져 있었다. 제국이 번성하고 높은 탑들이 경쟁하듯 솟아있던 달의 모습은 자취를 감추고 이제는 그 탑의 밑동만 흔적으로 남은 황량한 달의 모습으로 변해버렸다.

황소를 열심히 몰던 여호수아와 키메라도 똑같이 이마의 땀을 닦으며 바뀐 달을 보았다. 하늘에는 유난히 큰 새로운 달이 휘영청 떠있었고 호수에는 그보다 세 배나 더 큰 같은 달이 풍덩 빠져있었다.

소를 몰던 키메라도 달을 보았다. 아름다웠다. 갖고 싶을 정도로 탐스러웠다. 달을 보며 넋을 잃은 키메라의 눈으로 시 하나가 빠르게 들어왔다. 아무도 모르게 들어온 시는 눈동자 속으로 녹아들어갔다. 눈동자 속에서 녹은 시는 키메라의 시신경을 타고 뇌로 들어갔다. 그리고는 은밀하게 키메라의 마음으로까지 들어갔다.

눈 하나가 나를 보고 있다.

매끈하고 새까만 동경으로 흘러가는 악마의 먹구름.

나는 이미 그 안에 들어가 있다.

애절하고 섬뜩한 그 무언가가 나를 부르고.

이제 나는 홀린 듯 가야만 한다.

그 시각 달의 제국

키메라와 여호수아가 좋아서 뛰는 그 때에, 사탄은 달의 제국에 있었다. 사탄은 높은 산꼭대기에 올라갔다. 사탄은 말없이 에덴을 굽어보았다. 옆에 선 짐승도 마찬가지였다. 사탄은 에덴으로 내려갈 때를 고민하고 있었다. 사탄은 지는 전쟁보다는 완벽하게 이기는 전쟁에서 나타나기를 원했다.

사실 사탄은 스스로 의심의 덫에 걸려 있었다. 박수와 주발을 없애고 나서 그 병은 더 심해졌다. 사탄은 에덴이 밀리는 것이 자신을 유인하는 것이라 생각했다. 그래서 에덴이 밀리면 에덴을 의심했고 에덴이 이기면 수하들을 의심했다. 에덴은 탐스러웠고 아름다웠지만 자신의 목숨이 더욱 소중했다. 사탄은 목숨에 대한 집착이 유난히 강했다. 하지만 누가 봐도 지금의 형세는 확실히 유리했다. 사탄은 이번이 아니면 다시는 기회가 없을 거라는 생각을 했다. 사탄이 생각을 정리하고는 힘주어 말했다.

"태양이 지고 달이 뜨는 이제 우리의 날이 밝았다. 이제 저들의 마지막 밤이 다 가기 전에 저 에덴은 나의 발아래 무릎을 꿇을 것이다."

짐승도 마지막 때가 왔다는 생각을 했다. 사탄은 짐승을 돌아보았다.

"주발은 어찌 됐느냐?"

"악한 영이 되었습니다."

"날 원망하지는 않더냐?"

"스스로 영광으로 알고 있습니다."

사탄은 눈을 가늘게 떴다.

"한나를 데려온 놈이지만… 너무 많은 비밀을 알고 있다."

"그렇습니다. 악한 영이 되어서 인간세상에서 복수하며 살면 됩니다."

"그럼 벌써 갔는가?"

"그렇습니다. 말코도 역시 은밀히 보냈습니다."

"귀신의 영들도 갔는가?"

"네 그들도 지금쯤이면 남들 몰래 갔을 겁니다. 아무도 알지 못합니다."

"이제 하나둘 떠나는구나. 이번 전쟁에서 이기게 되면, 이 달의 제국을 통째로 에덴으로 옮기겠다."

사탄과 짐승은 그렇게 이글거리는 눈으로 에덴을 보고 있었다.

바로 그때였다. 약한 지진이 일어났다는 생각을 했다. 산꼭대기라서 미동을 조금 느낀 정도였지만 땅에서는 아무것도 느낄 수가 없을 만큼의 작은 지진이었다. 짐승은 무언가가 이상하다는 생각을 하였다. 그러다가 에덴을 보던 짐승의 큰 눈이 더욱 커졌다. 달빛에 아름답게 빛나던 에덴이 점점 어두워지고 있었다. 그 어둠이 내리는 속도가 너무 빨라서 광대한 땅을 순식간에 삼키고 있었다.

이상했다. 더욱 이상한 것은 어둠의 테두리로 자신의 성의 모습이 보였다. 사탄과 짐승은 어리둥절했다. 이해를 하지 못하고 자신들의 얼굴을 서로 쳐다보던 사탄과 짐승은 동시에 소리쳤다.

"시공간의 막!"

이제는 작은 구멍만 남은 그때에 사탄은 이를 부드득 갈며 짐승과 함께 빛의 빠르기로 에덴을 향해 날아갔다. 온 힘을 모아 전속력으로 날아가는 짐승의 등에 탄 사탄은 고개를 돌려 자신의 제국을 보았다.

아무것도 모르고 있는 자신의 땅에는 세상이 감당할 수 없고, 잔인하며 용맹한 수많은 용사들과 군사들이 있었다. 그러나 이제 사탄은 그들을 남겨 놓고 홀로 도망을 하고 있었다. 그것도 완전히 탈출을 할 수 있을지 장담하기 어려웠다.

저 멀리 시공간의 막이 일렁이는 모습이 보였다. 달빛에 반사된 막의 그림자는 점점 좁혀졌다. 사탄은 등에서 식은땀이 흘렀다. 위험했다. 한 번이 공간에 잡히면 끝장이었다. 사탄의 눈에 웃고 있는 에노스의 얼굴이 보였다. 사탄의 눈에서 불이 났다.

사탄은 무한대의 힘을 끌어올렸다. 그리고는 짐승의 등에서 큰소리를 지르며 빛보다 빨리 날아갔다.

"빠드득, 에노스."

사탄과 하나가 된 짐승은 사탄의 힘에 매우 놀랐다. 조여 오는 시공간의 막에 살이 닿았지만 사탄은 개의치 않고 날아갔다. 살이 찢기고 불에 탔다. 그러나 사탄이 할 수 있는 일은 빨리 도망가는 일뿐이었다. 사탄은 마지막 힘을 내어 날았다. 그러면서 손에 잡은 검을 닥치는 대로 휘둘렀다.

짐승도 역시 마지막 남은 힘을 다해 날았다. 하지만 몸집이 큰 짐승의 몸은 시공간의 막에 닿아서 찢기고 있었다. 살점이 떨어져 나가고 불에 타서 고기 굽는 냄새가 났다. 온몸이 시뻘겋게 달아올랐지만 짐승은 이를 악물었다. 등 뒤에 탄 사탄을 위해 마지막 남은 힘을 쓰며 용트림을 했다.

"으, 아아아아아악!"

짐승은 단말마 비명을 지르며 조여오던 막을 머리를 들이밀어 비집어 밀었다. 그러자 아직 완전히 닫히지 않은 시공간의 막이 조금 벌어졌다. 사탄과 짐승은 그 틈을 놓치지 않고 얼굴부터 들이밀었다. 엄마 자궁을 빠져나오는 것처럼 사탄과 짐승은 겨우 밖으로 나왔다.

"헉 헉 헉."

짐승은 온몸이 벗겨지며 피가 나왔다. 사탄도 마찬가지. 몸이 불에 데어서 오그라들었다. 목숨은 건졌지만 잃은 게 너무나도 많았다. 사탄은 비통했다. 목숨만 건지고 나온 곳은 에덴의 동쪽, 전쟁터 하늘이었다. 이곳은 밤이 물러가고 태양이 터오기 직전이었다. 짐승도 온몸에 힘이 하나도 없었다. 빛의 속도로 달려오다가 타버린 살갗은 모두 벗겨져버렸다.

사탄은 눈물을 뿌리며 자신의 제국을 돌아보았다. 하늘을 찌를 것 같이 솟아오른 탑들과 건물은 아예 보이지 않았다. 그 뾰족한 탑들이 있던 달의 제국은 이제 가고 없었다. 대신 둥그런 원형의 공간에 탑이 있던 자리의 기초만 덩그러니 보였다. 곰보처럼 움푹 파인 땅들로 둘러싸인 달을 보며 사탄은 할 말을 잊었다.

달이 통째로 바꿔치기를 당한 건지 아니면 그 모든 탑들이 모두 없어지고 황량한 벌판으로 변한 것인지 알 수 없었다.

"에노스."

사탄은 보이지 않는 힘의 존재에 부르르 떨었다. 공포의 대왕의 마음에 공포가 심어지고 있었다. 에덴의 동쪽 하늘에 떠 있는 짐승과 사탄은 한동안 공포에 사로잡혀 꼼짝도 하지 못했다.

달이 고립되기 바로 전. 사탄의 성

사탄이 산꼭대기에서 에덴을 바라보던 그 시각, 옛뱀은 달의 제국으로 스며들었다. 달의 제국에서 가장 삼엄한 곳, 사탄의 성으로 소리없이 스며드는 옛뱀의 눈에는 밀밭에서 만난 박수와의 대화가 활동사진처럼 돌아갔다.

"네가 찾는 한나는 사탄의 방에 있어. 사탄의 방은 비밀이 많은 곳이야. …사탄의 방에는 창고가 하나 있어. …그 창고에 네가 찾는 한나가 있지. 하지만 사탄의 창고를 찾는 건 네 몫이고, 나는 여기까지야."

"좋아. 그렇게 하지. 하지만 모든 거래에는 약간의 에누리가 있는 법. 창고를 열 수 있는 열쇠를 주진 않아도 아주 살짝 힌트를 줄 수는 있지. 안 그래?"

"역시, 약았어. 나보다 한 수 위로군. 좋아. 그럼 약간의 힌트를 좀 주지. 거울, 거울이야. 사탄에게 있어서 거울이란 무엇일까? 너무 쉬운가? 너는 영리하니 금세 알아낼 테지. 그럼 나는 간다."

옛뱀은 박수와의 대화를 골백번도 더 생각했다. 그러나 박수가 마지막에 준 힌트는 어려웠다. 생각하면 할수록 무슨 말인지 알 수 없었다. 그러나 옛뱀은 시간이 없었다. 박수가 준 힌트를 연구나 하고 있을 수는 없었다. 그래서 옛뱀은 무작정 사탄의 성으로 들어왔다.

옛뱀은 주인 없는 방을 지키는 장님 까마귀들을, 귀신처럼 따돌리고 사탄의 방에 스며들었다.

사탄은 비밀이 많은 자였다. 아무도 믿지 않는 사탄은 까마귀들을 장님으로 만들어버렸다. 그리고는 눈이 있어도 되는 때에만 눈을 꺼내 볼 수 있게 했다.

옛뱀은 장님까마귀들을 잘 다루었다. 그도 그럴 것이 사탄에게 장님 까마귀의 아이디어를 준 자가 바로 옛뱀 자신이었다. 사탄과 자신만이 아는 장님까마귀의 비밀은 검은 색에 있었다. 까마귀들은 검은 색을 볼 수 없었다. 그리고 상대방이 눈을 감으면 같이 눈을 감았다. 사탄이 깊은 생각을 하거나 중요한 일을 결정할 때 늘 눈을 감았기 때문이었다. 옛뱀도 눈을 감고 소리를 죽인 채 사탄의 방으로 스며들었다.

'사탄의 방이 곧 내 방이고 내 방이 곧 사탄의 방이다.'

사탄의 방에 들어온 옛뱀은 그답지 않게 빠르게 움직였다. 박수가 말한 힌트를 풀려고 이곳저곳을 쏘다니며 단서를 찾았다. 하지만 약은 사탄이 중요한 창고를 눈에 띄게 만들어 놓았을 리는 없었다. 옛뱀은 벌써 사탄의 방 구석구석을 열 바퀴째 돌았다. 피를 말리는 아까운 시간이 덧없이 흐르자 옛뱀은 당황하였다.

'이대로는 백년을 다녀도 소용없다. 생각, 생각을 하자.'

옛뱀은 다시 한번 박수의 말을 되새겨 보았다.

'거울, 거울이야. 사탄에게 있어서 거울이란 무엇일까?'

옛뱀은 눈을 감고 생각에 빠졌다.

'방에는 거울이 없다. 하지만 박수는 분명히 거울이라 했다. 거울….'

아까운 시간이 흐른다. 시간이 흐르는 소리가 개울물 소리처럼 들렸다.

'거울은 여자들의 물건. 남자들의 물건은 아니지. 더더군다나 사탄의 물건은 아니다. 그렇다면 박수는 거울의 의미를 말한 것이다.'

옛뱀은 머리가 아팠다.

'나와 사탄은 비슷한 데가 많으니, 나에게 있어서 거울은 어떤 의미일까? 내가 거울을 본다면….'

옛뱀은 너른 사탄의 방을 가로로 지나 입구 반대쪽 벽에 있는 유리벽 앞에 섰다.

유리벽. 에덴이 훤히 내려 보이는 유리벽 너머로 탐스러운 에덴의 모든 것이 보였다. 환한 달빛 아래에 드러난 에덴의 모습은 황홀하고 아름다우며 탐스러웠다. 매일 같이 이글거리는 눈으로 에덴의 모습을 보는 사탄의 모습이 눈에 선했다. 옛뱀의 눈도 탐욕에 벌게졌다.

'거울은 마음을 알려준다. 거울을 보며 마음에 드는 옷을 고르고 마음에 들지 않는 머리를 바꾼다. 간사하고 속이 좁은 사탄에게 있어서 마음을 비추는 거울의 의미란….'

옛뱀의 눈에서 작은 불꽃이 일었다.

'그건 바로… 탐욕이다. 그리고 사탄의 탐욕은, 에덴이다.'

탐욕이라는 단어가 머리에 떠오르자 옛뱀의 눈도 이글거렸다.

'나라도 매일 같이 에덴이라는 거울을 보면 탐욕이 생길 터. 하물며 가장 사악한 사탄이라면 말해 무엇 하겠는가. 박수가 거짓말을 하지 않았다면 사탄의 창고는 바로 이곳이다. 이곳, 에덴의 모든 것이 보이는 유리벽이 창고의 문이다.'

옛뱀은 유리벽 앞에 서서 확신했다. 옛뱀은 유리벽을 살짝 밀었다. 몸이 약간 떨렸다. 아주 작은 힘에 유리벽이 조금 움직였다. 옛뱀의 심장이 뛰었다.

'누가 생각이나 했겠는가? 이런 곳에 자신의 창고를 숨겨 놓다니. 역시 사탄이다. 박수가 없었더라면 찾지 못했을 것. 후후후, 고맙다 박수.'

옛뱀은 더 이상 주저하지 않고 유리벽으로 머리를 들이밀었다. 스르르. 편안하게 밀리는 유리벽의 틈으로 휘황찬란한 불빛이 새어나왔다. 신기했다. 옛뱀은 혀를 내둘렀다.

'밖이 보이는 벽 안에 또 다른 공간이 있다니. 이곳에 한나가 있다!'

옛뱀은 사탄의 창고로 스며들어갔다. 옛뱀과 한나의 길고도 질긴 운명의 만남은 이렇게 시작되었다.

사탄의 창고 안

밖이 훤히 보였다. 사탄의 방에서 보았던 에덴의 모습이 신기하게도 다시 한 번 눈에 들어왔다. 방과 마찬가지로 유리로 된 벽을 통해 푸르른 에덴의 모습이 한눈에 훤히 들어왔다. 없는 게 없었다. 이상하게 생긴 팔찌와 보석들. 용도를 알 수 없는 나무와 지팡이들. 그리고 악기들. 음악에 조예가 깊은 사탄답게 악기가 많았다.

창고의 한가운데에 내버려둔 침대. 그 침대 위에 한나가 누워있었다. 옛뱀은 침을 꼴깍 삼켰다. 눈은 침대를 떠날 줄 몰랐다.

한나는 잠이 들어 있었다. 옛뱀은 온갖 진귀한 보물을 모두 젖혀두고 한나에게 다가갔다. 옆으로 누워있는 그녀의 이불을 걷었다. 그러자 드러나는 그녀의 몸은 배가 남산만한 임산부였다. 옛뱀의 눈은 탐욕으로 이글거렸다. 한나의 침대로 올라갔다. 에덴 못지않게 한나의 모습도 아름다웠다.

'한나, 너에게 나쁜 감정은 없다. 하지만 너의 그 아이, 우리엘의 아이는 내가 절대로 양보할 수 없다. 한나, 이제 나에게 너의 아이를 주어야겠다.'

옛뱀은 한나의 자고 있는 코에 입김을 불었다. 그러자 한나는 더욱 깊은 잠에 빠져들었다. 옛뱀은 한나를 슬쩍 건드려보았다. 하지만 요지부동. 신중한 옛뱀은 살짝 한나의 배를 덮은 옷을 걷어 올렸다. 옛뱀은 옆으로 누운 한나를 바로 누이고는 그 배 위로 올라갔다. 옛뱀은 송곳니를 세웠다. 배를 살짝 물었다. 한나의 배에서 피가 스미어 나왔다. 한나의 배가 꿈틀했다. 잠잠하던 뱃속의 아이가 요동을 쳤다. 옛뱀의 입이 앞으로 가면 안으로 들어가고 왼쪽으로 입을 벌리면 오른쪽으로 움직였다. 옛뱀은 희열을 느꼈다.

'나를 알아보는구나. 길게 끌 것 없지. 어차피 너는 나에게 피를 바치고 죽을 운명. 게다가 만삭이니, 이제 때가 되었다. 흐흐흐 한나의 배를 가르고 아이를 꺼내자.'

옛뱀은 입을 더욱 크게 벌렸다. 날카로운 송곳니 하나가 더욱 길어졌다. 그 끝을 사방으로 갈아서 날카롭게 만든 옛뱀의 송곳니가 다른 이보다 두 배는 더 길어졌다. 그리고는 그 송곳니로 한나의 배, 그 찢어질 듯 부풀어 오른 배의 정상을 살짝 찔렀다. 곧이어 뱃속의 아이가 사생결단으로 몸부림을 치는 바로 그때였다. 기적이 일어났다.

한나의 배에 송곳니를 박고 배를 가르려는 그때에, 유리벽을 통해 들어오던 에덴의 빛이 살짝 움직였다. 작은 일에도 민감한 옛뱀은 고개를 들어 뒤를 돌아보았다. 옛뱀은 소스라치게 놀랐다. 유리벽 너머로 에덴의 모습이 줄어들고 있었다. 에덴의 찬란한 모습을 어둠의 보자기로 싸는 것처럼 위 아래로 어둠이 몰려들었다. 한 번도 본 적이 없었다. 에덴 위로 그늘이 지는 모습에 본능이 먼저 움직였다.

'위험하다.'

아이를 꺼내는 것이 먼저가 아니었다. 옛뱀은 번개처럼 움직였다. 배에서 피를 흘리는 한나를 강한 꼬리로 칭칭 감았다. 그 순간 옛뱀은 한나의 손목에 걸린 팔찌를 보았다.

'헉, 이것은.'

옛뱀은 한나가 손목에 끼고 있던 팔찌를 입으로 빼물고는 전력을 다해 유리벽을 들이받았다.

와장창. 유리벽이 산산조각 났다. 요란하게 벽을 부수고 나온 옛뱀은 하늘로 솟아올랐다. 누구 하나 옛뱀이 날 수 있다는 생각을 하지 못했지만 옛뱀은 중요한 순간 하늘을 날았다.

'달의 제국이 포위되고 있다. 시간이 없다. 이러다 갇히면 끝장이다.'

옛뱀은 전속력으로 하늘을 날았다. 크게 돌아서 조여 들어오는 어둠의 덫을 피하려고 있는 힘을 다해 날았다. 그러나 달을 삼키는 커다란 그물을 피하기에는 시간이 없었다. 운이 없는 옛뱀은 아슬아슬하게도 그물의 맨 끝자락에 갇혀버렸다.

하늘을 날던 옛뱀은 갑자기 숨이 답답하고 몸이 둔해지더니 허공에서 그대로 얼어붙어버렸다. 꼼짝을 할 수도 없었다. 눈을 감을 수도 없었다.

더 공포인 건 눈을 떠도 아무것도 보이지 않는 것이었다. 보이지 않는 막이 눈을 가리고 있는 것 같았다.

'아, 이대로 허무하게… 끝이 나는가?'

옛뱀은 공포를 느꼈다. 신의 영역이라는 생각이 들었다. 에노스가 생각났다.

'시간의 생물, 에노스. 그 죽일 놈이구나. 그놈이 달을 통째로 삼키는구나. 아, 미련하게 그것도 모르고 걸려들다니.'

후회가 물밀 듯 밀려왔다. 하지만 이미 늦었다. 지난날의 모든 것이 머리를 지나갔다. 그냥 이대로 보내기에는 하나 같이 아쉬운 것들. 하지만 이제는 끝이었다. 옛뱀은 모든 걸 내려놓고 포기하고 있었다. 그러나 절망하던 옛뱀에게 다시 기적 같은 일이 일어났다. 공포로 좌절하고 있는 옛뱀의 눈앞에 빛이 번쩍 들어왔다.

'틈이 있다.'

옛뱀은 숨겨두었던 모든 힘을 쏟았다. 그러자 허공으로 조금의 틈이 더 생겼다. 그 틈으로 머리를 비집어 넣으며 큰소리를 질렀다.

으 아아아!

옛뱀은 목이 터져라 용을 쓰면서 시공간의 틈을 비집고 미끄러져 나왔다.

'살았다. 기적이… 일어났다. 헉헉.'

다 나왔다고 생각이 들던 그때 꼬리로 불에 댄 것 같은 통증이 몰려왔다.

'한나?'

옛뱀은 한나가 생각났다. 한나를 감고 있는 꼬리가 시공간의 막에 걸린 모양이었다. 한나를 포기할 수 없는 옛뱀이 다시 꼬리에 힘을 주었다.

"악."

꼬리 끝으로 몰려드는 고통은 정신을 아득하게 만들었다. 하지만 옛뱀

은 한나를 놓지 않았다. 옛뱀은 마지막 힘을 모아 꼬리에 보냈다. 그리고
는 단말마의 비명을 지르며 꼬리를 힘껏 당겼다. 그러자 놀라운 일이 일어
났다.

"헉, 꼬리가 사라졌다. 감각도 없다."

고개를 돌려 바란 본 옛뱀은 너무나도 놀랐다. 꼬리 끝과 함께 한나가
사라졌다.

'시공간의 막이 끝을 잘라버렸구나. 아 두렵다.'

옛뱀은 모든 것이 두려웠다. 몸 안의 모든 힘이 빠지고 지쳤다. 정신도
흐려졌다. 옛뱀은 사라지려는 정신을 붙잡고 땅으로 내려왔다. 지옥을 벗
어나 힘을 모두 소진한 옛뱀은 안식처로 돌아와서 바로 정신을 놓았다. 온
몸의 껍질이 벗겨진 채로 안식처에 온 옛뱀은 탈진해 잠이 들었다. 정신을
잃은 옛뱀의 입안 가장 긴 송곳니에는 한나의 팔에서 빼앗은 금팔찌가 빛
을 잃지 않고 걸려 있었다.

불의 환

한편 에노스와 헤어진 미가엘은 광화문을 나와 불의 산을 향해 말을 몰았다. 마음은 빛처럼 달리고 싶었다. 하지만 짐을 잔뜩 실은 말은 힘이 달리는지 더디기만 했다. 미가엘은 에덴의 동쪽 평야에서 배수진을 친 라파엘이 생각났다.

'라파엘 조금만 버텨라. 최대한 빨리 돌아가겠다. 반드시.'

다행히 가는 길은 평탄하고 조용했다. 두발가인이 최대한 시끄럽게 적들을 몰고 가서 그런지 미가엘이 가는 곳은 적의 씨도 볼 수가 없었다. 그덕에 미가엘은 앞만 보고 말을 몰았다. 두발가인의 흔적을 따라가다가 눈에 들어오는 참상을 보며 미가엘은 눈을 찌푸렸다. 잘려나간 몸뚱어리와 목들은 보기에 그나마 나았다. 불에 타고 그슬린 육신은 아직도 메케한 내음을 내었다. 하나같이 악마의 군사들이었다. 하지만 생명이 비참하게 죽은 걸 보는 미가엘의 마음은 편하지 않았다.

'사탄의 욕심이 이런 화를 부르다니.'

미가엘은 분노했지만 지금으로서는 그런 것에 신경을 쓸 수가 없었다. 자신도 지금 당장 적을 만나면 생명을 취해야 할 판이니, 전쟁의 무서움 앞에 한숨만 나왔다. 미가엘은 눈살을 찌푸리며 길을 재촉했다. 한참을 가던 미가엘의 눈에 이상한 광경이 들어왔다.

스르릉.

축축한 땅의 한가운데에 갈라진 틈이 있었다. 폭은 자신의 키에 열 배는 되어 보이는 틈이 닫히고 있었다. 두발가인이 만든 격렬한 전쟁의 흔적들과 달랐다. 미가엘의 머릿속에 요나의 얼굴이 들어왔다. 미가엘은 잠시 발을 멈추고 땅이 닫힐 때까지 기다리며 아래를 내려다보았다. 틈은 그 끝이 보이지 않았다. 미가엘의 눈으로도 끝이 보이지 않았다. 놀란 미가엘이 짧게 외쳤다.

"깊음의 근원!"

미가엘은 고개를 빼고 아래를 내려다보았다. 그러자 저 아래 깊음의 끝에 막 내려가고 있는 요나와 엄청난 괴물이 간신히 보였다. 그리고 요나의 외치는 소리가 들렸다.

"두발가인! 두발가인! 부디 아이들을 구해서 에덴의 미래를 열어주십시오. 가브리엘! 부디 해상을 살려서 물의 나라의 뒤를 잇게 해주십시오. 나는 리워야단과 함께 깊음의 근원으로 들어갑니다. 주님의 은총이 있으면 부활의 그때에 보겠지요. 그럼 나는 믿고 갑니다."

요나의 간절한 말에 미가엘은 울컥했다.

'아, 요나.'

미가엘은 에덴의 동쪽을 라파엘에게 맡긴 후 불의 환을 가지러 가는 중이었다.

불의 환은 가장 강한 무기였다. 태초부터 있던 가장 강한 에너지를 태초에 생긴 철에 담아 놓은 것을 불의 환이라 불렀다. 어떻게 쓰는 건지 어떤 위력이 있는지는 모르지만 전해 오는 말로는 그 불의 환을 쓰는 자는 육신은 타서 없어지고 영혼만 남게 되는데 불의 환은 딱 한 번만 사용할 수 있었다.

불의 환은 당연히 태초부터 있었지만 그 힘이 너무나도 강하고 위험했다. 악인의 손에 들어가면 그 피해는 상상할 수도 없었다. 그래서 하나님이 불의 환을 쪼개어 둘로 나누어 놓았다. 불의 기운과 철로 나누면서 태초의 철 안에 있던 불의 기운은 불의 근원에 숨겨두었다. 그리고 불의 기운을 담았던 철은 환 형태로 만들어져서 아무도 모르는 어딘가에 숨겨져 있었다.

미가엘은 불의 근원이 있는 불의 산으로 가는 중이었다. 미가엘은 에덴의 동쪽에서 일어나는 전쟁에서 사탄을 잡으려면 그 수밖에는 없다고 생각했다. 그만큼 사탄은 강해져 있었다.

'리워야단과 요나가 동시에 깊음의 근원으로 갔구나. 대단하다 요나. 그 괴물을 한순간에 가두다니. 너의 희생이 많은 생명을 살리리라.'

미가엘은 숙연해졌다. 자신의 처지도 요나와 다르지 않았다. 불의 환을 생각하면 요나의 얼굴이 겹쳐왔다. 그러나 미가엘은 머뭇거릴 시간이 없었다. 눈을 들어 앞을 보았다.

'그나저나 얼마를 더 가야 불의 산인가? 두발가인이 이곳을 태운 걸 보면 멀지 않은 거 같은데. 그 만큼 적들의 저항도 심했던 것 같구나.'

미가엘은 굳이 길을 찾을 필요도 없었다. 전쟁이 심해진 곳을 따라가면 두발가인을 만날 수 있었다. 미가엘은 부지런히 말을 몰아 두발가인이 가면서 만들어 놓은 지옥의 땅을 밟고 갔다.

불의 산

그 시각, 불의 산 아래에 있는 악마의 군대들은 난리가 났다. 어딘가에 숨어 있다가 이제야 나타난 악마는 애꿎은 수하들을 타작하고 있었다.

"식충만도 못한 놈들! 어떻게 수만 명이 한 놈을 당하지 못하냐? 이래가

지고 어찌 나 위대한 악마의 이름을 가진 군대라 할 수 있느냐? 한심한 것
들!"

꽁무니를 빼고 도망을 가던 악마는 오히려 더 소란을 피웠다. 그때였다.
사탄이 보낸 반고의 군대가 막 도착했다. 악마는 눈을 가늘게 뜨고 바라보
았다.

"반고가 왔는가? 이상하군. 에덴에 있어야 하는 반고가 여기까지 왔을
리가?"

악마의 생각은 그대로 맞았다. 반고의 군대를 끌고 온 자는 반고가 아니
라 반고의 손자인 반노였다. 반노가 바람처럼 나타나 악마에게 절을 했다.

"소신 반노 인사 올립니다. 대왕께서 대장군을 도우라 하셔서 달려왔습
니다."

반노는 악마더러 대장군이라 말했다. 사실 반고가 대장군이 된 뒤로 기
분이 좋지 않던 악마는 그 말에 입이 벌어졌다.

"영웅을 알아보는군. 범의 손자 역시 범이구나."

악마는 기분이 좋아지자 반노에게 사정 이야기를 했다.

"반노 어쩌면 좋으냐? 네 할아버지는 지혜가 강물 같은데 지금 없으니
너라도 나를 도와주어야겠다. 두발가인이 불의 산으로 들어갔는데 어쩌면
좋으냐?"

반노는 악마에게 깊이 절을 하고는 말했다.

"대장군, 쉽게 생각하시면 됩니다. 지금 우리는 두발가인을 죽이는 것이
목적이 아닙니다. 그냥 저들이 하는 걸 방해만 하면 됩니다. 시간만 끌면
되죠. 시간이 지나면 대왕께서 에덴의 문을 여실 테고 그러면 불의 산에서
아무리 불을 피우고 놀아도 아무 소용이 없습니다."

"그렇지. 그건 그렇지."

악마는 손뼉을 치며 고개를 끄덕였다. 반노가 말을 이었다.

"그렇다면 일은 쉽습니다. 불의 근원으로 들어갔으니 그 근원에서 힘을 얻으려는 것이겠지요. 그렇다면 우리의 할 일은 불의 근원에 장난을 좀 치면 됩니다. 불의 산 중턱에 불의 근원이 좀 새어나오는 곳이 있습니다. 워낙 강한 불의 기운이 나와서 병사들이 얼씬도 하지 않는 저곳에 구멍을 크게 뚫으면 그곳으로 불의 기운이 몰려나올 것이고, 그리 되면 불의 근원이 조금이나마 약해집니다. 시간이 없는 그들은 불을 다시 지피려고 시간을 쓸 테고. 그러면 우리들의 임무는 끝이 나는 것이겠지요."

악마는 정녕 놀랐다. 아무리 반고의 손자라지만 이토록 어린아이가 그런 지혜를 가졌다 생각하니 두렵기까지 했다. 악마는 감탄했다.

"절묘하고 신기하다. 좋다, 네 말대로 하자. 자, 다들 저곳에 커다란 구멍을 파라. 몸을 사리는 놈들은 내가 먼저 죽여주리라. 우리는 구멍만 파고 철수한다. 백 리 밖으로 물러나서 놈들의 약 오른 표정을 보잔 말이다. 하하하."

악마는 기분이 너무나도 좋았다. 크게 웃는 악마의 말이 떨어지자 군사들은 화산에 구멍을 파기 시작했다. 악마가 두려운 병사들은 열심히 땅을 팠다. 그러자 구멍이 순식간에 생기더니 그 아래로 시뻘건 용암이 흘러나와 온 땅을 덮어갔다. 잠시 후 갑자기 엄청난 양의 불의 기운이 폭발을 하였다. 시뻘건 용암이 하늘로 치솟고 메케한 연기가 앞을 가렸다. 그 덕에 많은 병사가 죽었지만 악마는 개의치 않았다.

"반노, 내가 너를 어린아이로 생각했지만 이제 다시 보아야겠구나. 대단하다. 하하하."

악마와 반노는 분수처럼 솟아오르는 용암과 자욱한 연기 사이에서 크게 웃었다.

불의 산

한편 두발가인은 요나의 희생 덕에 적들의 포위망을 뚫고 무사히 불의 산에 오를 수가 있었다. 하지만 두발가인은 오면서 많은 희생을 치러야만 했다. 빗발치듯 쏟아지는 화살을 에덴의 북 하나로 막고 오기에는 역부족이었다. 급기야 불의 산 밑에서는 두발가인 자신이 불의 회오리가 되었다. 막강한 불의 회오리가 악마의 군사들을 삼키자 수백 명씩 떼죽음을 당했다. 악마의 군사들은 그제야 앞뒤 가리지 않고 도망을 하였다.

적들이 물러간 불의 산은 사방이 불에 탄 채로 숯이 되었다. 산 정상서부터 흘러내리는 유황연기와 두발가인이 태운 초목의 연기가 하나가 되어 불의 산 근처는 암흑으로 변했다. 지옥이 따로 없었고 뜨거운 열기로 살아 있는 것이 하나도 없었다. 게다가 불의 산 주위를 두루 도는 불의 검에 악마는 모든 것을 포기하고 이만 갔다.

체력소모가 너무 컸지만 마지막에 좌절할 수는 없었던 두발가인은 불의 회오리로 적들을 물리치고 나서는 초죽음이 되었다. 지치기도 했지만 몸 곳곳에 남은 상처는 두발가인의 힘을 빼고 있었다. 그러나 두발가인은 마지막 힘을 내어서 불의 산을 올랐다.

불의 산은 엄청나게 큰 산이었다. 하늘을 찌르며 솟아오른 산에는 항시 연기가 올라서 앞이 보이지 않았다. 게다가 크고 작은 화산이 수시로 터졌다. 외지의 수상한 자가 접근을 하면 산이 스스로 불을 내어 죽이는 그런 산이었다. 그곳에 두발가인이 도착하였다. 산 정상에 서서 두발가인은 아래를 내려 보았다.

돌아보면 실로 악전고투였다. 이름도 알 수 없는 귀신과 수만의 군사들이 죽기를 한하고 육탄으로 달려들었다. 땅을 파고 산을 옮겨 놓은 장애물들은 아이들을 데리고 넘기에는 너무나 힘이 들었다. 게다가 두발가인의 분신과도 같은 불의 검은 10여 개 밖에 남지 않았다. 다시 모여 합쳐진 두발가인의 창은 그래서 짧아져 있었다. 아마도 나머지 불의 검들은 적들의 뼈에 박혀 돌아오지 못한 것 같았다.

두발가인의 수염과 머리카락은 불에 타버렸고 얼굴에는 불에 댄 화상과, 화살이 스치며 검이 지나간 자국들이 많았다. 등에는 칼에 베인 몇 개의 상처에서 아직도 피가 흐르고 있었다.

그러나 두발가인의 눈은 살아서 반짝였다. 정상에 선 두발가인은 고향에 온 듯 기뻐했다.

갈렙과 예후는 혀를 내둘렀다. 옆에서 보아온 두발가인과 가브리엘의 전쟁을 보며 엄청난 생물들의 힘에 놀랐다. 가브리엘의 품에 안긴 해상은 이제 얼굴빛도 정상으로 돌아왔으며 숨소리도 한결 좋아졌다.

"두발가인, 정말 고생 많으셨습니다. 듣던 대로 대단하십니다. 어찌 그런 위용을 내실 수 있으신지. 그 용기에 감탄할 따름입니다."

가브리엘의 칭찬에 갈렙도 혀를 내두르며 말했다.

"스승님, 대단하십니다. 정말입니다."

"뭘 그런 걸 가지고 그러느냐? 힘으로 따지자면 요나가 제일이다. 그런 요나의 희생이 없었던들 이곳에 올 생각도 하지 못했을 것이다."

"그렇습니다. 요나께서 리워야단과 같이 깊음의 근원으로 들어가시는 걸 보았습니다. 정말로 대단한 용기입니다. 이 해상을 그렇게 아끼시는 줄 몰랐습니다. 이 아이가 다치자 불 같이 분노했지요."

가브리엘이 해상을 보며 말했다. 두발가인은 해상을 보며 걱정이 되었다.

"왜 일어나지 않을까요? 내상이 깊은 모양입니다."

"그렇지요. 사실, 악마의 북에 맞았음에도 죽지 않은 게 다행이지요. 그렇긴 한데, 도통 일어나지 않습니다."

"가브리엘께서 고쳐주셔야… 아니면 누가 하겠습니까?"

"제가 고치는 것은 아니지요. 좋은 약이 있어야 하는데, 예를 들면……."

"예를 들면 무엇입니까?"

"예를 들면 물의 근원이든지 아니면 에덴에 있는 약초라든지. 만나를 먹이긴 했습니다만, 그것 가지고는."

가브리엘의 말에 예후가 펄쩍 뛰며 누워있는 해상의 주머니를 뒤졌다. 그러자 믿을 수 없을 만큼 많은 물건이 나왔는데 다들 그걸 보며 혀를 내둘렀다. 예후는 한참을 뒤지더니 마침내 무언가를 들고 좋아했다.

"여기 있습니다. 에덴의 물입니다. 비손강의 근원에서 떠 온 겁니다."

예후는 학교 뒷산에서 생령을 만들고 남은 물을 기억해냈다. 가브리엘은 그 물을 보고는 얼굴에 희색이 돌았다.

"진짜 비손의 물이구나. 이거면 해상이를 깨울 수 있다."

가브리엘은 예후가 얼굴을 잡는 동안 입을 벌려 물을 먹였다. 물은 신기하게도 해상의 입에 닿자마자 스며들듯 들어가더니 목을 넘어 배로 가더니 꼬르륵 소리까지 내었다.

가브리엘은 해상을 옆으로 누이더니 말했다.

"이제 잠시 후면 깨어날 테니 걱정하지 않으셔도 됩니다. 강한 아이라서 이만하길 다행입니다. 그나저나 이제 미가엘을 기다려야겠지만 불의 근원에 급하게 오느라 빼먹은 것이 있습니다. 바로 철의 환인데. 그건 어떻게 얻습니까?"

"철의 환은 걱정하지 마시지요. 그 주인이 아마도 먼저 와 있을 테니."

"주인이라니요? 누가 주인입니까?"

두발가인은 말을 더듬었다.

"사실은, 환의 주인은 제 동생입니다."

"네?"

가브리엘이 놀라는 걸 본 두발가인은 일부러 해상을 어깨에 메고는 정상을 넘어 커다란 동굴로 갔다. 잠시 쉬던 일행은 두발가인의 걸음에 맞추어 갔다.

가브리엘은 두발가인 옆에 바싹 붙었다. 아이들과는 좀 떨어져서 둘만 얘기할 수 있었다.

"동생이라면?"

두발가인이 한숨을 쉬었다.

"네, 나아만이라고 합니다. 이름은 남자 같지만 여동생입니다."

"나아만이라면?"

"네, 생각하시는 대로 거인족 아낙의 아내입니다."

가브리엘은 놀랐다. 거인족이라면 아낙의 나라였다. 아낙의 성은 불의 산에서 남쪽으로 멀리 가야만 있었다. 시간도 없었지만 산 아래에 구름처럼 진을 치고 있는 악마의 군대를 뚫고 나아만이 이곳에 오리라고는 생각할 수가 없었다.

가브리엘은 두발가인의 눈치를 보며 조용히 물었다.

"혹시, 아낙의 성으로 가야 합니까?"

"아닙니다. 가지 않아도 됩니다. 나아만은 지금 저 불의 근원에 와 있습니다. 원래 여기서 만나기로 했지요. 제 동생은 괴팍하긴 해도 약속은 잘 지킵니다. 하지만 성질이 괴팍하고 고집이 보통이 아닙니다. 게다가 저와는 사이가 썩 좋지 않습니다. 괴팍한 그 아이가 철의 환을 줄지는……."

가브리엘은 그제야 이해가 되었다.

"그래도 남매지간인데 뭔 일이 있겠습니까?"

잠시 후 두발가인은 동굴 앞에 우뚝 섰다. 다들 땀범벅에 피곤했지만 목적지에 와서 모두 기분이 좋았다. 게다가 해상이도 이제는 정신을 차리고 홀로 걸었다.

그때였다. 갑자기 산 정상이 흔들리며 커다란 폭발음이 들렸다. 두발가인은 귀를 쫑긋 세우고 듣더니 갑자기 사색이 되었다.

"아, 이런! 적들이 알아차린 모양입니다. 갈렙만 나를 따르고 나머지는 여기에 있는 것이 좋겠습니다. 갈렙은 불의 근원을 이겼으니 별 일이 없겠지만 다른 아이들은 위험합니다. 불의 생물이 아닌 자가 들어오면 불의 근원이 노하니 아무도 들어오지 마십시오. 혹 미가엘이 도착하면 반드시 들어오라 하십시오. 미가엘은 천사장이라 괜찮을 테니 반드시 들어오라 하십시오."

두발가인은 갈렙의 손을 붙잡고 안으로 들어갔다. 가브리엘은 엄두가 나지 않아서 예후와 해상을 데리고 동굴 밖에 있었다.

그 시각, 미가엘도 불의 산 아래에 도착하였다. 미가엘은 산을 올려보았다. 산의 높이는 엄청나게 높아서 고개를 한참 꺾어야 보였다.

미가엘은 자신과 불의 산 사이를 막고 있는 악마의 군대를 보며 살기를 느꼈다. 하지만 쓸데없는 전쟁으로 시간만 지체할까봐 말에서 내렸다. 그리고는 뒤의 말에 실어 놓은 짐을 한 아름 안았다. 그 짐은 엄청나게 무거운 나무 장작이었다. 고생고생하며 실어온 장작을 단단히 묶은 미가엘은 장작을 매고 하늘로 날아가려고 하였다. 까마득히 높은 산을 날아오르는 것도 쉽지 않았지만 무거운 장작을 지고 가기란 정말로 힘들었다. 그러나 미가엘은 시간을 아끼려고 마지막 힘을 내어 소리 없이 날아올랐다.

동굴 안으로 서둘러 들어간 두발가인은 매케한 연기가 가득 차 있는 걸 보고 마음이 급해졌다.

'설마… 불의 근원이 꺼지려는 것인가?'

두발가인은 서둘렀다. 만약에 불의 근원이 꺼진다면 그건 정말로 큰일이었다. 수많은 희생이 아무 소용도 없게 되었다.

안으로 들어간 두발가인은 자신의 눈을 의심했다. 걱정대로 불의 근원이 꺼지려고 하고 있었다. 불의 근원은 일정 온도가 되어야만 나타났다. 하지만 반노의 계략으로 힘이 빠진 불의 근원은 점점 그 모습을 잃어가고 있었다. 두발가인은 눈이 뒤집혔다. 게다가 꺼지려는 불의 근원의 입구 앞에 꿈에도 잊을 수 없는 여동생이 피투성이가 되어 누워있었다. 두발가인은 소리를 지르며 달려가서는 동생을 안았다. 나아만의 온몸은 땀과 진액으로 범벅이었다. 머리카락이며 눈썹도 모두 재가 되어 있었다. 몸에서 나온 땀이 모두 말라 남은 소금과 엉겨서 눈을 뜨고 볼 수가 없는 지경이었다.

정신을 차린 나아만은 두발가인을 보더니 씩 웃었다. 두발가인은 동생과의 서운한 세월이 눈 녹듯 사라지는 걸 느꼈다. 이곳에 오기까지 남 몰래 걱정하던 동생에 대한 감정은 모두 사라지고 없어졌다.

"오빠를 보네. 안 올 줄 알았는데. 아니지 못 올 줄 알았지."

"나아만, 어떻게 된 거니? 이게 무슨."

"걱정하지 마. 나 안 죽어. 잠깐 힘에 부쳐서, 오빠보다 먼저 오려고 왔더니만 글쎄 불의 근원이 저 모양이 된 거야. 아마도 누군가가 불의 기운을 다른 곳으로 돌리나봐. 하여간 그래서 내가 손을 좀 보고 있었는데 바람의 근원이 너무……."

두발가인은 안심이었다. 죽은 줄 알았던 동생이 기력을 찾는 걸 보니 더없이 안심이었다. 두발가인은 불의 근원의 앞에 있는 바람의 근원으로 급하게 달려갔다. 그리고는 바람의 근원의 부챗살을 두 팔로 잡고는 힘을 주었다.

끙. 두발가인의 입에서 신음소리가 나왔다. 지칠 대로 지친 두발가인의 목과 얼굴에 굵은 핏줄이 징그럽게 나타났다. 젖 먹던 힘까지 다 쏟아 부었다. 하지만 바람의 근원은 꿈쩍도 하지 않았다. 하지만 두발가인은 포기하지 않았다.

바람을 처음 일으키는 건 어렵지만 한번 탄력이 붙으면 쉬웠다. 그걸 아는 두발가인은 온 힘을 다해 바람의 근원에 발동을 걸었다. 그러자 바람의 근원이 서서히 움직이기 시작했지만 좀처럼 빨라지지 않았다. 바람의 근원은 힘을 소진한 두발가인을 조롱하는 것처럼 힘을 내지 않았다. 두발가인은 어금니를 야무지게 물고는 신음소리와 함께 힘을 주었다. 그러자 바람의 근원에서 강한 바람이 나오며 발동이 걸리려는 순간, 바람의 근원이 갑자기 울기 시작했다.

쉭쉭! 쉬쉬쉬!

비명소리인가 곡소리인가? 바람의 근원을 비집고 나오는 애절한 소리가 두발가인의 심금을 울렸다. 들을수록 모골이 송연해지는 그 소리는 두발가인의 마음을 파고들며 온몸의 근육의 힘을 빼고 있었다. 두발가인은 마음속으로 외쳤다.

'지면 안 된다. 바람의 근원은 우리와는 상극. 우리를 이기려고 우는 것이다.'

바람의 근원은 곡소리를 들은 두발가인이 힘을 빼자 다시 바람의 문을 닫았다. 두발가인의 마음속으로부터 오기가 올라왔다. 두발가인은 윗옷을 벗어젖혔다. 그리고는 우람한 등의 근육을 움직였다. 허리도 같이 굽혔다 폈다 반복했다. 잠시도 쉬질 못했다. 두발가인은 온몸을 높이 들어 바람의 근원을 위로부터 내리눌렀다. 억센 두발가인의 뼈는 끊어지는 고통을 안겨주며 몸의 진액을 밖으로 뿜어내었다. 갈수록 헛바람 소리가 비명소리로 바뀌어갔고, 몸의 중심을 잡아주는 등의 근육은 파르르 떨리기까지 하였다. 갈렙은 저도 모르게 헛바람이 나왔다.

"아!"

시간이 지나도 바람의 근원은 달아오르지 않았다. 갈수록 그 세기가 줄어들고 있었다. 두발가인의 신음소리가 점점 무거워진다는 생각이 들 때였다. 갈렙의 귀에 천군만마와도 같은 구원의 음성이 들렸다.

"아이야, 비켜라."

갈렙은 돌아보고 싶었지만 다급한 목소리에 저만치 옆으로 날아갔다. 갈렙이 비키자 빛처럼 날아든 무언가가 바람의 근원을 잡고 있는 두발가인에게로 갔다. 두발가인은 목소리만 들어도 알 수 있었다. 두발가인은 돌아보지 않고 이를 악문 채로 입술을 비집고 말했다.

"미가엘."

미가엘이었다. 불의 산으로 날아든 미가엘이 두발가인이 잡고 있는 바람의 근원의 두 막대를 같이 잡고 힘을 주었다. 미가엘은 전쟁을 맡은 천사장이었다. 강한 팔은 어느 누구보다도 힘이 셌다. 미가엘과 두발가인이 잡아 힘을 주자 바람의 근원은 큰 비명을 질렀다.

크아아아.

바람의 근원은 짧은 단말마의 비명을 지르고는 그제야 순한 양이 되었다. 두발가인과 미가엘이 한 번 더 팔에 힘을 주자 이제는 찢어지는 커다란 비명이 흘러나왔다.

끼아아아아!

그리고는 바람의 근원으로부터 태풍이 불어나갔다. 불을 타오르게 하는 바람의 태풍이 쉴 새 없이 흘러나왔다. 바람의 근원의 기운이 모두 불의 근원으로 몰려 들어갔다. 그러자 불의 근원에서 화르르 소리를 내며 불이 타올랐다.

두발가인은 다리가 후들거려서 서 있을 수가 없었다. 미가엘의 부축을 받으며 나아만의 옆에 기댄 두발가인은 미가엘을 보며 진하게 웃었다.

"실로 위험했다. 미가엘 위급할 때 잘 와주었다. 고맙다."

"무슨."

미가엘과 두발가인은 서로 껴안았다. 진한 땀내가 코를 찔러왔다.

나아만은 미가엘을 보며 너무 놀랐다.

"아니 불의 환을 우리 오빠가 아니라 미가엘 당신이, 미가엘이 먹으려는 거야? 죽는 걸 알면서도? 세상에 뭐하나 부러울 게 없는 미가엘, 천사장 미가엘이?"

미가엘은 마음을 굳게 먹고 고개를 끄덕였다. 나아만은 기가 막혔다. 무엇하나 부러울 것 없는 천사장이 스스로 죽음으로 들어가려는 걸 이해할 수가 없었다. 나아만을 비롯해서 두발가인과 미가엘은 한동안 입을 열지 못했다. 잠시 동안의 침묵 후 시간이 없는 두발가인이 입을 열었다.

"나아만, 시간이 없다. 미가엘이 자신을 희생하려해도 시간이 늦으면 소용이 없어. 지금 바로 불의 환을 만들어야 해. 그래야만……."

나아만은 아무 말 없이 미가엘의 손을 굳게 잡았다. 그리고는 품 안에서 구슬을 두 개 꺼내 손에 올려주었다.

"내가 할 수 있는 건 이거야. 내가 가지고 있는 구슬. 이 두 개 중에 철의 환이 있어."

미가엘은 나아만이 내민 두 개의 구슬을 들었다. 그리고는 자세히 들여다보았다. 그러나 어느 하나 구분이 가지 않게 생긴 똑같은 쇠구슬이었다. 단지 차이가 있다면 하나는 좀 더 가볍다는 것뿐. 나머지는 완벽히 똑같았다.

"미가엘은 봐도 소용없어. 나도 수 없이 봤지만 알아내지 못했으니까."

두발가인도 눈을 씻고 들여다보았다. 그러나 겉으로 봐서는 전혀 구분이 가지 않았다.

두발가인은 난감했다. 두 개를 모두 불의 근원에 넣을 수도 없었다. 불의 환을 만들려면 완전한 철의 환과 불의 근원이 만나야만 했다. 그래야만 철의 환안에 태초부터 있던 불의 기운을 넣어서 불의 환 그 막강한 에너지 덩어리를 만들 수 있었다.

미가엘과 두발가인은 머리를 맞대고 들여다보고 있었지만 알아내지 못했다.

아까운 시간이 흘러가고 두발가인이 탄식했다.

"아, 이럴 수가 어떻게 무게 빼고는 완벽하게 같을 수가 있을까? 누가 이렇게… 아, 단 한 번의 기회인데. 이제는 시간이 없으니 선택을 해야겠어. 미가엘 어쩔 수 없다. 무거운 것을 택하자. 나는 아무리 생각을 해도 무거운 쇠가, 무거운 철이 태초에 만들어진 것 같다. 나아만의 생각은?"

"나도 그렇게 생각을 했어. 태초에 만들어진 철이 밀도가 더 높았겠지. 압력과 온도가 더 뜨거웠으니. 그래, 만약에 둘 중 하나를 택하라면 나는 무거운 쪽."

"나도."

미가엘까지 세 명의 마음이 모두 합쳐졌다. 그러나 갈렙은 고개를 갸우뚱했다.

'이상하다. 가벼운 게 아니라 무거운 것이 철의 환이라니. 태초에 생긴 거라 하지 않았나? 게다가 불의 근원을 담으려면, 담으려면……'

그러나 갈렙은 감히 입을 열지 못하고 지켜만 보고 있었다.

잠시 후 두발가인은 불의 근원의 온도를 높이기 시작했다. 바람의 근원을 잡고 바람을 조절하자 불의 근원이 크게 타오르기 시작했다. 철의 환에 불의 근원을 넣으려면 온도가 높아야 했다. 그리고 불의 기운을 한데 몰아서 적절하게 만들어 주어야 하는데 그 시작이 바람의 근원으로 불을 조절하는 것이었다. 바람이 너무 불면 불이 줄어들고 바람이 너무 약하면 불의 기운이 넘쳐났다.

두발가인은 대장장이로서 그 불을 다루는데 있어서 탁월했다. 그건 두발가인의 동생인 나아마도 마찬가지였다. 그러나 부상을 입은 나아마은 벽에 기대어서 두발가인이 하는 것만 보았다.

두발가인이 바람의 근원을 잡은 지 한참이 되었다. 좀처럼 살아날 것 같지 않던 불의 근원이 마침내 타올랐다.

화르르.

불의 근원에서 불이 다시 타올랐다. 두발가인은 웃으며 고개를 돌려 미가엘을 쳐다보았다. 그러자 미가엘이 안고 온 나무를 하나씩 넣기 시작했다. 미가엘이 집어넣는 나무는 아름드리나무를 쪼갠 장작인 듯 보기에도 엄청났다. 미가엘이 던지는 나무는 허공을 날아 하나씩 불의 근원으로 날아들었다.

나아마은 벽에 기대어 있다가 너무나도 놀랐다. 두발가인도 그 나무를 한눈에 알아 볼 수 있었다. 자신의 눈앞을 번개처럼 지나서 불의 근원의 땔감으로 날아가는 그 나무를 두발가인도 한눈에 알아보았다.

'선악을 알게 하는 나무, 그 귀한 나무가….'

감격한 두발가인은 나무가 날아 들어가는 걸 보며 양팔과 어깨 그리고 허리와 양 다리에 있는 모든 근육에 불같은 힘을 주었다. 양팔에 부여잡은 바람의 근원, 그 강한 쇠의 손잡이를 으스러지도록 잡았다. 그리고는 몸

안의 모든 공간을 채우며 비명을 질렀다.

"으! 으아아! 으아아아아!

두발가인의 길고 처참한 비명은 불의 산 전체를 진동시키며 휘감아 돌았다. 바닥이 울리고 천장에서 돌 부스러기들이 날아 내렸다. 그리고는 불이 다시 붙어 타오르는 불의 근원으로 막대한 바람이 휘몰아쳐 들어갔다.

"끄르르르! 끄르르릉! 으아아!"

살을 비집고 나오는 비명, 살아 움직이는 생물처럼 비명을 지르는 바람의 근원은 두발가인의 힘에 억눌리어 엄청난 바람의 다발을 쏟아내었다. 그리고는 불의 근원으로 들어간 나무와 바람은 한데 어우러져 엄청난 불길을 일으켰다.

화르르.

불의 근원은 아까와 달라져 있었다. 뜨거운 열기를 밖으로 내뿜던 아까와는 달리 바람의 근원에서 나온 바람의 다발을 먹고는 붉은색에서 더욱 뜨거운 색인 하얀색으로 바뀌어 있었다. 그런데도 불의 입구에서는 뜨거움을 느낄 수가 없었다.

"이게 바로 불의 근원의 본 모습이구나."

미가엘의 말에 두발가인도 고개를 끄덕였다.

"미가엘 후회하지 않나?"

갑자기 던진 두발가인의 말에 미가엘은 대답하지 못했다. 잠시 적막이 흐르고, 미가엘은 겨우 입을 열었다.

"요나가 들어간 깊음의 근원을 보았다. 그곳에는 요나의 마지막 말이 떠돌고 있었지. 요나의 후회 없는 외침이 나의 귀를 울려왔다. 부활의 때에, 그때에 다시 보자고. 요나의 외침을 들으며 나는 생각했다. 요나에게 절대로 지지 말자고. 부끄럽지 말자고. 이게 나의 대답이다."

두발가인의 눈에 눈물이 맺혔다. 요나의 외침은 자신의 귀에도 맴돌고 있었다. 희대의 괴물을 데리고 깊음의 근원으로 들어가는 요나를 보며 자신도 부끄러웠다. 두발가인은 말없이 미가엘을 안았다. 그리고는 뜻대로 보내주기로 했다.

두발가인은 손에 무거운 철의 환을 들고 불의 근원 앞에 섰다. 그리고는 주저없이 던지려는 그 순간, 갑자기 갈렙의 다급한 목소리가 들려왔다.

"스승님, 잠깐만요. 던지지 마세요. 그건 가짜입니다."

갈렙의 말에 두발가인과 나아만 그리고 미가엘까지 놀랐다.

"갈렙 무슨 말이냐? 우리 셋이 이렇게 결정을……."

"하지만 틀렸습니다. 생각을 해보십시오. 태초에 만들어진 철의 환이 속이 차 있을 리가 없습니다. 속이 비어야 담을 게 있지요. 속이 차 있으면 담을 수가 없습니다."

두발가인은 갈렙의 말이 언뜻 이해가 가지 않았다.

"속이 비어 있어야 불의 기운을 담을 수 있습니다. 그렇다면, 철의 환은 속이 비어야 하고, 그러려면……."

"가벼워야."

나아만이 저도 모르게 소리를 쳤다. 갈렙과 나아만은 동시에 외쳤다.

두발가인과 미가엘은 갈렙을 쳐다보며 입을 다물지 못했다.

그랬다. 철의 환은 두발가인의 생각으로도 비어 있어야만 했다. 두발가인은 갈렙의 얼굴을 다시 쳐다보았다.

"스승님, 시간이 없습니다. 가벼운 걸 던지세요. 빨리요."

두발가인은 미가엘의 얼굴을 한 번 보았다. 미가엘도 고개로 말을 대신했다.

두발가인은 모든 자들의 시선을 한 몸에 받으며 가벼운 철의 환을 하얀 색의 불의 환으로 던져 넣었다. 두발가인과 미가엘의 마음은 하나가 되어 철의 환과 함께 불의 근원으로 떨어졌다.

잠시 후, 미가엘은 품을 더듬어 불의 환이 들어있는 옥함을 소중하게 만져보았다. 미가엘은 두발가인을 깊게 안았다. 두발가인은 아무 할 말이 없었다. 자신의 할 일은 이제 끝이 났다. 미가엘이 가는 길을 도우려고 해도 힘이 없었다. 가브리엘이나 아이들 모두 미가엘이 가는 길에 짐만 되었지 도움은 되지 않았다.

"자네… 꼭 살아야 해. 살아야 다시 본다. 아니면……."

"걱정하지 마라. 두발가인 너와의 약속을 지키기 위해서라도 꼭 살아날 테다. 요나가 한 말을 잊지 마라. 주님이 오실 때, 그 때에 보자. 그럼."

미가엘은 숨을 크게 들이마시고는 하늘로 날아올랐다. 날아가는 미가엘을 보내는 갈렙과 두발가인 그리고 나아만의 눈에 작은 이슬이 맺혔다.

하늘로 날아오른 미가엘은 숨을 크게 들이마셨다. 끝도 보이지 않는 광활한 광야가 눈앞에 펼쳐 있었다. 그리고 그 양 옆으로 흐르는 강과 계곡은 이곳이 천혜의 땅임을 알려주었다. 미가엘은 한눈에 모든 걸 담았다.

'지금은 어두워질 때다. 적들도 나를 알고 나도 적을 안다. 적의 본진은 예상대로 대평원의 한가운데를 막고 있다. 이곳을 빠져나가면 나머지는 쉽지만, 이곳에서 너무 지체하면, 그러면 에덴의 전쟁은 승산이 없다. 그러면 안 된다. 정면으로 부딪히지 말고 돌아가자. 불의 산의 왼쪽은 에덴의 경계. 적들은 내가 그리로 가면서 불의 검의 도움을 받을 수도 있다고 생각하겠지. 그렇다면 역으로 가자. 불의 산 오른쪽이 살 길이 될 수도 있다. 오른쪽 계곡이 더 깊고 험하니 그곳으로 가자.'

미가엘은 숨을 크게 들이마시고는 땅으로 내려왔다. 하늘로 날아가면 쉽지만 발각이 될 게 뻔했다. 미가엘은 적들의 눈을 피해 돌아가려 하였다. 하지만 미가엘은 반노가 친 그물 안으로 한 걸음씩 들어가고 있었다.

에덴 앞에서 사탄의 전군을 지휘하던 반고는 두발가인이 불의 산으로 가자마자, 불의 산에서 에덴의 동쪽으로 가는 길을 지키라 명했다. 그러나 주발이 없었다. 믿고 맡길 장수가 없던 반고는 자신을 닮아 명석한 손자 반노에게 미가엘이 가는 길목에 덫을 치도록 하였다.

나이 어린 반노는 험악한 장수들 사이에서 눈 하나 꿈쩍하지 않고 5개의 덫을 쳤다. 미가엘은 자신도 모르는 사이에 반노가 친 덫 안으로 들어가고 있었다.

불의 산 오른쪽 계곡, 정상 부근

주발의 밑에서 부장을 하던 투무르는 썩 내키지 않았다. 아무리 반고의 손자라지만 아직도 애송이 티를 벗지 못한 아이였다. 그런 아이를 반고가 워낙 끔찍이 생각하는지라 모두들 입을 봉했지만 그래도 어린아이의 말만 따르는 것이 기쁘지는 않았다. 그러나 엄연히 맹세를 하고 온 투무르는 성실하게 반노의 말대로 따랐다.

"자, 모두들 서둘러라. 만약 미가엘이 온다면 준비를 단단히 해야 한다."

투무르는 정예 병사들을 독려하였다. 땅을 파고 돌을 날라서 계곡 아래로 흘려보낼 수 있도록 계곡의 정상에 하나 둘씩 쌓았다. 워낙 힘이 장사들이라서 얼마 지나지 않아 정상에 집채만큼 큰 돌들이 차곡차곡 놓였다.

"자, 돌 앞에 일렬로 서서, 내가 신호를 하면 일제히 굴려 보내라. 그리고는 기름을 붓고 불을 붙이면 된다. 그리고는 계곡 아래로 돌진해 간다.

알았나?"

"네, 알겠습니다."

"그리고는 어찌 하라 했나?"

"내려가다 미가엘을 멀리서 만나면 줄행랑을 치라 했습니다."

말하는 군사의 입이 나왔다. 투무르도 내키지 않았지만 어린 군사의 명이라 지켜야했다.

"그렇지. 군사의 지시가 그러니, 다들 태만하거나 자만하지 말라."

투무르는 짐짓 엄하게 말을 하였지만 정작 본인도 반신반의했다.

'과연 올 것인가? 그리고 천하의 미가엘이 돌이나 불 따위를 두려워할 것인가? 오히려 우리만 웃음거리가 되질 않을까 걱정이다.'

투무르는 속으로 생각에 잠겼다. 그러면서 본진을 떠나오기 전 반노가 신신당부한 것을 머릿속에 떠올렸다.

'투무르 장군, 이번 일에 장군의 역할이 가장 중요합니다. 미가엘은 반드시 남쪽 계곡으로 올 겁니다. 처음에는 들키지 않으려고 계곡 중간으로 달려가겠지만 장군이 매복한 곳쯤 가면 필시 계곡 아래의 작은 길로 갈 겁니다. 그러면 장군께서 계곡 위에서 바위와 돌을 날리시고 기름을 부으시고 불을 붙이십시오. 그리고 나서 장군께서는 북쪽에 있는 용굴로 도망을 하십시오. 그러면 미가엘은 자신을 유인하려는 것으로 알고 남쪽에 있는 뱀굴로 들어갈 겁니다. 그러면 장군께서는 다시 나오셔서 굴을 막고 불을 지르십시오. 그러면 됩니다. 장군, 미가엘이 덫의 한가운데로 들어오느냐 마느냐는 장군의 손에 달려있습니다. 부디 진중하시어서 큰 공을 세워주십시오.'

투무르는 눈을 반짝이며 말하는 반노의 눈동자가 잊히지 않았다. 수많은 전장에서 반고를 따라 신출귀몰한 작전과 계략을 많이 봐 온 투무르는 눈을 부릅뜨고 생각에 잠겼다. 밤은 깊어만 가는데 화경처럼 버티고 선 투무르는 도무지 졸 줄을 몰랐다.

한편 미가엘은 최대한 발자국 소리를 죽이며 계곡의 중간을 위태롭게 달려가고 있었다. 하늘로 날아오르다가 발각이 되면 시끄러웠고 계곡 아래로는 가끔 지나가는 귀신의 영들과 맹수들을 만날 수 있었다. 전혀 두려운 상대는 아니었지만 최대한 조용히 가려는 미가엘은 힘든 길을 택해서 돌아갔다. 그러나 갈수록 힘이 드는 미가엘은 점점 계곡 아래로 내려왔다. 밤이 깊은 한밤중에 한참을 달리던 미가엘의 다리에 서서히 힘이 들어갔다.

'큰일이다. 에덴에 가기도 전에 힘을 다 빼겠구나. 이제는 적들을 피할 만큼 멀리 온 것 같으니 계곡으로 내려가자.'

미가엘은 반노의 장담대로 덫으로 들어가고 있었다. 계곡으로 내려온 미가엘은 눈을 들어 하늘을 보았다. 까마득한 높이의 벽이 양쪽으로 나있는 깊은 계곡 위로 하늘이 손바닥만 하게 보였다. 한숨이 절로 나오는 깊이의 계곡에 미가엘은 다시 입술을 물었다. 숨을 들이 마시고 번개처럼 달려가려는 미가엘의 귀로 작지만 청천벽력 같은 음성이 들렸다.

"고기가 그물 안으로 들어왔다. 모두들 바위를 굴리고 돌을 던져라. 그리고 아까 말한 대로 아래로 쳐내려가다가 슬쩍 용의 굴로 도망친다. 그러면 미가엘은 우리가 자신을 유인하려는 줄 알고 반대로 뱀의 굴로 갈 것이니 그곳에 불을 놓으면 우리의 임무는 끝이다. 자, 서둘러라. 우리는 너구리 한 마리만 잡으러 가면 된다."

미가엘은 등골이 서늘했다.

'내가 오는 걸 알고 있다니. 만만한 상대가 아니라는 생각은 했지만 이 정도일 줄이야.'

미가엘의 귀에 들린 투무르의 말은 미가엘의 심기에 불을 지폈다.

'이놈들이.'

미가엘은 온 몸에 힘을 넣고는 하늘로 솟아올랐다. 빗발치듯 떨어지는 바위와 돌을 정면으로 맞아가면서 미가엘은 눈썹 하나 끄덕하지 않았다. 흩뿌려지는 기름을 교묘히 피하며 하늘로 날아오르던 미가엘의 눈에 허둥대는 투무르의 과장된 몸짓이 보였다.

"게으른 놈들아 빨리 던져라. 빨리. 이래서 어떻게 미가엘을 막는단 말인가? 어서."

그러나 투무르의 말은 오래 가지 못했다. 어느새 번개처럼 날아온 미가엘이 코앞에서 눈을 부라리고 있었다. 투무르는 어, 하는 비명소리조차 지르지 못하고 자신이 그토록 자랑스럽게 지니고 다닌 칼에 목이 달아났다. 장수가 목이 달아나는 걸 본 병사들은 겁에 질렸다. 하나같이 살아야겠다는 생각뿐인 병사들은 제각각 흩어져 살길을 찾아 도망을 갔다. 그러나 모든 자들의 생각은 하나였다. 모두들 용의 굴이 살길이라 생각한 병사들은 너나 할 것 없이 용의 굴로 도망을 쳤다. 미가엘은 코웃음을 쳤다.

'네놈들의 속을 모를 줄 아느냐? 버러지만도 못한 것들.'

미가엘은 쌍심지를 돋우고는 용의 굴로 날아갔다. 굴 밖에는 투무르의 군사들이 있었지만 그들을 찾아 죽일 시간이 없었다. 미가엘은 한바탕 전투를 치르고는 바람처럼 용의 굴로 날아 들어갔다. 용굴 앞에는 허무하게 죽은 투무르의 군사들과 꽁지가 빠지게 도망가는 군사들의 허망한 눈빛만이 떠돌았다.

용의 굴로 들어간 미가엘은 한동안 아무런 저항도 받지 않고 날아갔다. 빛처럼 쏘아가는 미가엘의 눈에 굴 안의 모든 부분이 들어와 각인되었다. 작은 벌레 하나, 미세한 진동조차도 미가엘의 눈과 귀를 통해 머릿속으로 들어왔다. 지금 마음이 급한 미가엘은 모든 감각을 끌어올리고는 허공에 떠서 날아갔다. 미가엘의 눈과 귀에 아무것도 걸리지 않았다. 미가엘은 그러나 안심하지 않고 끝없이 펼쳐진 동굴을 있는 힘을 다해 날고 있었다.

'어찌 알았을까? 내가 그 투무르의 말을 듣지 않았으면 낭패를 당할 뻔했다. 다행히 말이 앞서는 자를 만나 다행이지만 하마터면 큰일 날 뻔했다. 이제부터라도 조심해야겠다.'

미가엘은 더욱 빨리 날아가려고 몸에 힘을 넣었다. 그러나 그 순간, 미가엘이 갑자기 허공에서 우뚝 멈추었다. 안색을 심삭하게 굳히고 전방을 노려보았다. 어둠이 아가리를 벌리고 있었다. 스산한 기운이 감돌며 냉기가 흘러나왔다. 미가엘은 이를 악 물었다.

"누구냐? 나와라."

말을 씹는 것처럼 뱉은 미가엘의 음성은 동굴을 낮게 울렸다. 그러자 갑자기 불이 활활 타오르며 순식간에 동굴 전체가 환해졌다.

미가엘의 눈앞으로 말처럼 생긴 괴물들이 동굴을 가득 채우고 있었다. 루하였다. 날카로운 이빨은 불빛을 받아 번뜩였다. 가죽은 칼이나 창이 들어가지 않았다. 루하 위에 역겨운 얼굴의 고루들이 앉아 있었다.

미가엘은 전에 없이 긴장이 되었다. 주먹을 쥔 팔에는 힘줄이 불거져서 꿈틀댔으며 목옆에 불거진 동맥은 파닥거리며 뛰었다. 감히 가벼이 볼 수 없는 적을 앞에 두고 미가엘은 단단히 마음먹었다.

'시간이 없다. 생각은 나중에 하고 정면 돌파를 하자.'

미가엘이 힘을 모으자 살벌한 기운이 쏟아졌다. 맨 앞의 루하에 앉은 고루는 속으로 덜덜 떨고 있었다.

'빠드득, 간교한 반노 이놈, 상대가 미가엘이라는 말을 해주지 않다니. 혈혈단신이라는 말만 들었지. 그가 미가엘이라는 말은 듣지 못했다. 아,

간사한 놈. 어린놈이 지 할애비를 능가하다니. 무서운 놈이다. 어쨌든 지금 우리 앞에는 에덴에서 가장 강한 미가엘이 있다. 방심하다가는 미가엘을 맞아 전멸을 당할 수도 있다. 정신을 바싹 차려야 한다.'

맨 앞의 고루는 전에 없이 긴장하였다. 고루가 칼을 잡은 팔을 높이 들었다. 그러자 그르릉 소리만 내던 루하들이 엄청난 소리를 질렀다.

크아아아! 크아앙!

혼을 뒤흔드는 소리에 미가엘의 심장이 벌렁거렸다. 그러나 미가엘은 천하의 명장이었다. 숨을 깊게 들이마신 미가엘도 사자후를 강물처럼 토해냈다.

으아아아아!

미가엘의 사자후에 맨 앞의 고루를 포함한 십여 명의 고루가 혼이 떠나갔다. 고루들이 루하의 등에서 날아가 바닥으로 떨어졌다. 고루는 루하의 등에 있을 때에는 루하의 주인이었지만 등을 떠나면 루하의 밥이었다. 루하들은 땅에 떨어진 고루들을 찢으며 먹으려고 달려들었다. 주인을 잃은 루하들이 미쳐 날뛰기 시작했다. 미가엘은 그 틈을 놓치지 않았다. 번개보다도 더 빠르게 날아가며 루하와 부딪혀갔다.

쾅! 쾅!

루하와 정면으로 부딪힌 미가엘의 어깨는 강철보다도 더 강했다. 미가엘은 강력한 어깨로 루하들을 쳐내며 앞으로 날아갔다. 동굴 안에 꽉 찬 루하들은 장작이 쪼개지는 것처럼 양 옆으로 갈라져 나갔다. 그러나 끝도 없이 밀려드는 루하의 떼와 계속 부딪히기에는 점점 힘이 부쳤다. 미가엘은 투무르의 피가 묻은 칼을 꺼내들고는 장님 루하의 눈을 찔러갔다. 사자후도 계속 토해 냈다. 긴 용굴의 루하들도 하나둘 밀려나가고 얼마 남지 않았다. 몇 마리 남지 않은 루하를 보며 힘을 더욱 내던 미가엘은 갑자기 뒤로부터 덮친 루하에게 다리를 물렸다. 루하의 이빨은 세상에서 뚫지 못할 것이 없고 찢지 못할 것이 없었다.

미가엘은 극심한 통증을 느꼈지만 사생결단으로 휘두른 칼로 루하의 목을 잘라버렸다. 그러나 투무르의 명검도 두 동강이 나며 부러지고 말았다. 동굴의 한가운데에서 멈추어 선 미가엘의 주위로 밀려났던 루하 떼들이 다시 몰려왔다.

미가엘은 안색을 굳혔다. 아직도 자신의 다리에 박혀있는 루하의 머리를 잡아 빼내었다. 손에 든 루하의 머리는 자신의 피로 물들어 있었다. 다리에 통증이 몰려오며 마비가 되어 갔지만 미가엘은 전혀 개의치 않았다. 손에 든 루하의 머리를 두 손으로 찢었다.

찍. 강력한 루하라도 미가엘의 손에서는 두부처럼 갈라졌다. 루하의 머리는 위턱과 아래턱으로 나누어졌다. 숨어있던 날카로운 이빨들이 불빛을 받아 섬뜩하게 드러났다. 미가엘이 어깨를 펴며 말했다.

"받은 만큼 돌려준다."

미가엘은 말을 마치자마자 그 자리에서 빠르게 회전하였다. 음파보다 빠르게 회전하자 동굴 안의 공기들이 순식간에 빨려 들어갔다. 미가엘의 주위로 커다란 진공의 덫이 만들어졌다.

"피하라."

고루들이 외치며 혼비백산 도망을 하였지만 소용이 없었다. 미가엘이 만든 진공의 힘은 어마어마했다. 동굴 전체에 엄청난 폭풍이 일어나면서 루하들과 고루들을 한꺼번에 삼켜버렸다. 갑자기 당한 일이라서 모두들 선 채로 당했다. 미가엘은 팽이처럼 돌면서 두 손에 잡은 루하의 턱으로 주위의 모든 것을 할퀴었다. 귀신의 영을 벨 수 있는 건 세상에 없었지만 지옥에서 올라온 루하의 이빨은 고루의 얼굴과 몸에 상처를 내었다. 그러자 놀라운 일이 벌어졌다.

고루의 얼굴과 몸에서 진물이 흘러나오자 폭풍 안에서 돌고 있는 루하들이 미쳐 날뛰었다. 마치 피 맛을 본 상어 떼처럼 미친 듯 날뛰며 자신의 등에서 떨어진 고루들을 비참하게 뜯어 먹었다. 고루들은 지옥의 비명소리를 내며 죽어가면서도 믿기지 않는다는 얼굴이었다. 미가엘은 혼란을 틈타 루하를 뚫고 날아가며 소리쳤다.

"뭐라 했느냐? 받은 만큼 돌려준다 하지 않았느냐? 루하와 잘 놀아라. 난 바빠서 이만."

미가엘의 우렁찬 음성이 메아리치는 용의 굴에서는 고루들로 배를 불리는 루하들의 잔혹한 울부짖는 소리가 함께 길게 울렸다. 미가엘은 지옥에서 빠져나오며 조급한 마음에 달리는 속도를 더욱 높였다. 미가엘의 마음은 어느새 까맣게 타고 있었다.

용의 굴 밖 반노의 진영

커다란 용의 굴 밖 출구에 진을 치고 있는 반노는 담담한 눈으로 하늘을 보았다. 해는 져서 이미 어두워지고 있었다. 입가에 희미한 미소가 흐르는 반노는 옆에 선 장군에게 뜻 모를 말을 흘렸다.

"이제 되었지 않습니까? 이만하면 성공이라 할 수 있습니다만."

"무슨 말씀이신지?"

"그렇지 않습니까? 벌써 밤이 시작되고 있습니다. 보름이지요. 미가엘의 심장이 타들어갈 겁니다. 동굴에서는 시간을 알 수 없지요. 밤인지 낮인지 구분이 되지 않으니 더욱 초조할 수밖에요. 하하하."

"……."

장군은 반노의 말을 알아들을 수가 없었다. 반노는 반고와 다르다고 생각했지만 이렇게까지 다른지는 생각도 못했다. 반고는 이런 상황이면 말을 아꼈다. 만약 입을 연다면 자세하게 설명을 해주었다. 그러나 반노는 달랐다. 장수들은 반노의 말을 이해하지 못했다. 선문답 같은 반노의 말은 이어졌다.

"장군, 군사들을 쉬게 하시지요. 미가엘이 저리로 나오려면 한참은 있어야 할 겁니다. 군사들의 긴장이 지나치면 독이 되니 그리하시지요."

장군은 어이가 없었다. 사실 투무르에게 말하기로는 미가엘이 뱀굴로 가리라 했는데 용굴의 입구에서 이리로 나온다고 하니 도무지 종잡을 수가 없었다. 그러나 군령은 엄하니 함부로 입을 놀릴 수도 없었다. 이상한 마음은 들었지만 장군은 군령인지라 군사들을 쉬게 하였다. 군사들은 장군의 명을 받고 의아했지만 오랜만에 맞는 휴식에 몸과 마음도 풀어버렸다. 명석한 반노의 뜬구름 잡는 선문답은 자신을 따르는 군사들의 협조를 얻지 못했다. 자만하던 반노는 결국 큰 전쟁을 그르치고 말았다.

용의 굴 안

미가엘은 바람처럼 루하를 빠져나오다가 문득 이상한 생각이 들었다. 빠르게 달리던 걸음을 멈추었다.

'무언가 이상하다. 투무르는 분명 이곳이 살길이라 했다. 그런데 루하가 떼로 나를 기다렸다. 그렇다면… 이건 덫이다. 적은 바보가 아니라 매우 영리한 자다. 만약 내가 그자라도 이곳에 또 매복을 할 터인데. 그런데 너무 조용하다. 나의 청력을 숨기고 숨어있을 군대는 없다. 그럼 이제 만나는 놈은… 진정 강한 놈이다.'

잠시 생각하던 미가엘은 몸을 돌려 아비규환이 벌어지고 있는 루하들을 향해 다시 돌아갔다. 바람처럼 돌아가는 미가엘이 떠난 자리 앞에 서서히 커지는 눈 두 개가 어둠에서 빨갛게 빛나고 있었다.

잠시 후 바람처럼 돌아갔던 미가엘이 요란한 소리를 내며 되돌아오고 있었다. 용굴 저 멀리로부터 뿌연 먼지를 내며 화살처럼 쏘아오는 미가엘이 보였다. 작게 감추어져 있던 빨간 눈빛은 미가엘이 다가올수록 점점 커졌다. 미가엘이 가까이 오자 커다란 소리를 내며 아가리를 벌렸다. 정체를 드러낸 괴물은 동굴만큼 커다란 괴물이었다. 그러나 그 괴물을 보았는지 보지 못했는지 뿌연 먼지를 몰고 날아오는 미가엘은 속도를 줄이지 않고 그대로 괴물을 들이받았다.

콰콰쾅! 엄청난 소리가 나며 용굴 안은 아수라장이 되었다. 먼지는 잘 가라앉지 않고 괴물의 미친 괴성만 용굴을 울리고 있었다. 어지럽게 떠다니는 먼지가 시간이 지나자 가라앉았다. 그리고 드러난 용굴의 상황은 참혹했다. 보기에도 엄청난 괴물의 아가리에 창자가 터진 루하가 하나 매달려 있었다. 그 괴물의 앞다리 두 개에 여러 마리의 루하가 이빨을 박고 있었다. 그 괴물은 입안의 루하를 폭발음과 함께 터뜨리고는 다리를 물고 있는 루하를 물어갔다. 천하에 도검불침인 루하도 괴물의 엄청난 힘에 내장이 뚫리고 피가 쏟아졌다.

괴물 머리 뒤에 떠 있는 미가엘은 알 듯 말 듯 한 미소를 지으며 그 괴물을 내려다보았다.

'역시. 적은 교활하구나. 이렇게 덫을 여러 개 쳐놓다니. 그렇다면 받은 만큼 되돌려준다. 자, 적룡. 이제 나와 한번 놀아보자.'

미가엘은 루하와 사투를 벌이고 있는 적룡의 뒤통수를 발로 걷어찼다. 루하를 상대로 고군분투하는 적룡은 미가엘까지 나서자 화가 머리끝까지 났다. 길고 날카로운 울음을 울더니 발에 붙은 루하를 매단 채로 미가엘을 향해 돌진하였다. 미가엘은 번개처럼 날아오는 적룡을 간단히 피하면서 주먹으로 턱 아래를 때리고 도망하였다. 둔한 적룡은 급소를 얻어맞고는 정신을 잃었다가 다시 차리고는 눈이 뒤집혔다.

적룡은 물불을 가리지 않고 미가엘만 보고 돌진을 하였다. 미가엘은 미친 듯 덤비는 적룡을 요리조리 피해가며 실컷 두들기고 있었다. 적룡의 다리에 이빨을 박고 있는 루하는 엄청난 속도로 휘둘려지면서도 정신을 잃지 않고 물고 있었다. 용굴에서는 성난 적룡과 잔인한 루하와 미가엘의 기묘한 싸움이 계속되고 있었다.

용굴 밖 반노의 진영

용굴 밖에는 아직도 반노의 군사들이 휴식을 취하고 있었다. 반노는 군막 안에서 느긋하게 앉아서 달만 쳐다보고 있었다. 장군은 옆에 서서 같이 달을 보고 있었는데 도무지 뭘 보는지 몰랐다.

반노가 느릿하게 일어섰다.

"이제 슬슬 준비를 할까요? 이제 조금 있으면 미가엘이 나올 때가……."

그러나 반노의 말은 오래 가지 않았다. 멀리서부터 엄청나게 큰소리가 나고 있었기 때문이었다. 성난 괴성이 천지를 울리며 점점 가까이 오고 있었다.

'아, 어째서 이런 일이.'

반노는 사색이 되어 황급히 밖으로 나갔다.

"장군, 장군 군사들에게 준비를 시키십시오. 지옥의 활을, 어서 활을!"

그러나 반노의 외침은 엄청난 괴성에 묻혀버리고 말았다. 갑자기 용굴의 출구가 터져나가며 엄청난 돌가루가 날렸다. 그러면서 커다란 적룡이 굴 밖으로 나와서는 반노의 진영을 미친 듯이 휘젓고 다녔다.

"아, 이런. 나의 실수다. 미가엘이 어찌 이리 빨리 나올 수가, 아……."

반노는 이를 갈았지만 때는 늦었다.

미가엘만 바라보고 달려나온 고대의 괴물 적룡은 반노의 군사들도 무참히 물어 죽이며 미가엘을 찾고 있었다. 루하는 그런 적룡의 다리에 아직도 이빨을 박고 있었다. 적룡은 입에서 불덩어리를 토해내며 반노의 진영을 샅샅이 뒤졌다. 그러나 미가엘은 보이지 않고 반노의 군사들이 쏜 지옥의 화살은 화만 더 돋우었다.

크아아아! 적룡은 반노의 군사들과 어우러져서 아비규환을 만들고 있었다. 반노의 진영 멀찍이 공중에 떠 있는 미가엘은 미소를 흘리며 번개처럼 앞으로 쏘아져 갔다.

"받은 만큼이다. 고대의 괴물과 실컷 놀아라. 나는 바빠서 이만 간다."

미가엘의 조롱 소리는 멀리 돌고 돌아 반노의 귀로 꽂혔다.

"아, 나의 불찰이다. 나의 불찰. 그러나 자만하지 마라 미가엘. 지금은 용케 벗어났지만 나의 덫은 하나가 남았다. 그 덫은 암흑의 덫 과연 누가 그곳을 빠져나올 수 있을 것인가? 후후후, 달은 뜨고 밤도 깊었다. 죽을힘을 다해 달려간들 이미 늦었다. 하하하."

잘 훈련시킨 궁수들을 한 번도 활용하지 못해 화가 난 장군은 반노의 웃음소리에 기가 찼다. 밤은 점점 깊어가고 보름달은 중천을 넘어 휘영청 올랐다.

무저갱

미가엘은 한결 마음이 좋았다. 이제는 전력으로 달려가는 길 밖에 없었는데 시간을 많이 지체한 탓에 마음이 무거웠다. 기나긴 협곡을 벗어나서 대평원을 지나면 에덴의 동쪽이었다. 몸과 마음이 지쳤지만 그래도 미가엘은 쉬지 않았다. 전력을 다해 협곡을 벗어나려고 달려가던 미가엘은 무언가 이상한 느낌이 들었다. 이상하게도 가도 가도 같은 곳으로 되돌아왔다. 열심히 앞으로 달려갔지만 가다보면 어느새 제자리였다.

미가엘의 눈과 기억력은 천족 특유의 능력이 있었다. 한 번 본 것은 잊어버리지 않고 머리에 저장이 되었는데 아무리 가도 같은 그림이었다. 미가엘은 울화통이 일었지만 그렇다고 화를 낸다고 해결될 문제는 아니었다. 적이 눈앞에 있다면 죽기 살기로 싸움이라도 할 수 있었고 산이 있으면 넘으면 되었다. 그러나 가도 가도 제자리인 길을 어찌 가야 할지 그것이 막막했다. 미가엘은 순간 울적해졌다. 눈앞에 죽어가고 있는 천군과 천사들 그리고 라파엘의 비명소리가 들리는 듯했다.

오늘은 보름이었다. 사탄은 루하의 힘과 귀신의 힘이 가장 강한 보름을 택해서 공격해 올 것이 뻔했다. 하지만 오도 가도 못하는 미가엘은 자신의 신세가 초라했다.

미가엘은 하늘을 우러러 눈물을 뿌리고 있다가 귓불이 꿈틀했다. 미가엘은 번개처럼 날아갔다. 그리고는 다짜고짜 주먹을 뻗어 내질렀다. 바람 소리가 나고 공기가 찢어지는 순간 미가엘은 뻗어 내지르던 주먹을 가까 스로 거두어 들였다.

간발의 차이로 멈춘 주먹 앞에는 작은 체구의 꼽추가 앉아 있었다. 등은 굽어서 얼굴은 하늘을 볼 수 없었다. 헝클어진 머리칼 사이로 보이는 눈은 한쪽이 없었다. 평생을 땅만 보고 지낸 듯 구부린 모습이 자연스러운 꼽 추. 언뜻 보이는 얼굴은 나이가 꽤 들어 보였다.

미가엘은 내지르던 주먹을 거두어들이고는 기괴한 모양으로 바위에 앉 아 있는 괴인을 의심의 눈초리로 보았다.

"누구냐?"

"……."

"입이 없느냐? 대답하라. 누구냐? 누군데 여기서 나의 길을 막고 있는 가?"

미가엘의 윽박에 아무런 반응이 없던 괴인은 느긋한 말투로 대답했다.

"그런 성질로 어찌 세상을 구한다고."

"뭐라? 감히 내가 누군 줄 알고?"

"누구긴 누군가 철없는 미가엘이지."

성질 급한 미가엘은 괴인의 멱살을 잡고 하늘 높이 들어올렸다.

"나의 인내를 시험하지 마라. 길게 말하지 않겠다. 여기서 나가려면 어 찌 하느냐?"

"가소로운 놈. 천사장 주제에 눈에 보이는 게 없는 모양이지? 그런 성질 머리라면 이 덫에서 평생을 가도 나오지 못할 터이니 알아서 해라. 나를 죽이고 평생을 내 시체 옆에서 살든가."

미가엘은 흠칫했다. 미가엘은 잡은 멱살을 내려놓고 정중히 말했다.

"내가 잘못 보았소. 사과하리다. 죄송하오."

괴인은 미가엘의 사과에 머리를 가로로 흔들었다. 미가엘이 정중하게 말하자 괴인도 같이 예의를 갖추어 말했다.

"아니오. 내가 워낙 괴팍해서 그렇지요. 미가엘, 지금 덫에 걸리셨소. 시간의 생물에게서 빼돌린 시공간의 조각으로 장난을 친 것이지요."

"이 덫에 대해 잘 아십니까?"

"후, 알다마다요."

"그렇다면 나가는 길도 아십니까?"

"모릅니다. 밖에서라면 몰라도 안에서는 어렵습니다."

"아."

미가엘은 괴인의 말에 절망이라는 단어를 떠올렸다.

"너무 자책하지 마십시오. 길은 있습니다."

"길이 있다 하셨습니까? 말씀해 주십시오."

"길은 있습니다만, 그러려면 한 가지를 포기해야 합니다."

"그게 무엇입니까?"

"그건 바로 사탄의 목숨입니다. 여기서 나가려면 사탄의 목숨을 거두는 일은 포기해야 합니다."

미가엘은 너무 놀랐다.

"그게 무슨?"

"지금 가지고 계신 불의 사슬을 쓰십시오. 불의 사슬과 시공간의 띠는 근본이 같습니다. 이 덫을 이루는 시공간의 띠는 강하기는 하나 시험용입니다. 에노스가 조금 비슷하게 만든 걸 훔쳐온 거지요. 그러니 불의 사슬을 쓰면 분명 갈라질 겁니다. 시공간의 엉킨 실타래는 풀면 안 됩니다. 가위로 잘라버려야지요."

미가엘은 듣고 보니 이보다 더 절묘한 방법은 없었다.

"그리 하지요. 그런데 사탄의 목숨과는 무슨……."

"사탄을 영혼까지 영원히 없애려면 지금 가지고 계신 불의 사슬과 불의 환을 같이 써야 합니다. 그 정도로 사탄의 힘이 강합니다. 하지만 불의 사슬의 힘을 시공간을 자르는 데 반쯤 쓰고 나면 힘이 달려서 사탄을 죽이지는 못합니다. 다만 잡아 가둘 수는 있습니다. 그래서 하는 말이지요."

미가엘은 망치로 한 대 얻어맞은 것 같았다. 자신이 불의 사슬을 가지고 있는 것도 극비였지만 불의 환에 관한 이야기는 아무도 알 수가 없었다. 갈렙과 두발가인 외에는 그 누구도 알 수가 없었다. 그런데 곱사등이 괴인이 자신의 그런 사정을 훤히 꿰뚫고 있었다. 미가엘은 안색을 굳히고 엄히 물었다.

"아무도 모르는 일을 어찌… 이리도 나의 사정을 아는 자는 세상에 없거늘. 당신은 누굽니까?"

"……."

괴인은 괴로운 표정을 지으며 입을 닫았다. 아까운 시간이 흐르자 다급한 미가엘은 더 이상 다그치지는 않았다. 미가엘은 고민할 시간이 없었다. 숨을 한 번 깊게 고르고는 왼쪽 품 안에서 무언가를 잡아 내렸다.

그르릉.

미가엘의 품 안으로부터 중저음의 울부짖는 소리를 내며 불의 사슬이 그 모습을 드러내고 있었다. 어두운 회색의 사슬은 길게 뽑히며 땅으로 내려왔다.

차르르르. 그르릉. 우르릉.

불의 사슬은 마치 살아있는 영혼 같이 울었다. 두발가인의 평생의 혼이 들어있는 불의 사슬이 처음으로 세상에 모습을 드러내었다. 괴인은 눈을 감은 채로 미간에 힘을 주었다.

"맞구나. 정말로 두발가인의 영혼과 기백이다. 미가엘, 이제 나의 말을 잘 들으시오. 정면에 보이는 나무를 향해 사슬을 들고 단번에 허공을 갈라야 합니다. 두 번 하기에는 사슬의 힘이 부족합니다. 그러니 한 번에 힘을 모아야 합니다. 허공을, 허공을 가르십시오. 그러면 이 덫이 걷힐 겁니다."

미가엘은 정면을 보았다. 앞에는 수백 년은 되어 보이는 나무가 있었다. 미가엘은 불의 사슬을 허공에 들고 천천히 힘을 주었다. 그러자 놀라운 일이 벌어졌다.

미가엘의 기가 들어간 불의 사슬에서 파란 불꽃이 피어오르기 시작했다. 쇠로 만든 사슬의 마디 마디 마다 탁탁 소리를 내며 튀기는 파란 불꽃은 미가엘이 힘을 더 주자 마침내 불이 붙어버렸다. 미가엘은 본격적으로 불이 붙은 사슬에 자신의 모든 힘을 불어 넣었다. 그러자 사슬이 빳빳해지며 일자로 변했다. 그리고는 끝이 살아있는 뱀처럼 이리저리 움직이며 그 힘을 주체하지 못했다.

미가엘은 괴인의 말대로 숨을 한 번 고르고는 커다란 비명소리를 내며 사슬로 허공을 갈랐다.

사각! 날카로운 검이 화선지를 베는 소리가 허공을 울렸다. 그리고는….

갑자기 우르릉 하는 소리가 나며 사슬이 지나간 틈으로 불이 붙었다. 그리고는 환한 빛이 눈을 찌르듯 폭발하더니 이내 사라져 버렸다.

미가엘의 앞에 있던 수백 년 묵은 나무는 온데간데없고 넓게 펼쳐진 대평원만이 시원스레 눈앞에 펼쳐졌다. 미가엘은 때를 놓치지 않고 미친 듯 달려갔다. 한시라도 빨리 가야 하는 미가엘은 한참을 가서야 괴인의 생각이 났다.

미가엘은 그 속도 그대로 달리며 지나온 괴인을 향해 말했다.

"고맙습니다. 덕분에 이렇게 사지에서 벗어났으니 감사할 따름입니다. 다시 만나게 되면 그때 은혜를 갚겠습니다. 다만 이름이라도 알려주시면 가슴에 새기겠습니다."

미가엘의 말소리는 멀리 메아리가 되어 돌고 돌았다. 허공에 뿌린 소리는 듣는 이가 없어 보였다. 미가엘이 안타까워할 무렵 괴인의 목소리가 들렸다.

"아니오. 내가 미가엘에게 죄를 청해야 합니다. 이 덫을 친 반노가 나의 아들입니다. 부디 사탄을 이기십시오. 무저갱에 잡아넣으면 천년은 꼼짝을 못할 테니 가지고 계신 무저갱의 열쇠로 부디 사탄과 악을 잡아넣으십시오. 그럼 안녕히 가십시오. 저도 이제 육신을 벗어나 자유로운 영혼으로 가려합니다. 미가엘께서도 불의 환으로 인해 육신이 사라지면 훨씬 자유로워지겠지요. 그때 뵙겠습니다. 그럼."

미가엘은 정신이 멍해졌다.

'도대체 어떻게 이런 일이. 아, 악인의 가문에서… 선한 자가 나다니. 아, 알 수 없구나.'

미가엘은 뭉클한 가슴을 부여잡고 전력을 다해 달려갔다. 숨이 턱밑까지 차오르고 다리가 후들거렸다. 루하에게 물린 다리는 벌써부터 감각이 없었다. 그러나 미가엘은 육신을 버리기라도 한 듯 온힘을 다해 달리고 또 달려갔다.

보름달은 이미 기울어지고 있었다.

에덴의 동쪽, 대평원

하늘의 해가 지려 한다. 온 대지를 붉게 비추던 그 해가 이제 곧, 에덴의 뒤로 넘어가려 한다. 달이 뜨고 끝없는 어둠이 시작되려는 그때. 노란 하늘 위로 은빛 점 하나가 보인다. 미친 듯이 불어오는 악마의 강풍에도 별 하나가 허공을 딛고 홀로 두둥 떠 있었다.

머리에 쓴 유리투구 아래로 분을 바른 듯 하얗고 창백한 얼굴.

누구일까? 홀로이 광풍에 맞서 허공에 떠 있는 그는 에덴의 동쪽 문을 지키는 천사장이었다. 수백만의 천군을 거느린 라파엘이었지만 적을 맞아 긴장하고 있었다.

머리에 쓴 유리투구 위로 파노라마처럼 투영된 수많은 적들.

라파엘은, 동서남북 모든 것이 투영되는 하늘의 보물, 유리 투구를 빈틈 없이 채우고도 넘치는 적들의 모습을 보고 있었다.

아련히 보이는 지평선 위로 바늘 바다처럼 솟아 있는 작은 파동들. 그것은 선봉의 깃발과 창검이었다. 그 창검 사이로 머리를 삐죽 내민 네피림들이 괴성을 지르고 있었고 그 뒤로는 사악한 뱀의 자손들이 있었다. 그들의 스산한 속삭임은 듣는 이의 영혼을 얼렸다.

그 뒤 분지에는 말처럼 생긴 커다란 짐승들이 떼를 지어 숨어 있었다.

바보 말, 지옥의 장님 등, 그 짐승을 부르는 이름은 많았는데 적의 간담을 서늘하게 하는 그의 진짜 이름은 고대어로 영혼이 없다는 뜻의 루하, 적들의 주력부대 루하였다.

루하의 발톱은 독수리보다 강하고 그의 가죽은 도검이 들어가지 않았다. 천리를 가도 지치지 않았고 커다란 덩치에도 행동이 빛처럼 빨랐다. 무시무시한 루하 뒤로는 이름마저 알 수 없는 참람한 짐승들이 포효를 하고 있었다. 모두가 하나같이 진절머리 나는 거머리들이었다.

'도대체 어디서 저런 괴물들이…'

지난 한달 간의 전쟁에서, 죽여도, 죽여도 나타나는 괴물들에 라파엘은 이미 기가 질렸다. 그 적들은 이미 한 달 전보다 더 많아진 채로 이곳 에덴의 입구까지 몰려왔다.

　그러나 진정 라파엘을 긴장시키는 것은 따로 있었다. 어딘가 숨어서 이 피비린내 나는 전쟁을 즐기고 있을 사탄, 바로 이 전쟁의 장본인인 사탄이었다.

　에덴의 문은 자신의 손으로 직접 열 것이라 했으니, 에덴의 코앞까지 적들이 밀려온 이때 사탄이 나타나지 않으면 그것이 더 이상했다. 유리투구의 적들은 아마도 사탄을 기다리고 있을 것이다. 그렇다면 이제부터가 진짜 지옥일 것이다. 라파엘은 자신의 최후를 머릿속으로 그리며 아랫입술을 물었다. 에덴을 등지고 배수진을 친 라파엘은 그렇게 스스로를 채찍질하며 이미 지칠 대로 지친 자신의 군대와 최후의 일전을 준비하고 있었다.

　하늘에서 내려온 라파엘은 유리투구를 톡톡 치며 통나무 의자에 앉아서 생각에 빠졌다. 라파엘은 끝없는 욕심에 사로잡힌 사탄이 한심했다. 그러나 라파엘 자신의 처지는 더욱 한심했다.

　'앞은 적이요 뒤는 에덴이다. 이곳이 뚫리면… 그래서 사탄이 에덴의 생명나무를 차지한다면, 그렇게 된다면 그 뒤에 올 대량의 살육과 파괴는 차라리 가벼울지 모른다. 영원히 노예로 살아야 하는 그 수많은 자들의 비탄과 저주는… 생각하기조차 끔찍하다. 그러나 과연 이번 전쟁에서 얼마나 버틸 수 있을지.'

　라파엘은 점점 자신이 없어져만 갔다. 야속하게도 이런 막중한 때에 가브리엘은 에덴으로 들어가 버렸고, 불의 나라로 간 미가엘은 소식이 없었다. 게다가 지난 한 달간의 전쟁에서 수백만의 천군은 이제 수천이 남았을 따름이다. 하나같이 용맹한 하늘의 군대치고는 너무나도 비참한 전과였다.

　라파엘은 미가엘이 떠난 남쪽 하늘을 올려다보며 옅은 탄식을 내뱉었다. 라파엘은 이 모든 전쟁의 책임을 혼자만 맡고 있다는 생각에 순간 울적해졌다. 라파엘은 자신도 모르게 자리에서 일어났다. 힘없이 늘어진 어깨를 하고는 터벅터벅 어디론가 걸어갔다. 밑도 끝도 없이 걷던 라파엘은 잠시 후 시커먼 참회의 동굴 앞에 섰다. 동굴 입구에는 커다란 백룡 한 마리가 살기를 띤 채 똬리를 틀고 있었다. 백룡은 라파엘을 보고는 반가운 듯 나지막하게 울었다.

우웅~

울음은 커다란 범종의 울음처럼 라파엘을 휘감아 돌고는 멀리 멀리 퍼져나갔다. 용울음에 휘감긴 라파엘은 아무 말이 없었다. 그저 눈으로 말할 뿐. 애절한 라파엘의 눈빛에 백룡의 울음이 높아져만 갔다. 백룡의 울음이 격해질수록 라파엘의 몸은 앞뒤로 심하게 흔들렸다. 그러나 입을 꾹 다문 라파엘은 오로지 눈빛 하나로만 용에게 말을 했다. 한참을 그렇게 울던 백룡의 눈빛이 흔들리는가 싶더니 몸을 풀어 입구를 열어주었다. 그리고 백룡은 길고 구슬픈 울음소리를 뒤로 하고는 하늘로 날아가 버렸다.

동굴 안은 의외로 따뜻했다. 라파엘은 깜깜한 동굴 아래로 뚜벅뚜벅 내려갔다. 한참을 내려간 라파엘은 품에서 작은 수정 막대기를 빼내어 튀어나온 돌에 걸었다. 그러자 신기하게도 그 수정 막대기에서 밝고 기분 좋은 파란 빛이 나와서 동굴 안을 채웠다.

매끈한 돌로 된 동굴은 온통 검은색이었다. 돌뿐인 동굴의 저 끝, 막다른 끝에 죽은 자처럼 벽에 기대어 앉아 있는 한 사람이 보였다. 괴인 앞에서 라파엘은 뒷짐을 지었다. 죽은 듯 보이던 괴인이 한참 만에 입을 떼었다.

"상황이 좋지 않은가 보네. 자네가 날 찾아온 것을 보니."

"그래. 그렇지. 이젠 내 힘으로도……."

"천하의 라파엘의 입에서 이런 말이 나올 줄이야. 아… 나로 인해 이런 일이…….."

괴인은 한숨을 내뱉었다.

"미가엘과 가브리엘은 아직도 소식이 없는 모양이구만. 그러니 이제는 자네도 어찌할 수 없겠군. 알고도 못 막는다는 게 이럴 때 쓰는 말이겠지."

"그래, 그렇겠지. 하지만 알았다 한들 어찌할 것인가. 저리도 막강한 자들인 줄은 꿈에도 몰랐으니 말이야. 주님께서 조심하라고 몇 번이나 당부를 하셨을 때, 그리고 반드시 서로…….."

라파엘은 감정이 북받치는지 말을 잇지 못했다. 회한의 공기가 둘을 짓눌렀다.

"그렇지. 주님께서 그렇게도… 이제 와서 후회한들… 아, 라파엘. 이 모든 것이 다 나 때문이다. 나 때문. 나만 아니었어도 이렇게까지는 안 되었을 텐데…. 라파엘 미안하다. 죽음으로 용서를 빌어야 하지만, 하지만…….."

괴인은 말을 잇지 못하고 눈에서 굵은 눈물을 쏟아내었다. 라파엘은 깊은 숨을 쉬고는 혼잣말처럼 웅얼댔다.

"우리엘, 나는 너를 죽여야만 한다. 나의 마음속에서 너를 지우는 것만이 아니라 아예 너의 숨통을 잘라야만 한다. 그래야만 에덴을 지키다 죽어간 수많은 형제와 동료들에게 조금이나마 보답하는 길이기 때문이다. 하지만…….."

말을 다 맺지 못한 라파엘은 한참을 그대로 서 있었다. 한참 만에 라파엘이 등을 돌려 동굴 밖으로 걸었다. 그때였다.

"바알과 마몬은 없다. 루시퍼도 없지. 더러운 세 영, 악한 영 모두 없다. 인간 세상으로 갔지."

우리엘의 뜻밖의 말에 라파엘은 우뚝 섰다.

"사탄은 이미 이겼다고 생각한다. 라파엘, 오늘 밤을 조심해라. 부디 살아서 나의 이 더러운 심장에 너의 그 칼을 꽂아다오. 그리고 나 때문에 죽어간 형제들의 묘에 나의 더러운 피를 뿌려 그들에게 나의 참회를 알려다오, 친구야."

말을 마친 괴인은 바닥에 얼굴을 묻고 오열하였다. 라파엘은 귀 뒤로 들리는 사내의 오열을 애써 외면하며 걸었다. 그러나 그의 주먹 쥔 오른손은 이미 미세하게 떨리고 있었다. 동굴 밖이 보일 무렵, 라파엘은 가늘게 떨던 왼손을 꺼내어 무언가를 뒤로 던졌다. 빛이런가. 땅 하는 맑은 음이 동굴로부터 울려나왔다.

'형제들이여, 나를 용서하소서.'

라파엘은 용의 울음소리를 뒤로 하고 다시 하늘로 날아올랐다. 동굴에서 울리는 길고 긴 통곡은 동굴 밖의 용의 울음소리와 함께 오랫동안 계속되었다.

여기는 에덴의 동쪽. 그렇게 비극의 밤이 다가오고 있었다.

오늘로 벌써 열흘째. 적들은 끈질기고 집요했다. 밤만 되면 어김없이 공격을 해오는 영리한 적들. 그 덕에 대낮에도 조는 자들이 많아졌다. 아무리 독려를 해도 밀려드는 졸음을 막기에는 속수무책. 이미 라파엘 자신도 극한의 상황에 다다른 상태였다. 그러나 오늘은 이상하게도 움직임이 없었다. 불안한 마음은 저녁 무렵부터 라파엘의 마음 한구석에서 떠나지 않고 있었다.

'오늘은 무언가 이상하다. 이리도 불안한 적이 없었는데…. 우리엘의 말이 맞는가? 어차피 죽어간 동료들 볼 면목도 없다. 그저 죽기를 한하고 싸

워야할 터, 더 이상 후회도 미련도 없이 싸우는 길밖에.'

라파엘은 입술을 깨물며 군막 밖으로 나갔다. 밤공기는 차고 신선했다. 전장에서의 밤은 늘 신선하고 가슴 설레는 냄새와 상큼함이 있었다. 숨을 한번 깊게 들이마신 라파엘은 하늘로 올라가서 다시 적진을 바라보았다. 며칠 전부터 적들은 괴성만 질러댈 뿐 도무지 움직이지를 않았다. 오늘도 마찬가지, 적들은 그 자리에서 꿈쩍도 하지 않고 있었다.

그때였다. 팽팽하던 긴장의 밤 한 자락 그 어느 때에, 고요하던 전장에 갑자기 이상한 일이 벌어졌다.

오늘은 달이 거의 보이지 않는 그믐. 그러나 이상하게도 하늘 한가운데에 대낮처럼 밝은 보름달이 나타났다. 이상한 일. 라파엘은 순간 지금이 보름인가 착각이 들었다.

아. 하얗고 밝은 보름달이 아름답다고 생각한 그 순간. 보름달 한가운데로부터 작은 점이 나타났다. 작은 점은 흔들흔들 위태로워도 보이고 아름다워도 보이는 몸짓으로 달을 은막 삼아 땅으로 내려오고 있었다.

뭘까? 가녀린 작은 나비일까, 아니면 하늘의 요정일까? 이리 저리 가벼운 몸짓으로 날아드는 작은 점이 점점 커지며 다가오고 있다고 느낀 그 순간 유리투구에 비친 작은 점을 보고 라파엘은 기겁을 하였다. 밝은 보름달을 등지고 한 마리 나비처럼 날아온 그자는 바로 제국의 황제 사탄이었다. 무시무시하게 커다란 짐승을 타고 서서는 사악한 미소로 이곳을 내려다보며 전신에는 진한 핏빛 갑옷을 입은 사탄이 짐승과 한 몸이 되어 라파엘을 향해 엄청난 속도로 쏘아져 내려오고 있었다.

라파엘은 순간 등골에서 식은땀이 흘렀다. 라파엘은 등을 돌려 땅으로 쏘아가며 부하들에게 소리쳤다.

"후퇴하라! 후퇴! 어서!"

그러나 라파엘의 절규는 곧 이은 달의 폭발에 묻혀서 허공에서 사라지고 말았다. 땅위의 군사들이 아름다운 보름달의 광경에 취해 있을 그 무렵, 하늘로부터 재앙의 폭풍이 순식간에 밀어닥쳤다. 은색의 차가운 빛줄기가 전장의 병사들의 머리 위로 쏟아져 내려서는 살을 파고들었다. 병사들의 머리와 팔 다리 심지어는 말과 사자의 머리에도 달라붙어서 영혼과 육체를 갉아먹었다. 아무런 감정이 없는 은빛 눈동자에 날카로운 이빨이 촘촘히 박힌 작은 입으로 살아있는 병사들 몸의 구석구석을 갉아먹었다. 아무리 떼어내려 하지만 마치 유령처럼 만져지지도 쳐내버려지지도 않았다.

지옥의 더러운 영들. 지옥의 가장 무서운 족속들이었다. 하늘의 병사들도 이들 지옥의 군대 앞에서는 이리 앞의 순한 양이었다.

으아악! 악—!

에덴의 군사들은 고통과 공포에 비명을 지르기 시작했다. 산 사람을 먹고 산다는 사탄의 비밀 군대가 드디어 그 모습을 나타낸 것이었다. 게다가 때맞추어 울부짖기만 하던 사탄의 지상군이 지금껏 없던 총공세를 퍼부었다.

그때 갑자기 라파엘의 목 뒤가 따끔했다. 라파엘은 목 뒤가 뜨끔함을 느껴 뒤를 돌아보려 했다. 그러나 머리가 천근만근 무겁게 느껴지며 직감적으로 라파엘은 뱀에 물린 것을 느꼈다.

'그래 뱀이 있었지.'

라파엘은 두 주먹을 불끈 쥐고는, 전쟁에 졌다는 자괴감에 고통도 잊은 채로 우뚝 서서는 눈물을 흘렸다.

'아, 내가 이 정도 밖에 되질 않았던가? 내가 한낱 미물 따위에게 당하다니.'

라파엘은 서서히 무너지려 하는 자신을 이제 놓을 때라 생각했다. 더 이상의 전쟁이 무슨 의미가 있을까 하는 생각을 할 즈음 라파엘은 갑자기 등 뒤가 시원해짐을 느꼈다. 자신을 물어오던 지옥의 고통도 없어지고 천근 만근 무겁던 몸도 가벼워졌다. 라파엘은 고개를 돌려 무슨 일이 있었는지 보았다. 바로 자신에게 붙어 있던 바로 그 지옥의 뱀들을 누군가가 물어 죽였다. 동굴을 지키던 백룡.

이번 전쟁에 자신의 일족을 배신하고 라파엘을 따라나선 바로 그 백룡 이었다.

"정신 차려라, 라파엘. 지금 너의 모습은 내가 알던 라파엘이 아니야. 나 약한 라파엘이란 소릴 계속 듣기 싫다면, 힘을 내라 라파엘. 에덴의 라파 엘이 적을 앞에 두고 약해지면 안 되지. 그렇지 않나? 저 더러운 영들은 내 가 맡지. 더러운 영들. 이제껏 지옥에서만 살아서 아무도 알지 못했지만 후후, 나는 저들을 잘 알지. 저 더러운 영과 우리 용족은 상극 중의 상극. 저들은 나의 적수가 되질 않아. 라파엘, 이로써 우리 종족의 빛을 조금이 나마 갚는 게 되었으면 좋겠군. 후후후."

말을 마친 백룡은 우렁찬 울음소리를 내며 번개와도 같이 그 더러운 영 들을 물어 죽였다. 백룡의 말처럼 더러운 영들은 그저 흩어져 도망가기에 바빴다. 그러나 이미 아군은 막대한 타격을 입은 뒤였고 사탄의 정예부대 는 물밀듯 밀려오고 있었다. 이미 전쟁의 주도권은 사탄에게 가 있었다. 하늘에 떠서 아래를 내려다보던 사탄은 비로소 입을 열었다.

"이런, 이런. 이건 나도 미처 생각지 못한 일인데. 백룡이 살아 있을 줄 이야. 어리석은 용 한 마리 덕에 아까운 나의 자식들이 죽다니. 후후, 하지 만 대세에는 지장이 없는 전쟁이다. 라파엘, 마지막 가지고 있는 것까지 다 내놓아 보아라. 하지만 말이다. 네가 아무리 발악을 하여도 이번 전쟁 의 승자는 바로 나 사탄이다. 자, 이제부터 나의 진정한 힘을 보여주겠다. 내가 왜 하늘의 주인인지, 그리고 이 세상의 지배자인지 보여주겠다. 다들 눈을 씻고 잘 보아라. 이것이 바로 나 사탄의 진정한 힘이라는 말이다."

사탄의 우레 같은 소리가 온 땅을 둘러 살아 있는 모든 이의 귓속을 파고들었다. 땅 위의 모든 자들은 일순 멈칫하며 정지하고는 하늘의 사탄을 보았다. 얼마의 시간이 지났을까. 사탄은 말을 멈추고 숨을 한번 깊게 들이쉬고는 눈을 감았다. 그러기를 몇 초의 시간이 흘렀다. 사탄 주위로 검붉은 안개가 뭉글뭉글 피어나기 시작했다. 사탄이 타고 있던 짐승과 함께 검붉은 안개 속으로 사라져갔다.

갑자기 밝은 보름달이 두 배로 커지면서 사탄과 짐승은 사라지고 보름달이 핏빛으로 물들기 시작했다. 그러더니 갑자기 보름달로부터 수많은 가닥의 피의 화살이 쏘아져 왔다. 빛의 빠르기일까? 핏빛 화살은 땅위의 무기력한 천군의 심장에 속속 박혔다.

-윽 -악! 너른 들판 위에 두 다리를 의지하고 서 있는 천군과 천사들은 순간, 짧은 외마디 비명을 토하며 가슴을 부여잡고 쓰러졌다. 순식간에 벌어진 일이라 라파엘도 자세히 보질 못했다. 그러나 이번에는 피의 달로부터 예리하고 커다란 검은 칼들이 빠르게 돌며 날아와 땅에 누워 있는 라파엘의 병사들의 숨통을 끊어갔다.

-으아악! 그제야 고통을 느끼는 듯 단말마의 비명을 지르며 천군들은 죽어가고 있었다. 그게 다가 아니었다. 마지막으로 날카로운 이빨들을 번뜩이는 커다란 피의 뱀이 달의 뒤로부터 수없이 날아와서 살아남은 모두를 물어가고 있다. 라파엘은 얼이 나갔다.

'이 정도인가. 사탄의 능력이….'

라파엘은 모든 장면이 느리게, 느리게 다가와 눈에 박힌다. 아무 소리도 들리지 않는다.

그저 스러지는 자신의 부하들의 공포에 찬 눈동자만이 눈에 보일 뿐, 온

몸이 얼어붙은 라파엘은 하늘에 뜬 채로 그저 넋이 나가 있었다.

퍽!

그때, 라파엘은 누군가가 자신을 때리는 고통에 제 정신이 들었다. 백룡이었다. 백룡도 피투성이. 그러나 마지막 힘을 다 해서 라파엘을 깨우고 있었다.

"라파엘 정신 차려라. 이 정도 가지고 정신이 없다면 너는 내가 아는 라파엘이 아니다. 어서 힘을 내라. 그가, 그가 올 때까지 힘을 내잔 말이다."

라파엘은 백룡의 말에 갑자기 정신이 번쩍 들었다.

'그렇지 그가 있지. 그래 어쩌면 나의 임무는 아마도 그가 올 때까지 버티는 것일지도….'

갑자기 정신을 차린 라파엘은 마음이 급속도로 평안해짐을 느꼈다. 갑자기 자신이 가벼워졌다고 생각이 드는 순간, 라파엘은 숨을 깊게 마신 뒤 더 높이 하늘로 날아올랐다. 백룡도 어느새 날아와 자신을 지탱해 주었다. 라파엘은 손에 잡은 채찍에 힘을 주었다. 그러자 채찍은 곧게 펴지고 파란 빛을 내며 단단한 창처럼 변했다. 라파엘은 온몸의 힘을 극한으로 끌어 올리고는 핏빛의 보름달을 향해 빛처럼 돌진했다. 전장의 모든 상황이 거의 종료되려는 순간, 하늘을 비추던 달이 두 동강이 났다. 정확히 두 개로 갈라진 보름달 너머로 여명이 터오고 있었다.

사탄은 적잖이 놀랐다. 라파엘이 괜히 천사장이 된 것이 아니라는 생각을 하였다. 자신의 목에 새겨진 희미한 붉은 선. 바로 라파엘의 채찍이 스쳐 지나간 자국이다.

"참으로 위태했지만 그러나 여기까지가 끝이다."

사탄은 거만한 미소를 싹 거둬들이고는 굳은 얼굴로 라파엘을 노려보았다. 팽팽한 긴장의 침묵이 흐르기를 잠시, 사탄은 눈가의 근육을 씰룩하더니만 순식간에 번개처럼 라파엘에게 쏘아져갔다. 라파엘도 역시 어금니를 갈아 물며 상처투성이인 온몸을 방패삼아 사탄과 마주쳐갔다.

쾅! 쾅! 쾅! 하늘이 울리고 땅이 진동하였다. 두 개로 갈라진 달은 산산 조각이 나서 사방으로 흩어졌고, 힘과 힘이 부딪힌 하늘의 파동이 온 하늘과 땅을 휩쓸고 지나갔다. 폭풍이 쓸고 지나간 자리로 엄청난 파열음이 지나갔다. 하늘은 찢어질 듯 출렁이고 그 아래 땅은 깊게 파이고 아래에 있던 모든 것들은 저 멀리 날아가 버렸다.

땅 위의 모든 것들은 잃었던 정신을 차리고는 뿌연 먼지 속에서 죽은 듯이 누워있는 라파엘과 백룡을 보았다. 사지가 찢겨 피가 강이 되고 처박힌 자리는 구덩이가 되어 호수가 될 정도였다. 모두 진정한 사탄의 능력 앞에 경악을 금치 못했다.

라파엘과 백룡의 처절한 패배 그 자체였다. 그러나 하늘 위에 떠 있는 사탄 또한 기혈이 뒤틀리고 다리에 힘이 빠졌다. 하지만 승자답게 전혀 내색하지 않고 하늘에 늠름한 모습으로 떠 있었다.

'역시 강한 자다. 까딱 잘못했다가는 내가 저 꼴이 될 뻔했다. 하늘에서 첫째가는 용사라더니… 역시 라파엘이다. 그러나 나에게는 …. 후후후, 어림도 없지. 자 이제 마무리 지을 시간이다. 하하하.'

사탄은 얼굴빛 하나 변하지 않았지만 너무 기뻐서 울고 싶을 지경이었다.

"와! 와! 와!"

땅위의 자신의 군대는 지각을 울리는 승리의 함성을 쏟아내었다. 땅을 울리는 함성을 들으며 승리에 도취되어 사탄은 가슴을 활짝 열고는 승리의 공기를 한없이 흡입하고 있었다. 이겼다. 사탄은 밝아오는 여명과 승리의 마약에 취해 있었다.

한편, 바람을 가르며 달려가는 미가엘은 매서운 새벽 댓바람에 눈을 뜨기도 어려웠다. 실눈을 사정없이 파고드는 모래폭풍, 그리고 뼛속 깊이 파고드는 얼음송곳 같은 북풍한파. 강철 같던 다리는 점점 힘이 빠져가고, 터질 것 같은 심장 박동소리가 귀를 울려왔다. 잠 한숨 자지 못하고 달린 지 꼬박 3일. 숨이 턱 밑까지 차온다. 하지만 미가엘은 사력을 다해 달려가고 있었다.

'라파엘 제발 조금만, 조금만 더 버텨라. 곧 내가 간다. 그때까지만, 그때까지만 제발 버텨다오. 제발 아무 일도 없어야 하는데….'

미가엘은 이번 전쟁을 너무 안이하게 본 자신이 미웠다. 하지만 후회만 하고 있기에는 너무나도 시간이 없다. 미가엘은 죽을힘을 다해 달려갔다. 미가엘이 폭풍처럼 지나간 자리는 커다란 나무들이 갈대처럼 쓰러지고, 돌들이 터지며, 강들이 갈라져서, 흡사 커다란 바윗덩이가 휩쓸고 지나간 듯 보였다. 바람을 가르며 달리는 미가엘의 오른손에는 기다란 불의 사슬이 들려져 있어서 멀리서 보면 꼬리를 흔들며 불의 용이 날아가는 듯 보였다. 한참을 달리던 미가엘의 눈에 저 멀리 참혹한 광경이 보이기 시작했다.

"아, 늦었단 말인가?"

미가엘은 절로 탄식이 나왔다. 미가엘의 눈앞에 펼쳐진 광경은 지옥 그자체. 비참하게 잘려나간 수십만의 시체와 군마들, 그리고 그 위로 고슴도치처럼 무참히 꽂혀진 화살과 창들 그리고 검들. 그 밑으로 흐르는 검붉은 피의 강. 수많은 전쟁을 치른 미가엘이지만 차마 눈을 뜨고 볼 수가 없다. 스쳐지나가며 얼핏 보아도 대부분 아군의 시체들.

'아 주님의 얼굴을 어찌 본단 말인가?'

미가엘은 어금니를 갈아 물며 오른손에 잡은 사슬을 부서져라 쥐었다. 자신을 믿고 기다리던 모든 자들이 참혹한 주검으로 변해 있다. 자신이 나타나기만을 애절하게 기다리다 죽어가는 군사들의 비통한 얼굴이 떠올라 미가엘은 눈을 질끈 감아버렸다.

'정녕 늦었단 말인가? 정녕?'

미가엘은 자책감에 땅위를 볼 수 없다. 그저 고개를 들어 하늘만 바라볼 뿐.

그때였다. 고개를 든 미가엘은 분노의 두 눈으로 저 멀리 북방 하늘의 어느 한 부분을 노려보았다. 참혹한 지옥의 광경을 지나 저 멀리 하늘 끝.

미가엘은 자신의 눈에 한 인물을 담아 가두었다. 보기에도 무시무시한 한 마리의 거대한 짐승을 타고 하늘 높이 날아올라서 승리에 도취되어 거만하게 아래를 내려다 보고 있는 자. 온몸에 붉은 핏빛의 전신 갑주를 입고 머리에는 세 개의 뿔이 달린 황금빛 투구를 쓴 자. 여명의 어둠과 너무나 잘 어울리는 그자는 미가엘이 그토록 찾던 바로 이 모든 살육의 원흉, 사탄이었다.

미가엘의 눈이 불타올랐다. 사탄은 아직 미가엘을 발견하지 못한 듯. 그건 당연했다. 미가엘의 눈은 하늘의 눈. 천족인 우리엘과 함께 누구보다도 멀리 보고 누구보다도 먼저 보았다. 어금니를 악 다문 미가엘은 이제 남겨두었던 마지막 힘을 쏟아 하늘 높이 날아가며, 왼쪽 허리에 매여져 있는 백옥으로 된 작은 함을 열었다. 그곳에 소중히 담겨 있는 영롱한 백색의 빛의 환. 미가엘은 온힘을 다해 까마득한 하늘로 날아오르며 그 빛의 환을 주저없이 입에 털어 넣었다. 꿀꺽.

순간, 땅위의 모든 자와 하늘의 모든 괴물들, 그리고 땅 밑의 더러운 귀신과 기이한 영들, 그리고 마지막까지 저항하며 몰살 위기에 몰린 천군 천사들, 그리고 죽은 듯 누워있는 라파엘과 그의 백룡. 이 모든 자들의 눈에 빛의 폭발이 일어났다.

번쩍!

찰나의 시간이 멈추었다. 무슨 일이 있는 것일까? 다들 멈추어진 시간 앞에서 아무것도 보이지 않고 아무것도 들리지 않았다. 그저 모든 것이 멈추었다. 고요한 시간이 지루해질 무렵. 갑자기 천둥소리가 귀청을 찢으며 빛의 대폭풍이 살아있는 모든 어둠을 휩쓸어 버렸다.

더러운 영과 귀신들이 모두 빛의 폭풍 속에서 불에 타, 처참한 비명을 토하며 도망을 하였다. 커다란 괴물과 흉포한 짐승들은 눈이 불에 타고, 살이 오그라들어서, 우왕좌왕하며, 서로를 짓밟고, 땅위에 엎드려져 죽어 갔다. 그러고는 살아남은 거룩한 군사들은 들을 수 있었다. 하늘 높이 떠 올라 있던 사탄이 지르는 지옥의 비명을. 시뻘겋게 달궈진 불의 사슬에 온 몸이 묶여서, 살이 타고 뼈가 녹는 사탄의 비명을 들었다.

아아아악!

또한 짐승이 토해내는 낮은 비명소리도 사탄의 단말마와 함께 남은 자들의 귀를 후벼 팠다. 미가엘은 불의 사슬로 함께 묶은 사탄과 그의 짐승을 끌고는 지체하지 않고 땅으로 내리꽂았다.

쿵! 쿵! 쿵!

사탄과 그의 짐승은 땅에 세 번 내리 박히고서야 죽은 듯 땅위에 널브러졌다, 땅위에서는 고기 타는 냄새가 진동을 하는데 하늘로부터 미가엘이 서서히 내려오고 있었다. 미가엘 주위로 신비한 기운이 감돌고 온몸은 이미 밝은 백색의 빛으로 변한 상태. 미가엘은 하늘 최고의 용사답게 하늘을 밟고 서서는 강렬한 눈빛으로 전장을 둘러보았다. 주위는 단 한 번의 빛의 폭풍으로 이미 평정된 상태. 적군은 거의 전멸했고 살아남은 자들은 도주 했다. 이제 남은 것은 사탄과 그의 짐승뿐. 한숨을 돌린 미가엘은 하늘에서 내려와 품에서 수정으로 된 열쇠를 하나 꺼냈다. 그 열쇠를 땅에 꽂아 주저없이 돌렸다.

'그르릉.'

돌끼리 갈리는 소리가 나며 갑자기 땅이 울리기 시작하더니 시체들로 뒤덮인 바로 그 땅이 흔들리며 바위가 터져나갔다. 땅에 꽂힌 열쇠로부터 작은 파동이 생기더니 시간이 지날수록 점점 커져서, 땅이 입을 열고 죽어 나자빠진 사탄의 군대와 귀신들, 거인들과 괴물들, 그리고 더러운 영들을 삼켰다. 그러고는 저 아래로부터 영혼을 태우는 극렬한 불의 열기를 토해 냈다.

무저갱.

끝이 보이지 않는 불 못, 하늘의 죄인을 가둔다는 그 비밀의 장소가 비로소 처음으로 땅 아래 그 모습을 드러냈다. 시뻘겋게 달구어진 불의 사슬에 감겨 대롱대롱 매달린 사탄은 나갔던 정신이 드는지 무저갱을 보자 더욱 이를 갈았다.

"으으으, 미가엘이구나. 미가엘이야. 왜 진작 너를 생각하지 못했을까. 모든 게 물거품이구나. 우리엘만 잡으면 된다고 생각했거늘. 미가엘 잘 들어라. 지금이라도 늦지 않았다. 너와 내가 함께라면 저 에덴과 하늘이 우리 것. 나와 함께 하자. 지금을 놓친다면 바보 같은 미가엘. 돌이킬 수가 없다. 그렇게 충성만 하고 개처럼 일만 하다가 결국은 배신당할 것이다. 미가엘, 나를 보면 알 수 있지 않은가? 지금이라도 늦지 않았다. 나와 함께 하늘을 다스리자. 미가엘."

사탄은 미가엘을 꼬여 위기를 벗어나려 했다. 그러나 미가엘은 비웃으며 대답하였다.

"미친 놈. 배반을 밥 먹듯이 하는 너를 보면 나는 구역질이 난다. 지금 네 꼴을 보고 말을 하여라. 그 꼴을 해가지고 어느 성 하나라도 다스릴 수가 있겠느냐?"

미가엘의 비웃음에 사탄은 눈알이 터져나가고 머리통이 폭발하는 듯 느꼈다. 그러고는 비탄과 고통의 비명을 질렀다.

"나의 왕국이 바로 앞에 있거늘. 하늘과 땅이 내 아래에 있거늘. 원통하구나. 으, 아악, 아악!"

살을 태우는 열기와 사슬에 힘이 부치는 듯, 사탄은 지옥의 고통에 혼절하였다가 깨서는 다시 이를 갈며 말을 했다.

"미가엘, 귀를 후비고 나의 말을 잘 새겨들어라. 언젠가 반드시 나는 이 자리에 다시 올 것이다. 다시 이 에덴 앞에 나올 것이란 말이다. 그때, 바로 그때가 오면 오늘의 이 치욕을 열배 아니 백배, 천배라도 되갚아 줄 것이다. 반드시 그때까지 몸조심하고 있어라. 행여 너무 늙어 힘이 빠져있으면 재미없으니 말이다. 미가엘, 알아들었느냐?"

사탄은 고통 중에도 저주의 말을 토하고는, 미쳐 웃기 시작했다.

"하하하하! 하하하하!"

미가엘은 비웃으며 쇠사슬을 잡은 손에 힘을 주었다.

"그렇게 자신이 넘치는 놈이 왜 여기에 엎드려 있는 것이냐? 전쟁은 입으로 하는 것이 아니거늘. 미친 놈. 미친 말을 하려거든 지옥에서나 실컷 하라. 지옥에서 너의 그 더러운 짐승과 둘이서 이를 갈며 놀란 말이다. 주님의 은혜로 목숨이라도 부지하는 것을 감사드리며 말이다."

미가엘은 조소와 함께 미련없이 쇠사슬을 그 무저갱에 던져버렸다.

"으아악!"

단말마의 비명과 함께 사탄과 그의 짐승은 끝도 모르는 무저갱으로 떨어졌다.

사탄과 짐승이 쓸려 지나간 자리에는 커다랗고 깊게 파인 손톱자국이 나 있었다.

미가엘은 열쇠를 다시 돌려 빼고는 눈을 들어 사방을 보았다. 그러나 차마 눈을 뜨고 볼 수 없는 광경에 미가엘은 눈을 감아버렸다. 잘려나간 몸뚱이와 팔다리들, 처참하게 살육당한 하늘의 군사들, 그리고 천사들. 그 하나하나가 엄청난 능력을 가졌던 막강 군대가 아니었던가.

이 정도면 전멸에 가깝다.

'아, 사탄의 능력이 이 정도였단 말인가?'

미가엘은 도저히 믿겨지지 않았다. 자신도 기력이 다해 서 있기조차 어렵지만 마지막 힘을 내어 전장을 뒤지기 시작했다. 그러기를 십여 분. 미가엘은 한곳에서 피를 흘리며 벌레처럼 꿈틀대고 있는 누군가를 발견했다. 라파엘. 자신과 더불어 하늘의 군대를 지휘해온 용맹한 천사장이었다.

"라파엘."

미가엘이 짧게 부르자 라파엘이 힘겹게 머리를 들어 올렸다.

"으으, 미가엘인가. 와 주었군. 역시 미가엘이야."

"말을 아껴라 라파엘. 네 덕에 전쟁에서 이겼다. 지옥 같은 곳에서 끝까지 싸워주어서."

"흐흐흐, 그런가… 우리는 역시 호흡이 잘 맞나보군. 쿨럭 쿨럭."

라파엘은 피를 한 모금 쏟았다.

"무리하지 마라. 라파엘. 지금은 휴식이 필요해."

미가엘은 걸레가 된 라파엘을 보며 코끝이 찡해졌다. 하늘에서 비가 한두 방울 떨어졌다. 그렇게도 처절한 지옥의 전쟁이 끝나고 아침이 오지만, 어두운 하늘의 커다란 눈동자에서 쏟아내는, 하염없는 비탄의 눈물은 그칠 줄을 몰랐다.

깊음의 근원에 관하여

요나와 함께 깊음의 근원으로 빨려 들어가는 리워야단은 두려웠다. 힘으로는 당할 자가 없다는 리워야단이었지만 깊음의 근원이 잡아당기는 힘은 한낱 피조물이 감당할 수준이 아니었다. 그것은 바로 신의 영역의 힘이었다. 두려움에 휩싸인 리워야단은 시냇물에 떠내려가는 나뭇잎처럼, 어마어마한 힘이 잡아끄는 대로 흘러 떠내려갔다.

깊음의 근원은 하늘에 있는 물의 창고와 함께 물의 근원 중 하나였다. 하늘에 있는 물의 창고는 넓은 곳에 퍼져있었다. 광활한 궁창에 고르게 퍼진 물의 창고는 전체 양은 깊음의 근원보다 많았지만 끌어당기는 힘은 없었다. 하지만 깊음의 근원의 물은 한 곳에 몰려 있었다. 그래서 깊음의 근원은 중력을 가지고 있었다. 물이라면 어디에 있든지 무엇이든지 끌어당겼다. 깊음의 근원은 그래서 천하의 물을 한 곳에 모을 수 있었다. 이곳으로 모인 물은 불의 근원의 열기로 데워져서 올라갔다. 땅에서 하늘로 직접 올라갔다. 깊음의 근원의 물은 땅 아래에서부터 이슬처럼 올라가 땅을 적시고 하늘로 올라가 구름도 만들었다. 깊음의 근원의 물은 불의 근원에서 뿜어지는 엄청난 열기를 식혀줘서 땅이 뜨거워지는 것을 막아주기도 했다.

깊음의 근원이 어디에 있는지는 거의 아는 자가 없었다. 물의 왕 요나와 깊음의 근원을 전체적으로 설계하고 만든 에노스 그리고 불의 근원을 관리하는 불의 왕 두발가인 외에는 거의 없었다. 물의 왕 요나도 자주 들르지는 못했다. 물의 근원을 전체적으로 옮긴다든지 아니면 물의 생물들을 순환시켜 준다든지 할 때에만 들렀다. 에노스와 두발가인도 깊음의 근원

안으로 들어와 보지는 못했다.

깊음의 근원은 신비한 곳이었다. 에노스 이전에도 있었다. 하지만 지금처럼 거대한 규모는 아니었다. 하지만 시간이 지나면서 세상이 넓어지고 물의 순환이 활발해져서 에노스가 대대적으로 손을 본 것이었다. 깊음의 근원은 세월이 흘러 시간의 막을 교체할 때가 되면, 아예 다른 공간으로 이사를 했다. 이사할 그때가 되면 깊음의 근원이 열리면서 십만 명도 넘는 물의 생물들도 같이 이사했다.

만약 깊음의 근원에 있던 생물이 다른 곳으로 가길 원하면 이사할 그때에만 가능했다. 물의 왕의 허락 하에 하늘의 창고나 땅에 있는 물의 나라로 이사할 수 있었다. 깊음의 근원에 사는 생물들은 이사할 때 외에 깊음의 근원 밖으로 나가는 일은 없었다. 그만큼 깊음의 근원에서의 삶은 폐쇄적이었다.

깊음의 근원에 사는 물의 생물들은 자부심 또한 강해서 자신이 있는 그곳을 물의 나라라고 불렀다. 그리고 대부분의 물의 생물들은 깊음의 근원에서 뼈를 묻었다. 대를 이어서 뼈를 묻고 살다보니 서로 가족처럼 지냈다. 그래서 애착이 강했다.

깊음의 근원에는 땅도 있고 하늘도 있었다. 농사도 지었고 나무도 키웠으며 언덕도 있고 호수도 있었다. 눈도 오고 비도 내리고 건조한 곳도 있었다. 예쁜 집도 있었고 교회도 있었다. 마차도 활발하게 다녔으며 어린 생물들을 위한 학교도 있었다. 그들이 말하는 대로 물의 나라였다.

깊음의 근원에서 물의 생물들은 기본적으로 물의 덩어리를 관리하는 일을 했다. 물의 덩어리는 매우 위험해서 만약에 그것이 터진다면 땅의 모든 생물은 몰살을 당할 수도 있었다. 게다가 불의 근원도 위험했다. 불의 근원에도 불의 생물이 있었지만 그리 많지는 않았다. 불의 근원은 대부분 일정한 온도를 유지했는데 그 온도에 맞추어 물의 양을 조정하고 데워진 물을 세상으로 골고루 보내는 일은 물의 생물들의 일이었다. 그래서 깊음의 근원의 생물들 중에 물의 덩어리를 관리하는 생물들은 그 일만 했다. 그 외에 나머지 생물들은 살아가기 위한 일들을 했다.

다른 세상과 달리 깊음의 근원의 하늘은 늘 소용돌이치고 있었다. 하늘이 소용돌이치는 모습을 처음 보면 어지러워서 서 있을 수가 없었다. 원래부터 살던 생물들은 괜찮았지만 처음 보는 자들은 멀미를 하였다. 소용돌이치는 이유는 간단했다. 그 하늘 위로 물의 덩어리가 있었는데 불의 근원의 강력한 열기에 뜨거워진 물들이 회오리치면서 움직였기 때문이었다. 불의 근원에게서 에너지를 얻은 물은 땅과 하늘의 어디론가 스며들어갔다.

물의 덩어리는 큰 항아리에 담긴 모양인데 그 항아리의 바닥 중에서 볼록하게 튀어나온 부분이 깊음의 근원의 하늘이었다. 어마어마한 물의 덩어리를 감싼 항아리 밖은 불의 근원이었다. 강력한 불의 근원은 상상할 수 없는 열기를 뿜어내었는데 그 열기에 물의 덩어리는 뜨겁게 데워졌다. 에노스가 만든 무저갱은 그 항아리 속에 있었다. 항아리의 밖의 벽과 안쪽 벽 사이에 공간을 만들고 그곳을 무저갱이라 하였다. 그래서 무저갱은 세상에서 가장 뜨거운 곳이었다.

깊음의 근원을 다스리는 왕은 요나였다. 하지만 요나는 깊음의 근원에 자주 갈 수 없었다. 그래서 깊음의 근원은 왕이 없을 때에 세 명의 원로들이 다스렸다. 북쪽 마을인 빙골을 다스리는 드레베와 남쪽 마을인 산골을 다스리는 디오 그리고 동쪽의 밭골을 다스리는 데메, 이렇게 세 명의 원로

들이 깊음의 근원을 다스렸다.

세 원로들은 신실했다. 게다가 정직했고 공평했기 때문에 물의 나라는 아무런 잡음 없이 옳은 길로만 갔다. 세 원로들은 각자 오래된 가문의 대표들이었는데 그 가문들은 오래 전에는 한 집안이었다. 오랜 시간이 흐르고 서로 다른 가문처럼 되었지만 그래도 중요한 일이 있을 때에는 한 집안처럼 여기고 서로의 의견을 존중해 주었다. 그래서 물의 나라에서는 논쟁이나 싸움이 전혀 없었다.

그런 물의 나라로 어느 날 갑자기 악의 괴물 리워야단과 물의 왕 요나가 사투를 벌이며 나타났다. 잔잔하던 연못에 강한 돌멩이 하나가 떨어진 것이었다. 그리고는 파동이 생겨 사방으로 삽시간에 퍼져나갔다.

깊음의 근원

늘 똑같이 조용하고 고즈넉한 어느 저녁, 해가 지려 하고 있다. 태양이 서쪽으로 지려는 찰나였다. 소용돌이치는 하늘에 갑자기 커다란 구멍이 생겼다. 구멍을 본 물의 나라 생물들은 기겁을 했다. 물의 덩어리의 힘을 이기지 못하고 시공간의 막이 뚫린 줄 알고는 난리가 났다. 물의 덩어리를 조정하는 생물들이 한 곳에 모여 하늘만 보고 대책을 세우고 있었다. 그러나 얼마 시간이 지나지 않아서 소용돌이가 왜 생겼는지 알게 되었다. 그것은 바로 요나가 희대의 괴물을 몰고 깊음의 근원으로 들어오면서 생긴 시공간의 통로였다.

어마어마한 소리가 천지를 울렸다. 모든 생물들이 듣고 집 밖으로 나와서 하늘을 쳐다보았다. 하늘의 반이 채 되지 않을 만큼 커다란 소용돌이는 속이 빈 검은색이었다. 깊음의 근원의 생물들은 그곳으로부터 시커먼 괴물이 떨어져 내리는 모습을 보았다. 리워야단이었다. 말로만 듣던 리워야단을 보는 순간 생물들은 충격을 받았다. 엄청난 얼음에 갇힌 괴물이 소용돌이치며 땅으로 내려오고 있었다. 그 괴물의 머리 바로 위로 물의 왕, 요나가 보였는데 요나는 이미 탈진한 상태였다.

괴물을 본 물의 생물들은 리워야단이 매우 강하다는 사실을 알았다. 본능은 위험하다고 끊임없이 말했다. 하지만 물의 생물들은 리워야단에 맞서서 싸워야 한다고 생각했다. 어느 누구 하나 물러서는 생물이 없었다. 그날부터 생물들은 힘을 합쳐서 리워야단과 생사를 건 사투를 벌였다.

얼음의 족쇄가 풀린 리워야단은 분노했다. 세상에서 가장 위험한 곳, 깊음의 근원에 갇히게 될 줄은 몰랐다. 리워야단은 강한 몸을 무기삼아 닥치는 대로 덮쳤다. 리워야단의 몸이 쓸고 지나가면 집이나 언덕이 가루가 되어버렸다. 꼬리로 치면 땅이 파여 계곡이 되었다.

리워야단은 생각보다 강력했다. 분노한 리워야단의 힘에 물의 생물들은 추풍낙엽처럼 날아다녔다. 하지만 물의 생물들은 어려울수록 힘을 합쳤다. 요나의 지도 아래 물의 생물들은 비장의 무기를 꺼내들었다. 그건 바로 싸이프러스나무였다.

싸이프러스나무는 엄청난 나무였다. 천년을 살기도 했지만 물의 근원에서 자란 나무는 힘이 리워야단과 맞먹었다. 게다가 싸이프러스나무는 고통을 몰랐다. 물의 생물들은 힘을 합쳐서 리워야단을 몰아붙여 싸이프러스나무 안에 묶어두는 데에 성공했다. 리워야단도 더 이상 전쟁을 해도 이길 수 없다는 걸 깨닫고는 싸이프러스나무 안에서 얌전히 있었다.

하지만 물의 생물들도 리워야단을 죽일 수는 없었다. 죽일 힘도 없었지만 깊음의 근원은 워낙 위험한 곳이었다. 전쟁 중에 잘못해서 물의 덩어리를 건드리면 그야말로 대재앙이었다. 다 같이 몰살당할 수 있었다. 그래서 싸이프러스나무 안에 묶인 리워야단은 얌전했다. 물의 생물들도 더 이상 공격하지는 않았다.

하지만 요나는 달랐다. 요나는 리워야단이 언제든지 나와서 생물들을 공격할 것을 알았다. 그래서 그날부터 요나는 싸이프러스나무가 서 있는 언덕 맞은편 작은 언덕에서 집을 짓고 살았다. 요나는 그 집에서 살면서 밤마다 보초를 섰다.

리워야단은 무언가 단단히 잘못된 것을 알았다. 어딘가에 숨어서 무저갱을 피하려던 리워야단은 이제 무저갱보다도 더 깊은, 깊음의 근원에서 나무에 묶인 신세가 되었다. 리워야단은 한동안 마음을 다스리지 못해서 나무를 뛰쳐나왔다. 하지만 그때마다 요나가 생물들과 함께 덤비는 바람에 다시 싸이프러스나무 안으로 도망쳐 들어갔다. 리워야단은 그렇게 하기를 수십 번 했지만 힘만 쓰고 별 소득이 없자, 나중에는 전쟁을 포기하고 싸이프러스나무를 집으로 삼고 조용히 지냈다.

오베르 마을, 언덕 위, 싸이프러스 나무. 한밤 중
리워야단은 갑갑해 미칠 것만 같았다. 온몸의 관절이 굳고 피부가 썩는 것 같았다. 동굴에서 수십 년도 더 지내던 리워야단이지만 의외로 참지 못했다. 그도 그럴 것이 동굴에서는 누워있었지만 이곳에서는 서 있었다. 잠을 잘 때에도 서 있어야만 했다. 리워야단은 갈수록 미칠 것만 같았다. 하지만 상황은 바뀌지 않았다. 갑갑한 리워야단이 드디어 침묵을 깨고 말을 했다. 리워야단은 물론 입으로 말을 하지는 않았다. 뱀의 언어를 사용했다. 뱀들이 쓰는 언어는 매우 독특했다. 말이 아니라 울림과 진동으로 말했다. 아주 미세한 울림으로 리워야단은 누군가에게 독설을 퍼붓고 있었다. 리워야단은 하나였지만 진동은 둘이었다.

"멍청한 놈 같으니 차라리 무저갱이 낙원이겠다. 이게 도대체 무슨 꼴인지. 한낱 나무에 묶여서 꼼짝도 못하는 신세라니… 내가 개도 아니고…."

"참아라. 네 놈이 요나를 만만하게 봐서 그런 거 아니냐? 내가 그렇게 주의를 줬거늘… 머리에 든 게 없이 포악하기만 하니… 미련한 놈 같으니."

"뭐라? 네 놈이 정말 죽으려는가? 목에 힘이나 주는 교만 따위가 감히…."

"포악, 그렇게 정기적으로 화를 내 봐야 소용없다. 그럴 시간에 나갈 궁리나 해라."

"궁리? 궁리는 교만한 네 놈이 전문이니 네 놈이 해라. 나는 포악이니 짓밟는 게 전문 아니냐?"

"전문이면 뭐하냐? 요나 하나 이기지 못해서 잡혀온 주제에."

"이놈이 보자보자 하니까…."

"그만! 이제 시끄럽다. 시끄러워! 무료해서 수다를 받아주고 놀아 주었더니 이젠 지겹다."

"놀아준다? 놀아주다니?"

"그만. 그만 하자. 이제라도 나가면 네 놈 맘대로 짓밟던 눌러 밟던 맘대로 해라. 대신 여기 갇혀있을 때는 제발 집중해라. 집중. 언제 만정이 열릴지… 누가 여는지… 집중하란 말이다."

"걱정하지 마라. 만정은 내 딸이 열 것이다. 그때가 되면 내가 에덴과 달의 주인이다."

"꿈은 맘대로 꿔라. 개꿈이건 용꿈이건 네 맘이니까. 그나저나 네 딸이라는 그 아이는 어찌 지내고 있나?"

"이세벨 말이냐?"

"그래 이세벨 말고 네가 딸이라 말하는 아이가 누가 있느냐?"

"흐흐흐 이세벨은 아주 잘 있지. 이제 슬슬 세상을 피로 물들일 아이지. 암 그렇고말고."

"진짜냐? 장담할 수 있나?"

"네 놈이 골라오지 않았느냐? 잘 아는 놈이 딴청은…. 하여간 기다려라. 이세벨이 곧 피를 모아 만정을 열면… 그때가 되면 하늘이 열리고 제국이 돌아온다. 그때가 되면 에덴은 한 놈도 살려두지 않겠다. 피로 물들이고 말겠다. 하하하."

리워야단은 누군가와 계속 진동으로 말을 했다. 하지만 물의 생물은 아무도 알지 못했다. 그저 괴물이 힘이 빠져 쉬고 있는 모양이라 생각했다.

갑갑해서 미칠 것 같은 리워야단은 마음속으로 이세벨을 불렀다. 간절하게 불렀다.

"이세벨… 이세벨… 불쌍한 이세벨… 만정을… 만정을… 열어라…."

이곳은 세상에서 가장 멀리 떨어진 깊음의 근원, 오베르 마을이었다.

두 때

악녀 이세벨

에덴의 전쟁 10년 뒤. 인간세상

옛뱀은 힘이 들었다.

평생을 기어다녔지만 요즘은 이상하게도 기어다니는 것조차 힘이 들었다. 뱀에게는 어울리지 않는 일이지만 누워서 쉬고만 싶었다. 시간이 지나면 좋아지려니 생각도 해보았지만 도무지 나아질 기미조차 없었다. 옛뱀은 자신의 몸에 무슨 커다란 문제가 있다는 생각을 해보았다. 하지만 자신의 몸은 전과 다르지 않았다. 그러자 이번에는 인간들의 세상이 중력이 강해서 그런 거라고 생각도 해보았다. 그러나 그것도 말이 되지 않았다. 자신보다 힘이 없는 사람들도 잘만 뛰어다녔다. 옛뱀은 이상했다. 하지만 별다른 방법이 없는 옛뱀은 적응하며 살고 있었다.

옛뱀은 문득 고단하다는 생각이 들었다. 중간계에서의 삶도, 이곳 인간세상에서의 삶도 어느 하나 편안하고 안락하지 않았다. 어딘가에 숨어서 이름 없이 살다가 수명을 다하고 싶다는 생각도 했지만 그건 사치였다. 서로를 물고 죽이려는 약육강식의 세상에서 살아남으려는 옛뱀의 본능은 오늘도 고단한 몸을 끊임없이 움직이게 하고 있었다.

하지만 인간 세상에 와 보니 자신 말고도 정말로 많은 자들의 생활이 고단했다. 죄에 눌려 사는 인간들의 삶은 자신보다 더 심했다. 옛뱀은 무엇이 그리도 인간들의 삶을 고단하게 하는지 알고 있었다.

불안. 엄마의 자궁과도 같은 에덴에서 나온 날의 그 상실감. 인간들은 자신의 내면에 자리잡은 상실감과 불안이 대대로 본능이라는 이름으로 내려오는 걸 부지불식간에 알았다. 에덴에서 분리되어 나온 인간들의 내면 깊은 곳에서 흘러나오는 그 본능은 무엇보다도 강력해서 인간들의 모든 생활을 지배하고 있었다. 옛뱀은 자신으로 인해 파괴된 인간들의 삶을 보며 헛웃음이 나왔다. 옛뱀은 그 상실감을 심어준 자신이 얼마나 위대한지를 새삼 느꼈다. 하지만 그렇게 위대한 일을 한 자신을 철저하게 무시한 사탄에 대한 분노도 커졌다.

옛뱀은 에덴의 전쟁이 끝나기 전에 이미 인간의 세상으로 왔다. 그리고는 박수를 찾아다녔다. 한나를 다시 찾기 위해서기도 했지만 그보다는 쓸쓸했기 때문이었다. 하지만 인간세상은 너무나도 넓어서 쉽사리 찾을 수 없었다. 원래 박수는 눈에 잘 띄었다. 예언을 하고 점을 치기 때문이었다. 하지만 그런 박수를 찾지 못하는 건 박수가 숨기 때문이었다. 대신 바알과 마몬에 관한 소문은 잘 들렸다. 어디를 가나 그 둘에 대한 소문은 자자했다. 하지만 옛뱀의 관심은 박수였다. 어쩌다가 박수가 나타났다고 하면 반드시 그곳으로 달려갔다. 하지만 대부분 박수 흉내를 내는 잔챙이들이었다. 진정한 박수는 없었다. 어쩌다가, 정말로 어쩌다가 박수에 대한 소문을 듣고 달려가면 이미 늦는 경우도 있었다. 예전과 달리 몸이 느려진 옛뱀은 매번 허탕이었다. 그러나 포기를 모르고 부지런한 옛뱀은 오늘도 박수를 찾아서 이리저리 기어다니고 있었다.

아라랏산은 큰 산이었다. 아라랏산 근처에 박수가 나타났다는 소문을 듣고 달려온 옛뱀은 역시 허탕을 쳤다. 박수가 떠난 지 이미 여러 날이었다. 실망하던 옛뱀은 다시 그 흔적을 찾으러 길을 가고 있었다. 기어다니는 옛뱀에게 있어서 산은 더욱 고행이었다. 구불거리는 길에 맞추어 배로 기는 옛뱀은 힘이 배로 들었다. 큰 산을 몇날 며칠 걸려 넘고 있던 옛뱀은 아라랏산 중턱에서 잠시 쉬었다. 따갑게 비추이는 햇살을 피할 요량으로 은밀히 수풀 사이에 몸을 숨긴 옛뱀은 긴장을 풀었다. 눈꺼풀도 슬슬 감기는 나른한 오후에 옛뱀은 고단한 일상을 내려놓고 긴장을 풀고 있었다.

그때였다. 갑자기 나른한 일상이 도망을 가고 가죽에 소름이 돋으며 사악한 기운이 온몸을 휘감았다. 옛뱀은 놀랐다. 인간들의 세상에 온 이후로 이런 기분은 처음이었다. 사탄이 옆에 있다 해도 이보다는 덜했다. 잠이 확 달아난 옛뱀은 수풀 사이로 몸을 더 낮게 숨기고는 주위를 두리번거렸다. 그러나 악귀라든지 귀신의 흔적은 어디에도 없었다. 산을 둘러보아도 살아있는 것이라고는 옛뱀 자신과 저만치 절벽 위에 앉은 작은 여자 아이 뿐이었다. 사악한 기운은 급기야 살기로 변해서 자신의 숨통을 조여왔다. 사방을 끊임없이 둘러보던 옛뱀은 묘한 기분이 들었다.

'아무도 없는데. 나와 사람의 어린아이만 있는데 이 지독한 살기는 어디서 오는 걸까? 나조차도 모르는 살기라면, 혹시 사탄인가?'

옛뱀은 사탄의 그 징그럽고 비정한 눈을 생각했다.

'아니지. 사탄은 무저갱에 갇혀있다. 나올 수가 없지. 그러면 누굴까? 혹시 저 아이? 설마, 그럴 리가 없다. 마귀와 악마가 살아온다 해도 어찌….'

절벽에 위태롭게 앉은 아이는 머리가 길었다. 그래서 여자 아이인걸 알았다. 위태로운 절벽에 걸터앉은 아이는 옛뱀이 보는 쪽으로 등을 돌리고 있었다. 옛뱀은 아무리 둘러보아도 사악함의 근원을 알 수 없었다. 그러나 갈수록 목이 조여 왔다. 옛뱀은 절벽에 걸터앉은 아이를 유심히 보았다. 그러자 그 아이로부터 알 수 없는 기운이 솟아 나와서 멀리 있는 자신의 목을 강하게 조르고 있었다. 옛뱀의 눈이 갑자기 커다랗게 변했다.

'이럴 수가.'

옛뱀의 시선을 느꼈는지 절벽 위의 그 아이가 옛뱀이 숨은 수풀로 얼굴을 반쯤 돌렸다. 아이의 왼쪽 얼굴이 살짝 보였다. 차분한 입술과 아래로 깔고 있는 눈썹. 날이 선명한 오똑한 코. 그리고 새하얀 피부. 옛뱀은 너무나 놀라서 입이 벌어졌다. 겨우 10살 정도로 보이는 여자 아이. 하지만 너무나 아름다웠다. 10살 전후의 아이라고는 믿기지 않는 아름다움에 더해서 뼈를 얼릴 사악함이 같이 있었다. 사탄의 신부가 아닐까 생각이 들 정도로 아름답고 악했다.

옛뱀은 숨이 턱 막혔다.

'누구기에, 사람의 아이가 저리도 아름다울 수가 있을까?'

옛뱀은 넋을 잃고 혼을 뺏겼다. 중간계에도 미인은 많았다. 그리고 옛뱀은 사람들의 세상을 10년 정도 돌아다니면서 숱한 미인을 보아왔다. 하지만 이 아이와 같은 미인은 본 적이 없었다. 그냥 지나칠 문제가 아니었다. 옛뱀은 아름답고 신비로운 아이에게 다가갔다. 아이는 아무런 표정이 없었다. 오히려 허망했다. 옛뱀은 절벽 앞에 앉은 아이의 옆으로 돌아왔다. 아이는 조그마한 손거울을 보고 있었다. 작고 볼품없는 손거울. 오래된 손거울을 보고 있는 아이에게 소리없이 다가갔지만 아이는 벌써 눈치를 채고 있었다.

"이름이 무엇이냐?"

징그러운 뱀이 입을 열어 말했다. 이쯤 되면 아이가 기절해야 정상이었다. 하지만 거울만 보는 아이는 눈 하나 깜짝하지 않았다.

"너는?"

아무런 감정이 없었다. 옛뱀이 오히려 놀랐다.

"내가 무섭지 않느냐?"

"……."

"내가 무섭지 않구나. 모두들 나를 보면 무서워하는데."

"나는 네가 싫어."

옛뱀은 아이에게 더욱 흥미를 느꼈다.

"이름이?"

"알고 싶어?"

"……."

"알고 싶구나. 알려줄게. 대신 네 입 안의 팔찌 줘."

옛뱀은 등골이 서늘했다. 신비한 아이는 옛뱀이 입 안에 숨긴 팔찌를 알았다.

'어찌 알았을까? 죽여야 하나?'

죽여야만 한다는 생각이 들었다. 하지만 옛뱀은 아이의 모든 것이 궁금했다.

"가지고 싶어서 그러냐?"

"아니."

"그러면?"

"팔찌가 나를 불러. 그래서…. 싫으면 관둬."

갈수록 이상했다. 분명 사람의 아이였지만 자신과 묘하게 닮았다는 생각을 했다.

"어떻게 팔찌가 너를 부를까?"

"주기 싫으면 말라니까?"

옛뱀은 오기가 생겼다. 평생을 남의 속에 들어가서 마음을 훤히 보고 다니던 옛뱀이었지만 지금은 거꾸로 발가벗겨진 것 같았다. 잠시 생각을 하던 옛뱀은 결심했다.

"알았어. 줄게. 하지만 이름을 알려줘. 이름을 알려주면 줄게."

"이름? 내 이름? 그게 그렇게 궁금해? 호호호. 그렇다면 알려주지. 난 이세벨, 불쌍한 이세벨이야."

한이 묻어났다. 허망한 한이 아이의 말 깊숙이 묻어났다. 어린아이가 무슨 한이 그리 많을까 하는 생각이 들었지만, 팔찌를 달라는 아이의 말에 잠시 생각을 했다. 비밀이 많은 팔찌였다. 아까웠다. 왜 한나가 손목에 차고 있었는지 몰랐다. 아직 그 비밀을 풀지도 못했는데 아이와의 약속을 지키기 위해 팔찌를 주기에는 아까웠다. 하지만 줬다가 다시 뺏으면 그만이라는 생각을 했다. 옛뱀은 입을 벌려 말없이 팔찌를 넘겼다.

"고마워."

아이는 여전히 거울을 보며 아무렇지도 않게 말했다.

"팔찌가 너를 부른다고 했지?"

"……."

"거짓말."

"그러면 믿지 마."

"어떻게? 그럴 수가 있지?"

옛뱀은 집요했다. 비밀이 많은 아이를 두고 지나칠 수가 없었다. 옛뱀이 가지 않고 있자. 아이가 얼굴을 돌렸다. 진정 아름다웠다. 옛뱀은 까맣고 깊은 아이의 눈을 똑바로 보았다. 그러자 아이의 얼굴에 보조개가 파였다. 우물 같이 깊은 보조개에 아름다움과 사악함이 동시에 넘쳐흘렀다.

옛뱀은 아이의 웃는 모습에 심장이 터지는 것 같았다.

'요물.'

아이는 옛뱀의 눈을 바로 보며 살구 같은 입을 열었다.

"꿈을 꿔. 나는 꿈을 꾸지. 어제 팔찌가 나에게 말을 했지. 만나고 싶다고. 그래서 오라고 했어. 그리곤 지금 온 거야."

옛뱀은 기가 막혔다. 믿을 수 없었다. 미친 아이가 치기어린 거짓말을 하는 것 같기도 했다. 그러나 옛뱀은 끝까지 가보기로 했다.

"그럼 나도 오라고 한 거니?"

말을 하면서 옛뱀은 아이를 죽이고 팔찌를 도로 뺏을 요량으로 아이에게 다가갔다. 그러자 아이가 눈을 아래로 깔고 팔찌를 보고 있다가 눈도 돌리지 않고 말을 했다.

"오지 마. 더 오면 죽일 거야. 내가 꿈에서 그렇게 말했잖아. 가까이 오지는 말라고. 그러니 오지 마. 옛뱀."

옛뱀은 아이의 바로 앞에서 얼어붙었다.

'어떻게, 나의 이름을.'

옛뱀이 정신을 놓은 그때에, 아이가 스르르 절벽 아래로 떨어졌다. 순식간에 일어난 일이었다. 옛뱀은 헛바람만 삼켰다. 꽃잎처럼 떨어져 내려가는 아이 이세벨은 바람에 몸을 맡겼다. 하늘을 보며 하늘하늘 날아가는 나비처럼 가볍게 떨어져 내리는 이세벨은 어이없이 내려다보는 옛뱀에게 작은 목소리로 말했다. 그러나 옛뱀의 귀에는 또렷이 들렸다.

"옛뱀, 너무 억울해 하지 마. 나는 이 팔찌의 주인. 이제 나에게로 온 거야. 하지만 잊지 않을게. 내가 나중에 네 소원 하나 들어줄게. 그럼 안녕. 나중에 꿈에서 만나."

옛뱀은 까마득히 아래로 떨어지는 이세벨이 짙은 안개로 들어가는 걸 보았다. 옛뱀은 허탈했다. 목숨을 걸고 가지려던 하나의 아이를 잃고 덤으로 얻은 팔찌까지 뺏긴 옛뱀은 그 자리에서 절벽 아래만 보고 있었다.

이세벨.

옛뱀의 머리에서 이세벨이라는 이름이 지워지지 않았다.

아라랏산의 북편 절벽의 안개는 걷힐 줄을 몰랐다.

"옛뱀이 왜 내 팔찌를 갖고 있지? 너에게 준 것을 왜?"

"옛뱀 그놈이 한나를… 만난 게로군. 빠드득."

"한심한 놈. 그래가지고 무슨 에덴을 먹겠다고…."

세월이 흐르고 에덴의 전쟁 60년 뒤, 바벨론 성

잠이 온다.

기억이 흩어진다. 아스라한 그때의 기억이 시간의 강물에 녹아 떠내려간다.

스스로 갔을까? 내가 놓았을까? 아니면…

기억이 사라진 마음은 너무나도 시리다.

아리는 마음을 헤집으면 차갑게 식어버린 심장. 그곳으로 악마가 들어온다.

나와 너무나도 똑같은 악마. 달아나려는 악마를 이로 물었다.

피가 번지고… 악마의 고통이 심장을 갈고리처럼 챈다.

나는 누구인가? 악마일까? 여자일까? 아니면…

꿈이 온다.

나를 둘러싼 나무는 악의 근원이요 어둠이라.

죄를 잉태한 붉은 피, 그에 풍덩 빠진 허무한 세상,

그 죄로 가득한 세상의 실핏줄을 빨아들이는 거대한 나무까지…

완벽한 탐욕의 삼위일체가 나를 아름답게 한다.

나무를 보고 달려든 피가 가엾구나.

허나 어쩌리오. 아담의 피와 여자의 탐욕이 내 영혼의 그물에 걸려드는 것을.

이 모든 것이 내 목마른 영혼의 생수요 양분인 것을.

땅 아래 뿌리박은 나의 영혼은 새로운 악을 낳고

그늘진 영혼의 축축한 이끼는 내 육신의 배고픔의 원천이로다.

이끼는 나의 뿌리에 기생하는 벌레, 그 오돌한 돌기는 피를 빨기에 좋구나.

바싹 마른 내 영혼의 그늘은 말라죽어가는 나의 영혼에 무덤이로다.

아, 나의 기억은 흘러 흘러 영혼의 고향으로 달려가지만

무심한 영혼의 이끼가 빨대를 꽂아 마셔버린다.

내가 이끼고 벌레며 내가 나무일지라도 나의 기억은 또 다른 피를 부르고.

새롭게 스며드는 나의 시간은 나만의 시간이리라, 나만의 아름다움이라.

지난 내 영혼의 탄식은 이제 기억조차 없고…

새롭게 피 칠한 세상은 나를 경배하며 나를 숭배하리라.

나의 피로 적신 아름다움에 취하리라. 세상이여. 너 탐욕의 근원이여.

꿈이 간다.

개가 몰려온다. 끈적끈적 더러운 침을 흘리며 나에게로 달려온다.

세상이 시기하는 다리를 문다.

날카로운 송곳니를 나의 허벅지에 박은 개는

그 무심한 눈동자를 내 영혼에 던진다.

고통은 없다.

하지만 개의 눈동자에 들어있는 나의 모습은 처절한 비명 속에 묶여있다.

개가 나를 문다. 나도 개를 문다.

수가 많은 개들은 나의 심장을 비틀어 갈기갈기 찢는다.

심장을 벗어난 나의 영혼은 어디에 있을까? 고향에 있을까?

아니면 이 고통스러운 세상에 있을까?

나의 고된 밤은 그 깊음이 어디까지일까?

나에게로 오라.
여자의 세상, 너 욕망과 허무여.

헉. 온몸이 땀이다.
'오늘도….'
눈을 뜨고 제일 먼저 베개 밑의 거울을 집어 든다. 눈을 가리며 흘러내린 형클어진 머리카락이 제일 먼저 보인다.
'이런….'
손을 빗처럼 들어 머리카락을 넘긴다. 드러나는 아름다움은 작은 거울이 담을 수 없다. 거울을 보면 꿈, 악몽을 잊을 수 있다. 마약. 거울은 그녀의 삶의 원천이요 목표. 아름다움을 확인하는 이 시간만이 생의 위안이요 삶의 의미였다.
이세벨. 아름다운 여자의 이름이요 탐욕의 대명사며 악녀의 이름이었다. 늦은 아침에 일어난 이세벨은 늘 하얗게 질려있었다. 이세벨은 지난밤의 공포를 잊으려 눈을 뜨면 바로 거울을 찾았다. 거울을 들면 마음이 평온해지고 터질 것 같던 심장도 가라앉았다. 이세벨에게 거울은 마약이요 생명이었다. 시녀들은 이세벨의 거울만큼은 반드시 준비해야 했다. 그렇지 않으면 생명을 잃었다. 한 번은 깜빡 거울을 잊어버린 시녀의 다리를 자르고 얼굴을 난도질하여 죽인 일도 있었다. 그 뒤로 이세벨의 시녀들은 거울에 목숨을 거는 신세가 되었다.
이세벨은 사람의 생명을 파리 목숨처럼 취급했다. 기분이 나쁘면 아무나 죽였고 불구로 만들었다. 남자들에게는 덜 했지만 여자들에게는 더할 수 없이 잔인했다. 이세벨에 있어서 여자들은 자신의 아름다움을 앗아가는 적이요 죽여 없앨 대상이었다. 할 수만 있다면 세상의 모든 여자들을 죽이고 자신만 남고 싶었다. 지금은 때가 아니지만 언젠가는 그런 날이 오리라 믿었다.

'오늘은… 다르다….'

이세벨은 시녀가 건네주는 거울을 보며 눈살을 찌푸렸다. 거울 속으로 보이는 아름다운 여인은 유난히 힘들어 보였다. 눈 밑으로 살짝 보이는 주름은 눈에 힘을 주자 이마로 옮겨갔다. 다시 얼굴을 펴면 볼이 마음에 들지 않았다. 60년 세월의 흔적이 잠시 스쳐갔다.

'아….'

의미없이 내뱉은 탄식은 이세벨의 심장을 아프게 찔렀다.

입술을 피가 나게 깨물었다. 거울 안에 찍힌 빨간 점 하나. 아름다웠다. 아름다운 피는 점점 번진다. 경계가 스물스물 자란다. 마침내 이세벨의 검은 눈동자가 피로 물들고 거울도 피로 물들었다. 이세벨의 하얀 얼굴에 붉은 피가 자란다.

'무슨?'

이세벨의 고개가 갸웃 돌아갈 때, 붉은 피는 시뻘건 들개가 되어 이세벨의 눈으로 뛰어들었다. 크아아.

헉… 헉…. 너무 놀라 거울을 놓쳐버렸다.

쨍그랑. 거울이 날카롭게 깨지는 소리는 비수가 되어 시녀들의 심장을 찔렀다. 이세벨이 자리를 박차고 일어났다. 이세벨은 시녀가 번개처럼 내민 거울도 밀어버리고는 짧게 외쳤다.

"가자."

그리고는 횡하니 밖으로 나가버렸다. 깨진 거울에서 피가 흘렀다.

갈멜산

바벨론의 한가운데에 있는 갈멜산은 큰 산이었다. 비교하자면 아라랏산이 더 컸지만, 아라랏산은 바벨론과 루디아 그리고 키메리아의 한가운데에 있었다. 그래서 바벨론 사람들은 큰 산하면 갈멜산을 생각했다.

바벨론 사람들은 큰 일이 있거나 나라의 중대한 일이 있으면 갈멜산에 모여서 기도를 했다. 왕도 예외는 아니어서 왕이나 왕비가 일 년에 한 번은 이 산을 올랐다. 유명한 갈멜산은 요즘 더욱 유명해졌다.

얼마 전부터 점을 치는 맹인이 갈멜산에 온 이후로 바벨론의 모든 백성들이 구름처럼 몰려들었다. 그러나 이상하게도 용하다는 맹인이 점을 치는 날은 일 년에 며칠이 되지 않았다. 맹인은 큰 동굴에 살았는데 때가 아니면 동굴이 열리지 않았다. 불편했지만 그럴수록 아둔한 사람들은 더 믿고 쫓아다녔다. 하지만 오늘은 달랐다. 웬일인지 한 달 전부터 점을 치는 날을 알려주었다.

소문은 바벨론 전역으로 삽시간에 퍼져나갔다. 그 때문에 오늘은 새벽부터 수많은 사람들이 구름처럼 몰려들었다. 사람들이 몰리고 밀도가 높아지자 점쟁이 맹인이 점을 치는 동굴 밖은 아수라장이요 인산인해였다.

동굴 입구만 보고 앉아있는 사람들 사이를 헤집고 다니는 귀신의 영 다곤은 어깨에 잔뜩 힘을 주고 목소리를 높였다.

"줄 서! 줄. 줄을 서지 않으면 공치고 돌아갈 줄 알아!"

화통을 삶아먹은 다곤의 고함에 바로 옆에 있던 아낙이 귀를 막고 인상을 찌푸렸다.

"어이 영감, 줄 서라는데 내 말 안 들리나. 진짜로 돌아가고 싶은 모양이지? 지금 가면 또 언제 올지 몰라. 내년이나 되려나? 그리고 거기 뚱뚱한 아줌마, 자꾸 떠드니까 땀만 흐르잖아. 좀 가만히 있어. 땀 흘리지 말고.

가뜩이나 냄새나게 생겼는데 말이야. 남들한테 피해주면 안 되지. 안 그래?"

안하무인이었다. 아무나 보고 반말에 악담이었지만 어느 누구하나 나서지 않았다. 다곤은 그런 인간들의 모습을 보며 희죽거리며 더욱 빈정을 긁었다.

"쓰레기들… 지렁이도 밟으면 꿈틀 하는데, 인간이라는 것들이… 어이 이봐?"

다곤은 대놓고 모욕을 주었지만 그러거나 말거나 줄을 선 인간들은 관심이 없었다. 다곤과 눈도 마주 하지 않았다. 대신 뚫어지게 동굴만 보았다. 무지한 인간들은 미래를 알기 위한 통과의례쯤으로 생각했다.

다곤은 그런 인간들의 심리를 잘 알고 있었다. 그러나 인간들이 무례한 다곤에 꼼짝 못하는 이유는 하나 더 있었다. 바로 발람의 동굴 입구에 있는 까마귀였다. 동굴 입구 위 돌부리에 기분 나쁜 까마귀가 앉아있었다. 자그마한 덩치의 까마귀는 신기하게도 눈이 없었다.

사람들은 그 까마귀를 장님 까마귀라 불렀다. 물론 붕대로 눈을 가리고 있어서 진짜로 없는지 알 수는 없었다. 그런데 신기하게도 가끔 번개처럼 내려와서 기다리는 인간들의 눈을 쪼았다. 시끄럽게 떠들거나 행패를 부리면 어김없이 내려와서 눈을 쪼았는데 워낙 번개 같아서 피할 수가 없었다. 그래서 실제로 눈이 먼 인간들도 있었는데 그래보았자 항의 한 번 못하고 피투성이가 된 채로 산을 내려가야만 했다.

사람들은 불안에 떨어야 했지만 어쩔 수 없었다. 불안한 것은 그뿐만이 아니었다. 동굴 입구에 커다란 항아리가 하나 있었다. 항아리에는 무언지는 모르지만 기분 나쁜 게 들어있었다. 어찌 보면 피 같기도 하고 어찌 보면 찐득한 국 같은 것이 들어있었다. 한눈에 보기에도 더럽고 역겨웠다. 그런데 이 동굴 안으로 들어가려는 인간들은 그 누구를 막론하고 그 항아리에 들어있는 걸 퍼서 먹어야만 했다. 시뻘건 색이었지만 먹어본 자들 말로는 피 맛은 아니고, 식성 좋은 자들은 먹을 만도 하고 맛도 좋았다고 했다.

그런데 신기하게도 그 항아리에 담긴 액체는 먹어도, 먹어도 줄어들지 않았다. 구름처럼 몰려든 사람들이 모두 퍼먹어도 바닥이 드러나지 않았다. 그걸 본 사람들은 신기해하며 이 동굴의 주인이 효험 있는 점쟁이라 생각했다. 그런 소문이 바람을 타고 돌고 돌아 무지하고 어리석은 인간들이 점을 치려고 떼로 몰려들었다.

동굴 안

시끄러운 동굴 밖과는 달리 동굴 안은 조용했다. 개미 기어다니는 소리도 들릴 정도였다. 의외로 넓은 동굴 끝에 작은 상이 하나 있는데 상 위에는 별 것이 없었다. 김이 모락모락 올라오는 찻잔 하나가 다였다. 상 옆으로 쌀이 담겨있는 그릇과 비어있는 작은 종지 하나. 유명한 점쟁이의 살림살이 치고는 별 게 없었다. 그 조촐한 살림 앞에 눈에 띠를 두르고 책상다리를 한 맹인이 앉아있었다. 맹인은 눈도 입도 그리고 귀도 닫았다.

발람. 이름은 발람이었다. 귀신인지 사람인지 알 수 없었다. 비밀이 많은 발람은 상 위에 놓인 차를 두 손으로 잡았다. 따뜻했다. 그러나 입을 대지 않고 소중히 잡고만 있었다. 대신 차에서 올라오는 김을 코로 들이마셨다. 눈이 없는 자신을 돌봐주는 귀신의 영, 다곤이 끓이는 차는 일품이었다. 발람은 코로 차를 음미하며 생각에 빠졌다.

'요즘 들어 부자들이 자주 온다. 힘 있는 자들도 그렇고… 가난한 자들의 고혈을 빨러 오는 부자와 권세가들… 진정 악한 자들이다. 그 중에 몇몇은 진한 피 냄새가 난다. 누구의 피를 그리도 많이 먹는지… 귀신의 영

이 아님에도 피를 먹어대는 그자들은 진정 악한 자들이겠구나.'

발람의 코로 들어오는 차에서 피 냄새가 났다.

'어떻게 사람이 귀신보다 악할까? 어떻게….'

그러나 자신의 신세를 깨닫고는 헛웃음이 나왔다.

'후후후 그러고 보니 내가 남 걱정을 하고 있구나. 날마다 찾아오는 고통의 기억. 그 고통의 기억에 눌려 지내는 주제에 남 걱정을 하다니… 왜 다시 나타나는 걸까? 왜? 잊은 지 오랜데… 이미 나의 머리를 떠난 그 기억이, 그 고통이 어쩌자고 다시 돌아온 걸까?'

발람은 예전의 고통을 생각하며 몸을 떨었다.

'잠을 자면 그때의 피비린내가 코를 찌른다. 다시 시련이 오는 건가? 아니면 아무것도 아닌 환상일까?'

발람은 점을 쳤지만 늘 불안했다. 확신이 없기 때문이다. 용한 점쟁이지만 점에 대한 불신은 오히려 발람 자신이 더 심했다. 발람은 생각이 깊어질수록 불안하고 두려웠다.

질식할 것 같은 동굴의 어둠은 더욱 깊어갔다.

한편 이세벨은 마차를 타고 발람의 동굴로 가고 있었다. 마차에는 이세벨과 그의 남편 아합이 타고 있었다. 아합은 이 땅의 주인, 바벨론 왕국의 왕이었다. 그러니 이세벨은 자연스레 바벨론의 왕후였다.

왕후 이세벨은 아까부터 아무 말이 없었다. 덜컹거리는 마차 안에서 거울만 보며 입을 닫았다. 소중하게 아끼며 눈을 떼지 못하는 거울은 시녀들이 보여주는 거울과 달랐다. 오래 되어 보이는 거울은 초라했다. 작은 손거울 크기여서 손 안에 쏙 들어오는 그 거울은 이세벨이 목숨처럼 아끼는 물건이었다. 어느 누구도 손을 댈 수 없었다. 손을 대는 순간 죽음이었다. 그건 아합도 마찬가지. 아합도 이세벨의 물건은 아예 손을 대지 않았다.

이세벨은 마차 안에서 그 거울을 보며 얼굴에 분을 바르고 있었다. 작은 손거울과 어울리는 분통 역시 작았다. 거울과 같이 목숨처럼 귀히 여기는 물건이었다. 이상하리만큼 집착이 강한 이세벨은 그 분통을 조심스럽게 열고는 아주 조금씩 분을 찍어 얼굴에 발랐다. 그리고는 누가 보기라도 할까봐, 다시 소중히 품안에 넣었다.

옆에 앉은 아합은 답답했다. 화도 났다. 그도 그럴 것이 아합은 무시당하고 있었다. 이세벨의 눈에 아합은 들어있지 않았다. 오로지 거울뿐이었다. 강력한 왕인 아합으로서는 화가 치미는 상황이었다. 그러나 막강한 한 나라의 왕도 이세벨의 눈치만 보았다.

"왕후, 발람이 유명하다지만 우리 왕궁에도 그만한 점쟁이는 얼마든지 있소. 그만 마차를 돌립시다."

속으로는 부글거리는 아합이 꾹 참고 열심히 말을 붙여보았지만 이세벨은 대답이 없었다. 대신 분을 다 바르고는 찬찬히 거울을 갈무리했다. 그리고는 바로 창밖을 보며 입을 닫았다. 새초롬한 얼굴. 이세벨은 아름다웠다. 아합은 새침하게 앉아 있는 이세벨이 너무나도 아름답다고 생각했다. 이세벨의 심기가 보통이 아니라 생각한 아합도 입을 닫았다.

잠시 후 이세벨의 화려한 마차가 발람의 동굴 아래에 도착했다. 그러나 인산인해의 사람들 때문에 앞으로 나가지 못했다. 시위대장 아나니아가 마차 옆에서 물었다.

"사람들이 너무 많습니다. 어찌 할까요?"

아나니아의 말이 끝나기도 전에 이세벨이 짧게 끊어 말했다.

"밀어버려."

시위대장 아나니아는 얼른 대답하지 못했다. 사람이 너무 많았다. 게다가 동굴 옆은 깊은 계곡이었다. 아합의 큰 마차가 지나가려면 사람들을 밟고 가야 했다. 계곡으로 떨어지거나 다치는 사람들이 생길 게 뻔했다. 아나니아가 어쩔 줄 몰라 하자, 아합이 이세벨의 눈치를 보다가 큰소리를 쳤다.

"왕후의 말이 들리지 않느냐? 그냥 가라."

그러자 바로 시위대장의 고함소리가 들렸다.

"그냥 밀고 가라. 죽든 말든 다 자기의 몫이다. 그냥 밀고 가라."

아나니아는 최대한 사람들을 피하게 하려는 듯 큰소리를 질렀다. 그러자 이세벨이 여전히 창밖을 보며 말했다.

"감사합니다."

"아니오. 왕후가 원한다면 이쯤이야."

"하지만 동굴은 저 혼자 들어갑니다."

아합의 눈이 커졌다.

"아니오. 내가 같이 가겠소. 왕후를 혼자 보내다니 말이 되질 않소."

"시녀 나미가 있습니다. 괜찮습니다. 왕께서는 마차에 계시지요. 빨리 나오겠습니다."

그러나 아합은 이세벨을 혼자 들여보낼 생각은 추호도 없었다.

"아니오. 나도 들어가겠소. 왕후가 가는 길이고 이곳은 나의 땅이오. 내가 가지 못할 곳은 이 세상에 없지."

처음으로 이세벨이 고개를 돌렸다. 아합은 황소고집이었다. 잘못하다가는 옥신각신하다가 때를 놓치기 십상이었다. 잠시 생각하던 이세벨은 져주었다.

"그럼. 같이 가시지요. 하지만 어떤 일이 있더라도 놀라시면 아니 됩니다."

"나는 이 나라의 왕이오. 내가 놀랄 일은 왕후가 다치는 일 뿐이오."

아합이 가슴을 치며 우렁차게 말했다.

"감사합니다."

이세벨은 짧게 말을 던지고는 입을 닫았다. 이세벨의 성격상 한 번 입을 닫으면 다시 열지 않았다. 아합도 더 이상 말을 하지 못하고 입을 닫았다. 이세벨은 고개를 돌려 마차 밖에서 깔려 죽어가는 백성들을 아무렇지도 않게 보았다. 피가 튀고 살이 찢겨도 대수롭지 않았다.

이세벨의 휘황찬란한 마차는 백성들의 뼈를 넘느라 덜컹거렸다.

다곤은 인간들 사이를 헤매고 다니다가 해가 지는 산 너머를 보았다. 마지막 태양의 기운이 넘어가고 있었다. 태양이 지고 이제 곧 어둠이 지배하는 악의 시간. 다곤은 입맛을 다시며 얼굴색을 바꿨다. 동굴을 등지고 서서 입을 열었다.

"이제 조용히 하고 나를 보도록. 나는 두 번 얘기 하지 않는다. 내 말을 어기고 달려드는 자가 있다면 까마귀에게 눈을 잃을 테니… 눈이 여분으로 있는 자는 그리 하도록. 그럼 오늘 해가 졌으니 이제부터 예언의 문을 열겠다. 한 명씩, 반드시 한 명씩 들어가라. 먼저 이 항아리에 담긴 우리의 선물을 먹는 것도 잊지 말고. 먹다가 토하거나 흘려도 까마귀가 싫어하니 알아서 하도록. 그럼 맨 앞의 노인부터 들어……."

다곤이 마지막 말 맺음을 하려는 순간 인간들의 뒤쪽이 소란스러워졌다.

"모두 비켜라. 왕께서 오셨다. 길을 비키도록! 아합 왕께서 오셨다!"

아나니아의 큰소리가 산을 울렸다. 그러자 인산인해를 이룬 사람들이 빠르게 갈라지며 길이 생겼다. 갈라진 틈으로 커다란 마차가 올라왔다. 이미 마차가 올라온 길은 피로 도배를 하였다. 미처 피하지 못한 자들의 잘린 손과 발이 마차 바퀴에 매달려 같이 돌았다. 피 묻은 마차는 동굴로 올라오며 땅에 엎드린 사람들의 손등을 밟았다. 여기저기서 비명이 들리며 피가 튀었지만 누구 하나 끽 소리 할 수가 없었다. 수많은 인간들의 몸을 짓밟고 올라온 마차는 정확히 동굴 앞에 멈추어 섰다.

갑자기 적막이 흘렀다. 수많은 인간들은 숨소리 하나 내지 않았다. 바람이 살랑 불었다. 피 냄새가 퍼졌다. 그리고는 아합과 이세벨이 내렸다. 아합. 이 땅의 주인이었다. 번들거리는 얼굴은 탐욕의 기름이 끼어있었다. 커다란 키에도 불구하고 비만한 몸뚱이 덕에 둔해 보이는 인간. 그 옆에는 하얀 분칠로 얼굴 가죽을 덮은 무표정의 여인이 있었다. 냉기가 도는 모습이 여느 인간과 달랐고 하얀 분가루 뒤에 숨은 잔인함은 눈을 통해 밖으로 나왔다.

사람의 껍질을 벗겨 죽이기를 즐겨했고, 마음에 거슬리면 불에 태우면서도 눈 하나 깜짝하지 않았다. 어린아이들과 노인을 가리지 않았다. 자신의 말을 듣지 않는 자들은 누가 되었건 잔인하게 고문하며 죽였다. 어리석고 가난한 백성들은 포악한 왕과 왕비 아래에서 숨도 쉬지 못하고 벌레처럼 살았다.

다곤은 눈썹을 꿈틀 하였지만 귀로 들리는 발람의 목소리에 분을 참았다.

"들여보내라."

주먹의 힘을 푼 다곤은 아합과 이세벨 앞에서 눈썹 하나 까딱하지 않았다. 허리도 굽히지 않았다. 오히려 미소까지 머금으며 눈을 바로 뜨고 아합에게 말했다.

"어서 오라."

아합은 의외의 상황에 눈이 커졌다. 옆에 있던 시위대장 아나니아가 허리춤의 칼집에 손을 대는 걸 이세벨이 손을 들어 말렸다. 이세벨이 무표정하게 말했다.

"죽으려는가?"

이세벨은 차분했다. 짧은 말이었지만 다곤의 심장이 미세하게 떨렸다.

'역시 발람의 말대로구나. 사악 그 자체. 배짱도 두둑하고… 하지만 어디까지 가나 보자.'

다곤은 이세벨과 같은 표정으로 말했다.

"계집 주제에 죽음을 입에 담는구나."

챙. 이번에는 이세벨의 뒤에서 표독스럽게 서 있는 시녀 나미가 칼을 뽑았다. 하지만 이세벨은 그마저도 손을 들어 말렸다. 그러나 다곤은 간을 배 밖에 내놓았다.

"흐흐흐 시녀 주제에 주인의 손님에게 칼을 꺼내다니 건방지구나. 하지만 좋다. 그 기개가 마음에 들었다. 오늘은 특별한 날이니 참겠다. 하지만 다음에 다시 한번 칼을 뽑는다면, 진정 죽음을 보게 될 것이다. 이세벨, 들어가라. 오늘은 발람이 특별한 손님을 맞는구나."

백성들은 귀를 의심했다. 감히 어느 안전이라고 저런 말을 하나 싶었다. 땅에 엎드린 사람들은 애꿎은 불똥이 자신들에게 튈까봐 조마조마했다. 그러나 놀랄 일은 그 다음에 일어났다. 어쩔 줄 몰라 하는 아합과는 달리 이세벨은 희미한 미소를 머금었다. 말없이 미소를 띤 얼굴로 이세벨은 걸음을 옮겼다. 아합과 아나니아 그리고 시녀 나미는 이세벨이 움직이자 허둥대며 따라붙었다. 이세벨은 동굴로 들어가다 말고 다곤의 귀에다 속삭였다.

"네놈 말대로 오늘은 특별한 날이다. 그러니 이 정도로 하겠다. 나도 너도 손님이니, 안 그런가? 말코? 하하하."

다곤은 큰 충격을 받았다. 휘청거렸지만 간신히 중심을 잡았다.

'이 계집이 누구관대… 어찌….'

다곤의 충격은 컸다. 얼굴이 붉어진 다곤은 아무 말도 하지 못하고 이세벨을 따라 동굴 안으로 들어갔다. 이세벨이 앞장섰고 아합 왕, 그리고 시위대장 아나니아와 이세벨의 시녀 나미도 뒤를 따랐다. 다곤에게 속삭인 이세벨은 동굴 입구에 놓인 항아리 앞에 섰다. 동그란 눈을 예쁘게 뜬 이세벨은 갑자기 하얀 손을 담갔다. 항아리에 담근 손을 꺼내들고는 눈앞에 갔다 댔다. 이세벨은 사시처럼 두 눈을 모아보았다. 빨간색의 끈적거리고 진한 국물이 이세벨의 하얀 손을 타고 흘렀다. 그때였다. 보기에도 역겨운 국물을 이세벨은 아무렇지도 않게 입술에 갔다 댔다. 그리곤 혀로 핥아먹었다. 이세벨은 무슨 일이든지 거침이 없었다.

"피로군. 피야. 역시… 이럴 때는 적당히 익은 피가 최고지. 잔치에 피가 빠질 수는 없겠지. 발람이 손님 대접을 할 줄 아는구나."

아합과 아나니아는 온몸에 소름이 확 돋았다. 다곤도 이세벨의 정신 나간 행동을 보며 혀를 내둘렀다.

'악녀로고…'

다곤은 이세벨이 정상이 아닌 건 알았지만 이리도 미친 줄은 몰랐다. 다곤은 피를 맛보는 이세벨의 표정에서 악마를 보았다.

발람의 동굴 안

긴 옷을 휘두르며 들어가던 이세벨은 동굴 끝에 앉아 있는 괴인 앞에서 우뚝 섰다. 폐인처럼 앉아있는 발람. 예언자 발람은 작은 상 앞에 책상다리를 하고는 고개를 숙였다. 벽에 켜놓은 작은 호롱불이 없었다면 죽은 줄 알 정도였다. 이세벨과 같이 들어온 사람들은 스산한 분위기에 압도당했지만 이세벨은 당당했다.

"일어나라, 발람. 너보다 위대한 자가 앞에 있으니 일어나라."

이세벨의 뒤에 서 있는 다곤은 살기를 느꼈다. 귀신의 영 앞에서 주눅

들지 않는 이세벨이 이상했지만 참을 수가 없었다. 하지만 발람이 신신당부를 한지라 간신히 참았다.

'용하다는 소문을 듣고 한 걸음에 달려온 것 같은데… 게다가 매일 점을 쳐 주는 것도 아니고… 그렇다면 이세벨이 애가 달아야 마땅하다. 하지만 어이가 없다. 마치 자신이 주인인 양 행동하지 않는가? 미친 건가? 아니면… 강한가?'

다곤은 이세벨의 속을 알 수 없었다. 복잡한 다곤과 달리 이세벨은 단순하게 지껄였다.

"길게 얘기하지 않겠다. 일어나라. 발람."

이세벨의 두 번째 말에 죽은 자 같던 발람이 서서히 고개를 들었다. 그리고는 눈에 감은 붕대를 풀었다. 텅 빈 공간 두 개가 있었다. 허무가 담겨 있는 공간은 지독히도 깊었다.

발람은 쇳소리를 내며 입을 열었다. 듣기 거북했다.

"보시다시피 상황이 좋지 않아서……."

이세벨이 인상을 살짝 찌푸렸다.

"진짜구나. 눈이 없다더니. 그렇다면 더 이상 다그칠 이유는 없다."

이세벨은 주저없이 발람의 상 앞에 가서 앉았다. 앉자마자 자신의 손목을 칼로 그었다.

삭— 짧은 빛이 지나가고 하얀 피부 밖으로 빨간 피가 몽글거리며 올라왔다. 아합은 이세벨의 피를 보고 흥분하였다.

"왕후."

그러나 이세벨은 돌아보지 않았다. 오로지 발람의 허무한 눈만 노려보며 피가 솟는 손목을 들었다. 그리고는 오른손으로 탁자 옆의 작은 옹기를 잡았다. 동굴 안의 모든 사람들이 긴장을 하였지만 이세벨만 태연했다.

"발람, 나의 작은 성의다."

이세벨의 빨간 피가 옹기 안으로 규칙적이고 맑은 소리를 내며 들어갔다. 이세벨은 눈썹 하나 찡그리지 않았다. 동굴 안에 팽팽한 긴장감이 돌았다.

똑 똑 똑 똑. 적막한 가운데 이세벨의 피가 옹기에 떨어지며 나는 소리만 들렸다. 아합과 아나니아는 온몸에 힘이 들어갔다. 아합의 숨이 막혀왔다. 그렇게 짧은 시간이 흐르고, 긴장이 지나치다 싶은 어느 순간, 이세벨이 옆에 놓인 쌀그릇으로 손을 뻗었다. 피가 흐르는 하얀 손으로 쌀을 한 줌 집더니 갑자기 발람의 입에다 우겨넣었다.

발람은 이세벨의 피가 묻은 쌀을 입에 머금고는 할 말을 잊었다. 놀란 다곤은 이세벨 앞으로 튀어나와서는 칼을 이세벨의 목에 갔다 댔다. 아나니아와 시녀 나미도 기겁을 하면서 칼을 빼어 다곤의 목을 노렸다.

챙. 챙. 챙. 일촉즉발. 여차하면 피가 튈 판이었다. 이세벨은 다곤의 시퍼런 검을 보고도 눈 하나 깜짝하지 않았다. 오히려 눈썹을 치뜨며 발람의 깊은 어둠만 보았다.

위기의 순간, 발람은 피 묻은 쌀을 문 채로 입을 열었다.

"계집치고는 거칠군. 무얼 원하는가?"

이세벨은 목을 길게 빼서 발람의 귀에다 들릴 듯 말 듯, 작은 소리로 말했다.

"진정한 점쟁이라면 그 정도는 알아야 하지 않을까? 내가 왜 너에게로 왔겠는가? 말하라. 발람."

이세벨의 말에 발람의 몸이 움찔했다. 그걸 본 이세벨은 더욱 달라붙어 말했다.

"진정한 점쟁이라면 내가 온 이유를 알아야 하는 건 상식이다. 만약 내가 온 이유를 말하지 않는다면……."

이세벨이 잠시 말을 끊었다. 발람의 귀 뒤로 땀 한 방울이 흘렀다.

"사지를 자르고 혀를 뽑아 죽이겠다."

발람은 잔인한 이세벨의 말에서 살기를 느꼈다.

"죽으려고 환장을 했구나. 감히 나 발람 앞에서 허세를 부리다니 대범하기가 사내를 뺨치는군."

발람은 귓속말을 하는 이세벨과는 달리 가래 끓는 쉿소리로 크게 말했다. 그러든 말든 이세벨은 발람의 귀에다 계속 말했다.

"그렇지. 원래 아담보다 여자가 용기가 있었어. 그러니 선악과를 땄겠지. 세상은 계집의 것. 나도 그렇다. 뒤에 있는 쓰레기 같은 나의 남편과 나 둘 중에 목을 내놓고 사는 자는 나니까."

"갈수록……."

귓속말을 하는 이세벨과 달리 발람은 큰소리를 내었다.

"물음에 답을 하지 않는군. 쓸데없이 말을 돌리지 마라."

"대범한 데다 머리도 좋군."

"이제 알았구나. 하긴 그걸 알았다면 너도 어리석지는 않다는 뜻. 그럼 이제 나의 말에 답을 하라."

이세벨이 집요하게 묻자 발람은 심각해졌다.

"내가 얻는 건?"

"죽지 않는 거지."

"나를 죽일 수 있다고 보는가?"

"나의 피를 물고도 그런 말을 하다니, 이거 살짝 실망이구나."

발람은 생각에 빠졌다. 피는 분명 진했다. 어느 인간의 피보다도 진하고 비밀이 많았다. 발람은 깊은 생각에 빠졌다.

'이 악녀의 피에서 진한 죽음의 맛이 난다. 사람의 피가 어째서 귀신보다 악하단 말인가?'

지루한 적막이 흘렀다. 이세벨은 발람이 말이 없자 서서히 힘을 끌어올렸다. 만약에 있을 전쟁에 대비해 힘을 끌어모으며 마음속으로 수를 세기 시작했다.

'열을 넘기지 않겠다, 발람. 아무리 용하다 하지만 나를 거스르고도 살아남기는 어렵다. 그 뒤에 후회하지 마라. 하나, 둘, 셋, 넷, 다섯… 여덟, 아홉…'

발람은 이세벨의 기세가 심상치 않자 결심을 하였다. 딱히 다른 방법이 없었다.

"좋다. 이세벨. 내가 너에 대해 본 꿈을 알려주겠다. 개가 너를 물어 죽이는 그 꿈에 대해 알려주겠다."

이세벨이 눈을 크게 떴다. 목을 도로 집어넣은 이세벨은 발람을 죽이려고 끌어올린 기를 그대로 잡고 묘한 웃음을 지었다.

"하하하. 하하하."

발람은 이세벨의 웃음에 기가 흔들렸다. 발람은 식은땀이 났다.

'죽인다는 말이 진짜였구나. 방금 전은 위태로웠다. 조심해야겠다.'

겨우 한숨 돌렸지만 발람은 백전노장이었다. 겉으로는 기세등등했다.

"계집은 계집이구나. 눈을 크게 뜬다는 건, 곧 회가 동한다는 뜻. 그렇게 절박하다면, 그렇다면 점을 쳐주지."

발람은 말을 마치고 입에 가득 문 쌀을 상 위에 토해냈다.

촤르르. 이세벨의 피와 박수 발람의 끈적이는 침이 한데 묻은 쌀이 나무 상 위에 흩어지며 시원한 소리를 냈다. 동시에 발람은 품에서 작은 노리개를 꺼내들었다. 오래 되어 빛이 바랜 나무로 만들어진 노리개였다. 작은 가지 세 개가 굵은 한 가지에 매달려 있었다. 그 세 개의 가지 끝에 작은 쇠방울이 달렸는데 그 방울에서 요란하고 시끄러운 소리가 나왔다.

무령.

발람이 점을 칠 때 늘 흔드는 노리개였다. 박수 발람은 품에서 꺼낸 무령을 조금씩 흔들었다.

딸랑. 딸랑.

맑고 작은 소리가 났다. 그 소리를 들은 이세벨의 눈이 반짝였다. 발람은 무령을 조금씩 흔들며 알아듣지 못할 소리로 중얼거렸다. 처음 보는 아합과 아나니아는 눈을 떼지 못했다. 다곤도 여느 때와 달리 긴장했다.

발람이 흔드는 무령은 점점 큰소리를 냈다. 단지 시끄러운 소리가 난다 싶었는데 아합과 나미는 좀 어지러웠다. 아합이 약간 비틀거리자 뒤에서 아나니아가 부축해 주었다. 무령의 소리가 시끄럽게 동굴을 울리고 모두 귀가 멍멍해질 즈음, 발람이 무의식에 들어갔다. 신접했다. 발람의 텅 빈 공간이 더 깊어지며 입이 벌어진 틈으로 거품이 섞인 침이 흘러나왔다. 고개를 앞뒤로 규칙적으로 흔들다가도 한 번씩 뒤로 튕길 때면 바라보는 모두는 침을 꼴깍였다. 한참 동안 무령을 흔들던 발람은 이제 스스로 흔들리는 무령에 잡혀서 흔들렸다. 신접한 발람이 무의식으로 들어가자 발람의 혼이 들어간 무령 스스로 흔들거리며 소리를 냈다.

딸랑. 딸랑. 딸랑. 딸랑. 무령이 요란하게 흔들리자 무의식중에 발람이 무령의 힘을 누르려 손에 힘을 주었다. 하지만 무령은 이미 발람의 힘을 초월했다. 발람은 엄청난 힘의 무령을 이기지 못하고 앞뒤로 심하게 흔들렸다. 이제는 무령이 발람을 잡고 마구 흔들었다. 발람은 저도 모르게 무령에 매달려 앞뒤로 몸을 심하게 흔들었다.

무령은 한 가지마다 한 개의 쇠방울이 있었다. 하지만 다른 가지에 있는 쇠방울과 만나지 않았고 부딪치지도 않았다. 하지만 무령이 흔들릴 때마다 여러 개의 쇠방울이 부딪치는 소리가 났다. 게다가 하나로 합쳐진 것처럼 소리를 냈다. 이상했다. 이세벨은 눈을 크게 뜨고 자세히 보았지만 왜 그런지 알 수 없었다.

딸랑 딸랑. 투 투 투. 발람은 두 손으로 잡은 무령에 크게 휘둘리며 무어라 중얼거렸다. 얼굴에서는 비 오듯 땀이 흘렀다. 수척하고 마른 발람의 몸은 어느 순간 부러지기라도 할 것처럼 위태로웠다. 시간이 흐를수록 이세벨이 인상을 더욱 싸늘하게 굳혔다. 한참 시간이 흐르고 어느 순간, 갑자기 무령이 멈추었다. 소리도 멈추고 움직임도 딱 멈추었다. 발람도 흔들던 몸을 멈추었다. 동굴 전체가 멈추어졌다. 아주 잠깐이지만 짧은 정적이 흘렀다. 이세벨의 손에 힘이 들어갔다. 움직임을 멈춘 발람은 죽은 송장처럼 되었다가 입을 가만히 움직였다.

고개를 숙인 발람은 입 안에 남아있던 쌀을 어금니로 잘근잘근 씹으며 서서히 고개를 들었다. 그러다가 갑자기 고개를 맘껏 뒤로 젖힌 채로 입을 열어 말을 하기 시작했다. 놀랍게도 쇳소리 나는 발람의 목소리는 이세벨과 같은 여인네의 목소리로 변해 있었다. 이세벨은 뜨끔했지만 눈을 떼지 않았다.

"아하, 들의 개들에게 살을 파먹히는 악녀, 큰 악녀가 왔구나. 악녀가 왔어."

발람의 말에 이세벨의 눈은 화등잔처럼 커졌다. 발람을 노려보며 미세하게 떨었다.

발람의 말이 계속되었다.

"스스로 악녀가 된 계집이 잔악하구나. 포악하고 비정하니 무저갱의 마귀가 놀라고 사탄이 까무러칠 계집이로다. 인간의 자식이 스스로 악해지니 정말로 악하구나. 귀신이 절하고 곡을 하겠다."

이세벨은 저도 모르게 입술을 피가 나도록 깨물었다. 발람은 미쳐서 허공을 보며 침을 흘렸다.

"음녀가 깨닫는 비밀이 너무나 크구나. 입에 담자니 죽음이요, 심장에 담고 지내자니 그릇이 너무 작구나. 듣는 자는 깨달으라. 악녀가 두려워하는 자는 너무나 깊은 곳에 있으니 살아서 볼 자가 없으리라. 그러나 그의 때가 이르면 얼굴을 마주할 것이라. 두려운 그가 매일 악녀를 찾아오니 악의 근원이요 모든 것이라. 너 악녀 이세벨은 매일 밤, 그를 위해 그의 길을 예비하고 두려워 말라. 마음을 더욱 강하고 악하게 하며 약속을 지키고 성실로 기다리라. 그는 바로 천년의 예언……."

발람은 귀신에 씌워서 예언을 하다가 갑자기 피를 분수처럼 토하며 뒤로 나자빠졌다. 입에서는 붉은 피를 연신 토하면서 바닥에 널브러져서 부들부들 떨었다. 연신 알아들을 수 없는 말을 지껄였다.

"잘못했습니다. 잘못을… 감히… 감히… 제가… 주인님을… 컥컥……."

말을 하다말고 발람은 목을 잡은 채로 바닥을 뒹굴었다. 피가 흥건한 바닥 위를 뒹구는 발람은 더욱 알 수 없는 말을 꺼냈다.

"컥, 컥, 잘… 못 했… 습니다. 주인님께서… 자비를……."

겨우 내지른 말이 효험이 있었는지 괴롭게 목을 잡고 뒹굴던 발람은 겨우 숨을 쉬며 바닥을 기었다. 이세벨도 놀라서 자리에서 벌떡 일어섰다. 그리고는 굳은 얼굴로 한참 동안 발람을 노려보았다. 그러기를 한참, 이세벨은 이해할 수 없는 말을 남기고 바람처럼 가버렸다.

"명불허전. 발람, 네놈을 기억하겠다. 너의 주인에게 말을 전하라. 기다리고 있겠노라고. 피밭, 피밭에서 기다리겠노라고 전하라."

이세벨은 사라졌다. 바람과 같이 들어와서 바람처럼 사라지는 이세벨.

그 뒤를 아합과 아나니아 그리고 시녀 나미가 뒤따랐다. 동굴 안에는 바닥에서 죽은 것처럼 쳐져있는 발람과, 발람을 걱정스러운 눈으로 보고 있는 다곤만이 남았다. 동굴 밖에서는 한 번도 울지 않던 까마귀의 울음소리가 들렸다.

이세벨이 동굴 밖으로 나가자 뒤따라 나온 아합이 눈치를 보며 말했다.

"왕후 도대체 무슨 일이오? 저자는 도대체 누구란 말이오?"

아합은 이세벨이 말이 없자 더욱 몸이 달았다. 이세벨의 손목에서 나는 피는 아합의 이성을 마비시켰다.

"왕후… 피가……."

이세벨은 거들떠보지도 않았다. 아합의 말을 듣는 둥 마는 둥 마차에 올라타 버렸다.

탁. 마차의 문이 닫히자 아합은 닭 쫓던 개 신세가 되어 얼굴만 붉어졌다. 아합은 한 나라의 왕이었다. 그것도 강력한 제국의 절대군주였다. 그런 아합 왕이 발람에게 점을 치러 온 천하고 무식한 백성들 앞에서 왕후에게 무시를 당하자 백성들이 술렁거렸다. 비록 큰소리로 말하지는 못했지만 이상한 기운을 느낀 백성들은 알게 모르게 동요했다. 그러자 마차 안에서 잔인한 이세벨의 음성이 들렸다.

"시위대장 아나니아, 왕을 안으로 모셔라. 그리고는 저 버러지만도 못한 쓰레기들을 모두 죽여라. 보지 못할 것을 본 죄요, 듣지 말아야 할 것을 들은 죄다."

아나니아와 아합은 할 말을 잊었다. 아합은 사태가 심상치 않음을 느끼고는 얼른 마차로 올랐다. 난감한 것은 시위대장이었다. 이세벨의 명령은 추상과도 같아서 이를 어기면 자신이 찢겨 죽을 판이었다. 시위대장은 부하들에게 눈짓을 하고는 멀어지는 마차를 좇아 황망하게 달려갔다. 이세벨과 아합이 탄 마차가 지나간 먼지가 가라앉기도 전에 발람의 동굴 앞에서는 아비규환이 벌어졌다. 수백은 되는 백성들은 아합의 군사들이 도살하는 대로 죽어나갔다. 백성들의 죄 없는 피가 계곡 아래로 냇물처럼 흘러갔고 비명소리는 산을 돌아 하늘을 찔렀다.

부녀와 노인도 가리지 않는 살육이 벌어지는 걸 보며 다곤과 까마귀는 혀를 내둘렀다.

'귀신보다 악한 인간이 있다니….'

까마귀와 다곤은 동굴 밖 아비규환을 보다가 발람이 쓰러져 있는 동굴 안으로 들어갔다. 발람이 죽은 듯 누워있었다. 탈진해서 쓰러진 발람은 한참 만에 정신을 차렸다. 까마귀와 다곤은 발람이 일어나자 반가웠다.

"발람 좀 어떠냐?"

"죽지는 않았군."

발람은 어느새 나무 탁자 앞에 책상다리를 하고는 앉았다. 눈을 다시 가리려고 동여 맨 천에도 붉은 피가 묻었다. 입에서도 조금씩 피가 흘러나왔는데 그럴수록 발람의 얼굴색은 더욱 하얘졌다. 발람은 정신이 들자 이세벨이 궁금해졌다.

"그나저나 이세벨은 갔느냐? 아마도 한바탕 하고 갔겠지?"

다곤이 혀를 빼어 물고 말했다.

"한바탕 뿐이냐? 모두를 죽이고 갔다. 너무나 잔인해."

발람은 이세벨이 갔다는 말에 안도의 한숨을 쉬었다.

"그래… 나도 그녀가 준 쌀을 먹고 식겁했지. 너무 악해. 인간으로서 어찌 그리 악한지."

"그런데 이세벨이 개에게 뜯겨 죽는다는 얘기는 뭐냐?"

다곤이 궁금한 걸 참지 못하고 말했다. 발람은 조용히 숨을 내쉬었다.

"잔인하지만 분명 그랬어. 개들이 이세벨을 산 채로 잡아먹었지. 그런데… 말이야."

발람이 뜸을 들이자 까마귀와 다곤이 귀를 바싹 세웠다.

"그게… 개가 이세벨을 뜯어 먹는데 말이야, 산 채로 뜯어 먹는데… 그런데 이세벨이 그 개에게 뜯어 먹히는 상황에서도 웃으면서 화장을 하고 있어. 하얀 분가루를 열심히 바르면서 거울을 보고 입술을 칠하는 거야. 그리고는 웃으며 머리도 빗어. 개가 헐떡이며 심장을 꺼내 먹는 그 순간에도 말이지. 나는 그걸 보면서 온몸에 전율이 돌으며 심장이 떨려왔지. 사악, 사악함 그 자체야. 이세벨 그녀는 사악함 그 자체라고."

싸늘하게 소름이 돋는 까마귀와 다곤은 말을 잊었다.

"발람이라… 발람… 누구기에 천년의 예언을 알고 우리를 아는가?"

"그 놈이야. 그놈. 박수라고. 안 봐도 뻔해. 인간 중에 저런 놈은 없어."

"박수라… 박수와 이세벨이라… 게다가 아리까지. 이쯤 되면 내가 속은 건가?"

"오해하지 마. 박수는 우리의 계약과는 상관없어. 나는 분명 아리라 했다."

"좋아. 믿어보지. 그건 그렇고 이세벨이 네놈에게 말을 전해 달라는군. 피밭으로 오라고. 후후후"

"이세벨이 만정을 열려는가? 과연 그럴 수 있을까? 들개는 또 누구고…."

아합의 왕궁

별것도 아닌 일로 백성들을 무참히 살육하게 된 아합은 마음이 무거웠다.

'이유 없이 죽어간 백성들의 피가 목을 조르는구나. 왕후가 한 일이지만

돌고 돌아서 결국은 내가 한 일. 앞으로 이 일을 어쩌면 좋을까?'

　이세벨에 눈이 멀었지만 아합은 멍청한 군주는 아니었다. 지금의 아합은 어리석고 바보 같았지만 어릴 적은 총명하고 지혜로웠다. 하나를 배우면 둘을 알았고 백성들의 어려움을 보면 그냥 지나치는 법이 없었다. 백성들은 강한 아합의 아버지와 달리 감성적이고 부드러운 아합을 보며 좋아했다. 아합의 아버지는 그런 아들을 보며 많은 기대를 했다. 자신의 뒤를 이어 나라를 이끌어갈 재목으로 보고 유심히 지켜보았다. 아합의 몸은 아버지를 닮아서 크고 강했다. 전쟁에서도 심심치 않게 공을 세워서 군인들은 아합을 따르는 자들이 많았다. 하지만 왕궁 안에서 곱게만 자란 아합은 아버지의 기대가 내심 부담스러웠다.

　하지만 아합의 어머니는 아들에게 무심했다. 아합의 아버지와 억지로 결혼을 한 아합의 어머니는 남편을 끔찍이도 싫어했다. 남편이 미우면 자식에게라도 정을 붙이게 마련인데 아합의 어머니는 하나뿐인 아들에게도 정을 주지 않았다. 아합이 자신이 그렇게도 미워하는 남편을 빼닮은 걸 보고는 단 한 번도 눈길을 주지 않았다. 어릴 적부터 유모의 손에서 자란 아합은 어머니를 미워하면서도 그리워했다. 아합의 깊은 마음에 자리잡은 공허함은 어머니로부터 기인했다. 그 공허함은 아합이 자라는 동안 우유부단한 단점이 되어 조금씩 밖으로 나왔다.

　그러던 어느 날, 강한 아버지가 갑자기 죽으면서 아합이 덜커덕 제국을 물려받게 되었다. 아합은 준비되어 있지 않았다. 하지만 아합에게는 아버지대로부터 내려오는 충직한 신하들이 많았다. 위기의 순간에 신하들은 아합을 중심으로 단합하였고 무사히 아합이 왕이 되었다. 하지만 문제는 엉뚱한 곳에서 나타났다. 아합이 왕이 되자 아합의 어머니가 가출했다. 갇힌 새장을 탈출하여 아무도 모르는 곳으로 가버렸다. 왕궁을 나서는 날에도 아들에게 말 한 마디 하지 않고 가버렸다. 일이 이쯤 되자 어머니의 사랑을 받지 못하고 자란 아합은 충격을 많이 받았다. 어머니에게 버림받은 아합은 어머니의 그늘을 벗어나지 못했다. 오히려 어머니가 가출하기 전보다 더 어머니를 그리워했다.

그러던 어느 날, 그날은 운명의 날이었다. 갈멜산을 유람하던 아합은 너무나도 아름다운 한 여인을 만나게 되었다. 마차를 타고 길을 가며 힐끗 본 이세벨. 사악하면서도 아름다운 이세벨을 본 아합은 피가 거꾸로 흐르고 손끝이 마비되는 걸 느꼈다.

'어머니.'

머릿속이 하얘지고 아무 생각도 나지 않았다. 아합은 가출한 어머니를 닮은 이세벨을 보자마자 자신의 마차에 태워 왕궁으로 데려왔다. 치명적인 아름다움을 가진 이세벨을 본 아합은 그때로부터 모든 삶이 송두리째 바뀌어 버렸다. 어머니의 사랑을 받지 못한 아합은 아름다운 이세벨에게서 어머니를 느끼며 눈이 어두워졌다.

이세벨은 아름다웠다. 아합의 나라에서 다시 없을 미인이었지만 사악하기가 으뜸이었다. 이세벨은 굳이 자신이 사악하다는 사실을 숨기려 들지도 않았다. 아합도 그 사실은 알고 있었다. 하지만 이세벨의 미모에 눈이 먼 아합은 이세벨을 왕후로 앉히려고 갖은 노력을 다 했다. 급기야는 먼저 부인과 자식을 모두 죽이면서까지 이세벨의 환심을 사고는 결혼하였다.

아합의 충직한 신하들은 이세벨이 못마땅했지만 어머니의 정을 받지 못하고 자란 아합을 위해 기꺼이 결혼식을 준비해 주었다. 그러나 아합은 충직한 신하들의 기대와는 반대로 되어버렸다. 이세벨과 결혼한 후 총명과 지혜가 떠난 아합은 그야말로 바보처럼 행동했다. 나라의 모든 일을 팽개치고 이세벨만 찾았다. 눈을 뜨면 이세벨을 보러갔으며 잠을 잘 때에도 꼭 이세벨을 보아야만 했다.

아합은 이세벨을 볼 때마다 아내와 어머니 사이에서 분간을 하지 못했다. 이세벨이 화를 내면 어머니가 관심을 가져주는 것으로 느꼈다. 반대로 잘해 주면 어머니의 사랑을 느꼈다. 이세벨이 없으면 너무나도 정상적인 왕이었는데 이세벨을 보는 순간 아기가 되었다. 아합은 갈수록 이세벨에 미쳐갔다.

하지만 아합의 깊은 내면까지 악에 물들지는 않았다. 어릴 적에 가졌던 선한 마음이 완전히 없어지지는 않고 마음 한구석에 남아 있었다. 아합의 마음속 깊이 남아 있는 일말의 양심은 오늘도 아합의 심장을 찔렀다. 그래서 아합은 왕궁으로 돌아가는 내내 불편했다.

이세벨도 왕궁으로 돌아가는 내내 불편했다.

'발람. 용하다더니… 정말이구나.'

이세벨의 머릿속으로 발람의 말이 떠나지 않았다. 아까는 무심결에 들어서 정신이 하나도 없었는데 나중에 곰곰이 생각해보니 보통일이 아니었다. 이세벨의 머릿속으로 발람의 말이 구름처럼 떠다녔다.

'음녀가 깨닫는 비밀이 너무나 크구나. 입에 담자니 죽음이요, 심장에 담고 지내자니 그릇이 너무 작구나. …마음을 더욱 강하고 악하게 하며 약속을 지키고 성실로 기다리라. 그는 바로 천년의 예언….'

이세벨은 생각할수록 오싹했다.

'믿기지 않는구나. 시골의 비루한 점쟁이가 천년의 예언을 입에 담다니….'

생각할수록 엄청난 일이었다.

'누구기에 그 비밀을 입에 담고도 살아날 수 있단 말인가? 사실이라면… 심각하다.'

심각한 얼굴로 거울만 보는 이세벨에게서 싸늘한 얼음이 새어나왔다.

잠시 후 아합의 대전

이세벨은 왕궁에 도착하자마자 자신의 침실로 들어가서는 10일 동안 아무도 만나지 않았다. 이세벨은 거울만 보며 아무런 말도 하지 않았다. 답답한 아합이 이세벨의 시녀 나미를 통해 물어보아도 뾰족한 대답이 없었다. 속이 타는 아합은 10일이 지나서야 겨우 이세벨의 얼굴을 볼 수 있었다.

"왕후, 도대체 무슨 일이오?"

이세벨은 여전히 거울만 보았다. 시녀들이 들고 서 있는 커다란 거울을 보며 아합의 애를 태웠다. 이세벨은 아합을 다루는 법을 잘 알았다. 자신이 원하는 것이 있으면 아합의 애를 태우기만 하면 되었다. 조용히 말을 않고 있으면 바보가 되어버린 아합이 무슨 일이든지 했다. 이세벨은 발람의 동굴에서부터 중대한 결심을 하였다.

'만정을 열어야겠다. 만정을 열어야 내가 산다. 지금 만정은 반은 넘어섰으니 이제 조금만 피를 모으면 스스로 열릴 것이다.'

이세벨은 작정을 하고는 지난 10일 내내 아합의 애를 태우고 있었다. 그럴수록 아합은 바보가 되어갔다.

"나는 이 나라의 왕이오. 못할 일이 없지. 그런데 왜 나에게…."

이세벨이 앓는 소리를 했다.

"이제 나는 죽게 되었으니 왕과는 상관없는 일입니다."

"어찌 죽는다 하는가? 발람이 그런 말을 입에 담았다면 내가 발람의 입을 찢겠소."

"그래 보았자, 나는 개들에게 뜯겨 죽을 운명입니다."

이세벨의 말을 들은 신하들은 너무 놀라며 소란해졌다. 아합은 일부러 목소리를 높였다.

"왕후, 어찌 시골의 비루한 점쟁이 말을 듣소? 개에게 듣기다니. 말이나 될 법한 일인가?"

"……"

풀 죽은 얼굴로 이세벨이 입을 닫아버리자 아합이 조금 양보했다.

"그럼 이렇게 하지. 내가 이 왕궁의 개를 모두 죽이겠소."

이세벨은 어이가 없었다. 자신의 왕비가 죽는다는데 기껏 한다는 말이 개나 죽인다는 말이었다. 이세벨은 아합이 죽도록 싫어졌다.

'기껏 한다는 말이 왕궁의 개나 죽인다니.'

이세벨은 참기 어려웠지만 여러 대신들 앞이라 함부로 하지는 못했다. 뽀로통한 얼굴로 입을 닫았다. 그러나 우둔한 아합은 이세벨의 약을 더 올렸다.

"그래도 왕후가 안심하지 못한다면, 이 나라의 모든 개를 죽일 수도 있소. 그러면 되지 않소? 그러니 왕후는 사기꾼 발람의 말에 신경 쓰지 말고 낯빛을 풀구려."

이세벨은 뒷목이 뻣뻣해졌다. 폭발하기 일보 직전이지만 마지막으로 참기로 했다. 그리고는 간신히 입을 떼어 기어들어가는 목소리로 말했다.

"발람의 말은 맞습니다."

"거짓말쟁이요."

"예언자입니다."

"사기꾼이오."

"예언자 중에서도 위대한 예언자입니다."

"위대한지 비루한지는 칼 앞에 서 보면 알 일. 내가 오늘이라도 잡아서 죽이겠소. 그 더러운 입으로 쓸데없는 말을 하여 왕후의 근심을 샀으니 죽어 마땅하오."

"그래보았자 제가 죽는 건 변함이 없습니다."

이세벨은 속이 뒤집어지고 쓰려서 소금에 절인 것 같았다. 하지만 신하들이 지켜보고 있어 왕을 상대로 우기는 것도 한계가 있었다. 이세벨은 입술을 지그시 물며 마지막 방법을 쓰기로 했다. 이세벨은 입을 닫고 조용히 고개를 돌렸다. 그리고는 다시 거울만 보았다. 이세벨의 침실은 한참 동안 적막이 흘렀다.

아합은 아파하는 이세벨의 마음만큼이나 자신의 마음도 아파오는 걸 느꼈다. 말없이 보던 아합이 어렵게 말을 꺼냈다.

"그럼 어쩌면 좋겠소. 무슨 방법이 있다면 말을 하시구려. 내가 이 나라의 왕이니 못할 일이 무엇이겠소?"

아합이 어렵게 고민하며 꺼낸 말에 이세벨이 바로 반응했다.

"정말이십니까?"

"그럼 내가 거짓으로 말을 하겠소?"

"정말로 무엇이든지 하시겠습니까?"

"알지 않소? 내가 왕후를 얼마나 사랑하는지."

이세벨은 잠시 뜸을 들였다. 진공관 같은 절묘한 시간이 지나고 아합의 애가 극도로 타는 그때에 고개를 다시 돌린 이세벨이 조용히 입을 열었다.

"만정을 지어 주십시오."

이세벨의 말에 대신들이 웅성댔다.

"만정? 그게 무엇이오?"

"만정은 만 개의 우물입니다."

"우물이 만 개나 필요하단 말인가? 뭐 필요하다면 어렵지 않소만."

이세벨은 입술을 잘근 씹었다.

"땅을 파서 만드는 우물이 아닙니다. 만정은 하나입니다. 커다란 우물이지요. 우물은 곧 생명. 그리고 만정이 우물이니 만정이 곧 생명입니다."

"그래요? 이상하군. 이름은 우물인데 우물이 아니라… 도무지 나로서는 무슨 말인지… 하여간 왕후의 말이니 좋소. 필요한 게 있으면 말을 하시오. 내 왕후의 부탁을 들어주리다."

결국 아합은 이세벨의 그물 안에 들어왔다. 하지만 언제 바뀔지 모르는 아합을 위해 이세벨이 확실하게 마침표를 찍어 주어야했다. 이세벨은 슬며시 아합의 손을 잡았다. 아합은 놀라서 입이 벌어졌다. 이때를 놓치지 않고 이세벨은 아합의 눈을 마주보았다. 아합은 아름다운 이세벨의 손길과 눈길에 정신을 놓았다.

"피입니다."

"뭐요? 피?"

아합이 큰소리를 질렀다. 이세벨이 깜짝 놀라서 손을 놓았다. 손도 살짝 떨었다. 아합은 어쩔 줄을 몰랐다.

"왕후 미안하오. 너무 놀라서 나도 모르게 그만."

이세벨은 다시 고개를 돌렸다. 다시는 눈도 마주하지 않을 것 같은 이세벨을 보는 아합의 마음은 찢어졌다.

"왕후 미안하오. 내가 다시는 소리 지르지 않을 테니. 용서하시구려."

"……."

"피라 하였소? 피가 필요한 게요?"

이세벨은 아합의 사과를 은근히 받아주었다. 하지만 거울에서 눈을 떼지는 않았다.

"그것도 많아야 합니다."

"그러면 그 많은 피로 만정을 짓는단 말이오?"

"그렇습니다. 피가 필요합니다."

"도대체 얼마나 필요하오?"

"만정입니다. 대략 만 명의 피가 있으면 좋겠습니다."

아합은 얼굴이 굳어졌다. 하지만 이세벨은 마무리할 필요를 느꼈다.

"피가 너무 많지요? 불가능하겠지요? 그러니 제가 개에게 뜯기겠습니다. 그게 당연한 도리 아니겠습니까?"

효과가 있었다. 아합은 주먹을 불끈 쥐었다.

"왕후는 그런 말 하지 마시오. 내가 있는 한 왕후가 그리 될 일은 없소."

"만정이 없으면 나는 죽을 수밖에 없습니다."

아합은 이세벨의 집요한 말에 입술을 물었다. 피가 났다. 잠시 생각을 한 아합은 결심이 섰는지 피가 흐르는 입술을 혀로 닦으며 위엄을 갖추어 말했다.

"만정을 지어 주겠소."

이세벨은 눈을 가늘게 떴다. 거울을 통해 아합의 반쪽만 보며 이세벨은 귀를 열었다. 아합이 되는 대로 주절거렸다.

"이 나라에서 피를 구하려면 어렵지는 않소. 죄수들이 있으니. 그 중에서도 가장 죄질이 나쁜 죄수들이 백 명 정도는 있소. 하지만 그들의 수는 많지 않으니 이세벨 왕후의 말대로 만 명은 어렵겠고. 혹 백 명 정도는 어떻겠소?"

이세벨은 눈을 감았다. 분이 올라서 머리가 터질 것만 같았다.

"저는 백 명으로 될 일이면 백이라 합니다."

"백 명으로 안 된다면 어쩐다?"

아합이 미적거리자 이세벨은 다시 미끼를 던졌다.

"그 죄수들의 가족이 있지 않습니까? 악독한 자들일수록 아이들이 많으니 그 가족의 피를 더한다면…….”

“…….”

이번에는 아합이 말이 없었다. 기가 막히는 표정이었다. 아합의 뒤에 장승처럼 서 있는 시위대장 아나니아도 놀란 눈치였다. 하지만 이세벨은 끈질겼다.

“죄수들을 죽이면 가족이 원한을 품게 됩니다. 그들이 왕을 해하지 않으란 법은 없지요. 그러느니 미리 싹을 자르는 것이 좋겠습니다. 개, 돼지와도 같은 무지렁이들이니 왕께서는 손에 자비를 두지 마시지요.”

이세벨의 집요한 말에 아합은 고개를 끄덕였다.

“그렇다 해도 만 명에는 턱도 없소. 기껏해야 천 명일 텐데.”

이 나라의 왕은 아합이었다. 피를 구하려면 아합의 명령이 떨어져야만 했다. 이세벨은 마지막에 거의 다 온 걸 느꼈다.

“정 어려우시면 이렇게 하시지요.”

“어떻게 말이오?”

“루디아를 치시지요.”

“왕후, 갑자기 만정을 달라하더니 또 루디아를 치라니 도무지…….”

“루디아를 치는 것이 좋겠습니다. 전쟁을 하면 흘리는 피가 많을 테니.”

사태가 커지자 아합도 인상을 굳혔다.

“잘못하면 백만 명이 피를 흘리게 될 수도 있소. 왕후가 진정 원하는 것이 전쟁이오?”

“만정입니다.”

이세벨이 분명히 말했다. 아합과 이세벨 사이에 잠시 침묵이 흘렀다. 이세벨은 마지막 마침 점을 찍고자 작정하고 말했다.

“제가 죽는 걸 막으시려면 만정이 필요합니다. 만정은 생명입니다. 그리고 부활이지요. 그런 만정을 만들어주셔야만 나의 죽음을 막을 수 있지요."

"……."

"게다가 만정은 왕의 나라에도 큰 도움이 될 겁니다. 무적의 성을 가지실 수 있지요. 난공불락. 절대로 사람의 힘으로는 함락되지 않는 그런 난공불락의 성을 드리겠습니다."

"……."

"하지만 그런 만정을 만들려면 사람들의 피가 필요합니다. 그것도 많이. 그런 피를 얻으려면 전쟁 외에는 별로 방법이 없겠지요? 그러니 전쟁을 하시라는 겁니다."

"……."

계속되는 이세벨의 말에 아합은 말없이 잠자코 듣고 있었다.

"루디아는 바알을 믿는 우리와는 다릅니다. 하나님을 믿지요. 그들은 우리가 섬기는 바알이나 마몬을 없애야할 것으로 보고 있습니다. 그런 그들이 언젠가는 바알과 마몬을 죽이려 이 나라로 올 겁니다. 그러니 이번 기회에 우리가 먼저 쳐서 그들의 피를 얻는 것도 나쁘지는 않아 보입니다."

바알의 이야기가 나오자 아합도 마음을 돌렸다.

"바알이라… 아 그렇구려. 루디아는 나도 꼴 보기 싫었는데 잘 되었구려. 혼자만 잘난 척하는 그들이 늘 눈에 가시였는데 왕후의 말을 들으니 그것도 좋겠소."

이세벨은 아합이 하는 말을 들으며 눈꼬리를 살짝 올렸다. 알 수 없는 쾌감이 몸을 뚫고 지나갔다. 이세벨과의 지루한 줄다리기에 아합은 이미 지쳤다. 정상적인 판단을 하기에는 머리가 아프고 지끈거렸다. 그 틈을 놓칠 이세벨이 아니었다. 왕의 허락이 나자 이세벨이 큰소리를 질렀다.

"시위대장 모두 들었는가? 들었으면 그리 하도록. 왕의 명령이시다."

시위대장은 물론이고 다른 대신들도 이 말도 되지 않는 상황을 모두 보고 있었다. 하지만 이 나라의 주인이 이세벨인 것을 아는 시위대장은 입도 벙긋할 수 없었다. 이세벨의 말에 우렁찬 목소리로 대답했다.

"명령을 받들어 그리 하도록 하겠습니다."

이세벨의 침실을 물러 나오는 시위대장도 일부러 큰소리를 질렀다.

"모두 들으라. 왕께서 말씀하셨다. 오늘부터 우리는 루디아와 전쟁을 할 것이다. 모든 병졸과 군관들은 서둘러 전쟁 준비를 하도록!"

시위대장의 고함소리가 점점 멀어지는 가운데 아합은 찝찝한 마음을 감출 수 없었다. 그러나 자신의 입으로 뱉은 말을 다시 주워 담을 수는 없었다. 아합은 개운치 않은 표정으로 일어나서는 시위대장을 따라 밖으로 나갔다. 이세벨도 아합과 마찬가지였다. 겉으로는 고마워하고 사랑스러운 표정을 지었지만 속으로는 우유부단한 아합을 욕하고 있었다.

'겨우 되었다. 정말로 징글징글하다. 꼴도 보기 싫은 늙은이. 이제 너의 날도 얼마 남지 않았구나. 그럼 이제 나의 날이 오려는가? 나의 날은 지금부터다. 기다려라.'

잠시 후 아합의 대전

아합은 이세벨의 침실을 나오자마자 장수들을 모아놓고 회의를 했다. 이왕 결정이 난 것이니 만큼 골치가 아픈 아합은 서둘러서 마무리를 지으려했다.

사실 아합의 군대는 강했다. 바벨론은 아합의 시대 이전부터 군사력을 높이는데 온 나라의 힘을 쏟았다. 주위의 나라를 침략해서 먹고 살려는 목적도 있었지만 그보다는 왕들이 호전적이었고 강했기에 그의 군대들도 강했다.

비록 지금의 왕인 아합이 이세벨에 눌려서 기를 펴지 못하지만 군대를 통솔하고 전쟁을 하는데 있어서는 탁월했다. 게다가 그의 수하들도 크고 작은 전쟁으로 잔뼈가 굵어서 아합의 군대는 이 근방에서 가장 강했다. 이세벨은 그걸 노리고 아합을 충동질한 것이다.

아합은 시위대장과 군대 지휘관들을 모두 불러 모은 뒤 위엄을 갖추어 말했다.

"나는 이제, 저 작은 나라 루디아를 치려고 한다. 하지만 루디아가 작다 한들 엄연한 나라이니 가벼이 보면 안 된다. 제장들은 좋은 계략이 있으면 말을 하라."

"대장군 타미르가 왕께 한 말씀드리겠습니다."

아합은 잔인하지만 용감하기가 으뜸인 타미르가 가슴을 열고 앞으로 나서자 고개를 끄덕였다.

"말해 보라."

"이번 루디아와의 전쟁은 속전속결로 치러야 합니다. 루디아는 작은 나라고 군사 또한 많지 않지만 백성들이 왕을 따르는 마음이 강해서 한 번 뭉치면 부수기 어렵습니다. 아무리 약한 백성이라도 한마음으로 뭉치면 강합니다. 마음이 뭉치기 전에 기습을 하여 속전속결로 끝내면 쉽게 이기리라 봅니다."

전쟁에서 잔뼈가 굵은 타미르의 말에 아합은 고개를 끄덕였다. 아합은 타미르의 말이 마음에 들었다.

"나도 같은 생각이다. 하지만 루디아와의 국경은 험한 산이 병풍처럼 서 있다. 게다가 평야지대로는 큰 강 그랄이 경계를 가르고 있다. 장애물이 많은데 속전속결이 가능한가?"

"루디아로 가는 길은 하나입니다. 멀리 돌아가서 들이칠 만한 길도 없으니 그냥 무식하게 들이치는 것이 최선입니다. 빨리 들이치면 됩니다."

아합은 신중했다. 아합은 대신들과 장수들을 둘러보며 물었다.

"다른 제장들의 생각은 어떠한가?"

장군들 중에 시위대장 아나니아가 말을 꺼냈다.

"실제로 다른 계책은 없어 보입니다만 한 가지 걸리는 것이 있습니다. 우리나라는 서쪽으로 루디아와 국경을 마주하지만 남쪽으로는 키메리아와 국경을 마주하고 있습니다. 이 세 나라 한가운데에 아라랏산이 있지요. 길이 험합니다. 루디아로 가는 넓은 길도 가다보면 큰 강을 만납니다."

아나니아는 침을 한 번 삼켰다.

"급히 들이치는 것도 좋지만 적들이 방비를 하고 있다면 불리한 지형을 등지고 싸움을 하게 됩니다. 불을 지고 섶으로 뛰어드는 격입니다. 다른 길도 생각해야 합니다. 제 생각으로는 길은 세 가지가 있습니다. 첫째는 타미르 장군께서 하신 말씀처럼 정면 돌파가 있을 것입니다. 그 다음으로는 키메리아를 거쳐 가는 겁니다."

"음 그것도 하나의 방법이 될 수 있겠군. 그러나 키메리아가 우리와 뜻을 같이 할까?"

"같이 할 겁니다. 키메리아에는 아달리아 공주님이 계십니다. 이미 아달리아 공주께서 키메리아 왕의 아드님도 낳으셨으니 아들을 끔찍이도 위하는 키메리아 왕이 거절하기는 어렵습니다."

아합은 자신의 딸인 아달리아를 잊고 있었다.

"음 그렇겠군. 아달리아가 있었지. 아달리아… 그래 그것도 좋은 계책이다. 그건 그렇고 나머지 하나는 뭔가?"

"나머지 하나는 아라랏산을 넘는 겁니다."

"뭐? 아라랏산을? 그게 가능한가?"

아합과 다른 장수들도 모두 놀랐다. 하지만 시위대장은 안색 하나 변하지 않고 말했다.

"타미르 대장군의 말씀처럼 넘지 못할 산이 어디에 있습니까? 아무리 많은 병력이라도 넘으려면 넘을 수 있습니다. 만약에 산을 넘는다면 그게 가장 좋은 계략입니다. 왜냐하면 아라랏산 바로 밑에 요시아의 왕궁이 있으니 적들이 방심하고 있을 때에 들이닥치면 요시아를 사로잡을 수도 있습니다."

아합은 눈이 빛났다. 요시아를 사로잡을 수도 있다는 말에 아합은 마음이 동했다.

"그렇다면 세 번째 안으로 가자. 요시아를 사로잡는다면 이보다 더 좋을 수는 없지 않느냐?"

"그렇습니다. 저도 사실은 세 번째가 좋습니다."

시위대장도 거들었다. 다른 장수들도 그 말에 이의를 다는 자가 없었다. 하지만 타미르가 걸고 나왔다.

"왕께서는 신중하셔야 합니다. 우리가 지금부터 열심히 준비를 한다 해도 아라랏산을 대군을 데리고 넘으려면 빨라야 가을, 길면 겨울에 넘기 십상입니다. 만약에 내년에 전쟁을 치르실 거라면 모르되 시기적으로 불리합니다. 지금 한여름에 넘는 것도 벅찬 산입니다. 잘못하면 겨울에 넘어야 합니다."

타미르의 말도 일리가 있었다.

"그럼 어찌하면 좋겠나? 아무래도 요시아를 사로잡는 것이 좋은 계책일 것도 같은데."

"그보다는 여러 계책을 섞으면 어떠하겠습니까?"

"섞다니?"

"먼저 은밀하게 병력을 줄여서 아라랏산으로 보냅니다. 병력이 많지 않으면 지금이라도 출발 가능합니다. 아마 한두 달 안에 넘을 수 있을 것 같습니다. 그리고는 키메리아로 사신을 보내 같이 루디아를 치자 하십시오. 같이 하자하면 군사가 많아져서 좋고, 그렇지 않다 한들 우리가 통과하는 걸 막진 않을 겁니다."

"그러다가 우리가 지나가는 것도 싫어하면 어쩌나?"

"상관없습니다. 결국 우리의 군사들은 모두 위장이고 루디아에 급소를 치는 것은 아라랏산을 넘는 정예 군사들이 될 테니 말입니다. 그리고 때를 봐서 루디아와의 국경에서 대군이 급습을 하면서 난리를 피우면 요시아는 필시 아라랏산은 잊어버릴 겁니다. 그때, 방심한 틈을 타서 아라랏산을 넘은 군사들이 요시아의 성을 급습하면 요시아를 사로잡을 수 있습니다."

타미르의 말에 시위대장도 고개를 끄덕였다.

"대장군의 말씀이 옳습니다. 그리하시지요."

아합은 오랜만에 기분이 좋아졌다. 비록 왕후의 입김으로 시작한 전쟁이었지만 역시 사내는 전쟁을 해야 한다는 걸 느꼈다.

아합은 전쟁을 시작하자 심장이 뛰고 호흡이 가빠지며 희열이 솟았다. 이런 기분은 근래에 처음 있는 일이었다. 아합은 이렇게 해서 애꿎은 루디아와 아무런 원한도 없이 전쟁을 시작하게 되었다. 아합의 명령을 받은 모든 군사들이 은밀하게 움직이며 루디아를 포위해 들어갔다.

아합은 그날부터 전쟁 준비에 모든 힘을 다 쏟게 되었다.

"봤지? 역시 이세벨이야."

"이놈이 바보가 아니냐? 보긴 뭘 봐? 네놈만 보잖아. 안 그래?"

"그렇군. 어쨌든 위대한 폭군의 딸답군 그래."

"좋겠군. 네놈이 이리도 좋아하는 걸 보면 아무나 죽이고 다니나보네."

"흐흐흐 하지만 네놈처럼 무식하진 않다. 만정을 위해 전쟁을 일으켰다. 이제 만정은 시간문제다."

"전쟁을? 무식하진 않군. 머리는 꽤 돌아가는 모양이다만, 그게 그렇게 맘대로 될까?"

"질투하는 구나."

"무식한 돌대가리가 무얼 알랴? 하지만 조심해라. 우리는 가장 먼 곳에 있고 이세벨은 혼자이니…."

"혼자라… 그나저나 네놈의 아리는 어디에 있지?"

"흐흐흐 걱정하지 마라. 무럭무럭 잘 자라고 있으니 걱정하지 마라."

"그럼… 개는 어디에 있나?"

같은 꿈 다른 꿈

이세벨의 침실

이세벨은 아합이 나가자 기운이 탁 풀렸다.

'정말로 징글징글하다. 아합, 징그럽게 우유부단해.'

몇날 며칠 벼르던 일이 해결되자 그간의 피곤이 한꺼번에 몰려왔다. 이세벨은 모든 근심을 접고 침대로 쓰러졌다. 이세벨이 잠들었다. 이세벨은 또 다시 꿈속으로 들어갔다.

여긴… 만정일까?

13가닥 핏물이 흐른다. 하늘로 치솟은 돌무덤.

그 돌무덤의 한가운데로 어둠의 빛이 내려온다.

바닥에는 괴상한 그림들… 그림에서 진한 피의 냄새가 난다.

설마… 피로 그렸는가?

고향인가? 나의 고향도 피 냄새가 진했지. 낯이 익다.

뒤돌아 나가려해도 핏물에 발이 담겨있구나. 마음이 잡혀있구나.

두려움이 밀물처럼 몰려오지만 왠지 모를 설레임은 마약처럼 몸에 번지고…

나약한 육신은 간절한 기다림 속에 돌무덤의 바닥에 뿌리를 박는다.

아, 불안하다.

그때, 돌무덤 꼭대기로 환한 보름달이 날아든다. 갑자기 심장이 뛴다.

단순하게 나타난 보름달은 묘한 매력으로 나를 사로잡는다.

달이 나의 눈으로 들어온다.

나의 탐욕의 눈동자가 달의 모든 걸 삼켜버린다. 그리고는 달이 눈을 뜬다.

진절머리 나도록 사악한 달의 눈동자가 나의 영혼을 내려다본다.

나의 영혼을 불태우며 파멸로 이끌어간다. 아. 진정한 안식은 어디에 있을까?

불쌍하구나. 고단한 죄의 일상으로 빨려 들어가는 나의 영혼이여.

여자의 영혼이여.

사악한 달이 나에게 말을 건넨다.

더러운 눈동자 하나가 나를 보고 있다.

둘이 하나가 된 나를 보고 있다. 하나가 반이 된 나를 보고 있다.

매끈하고 깊은 어둠의 눈동자, 새까만 동경으로 비춰지는 나의 모습,

이세벨. 그리고 가련한 박수.

깊은 동경 악마의 눈동자 속으로 흘러가는 이세벨, 불쌍한 이세벨, 아름다운 박수.

악마의 먹구름에 갇힌 나는 이미 그 안에 들어가 있다.

더러운 개의 아가리 안에 들어가 있다

애절하고 섬뜩한 그 무언가가 나를 부르고.

이제 나는 홀린 듯 그곳으로 가야만 한다.

부활의 때를 잡으러 가야만 한다. 만정으로 가야만 한다.

만정에서 텅 빈 어둠이 나를 노려본다.

무섭다. 사망의 냄새가 나의 온 몸을 휘감아 도는데

나의 눈은 어둠에서 벗어날 수 없다.

주사위가 던져지고… 나의 두근거리는 심장이 갈비뼈를 뚫고 나올 그때.

바닥에 떡이 된 피가 나의 몸을 감싸온다. 나의 영혼을 묶는다. 그리고는…

만정의 눈동자, 어둠속에 숨어있는 공포의 눈동자가 갑자기 나를 덮친다.

깊은 어둠이 나의 심장을 물어뜯는다. 아아아. 아아아악.

악-! 짧은 단말마의 비명에 시녀들은 화들짝 정신이 들었다.

"헉, 헉 헉, 눈동자, 박수의… 눈동자."

침대에서 튀어오른 이세벨의 눈에 공포가 담겼다. 이세벨은 가쁜 숨까지 몰아쉬며 식은땀을 흘렸다. 헝클어진 머리카락에 정신병자처럼 파리해진 이세벨. 정신이 반쯤 나간 이세벨은 입술마저 떨렸다. 한참 만에 이세벨이 일어났다. 그리고는 바람처럼 밖으로 나갔다. 예상치 못한 행동에 시녀들은 이세벨을 따르려고 허둥댔다.

"나미만 따르라. 발람에게로 다시 간다."

나미라 불린 시녀는 사색이 된 채로 이세벨의 뒤를 따랐다. 이세벨이 가고 없는 침실에서는 시녀들이 내는 안도의 한숨이 들렸다.

그날 저녁, 발람의 동굴

발람도 잠이 들었다. 발람은 눈이 보이지 않으니 늘 피곤했다. 게다가 한 번 점을 치려면 힘이 많이 들었다. 발람은 이세벨이 다녀간 뒤로 생각이 많아지며 잠이 많아졌다. 그렇다고 누우면 바로 잠이 오는 것은 아니었다. 한참을 뒤척이며 이런 저런 생각을 하다보면 지쳐서 잠이 들곤 했다. 어느 날은 너무나 많은 생각에 밤을 하얗게 지새운 적도 있었다. 그러나 오늘은 오랜만에 깊은 잠에 빠졌다. 늦은 저녁까지 곯아떨어진 발람도 오랜만에 꿈을 꾸었다.

텅 빈 나의 눈동자는 공허한 마음을 닮았다.

내 깊음의 끝은 어디일까? 나의 고통의 끝은 어디에 있을까?

그날의 고통은 세월과 함께 선명해지는데

오늘의 새로운 고통이 시작되려는가?

아… 고단한 나의 운명이여 나의 예언이여…

어지러운 예언이 나의 허망한 깊음으로 들어온다.

저 깊은 마음 판 한가운데에 날카로운 송곳으로 아로 새긴다.

그리고는 예언이 운명이 되었다.

더러운 눈동자 하나가 나를 보고 있다.

둘이 하나가 된 나를 보고 있다. 하나가 반이 된 나를 보고 있다.

매끈하고 깊은 어둠의 눈동자, 새까만 동경으로 비춰지는 나의 모습,

박수. 그리고 가련한 이세벨.

깊은 동경 악마의 눈동자 속으로 흘러가는 박수, 불쌍한 박수, 아름다운 이세벨.

악마의 먹구름에 갇힌 나는 이미 그 안에 들어가 있다.

더러운 개의 아가리 안에 들어가 있다

애절하고 섬뜩한 그 무언가가 나를 부르고.

이제 나는 홀린 듯 그곳으로 가야만 한다.

부활의 때를 잡으러 가야만 한다. 만정으로 가야만 한다.

악—! 발람 역시 자다가 용수철처럼 튀어 올랐다. 그리고는 덜덜 떨리는 손을 들어 이마를 닦았다. 태어나서 처음으로 식은땀을 흘렸다. 입으로는 연신 이세벨을 찾았다.

"이세벨… 이세벨… 이세벨……."

발람은 정신이 나가서 같은 말만 반복했다. 다곤은 발람 옆에서 곤히 잠이 들었다가 발람 덕에 같이 깨어났다. 다곤은 발람을 걱정스레 보았다. 장님까마귀는 동굴 입구에서 보초를 서고 있었다. 장님까마귀는 눈은 없었지만 청력은 매우 좋았다. 발람이 헛소리를 중얼대고 있을 그때에 동굴 입구의 횃대에 죽은 듯 앉아있던 까마귀가 갑자기 호들갑을 떨었다.

"발람 일어나라. 일어나. 너를 죽이러 악녀가 다시 오고 있다. 일어나라."

까마귀는 날개를 푸드덕거리며 시끄럽게 떠들었다. 다곤은 넋이 나가 발람을 보았다.

'발람이 이제는 꿈으로 예언을 하는구나.'

동굴 아래로는 까마귀의 말대로 이세벨의 화려한 마차가 전속력으로 달려오고 있었다. 화려한 마차 안에는 새파랗게 눈을 부릅뜬 이세벨이 두 주먹을 불끈 쥐고 있었다.

'그 눈동자. 그 눈동자가 나의 목을 물었다. 늘 보던 그 개, 나의 꿈에서 나를 찢어발기는 들개가 바로 박수라니…….'

이세벨의 하얀 얼굴에는 핏기가 조금도 없었다. 모든 피는 심장 안으로 숨은 것 같았다.

'가증스러운 것. 죽이리라. 예언의 탈을 쓰고 나를 죽이려 하다니… 네 놈이 나의 목을 물기 전에 내가 너의 목을 부러뜨리리라.'

이세벨의 살벌한 표정을 보는 나미는 두려움에 숨도 쉴 수가 없었다.

잠시 후, 동굴 앞에 도착한 이세벨은 바람처럼 달려와 바람처럼 들어갔다. 이미 정신을 차린 발람은 긴장하였다.

'이세벨… 지난번과는 다르다. 오늘의 이 기세대로라면… 목숨이 위태

롭다.'

머리끝이 쭈뼛 선 발람은 단단히 긴장했다. 두 주먹을 불끈 쥐고 기를 끌어올렸다. 발람의 귀밑을 지나 목덜미 아래로 식은땀 한 방울이 흘러내렸다.

'어쩔 수 없다. 피하지 못할 바에는 전쟁이다.'

발람이 먼저 움직이려는 그때에 다곤이 이세벨의 앞을 가로막았다.

"이세벨 감히……."

다곤이 시퍼런 칼을 휘둘러 동굴 안으로 들어오는 이세벨을 베었다.

사각.

'베었다.'

다곤이 베었다고 생각한 그때, 이세벨의 육감적인 몸을 감싸 안은 옷이 칼과 마주쳤다.

탕. 이상하게도 맑은 소리가 났다. 그리고는 서슬 퍼런 다곤의 칼이 두 동강났다. 강력한 이세벨의 옷자락이 다곤의 목을 사정없이 휘감았다. 불쌍한 다곤은 막강한 힘에 허공으로 들어 올려졌다.

끄르르. 다곤의 입에서 가래 끓는 소리가 났다. 목 위로 올라가는 핏줄이 막히자 목이 부풀어 오르며 얼굴이 새파래졌다. 이세벨이 힘을 주면 목이 곧 부러질 것 같았다. 그러나 이세벨의 눈으로 다곤 따위는 들어오지 않았다. 이세벨의 살벌한 두 눈은 오로지 발람만 보았다.

다곤이 살려고 버둥대는 그때였다. 발람의 조용한 목소리가 동굴을 울렸다.

"만정이 무엇이냐?"

적막이 흘렀다. 움직임도 멈추었다.

'…….'

이세벨의 눈에 갈등이 몰려왔다. 발람의 조용한 말에 죽일 듯 덤비던 악녀 이세벨이 미세하게 떨었다. 이세벨이 죽어가는 다곤을 저 멀리 던졌다. 다곤은 동굴 벽에 머리를 박았다.

꽝. 머리에서 피가 솟았다. 다곤은 부러진 칼을 쥔 채 구석에 구겨졌다.

이세벨은 다곤을 던지며 발람에게로 날아갔다.

"만정을… 너 따위가 어찌 아느냐?"

이세벨의 기세가 심상치 않았다. 발람도 세게 나갔다.

"만정 안에서 죽을 운명. 악녀, 죽음을 두려워하는구나."

"죽는 건 두렵지 않다. 개에 뜯겨 죽을 운명. 두렵지 않다. 다시 묻겠다. 네놈이 만정을 어찌 아느냐?"

이세벨의 사악한 기가 뼛속까지 아려왔다. 이세벨이 혀를 씹으며 다시 물었다.

"마지막으로 묻겠다. 만정을 어찌 아느냐?"

참을 대로 참은 이세벨이 극도로 흥분하였다. 그러자 이세벨의 옷자락이 강철이 되어 펄펄 날았다. 아름답고 긴 머리카락도 빳빳해지며 허공에서 춤을 췄다. 아름다운 이세벨의 기세는 가히 폭풍이었다. 발람은 일찍이 이런 기세를 본 적이 없었다. 발람은 죽음을 직감했다. 조용히 품에서 무령을 꺼냈다. 이번에는 소리가 나지 않았다. 그렇게도 시끄럽던 무령은 이제 아무 소리도 나지 않았다.

이세벨의 눈은 무령을 좇았다. 발람은 떨리는 손으로 무령을 옆 항아리에 있는 피에 깊숙이 담갔다가 꺼냈다. 끈적거리는 피가 무령에 딸려 올라왔다. 발람은 항아리에서 서서히 무령을 꺼내더니 갑자기 빠르게 부채를 펴듯이 허공에 펼쳤다. 좌르르.

놀라운 일이 벌어졌다. 무령에서 뿌려진 항아리의 피가 허공을 규칙적으로 날았다. 무령의 가지는 단 세 개였다. 하지만 매우 가느다란 피의 실들이 수만 가닥으로 날아갔다. 피의 실이 동굴의 벽에 붙더니 빠르게 자랐다. 벽에 뿌리를 박은 잡초처럼 빠르게 자라났다. 수많은 핏줄이 새로 생겨나는 장관은 보는 이들의 눈을 의심케 했다. 순식간에 자라나던 피의 그물은 서로 만나서 퍼지더니 빈틈없는 얇은 막이 되었다. 동굴을 두 공간으로 분리해 버렸다. 소리도 새나가지 않았다. 빛도 새나가지 않았다. 투명해 보이는데 잘 볼 수가 없었다. 어렴풋이 그림자만 보일 뿐, 그 이상은 아무리 보려 해도 볼 수가 없었다.

"만정을 어찌 알았느냐고 하였느냐? 만정을? 나도… 꿈을 꾼다. 네년이 가고 난 그날 이후로 하루도 빠지지 않고 나도… 꿈을 꾼다. 그 개꿈을 나도 꾼단 말이다."

이세벨이 다짜고짜 발람의 멱살을 잡았다. 잡은 멱살을 당겨 발람의 귀를 자신의 입 가까이 끌어당겼다. 무서운 힘이었다. 이세벨이 뱀의 혀처럼 입을 날름거렸다.

"꿈이라… 그렇구나, 그랬어. 그렇게 된 것이었어."

이세벨이 말을 이어갔다.

"만정이 무엇이냐고 물었느냐? 알고 싶겠지. 너도 그것을 보았으니… 나처럼 보았으니… 나처럼 비명을 지르며 꿈에서 깨어났겠지? 그렇다. 나는 매일 악몽을 꾼다. 발람, 축하한다. 이제 너도 나의 고통의 강물로 들어온 게로구나. 만정을 알고 싶으면 나의 말을 잘 들어라. 먼저, 나의 꿈을 맞추어라. 너의 그 잘난 혀로 나의 꿈을 다시 한 번 맞추어 보아라. 그리하면 나도 너에게 만정을, 진정한 피의 밭 만정을 보이리라."

발람은 등골이 서늘했다. 이세벨의 말이 무슨 말인지 정확히는 몰랐지만 불행 중 다행으로 이세벨과 자신이 너무나도 가까이 있었다. 하늘이 내린 기회였다.

'악녀가 방심하는구나. 지금은… 너무나… 가깝다. 지금이 기회다. 다곤과 까마귀가 이곳을 볼 수 없는 지금이 다시 없는 기회다.'

발람은 한 번 작정하자 돌아보지 않았다. 발람은 손에 잡은 무령에 무한의 힘을 주며 순간적으로 이세벨의 가슴을 찔렀다. 순식간에 벌어진 일이라 이세벨은 피할 틈도 없었다.

그러나 놀라운 일이 벌어졌다. 빛의 속도로 가던 무령이 갑자기 꼼짝도 하지 않았다. 발람이 아무리 극한의 힘을 끌어올려도 접신한 때처럼 꼼짝도 하지 않았다. 오히려 발람을 잡고 흔들었다. 발람은 사색이 되었다. 기습이 실패한 것은 둘째 치고라도 평생을 같이 한 무령이 배반한 일이 더 충격이었다. 무령은 발람의 힘에 맞서서 꿈쩍도 하지 않았다. 하지만 어느 때보다도 더 큰소리를 냈다.

딸랑. 딸랑. 딸랑. 무령이 내는 소리가 발람의 귀청을 찢었다. 무령이 대들자 발람은 방법이 없었다. 발람은 마지막으로 극한의 힘을 끌어올리며 분노를 태웠다. 손에 힘이 들어가고 몸이 팽창하였다. 얼굴이 부풀어 오르고 힘줄이 목을 가로질러도 꼼짝하지 않았다. 하지만 발람이 힘을 줄수록 무령도 역시 꼼짝 하지 않았다. 온몸의 힘을 끌어올리던 발람은 무심결에 이세벨을 보았다. 아름다운 이세벨은 이상하게도 편안한 얼굴이었다. 전혀 힘을 주지 않고 있는 이세벨은 숨도 고르게 쉬고 있었다. 발람은 혼란스러웠다.

'나의 상대가 아니다. 아…….'

발람은 하늘 위에 하늘을 보았다. 죽음이 머릿속을 맴돌았다. 발람은 서서히 힘을 빼고 포기했다. 자신이 넘을 산이 아니었다. 모든 힘을 풀고는 목을 늘어뜨렸다.

"죽여라."

발람은 침착했다. 이세벨에게 멱살을 잡힌 발람은 모든 힘을 버리고 내려놓았다. 긴장의 시간이 흘렀다. 자신을 죽이려는 이세벨은 아무런 반응이 없었다. 이상하다고 생각하던 그때, 이세벨이 발람의 눈을 감은 안대를 확 잡아 채버렸다. 확 소리가 나며 발람의 눈을 가리고 있던 천이 날아가고 발람의 뻥 뚫린 눈이 보였다. 그와 동시에 이세벨이 품에서 날카롭고 번뜩이는 비수를 꺼내서 발람의 눈을 찔렀다. 갑작스런 행동에 발람은 생각할 틈이 없었다.

발람은 재빨리 머리를 뒤로 피하면서 이세벨의 손목을 정확히 잡았다. 그리고는 이세벨과 발람 둘 모두 허공으로 날아올랐다. 높은 천장의 끝까지 올라간 둘은 힘으로 겨루었다. 힘이 양쪽에서 몰려들자 팽팽하게 버티는 둘은 서로 회전을 하였다. 공중에서 빙글빙글 도는 이세벨과 발람은 계속 빨라지는 속도에 힘을 더 주었다. 발람의 이마에서 식은땀이 흘렀다. 하지만 이세벨은 표정의 변화도 없었고 슬슬 웃기까지 했다. 이세벨이 미소를 지으며 조롱했다.

"장님이 아닌 것이 장님 흉내를 잘도 내었구나. 꿈을 꾸지 않았다면… 나도 깜빡 속을 뻔 했지 뭐냐? 완벽하게 속였어. 하지만 나의 눈을 끝까지 속이지는 못한다. 너는 예언을 하지만 나는… 꿈을 꾼다."

"너는 누구냐?"

발람은 비 오듯 땀을 흘렸다. 그러나 이세벨은 여유가 있었다.

"아직도 내가 누군지 모르는가? 불쌍한 놈. 아니지, 이제는 불쌍하지 않지. 한때는 눈이 뽑혔지만, 다시 얻었으니……."

발람과 이세벨의 힘은 아직도 균형을 이루며 서로 돌았다. 시간이 지나자 회전하는 속도가 빨라졌다. 숨이 막혀왔다. 발람은 더 이상 견디기 어렵다는 생각을 했다. 얼굴은 일그러지고 땀이 비 오듯 했다. 발람이 한계에 이르자 이세벨이 힘을 빼며 뒤로 물러섰다. 이세벨은 허공에서 한 바퀴를 돌아 그 허공에 우뚝 섰다. 반면 발람은 엄청난 원심력에 튕겨나가면서 동굴의 벽에 세게 부딪쳤다.

쿵 쿵쿵쿵 쿵.

발람의 몸뚱어리는 단단한 동굴 벽을 움푹 할퀴며 미끄러져갔다. 동굴 벽이 길게 파여서 고랑을 이루었다. 발람의 몸은 그만큼 걸레가 되었다.

동굴이 흔들리자 다곤이 외쳤다.

"발람!"

자신도 걸레가 되었지만 다곤은 큰소리를 지르며 피의 발을 향해 돌진하였다. 하지만 다곤의 몸뚱어리는 피의 발에 닿자마자 힘이 풀렸다. 힘을 흡수하는 피의 발은 받은 만큼 돌려주었다. 고무줄에 감겼다 풀리는 화살처럼 다곤은 더욱 세게 튕겨나가서 동굴 입구까지 날아갔다.

피의 발 안에서는 간신히 벽에 기대앉은 발람이 숨을 가쁘게 몰아쉬었다. 천식 환자처럼 어렵게 숨을 쉬는 발람은 새파랗게 질렸다. 얼굴과 이마, 손, 발 할 것 없이 발람의 온몸에서 비 오듯 피와 땀이 흘렀다. 비참했다. 하지만 이세벨은 공중에 떠서 박수를 내려다보며 비웃었다.

"전에도 말한 적이 있지. 나에게 무릎을 꿇으라고."

"언제 알았느냐?"

발람의 호흡은 아직도 턱 밑에서 들락거렸다.

"내가 말하지 않았느냐? 나는 꿈을 꾼다고."

"이제 너의 꿈은 나도 꾼다."

"똑똑하군. 그걸 알다니."

발람은 연신 숨을 몰아쉬었다.

"네가 이런다고 개에게 뜯기는 꿈이 달라지지 않는다."

발람의 말에 이세벨이 크게 웃었다.

"하하하. 하하하."

이세벨이 힘을 다해 웃었다. 웃음소리에 동굴이 울리고 돌가루가 날렸다. 발람은 피를 한 모금 토했다.

"개에게 뜯겨 먹히는 꿈? 그 꿈? 하하하. 한 마디로 개꿈일진대 뭐가 그리 대수인가? 어리석은 놈. 네놈이 과연 그 천하의 발람이 맞는가?"

"내가 본 꿈은 그것이다. 나는 쌀에 묻은 너의 피를 먹었다. 이제 내가 볼 수 없는 너의 꿈은 없다."

발람은 숨을 몰아쉬며 간신히 말했다. 쇳소리 같은 발람의 목소리에 비해 이세벨의 말은 낭랑했다.

"한심한 것. 네놈이 나에 대해 아는 것이 있는가?"

"악하다는 건 안다."

"하하하."

이세벨이 다시 웃었다. 발람은 이세벨의 웃음에 심장이 찢어지는 것 같았다.

'요물.'

이세벨은 계속 비웃었다.

"풋. 그렇지 악하지. 너보다도 훨씬 악하지. 그건 맞는 얘기구나 발람."

"사람이 악해지니 진정으로 악하구나."

"너의 눈에는 내가 아직도 사람으로 보이나?"

이세벨이 정색을 했다. 발람은 오래 견딜 수는 없었다. 새카매진 얼굴만 보아도 얼마나 힘들게 견디고 있는지 알 수 있었다. 이세벨은 시간이 없음을 알았다.

"잡설은 생략하고, 긴 말 않겠다. 눈을 보여라. 너의 그 눈을 보여라."

"만정에서 이제는 눈이냐? 싫다면?"

"간단하다. 너를 죽이고 눈을 뽑아 보겠다."

이세벨은 진심이었다. 이세벨의 진심을 느낀 발람은 온몸에 소름이 돋았다.

"그럼, 죽여라."

발람도 진심이었다. 이세벨이 허공에서 사뿐히 내려왔다. 발람의 코앞에 바싹 다가앉아서 작은 목소리로 분명히 말했다.

"죽이지 않는다. 내가 미쳤느냐? 너를 죽이게? 나는 뜻하지 않게 얻은 기회를 차버릴 정도로 어리석지 않다. 내가 너를 죽이려고 했다면 지난번에 죽였다. 오히려 오래 살아라. 반드시 오래 살아라."

발람이 부르르 떨었다. 이세벨은 떠는 발람을 보며 만족한 웃음을 지었다.

"발람, 아니지 이제는 아니지. 그 위대한 이름을 두고 비천한 인간의 이름으로 부르면 예의가 아니지? 안 그런가? 박수. 두 눈이 뽑힌 박수. 버림받은 박수. 불쌍한 박수."

발람은 이세벨의 말을 듣는 순간 벼락을 맞은 것처럼 파닥거렸다. 이세벨은 회심의 미소를 지었다.

'맞구나. 맞아. 박수가 맞아. 설마 했는데… 그 위대한 박수가 맞구나.'

이세벨은 이제 자신 있는 얼굴이 되었다.

"박수, 오늘은 너와 거래를 하기 위해 왔다. 내가 누군지는, 위대한 박수, 네놈 스스로 알아내어라. 나는 너의 눈만 보면 된다. 나의 꿈에 나를 괴롭히는 그 눈동자. 그 눈동자를 네가 가졌다면… 나는… 너를 죽여야만 한다. 하지만 그렇지 않다면… 너에게 말할 수 없는 부귀와 영광을 주겠다. 그러니 이제는 긴말하지 말자. 눈을 뜨고 일어나라. 네놈의 눈을 보겠다.”

이세벨은 발람의 귀에다 대고 작게 이야기하며 일어섰다. 발람은 상당
히 충격을 받았다.

'어찌 알았을까? 어찌…….'

몸이 휘청거렸다. 발가벗겨진 채로 구경거리가 된 기분이었다. 남아 있
는 힘도 없다.

발람은 체념했다. 뻥 뚫린 두 눈을 허공에 껌뻑이다가 느릿하게 일어났
다. 고개를 숙이고 팔을 짚으며 앉은 다리를 접어서 힘을 주고는 스스로
일어났다. 겨우 벽을 짚고 선 발람. 힘이 없던 발람은 껌박이던 눈을 들어
허공을 보았다.

그러자 놀라운 일이 일어났다.

휑하니 뚫린 암흑의 두 눈 한가운데에서 작은 점이 보였다. 샛노랗고 까
만 작은 점이 자그마하게 생기더니 서서히 커져갔다. 장님 발람에게서 눈
이 생겨나고 있었다. 작고 노란 눈동자는 서서히 커졌다. 이세벨은 침을
꼴깍였다. 이세벨의 눈동자도 발람의 눈에 맞추어 커졌다.

예언자 박수의 노란 눈동자 안에서 작고 까만 눈동자가 나타났다. 예언
자 박수의 눈이 떠지고 있었다. 예언자 박수는 숨겨두었던 눈을 뜨며 처음
으로 이세벨을 보았다. 아름다웠다. 누구보다도 아름다웠다. 그러나 그 아
름다운 얼굴 뒤로 사악하고 잔인한 얼굴이 같이 있었다.

'아름답구나. 하지만 추하고 잔악한 얼굴도 가졌구나. 아, 어느 것이 진
짜 얼굴일까?'

예언자 박수는 서서히 터오는 여명을 보았다. 눈을 잃고 나서 처음으로
맞는 광명을 이세벨을 보는데 쓰고 있었다. 이세벨은 궁금한 얼굴을 들이
밀며 예언자 박수의 눈을 마주보았다. 이세벨은 주먹을 쥐었다. 천하의 이

세벨도 긴장을 했다. 박수의 눈에서 눈을 떼지 못했다.

'예언자 박수… 비밀이 많은 박수가 이제 눈을 뜨는구나. 어떤 자일까? 과연 나의 꿈대로 그자일까?'

잠시 후 박수의 휑하던 눈 안에서 노랗고 검은 눈동자가 자리를 잡았다. 놀랍게도 4개였다. 60년 전, 옛뱀이 준 4개의 눈이 번갈아가면서 보였다.

이세벨은 예언자 박수의 눈을 자세히 들여다보았다. 박수의 눈에는 누군지 알 수 없는 영의 그림자가 담겨 있었다. 눈에 익었다. 낯도 익었다. 하지만 무언가 달랐다.

'그 눈인가? 비슷하긴 한데… 거의 닮았는데. 하지만 어딘지 모르게 조금은 다르다. 아직 완벽하지 않아서인가? 아니면…'

이세벨은 아까 꾼 꿈을 되짚어 보았다. 그러나 잘 생각나지 않았다. 원래 이세벨의 꿈은 늘 선명했다. 하지만 오늘은 달랐다. 게다가 박수의 눈이 4개라서 이세벨은 혼란스러웠다.

'어찌 보면 바로 그 눈이다. 이렇게 보면 똑같다. 하지만 저렇게 보면 아닌 것도 같고. 아… 눈이 4개나 되니 헷갈리는구나. 빌어먹을 눈이 4개나 될 줄은 꿈에도 몰랐다.'

이세벨은 움직이기 전 마지막으로 세밀하게 따져보았다.

'두려운 꿈은 여기를 다녀가고 나서 시작되었다. 그 전의 개꿈은 진짜로 개꿈. 진정한 공포는 그 이후에 시작되었다. 이놈은 나의 피를 먹었고. 나와 같이 꿈을 꾼다. 그렇다면 그 눈동자, 나의 심장을 찢는 악한 눈동자는 이놈이 아니고는 설명이 되지 않는다. 내 주위의 어느 누구도 이보다 비슷한 눈동자를 가진 놈은 없다. 하지만… 무엇 때문일까? 뭐 때문에 나를 죽이려는 걸까? 나를 죽일만한 힘도 없어 보이는데… 이놈은 분명 나보다 강하지 않다. 그렇다면 이놈은 꿈에 나온 그놈이 아니다. 하지만… 하지만 만약 이놈이 그놈이라면… 나를 죽일 힘도 능력도 없는 놈이 나를 죽이려 한다면… 그건… 뒤에 누군가가 있다는 얘기다.'

이세벨은 생각할수록 섬뜩했다.

'그렇다면… 박수를 먼저 죽이면 안 된다. 이놈 뒤에 누가 있는지 알아내야 한다.'

이세벨은 결심이 섰다.

"역시… 나의 생각이 틀리지 않았다. 나, 이세벨의 안목은 틀리지 않았어."

"뭘 원하는가?"

"거래를 하자."

"거래?"

박수는 허리를 곧게 폈다.

"그렇지. 거래, 그것도 서로에게 좋은 거래."

이세벨도 박수를 마주하고 섰다.

"나는 원하는 게 없다."

박수의 말은 거짓이 없었다.

"있지만 말할 수 없겠지. 그에게서 눈을 얻었으니."

박수의 고개가 갸웃했다.

"그를 알고 있나?"

"그럼."

"믿기지 않는다."

"호호호 믿지 않는구나. 너에게 눈을 준 그놈을… 예전에 죽여버리려다가 간신히 참았다."

"계집 주제에."

옛뱀과의 일을 알고 있는 것 같았다. 박수는 심장이 뛰었다.

"화내지 마라. 잘못하면 애써 얻은 눈이 튀어나올 수도 있으니… 너에게 피를 나누어 눈을 준, 그 고마운 놈이 행여나 슬퍼하면 어쩌리오. 자중하도록……. 내가 분명히 말하건데 너와 그놈과의 관계는 내 알 바 아니다. 나는 관심 분야가 다르지. 시시하게 그런 거래는 하지 않는다."

"무엇을 원하는가? 말하라."

박수는 진심으로 말했다. 한참을 생각한 끝에 이세벨이 조용히 말했다.

"영혼을 나누자."

"무슨 뜻이냐?"

박수가 시치미를 뗐다. 하지만 이세벨은 차분하게 말했다.

"알고 있을 텐데."

비밀이 많은 박수는 목숨처럼 입을 닫고 살았다. 평생을 비참하게 살면서 입을 닫고 살았는데 이세벨이 아무렇지도 않게 알고 있었다. 박수는 허탈했다. 이세벨은 다시 한번 박수의 귀에 대고 조용히 말했다.

"걱정하지 마라. 나의 입은 무겁고, 나의 꿈은 너의 점보다 앞서 있다. 우리 둘이 합치면… 천년의 예언은 완전해진다. 자, 선택하라 박수. 진정 손을 잡을 자가 누군지."

"어찌 알았느냐? 너도 나처럼 박수의 운명인 것이냐?"

"운명? 개나 줘버려. 나는 꿈을 꾼다."

"피는 생명. 네가 버리고 간 너의 그 피로 나는 너의 모든 것을 알게 되었다. 그래서 너의 꿈과 나의 꿈이 섞이는구나. 아… 이세벨의 꿈이 나 박수보다 더 위대하다니. 나 박수, 점치는 자보다 위대해. 게다가 천년의 예언까지 아……."

지루해진 이세벨은 폭발하기 일보직전이었다.

"결정해라. 박수."

박수는 이세벨의 말에서 짙은 죽음의 향기를 맡았다. 박수는 어렵게 말했다.

"시간을 달라. 이세벨."

이세벨의 눈썹이 올라갔다. 머릿속으로 남편 아합이 떠올랐다.

"우유부단은 딱 질색. 더 이상 줄 시간은 없다."

"그럼 죽이겠다는 뜻인가?"

"그렇다. 박수."

이세벨의 말에서 박수는 이제 더 이상 시간이 없음을 알았다. 하지만 박수는 사탄의 고문에서도 살아남은 자였다.

"같이 죽을 수도 있다. 이세벨."

이세벨은 참을성이 없었다. 박수가 눈을 감아버리자 온몸에서 살기가 솟았다. 박수의 배후고 뭐고 다 죽여 버리고 싶었다. 이세벨의 머리카락이 허공으로 치솟았다. 입고 있는 옷도 빳빳해지며 펄럭거렸다. 차가운 바람이 나와서 박수의 심장을 오그라뜨렸다. 한 번도 본 적이 없는 강한 살기에 박수는 뼈가 얼었다.

'무섭다. 두렵고 또 두렵다. 사탄이 살아온다 해도 이보다 더 하겠는가?'

박수는 입을 열어 살려달라고 말하고 싶었다. 살기가 가득한 이세벨을 생각하면 지금이라도 무릎을 꿇고 싶었지만 박수는 한 번 죽은 목숨이었다. 박수는 목이 섬뜩했지만 끝까지 눈을 감았다. 진공관 속에 들어간 동굴은 시간이 멈추었다. 소리도 멈추었다. 얼어붙은 공기도 멈추었다.

악녀 이세벨은 결국 혀를 질끈 씹었다.

"박수, 사내답구나. 목을 걸 줄 알다니… 빠드득. 좋다. 너의 말대로 오늘은 여기까지. 시간은 칠일을 주겠다. 그게 나의 참을성의 한계다. 칠일 후에 오겠다, 박수. 그때까지 모든 준비를 하고 있어라. 그럼 가기 전에 선물을 하나 주겠다."

이세벨은 흔쾌하게 자리를 털고 일어섰다. 그리고는 왼손을 뻗어서 박수의 눈앞에 갔다 대었다. 박수는 이세벨의 행동에 슬며시 눈을 떴다. 박수는 이세벨의 왼손의 팔목에 걸린 팔찌를 보았다. 박수의 눈이 화등잔만 해졌다.

'더러운 세 영?'

경악으로 물든 박수의 눈은 핏발이 섰다. 박수는 부르르 떨었다. 이세벨은 덜덜 떠는 박수를 뒤로 하고 동굴을 나갔다.

"알아보는 걸 보니 정말로 장님은 아니구나. 불쌍한 박수, 앞으로 너의 그 수많은 불면의 밤은 어떻게 할까? 하하하……."

이세벨은 박수가 쳐놓은 빨간 피의 장막을 가볍게 찢어버리고는 들어올 때와 같이 바람처럼 사라졌다.

눈이 다시 들어간 빈 동공의 박수는 넋이 나갔다.

"후후후 의원데? 박수가 여기서 나타나다니 말이야."
"박수가? 역시 박수였군."

"눈도 있어. 4개나 말이지. 매의 눈이니 까마귀에게서 얻었겠지."
"이런… 이번에도 옛뱀이군."

"그렇지. 눈을 주려면 우리의 피가 필요할 테니 옛뱀 말고는 없어."
"옛뱀… 갈수록 신경 쓰이는군."

"걱정하지 마. 내 딸이 곧 죽여 버릴 테니."

"그게… 될까? 쉽게 될까? 도리어 죽지나 않으면 다행이지."

"옛뱀을 무서워하는군."

"너 같은 돌대가리가 뭘 알랴마는… 나는 그놈이 우리 중에서 가장 무서운 놈이라고 본다."

이세벨의 마차

발람의 동굴을 나온 이세벨은 왕궁으로 돌아가는 마차 안에서 내내 우울했다. 안개 속에 있는 것 같았다. 이세벨은 멍하니 밖을 내다보며 생각 중이었다. 그때였다. 앞서가던 시녀 나미가 조심스레 이세벨에게 말을 걸었다.

"왕후마마, 어디로 갈까요? 왕궁으로 갈까요? 아니면 공주님께로 갈까요?"

"무슨 말?"

"떠나기 전에 말씀 하시기를 키메리아로 갈 수도 있으니 갈림길에서 꼭 물어보라 하셨습니다. 해서 드리는 말씀입니다."

"아, 그랬지. 나도 이제 나이를 먹었어. 어쩔 수 없구나. 잘 말해 주었다. 좋다. 이왕 나온 김에 아달리아나 보고 가자. 얼마나 악해졌는지. 아들을 낳았다고 했지? 외손자지만 한 번도 본 적이 없으니… 나온 김에 한 번 봐야지. 좋다. 가자. 키메리아로."

"네, 알겠습니다."

시녀 나미는 말을 몰아 앞으로 나가며 큰소리를 질렀다.

"왕후께서 키메리아로 가신다. 길을 틀어라."

이세벨은 자신의 딸 아달리아를 보러 키메리아로 향했다.

키메리아

발람의 동굴을 나와 키메리아로 달려간 이세벨은 아달리아가 있는 왕궁으로 갔다. 갑자기 이세벨이 왔다는 소식을 듣고 왕인 키메라가 한걸음에 달려왔다. 왕이 서두르자 신하들도 허둥지둥 모두 모였다. 삼일 만에 달려간 이세벨은 마차에서 내리지 않고 있었다. 키메라는 이세벨이 내리지 않는 이유를 알았지만 시치미를 떼고 말했다.

"오시는 줄 몰랐습니다. 미리 연락을 주셨으면 미리 나가서 모셨을 것을."

"마음에도 없는 소리… 알면 됐네."

이세벨은 대나무로 만든 발을 확 젖히면서 키메라왕의 말을 끊어버렸다. 화려한 마차의 창 너머로 키메라 왕을 내려다보는 이세벨은 오만했고 무례했다. 그 앞에서 허리를 굽힌 키메라는 화가 머리끝까지 났다. 하지만 상대는 장모였다. 멱살을 잡고 싸울 수도 없는 일이었다. 수많은 신하들이 보는 앞에서 무안을 당한 키메라는 속만 부글거렸다. 하지만 아내의 어미라서 끝까지 예의를 지켰다.

"먼 길 오시느라 피곤하실 테니 제가 편한 곳으로 모시겠습니다."

키메라의 정중한 말에도 아랑곳하지 않는 이세벨은 갈수록 안하무인이었다.

"아달리아는 어디 있나?"

"그게… 아마도 연락이 늦은 듯합니다. 곧 오겠지요."

키메라는 불안 불안했다. 하지만 이세벨은 막무가내였다.

"감히 어미가 왔음에도 나오지 않다니. 죽으려고 환장을 한 게야. 막돼

먹은 계집 같으니."

키메라도 이세벨 못지않은 다혈질이었다. 키메라는 갈수록 가관인 이세벨의 말에 참기 어려웠다. 하지만 마지막이라는 생각으로 입을 열었다.

"왕후는 아마도 아기를 보고 있는 모양입니다."

"아기? 아들이라 했던가? 그러면… 제 아들이 더 중하다 이건가? 낳아준 어미는 안중에도 없고 제 아들만 눈에 들어온다 이거지? 알았네. 그럼 내가 직접 가지. 자네는 볼일을 보게."

말을 마친 이세벨은 마차 문을 거칠게 열고 내렸다. 찬바람이 쌩 하고 불었다. 아직도 키메라의 고개는 숙여있었다. 이세벨은 그런 키메라 왕을 거들떠보지도 않고 고개를 빳빳이 세웠다. 그리고는 스치듯 앞을 지나갔다.

키메리아에서 키메라왕은 절대적인 존재였다. 게다가 키메라왕은 절대 군주였다. 왕 앞에서 조금이라도 잘못하면 감옥에 가거나 귀향을 가는 일이 빈번했다. 키메리아에서는 모든 신하들이 키메라 앞에서 무릎을 꿇었다. 하지만 이세벨은 그런 것쯤은 안중에 없었다.

안하무인도 그 도를 넘은 이세벨의 행동에 모두들 입을 벌렸다. 한 나라의 왕을 아랫사람 대하듯 하는 이세벨을 보며 키메라의 충신들은 혀를 찼다. 하지만 어쩔 수 없었다. 상대는 왕후의 어미였고 막강한 제국 바벨론의 왕후였다. 이세벨은 펄럭이는 하얀 옷을 휘저으며 아달리아의 궁으로 갔다.

모욕적인 상황이 지나자 키메라의 신하들도 키메라의 입장을 이해하며 눈치만 살폈다. 크게 모욕을 당한 키메라는 얼굴이 붉어져 자신의 궁으로 돌아갔다.

키메라. 여호수아의 생령에 그림자 대왕이 들어가서 만들어진 괴물이었지만 절묘하게도 총명하고 재주가 많았다. 여호수아처럼 잡일에 능했으며 작은 물건이라도 한 번 보면 그대로 만들 수 있었다. 천문과 과학에도 밝아서 키메라의 밑에는 훌륭하고 충성스러운 신하들이 많이 모여들었다.

키메라는 달의 제국을 묶어버리는데 일조한 공으로 아라랏 산 아래 남쪽으로 자그마한 땅을 얻어서 자신만의 왕국을 세웠다. 특별히 큰 나라도 아니고 식량이 풍부하거나, 귀한 것이 나오는 나라는 아니었지만 모든 백성들이 키메라를 잘 따르고 뭉쳐서 부강한 나라를 만들었다. 주로 루디아와 바벨론 사이에서 무역을 하며 돈을 벌었고 그 돈으로 식량을 사며 군대도 샀다. 키메라 왕은 여호수아처럼 현명했고, 그림자 대왕처럼 결단력도 있었으며 지도력도 있었다. 다혈질인 것이 흠이었지만 그런 작은 결점조차도 없는 왕은 없었다. 백성들은 키메라의 지도 아래 단결이 잘 되었다.

하지만 10년 전에 아달리아가 키메리아로 온 뒤로는 단결이 잘 되던 백성들이 조금씩 분열되고 있었다. 아직도 왕을 따르는 백성들이 압도적으로 많았지만 아달리아가 데리고 들어온 바알과 마몬이 문제였다. 바알과 마몬을 풍요의 신으로 믿는 사람들이 조금씩 늘어나면서 백성들의 삶은 어려워졌다.

여태껏 없던 가뭄이 생기고 지진이 일어났다. 백성들 사이에 없던 다툼도 생겼다. 키메라는 왜 그런지 몰랐지만 충직한 신하들은 그게 다 왕비가 가지고 온 바알과 마몬 때문이라는 걸 알았다. 바알과 마몬을 믿는 자들이 늘 분란을 일으키며 이웃들과 싸움을 했다. 한 번이라도 호되게 당한 이웃들은 다음에 그런 비슷한 일이 생기면 서로의 마음의 문을 닫았다. 그러면서 키메리아에서는 서로 간에 넘치던 신뢰와 사랑이 식어갔다. 바알과 마몬은 그런 키메리아를 보며 흐뭇해 했다.

사실 오늘 키메라왕은 바벨론에서 온 사신 때문에 골머리를 앓고 있었다. 이세벨에 앞서서, 아합이 보낸 사신은 이미 이틀 전에 키메라의 왕궁에 와있었다. 그러나 왕을 닮아 무례한 사신은 키메리아에 오자마자 다짜고짜 본론부터 꺼내들었다. 거만한 표정과 말투는 바벨론 제국의 사신다웠다.

"루디아로 가는 길을 내주시오. 아니면 군대를 내주시오."

고개를 **빳빳**이 들고 말하는 사신을 보며 키메라는 굴욕이라는 단어가 생각났다. 하지만 바벨론의 미움을 사면서까지 거절을 할 상황도 아니었다. 게다가 아달리아의 면목도 있었다. 아달리아는 굳이 말을 꺼내지는 않았지만 은연중에 압력을 넣고 있었다. 하지만 현명한 키메라는 완곡한 표현을 써가면서 거절을 하였다.

"지금 우리나라는 수년 동안 지진과 기근에 시달리고 있소. 그래서 백성들의 생활이 어려워지고 민심도 흉흉해지고 있소. 마음은 굴뚝같지만 우리로서는 바벨론을 도와줄 힘이 없소. 부디 돌아가면 왕께 잘 설명 드리기 바라오. 아합 왕께서 루디아로 가신다면 길은 열어드리겠지만 군대는 어렵다고……."

"유감입니다. 아합 왕께서는 이번 일을 은근히 기대하고 계십니다. 실망이 크실 텐데요. 그래도 괜찮으시겠습니까?"

사신은 대놓고 협박이었다. 그러나 키메라왕은 슬기롭게 잘 달래었다.

"사신께서 잘 말해 주시면 아합 왕의 오해도 풀리지 않겠소? 부디 잘 말씀해 주시구려."

키메라왕의 완곡한 말에 사신은 더 말을 섞을 수가 없었다. 대신 사신은 바벨론으로 돌아가지 않고 아달리아를 만나서 물밑 작업을 했다. 사신이 아달리아에게 도움을 청하자 기다리고 있던 아달리아는 자신의 사람들을 모아주었다. 아달리아를 중심으로 바알과 마몬을 섬기는 자들은 이세벨이 온 오늘 아침부터 키메라의 왕궁으로 몰려갔다. 그리고는 자리를 깔고 앉아 시위를 하며 바벨론과 같이 루디아를 치자고 주장하고 있었다.

키메라는 아달리아를 이용하는 그런 사신의 태도가 마음에 들지 않았다. 그러나 아달리아의 얼굴을 봐서 참고 있었는데 이런 와중에 뜻밖에도 이세벨이 온 것이다.

이세벨이 왔다는 소식을 들은 왕, 키메라는 사신과 함께 하던 회의를 잠시 멈추고 이세벨을 만났다. 하지만 무례한 이세벨 덕에 키메라왕이 닭 □ 던 개 지붕 쳐다보는 신세가 되어 왕궁으로 돌아왔다. 키메라가 노해서 돌아왔다. 키메라를 따르는 신하들은 키메라의 걸음걸이에서 왕이 얼마나 화가 났는지 알 수 있었다.

왕궁으로 돌아온 키메라는 시끌벅적한 대전으로 한걸음에 달려갔다. 시끄럽게 논쟁을 하던 신하들은 왕의 출현에 말을 그치고 고개를 숙였다. 키메라는 자리에 털썩 앉으며 큰소리를 질렀다.

"바벨론에서 온 사신은 어디에 있는가? 오라고 하라."

사신에 대한 말투가 달라지며 노한 기색이 역력했다. 그러자 좌우로 갈린 신하들 사이에서 키가 작은 바벨론의 사신이 앞으로 나왔다. 자신도 이세벨의 출현을 들어서 알고 있었다. 당황한 사신은 허리를 땅에 대고 엎드리며 말했다.

"왕께서는 이세벨 왕후의 일로 이번 중요한 국사를 보시는데 마음을 뺏기지 않으시기를 바랍니다. 저도 왕후께서 오시는 건 모르고 있던 일이라……."

키메라는 사신의 말이 고까웠다. 협박으로 들린 키메라는 눈에 쌍심지를 켰다.

"그래서? 그래서 지금 네놈이 나에게 훈계하려는가? 바벨론의 왕후가 나를 모욕하여도 너희 나라와의 동맹을 받아들이라는 말인가?"

키메라가 꽥 소리를 질렀다. 그러나 사신은 키메라를 가르치려 했다.

"이세벨 왕후께서는 아달리아 왕후마마의 어머님이 되십니다. 이세벨 왕후께서 이리로 오신 것은 이번 바벨론과 키메리아의 동맹과는 하등 상관없는 일입니다. 부디 왕께서는 사적인 일과 공적인 일을 구분하시기 바랍니다."

"뭐라? 구분하라? 구분하라 했는가? 네놈이 감히 나를 훈계하려 해? 진정 네놈이 죽으려는가?"

키메라의 노가 절정에 달하자 사신은 당황했다.

"그게 아니라… 그게……."

사신은 덜컥 겁이 났다. 그러자 사신은 갈수록 말이 꼬였다.

아합은 아달리아가 있는 키메리아를 가벼이 보았다. 자신의 딸이 왕후로 있는 나라쯤은 별 것 아니라는 생각을 했다. 그래서 사신으로 아무나 보낸 것이 화근이었다. 슬기로운 신하라면 왕후의 잘못을 엎드려 빌어야만 했다. 하지만 키메라 앞에 선 사신은 그럴 생각이 없었다. 한마디로 머리가 돌지 않는 자였다. 키메라는 동맹을 깨기로 마음을 먹고는 꼬투리를 잡았다.

"아니라? 그러면 동맹은 물 건너가도 괜찮다는 뜻이겠구나. 그래도 된다는 뜻이겠지?"

사신은 키메라의 말에 앞이 노래졌다. 그래서 지껄인다는 말이 결국 화를 불렀다.

"키메라 왕께서는 바벨론의 막강한 국력을 생각해 보심이……."

사신은 갈수록 태산이었다. 키메라는 어쭙잖은 자를 보낸 아합까지 괘씸했다.

"네가 지금 나를 협박하려는 것이냐? 뭣들 하느냐? 저놈을 당장 나무에 매달고 사지를 찢어 까마귀밥이 되게 하여라. 어서."

키메라가 노하자 폭풍이 몰아닥치는 것 같았다. 사신은 벌벌 떨며 목숨을 구걸했다.

"살려주십시오. 제가 불민하여 왕께 근심을 드렸으니, 백번 죽어 마땅하지만 아달리아 왕후마마의 면을 보셔서 살려주십시오."

사신은 역시 왕후를 들먹였다. 하지만 키메라는 싸늘했다.

"버러지 같은 놈."

키메라의 말에 군사들이 사신에게 달려들었다. 팔과 다리를 붙잡고 개처럼 끌고나갔다. 큰 칼을 빼어든 장수 한 명은 이미 사신의 목에 칼을 내리치는 중이었다. 사신은 어쩔 줄 몰랐다.

"살려주십시오. 살려주십시오. 대왕께서 자비를 내려주십시오."

사신은 이미 눈물 콧물을 모두 쏟아내었다. 이미 오줌까지 지려서 궁에는 지린내가 진동했다. 버러지처럼 허둥거리는 모습을 본 키메라는 더욱 싸늘해졌다.

"저놈의 목을 베어 보았자, 나에게 돌아오는 건 없다. 하지만 왕후가 무례하면 신하가 대신 죄를 받는 법. 네놈의 목을 베어야겠다. 하지만 너의 목을 베면 바벨론 왕에게 훈계할 사람이 없어지니 참겠다. 대신 두 눈과 귀를 놓고 가라. 말을 해야 하니 혀는 놔두겠다."

사신은 키메라의 말에 더욱 벌벌 기었다. 하지만 키메라의 노기는 그치지 않았다.

"가서 나의 말을 전하라. 사사롭게는 장인이지만 냉정하게 말을 하지. 부탁을 하려거든 정중하게 예의를 갖추어 오라고 하라. 그리고 바벨론 왕이 직접 와도 어려운 일을 한낱 빌어먹고 목이 곧은 사신 따위를 보내다니… 바벨론 왕이 진정 정신이 나간 게 아니냐고 물어라. 나를 협박한 너는 목을 부여잡고 바벨론 왕에게 달려가라. 가서 내가 한 말을 남김없이 전하라. 그리고 한 가지 더, 내가 충고하는데 한낱 집안일로 국가의 대사를 그르치는 일이 없도록 하라고 하라. 이게 내가 바벨론 왕에게 전하는 답이다."

키메라는 노기가 풀리지 않은 채 안으로 들어가 버렸다. 둘로 나누어져서 싸우던 신하들도 꿀 먹은 벙어리가 되어 서로 얼굴만 쳐다보았다. 땅에 엎드린 사신은 사색이 되어 얼굴을 들지 못했다.

아달리아의 침실

한편 키메라에게 모욕을 주고 아달리아의 궁으로 간 이세벨은 눈에 보이는 것이 없었다.

"건방진 것. 어미가 왔음에도 얼굴을 내밀지 않다니 죽으려고 환장을 했구나."

이세벨의 기세가 심상치 않았다. 시녀 나미는 은근히 불안했다.

"제가 공주님께 먼저 가서 준비시키겠습니다."

"되었다. 한두 번도 아니고 이제는 죄에 대한 대가를 치러야해."

이세벨은 필요 이상으로 분노했다. 찬바람이 쌩쌩 부는 표정으로 옷을 휘두르며 날 듯 걸었다.

"나미는 밖에 있으라. 내가 들어가서 요절을 내고 나오리니 마차를 지키거라."

이세벨의 말 한 마디에 나미는 마차 곁을 떠나지 않았다. 이세벨은 자신의 딸, 아달리아를 보러 홀로 궁으로 들어갔다. 낯선 궁을 거침없이 들어간 이세벨은 아달리아의 시녀들이 황급히 열어준 문 안으로 들어갔다.

아달리아의 침실.

화려하기가 극에 달했다. 키메리아가 부자 나라는 아니지만 키메라는 아달리아를 너무나 사랑하여 아달리아가 원하는 건 뭐든지 들어주었는데 그 중에서도 키메라가 제일 정성을 쏟은 것은 아달리아의 침실이었다. 이세벨은 침실에 들어가자마자 눈살을 찌푸렸다. 금과 보석으로 치장한 침실은 넓기도 했지만 그 화려함이 과했다. 자신의 화려한 침실과 비교해도 지나쳤다.

꿈틀. 이세벨의 눈꼬리가 올라갔다. 강력한 질투가 스물거리며 이세벨의 심장으로 들어왔다.

"미친 게로군."

이세벨의 언행은 거침이 없었다.

"코딱지만 한 나라에서 왕후가 미친 게야. 분수도 모르는 것이……."

이세벨은 되는 대로 지껄였다. 하지만 분이 풀리지 않았다. 게다가 꼬인 벨이 더 꼬이는 일이 생겼다.

바로 아달리아, 자신의 딸이 서 있었다. 아달리아는 이세벨 자신보다 더 아름다웠다. 이세벨은 아기를 낳고 나서 더욱 아름다워진 아달리아를 보다가 심장이 툭 하고 떨어지는 느낌이 들었다. 허망했다.

'이런…'

이세벨의 한숨이 가슴을 울렸다. 마음 한구석이 턱하고 막혔다. 이상했다. 외롭고 쓸쓸하며 세상에 가진 것 하나 없는 빈털터리가 된 느낌이었다. 이세벨은 이 모든 것이 다 자신의 딸 아달리아 때문이라고 생각했다. 이세벨은 갑자기 질투를 주체할 수 없었다. 질투가 회오리처럼 마음속에서 일어나더니 순식간에 살기로 바뀌었다.

그때였다. 격렬하게 뛰는 심장소리에 맞추어서 이세벨의 귀로 이상한 음성이 들렸다.

'무엇하느냐? 죽여라. 아름다운 여자는 이세벨이 되어야 한다. 이세벨만이 아름답다. 아달리아는 아름다우면 안 된다. 이세벨, 어서 죽여라. 아달리아를 죽여라. 세상의 여자는 모두 죽여야 한다. 어서……..'

처음 들어보는 쉰목소리였다. 이상했다. 이세벨은 박수의 목소리와 닮았다고 생각했다. 이세벨도 죽이고 싶었지만 사력을 다해 꾹 참았다. 하지만 살기를 감출 수는 없었다. 이세벨의 살기는 눈으로 쏟아져 나오고 있었다.

그러나 아달리아는 이세벨의 딸이었다. 이세벨과 마찬가지로 사악했으며 만만치 않았다. 아달리아도 눈에 살기를 담고 이세벨의 눈과 마주했다. 모녀지간이었지만 두 악녀의 눈에서는 불꽃이 튀었다. 말없이 정적이 짧은 순간 지났다.

어색하다고 느낀 아달리아가 자리에 앉으며 먼저 말했다. 품에는 어린 아들을 안고 있었다.

"웬일이야? 뭐 하러 왔어?"

아달리아가 살기를 접자 이세벨의 살기도 순식간에 사라졌다.

"어미에게 말버릇하고는……."

"어미라… 하하하 웃기는군. 자기가 한 것이 뭐가 있다고. 어미? 웃기지도 않아."

이세벨이 꿈틀했다. 하지만 참는 김에 더 참기로 했다.

"감히 네가 죽으려고… 낳아주고 먹여준 어미를 모욕하다니. 하지만 오늘은 참겠다. 막돼먹어도 나의 핏줄이니 내가 참지."

"이제 와서 같은 피? 어려서부터 나를 죽이려고 갖은 수를 다 쓰더니… 내가 더 아름다워서 제 몸으로 낳은 딸을 죽이려고 환장하더니… 어미라고? 딸을 질투하고 죽이려는 자가 어미? 지나가던 개가 웃겠네. 아직도 정신이 온전치 않은가봐. 하기야 하루 종일 거울만 보면 돌아버릴 만도 하겠지."

이세벨이 외쳤다.

"아달리아!"

아달리아는 이세벨의 말에 움찔했지만 버릇이 나쁘게 들은 아달리야는 입을 비집고 나오는 말을 막지 못했다.

"나의 이름을 그 더러운 입에 담지 마라. 그 더러운 입으로 감히 나의 이름을……."

짝.

순식간에 이세벨이 아달리아의 뺨을 때렸다. 아달리아의 시녀는 너무 놀라서 어쩔 줄 몰랐다. 아달리아의 침실은 순식간에 살벌한 분위기에 급속히 얼었다.

아달리아는 눈에서 불이 났다. 돌아간 고개 옆으로 피가 보였다. 눈이 뒤집힌 아달리아는 서서히 고개를 돌리며 이세벨을 노려보았다. 눈에는 핏발이 서고 뺨은 손바닥 자국이 부풀어 올라서 보기 흉측했다. 그러나 이세벨은 모른 척 시치미였다. 아달리아가 살기를 품고 이세벨에게 돌진하려는 순간, 품안의 아기가 아달리아의 귀에다 대고 작게 말했다.

"참아. 지금 가면 죽어."

지옥의 목소리일까? 아니면 미친 아기의 헛소리일까? 아달리아는 아기의 말에 온몸의 피가 아래로 빠져나가는 걸 느꼈다. 아달리아는 품안의 아기를 보았다. 아기의 모습은 여전히 어린 아가였다.

3살. 아직은 어렸다.

작은 체구만큼이나 정신도 어려야만 할 나이. 그러나 아기는 악녀 이세벨을 정면으로 보면서도 눈 하나 깜짝하지 않았다. 아달리아가 아기 때문에 허둥대는 걸 본 이세벨은 이상하다고 생각했다. 그러다가 자기도 모르게 아기와 눈이 맞았다.

남자아이지만 참으로 예뻤다. 이세벨은 자신의 피를 가진 예쁜 사내아이들을 좋아했다. 만약 여자아이라면 죽이려고 들었겠지만 사내아이에게만큼은 관대했다. 이세벨은 자신의 손자가 이렇게 예쁜 줄은 미처 몰랐었다. 얼굴을 마주할 기회도 없었지만 거울만 보느라 남을 신경 쓰질 않았기 때문이었다.

이세벨은 오늘에서야 처음으로 자신의 손자를 보며 호기심을 가졌다. 이세벨의 눈이 아기의 맑은 눈과 마주했다. 순간 이세벨의 눈이 경악으로 서서히 물들어갔다.

"눈… 눈동자… 그 눈동자……."

이세벨의 얼굴은 새파랗게 질렸다. 이세벨의 갑작스런 행동에 아달리아는 저도 모르게 아기를 끌어안았다. 그러나 그런 행동은 이세벨의 호기심을 더욱 자극하였다. 이세벨은 굶주린 사자의 눈처럼 눈을 크게 뜨고는 아기만 바라보았다. 그러면서 이세벨은 먹이를 본 맹수처럼 아달리아에게 걸어갔다. 아달리아는 급한 김에 옆의 시녀들에게 비명을 질렀다.

"뭐하느냐? 저 악녀를 막아라. 어서."

아달리아는 자리를 박차고 일어나 몸을 돌렸다. 방문은 반대쪽에 있었지만 아기를 보호하려는 본능으로 자신의 몸을 돌렸다. 그러는 사이 시녀들은 이세벨의 앞으로 몸을 날렸다. 검을 차고 있던 시녀는 검을 빼기까지 하였다. 서너 명의 시녀들은 아무것도 모른 채 악녀 앞을 가로막았다.

하지만 이세벨은 그런 시녀들은 안중에 없었다. 오로지 아기만이 눈에 들어왔다. 시녀들이 아이에게 향하는 자신의 길을 막자 분노했다.

"이런 하루살이 같은 것들이."

이세벨은 걸어가면서 옷을 한 번 털어냈다. 이세벨의 길고 거추장스러운 옷이 이세벨의 몸짓 한 번에 팽팽하게 부풀어 올랐다. 시녀들이 옆으로 다가오자 하늘거리던 이세벨 옷 조각들이 날카로운 검이 되었다. 눈이 달린 것처럼 이세벨의 옷은 순식간에 사방으로 뻗어갔다. 강한 바람 소리가 났다. 피가 튀고 뼈가 꺾였다. 검이 부러지며 내는 소리와 혼을 가르는 비명소리가 뒤섞였다. 아달리아의 침실은 순식간에 아수라장이 되었다.

이세벨의 옆으로 다가오던 시녀 중 맨 앞의 시녀는 하얀 천 조각에 목이 졸리고 부러져서 그 자리에서 죽었다. 그 뒤에 오던 시녀는 또 다른 천이 배를 뚫고 창자를 밀어버렸다. 피가 사방으로 튀는 가운데 피를 맛본 이세벨의 천 조각들은 시녀들의 뜨거운 피를 빨아들였다. 뱀이 꿈틀대며 그 머리를 쑤셔 넣는 것처럼, 이세벨의 천 조각은 비참한 시녀들의 몸 안에서 꿈틀거리며 움직였다. 시녀가 괴로움에 비명을 지를수록 피를 빨아들이는 천은 더욱 흥분하였다. 천을 통해 스며드는 시녀의 피는 모두 이세벨의 피부를 통해 몸 안으로 들어갔다. 검을 들었던 시녀도 즉사했다. 손에 들었던 검이 강한 옷자락에 두 동강이 나며 머리를 둘로 쪼갠 채로 박혀버려서 그 자리에서 죽었다. 비참했다. 역시 목을 휘감은 이세벨의 옷은 머리가 쪼개져 죽어버린 시녀의 목을 감고 피를 짜내었다. 눈이 튀어나오고 혀가 밖으로 밀려나왔다. 목을 졸라맨 옷은 시녀의 뜨끈한 피를 이세벨에게 부어주고 있었다.

흡혈 악녀 이세벨.

분노한 이세벨은 시녀들의 피를 마시면서도 눈 하나 깜짝하지 않았다. 오히려 보약으로 생각하고 시녀들이 말라서 비틀어질 때까지 그 자리에서 눈을 감고 고개를 허공에 쳐든 채로 숨을 크게 들이마셨다. 이세벨의 몸은 허공으로 들려져 있었다. 피가 이세벨의 몸으로 들어갈수록 이세벨의 표정은 평안했다.

"아, 아."

이세벨이 포만감에 신음소리를 내었다.

아달리아는 너무나 무서워서 덜덜 떨었다. 고개를 돌리고 있는 아달리아는 직접 보지는 못했지만 비명만으로도 모든 상황을 알 수 있었다. 입술이 달달 떨리고 다리에 힘이 풀렸다. 감히 도망갈 생각도 하지 못하고 아기만 꼭 끌어안은 채 덜덜덜 떨었다. 그러다가 갑자기 어깨에 이세벨의 손길을 느꼈다. 아달리아는 징그러운 뱀의 손길처럼 온몸에 소름이 확 돋았다. 이세벨이 마약에 취한 듯 흐느적거리며 말했다.

"그 아기를 내게 주어라. 그러면 목숨만은 살려주겠다. 어서. 나의 손자를 내게 주어라."

아달리아는 너무나 무서웠지만 아기를 달라고 하자 갑자기 없던 용기가 생겼다.

"싫다. 싫어. 죽어도 싫다. 아기를 데려가려면 나를 죽이고 가라. 미친년아."

아달리아도 악녀였다. 자신의 것을 앗아가려는 이세벨에 대해 있는 대로 큰소리를 질렀다. 그러자 이세벨이 눈을 이마 위로 뜨며 의외라는 표정으로 말했다.

"너도 나와 같은 악녀. 그런데 어찌 어미의 정이 있을 수가 있을까? 웃기는 일이군. 아달리아 어차피 너의 그 아이는 원래 내 꺼다. 내 꺼."

이세벨은 유난히 집착이 심했다. 자신의 것이라는 생각이 들면 가차없었다. 아무리 남의 것이라도 손에 넣어야만 했다. 이세벨은 아기를 보고 이성을 잃었다. 아달리아는 너무나 무섭지만 용기를 내어 얼굴을 마주보고 말했다.

"아기는 내 꺼다. 네년의 것이 아닌 나의 아들, 이 아기는 나의 아들이다. 알았느냐?"

아달리아는 왕후답게 눈에 힘을 주고 이세벨을 마주보았다. 이세벨은 시녀들의 피에 취해서 얼굴이 붉었다. 약간 살이 쪄 보이는 얼굴은 피를 너무나 많이 마셨기 때문에 그런 것 같았다. 이세벨은 포만감에 너그러워졌지만 그렇다고 아기를 쉽게 포기할 악녀가 아니었다. 이세벨은 아달리아의 악다구니 같은 말을 듣고는 갑자기 씩 웃었다. 하얀 치아 사이로 피가 보여 이빨의 경계를 확실하게 보여주었다. 게다가 이세벨의 예쁜 보조개에는 피가 가득 담겼다.

아달리아는 공포가 몰려왔지만 더욱 눈의 힘을 풀지 않았다. 그러면서 아달리아는 아기를 더욱 세게 끌어안았다. 그때였다. 갑자기 이세벨의 옷이 나풀거리는 것 같았다. 아달리아는 이세벨이 사악하게 웃는 모습만 보았는데 품안이 허전해짐을 느꼈다. 그리고는 앞가슴이 화끈거렸다. 아달리아는 눈을 내려 자신의 왼쪽 가슴을 보았다.

그곳에는 자신의 소중한 아들은 온데간데 없고 시녀의 부러진 검이 그 손잡이까지 깊이 박혀있었다. 피가 솟았다. 붉고 따뜻한 피가 멀리까지 뻗어나가는 모습이 눈에 들어왔다. 소리가 들리지 않았고 모든 모습이 정지되어 보였다.

정신이 몽롱했다. 믿기지 않는 눈을 들어 이세벨을 보았다. 피를 뒤집어쓴 이세벨이 이를 드러내며 웃었다. 그리고 그 악녀 이세벨의 품에는 자신의 아들이 안겨 있었다.

아기는 울지 않았다. 반항도 하지 않았다. 오히려 피를 뿌리며 죽어가는 자신의 어미 아달리아를 무심히 내려 보았다. 무너지는 아달리아는 허탈했다. 목숨과도 같은 아들이 악녀의 품에서 편안하고 무심한 눈길로 자신을 보고 있자 세상이 원망스럽고 모든 것이 허탈했다. 그러나 아달리아는 더 이상 아들을 볼 수 없었다. 이세벨이 등을 돌려 방을 나가버렸기 때문이었다.

아달리아는 방이 돌아서 뒤집어진다고 생각했다. 벽이 무너지고 바닥이 올라왔다. 무력한 아달리아는 다리에 힘이 빠지고 서서히 바닥으로 무너지는 자신의 모습을 볼 수 있었다.

마지막으로 뒤를 돌아가는 이세벨의 손이 치켜지는 모습이 보이는데 귓전으로 가느다란 아기의 목소리가 들렸다.

"되었다. 이세벨. 그만 가자."

아달리아는 그 말을 마지막으로 들으며 정신을 잃었다. 끝이 없는 어둠으로 빠져들어갔다. 아달리아의 붉은 입 안에는 아들의 이름이 맴돌았다.

'아리… 아리… 나의 아들….'

침실을 나온 이세벨은 비명을 지르고 도망가는 시녀들을 하나씩 죽이면서 가는 길을 피바다로 만들었다. 이제는 완전히 붉은 피의 색이 된 이세벨은 무표정한 아기를 안고 유유히 마차를 탔다. 시녀 나미는 너무나 놀랐지만 이세벨이 마차를 타자 있는 힘껏 마차를 몰았다.

아달리아는 참혹한 모습으로 죽어가고 있었다.

"교만한 네놈도 이제 보이는 모양이구나. 역시 아리였어."

"포악한 네놈이 이세벨을 선택했으니 당연한 거야."

"후후후 이제부터 지루하지는 않겠어. 서로 마주보는 것 같잖아. 안 그래?"

"이제부터 전쟁이겠지. 만정을 향한 전쟁."

"네놈의 눈으로 보았으니 알겠지만 이세벨을 이기기 어려워."

"아리가 어려서?"

"아니."

"그럼?"

"서두르지 마. 때가 되면 자연히 알게 돼. 그때까지 잘 생각해봐."

"그러지. 네놈도 생각하고 있어."

"뭘?"

"개 말이야. 들개. 그 개가 누굴까? 이세벨의 살을 먹는 개가 누굴까 말이야."

귀신들의 수다

"어디가?"

"……."

"어디 가냐고?"

"말버릇하고는 꼭 지 어미구나. 어디를 가는지 어린놈이 알아서 무엇 하느냐?"

"네 입으로 그랬잖아. 칠 일 뒤에 간다고."

"네가 그걸 어떻게?"

"궁금해? 그건 내가 너고, 네가 나이기 때문이야. 우린 같아. 그래서 그래."

"거짓말하지 마라."

"믿기 싫으면 말든가. 하지만 시간 없어. 가 버리면 어쩌려고?"

"누구를 만나려느냐?"

"몰라서 물어? 박수를 만나야 하잖아? 안 그래?"

"너는 누구냐? 누군데 그걸 아느냐?"

"아까 말했잖아. 너라고. 이세벨, 불쌍한 이세벨. 아름다운 이세벨. 이제 믿어?
그럼 빨리 가."

"…나미는 들으라. 발람의 동굴로 간다."

"이제야 믿는구나. 하지만 틀렸어."

"무슨 소리냐?"

"몰라서 물어? 박수는 거기 없어. 귀신들의 수다로 도망갔어."

"나미, 방향을 바꿔라. 아라랏산 북편 절벽으로 간다. 어서 가자."

아라랏산

동방 사투리로 아라리산이라고 했다. 노아의 방주가 걸려서 안착한 아라랏산은 매우 높은 산이었다. 게다가 크고 거대했다. 넓은 산 전체를 한 바퀴 돌아보려면 한 달이나 걸렸다.

아라랏산에는 귀신들이 많았다. 사람들을 먹잇감으로 여기는 귀신들은 아라랏산으로부터 퍼져나갔다. 달의 제국을 출발한 귀신의 영들이 시공간의 통로를 따라서 오다가 아라랏산 정상으로 나왔기 때문이었다.

아라랏산 북편 절벽은 항상 안개가 끼어있었다. 밤이나 새벽에는 이슬이 계곡과 절벽을 덮었다. 하지만 그렇다고 춥지는 않았다. 거대한 아라랏산 북쪽 경사면, 그 중턱에 깎아지른 바위 절벽 아래에는 항상 연기가 올라왔다. 그 연기는 산 아래 마을 사람들이 향을 피우기 때문이다. 집요하리만큼 미신을 믿는 마을사람들은 눈이 오나 비가 오나, 커다란 바위 아래에서 향을 피우고 절을 하느라 늘 부산스러웠다.

해가 떠도 그늘이 지는 북향 절벽에 4명 정도가 서 있을 수 있을 정도로 툭 튀어나온 바위가 있었다. 멀리서 보면 강인한 장수의 각진 아래턱처럼 보였다. 그 바위는 돌을 쪼아 만든 큰 동굴의 입구였다. 안으로 넓게 쪼아 들어간 그 동굴은 자연적인 동굴이 아니었다. 하나하나 사람의 힘으로 돌을 파서 만든 동굴이었다.

산 전체가 바위산인 이 아라랏산의 북쪽 경사면은 수직에 가깝게 기울어졌다. 이슬에 미끄럽고 가팔라서 어느 누구도 그 면을 따라 기어오를 수 없었다. 하지만 미신에 사로잡힌 마을사람들은 산꼭대기로 올라갔다. 그리고는 줄을 타고 내려와서 바위를 쪼았다. 사람들은 그렇게 몇날 며칠을 먹지도 못하고 돌을 쪼다가 죽어갔다. 마을사람들은 한번 내려간 사람들을 줄에 매달아 들어 올려주지 않았다. 죽으면 다음 사람들이 다시 줄을 타고 내려와서, 전에 죽어간 동료의 시신을 산 아래로 던지고는 역시 그 죽은 자들과 같은 운명을 따르다 죽어갔다.

광기였다.

마을사람들은 귀신에 홀려 10년 동안 이런 미친 짓을 계속했다. 누가 먼저 시작했는지는 알 수 없었다. 그저 무식한 누군가가 시작한 일이 10여 년을 거치면서 큰 공사가 되었다.

그러다가 얼마 전에 커다란 동굴과 그 안과 밖에 커다란 석상들이 만들어졌다. 마을사람들은 자신들의 피로 완성된 동굴과 석상 아래에서 매일같이 향을 피우고 절을 했다. 자신들이 목숨을 버려가며 만든 석상들 앞에 절을 하고 먹을 수도 없는 귀신을 위해 음식을 차려놓았다. 어리석은 마을사람들을 포로로 사로잡은 귀신의 이름은 바로 마몬이었다.

아라랏산 북편 절벽

이세벨은 감개가 무량했다. 아스라이 나던 50년 전의 기억은 이제 또렷해졌다.

"아."

의미없는 탄식이 입술을 비집고 나온다. 구름을 뚫고 하늘을 한번 보았다. 파란 하늘은 그때나 지금이나 같다. 아래를 내려 보았다. 깊이를 알 수 없는 계곡과 깎아지른 절벽, 그리고 그 아래를 지나는 구름 같은 연기. 꿈에도 그리던 곳이었다.

기억이 난다. 가물거리던 그 시절의 기억이 마음으로 들어온다. 이세벨은 지난날의 아스라한 일들이 모두 하나하나씩 머리를 스쳐 지나갔다. 이세벨은 문득 손목을 보았다. 금팔찌. 자신에게 온 팔찌를 보며 잊었던 이름을 떠올렸다.

"옛뱀."

기묘한 만남이었다. 바람이 불어온다. 눈을 살짝 감았다. 시원하다. 마음은 평안하다. 포근하고 가볍다. 문득 옛뱀이 궁금해졌다.

"무얼 하고 있을까?"

나미에 안긴 아기가 이세벨을 보고 있다. 이세벨의 머릿속으로 아기의 음성이 들렸다.

"올 거야. 곧 와. 온다고. 옛뱀은 그런 놈이야. 바람처럼 왔다가 구름처럼 사라지지."

"그럼 왜 오는지도 알겠네?"

"그럼."

"나는 왜 모르지?"

"팔찌 때문이야."

"이건 내 꺼야."

"알아. 하지만 옛뱀은 욕심이 많거든."

"나도 그래."

이세벨은 아기와의 대화가 일상이 되어버렸다. 아기는 이세벨과는 일절 말을 섞지 않았다. 눈을 마주치는 법도 없었다. 그러나 이세벨과는 마음속으로 말을 했다.

미친 아기였다.

"너의 눈동자의 비밀을 알기 전에는 죽이지 않겠다. 하지만 그걸 아는 날에는 너를 제일 먼저 죽이겠다."

"맘대로 해."

그러나 이세벨은 아직 아기의 비밀을 알지 못했다. 이번에는 이세벨이 먼저 말했다.

"네놈 이름이 뭐냐?"

"나? 알고 싶어? 죽일 거면서… 알고 싶어?"

"둘러대지 말고. 말해봐."

"알면 후회할 텐데…."

"후회가 되면 죽이지 뭐."

"과연 그럴까?"

"나한테는 쉬워."

"나한테는 어려울 텐데? 좋아 말해 주지. 나는 아리야. 미친 아리."

"아리? 네가 아리? 거짓말하지 마라."

"거 봐. 후회할 거라 했잖아. 안 믿기지?"

"….."

"자장 자장 우리 아가 잘도 잔다 잘도 잔다."

"….."

나미가 이를 악문 이세벨에게 다가왔다.

"어디로 가실 겁니까?"

이세벨이 눈을 떴다. 나미는 곤란한 얼굴이 되었다.

"절벽 중간에 있는 동굴로 간다."

"줄을 내릴까요?"

"그럴 필요 없다."

"그럼."

"이곳은 내가 잘 안다. 원혼들의 안식이 없는 이곳도 숨구멍은 있지. 가자."

이세벨의 말은 단호했다. 그 옛날 옛뱀이 숨어 있던 그 수풀. 이세벨은 그 수풀 속으로 거침없이 걸어갔다. 나미는 황급히 아기를 안고 이세벨을 따라갔다.

"왕후께서 가신다. 길을 만들어라."

절벽 위에는 커다란 수풀을 베며 길을 내는 이세벨의 군사들의 고된 신음소리가 들렸다.

며칠 전, 발람의 동굴

이세벨이 다녀간 이후로 발람은 엉망이 되었다. 몸 안의 모든 관절은 성한 곳이 없이 아팠고 머리에서 흐르는 피는 쉽게 멈추지 않았다. 그러나 육신의 고통은 견딜만 했다. 중요한 것은 마음의 병이었다.

'더러운 세 영. 그들이 어떻게 이세벨에게…'

이세벨의 팔찌를 본 발람은 두려웠다. 깨어 있을 때면 이세벨이 다시 돌아와서 자신을 죽일 것만 같은 생각이 들었다. 그래서 잠을 자면 더 문제였다. 잠을 자면 더러운 세 영이 자신의 목을 졸랐다. 숨을 쉬지 못하고 버둥대다가 잠을 깨면 목에 선명하게 졸린 흔적이 있었다.

3일을 꼬박 생각한 발람은 다곤과 까마귀와 마주앉았다.

"여태껏 나를 도와주어서 고맙다."

갑작스런 발람의 말에는 이별의 냄새가 짙게 묻어 있었다. 다곤은 발람이 고민할 때부터 이런 일이 있을 줄 알고 마음의 준비를 했다. 하지만 장님까마귀는 오랫동안 발람과 정이 깊게 들었다. 그래서 검은 안대 아래로 아쉬움의 눈물을 흘렸다.

"울지 마라, 까마귀. 우리가 영원히 헤어지는 건 아니니. 언젠가는 서로 다시 볼 수 있겠지. 하지만 갈 때 가더라도… 확인을 해야겠어. 나 좀 도와줘."

발람은 잠시 말을 끊고 멀리 아라랏산을 쳐다보았다. 그리고는 다시 말했다.

"까마귀… 귀신들의 수다에 좀 데려가 줘. 꿈에, 매일 꾸는 꿈에, 귀신들의 수다에서 누군가가 나를 기다려. 그게 누굴까? 이세벨에게서 도망가기 전에 확인을 해야겠어. 사흘이면 되겠지? 더 빠르면 좋고."

까마귀는 놀랐다.

"확실히 너는 대단해. 귀신의 영인 우리만 아는 비밀을 네가 아는 걸 보면… 다곤, 발람을 귀신들의 수다에 데려다 주자. 어차피 한 번은 데려가려고 했으니 이번에 가자."

다곤도 같은 생각이었다.

"그래 이왕 이렇게 된 거, 가자. 까마귀, 혹시 우리에게 도움이 될 놈이 있을까? 너도 알다시피 그곳 놈들이 좀 거칠잖아?"

"하나가 있긴 하지. 악한 영, 그놈과 같이 가면 도움이 될 거야."

까마귀의 말에 다곤이 물었다.

"그게 뭐야? 이름이야?"

그러자 까마귀가 고개를 끄덕였다. 다곤은 어이가 없었다.

"악한 영이 어떻게 이름이 돼? 악한 영들이 한둘이냐고?"

"그러니까 특별하다는 거야."

"뭐가 특별해?"

"악한 영이 이름이 되었다는 건 진짜로 악하다는 뜻이 아니고 뭐겠어? 얼마나 악하면 이름을 악한 영으로 쓰겠냐고? 사탄이 지어준 이름이야. 그러니 가벼이 보면 안 돼."

발람과 다곤은 어리둥절했다.

다음날 아침

발람은 다곤의 손에 잡힌 채로 길을 떠났다. 까마귀는 발람의 어깨에 올라앉았다. 눈을 가진 귀신의 영은 다곤 밖에 없었지만 산을 오르내리고 길을 가는 데는 전혀 지장이 없었다. 하루를 꼬박 달려가서 도착한 곳은 루디아의 초입에 있는 그랄 숲이었다. 대낮에도 어두운 숲은 생명이 넘치고 있었다.

까마귀는 그랄에 도착하자마자 하늘로 날아올랐다. 그리고는 마치 눈이 있는 새처럼 그랄 숲 그 광활한 대지를 샅샅이 훑었다. 그동안 다곤과 발람은 나무 그늘 아래에서 휴식을 하고 있었다. 발람이 뜬금없이 입을 열었다.

"다곤, 미안하다. 네가 눈도 없는 나를 도와주어서 이렇게 살려놓았는데… 미안하다."

"발람, 네가 불쌍해서 도와준 거니 신경 쓰지 마라. 너처럼 많이 알면 그것 때문에 조심해야 할 게 많다. 오히려 나처럼 아무것도 모르고 지내는 게 속 편하지. 너도 빨리 다 털고 나처럼 살다가 지옥에나 가자. 어차피 우리 같은 귀신들이 갈 곳은 그곳 밖엔 없으니."

발람은 다곤이 고마웠다. 다곤은 발람과 두런두런 얘기를 하고 있었다. 그러던 어느 순간, 누군가가 자신을 덮쳐오는 걸 느꼈다. 다곤은 고개를 급히 돌려보았다. 커다랗고 미련한 덩치가 달려오는 게 눈에 들어왔다. 다곤은 재빨리 하늘로 솟구치며 덩치를 피하고는 빈 공간에서 허둥대는 그 덩치의 뒷머리를 발로 차버렸다.

"어이쿠."

덩치는 허둥거리며 땅에 코를 박았다. 다곤은 품에서 검을 꺼내 덩치의 목에 갖다 댔다.

"웬 놈이냐?"

"내가 할 말. 너희는 웬 놈들이냐? 누군데 남의 집에 들어오느냐? 허락도 없이."

"여기가 어찌 네놈의 집이냐? 그냥 숲이지."

"그냥 숲이라… 웃기는 작자군. 내가 이곳에서 삼십 년을 넘게 살았는데 그냥 숲이라니?"

"허허, 오래 산다고 다 네놈의 집인 줄 아는 모양이구나."

"말로 해선 안 되겠군."

다곤과 입씨름을 하던 덩치는 갑자기 날랜 몸놀림으로 벌떡 일어났다. 아까와는 비교할 수 없이 빨랐다. 손발을 쭉 편 채로 일어나서는 날렵하게 다곤을 덮쳤다. 다곤은 놀랐다. 하지만 전쟁터에서 잔뼈가 굵은 다곤이었다. 발바닥으로 스스스 소리를 내며 뒤로 미끄러져갔다. 하지만 덩치도 틈을 주지 않고 달려들었다. 다곤은 눈에 불을 켜고 검을 앞으로 뻗었다. 그때였다. 까마귀의 다급한 소리가 들렸다.

"그만. 그만들 해. 이 바보 같은 것들아 그만 해."

다곤은 검을 뻗다가 까마귀의 목소리에 다시 거두어들이려고 했다. 하지만 이미 손을 떠나 뻗어간 검은 전속력으로 달려오는 덩치에게 가차없이 내리꽂혔다. 검은 덩치의 심장을 정확하게 뚫고 지나갔다. 슥.

일이 이렇게 되자 놀란 건 다곤이었다. 하지만 까마귀는 더 놀랐다. 까마귀는 난리가 났다. 푸드덕대며 하늘로부터 내려와서는 가슴을 부여잡고 드러누운 덩치에게 다가갔다.

"악한 영. 정신 차려라. 악한 영."

다곤과 발람은 까마귀의 말에 정신이 화들짝 들었다. 덩치는 가슴에서 피를 콸콸 흘렸다. 이렇게 두면 곧 죽을 판이었다. 까마귀는 덩치 위에서 낮게 날아 돌아다니면서 계속 부르짖었다.

"정신 차려라. 악한 영. 곧 죽을 텐데… 빨리 정신 차리고 어서 나와라."

하지만 덩치는 말을 하지 못한 채 손만 허공으로 내저었다. 다곤은 성급한 자신의 실수를 눈앞에서 보면서 핼쑥해졌다. 발람이 다급하게 까마귀에게 말했다.

"이자가 악한 영인가?"

"그래. 이 덩치 안에 들어가 있는 자가 내가 말한 그…….."

까마귀가 다급해졌다. 발람은 그러나 알아들을 수 없는 말을 했다.

"이곳은 인기척이 없으니 덩치가 죽으면 갈 곳이 없겠구나. 할 수 없군."

발람은 품안에서 무언가를 꺼내더니 눈으로 보지도 않고 이리저리 주물럭거렸다. 다곤은 눈이 휘둥그레졌다. 다급한 와중에 발람의 빠른 손놀림에 다곤은 입이 벌어졌다.

처음에 보기에는 겉옷 같았는데 나중에 보니 큰 마대 자루 같은 천이었다. 늘 발람이 머리에 베고 자던 베개와 이불을 넣어 놓던 그 커다란 마대 자루를 꺼낸 발람은 다급하게 외쳤다.

"다곤 이리 와서 나 좀 도와라. 까마귀도. 어서 이걸 크게 열고 저 덩치를 이 안에 집어넣어. 어서."

다곤은 발람의 말에 번개처럼 움직였다. 눈앞에 번득이는 자신의 검을 주저없이 뽑았다. 그러자 덩치의 심장에서 붉고 뜨거운 피가 분수처럼 솟구쳤다. 다곤은 눈으로 들어온 덩치의 피에도 아랑곳하지 않고 덩치를 번쩍 안았다. 그리고는 까마귀가 주둥이를 놀려 열어젖힌 부대자루에 덩치를 넣었다. 하지만 덩치의 무게가 너무나 나가는데다가 피가 흐른 덩치의 몸이 미끄러웠다. 덩치의 몸은 들어갈 듯 말 듯 계속 제자리만 맴돌았다. 다급해진 다곤은 자꾸만 미끄러지는 덩치의 몸을 배로 튕겨 들어 올리며 큰소리를 질렀다.

"으아… 으아…"

다곤이 용을 쓰자 다행이도 덩치가 부대자루에 들어갔다. 그러자 발람이 말했다.

"잘했다. 다곤. 다 넣었으면 입구를 이걸로 묶어. 빨리."

다곤은 다시 힘을 내어 부대자루의 입구를 잡고는 발람의 눈을 가렸던 붕대를 풀러 입구를 묶었다. 튼튼히 묶은 다곤은 발람을 쳐다보았다.

"다 했어."

발람이 한숨을 돌리며 덩치가 들어간 부대자루 앞에 책상다리를 하고 앉았다. 자신의 무령을 꺼내들고는 동굴에서 점을 칠 때처럼 흔들었다.

딸랑 딸랑 딸랑. 발람은 하늘을 보다가 땅을 보면서 고개를 들었다 놨다 했다. 그러면서 양손에 단단히 잡은 무령을 흔들며 알아들을 수 없는 말로 중얼거렸다.

"세상을 돌아다니는 원혼들과 세상의 갈 곳 없는 귀신들에게 명하노니 이리로 와서 이 갈 곳 없는 원혼을 붙잡고 이자의 숨을 돌려주어라. 악한 영의 기운을 채워주고 사악한 영을 더 부어주어라. 나의 피와 살을 먹고 자란 원혼과 귀신의 영들아 어서 와서 나의 피에 대한 보답을 하고 나와의 약속을 지켜 행하라."

발람의 말은 알아들을 수 없었다.

'내가 모르는 게 많다고 하지만… 보아하니 혼을 부르는 것 같은데… 아무리 발람이라 한들 이런 능력이 어떻게 있을 수 있는가? 사탄에게도 없을 능력이 아닌가? 이상하구나.'

발람의 알아들을 수 없는 말이 계속되었다. 그러자 잠시 후 놀라운 일이 일어났다.

어디서 나타났는지 모를 기운이 발람의 머리 위로 몰려들었다. 숲의 어두운 기운. 귀신들의 혼령과 사람들의 악한 영혼이었다. 악한 숲의 기운은 발람의 머리를 지나 부대자루 위를 맴돌았다.

웅웅, 소리를 내는 폼이 마치 커다란 메뚜기 떼처럼 보였다. 엄청나게 많은 영들이 몰려왔다. 하늘을 완전히 뒤덮은 장관이었다. 주위 일대가 온통 어두워졌다. 까마귀도 감히 하늘에 있지 못하고 다곤의 어깨에 내려와 앉았다.

그러기를 한참, 허공을 돌던 검은 기운이 갑자기 부대자루로 돌진해 들어갔다. 부대자루가 폭격을 맞는 것처럼 들썩였다. 검은 기운들은 순식간에 부대자루 안으로 깨끗하게 들어갔다. 발람이 까마귀와 다곤에게 급하게 말했다.

"까마귀, 피를 조금만 다오. 다곤도 조금만 주고."

말을 함과 동시에 발람은 자신의 팔을 무령으로 세게 쳤다. 그러자 무령에 맞은 팔이 시퍼렇게 변했다. 잠시 후 시퍼런 팔에서 끈적거리는 액체가 스미어 나왔다. 액체는 발람의 몸을 떠나서 부대자루 위로 떨어졌다. 다곤과 까마귀도 그걸 보고 급히 자신들의 몸에서 피를 뽑아주었다.

피를 준 발람은 점점 더 열심히 무령을 흔들었다. 한참을 그리하자 놀라운 일이 벌어졌다. 죽은 듯 꼼짝 않고 있던 부대자루 안의 덩치가 꿈틀대기 시작했다. 처음에는 작은 움직임이더니 점점 커져갔다. 꿈틀대는 정도가 심해진 부대자루는 급기야 찢어질 듯 늘어났다.

그때 발람이 외쳤다.

"귀신의 영은 들으라. 너에게 새로운 몸을 주리니 바로 나의 피요, 다곤의 피요, 까마귀의 피이니라. 어둠의 기운이 뼈가 되고 시간의 생물에게서 훔친 시간의 조각이 너의 거죽 살이 될지니 너에게 생명을 주는 나에게 경배를 하여라."

발람의 말을 들었는지 부대자루는 더욱 험하게 꿈틀대더니 급기야는 벌떡 일어서기까지 하였다. 이를 악물고 발람이 다곤에게 말했다.

"다곤 힘을 다해 한 대 쳐라. 놈을 얌전히 끌고 나오기에는 너무나도 악하니 때려서 얌전하게 만드는 게 낫겠다."

다곤은 온힘을 다해 주먹을 휘둘러 크게 때렸다. 그러자 벌떡 일어섰던 부대자루가 쓰러지더니 얌전해졌다. 조금씩 불룩거리는 폼이 숨은 쉬는 것 같았다.

"이제 되었다. 다곤, 풀어줘라."

다곤은 아무 말 없이 단단히 동여맨 입구를 풀었다. 그리고는 힘을 다해 부대자루를 벗겨냈다. 까마귀와 발람은 보이지 않는 눈을 들이밀었다. 부대자루 밖으로 드러나는 모습은 눈을 뜨고 볼 수가 없었다. 시커먼 덩어리였다. 어디가 머리고 어디가 다린지 구분이 가지 않았다. 모든 부분이 누에고치처럼 둥글고 부풀어 있었다. 게다가 토한 것 같은 더러운 것들이 덕지덕지 붙어있었다. 살아있어 보이지 않았지만 한가운데가 불룩거리는 걸로 봐서 숨은 쉬었다. 비계로 충만한 돼지 같은 덩치가 기절한 채로 나왔다. 옆으로 보이는 눈에는 시퍼런 멍이 들어있었다. 다곤의 주먹 때문인 것 같았다.

다곤은 혀를 내두르며 까마귀에게 물었다.

"악한 영이라 하더니 정말로 사악하구나. 그런데 너는 어떻게 이런 놈을 알게 되었냐?"

"어? 이상하다. 이상해."

까마귀는 이상하다는 말을 연발하였다. 발람도 고개를 갸웃거리다가 짚이는 것이 있는지 입을 열었다.

"가슴, 가슴을 보아리."

발람의 말에 다곤이 헤쳐 젖힌 가슴에는 아직도 칼이 박힌 자국이 선명하였다. 피가 응어리져서 얇게 굳었는데 그곳에서는 금방이라도 피가 터져나올 것처럼 보였다.

까마귀가 다시 큰소리로 외쳤다.

"악한 영, 악한 영! 어딨나! 어딨어!"

그때였다. 비어있는 부대자루가 꿈틀대더니 음산하게 뼈를 울리는 목소리가 흘러나왔다.

"경박한 놈들. 하마터면 죽을 뻔했잖아. 어떤 놈이 그런 거야?"

그리고는 스스로 커다란 부대자루를 헤치고 밖으로 나왔다. 작은 키의 볼품없는 모습이었다. 말라비틀어진 몸에 커다란 해골이 위태하게 매달려 있었다. 하지만 눈빛만큼은 살아있었다. 허공을 맴돌던 까마귀가 그자에게 날아갔다.

"악한 영. 악한 영. 살아있었구나."

다곤은 어이가 없었다. 눈을 돌려 아까 먼저 나온 덩치를 보았다. 여전히 땅에 누워있는 그자는 비계 덩어리였다. 그에 반해서 악한 영은 작은 아이 같았다. 너무나 늙어서 쪼그라든 악한 영의 피부는 검은색이었다. 하지만 번들번들거려서 보는 각도에 따라 달라보였다. 팔 다리는 가늘고 배가 볼록 나왔다. 영락없는 시골 촌로. 하지만 눈동자만큼은 악했다. 간사하고 사악한 눈동자는 끊임없이 좌우로 움직였다. 황당한 모습에 다곤은 눈살을 찌푸렸다.

악한 영은 부대자루 밖으로 나오자마자 눈을 부라리며 누군가를 찾았다. 하나는 장님이요, 하나는 까마귀였다. 나머지 하나가 있었는데 귀신의 영이었다. 악한 영은 귀신의 영 다곤을 노려보았다. 그리고는 다곤에게 저벅저벅 다가가서는 갑자기 뺨을 한 대 후려갈겼다.

찰싹.

다곤의 입에서 피가 튀어서 발람의 얼굴로 튀었다. 악한 영의 어이없는 행동에 다곤이 꿈틀했지만 악한 영의 말에 그 자리에서 멈추고 말았다.

"이걸로 비겼어."

땅바닥에는 악한 영이 들어갔던 비계가 아직도 정신을 차리지 못하고 있었다.

아라랏산으로 가는 길

악한 영을 만난 발람 일행은 다시 아라랏산으로 갔다. 까마귀가 발람을 데리고 가는 동안 다곤은 비대해서 둔하고 눈 하나가 보이지 않는 놈을 데리고 가느라 땀 꽤나 빼고 있었다. 이름은 밀곰이었다. 빈둥대는 악한 영은 다곤을 도울 생각이 눈곱만큼도 없었다. 악한 영은 부라리는 눈동자를 계속 돌리며 유유자적하게 걸었다. 그렇게 삼일이 지났다.

발람 일행은 드디어 아라랏산의 북편 절벽 아래에 도착했다. 까마귀는 벌써 하늘로 올라가며 주위를 살폈다. 다곤은 가쁜 숨을 몰아쉬며 밀곰을 바닥에 내려놓았다.

쿵. 땅이 울렸다. 다곤이 땀을 뻘뻘 흘리며 악한 영을 노려보았지만 악한 영은 눈 하나 깜짝이지 않았다. 악한 영이 태연하게 고개를 꺾어 동굴을 올려보자 속에서 불이 난 다곤은 다시 시비를 걸었다.

"꺾을 목이라도 있냐? 난쟁이 똥자루만한 몸에서 꺾어 절벽을 볼 모가지라도 있느냐? 하하."

"조용히 해라."

"그렇게 못하겠다면, 엉? 어쩔 거냐? 난쟁이 똥자루."

의외로 악한 영이 반응을 하자 다곤은 재미가 붙었다.

"난쟁이 똥자루. 난쟁이 똥자루. 난쟁이 똥자루."

"그러다가 죽으면 책임 안 져."

"누가 죽는 게 무서운 줄 아는 모양이지? 귀신이 죽어봤자 귀신인데 죽는 게 두렵겠냐? 안 그래? 난쟁이 똥자루. 난쟁이 똥자루. 난쟁이 똥자루."

다곤이 위험 수위를 넘나들자 까마귀가 끼어들었다.

"시끄럽다. 다곤. 이제 조용히 해라. 저 위에 바알과 마몬이 있다. 그들이 화를 내면 우리는 살아 돌아가지 못한다."

까마귀는 발람에게도 말했다.

"발람, 이제 올라가자. 시간이 너무 늦으면 동굴 문이 닫히니 서둘러라. 저놈들은 알아서 올라오라 하고 어서 몸을 묶어라."

발람은 까마귀가 준 끈으로 자신의 몸을 묶었다. 까마귀도 발람을 묶은 끈을 자신의 몸에 감았다. 다곤은 발람을 다시 한 번 단단히 묶었다. 재차 당겨서 확인을 한 다곤은 까마귀의 두 다리에도 그 천을 다시 묶어주었다.

준비가 끝나자 까마귀가 낮게 울면서 하늘로 날아올랐다. 까마귀는 작았다. 하지만 어렵지 않게 발람을 들어 올리더니 절벽으로 날아올랐다. 위 아래로 약간씩 오르락내리락 하는 폼이 위태로워 보였지만 까마귀는 그런

대로 열심히 올라갔다. 그 모습을 보며 다곤이 악한 영에게 말했다.

"이놈은 어쩌지? 우리가 들고 올라가려면 땀 꽤나 쏟을 것 같은데."

"우리? 우리라고?"

"그럼 나 혼자 하라고?"

"싫으면 죽여."

"……."

다곤은 도무지 악한 영과 말을 섞을 수 없었다. 악한 영의 행동과 말 한 마디, 한 마디는 너무나 악했다. 다곤은 악한 영의 얼굴을 한동안 보다가 포기하고는 바닥에 앉아서 꿈틀대는 밀곰에게 다가갔다.

둔한 밀곰은 아직도 천으로 동여맨 눈에서 피를 흘리고 있었다. 외눈으로 땀을 흘리며 앉아 있는 밀곰을 보면서 다곤도 악한 영의 말이 이해가 되었다. 살인하고픈 마음이 치솟았다. 하지만 죽일 수는 없었다.

다곤은 아무 말하지 않고 밀곰의 웃옷을 잡았다. 늘어진 강아지처럼 잡고 올라갈 요량으로 옷을 잡았지만 옷은 가볍게 찢어졌다. 무게가 너무 나가는 밀곰 덕에 옷이 종잇장처럼 찢어졌다. 그렇다고 양팔을 잡고 갈 수도 없었다. 미끄러워서 자칫하면 하늘 높이 올라 떨어뜨리는 꼴이 되었다. 어쩔 수 없었다. 다곤은 땀내 나는 밀곰을 온몸으로 안았다. 그리고는 쿵 소리를 내며 하늘로 날아올랐다.

밀곰은 악한 영에게 눈을 찔린 이후 고분고분했다. 하늘로 날아오르는 게 무서웠지만 땅에는 악한 영이 있었다. 밀곰은 악한 영이 더 무서웠다. 밀곰은 다곤이 자신을 버려두고 가면 악한 영이 자신을 죽일 것만 같았다. 그러던 차에 다곤이 자신을 안고 날자 놓치지 않으려고 있는 힘을 다해 마주 안았다.

"아야. 허리 부러지겠다. 밀곰, 좀 살살 안아라."

"아, 네, 죄송합니다."

그러나 밀곰은 힘을 줄이지 않았다. 다곤이 밀곰을 안고 날아가는 동안 악한 영은 다곤을 따라서 날아올랐다. 밀곰은 악한 영이 따라오자 온몸에 힘을 주었다. 악한 영이 무서웠다. 악한 영이 나머지 한 눈마저 찌를 것 같아서 눈을 질끈 감았다. 밀곰이 몸에 힘을 주자 다곤은 더 무거워졌다.

"이봐, 악한 영. 같이 들자고."

"힘들면 죽이라니까."

"야!"

다곤이 소리를 질렀다. 그러나 악한 영은 꿈쩍도 하지 않았다.

"뭐?"

"너 정말 이럴 거야?"

"네가 시작했으니 네가 책임져."

"내가 나 좋으라고 이러는 거 아니잖아?"

"그러기에 죽여 버리자고 했잖아."

악한 영은 여전히 태연했다. 팔짱을 낀 악한 영은 아무렇지도 않게 말했다. 다곤은 분했다.

"이놈이 정말."

다곤 같은 귀신의 영들은 하늘을 날 수 있었다. 하지만 무한정 날 수 있는 건 아니었다. 잠시만 날 수 있었는데 그것도 이상하게 다리가 아파왔다. 마치 계단을 오르는 것처럼 다리가 아팠다. 다곤은 절벽의 반쯤 올라가자, 힘이 빠지고 다리가 풀려서 하늘이 노래졌다. 악한 영의 말을 듣고 더 힘이 들어간 밀곰은 돌덩이였다. 게다가 밀곰은 땀을 비 오듯 흘렸다. 아무리 잡으려 해도 자꾸만 미끄러졌다. 다곤은 아래로 점점 미끄러져 내려가는 밀곰을 보며 악한 영의 말처럼 죽여 버릴 걸 하는 생각을 했다. 그러다가 다곤은 장난을 치고 싶은 생각이 들었다. 늘 죽여 버리라는 말이 악한 영이 진심으로 하는 말인지 보고 싶어졌다.

'확 놔 버릴까? 어차피 나는 귀신의 영이다. 이깟 인간 하나 죽는다고 달라지는 건 없다. 그래, 힘들어 죽겠는데 죽여 버리자. 그에 대한 피의 값은 도와주지 않은 악한 영에게 돌아가겠지. 나는 할 만큼 한 것이다. 게다가 악한 영, 이놈의 반응을 보고 싶구나. 진짜로 죽기를 바라는지, 아닌지. 말로만 센 척하지만 속으로는 아슬아슬하게 지켜보고 있을 수도 있다. 그래, 얼마나 악한지 보자.'

결심이 선 다곤은 갑자기 팔에 힘을 풀며 입으로 큰소리를 내었다.

"어어… 어어… 미끄러지네. 미끄러져. 악한 영… 도와라. 어어……."

다곤은 입으로는 큰소리를 내면서 밀곰을 잡은 팔에 힘을 뺐다. 그러자 밀곰은 사색이 된 얼굴로 양팔을 휘저으며 버둥대었다. 그러나 다곤이 힘을 풀자 매달려 있을 수가 없었다. 엄청난 비계 덩어리는 땅이 잡아당기는 그 힘 그대로 추락했다. 옆에서 보기에는 무거운 자가 더 빨리 떨어져 보였다. 밀곰은 큰소리를 지르며 땅으로 곤두박질치고 있었다. 다곤의 품을 떠난 밀곰은 악한 영의 눈앞을 지나 떨어졌다.

"으아아아… 살려 주세요…"

다곤은 떨어지는 밀곰을 보지 않고 날아오르는 악한 영을 보았다. 하지만 다곤의 기대는 보기 좋게 어긋났다. 바로 눈앞에서 떨어지는 밀곰을 보며 당황할 줄 알았던 악한 영은 태연했다. 게다가 다곤을 보며 씩 웃기까지 했다. 죽으려고 떨어지는 밀곰을 보며 아무런 느낌이 들지 않는 얼굴이었다. 이미 다곤의 마음을 알고 있었다는 듯 비웃는 악한 영을 보며 다곤은 기가 질렸다.

'졌다.'

하지만 생각은 잠시, 번개처럼 떨어지는 밀곰을 구하려 잽싸게 내려갔다. 하지만 밀곰을 구하기에는 이미 늦었다. 생각보다 빨리 떨어지는 밀곰을 따라잡을 수가 없었다. 다곤은 번개처럼 땅으로 내려가면서도 밀곰이 땅에 머리를 쳐박고 뇌가 터지는 상상을 하였다. 그 뇌가 튀어서 자신의 얼굴을 뒤덮는 끔찍한 상상이 되었다. 밀곰이 땅에 머리를 처박으려는 그 순간, 다곤은 눈을 질끈 감았다.

그러나 조용했다. 까마귀 소리가 들렸다.

"어휴. 겨우 잡았네. 어휴. 야, 다곤 악한 영. 너희들 그렇게 싸울래? 이러다 진짜로 죽으면 어쩌려고?"

다곤은 질끈 감았던 눈을 떴다. 그러자 발람이 단단한 땅 바로 위에서 밀곰의 바지를 잡은 모습이 보였다. 까마귀와 함께 번개처럼 내려온 발람이 밀곰의 목숨을 구했다. 다곤은 안도의 한숨을 쉬었다. 밀곰은 눈을 감은 채 기절했는데 지린내가 진동을 했다. 오줌을 싼 모양이었다. 발람이 노한 기색으로 말했다.

"둘이 들어. 싸우려면 집에 가. 어서."

그러자 여태 비웃기만 하던 악한 영이 아무 말없이 밀곰의 한 팔을 잡았다. 다곤도 밀곰의 나머지 팔을 잡고는 허공으로 떠올랐다. 옆으로 힐끗 본 악한 영의 얼굴은 이상하게도 놀라있었다. 작은 눈이 커지고 입이 동그랗게 모아졌다. 눈동자는 누군가를 계속 보고 있었는데 다곤이 따라가 본 악한 영의 시선의 끝에는 까마귀가 데리고 올라가는 장님 발람이 있었다.

다곤은 왜 그러는지 몰랐지만 다시 시비를 걸 마음은 없었다. 까마귀에게 매달려 올라가는 발람의 얼굴에 수심이 가득했다.

동굴 안

동굴은 높이도 높지만 넓이도 엄청났다. 수백 명은 족히 들어갈 크기였다. 동굴 천정은 둥글게 파져서 더 높아보였다. 썰렁한 광장은 가운데에 큰 탁자가 있었다. 돌로 만든 탁자였는데 그 주위로 돌로 만든 의자가 바닥에 붙어있었다. 그리고 각각의 의자 뒤에 사람 키의 세 배는 되어 보이는 석상이 하나씩 서 있었다.

그 석상 머리 위 높은 곳으로, 어디로부터 들어왔는지 알 수 없는 달빛이 내려왔다. 달빛을 받은 동굴의 색은 음산한 핏빛, 붉은 색이었다. 온통 피처럼 붉은 벽과 붉은 바닥, 심지어는 석상들의 이빨도 붉은 핏빛이었다. 이 동굴을 만들다 죽어간 영혼들의 피를 머금은 동굴은 온통 붉은 핏빛이었다.

까마귀는 발람을 끌고 동굴 가까이까지 갔다. 그러자 낯익은 목소리들이 들렸다. 여전히 싸우고 있는 놈들은 안 봐도 알 수 있었다. 먼저 마몬의 목소리가 들렸다.

"아 알겠다. 우리엘의 아내 하나를 납치해서 그랬다고 그랬지? 맞다. 그런데 누가 납치했대?"

다음은 개구리의 목소리가 들렸다.

"주발이라고 저번에도 가르쳐주고, 저저번에도 말했는데 또 물어봐? 이 돌대가리 자식아."

"그나저나 발람이라고 들어봤냐? 그렇게 용하다며?"

거미도 나선 모양이었다.

"나도 용하다고 들었다. 이왕에 발람 얘기가 나와서 말인데, 뭐 새로 나온 예언이 있나?"

까마귀는 발람 이야기가 나오자 동굴 입구로 날아오르며 수다에 끼어들었다.

"있어."

갑자기 까마귀가 나타나자 동굴 안의 귀신들은 저마다 인사를 했다. 그 중에서 개구리가 가장 먼저 반갑게 말했다.

"까마귀 반갑다. 늦었군 그래. 그나저나 이게 누구야?"

까마귀가 발람을 내려놓으며 대꾸했다.

"누구긴 발람이지. 개구리, 발람을 처음 보나? 그렇구나. 처음 보는구 나."

그러자 개구리가 황당하다는 듯 소리쳤다.

"발람? 발람이라고?"

까마귀는 답답하다는 듯 말했다.

"그래 발람이라니까. 예언자 발람. 너희들 지금껏 얘기해 놓고는 모른 척하기는."

이번에는 거미가 나섰다.

"아니야. 저놈은 발람이 아니야."

거미가 단호하게 말하자 까마귀는 이상한 생각이 들었다. 고개를 돌려 발람을 보았다. 발람의 표정이 심상치 않았다. 긴장하고 있었다. 이세벨 앞에서 끄떡도 않던 발람이 덜덜 떨고 있었다. 거만한 거미가 발람에게로 나오며 입을 열었다.

"박수, 오랜만이야."

"맞아 박수잖아. 죽지 않고 살아있었네?"

"그래 박수야. 눈이 뽑힌 박수. 그 박수가 여긴 웬일이래?"

더러운 세 영은 저마다 한 마디씩 했다. 마몬의 동굴에서는 한동안 소란 이 일었다. 박수의 얼굴을 알아본 더러운 세 영은 저마다 흥분하였다. 까마귀는 아직도 분간이 되지 않아 어리둥절했다.

더러운 세 영의 말에 까마귀만 놀란 게 아니었다. 발람은 사시나무 떨 듯 떨었다.

'이세벨을 피해 온 게 범의 아가리라니. 역시 이세벨의 그 팔찌는 더러운 세 영이었구나. 칠일 후에 보자는 말이 허언이 아니었어. 그렇다면 어딘가에 이세벨이 있다는 얘기… 그렇다면 이제… 위험하다.'

발람이 덜덜 떨자 더러운 세 영은 기고만장해졌다. 옛적 달의 제국 동궁에서 보았던 불한당의 모습 그대로 돌아왔다.

"이거 오랜만인데 잘 지냈나? 박수?"

"설마 우리를 잊은 건 아니겠지?"

"이럴 수가, 발람이 박수라니. 나 지금 기뻐지려는데?"

동굴 안의 귀신들이 발람에 정신이 팔린 사이, 악한 영과 다곤이 무거운 밀곰을 들고 날아 들어왔다. 악한 영은 동굴로 들어오자마자 밀곰을 내팽개치고는 알아들을 수 없는 욕을 했다. 그러자 동굴의 주인인 마몬이 가만있을 리 없었다.

"이런 근본도 없는 놈이 여기가 어딘 줄 알고……."

마몬은 최대한 눈을 까뒤집고 말했다. 볼품없고 작은 악한 영을 내리 깔보며 말하자 악한 영은 말보다 주먹을 먼저 날렸다.

퍽, 소리가 나며 마몬이 저만큼 날아가 나뒹굴었다. 악이 받친 악한 영은 다짜고짜 싸움을 벌였다. 맨 앞에 보이는 놈부터 박살냈다. 마몬이 피투성이가 되자 바알이 악한 영의 앞을 가로막았다.

"네놈이……."

그러나 바알의 말은 오래 가지 않았다. 강한 악한 영의 주먹이 날아와 얼굴을 정면으로 강타했다. 거만한 마몬과 바알은 볼품없는 악한 영을 보며 거들먹거리다가 한방에 찌그러져 구석에 쳐박혔다.

악한 영은 동굴 안을 두리번거렸다. 동굴 안에서 세 귀신들에게 단체로 맞고 있는 발람이 보였다. 등을 보이며 발람을 때리는 귀신들은 조롱하면서 발람을 괴롭히고 있었다. 악한 영은 발람에게로 걸어갔다. 발람은 더러운 세 영을 보며 덜덜덜 떨고 있었다. 악한 영은 발람에게 큰소리로 말했다.

"자꾸 이러면 지는 거야. 저놈들에게 지는 거라고. 자, 잘 보고 나처럼 해봐."

악한 영은 더러운 세 영에게로 뚜벅뚜벅 걸어갔다. 악한 영의 살기가 사방으로 퍼져갔다. 한 번도 본 적 없는 악한 영의 기운에 모든 귀신들은 뼈가 시렸다. 악한 영에게 등을 돌리고 있는 더러운 세 영은 다리가 후들거렸다. 주먹을 휘둘러보지 않아도 엄청난 놈이라는 걸 본능적으로 알았다. 더러운 세 영은 죽음이 두려웠다. 짧은 시간 동안 더러운 세 영의 머리는 비상하게 돌아갔다. 개구리가 눈을 이리저리 돌리다가 동굴 입구에 버려진 밀곰을 발견했다.

'살려면 저놈한테 들어가야 한다.'

개구리는 저 멀리 누워있는 밀곰의 가슴으로 돌진했다. 그러자 사마귀와 거미도 너나 할 것 없이 밀곰에게로 돌격했다.

그러자 놀라운 일이 벌어졌다. 밀곰의 뜨거운 가슴이 열렸다. 그리고는 더러운 세 영이 머리에서부터 발끝까지 밀곰의 열린 가슴으로 날아서 들어갔다. 밀곰은 단말마 비명을 내질렀지만 이미 악한 영이 들어갔다가 나온 전력이 있어서 그다지 힘들어 하지 않았다. 악한 영은 눈을 크게 떴다. 하지만 곧 미소를 지으며 다가갔다.

동굴 입구의 밀곰을 간단히 끌고는 자신의 의자 옆에 눕혔다. 먹잇감을 발로 밟고 영역 표시를 하는 사자와도 같이 악한 영은 밀곰을 밟고 탁자 위로 올라갔다. 그리고는 책상다리를 하고 앉아서 동굴 안을 이리저리 돌아보았다.

동굴 안의 상황은 살벌했다. 바알은 숨이 들락날락하며 죽어가고 있었다. 게다가 마몬도 허리가 부러져서 바닥을 기었다. 더러운 세 영은 밀곰의 몸속으로 피신하곤 벌벌 떨었다. 순식간에 정리가 된 동굴은 조용했다. 악한 영은 가느다란 눈을 뱀처럼 찢어서 마몬을 보았다.

"이봐. 너, 아까 하던 얘기 계속해 봐. 뭐라고 시끄럽게 떠들던데. 계속해 봐."

마몬은 본능적으로 비굴해졌다. 바닥에 비참하게 누운 마몬의 허리는 반쯤 굽어있었다.

"그게… 저, 오시기 전에 우리엘 이야기를 했습니다."

"우리엘?"

악한 영이 놀랐다. 눈이 커지는 걸 본 마몬은 잘 됐다 싶었다. 공통으로 관심사가 있으면 친해질 수가 있었다. 마몬은 아픈 몸도 잊은 채 과장되게 몸짓을 섞어가며 침을 튀었다.

"네, 우리엘입니다. 천사장 우리엘."

"우리엘 무슨 얘기?"

"우리엘과 아내 한나 이야기를 했습니다."

"한나?"

악한 영은 더욱 놀랐다.

"네, 그렇습니다. 한나를 아십니까?"

마몬은 눈치가 빨랐다. 뭔가 이상한 느낌이 들자 캐물었다. 악한 영은 잠시 생각하더니 짧게 말했다.

"몰라."

마몬은 분명 악한 영이 한나를 알고 있는 것 같았다. 하지만 말을 잘못 꺼내면 이제는 죽음이었다. 마몬은 친절하게 말했다.

"그럼 제가 말하지요. 예전에 육십 년도 더 전에 일입니다. 우리가 우리엘의 아내 한나를 납치한 일이 있었습니다."

"우리?"

악한 영의 눈꼬리가 올라갔다. 마몬은 황급하게 말을 주워 담았다.

"아니요. 정확히 얘기하자면 저는 아니고."

"그럼 누구?"

악한 영이 꼬치꼬치 캐물었다.

"주발입니다."

"주발?"

악한 영의 눈이 커졌다. 그걸 놓칠 마몬이 아니었다.

"주발을 아십니까?"

"몰라."

악한 영의 표정은 아는 것 같았다. 역시 마몬은 이상하다는 생각을 했다.

'아는 거 같은데… 저 괴물은 누굴까?'

그러나 마몬은 굳이 내색했다가 바알처럼 되기 싫었다.

"주발은 용족의 대장군입니다. 반고의 명을 받아서 우리엘의 아내 한나를 납치했습니다. 그 덕에 우리엘은 이러지도 저러지도 못하는 신세가 되었지요."

"……."

"그 옛날 에덴의 전쟁에서 있었던 일입니다. 사탄은 그 덕에 승리를 했지요. 잠시지만 이겼습니다. 파수꾼이 없는 에덴의 군대는 지리멸렬이었습니다. 그 미가엘만 아니면……."

"근데 한나 얘기는 왜 나온 거야? 오래전 일이라며?"

악한 영의 언성이 높아졌다.

"아 그게… 한나 얘기는 그냥 나온 거구요. 원래는 저기 정신을 잃은 박수에 대해 말하고 있었습니다."

"박수?"

"네, 박수입니다."

악한 영은 작은 눈을 크게 떴다.

"발람이 아니고 박수라고?"

악한 영은 고개를 돌렸다. 박수는 허공을 보며 미쳐있었다.

"발람, 아니지. 박수가 제 입으로 그랬나? 알고 있다고 떠벌였어?"

"아닙니다. 그건 더러운 세 영이 그런 겁니다."

"더러운 세 영!"

악한 영은 갑자기 큰소리를 질렀다. 동굴 안이 무너질 것처럼 흔들렸다. 마몬은 놀라서 눈을 질끈 감았다.

"더러운 세 영? 그놈들 어딨어? 어디에 있어?"

악한 영은 갑자기 흥분하였다. 노한 기색이 역력했다. 마몬은 놀라서 밀곰을 손가락으로 가리키기만 했다. 악한 영은 마몬의 행동이 무얼 의미하는 줄 몰랐다. 동굴을 돌아다니는 까마귀가 악한 영에게 말했다.

"아까 저놈 안에 들어갔잖아."

악한 영은 그 말을 듣고 바닥에 너부러진 밀곰의 목을 잡아 눌렀다.

"나와. 나오라고. 이 죽일 놈들, 빨리 나와. 안 그러면 죽일 거야."

그러나 밀곰은 말이 없었다. 그도 그럴 것이 이미 더러운 세 영이 들어가는 바람에 정신을 잃었다. 연이은 귀신들의 방문으로 밀곰은 겉껍질만 사람이었다.

악한 영은 말이 통하지 않자 이상한 짓을 했다. 뚱뚱한 밀곰의 몸을 팔을 벌려 안았다. 냄새나는 몸을 안고는 연신 뺨을 비볐다. 그러더니 밀곰의 턱 옆을 양 손가락으로 눌렀다. 자연히 입이 조금 벌어졌다. 악한 영은 손에 힘을 더 주었다. 밀곰의 입이 조금 더 벌어졌다. 그러자 악한 영은 주저하지 않고 그 냄새나는 밀곰의 입 안으로 머리를 쑥 집어넣었다.

마몬은 그 모습을 보며 토할 것 같았다. 속이 울렁거리고 역겨웠다. 마몬은 실제로 구역질을 하며 바닥에 잔뜩 토했다. 다곤은 미칠 것만 같았다. 더러운 온갖 모습을 보며 치를 떨었다.

'더러운 놈들.'

그러나 악한 영의 하는 짓을 유심히 보았다. 악한 영은 밀곰의 찢어진 입을 통해 순식간에 안으로 들어갔다. 악한 영의 마지막 어깨가 입 안으로 들어가자, 더러운 세 영의 비명소리가 들렸다.

"으악, 으악! 살려 줘. 으악!"

밀곰은 바닥에 널브러진 채로 한 번씩 꿈틀댔다. 점점 비명이 커졌다. 밀곰의 몸 안에서는 전쟁이 일어났다. 비명소리로 보건대 일방적이었다. 악한 영은 더러운 세 영을 쥐 잡듯이 잡고 있었다.

악한 영 때문에 정신이 없던 그때였다. 동굴의 안쪽 어두운 곳에서 살벌한 기운이 뼈를 얼려왔다. 하늘만 보며 미쳐있던 박수는 본능적으로 고개를 돌렸다. 박수의 본능은 위험하다고 말했다. 박수는 정신이 번쩍 들었다. 벌떡 일어나서 급하게 눈을 꺼냈다. 이세벨 앞에서 한 번 꺼냈던 눈을, 그 매의 눈 4개를 급하게 꺼냈다. 크게 뜬 4개의 눈을 어둠의 저 편에 박았다. 그렇게 노려보더니 어느 순간 탄식을 내뱉었다.

"이세벨."

박수가 털썩 주저앉았다. 어둠 속에서 악녀 이세벨이 스르르 나타났다.

이세벨은 손뼉을 치며 말했다.

"장님을 벗어버린 걸 축하한다, 박수."

"어찌 알았느냐? 내가 여기에 있는 걸."

이세벨이 피식 웃었다.

"내가 안 게 아니다."

"그럼?"

"아리가 알려주었다."

이세벨의 말이 끝나자 나미가 어린아이 하나를 안고 앞으로 나왔다. 박수의 심장에서 고통이 몰려왔다.

'아….'

고통으로 박수의 얼굴이 일그러졌다. 이세벨은 그런 박수의 표정을 처음 보았다. 이세벨도 고개를 갸우뚱했다. 나미 품안에 어린아이가 고개를 반쯤 돌렸다. 아직 아기였다. 박수는 아기의 눈동자를 반만 보고도 기절하였다.

"눈동자… 그 눈동자……."

박수는 창백해지며 손까지 떨었다. 이세벨은 더욱 놀랐다. 이세벨이 번개처럼 날아왔다. 박수 어깨 위의 까마귀는 도망갈 틈도 없었다. 눈 깜짝할 사이에 이세벨의 손에 잡혔다. 마몬은 이세벨이 움직이는 걸 보지 못했다. 마몬은 바닥에서 후들거리는 몸을 추스르지 못하고 떨었다.

'고수에 마물… 괴물들이다.'

까마귀를 손아귀에 넣은 이세벨은 박수의 눈을 찌를 것처럼 보았다.

"너도 아느냐?"

"눈동자… 그 눈동자……."

박수는 이세벨에게 관심이 없었다. 정신이 반쯤 나간 상태로 중얼거렸다. 침도 흘렸다.

"대답하라. 그러지 못하면 네 친구 까마귀를 죽이겠다."

"눈동자… 눈동자… 여기에 있었구나. 이곳에 있었어."

박수는 이세벨의 말을 듣지 못했다. 정신이 반쯤 나가서 미쳐있었다. 이세벨은 아리의 눈을 들여다보았다. 아리의 눈에 비친 박수가 보였다. 아리의 눈에 들어있는 박수는 정신이 나가서 옆으로 얼굴을 돌리고 있었다.

'아리가 박수를?'

그러나 이상했다. 분명 박수지만 어딘가 이상했다. 아리의 눈에 들어있는 박수가 서서히 얼굴을 돌렸다. 아주 느리게 돌아서는 박수. 두툼하고 털이 난 아래턱이 돌고 있다. 뭉툭하고 감자 같은 코도 돌았다. 두 개의 눈동자를 담은 눈도 돌았다. 시간이 느리게 지나갔다.

'반은 박수고…'

그리고는 나타나는 앵두 같은 입술, 뾰족하고 매끄러운 턱과 오똑한 코, 그리고 한없이 아름다운 눈. 드디어 완전히 드러난 얼굴. 이세벨, 아름다운 이세벨이었다.

그때였다. 이세벨의 머릿속으로 예언의 조각들이 들어왔다.

더러운 눈동자 하나가 나를 보고 있다.

둘이 하나가 된 나를 보고 있다. 하나가 반이 된 나를 보고 있다.

이세벨은 이제야 꿈에서 자신을 괴롭히던 예언의 의미를 알았다.

'빠드득. 감히 더러운 박수와 나를 한 몸에…'

이를 갈았다. 하지만 더러운 박수 뒤로 어두운 그림자가 덮쳐왔다. 어둠 속에서 보이는 날카롭고 더러운 이빨. 더러운 침을 흘리는 강력한 이빨을 한껏 벌린 괴물. 그 괴물이 이세벨의 눈으로 쏟아져 들어왔다.

'들개.'

이세벨의 심장이 턱 내려앉았다. 꿈에서 자신을 물어뜯는 괴물이 아리의 눈에 들어있었다. 이세벨이 아리의 눈을 보는 그때, 예언의 나머지 조각이 이세벨의 기억 속으로 들어왔다.

'…더러운 개의 아가리 안에 들어가 있다 …이제 나는 홀린 듯 그곳으로 가야만 한다. 부활의 때를 잡으러 가야만 한다. 만정으로 가야만 한다.'

명석한 이세벨은 순간 많은 것을 알아버렸다. 이세벨은 주저하지 않고 까마귀의 배를 칼로 찔렀다. 까마귀가 비명을 질렀지만 이세벨은 박수만 보았다.

"나의 물음에 대답하라. 그러지 않으면 까마귀를 죽이겠다. 눈동자, 저 눈동자를 아느냐?"

이세벨의 말을 듣는지 마는지 박수는 다른 말을 했다.

"난 죽기 싫다. 죽기 싫어. 그동안 받은 고통이 억울해서라도 죽기 싫다. 이세벨이고 들개고 간에 죽기 싫다. 이세벨. 이젠 어쩔 수 없다. 점을 치며 살아온 나다. 우리들의 꿈은 피할 수 없는 운명. 이제 합치자. 꿈에 본대로 합쳐야 살 수 있다."

침이 흐르는 아래턱이 간신히 움직였다. 이세벨은 그러나 단호하게 말했다.

"미친 놈. 싫다. 더러운 네놈과 합치느니 그냥 죽겠다."

하지만 박수는 조금도 물러서지 않았다. 허공을 바라보며 눈물까지 흘렸다.

"할 수 없다. 예언을 보았다. 너와 나, 우리 둘은 합쳐야 살 운명. 그래야… 부활할 수 있다. 복수는 그 후에… 그러나 그 전에 살아야 한다."

박수의 말에 이세벨의 손이 떨렸다. 박수의 말은 틀리지 않았다. 밤마다 찾아오는 꿈은 너무나도 선명하고 분명했다.

'빌어먹을 그 꿈은 어디서 오는가?'

이세벨은 인정하기 싫었지만 박수의 말은 너무나도 분명했다. 입술을 깨물며 눈썹에 힘을 준 이세벨이 심각하게 박수를 보았다. 고개를 꺾고 몸을 흔드는 박수를 보았다. 확실했다. 거짓이 없었다.

'잔인하다. 나의 운명이여. 나의 신세여.'

이세벨은 가혹한 운명에 또다시 눈물이 났다. 하지만 어쩔 수 없었나. 잡을 수 있는 갈대는 하나밖에는 없었다. 그마저 놓치면 잔인한 운명의 강물로 떠내려갈 것이 뻔히 보였다. 악독한 귀신으로 살면서 마지막에는 처참한 최후를 맞아 이름 없이 죽을 것이 뻔했다.

"좋다."

이세벨이 짧게 말했다. 그러자 박수가 고개를 과장되게 끄덕였다. 박수는 허공을 보면서 이상한 말을 했다.

"그 노래… 달의 노래, 만정의 노래를 하자. 이세벨 노래하라."

그러자 싸늘한 이세벨이 입을 열었다. 미인이 꽃 같은 입술을 부르르 떨며 부르는 노래는 듣는 자들의 간을 오그라들게 했다.

더러운 눈동자 하나가 나를 보고 있다.

둘이 하나가 된 나를 보고 있다. 하나가 반이 된 나를 보고 있다.

매끈하고 깊은 어둠의 눈동자, 새까만 동경으로 비춰지는 나의 모습, 이세벨.

깊은 동경 악마의 눈동자 속으로 흘러가는 이세벨,

불쌍한 이세벨, 아름다운 이세벨.

이세벨의 노래에 이어 박수의 애끓는 노래 소리가 흘러나왔다.

악마의 먹구름에 갇힌 나는 이미 그 안에 들어가 있다.
더러운 개의 아가리 안에 들어가 있다
애절하고 섬뜩한 그 무언가가 나를 부르고.
이제 나는 홀린 듯 그곳으로 가야만 한다.
부활의 때를 잡으러 가야만 한다. 만정으로 가야만 한다.

박수는 노래의 마지막을 부르며 눈을 감았다. 이세벨도 마찬가지. 이세벨은 눈을 감고 칼을 휘둘렀다.

삭. 뜨거운 피가 튀고 동굴 안에 단말마의 비명이 울렸다.

"악!"

이세벨의 칼에 묻은 피는 옆에 서 있던 박수의 얼굴로도 튀었다. 진한 까마귀의 피였다.

이세벨은 까마귀를 정확히 반으로 갈랐다. 이세벨이 입을 열었다.

"나 이세벨과 박수는 부활의 그때를 위해 하나가 될 것이다. 내가 박수고 박수가 이세벨이 될지니 이건 돌이킬 수 없는 계약이요 목숨을 담보로 한 약속이다."

그때였다. 이세벨의 팔에서 금빛이 번쩍였다. 박수의 감은 눈을 비집고 들어왔다.

"헉, 팔찌."

박수는 그 팔찌를 보고는 눈을 감았다. 옛뱀이 보였다. 옛뱀이 이세벨에게 팔찌를 건네는 모습도 보였다. 지난날의 괴로운 기억들이 머릿속으로 쏟아져 들어왔다.

"악."

비명을 지르며 박수가 눈을 번쩍 떴다. 새빨갛게 충혈 된 박수의 눈이 빙글빙글 돌아갔다. 몸은 사시나무 떨 듯 떨었다. 고개를 꺾어 위를 보았다. 품안에 있던 무령이 스스로 떨었다. 그러면서 요란한 방울소리를 냈다.

투 투 투… 딸랑 딸랑.

박수가 허공으로 조금 떠올랐다. 접신한 박수는 허공에서 빙글빙글 돌았다.

"아하, 뱀이 왔구나. 옛뱀이 다시 왔어. 이세벨에게 뺏긴 팔찌를 찾으러 다시 왔구나. 우리엘의 아내 한나를 찾으러 다시 왔어."

박수가 내뱉는 말에 동굴의 모든 귀신들은 숨을 멈추고 들었다. 옛뱀 이야기가 나오자 이세벨의 눈이 커졌다. 마몬과 바알은 연이어 나오는 괴물들의 이름에 정신줄을 놓았다. 밀곰의 몸으로 들어간 악한 영도 더러운 세영을 패는 걸 중단하고 박수의 말을 들었다.

박수가 접신한 그때였다. 갑자기 아리의 다급한 소리가 박수와 이세벨의 고막을 찔러왔다.

'위험해. 피해. 살고 싶으면 피해.'

이세벨은 무슨 말인지 몰랐다. 짧은 순간 고개를 돌려 아리를 보았다. 아리의 얼굴에 공포가 자리했다. 미친 아리가 공포로 떨었다.

'아리가? 공포를?'

이세벨은 이해가 되지 않았다. 박수도 아리의 말에 눈동자를 급히 멈추었다.

'무슨?'

이상하게 생각하던 그때였다.

빛이런가? 무언가 밝은 것이 지나갔다. 그리고는 잠시 후, 갑자기 상상할 수 없는 엄청난 폭발음이 들리며 고막이 찢어지고 뇌가 터지는 것처럼 흔들렸다.

쾅! 쾅! 쾅!

4개의 눈을 가진 박수는 번개처럼 들이닥친 무한의 힘에 몸이 붕 떴다. 그리고는 정신을 잃었다. 이세벨도 순식간에 들이닥친 엄청난 힘에 박수처럼 정신이 끊겼다. 가공할 힘의 폭탄이 동굴 전체를 부수어 버렸다. 동굴 안에서 살아있는 모든 것들은 상상할 수 없는 어마어마한 힘 앞에 모두 무릎을 꿇고 기절했다.

엄청난 힘에 절벽 전체가 터져나갔다. 집보다 큰 바위가 하늘을 날았다. 가루가 된 돌들의 먼지가 하늘을 덮었다. 아라랏산 전체가 들썩이며 흔들렸다. 절벽 그 아래에서 절을 하던 미련한 사람들은 하늘을 가리며 쏟아지는 바위에 깔려 모두 죽었다. 찍 소리 한번 하지 못한 채 눈을 감은 미련한 사람들 위로 피가 스미어 나왔다. 아비규환은 절벽 아래만이 아니었다.

10년에 걸쳐 만든 마몬의 바위 동굴도 완전히 무너져 내렸다. 아수라장이었다. 영원할 것만 같던 바위가 가루가 되어 날렸다. 커다란 암반은 동굴 안의 생명들도 무정하게 덮쳤다. 동굴 안 귀신들은 날벼락을 맞고는 혼비백산하였다. 하지만 워낙 강한 충격과 번개 같은 위력에 귀신들은 속수무책이었다. 바위에 깔린 영들도 부지기수요 육체는 갈가리 찢겼다. 바위 속에 숨어서 귀신들의 말을 엿듣던 그림자괴물들도 허공으로 날아가며 그 생을 마쳤다.

방심하다 바위에 깔린 귀신의 영들은 지옥의 고통 속에서 비명조차 삼키고 있었다.

이곳은 아라랏산 북편 절벽, 귀신들의 동굴이다.

"뭐지? 방금?"

"우리엘이야. 박수를 잡아갔어. 한나를 찾고 있지."

"일이 꼬이는군."

"무식한 놈들. 비천한 귀신들 주제에 수다를… 산통 다 깼네."

"왕 노름하는 거지. 웃기는 일이지만… 우리가 수다를 떠니까 지들도 따라 하는 거야."

"한 줌도 안 되는 것들이 간만 배밖에 나와서 떠드는 꼴이란."

"그나저나 우리엘… 어마어마하네. 나중에 만나면 조심해야겠어."

"지금은 우리엘이 문제가 아니야."

"그럼 누가 문제야?"

"개, 개라니까. 들개가 문제야. 박수의 예언은 틀린 적 없어. 그러니 조심해."

천족, 우리엘

시공간의 중간지대

생각은 살아있는 증거도 되지만 고통도 되었다. 고통스러운 지난날들이 우리엘의 연약한 뇌를 옥죄었다. 괴로웠다. 예쁘고 착한 아내 한나와 함께한 60년 이전의 세월은 기억에 없었다. 처절한 고통만이 있었다. 지난 60년은 미친 듯이 한나를 찾으러 다닌 기억밖에는 없었다. 정직한 천사장 우리엘은 변해 있었다. 지난 60년 동안의 고통이 우리엘의 모든 걸 바꾸어 놓았다. 우리엘은 용감하고 인정 많던 예전의 그답지 않게 무정했다.

박수는 목이 졸려서 숨이 깔딱거리고 넘어갔다. 이유도 몰랐다.

'왜?'

말이 목구멍을 넘지 못했다. 그르륵 소리가 귀로 들어왔다. 말을 하고 싶었다. 하지만 생각뿐이었다. 말에 앞서서 고통이 밀려왔다. 까마귀의 꺽꺽대던 모습이 떠올랐다.

'까마귀 때문인가?'

무의식에서 의식으로 가는 길에는 고통이 따랐다. 의식이 돌아올수록 고통이 하나씩 더해졌다. 얼굴이 터져나갈 것 같다. 폐와 심장은 서로를 쥐어짠다. 점점 가늘어지며 멀게 들리는 숨소리는 귓바퀴로 들어온다. 귀로 들어온 숨소리는 뇌에 고통의 침을 놓는다.

헉 헉 헉.

어찌 할 도리가 없다. 무자비한 힘. 박수는 죽음을 직감했다. 4개나 되는 눈은 하얀 영상만 남기고 사라지려한다. 박수는 이유없이 죽어가고 있다. 어울리지 않게 사탄의 얼굴이 떠오른다. 그날의 공포가 밀려온다. 공포의 그날과 지금은 닮았다. 심장에서 무언가가 치밀어 오른다.

'살고 싶다.'

눈이 크게 떠졌다. 심장을 돌고 올라온 절규가 목도 뚫었다.

"그르륵… 왜?"

기적처럼 목구멍을 비집고 말이 나왔다. 그러자 지옥의 음성이 피에 섞여서 들렸다.

"한나는 어디에 있나?"

분노가 묻어 있었다. 한이 서려 있었다. 언젠가는 만나리라 예상한 그 목소리였다. 자신의 처지가 이제는 이해가 되었다.

'우리엘?'

박수는 그 말을 듣고 온몸에 힘을 풀었다.

'아… 우리엘을 만날 그날이 오늘이구나.'

무자비한 우리엘의 힘을 당할 자는 이 세상에 많지 않았다. 우리엘에 비하면 자신은 버러지였다. 아예 상대조차 되지 않았다. 그리고 보니 내내 심장이 조이고 떨렸던 이유를 알 것 같았다. 이세벨보다 더 무자비한 우리엘을 만날 운명을 알고 피가 그리 울었던 것이다.

'죽자.'

박수는 대답하기 싫었다. 입이 열리지도 않았지만 그보다도, 다 말하고 나면 죽을 것만 같았다. 지금 죽나 나중에 죽나 그게 그거였지만, 박수는 지금 죽는 걸 택했다. 그게 더 현명했다. 이미 경험이 있는 박수는 끝까지 버렸다.

우리엘의 눈빛이 잔인해졌다. 입을 열지 않고 혀를 깨무는 박수를 보며 우리엘은 더욱 잔인해졌다. 우리엘은 힘을 풀고 저항을 포기한 박수의 목을 힘차게 잡아 돌렸다.

우두둑.

목이 반쯤 뒤로 돌아갔다.

"헉."

불이 지나갔다. 눈도 캄캄해졌다가 돌아왔다. 그리고는 박수의 목이 부러졌다. 목 아래의 감각이 순식간에 사라졌다. 하늘이 뒤집어지고 바닥이 올라왔다.

'천사장인데… 잔인하다.'

하지만 오히려 숨은 쉬기 편해졌다. 박수는 목 위만 남아있다는 생각이 들었다. 나머지는 박수의 것이 아니었다.

'오히려… 편해진 건가?'

그러나 그게 끝이 아니었다. 박수의 목뼈가 부러지고 박수가 죽어가는 그 순간에도 우리엘은 표정이 없었다.

"한나는 어디에 있나?"

그러나 박수는 입을 열지 않았다. 재차 물었다.

"한나는 어디에 있나?"

우리엘은 박수의 목을 다시 잡았다. 그리고는 덜렁거리는 목을 바로 잡아 세웠다. 박수는 바늘처럼 찌르는 고통에 잉어처럼 몸을 뒤틀었다. 우리엘이 목을 잡아 맞추는 동안 찌릿찌릿 벼락을 맞는 것 같이 고통이 왔다. 그러나 그건 아무것도 아니었다. 우리엘의 분위기는 폭풍전야. 앞으로의 고문이 더 두려웠다.

'우리엘이 악마가 되었는가?'

박수는 두려웠다. 박수의 목을 붙잡고 우리엘이 입을 열었다.

"박수라 했지? 나는 너를 모른다. 너에게는 원한도 없다. 다만 나의 아내 한나를 입에 올렸다는 것만 알고 있다."

박수는 끝까지 입을 닫았다.

"말을 하지 않아도 좋다. 하지만 이것만 알아두어라. 나는 예전의 그 우리엘이 아니다. 사탄의 꾀에 놀아난 죄인. 나 때문에 죽은 형제가 수만이다. 죄인의 괴수지. 그러니 나에게 자비를 바라지 마라."

우리엘은 잠시 말을 끊었다. 회한이 몰려왔다. 감정을 추스른 우리엘이 다시 말했다.

"주고받는 것. 이게 육십 년 동안 내가 살아가는 법칙이요, 원칙이 되었다. 목은 내가 부러뜨렸지만 다시 맞출 수 있다. 잃어버린 감각도 다시 찾을 수 있다. 하지만 시간이 지나면 그것도 소용없다. 가브리엘이 이 자리에 온다 해도 못 고친다. 나는 생명을 거두지는 않는다. 하지만 나처럼 평생을 후회하면서 살게 할 수 있다. 이제 나의 묻는 말에 답을 하라. 나의 아내 한나는 어디에 있나?"

"……."

박수가 말이 없자 우리엘은 주저하지 않았다. 목을 가볍게 돌렸다. 그러자 이번에는 상상할 수 없는 고통이 몰려왔다.

"으악, 으악, 으아아악!"

단말마의 비명이 어딘지도 모르는 공간을 울리고 찢었다. 상상할 수 없는 고통이었다. 박수는 단 한 번의 고문으로 우리엘에게 지고 말았다. 박수가 본능적으로 입을 열었다.

"살려줘. 살려 줘. 내가 그런 거 아니야. 제발."

그러나 우리엘이 원하는 답이 아니었다. 무정한 우리엘은 다시 목을 돌렸다.

"으아아아악!"

박수는 너무나 큰 고통에 기절했다. 그러나 애초부터 우리엘은 손에 자비를 둘 생각이 없었다. 원하는 답은 하나였다. 한나, 처음부터 우리엘이 원하는 답은 오로지 한나였다.

우리엘은 기절한 박수가 깨어나기를 기다리며 잠시 쉬었다.

마몬의 동굴 안

동굴 안은 참혹했다. 넓고 높던 동굴은 완전히 무너져 그 형체를 알아볼 수 없었다. 시냇물처럼 흐르는 피는 어디서부터 흘러나오는지 몰랐고 떨어진 팔과 다리가 이리저리 나뒹굴었다. 아수라장이 된 동굴. 아직도 돌먼지가 가라앉지 않은 마몬의 동굴은 조용했다. 모두가 죽었는가? 영원할 것 같은 정적이 흘렀다.

그러기를 한참. 갑자기 딸그락 소리가 났다. 돌이 무더기로 쌓인 동굴 구석에서 작은 돌 하나가 굴렀다. 둔탁한 소리를 내며 구르는 돌 하나가 동굴의 입구까지 굴러갔다.

돌먼지가 아직도 가라앉지 않은 돌무더기 그 한가운데에서 무언가가 꿈틀거렸다. 어린아이의 피 묻은 손가락 하나. 작은 손가락이 간신히 움직였다.

그러기를 다시 한참 후. 돌무더기가 들썩거렸다. 조금씩 무너져 내리는 돌무더기는 다시 먼지를 피웠다. 그러더니 한순간 시원하게 무너져 내렸다. 그리고는 누군가가 꿈틀댔다.

아리. 세 살배기 아리였다.

미친 아리가 온몸에 피를 뒤집어쓰고 간신히 일어섰다. 싸늘하던 눈매는 어디가고 공포에 물든 눈동자만 보였다. 그 아리의 발아래에는 갈기갈기 찢긴 시녀 나미의 몸뚱어리가 허무하게 누워있었다.

시녀 나미의 몸에서 나온 아리의 손가락이 바들거리며 떨렸다. 주먹이 쥐어지지 않았다.

"정말로… 위험했다."

우리엘의 엄청난 힘이 동굴을 덮치자 너무나도 큰 충격에 귀신들은 모두 기절하거나 죽었다. 아리도 예외는 아니었다. 목숨이 경각에 달린 그때, 하지만 고맙게도 이세벨의 시녀 나미가 몸으로 막아주었다. 나미는 형체도 알아볼 수 없게 갈기갈기 찢겼지만 아리는 무사했다. 간신히 정신을 차리고 일어난 아리는 서서히 동굴 안을 돌아보았다.

"헉."

아리의 두 눈이 화등잔만 해졌다. 돌가루와 먼지가 완전히 가라앉지 않은 동굴에서 아리는 분명히 보았다. 사람의 키보다 훨씬 큰 커다란 구멍. 동굴의 벽, 금강석처럼 단단한 벽에 소용돌이치는 큰 구멍이 있었다. 완전한 원에 가까웠다. 그러나 빠르게 돌고 있는 그 큰 구멍은 아주 조금씩 작아지고 있었다.

아리는 자신도 모르게 큰소리로 외쳤다.

"시공간의 통로!"

아리는 급히 주위를 둘러보았다. 먼지가 짙었다. 먼지 말고 눈에 들어오는 건 아무것도 없었다. 박수의 흔적을 찾았다. 어렴풋이 박수가 날아가는 걸 본 아리는 서둘러 박수를 확인했다. 그러나 없었다. 아리는 정신이 확 들었다.

"급하다."

급하게 두리번거리던 아리의 눈에 동굴 맨 안쪽 먼 곳에서 피로 물든 옷자락이 보였다. 귀한 옷, 나풀거리는 이세벨의 옷이었다. 옷자락을 따라 시선을 주었다. 시선의 끝에 이세벨이 보였다. 간신히 숨을 쉬는 걸로 봐서 살아있었다.

'다행이다.'

아리는 다시 고개를 돌렸다. 소용돌이를 보았다. 역시 작아지고 있었다. 아리의 눈에 불꽃이 일었다.

"이세벨. 이세벨. 일어나라. 박수를 놓치면 안 된다. 이세벨."

세 살배기 아리가 크게 외쳤다. 동굴이 다시 울리며 완전히 무너지려는 듯 흔들렸다. 위태로웠다. 그러나 이세벨은 정신을 놓고 쓰러져 있었다. 그만큼 충격이 컸다. 하지만 아리는 포기하지 않았다.

"이세벨. 일어나라. 부활의 그때를 위해 지금 정신을 차려라."

부활이라는 말에 이세벨이 꿈틀했다. 무의식중에도 이세벨은 부활을 꿈꾸고 있었다.

"으으. 으으."

"이세벨. 일어나라. 박수를 구해야 한다. 어서."

이세벨은 가슴으로 들려오는 아리의 외침에 눈이 스르르 떠졌다. 간신히 뜬 눈으로 소용돌이, 그 시공간의 통로가 눈에 들어왔다. 몽롱한 눈으로 보던 이세벨은 소용돌이가 아름답다고 생각했다.

'뭘까?'

그때였다. 아리의 다급한 목소리가 다시 들려왔다.

"박수를 찾아야 한다."

눈이 크게 떠졌다. 아리의 말이 다시 들려왔다.

"저 소용돌이 안으로 옷을 던져라. 시공간이 닫히기 전에 옷을 던져라."

아리는 급했다. 그러나 이세벨은 어찌할 바를 몰랐다. 하지만 재차 들려오는 아리의 말에 이세벨이 본능적으로 자신의 옷을 펄럭였다. 그러자 그 중 하나가 닫히는 소용돌이 안으로 빨려 들어갔다.

"되었다."

아리가 낮게 외쳤다. 하지만 문제는 그 다음부터였다. 소용돌이 안으로 들어간 이세벨의 옷이 엄청난 흡인력으로 빨려 들어갔다. 감당할 수 없는 힘이었다. 옷이 이세벨을 잡아당기자 육신이 갈가리 찢기는 고통이 몰려 왔다.

"악. 악."

이세벨은 강한 힘에 소리를 질렀다. 이미 정신은 말끔히 돌아왔지만 이 제는 몸이 말을 안 들었다. 강한 이세벨도 빨아들이는 강한 힘에 벌떡 일 어섰다. 그러더니 이세벨의 온몸이 날아서 소용돌이 안으로 들어갔다. 실 로 소용돌이의 힘은 엄청났다. 나약하게 딸려 들어가는 이세벨의 발이 동 굴 바닥을 팠다. 그러나 소용없었다. 끌려가던 이세벨은 한 손으로 옷을 잡고 다른 한 손으로는 바닥에 고정된 의자를 잡아도 보았다. 그러나 너무 나 강한 힘 앞에 돌로 된 의자도 박살이 났다.

쿠당탕.

이세벨은 옷과 함께 그 안으로 빨려 들어갔다. 구멍은 탄력을 받았는지 점점 작아졌다. 이제는 어른 키 크기가 아니라 어린아이가 간신히 들어갈 크기였다. 하지만 소용돌이는 엄청난 속도로 돌면서 닿는 모든 걸 갈아 부 셨다. 이대로 가다가는 그 소용돌이로 인해서 온 육신이 갈려지고 찢길 판 이었다.

이세벨은 공포를 느꼈다. 날아가던 이세벨은 순간적으로 눈앞의 석상을 잡았다. 큰 석상을 잡은 채 몸을 움직여 한 바퀴 감았다. 그러자 잠시 소용 돌이의 힘과 평형이 되었다. 하지만 그래도 문제가 있었다.

이세벨의 강철 같은 옷이 강한 힘들을 이기지 못하고 조금씩 찢어졌다. 이세벨은 다급했다. 날카롭게 소리 질렀다.

"다곤, 보고만 있지 말고 나를 도와라. 박수를 꺼내는 일이다."

다곤도 정신을 잃었다가 이세벨의 고함소리에 정신을 차렸다. 눈을 떠 보니 이세벨이 소용돌이와 싸우고 있었다. 무슨 일인지 몰랐지만 박수를 살린다는 말에 몸을 날려 이세벨의 옷을 잡았다. 이세벨의 옷을 잡고 힘을 주었지만 잡는 족족 찢어졌다. 옷이 찢어지면 더 앞쪽을 잡았다. 그러나 그럴수록 다곤의 손아귀는 점점 소용돌이와 가까워졌다. 게다가 시공간은 점점 작아지고 있었다. 막강한 힘이 이세벨의 옷을 종잇장처럼 만들었다.

아리도 다급했다. 어찌할 바를 모르고 있는데 갑자기 이상한 말이 들렸다.

"이세벨, 피를, 피를 내어라."

"무슨 말?"

정신이 없는 이세벨과 아리는 무슨 말인지 몰랐다. 어리둥절했다.

그때였다. 무언가가 이세벨의 다리를 세게 물었다. 아팠다. 힘이 빠질 정도는 아니었지만 피가 나는 걸 느꼈다. 이세벨은 힘을 주느라 고개를 돌리지 못했는데 물린 다리로부터 자신의 피가 소용돌이치며 올라오는 걸 느꼈다.

'이게 무슨?'

이세벨이 의아해할 때였다. 다리로부터 용솟음치며 올라온 피가 찢어지기 일보직전의 옷에 묻었다. 그러자 놀라운 일이 벌어졌다. 옷을 타고 이세벨의 피가 번개처럼 뻗어갔다. 우리엘이 만든 시공간의 통로로 번개처럼 빨려 들어가면서 소용돌이를 붉게 물들였다.

그러자 놀라운 일이 벌어졌다. 거의 작은 구멍만 남고 닫히려는 시공간의 소용돌이가 찰나의 순간에 멈추었다. 그러자 허공에서 소용돌이로 빨려들던 모든 것들이 허무하게 떨어졌다. 이세벨은 믿기지 않았다. 죽음의 공포에서 겨우 살아난 이세벨은 창백한 얼굴로 소용돌이를 보며 몸서리를 쳤다.

시공간의 소용돌이가 멈추자 정적이 흘렀다. 그러다가 잠시 후, 소용돌이가 다시 움직였다. 조금씩 반대로 돌았다. 그러자 작은 구멍이 점점 커지며 어른 키 높이만큼 되었다. 그때서야 다들 참았던 숨을 내뱉었다.

"휴. 휴."

소용돌이가 반대로 돌자 그에 따라 이세벨의 몸에서 나온 피가 너욱 빨려 들어갔다. 이세벨은 조금 어지러웠다.

'빈혈?'

이세벨의 눈앞이 조금 어두워졌다. 이세벨의 피를 머금은 그 소용돌이는 처음만큼 활짝 열렸다. 이세벨의 눈에 희열이 번졌다. 회오리 안으로 들어간 자신의 옷은 이미 빳빳해져서 강철봉처럼 되었다. 이세벨은 옷을 잡고 섰다. 이세벨은 활짝 열린 소용돌이 안으로 들어가려했다.

그때였다. 뒤에서 이상한 말소리가 들렸다.

"같이 가."

아리는 소용돌이 입구에 눈을 가늘게 뜨고 서 있었다. 이세벨은 고개를 돌려 보았다. 아무도 없었다. 이세벨은 다시 돌아섰다. 그러나 그 음성은 다시 들려왔다.

"같이 가. 불쌍한 이세벨. 아름다운 이세벨."

이세벨은 그제야 고개를 휙 돌렸다. 눈을 크게 뜨고 아래를 내려 보았다. 그곳에는 여러 겹의 눈꺼풀을 껌벅이고 있는 사악한 자가 입에 피를 묻히고 있었다.

자신의 다리를 문 자, 그자를 보며 이세벨이 낮은 말을 뱉었다.

"옛뱀."

이곳은 마몬의 무너진 동굴이다.

옛뱀과 이세벨은 할 말이 많았다. 하지만 서로가 말을 아꼈다. 지금은 박수가 급했다. 이세벨은 옛뱀, 아리와 같이 소용돌이 안으로 들어갔다. 부상을 당한 다곤은 동굴에 남아서 나머지 귀신들을 구하기로 했다.

소용돌이 안은 신기했다. 한 번도 와 본적 없는 어두운 터널이었지만 걷는데 문제는 없었다. 소용돌이로 미끈하게 잘린 바닥과 벽은 걷기에 나쁘지 않았다. 소용돌이의 끝에는 희미한 빛이 보였다. 이세벨은 강철로 변한 옷을 잡고 소용돌이 끝에 보이는 빛을 향해 걸어갔다. 강철처럼 된 봉을 잡고 가니 편했다. 하지만 시간의 통로는 길었다. 갈수록 통로 끝 불빛은 밝아졌다.

이세벨은 어느덧 불빛 바로 앞까지 왔다. 열 걸음 정도만 더 가면 밖이었다. 밖과 소용돌이 사이에는 얇은 막 같은 것이 있었다. 옷에서 나온 피 덕에 낀 얇은 막이었다. 발람의 동굴에서 친 피의 발 같았다. 역시 붉은 색이었다. 밖은 보이지 않았지만 매우 얇아서 잘하면 보일 것도 같았다.

빛 앞에 선 이세벨은 걸음을 멈추고 앞을 유심히 보았다. 뒤에 따른 옛뱀이 작게 말을 걸었다.

"뭐가 보이느냐?"

"아니."

무성의한 대답. 옛뱀은 실소가 나왔다.

"말하는 꼴은 예전하고 똑같구나."

"먼저 가."

"뭐라고?"

옛뱀은 갑작스러운 이세벨의 말이 무슨 뜻인 줄 몰랐다. 그러나 이세벨은 앞만 보며 말했다.

"먼저 가라고. 너는 숨을 수 있잖아? 그러니 먼저 가."

옛뱀은 그제야 이세벨의 말뜻을 알았다. 옛뱀도 주저하지 않았다. 박수를 구하려면 뭐라도 해야 했다. 상대방이 누군지 몰랐지만 급했다. 옛뱀은 소리를 죽이고 시공간의 터널 마지막으로 갔다. 눈앞에 얇은 막이 숨을 쉬듯 펄럭였다. 옛뱀은 호흡을 멈추고 서서 귀를 열었다. 눈도 크게 뜨고 봤다.

밖은 잘 보이지 않았다. 그러나 말소리가 들렸다. 짧은 대화였다. 누군지 알 수 없었다. 그러다가 갑자기 박수의 비명소리가 들렸다. 등에서 식은땀이 났다. 옛뱀 뒤에 멀찍이 있는 이세벨은 옛뱀을 보며 긴장했다. 뭔지 모르지만 옛뱀이 신경을 곤두선 채 움직이지 않았다. 그럴수록 이세벨은 긴장이 되었다.

옛뱀은 시간이 갈수록 박수의 비명소리에 오금이 저렸다. 지옥의 소리였다.

'잔인하군. 혹시 사탄일까? 그럴 리는 없는데…….'

하지만 박수가 내지르는 단말마는 잔인한 고문을 당할 때 내는 소리였다.

'박수. 조금만 참아라. 구하러 가겠다.'

옛뱀이 속으로 결심을 했다. 그러나 옛뱀은 몸이 움직이지 않았다. 이상했다. 기습을 하면 문제가 없다는 생각이 들었다. 하지만 이상하게도 불안했다. 옛뱀의 그 끈질긴 본능이 옛뱀의 행동을 막고 있었다. 이상했다.

'한 발만 앞으로 나가면 박수와 마주할 수 있다. 이 시공간의 터널을 만든 자와 얼굴을 마주하고 기습을 할 수 있다. 하지만… 하지만… 몸이 움직이지 않다니…….'

뱀 특유의 본능이 서두르는 옛뱀의 발걸음을 잡았다. 혼란스러웠다.

'대체 누구기에.'

이세벨의 심장은 터질 것 같았다. 시간이 없었다. 이대로 박수를 잃어버리면 부활도 없었다. 이세벨은 창자가 녹는 것 같았다. 그런데도 옛뱀은 꼼짝도 않고 있었다. 이세벨은 소리를 지르고 싶었지만 그러지 못했다. 옛뱀이 너무나도 진지했기 때문이었다.

'저놈이 왜?'

뒤에서 보니 옛뱀은 땀까지 흘렸다. 긴장의 시간이 흐르는 순간, 박수의 비명소리 넘어 터널을 만든 자의 소리가 들렸다.

"한나는 어디에 있나?"

옛뱀은 순간 머리털이 쭈뼛 섰다. 등골이 서늘하며 오싹했다. 온몸에 전율이 돌으며 힘이 빠져나갔다.

'우리엘?'

옛뱀은 본능이 왜 그리 떨었는지 이해가 되었다. 옛뱀은 주저하지 않았다. 뒤로 조심스레 돌았다. 극도로 절제된 동작으로 돌아 이세벨에게로 갔다. 이세벨이 눈을 부릅뜨고 있었다.

"가자."

이세벨의 앞에서 들릴 듯 말 듯 말하고는 소리를 죽여 마몬의 동굴로 다시 나갔다. 옛뱀의 이런 모습은 처음 보았다. 이세벨과 아리는 아무 말도 하지 못했다. 이세벨은 옛뱀의 뒤를 말없이 따라갔다. 다시 동굴로 돌아온 옛뱀은 멍한 표정의 이세벨에게 말했다.

"박수를 포기해라."

"뭐라고?"

아리와 이세벨은 어이가 없었다.

"포기해라. 우리의 상대는 우리엘이다."

이세벨과 아리가 동시에 놀랐다.

"우리엘이라니… 옛적에 사라진 우리엘이 어찌 알고 이곳을……."

옛뱀은 소용돌이를 보며 말했다.

"우리엘이 어찌 알았냐고? 바보 같은 놈들. 그렇게 조심성이 없어서야."

옛뱀은 혀를 찼다.

"우리엘이 한나의 소식을 들으려면 어디가 가장 좋을까? 귀신들의 수다 말고 다른 좋은 곳이 있느냐? 세상의 모든 곳을 돌아다니는 귀신들이 한데 모여 세상의 모든 일을 떠드는 이곳, 귀신들의 수다가 우리엘에게 있어서는 정탐꾼 만 명과도 맞먹는다. 안 그러냐? 게다가 얼마나 크게 떠드는지 나도 저 위에서 모두 들을 정도다. 그렇게들 크게 떠드는데 천족인 우리엘이 놓칠 리가 없지."

그제야 이세벨은 이해가 갔다.

"아……."

우리엘에게 있어서 한나라는 이름은 생명이었다. 항상 귀를 열고 사는 우리엘 앞에서 한나 얘기를 했으니 당연한 결과였다. 이세벨은 이를 부드득 갈았다.

"하지만 어떻게 하든지 구해야한다."

옛뱀은 고개를 절레절레 흔들었다.

"방법이 없다. 우리엘이 잡고 있는 한 우리엘 몰래 박수를 빼내올 수는 없다. 그는 천족이야."

맞는 말이었다, 이세벨은 주먹을 쥐었다. 피가 맺혔다.

"아, 정말로 방법이 없을까?"

이세벨은 너무나 안타까웠다. 박수와 어렵게 계약을 맺은 이세벨은 더욱 박수와 마지막 날의 부활이 간절했다. 그러나 아무리 생각을 해도 옛뱀의 말처럼 방법이 없었다. 그러나 아리의 생각은 달랐다.

"있어."

말이 없던 아리가 거들었다. 옛뱀은 아까부터 아리가 신경 쓰였지만 어린아이라 대수롭지 않게 넘어갔다. 그러나 갈수록 아리의 행동은 신비했고 볼수록 사악했다. 아리는 아껴놓은 말을 했다.

"이세벨이라면 가능해."

"내가? 어떻게?"

"잠을 자. 이세벨."

뜬금없는 소리였지만 썩은 동아줄이라도 잡아야했다.

"무슨 소리냐?"

"박수와 꿈에서 얘기해. 운이 좋으면 박수와 같은 꿈을 꿀 수도 있잖아?"

아리의 말은 이세벨의 둔한 머리를 깨웠다.

"아 그래… 그런 일이 있었지? 그 다음에는?"

"우리엘을 유인해. 적당한 곳으로."

"어디가 좋을까?"

"만정. 피밭으로."

이세벨은 아리를 다시 보았다.

'아리가 모르는 게 뭘까?'

그런 생각이 들었다. 별 수 없는 이세벨은 이를 악물고 그 자리에 누웠다. 그리고는 박수와 같은 꿈을 꾸기만을 간절히 바라며 잠을 청했다.

옛뱀은 아리를 뚫어지게 보았다.

'저 괴물은… 어디서 많이 본 듯한데… 생각이 나지 않는다.'

아리는 자신을 뚫어져라 보는 옛뱀을 무시하며 이세벨 옆에 앉았다. 둘은 서로 말이 없었다.

눈물이 나온다. 하지만 울어도 소용이 없다.

지나간 한이 강이 되어 흘러가도 지금의 내 마음은 다시 한으로 채워진다.

예언을 하고 점을 치는 내가 저주스럽다.

살아야 한다. 살아야 한다. 박수 살아야 한다. 만정. 만정으로 오라.

박수. 살아야 한다. 부활의 그때를 위해 살아야 한다.

바벨론의 만정으로 오라. 만정, 피밭으로……

'이세벨?'

아련한 소리가 박수의 혼을 깨웠다.

'살아야 한다. 살아야 한다. 살아야 해.'

목적이 생기자마자 가련한 목이 열렸다. 짐승의 신음소리가 목을 비집고 터져나왔다.

"한나, 한나는…."

박수의 목에서 가래가 끓었다. 작은 소리였지만 우리엘의 귀는 예민했다.

"말하라."

"한나는… 그르륵… 네가 찾는 한나는……."

박수는 말을 잘하지 못했다. 목이 끊어질 듯 고통이 몰려왔다. 우리엘은 박수의 목을 신중히 잡았다. 그리고는 부러진 곳을 맞추며 돌렸다.

"으아아악!"

박수의 비명은 짧고 굵었다. 우리엘의 이마에서 땀이 떨어져 박수의 목에 닿았다. 박수는 큰 충격을 받고 비명을 질렀지만 그리고 나니 한결 편안했다. 신기했다. 다리 아래는 아니더라도 허리 이상은 감각이 돌아왔다.

"이제 편안해졌으니 말하라. 한나를 찾으면 나머지도 고쳐준다."

"후, 후, 후, 힘이… 드는… 군."

"한나는?"

급하게 묻는 우리엘에게 박수는 뜸을 들였다. 이세벨을 위해 시간을 벌어야 했다.

"보채지 마라. 급한 건 나니까. 네가 약속을 지키지 않으면… 나만 병신이 되지. 그러니… 보채지 마라."

박수는 잠시 숨을 깊게 쉬었다.

"한나는… 만정에 있다."

우리엘은 처음 듣는 말이었다.

"만정? 그게 뭐냐?"

박수는 우리엘에게 설명할 수가 없었다. 그러나 이세벨의 말대로 말했다.

"만정은 한 마디로 말하기 어렵다. 하지만 쉽게 이야기할 수도 있지. 만정은 피밭이다."

"피밭?"

"그렇다. 피가 강이 되어 넘치는 그곳, 그곳에 한나가 있다."

"살아있나?"

"아마도."

"거짓말."

"그럼 빨리 죽여라."

"만정이라고는 들어 보지 못했다."

"나도 본 적은 없다."

"……."

"자신 없으면 가지 마라. 착한 곳은 아니니."

"어디에 있나?"

박수는 우리엘과의 신경전이 막바지에 온 걸 알았다.

"바벨론에 있다."

우리엘은 깜짝 놀랐다. 눈을 크게 뜨고 고개를 끄덕였다.

'바벨론이라면… 그곳이구나. 아… 그렇구나.'

잠시 생각을 하던 우리엘은 말없이 박수를 들쳐 업었다. 그리고는 쏜살이 되어 어디론가 날아갔다. 한숨을 조심스레 내쉬는 박수는 우리엘의 등 뒤에서 눈을 감았다.

다시 꿈을 꾸러 눈을 감았다. 박수의 늘어진 손에는 반쪽만 남은 까마귀가 아직도 들려있었다.

우리엘이 바벨론으로 간 그 시각

이세벨도 꿈을 꾸었다. 몽롱하고 분명치 않지만 꿈을 꾸고 있었다. 꿈을 꾸는 이세벨은 아직 깨어나지 않았다. 이세벨을 기다리며 옛뱀이 아리에게 물었다.

"너는 누구지?"

"……."

말이 없다. 하지만 옛뱀은 짚이는 게 있었다.

"혹시 이세벨?"

옛뱀이 말을 걸어도 아리는 이세벨에게서 눈을 떼지 않았다. 한참 동안 대답이 없었다. 옛뱀도 역시 대답을 기다리며 조용했다. 지루한 시간이 흐르고 아리가 말했다.

"왜 그렇게 생각하지? 모습이 다르잖아?"

"같아."

"그렇게 보여?"

"느낌. 느낌이 같아."

"……."

아리는 다시 말이 없어졌다. 옛뱀은 눈을 가늘게 떴다.

"같구나. 왜지? 왜 너와 이세벨이 같지? 같은 피라서?"

"아니."

"그럼."

옛뱀이 집요하게 물었다.

"말해도 몰라."

"무슨 뜻이지?"

아리는 뜻 모를 말을 했다.

"반은 같고 반은 다르지. 그것뿐이야."

"피가 반만 같다? 알 수 없군."

"옛뱀."

이제는 아리가 먼저 말했다.

"……."

"이세벨이 자니까 경고 하나 할게."

"……."

"조심해."

"누구를?"

"나를… 나를 조심해."

옛뱀은 오싹했다.

"왜지?"

"확실히는 몰라. 하지만……."

"하지만?"

"네가 싫어. 이상하게 들리겠지만."

"……."

"내 피가 너를 싫어해. 그래서 그래."

"……."

"분명히 말해줬어. 나중에 원망하지 마."

옛뱀은 말을 할 수가 없었다. 섬뜩한 무언가가 온몸을 짓눌렀다. 옛뱀은 그 무언가에 대항해서 힘을 주고 있었다. 그래서 입을 열었다가는 몸이 산산조각날 것 같았다. 옛뱀은 그것이 무언지 알았다. 정확히는 몰라도 그건 아리에게서 나오는 것이었다. 분명 낯이 익은데 정확하게 알 수 없었다.

옛뱀은 소름이 돋았다. 옛뱀의 본능은 가만히 있으라고 말해주었다. 아리는 눈을 돌려 이세벨을 보고 있었다. 그러던 어느 순간, 아리가 급하게 말했다.

"가자, 옛뱀. 서둘러라. 우리엘이 만정으로 갔다."

옛뱀은 이해가 되지 않았다. 눈만 껌벅이는데 아리가 귀신처럼 옛뱀의 마음을 알았다.

"나는 이세벨의 마음을 읽어. 서둘러."

옛뱀은 갈수록 아리가 무서웠다. 옛뱀은 일부러 시선을 피하려고 주위를 둘러보았다. 뭐에 쓸지 모를 부상병들이 사방에 널려있었다. 그렇게 두리번거리던 옛뱀은 자고 있는 이세벨의 팔에서 반짝거리는 걸 보았다.

'팔찌?'

옛뱀은 번개처럼 팔찌를 뺏었다. 팔찌는 어느새 옛뱀의 입안으로 들어갔다. 아리가 옆으로 힐끔 보았다. 옛뱀과 아리의 눈이 마주쳤다. 옛뱀은 너무나도 섬뜩했다.

'이상하다. 낯익은 눈빛인데.'

아리는 옛뱀의 시선을 무시하며 다시 고개를 돌렸다. 팔찌 따위는 안중에 없어 보였다. 오로지 바닥에 누워있는 이세벨만 보았다. 아리와 옛뱀은 이세벨이 깨어나길 기다렸다. 바벨론까지 가려면 3일이 족히 걸렸다. 물론 하루를 쉬지 않고 달리면 하루 만에 갈 수 있었다. 그러려면 마차를 타고 가야 했다. 그러니 이세벨이 깨어나야 갈 수 있었다. 아리는 이세벨이 깨어나기만을 기다리며 바로 옆에 앉아있었다.

이세벨의 다른 손에는 배가 갈라진 까마귀가 들려있었다.

다음날, 바벨론 성 근처 평야

이세벨은 서둘러 바벨론으로 달려갔다. 서둘러 가야만 우리엘을 앞설 수 있다는 생각을 했다. 아라랏산에서 바벨론까지는 3일 길이었지만 마차를 전속력으로 몰면 꼬박 하루가 걸렸다. 동굴 밖에 있어 목숨을 건진 이세벨의 호위 병사들은 죽을 각오로 마차를 몰았다.

바벨론 성을 바로 코앞에 둔 밤이었다. 마몬의 동굴을 나온 다음날이다. 이세벨과 아리, 그리고 옛뱀은 오는 내내 말이 없었다. 옛뱀은 원래 과묵했다. 눈을 감고 조용히 만정에 도착하기만 기다렸다.

옛뱀은 곁눈질로 이세벨과 아리를 번갈아 보았다.

"닮았군."

옛뱀이 느닷없이 말을 꺼냈다. 아리의 눈이 가늘어졌다. 이세벨은 곧바로 반응했다.

"저 미친 아이와 내가? 이 아름다운 이세벨이 제대로 미친 어린아이와 닮았다니. 개가 웃겠군."

"역시… 닮았어."

"옛뱀, 미친 게로군. 보는 눈이 없어. 예전에 그 명석한 머리는 뭉그러진 건가? 팔아먹은 게야?"

"이세벨답지 않게 흥분하는군."

"어린아이야. 세 살 밖에 되지 않았어. 제 어미를 닮아 거만하고, 있는 척하지만 개뿔도 없어. 그런데 닮았다니… 너도 미친 게야."

옛뱀은 조용히 타일렀다.

"이세벨. 네 핏줄이다."

"그 얘기라면 입을 다물라. 기분 나쁘면 너를 죽일 수도 있어."

"이세벨."

"입을 다물라 했다. 그러지 않으면……."

"말이 많아졌어."

이세벨이 움찔했다. 아리의 눈이 반짝였다. 사실이었다. 이상했지만 마차로 오는 내내 말이 없다가 갑자기 많아졌다. 옛뱀의 한마디에 마차 안이 조용해졌다. 아리가 말했다.

"때가 돼서 그래."

옛뱀이 고개를 갸웃거렸다.

"정말로 그때인가?"

"그래. 죽음을 앞둔 게지. 그러니 말이 많아질 수밖에. 하고 싶은 말이 많을 거야."

이세벨은 머리끝이 돌았다. 자신은 안중에도 없이 둘이 하는 얘기를 듣다가 폭발하였다.

"이런 미친 것들이 보자보자 하니 한이 없구나."

이세벨이 노했다. 적막이 흐르고 마차 덜컹거리는 소리만 의미없이 들렸다. 이세벨은 마음에서 불이 올라왔다. 더 화가 났다. 참기가 어려웠다. 이상했다. 참아야 했지만 이성보다 본능이 더 강했다.

"나와 같이 하지 않으려면 내려라. 여긴 내 마차니 내려라. 마차를 세워라. 아리가 내릴 것이다."

이세벨의 말에 마차가 섰다. 다들 말이 없었다. 잠시 어색한 시간이 흘렀다. 아리는 여전히 창밖을 보며 말이 없었다. 옛뱀은 눈을 껌뻑이며 이세벨을 보았다.

'흥분이 지나치다. 침착하고 빈틈없는 이세벨이 이렇게 되다니. 이상한 일이지만 어쩔 수 없다. 지금 이세벨의 눈에는 거짓이 없다. 진짜로 흥분했구나.'

옛뱀은 마차 밑으로 슬그머니 내렸다. 옛뱀이 내리자 아리도 문을 열었다. 어린아이가 마차에서 내리자 말 위에 있던 호위 병사들이 일제히 말에서 내렸다.

"아리를 두고 그냥 간다."

이세벨의 차가운 말에 병사들은 다시 말에 올라 서둘러 떠났다. 허둥대는 병사들이 내는 먼지가 짙게 피어오르며 시야를 가렸다. 들판의 메마른 먼지는 쉽게 가라앉지 않았다. 한참을 그 자리에 서 있었다. 시간이 지나자 서서히 먼지가 걷히며 아득히 멀리 이세벨의 마차가 그 꼬리만 보였다.

달리는 마차를 배경으로 웅장한 바벨론성이 들어왔다. 하늘을 찌를 듯 서 있는 바벨론 성을 향해 옛뱀과 아리는 서서히 움직였다.

"아리. 알고 있었나?"

"알고 말고 할 것이 아니지. 운명이다."

"운명?"

"그렇다. 이게 나와 이세벨의 운명이다."

옛뱀은 무슨 말인지 몰랐다.

"……."

"때가 된 거지."

"알고 있었구나."

"그렇다고도 할 수 있고 아니라고도 할 수 있다."

"그건 무슨?"

"이세벨이 저리 될 건 알고 있었다. 하지만……."

"하지만?"

"네가 이 자리에 있게 될 줄은 몰랐다."

섬뜩했다. 아리의 시선은 멀리 사라지는 이세벨의 마차에 가 있었다.

"나를 죽이려느냐?"

"아니."

"너의 비밀을 알면 죽이겠느냐?"

"아니. 그런 일은 일어나지 않는다."

"그건 왜지?"

아리는 옛뱀을 바로 쳐다보았다. 옛뱀은 숨이 턱 막혔다.

"너는 영원히 나를 알지 못한다. 부활의 그날까지, 그날이 되어서야 내가 누군지, 얼마나 위대한지 알게 될 것이다. 그러니 나에 대해 알았다고 너를 죽이는 일은 없다. 하지만 경고는 해야겠지. 나에 대해 알려고 하지 마라. 옛뱀, 분명히 경고하는데 나는 네가 알 수 있는 그런 존재가 아니니 나에 대해 알려는 마음도 먹지 마라. 그러는 순간 그동안 네가 숨겨둔 너의 모든 생명들은 사라지게 될 것이다, 옛뱀."

옛뱀은 충격이 컸다. 등골이 서늘하며 온몸이 얼어버렸다.

"너는 누구냐? 누구이기에 나의 비밀을 아느냐?"

"알려 들지 마라."

아리가 귀찮아했다.

"그럼 질문을 바꾸지. 나에 대해 더 아는 게 있느냐?"

아리가 잔인한 웃음을 지었다.

"있다고 할 수도 있고 없다고 할 수도 있다."

"그럼 마지막으로 묻겠다. 잘 들어라."

옛뱀은 끈질겼다. 옛뱀은 아리를 정면으로 쳐다보았다.

"천년의 예언을 아느냐?"

아리의 눈이 꿈틀했다. 눈 안에 무언가가 나왔다가 사라졌다. 옛뱀이 그걸 놓칠 리 없었다.

"하하하. 하하하. 이제 되었다. 하하하. 말하지 않아도 된다. 하하하."

옛뱀은 그답지 않게 크게 웃었다. 무표정한 아리의 얼굴이 붉은 색으로 변했다. 옛뱀은 이세벨이 간 길을 따라 느릿하게 기어갔다.

"이제야 알겠다. 이제야… 하하하. 네가 누군지 이제야 알겠어."

옛뱀은 뒤도 돌아보지 않았다. 아리는 한참 동안 그 자리에 서 있다가 이세벨과 옛뱀이 간 그 길을 걸어갔다. 아리는 여전히 표정이 없었다.

바벨론 성

아합은 이세벨이 돌아왔다는 소식에 노기를 띠고 대전에 앉아있었다. 그 앞에는 두 눈이 뽑힌 사신이 엎드려져 있었다. 아합은 이세벨이 오면 키메리아에서의 일을 물을 참이었다. 하지만 이세벨은 오자마자 자신의 침실로 가버렸다. 아합왕은 자신에게 오지 않고 침실로 갔다는 말을 듣자 폭발하였다.

"뭐라? 왕후가 침실로 바로 가? 아달리아를 그리 만들어 놓고 침실로

가?"

아합은 분노했다. 이세벨과 결혼을 한 이후로 이세벨에게 처음 분노했다. 아합은 입을 굳게 다물고 수하들과 같이 이세벨의 침실로 향했다. 뒤따르는 대신들은 드디어 아합이 이세벨의 그늘을 벗어나나 싶어 기대에 부풀었다.

그러나 아합은 이세벨의 침실 밖에서 문전박대를 당했다. 이세벨은 엄명을 내려 왕이라도 들어오지 못하게 막았다. 아합을 막는 시녀들 서넛이 시위대장 아나니아의 칼에 목이 달아났다. 나머지 시녀들은 아합 왕 앞에서 무릎을 꿇고 목을 늘였다. 벌벌 떠는 시녀들을 죽이던 아합의 시위대장 아나니아가 말했다.

"명을 주시면 밀고 들어가서 문을 열겠습니다."

하지만 아합은 말이 없었다. 분노가 치밀었지만 자신이 목숨보다 더 소중히 여기는 이세벨에게 마지막 기회를 주고 싶었다. 아합은 아무런 말을 하지 않고 옆에 내시가 들고 있던 횃불을 뺏어 들었다. 그리고는 한참 만에 입을 열었다.

"왕후는 문을 열라. 그러지 않으면… 모두 죽이리라."

살벌한 이세벨의 침실 앞에는 횃불만이 홀로 타오르며 어지러이 그림자들을 만들어냈다.

아합의 추상같은 말이 떨어졌지만 침실 안의 이세벨은 움쩍도 하지 않았다. 이세벨은 아합을 끌어들이기 싫었다. 아합이 멍청하긴 해도 이 나라의 왕이니 전 군사를 동원한다면 우리엘을 상대하는데 유리하겠다는 생각도 했었다. 하지만 바벨론은 이미 루디아와 전쟁을 위해 병력을 밖으로 보낸 터였다. 게다가 막강한 천사장 우리엘은 군사의 수가 늘어난다고 해서 잡을 수 있는 상대가 아니었다.

이세벨은 혼자 해결하기에는 아쉬운 점이 많았지만 하는 수 없었다. 아리와 옛뱀을 내쳐버린 게 후회가 되었지만 곧 아리가 찾아 올 것을 알았다.

이세벨은 홀로 만정의 문을 열고 들어가기로 했다. 이상하게 자신도 있었다.

'만정에서라면 이길 수 있다.'

가슴이 부풀어 오르며 자신이 충만해졌다. 이상했지만 이미 마약에 취한 듯 이세벨은 자신의 침대 앞에 섰다. 심호흡을 크게 했다. 이세벨은 침대 모퉁이에 손을 얹었다. 그리고 가볍게 밀며 눈을 움직였다. 그러자 신기하게도 침대가 움직였다. 엄청나게 무거운 침대는 이세벨의 작은 힘에도 쉽게 미끄러졌다.

소리도 없이 미끄러진 이세벨의 침대는 커다란 암흑을 남기고 옆으로 밀려났다. 이세벨은 내려가기 전에 품안에 손을 넣었다.

'분통, 거울은 있고, 그리고… 이런… 팔찌, 팔찌가 없구나. 옛뱀, 이 교활한 놈. 그놈이 도로 가져갔구나. 그렇다면 아리도? 그럼… 위험하다. 팔찌가 없으면 위험하다. 빠드득. 옛뱀 이놈.'

이세벨은 잠시 갈등하였다. 침대 밑으로 열린 만정의 입구는 묘한 유혹을 흘렸다.

'들어와. 들어와. 어서. 이세벨. 들어와.'

만정이 부르고 있었다. 이세벨은 만정의 부름 앞에 반쯤 정신이 나갔다.

눈 하나가 나를 보고 있다.

매끈하고 새까만 동경으로 흘러가는 악마의 먹구름.

나는 이미 그 안에 들어가 있다.

애절하고 섬뜩한 그 무언가가 나를 부르고.

이제 나는 홀린 듯 가야만 한다.

만정이 이세벨을 부르고 있었다. 이세벨의 눈꼬리가 올라갔다.

'다른 노래?'

이상했다. 예언의 그 노래와 다른 예언의 노래가 들려왔다. 하지만 이제는 어쩔 수 없었다. 머리로는 가지 말아야 한다고 말했지만 심장은 이미 다리에 힘을 주었다.

'이상하다. 이런 일이 없었는데….'

이성과 감정의 갈등이 몰려왔다. 이세벨이 입술을 물었다. 하지만 심장의 박동은 최면을 부르는 마법과도 같았다. 이세벨은 아니라는 외침을 멀리하고 만정 안으로 한발을 내디뎠다.

'만정에서 우리엘을 잡고 그의 피로 만정을 깨우자. 그럼 박수와 한 몸이 되어 다시 부활할 수 있다. 이제 시작인가? 그나마 다행인 것은… 후후, 만정에는 개가 없다는 사실이다.'

이세벨은 한 발 한 발 아래로 내려갔다. 어둠이 이세벨을 조금씩 삼켰다. 마침내 이세벨은 어둠의 동굴 속으로 사라졌다.

그리고 한참 뒤, 아합의 한숨소리를 뒤로 하고 어둠 속에서 옛뱀과 아리가 나타났다. 어떻게 스며들었는지 모른다. 이세벨의 침실을 처음 보는 옛뱀은 이리저리 두리번거렸지만 아리는 익숙해 보였다. 침대 밑 동굴 앞에 아리가 섰다. 옛뱀이 아리의 뒤에 섰다. 동굴로부터 뼈가 어는 냉기가 나왔다. 아리는 추위를 탔다. 아직 어려서 그랬다. 오들거리며 떠는 폼은 아직 어린아이였다.

"만정인가?"

"그래. 만정이다."

아리의 목소리가 떨렸다. 추워서 그런지 떨려서 그런지 몰랐다. 옛뱀도 살짝 추웠다.

"활짝 열어놨군. 들어오라는 거지?"

"그렇겠지."

"돌아갈까? 무섭군."

아리의 눈이 빛났다. 입에서는 김이 났다.

"들어가자. 이세벨이 오라면 그리해 주어야겠지. 다만, 너는 꼭 갈 필요는 없다. 돌아가고 싶으면 지금이라도 가라."

"나도 박수에게 받을 게 있지. 그걸 받으러 여태 기다렸으니 나도 가야겠다."

"후회하지 마라."

"너도 마찬가지. 후회하지 마라."

옛뱀과 아리는 간단한 말을 마치고는 주저없이 계단을 내려갔다. 동굴의 깊은 어둠은 이세벨을 삼켰을 때처럼 그렇게 옛뱀과 아리도 삼켰다.

침실 밖에서는 무능한 아합이 횃불을 들고 계속 서 있었다.

동굴 안 광장

한참을 내려간 옛뱀과 아리는 너른 광장을 만났다. 경험 많은 옛뱀은 이상했다. 사람이 만든 것 같지 않았다.

"아리, 이렇게 어마어마한 것을 이세벨이 만들었을까?"

"글쎄."

"말하기 싫구나."

"글쎄."

아리는 만정에 들어오면서 말이 없어졌다. 옛뱀이 겨우 말을 붙여도 정신이 다른 데에 있었다.

'아리. 긴장하는구나.'

옛뱀도 더 이상 말을 걸지 않았다. 만정의 경치구경을 하며 아리를 따라 들어갔다. 옛뱀은 큰 광장의 규모에 혀를 내둘렀다. 높이도 높았지만 바닥의 넓이도 엄청났다. 웬만한 왕의 궁전이 모두 들어가고도 남을 넓이였다. 너른 광장은 만정으로 통해 있었다. 만정으로 들어가는 입구에 다리가 눈에 들어왔다.

아름다운 다리였다. 화려하게 치장하지 않았지만 곡선이 아름다운 나리였다. 아리와 옛뱀은 난간도 없는 다리 앞에 섰다. 다리 아래로 가로질러 무언가가 빠르게 흘렀다. 옛뱀은 그걸 보자마자 알았다.

"피?"

피였다. 엄청난 양의 피가 강처럼 흘렀다. 시뻘건 피의 강은 보는 자들의 영혼을 홀렸다.

옛뱀은 심상치 않았다. 아리의 말대로 돌아갈 걸 그랬나 싶었다. 하지만 궁금해졌다. 이왕 들어온 이상 알고 나가야만 했다.

다리의 양쪽에는 커다란 돌들이 난간 대신 서 있었다. 다리 양 옆에 간격을 맞추어 도열해 있었다. 군대가 줄을 맞추어 사열하듯 서 있는 돌들은 이상하고 기괴한 괴물과 귀신 얼굴을 했다. 큰 돌에 몸은 없고 얼굴만 새겨져 있었다. 용의 얼굴, 사자의 얼굴, 독수리의 얼굴 그리고 개의 얼굴이었다. 하나하나는 모두 사람의 키보다 두 배는 더 커 보였다. 붉은 기운이 감도는 돌은 이상하게도 은은한 광채가 나왔다.

'위험하다. 모두 살아있다.'

옛뱀은 식은땀이 나왔다. 머리끝도 쭈뼛 일어섰다. 긴장한 채로 양 옆의 괴물들을 지나 더 들어가자 만정의 입구가 입을 벌리고 있었다. 옛뱀은 가슴이 뛰었다. 아리도 숨이 거칠어졌다.

만정의 안은 신기하게도 보이지 않았다. 아무리 안을 들여다보려 해도 보이지 않았다. 옛뱀은 눈을 찡그렸다. 역시 보이지 않았다. 귀를 세우고 열었다. 소리도 들리지 않았다. 이상한 느낌이 들어 뒤를 돌아보았다. 석상들은 모두 그 자리에 있었다. 하지만 옛뱀은 소스라치게 놀랐다. 개의 얼굴이 없어졌다. 다른 석상들은 그 자리에 있는데 개의 얼굴을 한 석상만 얼굴이 지워졌다.

'만정. 비밀이 많은 곳이구나.'

신중한 옛뱀은 눈을 크게 뜨고 만정의 입구를 천천히 보았다. 만정의 입구 위에는 이상한 글이 새겨져 있었다. 온통 붉은 벽에 붉은 글씨가 음각으로 새겨져 있었다. 하지만 무슨 글인지 알 수 없었다. 옛뱀은 당황했다. 세상에서 자신이 모르는 글은 없었다. 하지만 간단해 보이는 글은 읽을 수 없었다. 옆에 서 있는 아리를 보았다.

아리의 표정이 심각했다. 그 글씨를 보면서 침을 꼴깍였다.

'아리가… 알고 있구나.'

옛뱀이 생각하는 그때, 미친 아리가 입을 열고 작은 목소리로 노래했다.

눈 하나가 나를 보고 있다.

매끈하고 새까만 동경으로 흘러가는 악마의 먹구름.

나는 이미 그 안에 들어가 있다.

애절하고 섬뜩한 그 무언가가 나를 부르고.

이제 나는 홀린 듯 가야만 한다.

아리가 노래를 모두 부르자 신기한 일이 일어났다. 여태껏 안이 보이지 않던 만정이 갑자기 환하게 열렸다. 눈에 보이지 않게 둘러쳐진 막이 사라지고 붉은 빛이 환하게 흘러나왔다.

"악마의 휘장."

옛뱀은 저도 모르게 말이 터져나왔다. 악마의 휘장은 사실 악마가 만든 건 아니었다. 누가 만든 건지는 몰랐다. 눈에 보이지 않았는데, 모르고 지나가다가 그 휘장에 걸리면 웬만한 자들은 녹아 없어졌다. 사람이 걸리면 소리도 없이 녹았고 혼령이나 영혼이 걸리면 그 안에 갇혀서 평생을 살아야만 했다. 나올 수도 없고 몸부림쳐도 소용없었다. 끈적거리는 서미줄처럼 영혼을 감아오는 악마의 휘장 앞에서 옛뱀은 가슴을 쓸어내렸다.

'아… 그때에 그들이 부르던……'

옛뱀은 이세벨과 박수의 노래가 기억났다. 노래는 똑같지는 않았지만 이상하게도 느낌은 같았다. 마몬의 동굴에서 그림자처럼 숨어서 본 이세벨과 박수가 그 노래를 부르면서 왜 그렇게 놀랐는지 알게 되었다. 옛뱀은 자신이 모르는 게 없다고 생각했다. 하지만 지금은 아는 것이 없었다. 옛뱀은 생각할수록 등에서 식은땀이 났다.

악마의 휘장이 열리자 만정의 환한 빛 가운데로 사악한 요녀의 목소리가 들려왔다.

"역시… 아리구나. 만정에 온 걸 환영한다."

여태 말이 없던 아리가 입술을 깨물며 입을 열었다.

"이세벨."

만정

높았다. 만정의 천정은 이상하리만큼 높았다. 아무리 눈을 가늘게 뜨고 보아도 그 끝이 보이지 않았다.

'끝이 없나?'

옛뱀은 볼수록 머리가 아팠다. 이상했다. 커다랗고 널따란 벽은 둥글게 돌아있었다. 우물의 속처럼 둥글게 생긴 벽은 커다란 돌로 차곡차곡 쌓여져 있었다. 돌 하나하나는 사람의 키보다 컸다. 우물 안에 들어와 있다는 착각이 들었다.

이세벨은 만정의 한가운데에 서 있었다. 그런데 이상했다. 손에는 늘 애지중지하던 손거울을 들고 있었다.

'이렇게 긴장되는 상황에서도 화장을 하는구나. 진정 알 수 없는 악녀로고.'

옛뱀의 생각대로 이세벨은 악녀였다. 그러나 손거울을 들고 이리저리 돌리며 보는 이세벨은 잔뜩 긴장해 보였다.

게다가 잔뜩 긴장한 이세벨은 연신 천정을 보며 무어라 중얼거렸다. 정신이 없어 보였다. 옛뱀은 이상한 느낌이 들었다.

'박수와 비슷하구나. 어찌된 일인가?'

이세벨이 신접한 박수처럼 중얼거리고 있었다. 옛뱀은 호기심에 이세벨을 자세히 보았다. 손거울을 머리 위로 들고 보면서 천정을 같이 보는 이세벨은 이제는 슬슬 웃어가며 큰소리를 질렀다.

"아리… 언제까지 숨나 보자."

이상했다. 분명 아리는 자신의 옆에 있었다. 옛뱀은 고개를 돌려 아리를 보았다. 아리의 얼굴이 붉어져 있었다. 전에 없이 긴장한 얼굴이었다. 이제껏 보아온 중에 가장 긴장하고 있었다. 게다가 여차하면 튀어나갈 태세였다. 옛뱀은 아리와 이세벨을 번갈아 보았다. 둘 다 이해가 되지 않았다. 미친 아리는 추운지 조금씩 떨고 있었는데 이세벨은 자꾸만 위를 쳐다보며 흥분했다.

"나와라. 내 앞으로 나와라. 아리. 이제 만정의 주인을 가리자. 우리엘이 오기 전에 누가 이곳의 주인인지 보여주리라. 아리 이제 나와라."

아리는 만정에 발을 디딜 때부터 덜덜 떨었다. 옛뱀은 추워서 그런 줄 알았다. 하지만 이세벨의 헛소리가 계속 될수록 심해졌다.

"끝까지 모른 체 하는구나. 좋다. 나를 원망하지 마라."

이세벨이 품에서 짧은 칼을 꺼냈다. 그제야 아리가 입을 열었다. 덜덜덜 떨리는 목소리로 겨우 말했다.

"이세벨, 감히 나를… 정녕 죽고 싶은 게로구나."

그러나 아리 역시 이세벨을 보며 말하지 않았다. 아리도 이제는 이세벨처럼 허공을 보며 말했다. 옛뱀은 이 기가 막힌 상황을 이해하지 못했다. 옛뱀의 귀로 이세벨의 묘한 웃음소리가 들렸다.

"하하하. 결국 나오는구나. 아리, 좋다. 더 이상 미룰 것 없다. 이곳은 만정. 박수에게 가기 전, 우리 중 누가 이곳의 주인인지 결판을 짓자."

이세벨이 칼을 허공으로 던졌다. 옛뱀은 급히 고개를 돌려 아리를 보았다. 방심한 듯 아리가 꿈틀했다. 그리고는 번개처럼 날아 이세벨에게로 쏘아져 갔다. 옛뱀은 자신의 눈을 의심했다. 미치거나 접신한 정도로 보았던 어린 아리가 스스로 번개가 되어 이세벨에게 쏘아져 가자 등골이 서늘했다.

'헉. 빠르다.'

아리가 이세벨의 심장을 노리고 번개처럼 쏘아오는 데에도 이세벨은 역시 허공을 보고 있었다. 가슴을 적에게 무방비로 주고 있었다. 짧은 순간, 옛뱀은 이해가 되지 않았다.

'무슨 일인가?'

허공을 날아 번개가 된 아리가 날카로운 손톱을 이세벨의 심장에 박으려는 그 순간에도 이세벨은 허공을 보며 힘을 주고 있었다. 옛뱀은 모든 것이 끝났다고 생각했다. 아리의 손톱 아래에 이세벨의 심장이 잡혀 나올 것처럼 보였다. 하지만 옛뱀의 생각은 빗나갔다.

엄청난 속도로 날아간 아리가 이세벨의 심장을 꺼내려는 그 순간, 갑자기 아리의 모습이 연기처럼 없어졌다. 그리고는 반대로 이세벨이 허공을 향해 뻗은 오른손에 아리의 목이 잡혀버렸다. 그리고 이세벨이 그렇게 눈을 찢으며 보던 만정의 꼭대기 허공에는 정신을 잃은 어린 아리가 떠 있었다.

'아리가 둘?'

옛뱀은 눈을 의심했다.

'절대로 잘못 본 게 아니다. 그런데… 어떻게 이런 일이…'

옛뱀이 경악을 하고 있는 그 순간 이세벨은 아리의 목을 잡고 힘을 주면서 의미심장한 웃음을 지었다. 아리의 심장에는 이세벨의 짧은 칼이 그 손잡이까지 들어가 있었다. 그 심장에서부터 진한 피가 흘러 이세벨의 손과 팔뚝 그리고 어깨를 타고 만정의 바닥으로 흘러내리고 있었다.

아리는 믿기지 않는 얼굴로 사색이 되었다. 이세벨은 침착했다. 이세벨의 날개옷이 손아귀에 들어온 아리를 돌돌 감쌌다. 이세벨은 힘을 무한대로 끌어올리며 아리를 터뜨리려고 했다. 아리는 숨이 막혀왔다. 온몸이 갑갑하며 정신이 아득했다. 아무리 아리가 강하다 한들 아이의 몸이었다.

아리는 닥치는 대로 피를 먹고 힘을 키워온 이세벨에게 당해내지 못했다.

"어떻게… 어떻게…"

이세벨은 아리의 말에 호탕하게 웃었다. 웃으면 힘이 빠지지만 이세벨은 이미 그런 힘이 넘쳤다. 이세벨은 왼손에 손거울을 든 채로 크게 웃었다.

"하하하 알고 싶나? 어떻게 내가 너의 그림자를 알았는지? 그림자대왕의 아들인 네가 허상인 걸 어찌 알았는가? 그건 쉽다. 하하하 나는…….."

이세벨은 말을 끊고 마지막 힘을 주며 다시 말했다.

"나는… 거울을 본다. 모든 걸 거울로 본다. 거울은 무엇이든지 정직하게 보여주지. 하하하."

이세벨은 웃으면서 더욱 힘을 주었다. 아리는 모든 힘을 집중시켜 버티면서 마지막 희망을 접지 않았다. 이세벨은 아리를 죽이려고 마음먹고는 마지막 힘을 주려고 힘을 모았다. 힘이 다 모이고 3살 어린아이를 비참히 죽이려는 그때, 바로 그때였다. 아리에게 기적이 일어났다.

갑자기 만정으로 아합의 병사들이 들이닥쳤다.

시간이 지나도 이세벨이 나오지 않자 기다리다 지친 아합이 손수 문을 열고 이세벨의 침실로 들어갔다. 그러나 이세벨은 보이지 않았다. 아합은 키메라에게 이세벨이 납치된 줄 알고 눈이 뒤집혔다. 아합은 군사들을 동원해 침대 밑의 동굴을 수색하라 하였다. 자신은 이세벨을 찾으러 왕궁의 이곳저곳을 돌아다녔다.

어릴 적 어머니가 가출한 경험이 있는 아합은 이세벨이 없어질까 봐 안절부절못했다. 아합은 성 내의 모든 병력을 다 동원해서 왕궁 전체를 이를 잡듯 뒤졌다. 아합의 명을 받은 아나니아는 수많은 군사들을 이끌고 만정으로 들이닥쳤다. 수많은 군사들이 만정 안으로 들어서자 조용하던 만정이 갑자기 울었다. 만정이 흥분한 사자처럼 소리를 질렀다.

크아아아.

귀청을 찢는 야수의 소리가 만정을 울렸다. 살아있는 모든 것은 귀를 잡고 나뒹굴었다. 이세벨도 예외는 아니었다. 강력한 만정의 소리에 정신이 흐트러지며 호흡이 가빠졌다. 게다가 울부짖는 소리에 맞추어 만정의 이곳저곳이 들썩였다.

숨을 몰아쉬는 만정. 만정의 바닥이 흔들리고 벽이 무너질 것처럼 위태로웠다. 바닥에 뿌리를 내리고 버티고 선 이세벨은 만정의 바닥이 흔들리자 중심을 잃었다. 그러자 허공에 떠서 간신히 버티던 아리가 숨 쉴 틈을 찾았다. 아리는 만정이 흔들리는 틈을 타서 심장에 꽂힌 이세벨의 칼을 빼어 이세벨에게 돌려주었다.

삭.

정확히 심장을 찔린 이세벨은 그러나 피 한 방울 나지 않았다. 이상했다. 아프지도 않았다. 이세벨은 칼을 빼려다 말고 아리를 보았다.

아리는 그새 허공으로 솟구쳤다. 아리의 가슴은 피를 분수처럼 뿌렸다. 이미 정신은 없었다. 본능이 이끄는 대로 아리는 만정의 허공 높이 도망하였다. 아리는 허공에 떠있는 어린 아리에게로 다시 들어갔다. 허공의 아리와 칼을 맞은 아리가 합쳐졌다. 그러자 허공에 떠 있던 아리의 가슴에서 피가 분수처럼 솟아올랐다.

이세벨은 화가 났다. 이세벨은 잠시 방심한 틈에 아리를 놓치게 되자 제정신이 아니었다. 이세벨은 아리를 죽이려다가 여의치 않게 되자 큰소리를 질렀다.

"누가 감히 나를 방해하는가?"

만정으로 아나니아가 들이닥치고 있었다.

"하루살이들이…"

대수롭지 않게 생각한 이세벨은 다시 허공을 도는 아리를 보았다. 정신을 잃은 것이 눈에 들어왔다. 이세벨은 다리에 힘을 주고 아리에게로 가려 했다. 하지만 다리가 꼼짝을 하지 않았다.

'이상한 일?'

이세벨은 다시 한 번 힘을 주었다. 그러나 끈끈이에 붙은 것처럼 발을 들 수 없었다. 고개를 숙여 본 이세벨은 그 이유를 알았다. 아리의 심장에서 나온 피가 자신의 다리로 흘러 내려와서 만정의 바닥으로 내려갔다. 만정의 바닥도 피였다. 만정은 아리의 피를 받아서 자신의 피처럼 하나가 되었다.

'아리의 피가 만정의 피와 같다? 그럼 나의 피도?'

이세벨은 알 수 없었다. 눈을 들어 아리를 보았다. 피를 뿌리며 도는 아리의 몸으로부터 피가, 제자리를 도는 분수처럼, 줄로 뻗어 만정의 벽으로 갔다. 그리고는 만정의 벽에 닿아서는 벽의 일부분이 되었다. 만정의 하늘로 거미줄이 급속히 만들어지는 것 같았다. 아리를 보호하려는 듯 거미줄은 아리를 중심으로 사방으로 뻗어나갔다. 아리는 허공에서 계속 돌았다.

이세벨은 허공에 뜬 아리를 보다가 문득 그 너머에 있는 만정의 천정을 보았다. 규칙적으로 펄럭거리며 움직였다. 커졌다 작아졌다 하는 모양이 꼭 숨을 쉬는 허파 같았다.

'만정이… 살아있었나?'

당황한 이세벨은 주위를 다시 둘러보았다. 멀리 눈만 뜨고 방관하는 옛 뱀은 이 일과 무관해보였다. 그 옆에서 당황하는 아나니아는 벌레만도 못했다. 이세벨은 순간 미묘한 웃음을 지었다. 갑자기 들이닥쳐서 아리를 놓치게 한 자신의 군사들을 보며 이세벨은 잔인한 생각을 하였다. 이세벨은 맨 앞에 서 있는 병사를 향해 씩 웃었다. 그러자 병사에게로 이세벨의 아름다운 날개옷이 날아갔다. 번개처럼 날아간 그 옷은 불쌍한 병사의 목을 감았다. 놀란 병사는 잉어처럼 몸을 비틀었지만 소용없었다. 하늘로 잡혀 올라간 병사는 그 자리에서 목이 부러지고 살이 찢겼다. 피가 튀었다. 이세벨은 피투성이 병사를 아리가 돌고 있는 허공으로 있는 힘껏 던졌다.

불쌍한 병사가 인간 탄환이 되어 아리에게로 날아갔다. 아리는 여전히 정신을 잃은 채로 돌고만 있었다. 곧 병사가 아리를 뚫고 지나가려는 순간, 갑자기 놀라운 일이 벌어졌다.

목이 부러진 병사가 날아가며 흩뿌린 피가 만정의 벽에 닿았다. 그러자 만정이 순식간에 변했다. 엄청난 야수의 소리를 내며 병사의 피가 묻은 만정의 벽으로부터 이상한 것들이 튀어 나왔다.

크아아아아...

피의 그물. 만정의 벽으로부터 나온 것도 피였다. 작은 피가 용솟음치는 것처럼 나와서 서로 돌돌 말리더니 다시 서로가 그물처럼 꼬이기 시작했다. 피의 그물은 그 하나하나가 살아있었다. 순식간에 만정의 벽에서 벽으로 그물이 던져졌다. 탄환처럼 날아가던 병사의 시체도 아리의 바로 앞에서 그물에 걸렸다.

이세벨의 눈이 꿈틀대었다.

'이게 뭐란 말인가?'

이세벨은 알 수 없었다. 하지만 아리를 향해 던진 병사의 피는 잠을 자던 짐승을 깨웠다. 신선한 피를 맛본 만정은 미쳐서 날뛰었다. 야수의 본능이 살아난 만정은 참았던 힘을 폭발시키고 있었다.

만정은 순식간에 아비규환이 되었다. 만정에서 자라나온 피의 그물들이 우왕좌왕하는 사이 아나니아의 병사들을 덮쳤다.

옛뱀은 만정이 깨어나자 두려워졌다. 하지만 도망할 수도 없었다. 만정은 도망가는 병사들에게 먼저 반응했다. 그걸 유심히 본 옛뱀은 그 자리에 얼어붙었다. 그러자 만정은 옛뱀을 없는 것으로 여겼다.

허공에서 뜬 채로 돌고 있는 아리. 그리고 바닥에 뿌리를 내린 이세벨과 얼어붙은 옛뱀은 살아있는 괴물, 만정이 미쳐 날뛰며 병사들의 피를 흡수하는 광경을 보고만 있었다.

만정은 아비규환, 지옥 그 자체였다.

"이제 조금만 있으면 만정이 열린다."

"아직 피가 부족해."

"그건 어렵지 않아. 아직 이세벨과 아리 그리고 옛뱀이 있잖아."

"그래봐야 세 명이야. 만정은 더 많은 피를 원해."

"그 세 명이 보통 세 명이 아니지. 아마 만 명의 피와 맞먹을 걸. 안 그래?"

"그건 그렇지만 옛뱀이 그렇게 호락호락 할까?"

"걱정하지 마. 이세벨이 모든 걸 해결하고 만정을 열 테니."

"좋을 대로 생각해. 하지만…"

"하지만 뭐?"

"개는 어딨지? 개가 안 보여."

만정

이세벨이 바벨론으로 가기 전

우리엘은 박수를 등지고 업었다. 서로 등을 댄 채 끈으로 단단히 맨 우리엘은 앞을 바라보며 고개를 갸우뚱했다.

'그곳인가? 이상하다. 그럴 리가 없는데… 하지만 맞을 수도… 그곳은 악한 곳이니 사탄이 하나를 그곳에 가둘 수도 있겠다. 게다가 그곳을 빼곤 내가 다녀보지 않은 곳은 없다.'

우리엘은 허공으로 떠올랐다. 박수를 등에 지고 떠오른 우리엘은 가슴을 힘껏 내밀며 숨을 크게 들이마셨다. 그러자 우리엘의 몸에서 알 수 없는 기가 뻗어 나왔다. 엄청난 기를 느낀 박수는 덜컥 겁이 났다.

'우리엘… 생각 이상이다. 강하다. 게다가 이제는 잔인하기도 하고… 이세벨이… 잘못 생각하고 있다. 이세벨, 이세벨에게 알려야 한다.'

번개처럼 날아가는 우리엘에게 업힌 박수는 스스로 잠을 잤다. 그리고는 꿈에서 이세벨을 찾았다.

'이세벨, 이세벨, 어서 나와라. 어서. 우리엘을 만만히 보면 안 된다. 이세벨…….'

박수는 스르르 잠이 들었다.

시간이 얼마나 흘렀을까? 박수는 잠에서 깨어났다.

숨이 막혔다. 이상했다. 크게 들이마셔도 가슴이 올라오지 않았다. 진공관에 들어가 있는 것 같았다. 있는 힘껏 가슴을 열어도 숨이 쉬어지지 않았다. 코를 벌렁거리며 공기를 찾았지만 느껴지는 건 극한의 진공이었다. 눈이 튀어나갈 것 같고 목 아래로 불이 타올랐다. 눈알이 눈꺼풀을 밀고 밖으로 나왔다. 그리고는 돌아온 오감은 더 심각했다.

귀청을 찢는 바람소리. 공기가 사라진 코의 감각과 온몸을 둘러싼 냉기와 칼 같은 바람들. 모든 것이 고통이었다. 잠이 깼다. 꿈도 깼다. 엄청난 바람이 귓불을 때렸다. 너무나도 바람이 강해 심호흡을 해도 숨을 쉴 수가 없었다.

"크억."

간신히 내뱉은 신음소리가 효과가 있었을까? 갑자기 콧속으로 공기가 희미하게 들어왔다.

"후우우욱……."

박수의 기관지가 최대한 팽창하며 내는 소리가 목구멍을 넘어 들렸다. 박수의 폐가 막혔던 숨을 터뜨렸다. 터질 것 같던 심장도 조금 덜해졌다. 우리엘은 말없이 날아가기만 했다. 아마도 박수가 힘들어하자 속도를 줄인 것 같았다. 하지만 귀청을 찢는 소리는 여전했다.

휙휙, 휘휘휙–

'바람?'

귀청이 울리고 뇌가 흔들렸다. 우리엘의 등과 마주대고 업힌 박수가 눈을 떴다. 하지만 눈을 크게 뜨기도 어려웠다. 끈으로 단단히 매었지만 밖으로 떨어져 날아갈 것 같았다. 정신을 차린 박수는 가만히 생각해보았다.

'숨이 막힐 정도로 바람이 불지만… 이건… 바람이 부는 게 아니다.'

그랬다. 바람이 부는 게 아니라 우리엘이 날아가고 있었다. 엄청난 속도였다. 우리엘이 하늘을 날아가는 속도는 상상을 초월했다. 바람이 번개 같은 우리엘을 앞지르지 못해 시샘하는 것 같았다.

'바람을 몰고 다니는구나. 실로 엄청나다. 우리 같은 귀신의 영들은 아예 상대도 되지 않는다.'

"일어났느냐? 이제 자지 마라. 만정에 다 와간다."

우리엘은 박수의 숨소리를 듣고 이미 깨어난 걸 알았다. 만정이라는 말에 박수는 눈을 뜨고 둘러보았다. 이상했다. 이세벨은 만정이 바벨론에 있다고 했다. 그런데 이곳은 바벨론은커녕 사람세상이 아니었다.

'중간계?'

박수의 특별하고 예민한 감각은 정확했다. 중간계였다. 그렇다면 좋지 않았다. 이세벨과 약속한 만정은 사람들의 땅에 있는 바벨론 왕궁이었기 때문이다. 박수는 당황했다. 이세벨에게 연락을 해야 하지만 꿈을 꾸지 않고는 그럴 수도 없었다. 설령 지금 잠이 들어서 꿈을 꾼다 해도 이세벨이 꿈을 꾸지 않으면 허사였다.

'우리엘이 이미 다 알고 있었구나. 아… 이를 어쩐다?'

박수는 이를 부드득 갈았다. 우리엘은 박수가 이가는 소리를 들었다. 하지만 아무런 표정의 변화가 없었다. 우리엘은 마지막으로 허공을 날아가더니 갑자기 땅으로 내려왔다. 박수는 다 온 걸 직감했지만 업혀있어서 눈으로 보는 데에 제한이 있었다. 아무리 둘러보아도 오던 길만 보였다.

"이제 다 왔다. 박수, 이제부터는 네가 앞장서라."

우리엘이 끈을 풀었다. 그리곤 박수를 바닥에 엎어놓고 온몸을 이리저리 주물렀다. 목을 만질 때마다 박수는 비명을 질렀지만 신기하게도 비명 한 번에 감각이 하나씩 돌아왔다. 팔도 움직일 수 있었고 다리도 움직일 수 있었다. 힘은 예전에 가졌던 힘에 비해서는 한참 미치지 못했지만 일상

생활하는 데에는 지장이 없었다. 허리는 완전히 구부리지는 못했다. 그렇다고 걷는데 지장이 있지는 않았다. 신기했다.

"앞장서라."

우리엘이 엎어진 박수에게 말했다. 목은 아직도 감각이 이상했다. 조금 뻣뻣했다. 하지만 고개를 돌리는데 지장이 없었다. 박수는 팔로 땅을 짚어 보았다. 힘이 느껴졌다. 다리를 구부려 땅을 디뎠다. 역시 힘이 돌아왔다. 박수는 뒤뚱거리며 서서히 일어났다. 우리엘의 손에 의지해서 일어나는 박수. 그 박수의 4개 눈동자 속으로 우리엘 뒤에 서 있는 만정의 모습이 서서히 들어왔다.

"헉."

헛바람이 나왔다. 너무나 거대해서 한 눈으로 담을 수 없었다. 박수의 눈으로 들어오는 만정의 모습은 장관 그 자체였다.

온통 검붉은 색, 죽은피의 색이었다. 죄가 쌓이고 쌓여서 만들어진 죽음의 땅이었다. 가인이 범죄를 저지르면서부터 생긴 가시와 엉겅퀴는 죄가 넘친 땅에서 말라비틀어져 죽어갔지만, 그 독한 죽음의 냄새를 아직도 풍기고 있었다. 그 메마르고 척박한 땅을 죽음의 피, 악이 가득한 죽음의 피가 비집고 올라왔다.

뿌드득. 뿌드득.

뇌를 긁는 소리에 박수는 온몸의 살이 곤두섰다. 귀를 막아도 들리는 그 소리는 땅을 뚫고 나오는 수억 가닥의 실핏줄들이 내는 파열음이었다. 그러나 먼지가 풀풀 날리는 메마른 땅은 붉은 피에 젖지 않고 그 입을 벌려주고만 있었다.

땅에서 실핏줄처럼 나온 악한 피, 검붉은 피는 보는 자들의 심장을 온통 졸라매었다. 어디서부터 온 피인 줄 몰랐다. 온통 메마른 땅에서 뜨거운 김을 내는 피가 올라오는 모습은 이질감이 느껴졌다. 가늘게 이어진 실핏줄들은 서로가 모여 작은 핏줄을 이루며 힘을 보탰다. 오른쪽 왼쪽으로 서로 꼬인 실핏줄들은 또 서로가 엉겨서 굵은 밧줄, 동아줄이 되었다. 어른 허리만큼 굵은 동아줄들은 역시 서로 꼬여서 커다란 기둥이 되고 그 수많은 기둥들이 역시 한데 모여 점점 하늘로 올라갔다. 만정은 볼수록 가관이었다.

우리엘도 정신을 가다듬고 만정을 자세히 보았다. 만정의 땅에는 가시덤불과 엉겅퀴가 무서운 기세로 자라있었다. 키도 컸다. 가시들은 한눈에 보기에도 너무 날카로웠다. 그리고 가시의 끝에는 진한 피가 방울방울 맺혀 있었다.

피가 벽돌이고 피가 역청이었다. 아무것도 없었다. 오로지 피 하나만으로 엄청나게 큰 성을 짓고 있었다. 하늘에 걸린 달에게 가려는가? 피의 기둥, 피의 성, 피의 탑은 하늘로 치솟아 달에게로 가고 있었다.

땅에서도 하늘에서도 만정은 소용돌이치는 검붉은 피였다. 땅에서부터 솟아나오는 피는 서로의 꼬리를 물려는 용틀임처럼 하늘로 솟아올랐다.

용오름.

구름을 뚫고 저 멀리 위로 솟은 만정은 땅에서부터 올라온 피를 소용돌이치며 하늘로 올려 보냈다. 박수의 뺨을 찢는 바람은 피의 소용돌이로 생긴 바람이었다. 박수의 코로 피비린내가 심하게 찔러왔다.

크기가 엄청난 만정은 그 높이도 높았다. 구름보다 높게 올랐고 땅에 뿌리를 둔 둘레는 가늠조차 할 수 없었다. 그러나 하늘로 높이 오른 피의 만정도 그 근원은 돌이었다. 실핏줄들이 생겨나는 땅 가까운 곳에서는 만정의 뼈대가 되는 돌이 보였다.

검붉은 피로 염색이 된 돌들은 벽을 이루고 있었다. 성벽. 큰 성의 흔적이었다. 만정은 그 커다란 성벽을 휘감은 피로 만들어져 있었다. 들어가고 나오는 문도 보이지 않았다. 어디서부터가 벽이고 핀지 알 수 없었다. 엄청난 피의 소용돌이가 문이고 벽이며 만정이었다.

박수는 할 말이 없었다. 눈을 뜨고 보는 것 자체가 무의미했다. 박수는 입을 벌린 채 만정의 위용에 놀라고 있었다.

빠르게 휘감아 도는 검붉은 피 사이로 언뜻언뜻 보이는 성벽, 그 시뻘건 성벽에는 더욱 진한 검붉은 색으로 커다란 글씨가 새겨져 있었다. 같은 붉은 색이지만 음영이 져 있어 읽을 수 있었다.

눈 하나가 나를 보고 있다.
매끈하고 새까만 동경으로 흘러가는 악마의 먹구름.
나는 이미 그 안에 들어가 있다.
애절하고 섬뜩한 그 무언가가 나를 부르고.
이제 나는 홀린 듯 가야만 한다.

박수는 굵은 소름이 돋았다.
'꿈에서 보던 그 노래. 아… 이게 도대체 어찌 된 일인가? 아리의 눈동자 안에 들어있는 그 저주의 노래는 무엇인가? 게다가 꿈에서 나를 괴롭히던, 같으면서 다른 이 노래가 왜 여기에 있는 걸까? 아… 그럼 나의 고통스런 불면의 밤, 그 수많은 불면의 밤들이… 이것 때문이었단 말인가?'

박수는 고통스러운 불면의 밤이 떠올랐다. 잠이 오지 않았다. 자면 영혼이 악몽이요 자지 않으면 육신이 악몽이었다. 억울하고 두려웠다. 알 수 없는 불안감에 그 많은 세월을 떨고 있었다. 그러나 눈이 뽑힌 그날부터 괴롭혀온 꿈과 예언, 그 고통의 예언이, 지금 박수의 눈앞에 있었다.

박수는 갑자기 이세벨이 떠올랐다.

'이세벨. 알고 있나? 진정 알고 있나? 만정을? 진정 두려운 만정을….'

큰소리로 박수의 마음이 외쳤다. 하지만 이세벨은 대답이 없었다. 이곳은 중간계요 이세벨이 있는 그곳은 인간의 땅이었다.

웅웅웅……. 웅웅웅…….

박수는 커다란 충격을 받았다. 박수는 만정이 우는 소리를 들었다. 알아들을 수는 없었지만 슬펐다. 억울한 사연이 머릿속으로 들어오고 통곡하는 사람들의 마음이 들어왔다. 마음이 찢어졌다. 만정에 피를 바친 수많은 영혼들의 울부짖음이 박수의 귀를 때렸다. 뇌를 흔들고 심장을 비틀었다.

박수는 우리엘의 비통한 마음도 느꼈다. 우리엘은 자신 때문에 죽어간 수많은 형제들의 피가 만정을 이루었다는 생각에 죽고만 싶었다. 하지만 한나를 찾아야만 했다. 우리엘은 먼저 한나를 찾고, 그러고 나서 죽으려 생각했다. 형제들의 무덤에서 자결을 하려고 생각했다. 옆에서 조용히 서 있는 우리엘의 마음은 울고 있었다.

박수는 우리엘을 보며 자신의 처지가 우리엘과 다르지 않다고 생각했다. 어릴 적에 동궁으로 잡혀와 귀신의 영이 되었던 지난날이 생각났다. 더러운 세 영에게 고문당하며 굶주림과 공포 속에서 점점 악해져만 가던 지난날이 한으로 되살아났다. 그러다가 갑자기 점을 치는 능력을 얻고 동궁을 나오던 그날도 생각났다. 하나같이 기억하기 끔찍한 나날들이었다.

생각해보면 죄 없는 영혼들의 수많은 피를 흘린 것은 우리엘보다 자신 때문이었다. 그렇지만 사탄에게 눈을 뽑히고 배신당한 이후로 지금껏 고통을 겪었다. 박수는 태어나서 처음으로 남에게 미안한 마음이 들었다.

"언제부터 이랬나?"

박수의 말은 의외였다. 우리엘이 고개를 돌려 박수를 보았다.

"여길 모르는군."

"얼마나 되었어?"

박수는 실성한 자처럼 보였다. 우리엘은 입술을 물었다.

"오래 되었다."

"만정이… 살아있구나."

"박수. 이제 알았느냐?"

"생각도 하지 못했다."

"그렇겠지. 나도 보기 전엔 믿지 않았다."

"이 많은 피는 어디서 온 걸까?"

"땅이 삼킨 피들이겠지."

"내가 흘린 피도 있을까?"

"그럴 수도…."

"아…."

박수의 한숨소리가 깊었다. 우리엘의 입술을 문 이빨에서 자책이 비집고 나왔다.

"박수, 너희 그 악한 무리들이 흘린 피가 이런 괴물을 만들었다. 이 중에는 나 때문에 죽은 형제들의 피도 있다. 처음에는 이름도 몰랐다. 지금보다는 훨씬 작았고 별거 아니라 생각했지. 하지만 이제는 너무나도 큰 괴물이 되었다. 보아라. 너무나도 거대해져버린 만정을… 이제 누가 있어서 만정을 막겠느냐?"

우리엘도 한숨이 깊어졌다. 박수는 할 말이 없었다.

"나의 죄로 죽어간 천군들을 볼 면목이 없어 고개를 숙이고 다닌 지 육십 년이다. 지난 육십 년, 내 아내, 한나를 찾으러 다니지 않은 곳이 없다."

우리엘은 잠시 말을 끊었다. 감정이 북받쳤다. 우리엘의 마음이 박수에게로 들어왔다. 박수는 저도 모르게 입이 열렸다.

"미안하다."

우리엘의 심장이 털썩 내려앉았다.

"천하의 무당, 박수가 미안하다는 말을 하다니… 그릇이 다르구나. 나도 미안하다. 아까 일은 정말로 미안하다."

우리엘은 잠시 머뭇하더니 박수에게 손을 내밀었다.

"이걸 먹어라. 지금보다는 훨씬 좋아질 테니. 힘이 나고 예전처럼 될 것이다."

박수는 우리엘이 건네는 걸 보았다. 만나였다.

"만나? 이 귀한 걸 나에게 주느냐? 나는 귀신의 영이다. 악한 귀신의 영인데……."

"처음부터 귀신은 없다. 박수. 너는 이 길로 돌아가라. 아까 들어보니 너의 친구들도 이리로 오고 있는 것 같던데… 뒤로 돌아 계속가면 유브라데에서 만날 수 있을 것이야. 결자해지. 나의 죄로 잉태된 악이니 나의 손으로 끝을 내겠다. 그럼. 잘 가라. 나중에… 살아서 보자, 박수."

박수는 우리엘의 말에 머리를 한 대 맞은 듯 멍해졌다.

'알고 있었구나.'

박수는 무슨 말을 하려 했지만 그럴 틈이 없었다. 우리엘이 말을 마치자마자 미련 없이 하늘로 날아올랐기 때문이다. 빛의 속도로 까마득해지는 우리엘을 보며 박수는 때를 놓쳤다. 해야만 하는 말을 할 겨를도 없이 하늘로 올라간 우리엘을 멍하니 보다가 말을 하지 못했다. 그러나 박수는 들리건 말건 크게 외쳤다.

"우리엘, 우리엘. 가면 안 된다. 그곳은 이세벨의 덫. 너의 목숨을 가져갈 덫이 있다. 한나는 그곳에 없다. 한나가 있는 곳은 옛뱀이 알고 있다."

"옛뱀, 옛뱀이라. 기다려라. 만정을 박살내고 너에게 가겠다. 기다려라… 그리고 고맙다, 박수."

우리엘은 박수의 입으로 직접 듣자 마음이 시원해지며 가벼워졌다. 우리엘은 가벼운 마음으로 더욱 높이 하늘로 솟아올랐다. 이제는 만정이 발 아래로 내려다 보였다.

끝이 없는 황량한 들판에 괴물이 하나 있었다. 피가 끊임없이 용솟음치며 하늘로 솟아 올라왔다. 저주의 피였다. 그 피가 하늘로 자라는 속도는 엄청나게 빨랐다. 하늘을 삼키려는 듯 치솟는 만정은 입을 크게 벌렸다.

우리엘은 만정의 입구를 자세히 보았다. 위에서 아래를 내려다보니 영락없는 눈동자였다. 엄청나게 큰 눈동자는 세상의 모든 악을 담고 있었다. 그걸 보고 있자니 우리엘도 어지러웠다.

'엄청나구나.'

우리엘은 단단히 마음을 먹고 계속 자라 올라오는 눈동자를 피해 하늘로 올라갔다. 그러면서 더욱 자세하게 살폈다. 그때였다. 우리엘이 번개처럼 쏘아져 내려갔다. 사악한 눈동자를 터뜨리고 만정의 안으로 돌진하려는 그때였다. 눈동자를 부릅뜬 만정이 고개를 휙 돌리며 피했다. 커다란 피의 기둥이 우리엘보다 더 빠르게 움직였다. 우리엘은 당황하였다. 하지만 다시 빠르게 돌아 만정의 옆구리를 들이받았다. 하지만 이번에도 만정은 가볍게 피해버렸다. 커다란 괴물이 덩치에 맞지 않게 빨랐다.

우리엘은 적잖이 놀랐다. 만정과 같은 높이에서 만정을 보며 생각했다.

'살아있구나.'

우리엘은 만정이 만만한 상대가 아니란 걸 느꼈다. 만정이 갑자기 울었다.

웅… 웅…

만정의 울음소리가 굶주린 사자의 울음소리처럼 온 땅을 휘감았다. 만정이 내는 중저음의 소리는 우리엘의 뒤를 돌아 너른 평원 끝까지 퍼져갔다.

선선한 바람이 불었다. 그러나 우리엘은 이상했다. 별 거 아닌 바람인데 심장이 쿵쾅거리며 뛰었다. 파수꾼의 예민한 눈과 귀보다 먼저 마음의 본능이 다가올 위험을 알렸다. 무언가 이상한 우리엘은 고개를 돌렸다. 그때였다. 산들바람처럼 지나간 바람이 엄청난 광풍이 되어 우리엘의 뒤를 덮쳤다.

쾅! 쾅!

우리엘은 엄청난 자연의 힘 앞에 추풍낙엽이 되어 날아갔다. 하늘에서 하늘로 끊어진 연처럼 날아갔다. 우리엘은 정신이 아득하고 어지러웠다.

'죽는가?'

사악한 폭풍의 주먹에 정통으로 맞은 우리엘은 끊어진 연이 되어 만정 앞으로 날아갔다. 만정은 득의의 미소를 지었다. 만정은 소용돌이를 더욱 세게 돌리며 날아오는 우리엘을 삼키려 하였다.

그때였다. 날아가는 우리엘의 귀로 아련한 그 목소리가 들렸다.

"우리엘… 우리엘… 우리엘……."

우리엘의 귀로 들리는 아스라한 목소리. 어찌 잊을 수 있던가? 그 목소리는 우리엘이 꿈에도 그리던 목소리였다.

"한나?"

우리엘이 번쩍 눈을 떴다. 눈으로 들어오는 만정의 소용돌이. 피로 물든 만정의 소용돌이는 우리엘을 거의 삼키고 있었다.

'피할 곳이 없다.'

판단을 빨리 한 우리엘은 몸을 소용돌이와는 반대로 팽이처럼 회전시켰다.

팽그르르.

우리엘은 온몸의 힘을 한 곳에 모았다. 그리고는 만정의 소용돌이 안으로 돌격해 들어갔다. 우리엘은 태풍의 힘을 등에 업고 날카로운 송곳이 되어 만정의 입을 뚫어버렸다.

괴물이 울부짖는 단말마의 소리가 천지를 울렸다. 땅이 울렁울렁 솟아올랐다. 땅을 딛고 서 있던 박수는 심하게 요동치는 바닥에 엎드려서 계속 토했다.

우리엘이 뚫고 나간 만정의 벽에서는 붉은 피가 분수처럼 터져 나왔다. 만정에서 터져 나온 피들은 피의 우박이 되어 떨어졌다. 주먹만큼 크게 뭉친 피의 우박은 닿는 땅마다 연기를 피워 올렸다. 땅에 떨어진 피는 다시 땅이 입을 벌려 먹었다.

큰 타격을 받은 만정은 휘청거리며 크게 흔들렸다. 커다란 기세로 하늘로 솟아오르던 피의 소용돌이는 급속히 낮아지며 작아졌다.

정신을 차리고 다시 하늘로 날아오른 우리엘은 두 주먹을 불끈 쥐었다.

'한나… 분명 한나의 목소리다. 만정의 안에서 들리는 목소리, 한나의 목소리였다. 그렇다면 만정 안에 한나가 있다.'

생각은 힘을 낳았다. 우리엘은 갑자기 힘이 솟았다. 한나를 구하려고 지나온 세월이 주마등처럼 지나갔다. 우리엘은 만정을 다시 보았다. 만정은 큰 타격을 입었지만 역시 강해보였다. 하지만 우리엘도 강했다. 상대가 강하면 강할수록 우리엘의 전투 의욕은 높아만 갔다.

'한나가 저 안에 있다. 내가 60년을 찾던 나의 한나가 저 안에 있다.'

우리엘은 가슴을 내밀고 하늘 저 높은 곳으로 올라갔다. 그리고는 주먹을 부서져라 쥐었다. 아래턱에 힘을 주었다. 턱 옆이 불룩해지며 힘이 들어갔다. 강한 힘이 들어간 목을 꺾었다. 땅만 보던 우리엘이 하늘을 쳐다보았다. 에덴의 전쟁 이후로 한 번도 쳐다보지 않은 하늘이었다.

"큰 죄를… 지었습니다. 죄의 값은 나중에 달게 받겠습니다. …도와주십시오."

우리엘의 눈에 눈물 한 방울이 비쳤다.

그때였다.

우리엘의 말을 들었을까? 먼 하늘로부터 서서히 해가 솟았다. 불타오르는 태양이 우리엘의 강인한 턱을 비추었다. 주먹 쥔 손아귀로 태양이 들어갔다. 부릅뜬 눈으로도 찬란한 금빛 태양이 들어갔다. 넓게 편 가슴을 뚫고 우리엘의 뛰노는 심장으로 들어갔다.

무한한 에너지를 담은 태양과 우리엘이 하나가 되었다.

'감사합니다. 주님… 오늘을 잊지 않겠습니다.'

우리엘은 깊은 물로 들어가는 것처럼 숨을 크게 들이쉬었다. 그리고는 돌아보지 않았다. 후회하지도 않았다. 오로지 한나를 만난다는 일념으로 부릅뜬 만정의 눈동자만 보았다. 그리고는… 빛으로 변하며 주저하지 않고 만정으로 내리꽂혔다.

우리엘이 빛처럼 빠르게 내려오자 당황한 만정이 더 큰소리로 울었다.

웅… 웅…

검붉은 죄의 커다란 괴물은 입으로 파고 들어오는 우리엘을 향해 크게 울부짖었다.

번쩍.

빛이런가? 우리엘은 빛이 되어 만정의 머리 위, 피의 바다로 내리꽂혔다. 그러자 엄청난 소리를 지르며 만정이 죽음의 비명을 지르며 출렁거렸다.

크아아아… 크아아아…

박수는 귀를 막았지만 엄청난 소리에 모든 걸 토해냈다. 박수는 기력이 쇠하고 어지러웠다. 세월과 예언에 지친 박수는 그 자리에 누워서 기절했다.

그리고는 며칠 동안 기절해 있었다.

바벨론의 만정 안

도망가는 데에도 한계가 있었다. 아나니아의 군사들은 사색이 되어 도망했지만 곳곳에서 만정의 그물에 걸렸다. 만정의 벽에서 자라나온 피의 그물은 병사들이 도망갈수록 미쳐 날뛰었다. 휙휙 소리를 내며 허공을 갈랐다.

거미줄처럼 끈적이는 그물은 걸리면 빠져나갈 수 없었다. 게다가 만정에서 자라나온 그물은 스스로 병사들의 살을 파고들어 혈관을 찾았다. 눈이 달린 것처럼 정확하게 혈관에 들어간 만정의 그물은 스펀지처럼 피를 빨았다. 신기하게도 큰 고통은 없었다. 몸이 마르고 기력이 떨어지며 정신이 몽롱해졌다.

군사들은 자신들의 몸을 나와 만정의 밥이 되는 피를 보았다. 붉은 색이었다. 아프지는 않았다. 하지만 자신의 몸을 통해 밖으로 나가는 피를 보며 두려움에 비명을 질렀다.

피를 빨리며 죽어가던 병사들은 만정의 벽을 보며 치를 떨었다. 만정의 벽이 피에 취해 살아 움직였다. 자신의 혈관을 나와 만정으로 들어가는 피는 꿀럭꿀럭 소리까지 내었다. 숨을 쉬듯 울렁거리는 만정의 벽에서는 소름끼치는 소리가 들렸다.

끼야아아… 끄아야아…

이세벨의 옆 멀찍이 서 있는 옛뱀은 이 말도 되지 않는 상황을 보며 할 말을 잊었다. 그러나 정신을 놓고 있던 건 아니었다. 옛뱀의 날카로운 눈은 아까부터 어느 한 곳을 보고 있었다.

만정에게 피를 빨려서 말라비틀어진 군사들의 머리로부터 하얀 구름이 나왔다. 만정의 그물에 걸려 진액이 빠진 채 죽어가는 군사들. 그 군사들의 한 맺힌 영혼이 구름으로 되어 하늘을 날았다. 만정의 천정은 그 군사들의 불쌍한 영혼구름을 빨아들이고 있었다.

"원혼?"

새빨간 피가 덮은 만정의 꼭대기는 하늘로 올라가는 원혼들을 걸러서 마시고 있었다. 아나니아의 군사들은 대부분 악한 자들이었다. 힘을 가진 군사들은 일반 백성들을 죽이는 일에 주저하지 않았다. 악한 사람의 영혼은 만정에게 있어서 보약이 되었다. 시간이 지날수록 만정의 힘은 기하급수적으로 강해지며 만정의 크기도 넓어지고 있었다. 스스로 팽창하는 만정을 보며 옛뱀은 보통 문제가 아니라 생각했다. 하지만 자신의 목숨도 위태로웠다. 옛뱀은 눈동자를 계속 굴리고 있었다.

끄어어어.

만정이 내지르는 낮은 소리는 이세벨의 심장도 쥐어짰다. 하지만 이세벨은 이를 악물고 참았다. 이세벨은 오로지 아리만 노려보았다. 허공에서는 아리가 여전히 회전하고 있었다.

끄어어… 크아아악…

다시 만정이 귀청을 찢는 소리를 질렀다. 병사들은 만정이 내지르는 괴성에 고막이 터졌다. 피를 빨리는 절망적인 가운데 병사들은 이제는 만정의 벽으로 끌려들어갔다. 벽에서부터 나온 피의 그물은 가엾은 병사들의 육신을 끌고 만정의 벽으로 가고 있었다.

사방 모든 만정의 벽에서 갑자기 문어의 빨판처럼 생긴 입이 벌어졌다. 만정의 벽에서 나온 입은 끌려온 병사들을 통째로 빨았다. 강한 흡인력은 모든 병사들을 분쇄해서 흡입했다. 병사들은 살이 녹고 근육이 터져나갔다.

타닥. 타닥. 타닥.

뼈가 부러지며 내는 소리는 나무가 불에 타며 내는 소리 같았다. 벽으로 끌려가고 있는 병사들은 동료 병사들이 먹히는 걸 보며 미쳐버렸다. 크게 소리를 지르며 울부짖었지만 어느 누구도 도와줄 수 없었다. 병사들은 이세벨을 외쳤지만 소용이 없었다. 이세벨은 병사들의 죽음 따위는 관심이 없었다. 병사들은 배신감에 이를 갈았지만 너무 늦었다. 만정의 사악한 피의 벽은 수많은 아합의 군사들을 먹어치우고 있었다.

시위대장 아나니아도 예외가 아니었다. 아나니아는 벽으로 끌려가며 이세벨의 앞을 지나갔다. 아나니아가 손톱으로 바닥을 긁으며 소리를 질렀다.

"왕후마마. 자비를 베풀어주십시오. 살려주십시오."

그러나 이세벨은 눈도 깜짝하지 않았다. 오히려 미소까지 지었다.

"영광으로 알아라."

아나니아의 절규는 만정의 벽을 멀리멀리 퍼져나갔다. 그러나 이세벨은 여전히 허공을 보며 꼼짝하지 않았다. 이세벨은 완전히 미쳐 있었다. 자신의 충성스러운 수하들이 피를 빨리고 죽어나가도 아리에게만 집착했다. 눈동자도 이미 미쳐있었다.

아나니아는 이를 갈았다. 자신에게 눈길 하나도 주지 않는 이세벨에게 절망하였다. 아나니아는 죽음을 직감하고는 벽으로 끌려가는 와중에 바닥에 나뒹구는 칼을 집었다.

아나니아는 피골이 상접한 손에 들린 칼을 보며 마지막 힘을 주었다. 그리고는 허공으로 들어올렸다. 그 순간 만정의 벽은 아나니아를 무지막지한 힘으로 잡아당겼다. 아나니아는 빠른 속도로 날아가면서 이세벨의 앞을 지나갔다.

삭

"헉."

눈동자가 커지며 배가 화끈했다. 뜨거운 기운이 확 지나가고 차가운 금속의 감촉이 배와 등에서 느껴졌다. 이세벨은 배를 보았다.

"피? 내가? 아름다운 내가? 피를?"

이세벨은 믿기지 않았다. 하지만 칼에 베인 배에서 피가 솟았다.

아나니아가 분노로 내지른 칼이 이세벨의 배를 갈랐다. 살짝 베이기만 해도 잘려나가는 날카로운 칼이 이세벨의 오른쪽 옆구리를 훑고 지나갔다.

정적이 흘렀다.

아나니아는 만정의 벽에서 분쇄가 되고 있었다. 하지만 그의 영혼은 웃고 있었다. 사악한 웃음을 흘리며 이세벨의 붉은 피를 보았다. 눈동자가 갈려서 더 이상 보이지 않을 때까지 아나니아의 눈은 이세벨을 보았다.

이세벨이 피를 흘리며 심장에 박힌 칼을 뽑았다. 그러자 여태껏 피 한 방울 나지 않던 이세벨의 검은 피가 몸 밖으로 솟구쳤다. 분수 같은 피가 하늘로 뿌려지며 이세벨의 옆으로 끌려가는 병사들의 얼굴에 튀었다.

"악… 악… 악…"

얼굴에 이세벨의 피가 묻은 병사들은 말할 수 없는 고통을 느끼며 데굴데굴 굴렀다. 이세벨의 피가 묻은 병사들의 얼굴은 염산과 황산을 맞은 것처럼 타들어갔다. 메케한 연기도 났다. 더불어 푸시시 하는 소리도 들렸다. 그와 함께 고기 굽는 냄새가 났다. 만정에서 나온 피의 그물도 이세벨의 피가 묻자 타들어가면서 끊어졌다.

병사들은 순식간에 타들어가는 얼굴을 붙잡고 고통에 몸부림치며 뒹굴었다. 하지만 얼굴을 만진 손도 타들어갔다. 이세벨의 피는 얼굴을 태워 녹이며 코를 뭉개 버리고 눈을 녹이더니 머리뼈를 녹였다. 병사들은 머리뼈가 녹으며 뇌가 흘러나오자 죽어버렸다.

얼굴을 부여잡은 손까지 녹아내린 채로 다리만 간헐적으로 움직였다. 머리 잘린 생선처럼 다리를 퍼득이던 병사들은 곧 아무런 움직임이 없어졌다.

옛뱀은 경악하였다. 그러나 더 놀라운 일이 다음에 일어났다. 병사들의 얼굴과 온몸을 덮었던 이세벨의 피가 갑자기 떼를 지어 하늘을 날았다. 병사들의 몸을 녹이고 피를 머금은 이세벨의 피가 다시 하늘을 날았다. 그리고는 다시 이세벨의 옆구리로 꾸역거리며 들어갔다. 그리고는 다시 심장에서부터 뿌려진 이세벨의 피는 살아있는 병사들의 몸을 녹이고 다시 이세벨에게 들어갔다.

'피가 살아있다.'

그 모습을 본 나머지 군사들은 공포에 눈앞이 하얘졌다. 여러 번 들락거리며 반복하던 이세벨의 피는 안개가 되어 심장으로 다시 나왔다. 핏빛 안개가 만정을 뒤덮었다. 만정도 피요 안개도 피였다. 군사들은 살려고 필사의 몸부림을 치며 도주하였다. 하지만 안개 같은 이세벨의 피는 그럴수록 더 흥분하였다.

번개처럼 쫓아가서 도망치는 군사들의 목을 졸랐다. 귀로 들어가 고막을 뚫고, 코로 들어가 얼굴의 빈 공간을 쑤시고 돌아다녔다. 피가 5공에서 흘렀다. 그러나 피가 땅에 떨어지기도 전에 이세벨의 피의 안개는 군사들의 피를 빨아먹었다.

보는 자들은 이제 심장이 멈추어 죽었다. 나머지 시위대의 군사들은 모두 목을 부여잡고 죽어갔다. 이세벨 피의 안개가 스치는 곳에는 죽음만이 남아 있었고 죽어버린 군사들의 온 몸은 염산에 녹아버린 피부가 너덜거리며 매달려 있었다.

이세벨의 피가 흐르자 발을 잡고 있던 아리의 피가 끊어졌다. 이세벨은 야차와도 같은 모습이 되어 날개옷을 휘저으며 허공으로 떠올랐다. 그리고는 아리가 멍하니 있는 그곳으로 날아갔다.

"이제는 죽이리라, 아리."

이세벨은 날아가면서 바닥에 떨어진 칼을 들었다. 놀랍게도 손만 들었을 뿐인데 바닥의 칼이 스스로 날아왔다. 이세벨이 날아서 아리에게 가자마자 칼도 같이 날아왔다.

이세벨은 시퍼렇게 노해서 칼을 잡고는 정신을 놓고 허공에서 돌고 있는 아리의 목을 내리쳤다. 비정한 이세벨의 칼이 목을 자르려는 그때에 이세벨의 귀로 천둥소리가 들렸다.

"정녕… 죽으려는가?"

이세벨은 너무나도 강한 충격에 온몸이 굳어버렸다. 하늘을 날던 이세벨은 그 자리에 떠있었다. 칼도 아리의 목 바로 앞에서 멈추어 허공에 떴다.

파르르…

칼이 떠는 소리가 들렸다. 아직도 힘이 남아 있는 칼은 계속 떨렸다. 아리는 여전히 정신이 나가서 허공만 보았다. 그러나 이세벨의 칼은 허공에서 한 치도 전진하지 못했다.

이세벨은 심각해졌다. 자신이 온힘을 다해 내리친 칼이 아리의 목 바로 앞에서 막대한 힘에 밀려서 굳어버렸기 때문이다. 젖 먹던 힘을 다해 막대한 그 힘을 밀려했다. 그러나 산 위에 산이요, 바다 밑에 바다였다. 아리의 목을 치려던 이세벨은 자신보다도 더욱 강한 그 힘에 경악하며 입을 벌렸다.

이세벨의 귀로 천둥 같은 소리가 다시 들렸다.

"이세벨, 큰 음녀. 이제 죽으려는가? 내가 그리도 경고했건만 일을 그르치려 하다니… 이제는 눈에 뵈는 것이 없구나. 결국 나를 거스르려는가?"

몸이 떨리고 혼이 얼었다.

'동궁? 동궁의 소리?'

이세벨은 귀로 들리는 그 낯익은 목소리가 갑자기 무서워졌다. 힘을 빼고 돌아가면 살 수도 있다는 생각이 들었다. 그러나 이세벨의 몸은 생각과 다르게 움직였다.

'아리를 죽여야 한다. 꿈에 나오는 그 눈동자, 아리. 아리를 죽여야 한다.'

허공에 뜬 채 한 손으로 내리 누르던 칼을 두 손으로 잡은 이세벨은 생각과는 달리 힘을 더 주었다.

끄응…

이세벨의 입에서 신음소리 비슷한 소리가 났다. 이세벨이 집요하게 아리를 죽이려 들자 이세벨의 귀에서 엄청난 대폭발이 일어났다.

펑… 펑…

엄청난 폭발음은 이세벨의 귀를 뚫고 머리를 울렸다. 작살에 귀가 뚫리고 뇌가 꽂힌 이세벨은 퍼드덕거리며 온몸을 한 번 떨었다. 바닥이 자신을 빠르게 덮쳐왔다.

쿵.

아프지는 않았다. 이상했다. 머릿속이 하얗다. 그리고는 아무것도 들리지 않았다. 이세벨은 머리가 하얘지고 미식거리더니 토할 것만 같았다. 이세벨은 귀를 막고 바닥으로 나가 동그라졌다. 칼은 돌바닥에 떨어지며 여러 번 부딪쳤다. 통통 튀는 칼이 바닥에 누운 이세벨의 눈에 들어왔다. 눈으로는 소리가 느껴졌지만 이세벨의 귀에는 들리지 않았다. 이세벨은 고요한 방에 갇힌 것처럼 아무것도 들리지 않았다.

'귀머거리? 아름다운 내가 귀머거리?'

이세벨의 심장으로 공포가 들어왔다. 그러나 그 공포는 자신의 귀를 멀게 한 엄청난 힘의 그 누군가를 두려워하는 건 아니었다.

'나의 모습이… 추한가?'

이세벨의 이마에서 굵은 땀방울이 흘렀다. 평소에는 땀 한 방울도 흘리지 않던 이세벨이었다. 그러나 눈을 타고 내리고 뺨을 타고 내리는 땀방울은 순식간에 얼굴 화장을 망가뜨렸다. 손거울을 들어 보았다. 바닥과 함께 얼굴화장이 눈에 들어왔다.

'나의 아름다움이 추해지는 날이 오다니… 이런.'

이세벨은 자신과 같은 미인에게 귀머거리는 어울리지 않다고 생각했다. 자신보다 엄청나게 강한 그 누군가가 자신의 귀를 뚫어버렸지만 그것보다는, 미워 보이고 부족해 보이는 자신의 몸뚱어리가 싫었다. 이세벨은 추해질까봐 공포에 질렸다.

그때였다.

만정이 괴로운 신음소리를 냈다. 괴물이 가래 끓는 소리를 질렀다.

"우리엘인가?"

이세벨은 느낄 수 있었다. 아까부터 이상하게도 우리엘의 모습이 보였다. 우리엘이 빛을 입고 만정으로 내리꽂히는 모습이 눈에 들어왔다.

'박수… 박수…….'

강한 만정이 다급한 듯 소리를 질렀다.

크아악. 크아악악.

그러자 이상한 일이 일어났다. 만정의 커다란 소리에 이세벨의 몸이 이상해졌다. 아름다운 이세벨의 얼굴과 몸이 이상하게 변했다. 주글거리는 살이 드러나고 몸이 깎여나갔다. 머리에서부터 발끝까지 뱀 허물 벗듯 허물이 벗겨졌다. 고통도 없었다. 아프지도 않았다.

하지만 이세벨은 심장이 떨어졌다. 깊은 나락으로 떨어졌다. 허전했다. 아리와 옛뱀이 자신을 보고 놀라는 표정도 눈에 보였다. 그러다 어느 순간, 이세벨의 몸이 폭발해 버렸다.

쾅… 쾅…

그 소리에 맞추어서 만정도 울부짖는 소리가 커졌다.

크 아아아아…

이세벨은 큰 충격에 쓰러졌다. 땅에 뺨을 대고 누워서 하늘을 보았다. 자신의 몸에서 나온 무언가가 하늘을 날았다. 아주 작은 것들이 어마어마한 떼를 이루었는데 시뻘건 색이었다. 하늘을 뒤덮는 붉은 점들이 무리를 이루어 날았다. 만정의 꼭대기로 날아갔다. 수억은 되려나? 엄청난 수의 무리가 하늘을 날아 이세벨을 떠나갔다.

'분가루? 아름답다. 진정 아름답다.'

이세벨은 아름답다고 생각했다. 하늘을 훨훨 날아다니는 자신의 분신이었다. 이세벨은 손을 들어 그걸 잡으려 했다. 그러다가 놀랐다. 하늘을 향해 뻗은 그녀의 하얀 손목이 시뻘건 돼지 색이었다. 말라비틀어진 손목. 이세벨은 잠시 생각했다.

'누구? 누구의 손목일까? 추하구나.'

그러나 곧 자신의 뼈만 남은 손목임을 깨달았다. 깨달음과 동시에 비명이 길게 나왔다.

"아아아악. 아아아악!"

이세벨은 미친 듯 절규했다. 미친 이세벨의 깊은 절규와 울림은 만정을 더욱 자극하였다.

우우우우웅

우리엘에게 힘이 달리던 만정은 하늘로 날아오른 이세벨의 분신을 불렀다. 힘을 키워 우리엘에게 맞서고자 이세벨의 분신을 불러 모았다. 그러자 놀랍게도 이세벨의 몸에서 나온 작은 분신들은 떼를 지어 만정의 하늘로 돌진하였다.

옛뱀은 이세벨의 분신을 보다가 저도 모르게 소리 질렀다.

"황충."

옛뱀은 재빠르게 날았다. 그리고는 커다란 입을 미세하게 움직여 이세벨의 분신을 한 번 훑고 내려왔다. 입에서 무언가를 꺼내 바닥에 놓았다. 그리고는 여러 겹의 눈꺼풀을 벗고 자세히 보았다.

아주 작았다. 핏빛이었는데 날파리처럼 보였다. 하지만 그보다도 훨씬 작았다. 작은 몸이지만 통통 살이 올랐다. 그 중 한 마리를 송곳니로 지그시 누르자 붉은색 피가 튀었다.

맛을 보았다.

"피? 이세벨의 피?"

옛뱀은 그제야 이해가 되었다.

그때였다. 갑자기 허공에서 돌던 아리의 몸에서도 이상한 일이 벌어졌다. 이세벨의 몸을 나온 황충이 지나가자 누워있던 아리의 몸이 바로 섰다. 그리고는 허공에서부터 천천히 내려왔다. 아리는 이미 제 정신이 아니었다. 아리의 몸으로부터 이상한 기운이 흘러나왔다. 심상치 않았다. 너무나 사악한 기운이 몰려나와서 옛뱀도 추위를 느꼈다.

'아… 아까 아리가 추워한 이유를 알겠다. 아리의 몸속에 무언가가 있다.'

미친 아리는 이세벨 앞에 우뚝 섰다.

긴장의 순간.

아리의 눈동자가 변했다. 짙은 검은 색의 눈동자가 서서히 갈색으로 변하더니 핏줄이 서고 커졌다. 그리고는 옆으로 찢어지며 피가 나왔다. 얼굴은 어린아이의 뽀송하고 매끈한 피부에서 털이 자라나왔다. 굵고 거친 털이었다. 조용히 보고 있던 옛뱀도 같이 눈동자가 커졌다. 옛뱀은 저도 모르게 입 밖으로 소리를 질렀다.

"이세벨, 위험하다. 위험해."

하지만 이세벨은 귀가 들리지 않았다. 엄청난 충격에 귀머거리가 되었다.

아리가 허리를 안으로 감았다. 달팽이처럼 몸이 감겨졌다. 고개를 가슴에 파묻고 온몸을 동그랗게 하더니 그렇게 잠시 동안 움직이지 않았다. 옛뱀이 이상하다고 생각하는 그때에 아리가 갑자기 감았던 몸을 활짝 폈다.

그러자 커다란 짐승 소리가 나며 아리의 몸에서 수십 마리의 들개가 뛰쳐나왔다. 미친 들개가 뛰쳐나온 아리의 몸은 다시 만정의 허공으로 올라갔다. 눈을 뜨고 보던 옛뱀은 너무나 놀라서 뒤로 물러섰다.

날카롭고 더러운 이빨을 드러낸 들개. 끈적끈적한 침을 흘리는 들개는 아리의 사악한 눈동자를 가지고 있었다.

'교활하고 잔인하구나, 아리. 이세벨을 죽이지 않고 육신을 먹다니… 이세벨이 부활할 걸 아는구나. 이세벨의 육신을 먹고 영혼을 가두어놓는다? 좋은 생각이다. 허나… 과연 그럴까? 들개라니… 생각도 하지 못했다. 들개라면… 누굴까?'

옛뱀은 치를 떨었다.

아리의 몸에서 나간 들개들은 이세벨의 무기력한 몸으로 달려갔다. 더러운 이빨을 이세벨의 몸에 박으려고 미친개가 되어 달려갔다. 이세벨이 꾸는 꿈 그대로였다.

이세벨은 오른팔로 대리석을 딛고 왼손 안에 고이 간직한 손거울을 보았다.

"헉."

이세벨은 너무나 놀랐다. 거울 안에는 마귀할멈이 한 명 있었다. 푹 꺼진 볼 살에 대비해서 불거진 광대뼈는 보기 흉하게 앞으로 튀어나왔다. 꺼진 볼살은 잔주름이 굵은 주름들 사이로 퍼져있었고 눈 밑의 살에서는 시커먼 진물이 나왔다. 한쪽의 광대뼈는 거친 바닥에 긁혀서 노랗고 비어있는 뼈를 드러내고 그 안에서는 시커멓게 죽은 골수세포들이 보였다. 눈동자는 혼탁했고 눈썹은 없어진 지 오래되었다.

앵두 같던 입술은 두꺼운 근육덩어리였고 그 안에 있던 순백의 치아들은 듬성듬성 빠지고 썩어서 검은 띠가 혀를 가릴 정도였다. 맨 윗니 두 개는 벌어진 채로 앞으로 튀어나와 있었고 그 아래에 있는 아래 앞니들은 반대로 몰려있는데 그 사이사이에 끼어있는 때는 역겨웠다.

이세벨은 눈물이 나오는 두 눈을 억지로 부릅떴다. 아무리 아름다운 모습을 해보아도 근육이 움직이지 않았고 높이 솟아 올릴 눈썹도 없었다. 이세벨은 처참했다. 하지만 마지막 희망을 걸고 거울을 다시 한 번 보았다. 하지만 변하는 건 아무것도 없었다. 오히려 방금 본 그 토 나오는 얼굴보다 더 역겨운 얼굴이 들어있었다.

눈을 감고 싶었다. 하지만 자신은 왕후였다.

이세벨은 품안에서 분통을 꺼냈다. 분가루는 얼마 남지 않았다. 이세벨은 마지막 남은 분가루를 정성을 다해 발랐다.

'눈물을 흘리지 않아야 해. 분가루가 번지면 안 돼.'

이세벨은 마지막 남은 분가루를 얼굴에 고르게 폈다. 정성을 다해 펴 발랐다. 정성을 다 하는 이세벨의 눈이 차분해졌다. 거울 안으로 무언가 번득였다. 이세벨은 마지막 희망을 가지고 다시 들여다보았다.

그러자 놀랍게도 아름다운 이세벨이 웃고 있었다.

'그럼 그렇지.'

이세벨은 다시 날아갈 것 같았다. 더 이상 울지 않았다. 환하게 웃었다.

이세벨은 한껏 입술을 당기고 눈을 치켜뜨고는 아름다운 자신의 모습을 다시 보았다. 거울을 들고 숨을 한 번 크게 쉬었다. 가슴을 올리고 거울을 들었다. 예쁘게 웃으며 바라본 거울. 그 거울 안에는 비극이 있었다.

거울 속에는 잘린 자신의 다리와 피가 솟구치는 허벅지가 보였다. 이세벨의 눈이 치켜떠졌다. 아름답던 자신의 가슴까지 미쳐서 물어뜯고 있는 개들이 보였다.

'들개? 들개? 만정에는 개가 없는데…'

그 순간, 자신의 다리를 물어뜯는 더러운 개들과 눈이 마주쳤다. 개들의 눈은 무심했다. 감정이 없었다. 이세벨은 자신의 그 꿈, 악몽이 기억났다.

개가 몰려온다. 끈적끈적 더러운 침을 흘리며 나에게로 달려온다.

세상이 시기하는 다리를 문다.

날카로운 송곳니를 나의 허벅지에 박은 개는

그 무심한 눈동자를 내 영혼에 던진다.

고통은 없다.

하지만 개의 눈동자에 들어있는 나의 모습은 처절한 비명 속에 묶여있다.

개가 나를 문다. 나도 개를 문다.

수가 많은 개들은 나의 심장을 비틀어 갈기갈기 찢는다.

심장을 벗어난 나의 영혼은 어디에 있을까?

고향에 있을까? 아니면 이 고통스러운 세상에 있을까?

나의 고된 밤은 그 깊음이 어디까지일까?

아스라이 박수의 말이 생각난다.

개에게 먹힐지라… 이세벨… 큰 음녀 이세벨.

이세벨은 미소를 지었다.

화장을 마친 이세벨은 거울을 보며

아름다운 자신의 모습을 마지막으로 본다.

아름답다. 하지만 이상하다. 생명 같은 아름다움, 하얀 분가루가 흩어진다.

악마의 분가루가 흩어지며 세월의 흔적이 드러난다.

부활의 그때에 보자. 음녀 이세벨.

옛뱀이 작별인사를 한다.

작별인가?

눈에 힘을 주었다. 볼 한쪽의 분이 벗겨진다. 스물스물 녹아난다.

그리고 눈 밑에 번지는 검은 기운. 입술을 모았다.

그러나 주름은 다시 펴지지 않는다.

이마에서부터 녹아내리는 하얀 분가루, 악마의 분가루.

이세벨의 생명이 녹아내린다. 마음이 녹는다.

허전하고 허탈하다. 비었구나, 나의 영혼.

아름다운 이세벨을 만든 가면이 이제 이세벨의 곁을 떠난다.

이세벨은 마지막으로 볼에 바람을 넣어 주름을 펴려한다.

그러나 보조개보다 깊은 세월의 우물이 뺨에 보이고…

더럽고 역겨운 피가 고여 있다.

그 피로부터 더러운 들개의 이빨이 나와 이세벨의 눈을 삼킨다.

"아악… 아악… 악."

이세벨이 내지르는 처절한 지옥의 비명은 만정을 크게 울렸다.

점점이 뿌려진 이세벨의 피는 개들의 미친 침과 섞여서 더러워졌고 하얀 옷을 입은 이세벨은 머리뼈와 손목뼈 일부만 남기고 처절하게 흩어져 버렸다.

이세벨의 뼈만 남은 왼손에는 죽으면서도 놓치지 않은 피로 얼룩진 손거울이 들려있었다.

이곳은 만정. 피밭, 만정이었다.

더러운 들개들이 미쳐서 날뛰었다. 이미 숨이 끊어진 이세벨의 몸뚱이는 더 이상 남은 것이 없었다. 그러나 개들은 한 점이라도 남기면 안 되는 것처럼 이빨로 뼈를 긁고 핥았다.

'끔찍하군. 그 아름답던 이세벨이 이리도 허무하게 죽다니……'

옛뱀은 이세벨이 들개에게 뜯어 먹히는 광경을 모두 보았다. 평소에 냉혹할 정도로 침착하던 옛뱀의 심장이 뛰었다. 이상했다. 그러나 이상한 일은 하나 더 있었다. 심장이 두 개인 것처럼 뛰었다.

쿠쿵. 쿠쿵. 쿠쿵.

옛뱀은 그게 더 이상했지만 너무 놀라 그러려니 했다. 옛뱀은 주위를 둘러보았다. 아직도 만정의 기세는 무서울 정도였지만 더러운 들개 수십 마리가 밖으로 나온 아리는 만정의 꼭대기에서 정신을 잃고 있었다. 죽은 것처럼 축 늘어진 아리는 더 높은 만정의 꼭대기로 둥둥 떠 올라갔다. 왜 그런지는 몰랐다. 하지만 만정이 그리하는 것 같았다.

옛뱀은 눈으로 보고도 믿지 않았다.

'생각 이상이다. 아리에게 저놈들이 숨어있었구나. 빠드득… 교활한 동궁… 이놈들…'

옛뱀은 이세벨을 남김없이 뜯어먹는 개들을 보며 섬뜩했다.

'이세벨 다음은… 나다. 나를 물어뜯으려 달려들겠지. 굶주린 승냥이처럼 달려들겠지. 어쩐다?'

옛뱀은 눈을 굴리며 이리저리 살폈다. 이세벨의 잘린 손은 살아생전 목숨처럼 아끼던 손거울을 붙잡고 홀로 나뒹굴었다.

'가련한 이세벨. 결국 이렇게 될 것을… 그렇게 몸부림을 쳤구나. 그나저나 들개… 저 죽일 놈들이 아리에게 다시 들어가겠지? 이세벨의 사악한 피에 취해 더 강해진 들개가 아리에게로 들어가면… 그러면 더 이상 아리를 막지 못한다.'

당황한 옛뱀은 이리저리 살폈다. 옛뱀의 눈으로 또 다른 광경이 들어왔다. 이세벨에게서 나온 분가루, 황충의 떼가 이세벨을 뜯어먹고 있는 들개를 둘러싸고 뱅글뱅글 돌았다. 그 도는 기세가 무시무시했다.

'저 황충도 엄청나구나. 주인을 잃은 황충과 들개가 만난다면… 누가 저들을 막을 수 있을까? 나에게도 결코 좋지 않다.'

그러나 방법이 없었다. 옛뱀에게는 황충과 들개가 서로 하나가 되어 아리에게 들어가는 걸 막을 힘이 없었다. 잘못하다가는 자신의 목숨도 장담할 수 없었다.

그때였다. 옛뱀의 날카로운 눈 안으로 아리가 들어왔다. 만정의 꼭대기로 올라가던 아리가 뱅글뱅글 돌았다. 너무 높이 있어서 자세하게 볼 수는 없었지만 그간 보아온 아리와는 달랐다. 들개라는 절대 악이 빠져나왔지만 그렇다고 선해 보이지도 않았다. 오히려 더 악해 보였다. 그러나 빙글빙글 돌고 있어서 정확히 알 수 없었다. 옛뱀은 이해가 되지 않았다.

'들개가 나왔다면 악이 빠진 건데… 고기에서 기름기가 빠지듯 그렇게 빠졌을 텐데… 그렇게 보이지 않구나. 왜 그럴까? 신비하고 비밀이 많은 아이다.'

들개가 이세벨에게 집착하던 그때였다. 들개 주위를 돌던 황충이 갑자기 아리에게로 돌진했다. 이세벨의 아름다움의 근원 황충의 떼가 주인을 정한 것처럼 아리에게 날아갔다. 그리고는 귀청을 찢는 소리를 내며 아리 주위를 돌았다. 그 기세는 엄청났다. 너무나도 빨리 돌아서 만약에 그 안으로 들어가려고 하다가는 뼈도 추리지 못할 것 같았다.

'수십억은 족히 되겠군. 황충… 대단하다. 실로 엄청나. 그런데 왜… 주저하는 걸까?'

휙. 휙. 휙.

황충들은 옛뱀의 생각대로 아리에게 들어가려다 말고 주춤했다. 그와 달리 만정의 바닥에서는 이세벨을 먹던 들개들은 이제 옛뱀에게 관심을 가졌다. 맨 앞의 커다란 개가 탐욕스러운 얼굴로 옛뱀을 보았다. 마치 맛있는 먹이를 본 맹수처럼 그렇게 눈을 빛냈다. 옛뱀은 눈을 가늘게 뜨고 입을 열었다.

"미친개… 이제 볼 일을 다 본 건가?"

미친개라 불리운 커다란 개가 놀라는 표정으로 말했다.

"우린 본 적이 없는데도 나의 이름을 아는군. 의외야… 옛뱀."

옛뱀은 미친개가 어슬렁거리며 걸어오자 살이 오그라드는 것 같았다.

"미친개, 나를 아는가?"

"알지. 사탄의 자식 중, 옛뱀을 모른다면 말이 되지 않지."

"그런데도… 가까이 온다는 건 그만큼 자신이 있다는 뜻이군."

"그래. 나는 자신 없는 일은 안 해. 겁내지만 이세벨처럼은 아니니까. 일찍 끝내줄게."

"후후후."

옛뱀이 징그럽게 웃었다.

"웃는군. 그건 이미 알고 있었다는 의미인가? 그러나 이제는 너무 늦었어. 이곳에서 너의 편은 어느 누구도 없어. 이제 너는 여기서 혼자야."

미친개는 한발 앞으로 나섰다. 위기의 순간 옛뱀은 아주 작은 소리를 들었다. 엄청나게 시끄러운 만정의 소음 속에서 거의 알아차릴 수 없을 만큼 작은 소리가 들렸다. 옛뱀의 심장에 미세한 진동으로 들렸다.

우리엘…. 우리엘…

옛뱀은 이상했다. 어디서 나는 소리인지 몰라 두리번거렸다.

'누구? 누가 우리엘을 찾는가?'

옛뱀은 우리엘이 생각났다. 마몬의 동굴을 초토화시킨 우리엘이 생각났다.

'우리엘… 그렇지. 도망갈 길이 보이지 않는 지금은 변수가 필요하다. 그것도 아주 강력한 변수가 필요하다. 그렇다면….'

옛뱀은 침착했다. 옛뱀은 마지막 희망을 가지고 큰소리로 떠들었다.

"미친개, 지금은 나랑 놀 정도로 한가하지 않을 텐데… 황충이 주인을 구하면… 저 위에 있는 한나의 아들, 여자의 후손 아리에게 들어가면… 앞으로 감당할 수 있느냐?"

말을 마친 옛뱀은 뒤를 돌아 문 쪽으로 기어갔다. 미친개는 옛뱀이 등을 돌려 나가자 그제야 입을 열었다.

"옛뱀. 역시 영리하구나. 하지만 알아두어라. 이곳은 나의 고향. 이곳은 나의 허락 없이는 아무도 나갈 수 없다."

미친개는 말을 마치자마자 허공을 향해 길게 울며 아리에게로 쏘아져갔다. 늑대의 울음소리가 났다. 늑대울음소리가 만정을 길게 울리자 황충들의 움직임이 더욱 빨라졌다. 그러나 이제는 만정의 벽도 같이 돌았다. 그 속도가 너무나도 빨라서 피밭 만정이 통째로 흔들거렸다. 그러면서 만정의 열렸던 문은 어느새 그 흔적도 없어졌다. 옛뱀은 난감했다.

중간계의 만정

우리엘…. 우리엘.…

그녀의 목소리였다. 아련한 그녀의 목소리. 어찌 잊을 건가?

"헉. 한나?"

우리엘은 소리를 지르며 눈을 떴다. 온몸이 땀에 젖었다. 온몸이 천근만근 무거웠다.

'어딜까?'

잠시 정신을 놓은 것 같았다. 피 냄새가 코를 찔렀다. 정신이 확 들었다.

'아… 시간이 얼마나 흘렀을까?'

우리엘은 주위를 둘러보았다. 온통 피바다였다.

'만정?'

그랬다. 우리엘은 이미 만정 안으로 들어와 있었다. 사방은 온통 폐허였다. 우리엘은 기억은 없지만 자신이 그렇게 만든 것 같았다. 피의 동아줄로 단단하던 벽은 이제 다 허물어진 벽돌만 남아 있었다. 간혹 벽돌 사이로 피의 몽둥이처럼 생긴 것들이 불룩거리고는 있었지만 별 힘은 없어 보였다. 회복할 수 없는 타격을 받은 것 같았다.

둘러보던 우리엘은 땅에서부터 일어섰다. 우두둑 소리가 나며 우리엘을 감쌌던 피의 끈이 끊어졌다. 우리엘은 툴툴 털고 발걸음을 옮겼다. 물컹한 느낌이 이어졌다. 발로 밟을 때마다 피가 우는 소리가 들렸다. 듣기에 거북했다. 하지만 물컹거리는 소리에 묻혀서 이상한 소리가 들렸다.

'바닥?'

바닥이었다. 바닥에서 물컹거리는 것은 피의 끈끈이였다. 그 끈끈이로부터 미세한 소리가 들렸다. 눈에 불을 켠 우리엘은 천족답게 미세하게 다른 부분을 찾았다. 작은 구멍이었다. 손상된 작은 구멍은 거의 분간할 수 없었다.

'여기구나. 정말로 작은 구멍… 이게 뭘까?'

그 작은 구멍으로부터 다시 아주 작은 소리가 들렸다.

아리… 아리….

언뜻 듣기에는 짐승의 소리지만 분명 만정의 목소리였다.

'빠드득… 아직 살아있구나 만정.'

우리엘은 지쳐있었다. 몸은 물먹은 솜처럼 천근만근이었고 숨은 점점 가빠왔다. 하지만 정신은 말짱했다. 몸 전체를 감싸 도는 태양의 빛은 여전히 은은하고 상서로웠다. 다행이도 만정은 우리엘이 지친 것보다 몇 배는 더 망가져 있었다. 우리엘이 이리저리 움직이자 만정이 다시 아메바와도 같은 촉수를 뻗어왔다.

'만정. 지독한 놈.'

만정의 벽에서부터 다시 뻗어오는 피의 몽둥이는 휙휙 바람소리도 냈다. 하지만 우리엘은 천족이었다. 사방팔방에서 동시에 몰려와도 보고 들어서 알았다. 우리엘은 힘 안 들이고 피하면서 손에 든 칼을 휘둘렀다. 이미 이빨 빠진 칼은 무뎌서 만정의 끈적거리는 피의 몽둥이를 자르지 못했다. 대신 뭉텅 찢어버렸다. 날이 날카로우면 힘이 덜 들었지만 우리엘의 칼은 힘을 써야만 했다. 우리엘은 그것이 가장 괴로웠다.

'집요한 놈. 거의 본능만 살아있는 것 같다.'

그러나 만정도 만만치 않게 힘들어했다. 거칠게 숨을 몰아쉬었다. 게다가 공격은 간간이 일어나는 폼이 기력이 많이 쇠해 있었다. 잠시 공격이 그치자 우리엘도 숨을 돌렸다.

"하아 하아… 하아 하아…"

우리엘이 몰아쉬는 숨과 만정의 벽이 불룩거리며 쉬는 숨과 닮았다. 우리엘은 칼을 든 채 만정의 한가운데에 있었다.

"만정, 너 괴물, 끈질긴 놈. 하지만 너는 오늘 상대를 잘못 만났다. 오라. 너와 나 둘 중에 누가 더 강한지 결판을 짓자."

그러나 만정은 말이 없었다. 대신 벽이 울렁거리는 속도가 빨라졌다.

'이상한 일? 혹시 만정이 다시?'

우리엘은 백전노장이었다. 미세한 만정의 변화를 놓칠 리가 없었다. 갑자기 번개처럼 날아올랐다. 아래를 내려 보았다.

우리엘이 3일간 때려부순 만정의 그 피의 탑은 이제 얼마 남지 않았다. 빛을 입은 우리엘이 닥치는 대로 베고 부순 피의 벽들은 무너져 내리고 흩어졌다. 하늘을 삼킬 것처럼 뻗어 올라갔던 만정의 주둥이는 이제 흔적도 남지 않았다.

소용돌이치던 피의 벽은 우리엘의 몸을 감싼 빛에 타버렸고 우리엘의 칼에 조각조각 났다. 하지만 아직도 만정의 탑은 높았다. 우리엘이 날아오를 만큼 높았다. 게다가 죽어가던 만정이 새로운 기운을 찾는 것 같았다.

'이상하다.'

우리엘이 긴장하는 그때였다. 우리엘의 예민한 귀로 이상한 음성이 들려왔다.

"미친개, 지금은 나랑 놀 정도로 한가하지 않을 텐데… 황충이 주인을 구하면… 저 위에 있는 한나의 아들, 여자의 후손 아리에게 들어가면… 앞으로 감당할 수 있느냐?"

우리엘의 눈이 커졌다.

'한나의 아들? 아리?'

우리엘의 근육에 힘이 생기고 심장이 요동쳤다. 끓어오르는 피가 온몸을 데웠다.

'급하다.'

우리엘은 칼을 잡은 손에 힘을 주었다. 그리고는 번개처럼 아래로 떨어져 내렸다.

쌩.

중간계의 만정은 방심하다 들킨 괴물처럼 커다랗고 긴 비명을 질렀다.

크아아아…

하지만 번개 같은 우리엘을 막을 수는 없었다. 만정의 모든 힘을 다해 뻗은 피의 몽둥이가 만정으로 돌진하는 우리엘을 향해 날아갔다. 그러나 우리엘을 때리려던 피의 몽둥이들은 서로를 때리며 뒤엉켰다.

우우우 아아악… 크… 아아악.

허물어진 만정의 빈 공간에 괴물의 비명만 남아돌았다. 만정으로 돌진하던 우리엘은 온데간데없었다. 다만 허물어진 만정의 바닥으로 커다란 구멍이 나있고 그 주위로 커다란 소용돌이가 돌고 있었다.

시공간의 소용돌이였다.

바벨론의 만정

들개들과 황충들이 아리를 두고 마지막 힘겨루기를 할 그 무렵, 공중에 뜬 아리는 아직도 깨어나지 못했다. 나가는 길이 막힌 옛뱀은 가슴을 졸이며 위만 바라보았다. 황충들은 이제 그 반경을 좁히며 아리에게로 들어가려 했다. 이제 곧 아리의 몸 안으로 들어가려는 듯, 아리 가까이 오던 황충들은 떼를 지어 날며 모양을 바꾸었다. 용의 입이었다. 커다란 용의 입 모양을 한 황충들은 놀라는 들개들보다 먼저 아리에게 쏟아져 갔다.

"헉."

옛뱀은 기겁을 하며 신음소리를 뱉었다. 용의 입 모양을 한 황충들은 아리의 가슴으로 쏜살처럼 날아갔다. 가련하게 의식을 잃은 아리는 아무것도 모르고 허공을 맴돌았고 선공을 뺏긴 들개는 놀라며 어쩔 줄 몰라 했다.

그때였다. 콰르릉 쾅쾅쾅.

천지가 뒤집어지는 소리가 났다. 마몬의 동굴에서 그랬던 것처럼 감당할 수 없는 충격이 밀려왔다. 순식간에 밀려든 충격에 만정 안에 있던 모든 것들이 흔들리며 뒤집어졌다.

본능에 충실한 들개는 허공에서 재빨리 벽으로 도망하였다. 아리를 빈틈없이 둘러싼 용의 입, 황충들은 짧은 순간 흩어졌다. 그 순간, 그 찰나의 순간보다 더 짧은 빛이 지나갔다.

피바다 만정의 하늘로부터 한 가닥 빛이 나와 번개가 되어 바닥으로 지나갔다.

쾅 쾅 쾅.

빛이 지나가고 나서 다시 한 번 소리가 들렸다. 그 소리는 너무나도 엄청나서 모든 걸 부셔버렸다. 옛뱀은 허공으로 떠올랐다. 벽도 엄청난 충격에 출렁이며 들개를 날려 보냈다.

짧은 단말마 비명이 끝나기도 전에 엄청난 힘이 만정을 덮쳤다. 만정의 하늘이 열렸다. 바벨론 궁 지하에 만들어진 만정의 하늘이 열리고 그 안에 있는 모든 것이 삽시간에 하늘로 빨려들어갔다.

태초의 힘이런가? 너무나도 강했다. 주체할 수 없는 힘이 회오리치며 만정의 모든 걸 쓸어 올려갔다. 그러나 허공에 뜬 아리는 보이지 않았다. 옛뱀과 들개는 나란히 숨이 막힌 채로 맨 먼저 빨려 들어갔다. 저항할 수가 없었다. 순식간에 일어난 일에 옛뱀과 들개는 정신을 차릴 수가 없었다. 그리고는 만정의 벽에 깃든 원혼들과 그들의 피로 이루어진 만정의 벽. 벽에 발린 피가 허물 벗듯 벗어지며 빨려 올라갔다. 아리의 몸을 감싸고돌던 황충들은 피와 함께 떡이 되어 마지막으로 쓸려 올라갔다.

병사들의 시체 위에 널린 날카로운 검과 칼, 그리고 창들은 위험하게도 날아다녔다. 만정의 한가운데에 뼈만 남은 이세벨의 몸뚱어리는 산산이 부서지며 날아올랐고 이세벨이 목숨처럼 간직한 거울은 이세벨의 손목을 매달고 같이 날았다.

만정의 하늘을 날던 황충들은 혼비백산해서 만정의 벽으로 숨었지만 극히 작은 황충까지도 예외 없이 빨려 들어갔다. 마지막 남은 이세벨의 분첩은 공중을 날며 흔들리더니 그 뚜껑과 분통이 분리되어 날았다. 그리고는 모든 것이 하늘에 뚫린 구멍으로 빨려 들어갔다.

옛뱀도, 들개도, 이세벨도 거울도 분첩도 황충도 그리고 원혼의 피와 탐욕의 시체들까지 모두 만정의 하늘로 사라져버렸다.

그리고는… 갑자기 고요해진 만정. 언제 비극이 있었냐는 듯 고요의 바다가 되어버린 만정은 돌로 만든 매끈한 벽이 드러났다. 사방이 우물의 안쪽처럼 생긴 벽은 말없는 돌만 남았다. 역시 매끈한 돌로 된 바닥에는 커다란 구멍이 뚫려 있었다.

커다란 구멍, 그 주위로 소용돌이가 돌고 있었다. 시간이 무의미하게 흘렀다. 번잡하고 시끄럽던 만정은 이제 고요의 바다가 되어 있었다. 어느 순간, 그 소용돌이는 점점 작아지더니 마지막은 점이 되고… 그렇게 사라져버렸다.

그리고는 피밭, 탐욕의 만정이 어둠, 그 깊은 어둠으로 영원히 들어갔다.

"또 우리엘이… 무시무시하군. 결국 또 우리엘이 변수였어. 다된 밥에 코 빠뜨렸어."

"그보다 미친개가 변수였어. 뿌드득 동궁, 그 간악한 늙은이들도 변수였어."

"바보가 따로 없군. 리워야단더러 바보라 놀리더니 네놈 꼴 참 좋구나."

"동궁 이 죽일 놈들.… 살려두지 않겠다."

"욕하지 마라. 네놈이 동궁이었어도 그리했을 터. 우린 원래 그런 놈들이다."

"악독… 이놈들 여기서 나가면, 가만 두지 않겠다."

"그러지 마라. 동궁도 만정을 열려는 것 같으니… 혹시 아느냐? 우리가 동궁 덕을 좀 볼지. 기다려라."

아리를 찾아서

똑 똑 똑. 떨어진다. 물방울이 떨어진다. 공기가 무겁다. 비가 오려는가? 마음이 더 추운 날씨, 추운 날씨보다 더 차가운 물방울. 셀 수 없는 물방울 중 하나가 하늘 높은 곳으로부터 떨어진다.

똑. 죽어있는 눈꺼풀에 닿았다.

'차갑다.'

스르르 눈이 떠졌다. 검은 먹구름이 지나갔다. 비구름을 몰고 오는 바람은 차가웠다. 소름이 돋고… 이제는 살갗도 눈을 뜬다.

'춥다.'

현실로 돌아오는 길은 고통의 길. 고개가 뻐근하고 아프다. 두툼한 뒷목은 더욱 아팠다.

'이번에도… 살았구나.'

빗방울이 굵어졌다. 풍진 세상을 살아오는 동안 피부로 맞은 소나기. 그 따가운 비를 피하려고 몸을 비틀어 움직였다. 우두둑 뼈를 꺾는 소리가 났다.

"후후… 욱."

헛바람이 새어나오고 느리지만 간신히 발동이 걸렸다. 불이 나오던 콧구멍으로 이제는 한기가 들락거린다. 어딘가 고장난 몸은 무겁기만 하다. 옛뱀은 문득 고단하다는 생각을 했다.

'갈 길이 먼데… 이제 다시 시작인가?'

지난 세월의 무게만큼 지금의 모습도 엉망이다. 마디마디 쑤시는 몸은 이미 정상이 아니다.

'고단하다.'

고단한 옛뱀은 아무 생각 없이 주위를 둘러보았다. 눈에 들어오는 광경은 처참했다. 부분만 남아 있는 육신의 살덩이에는 피 묻은 칼과 검이 박혀 있었다. 깨끗하게 살이 발려진 하얀 뼈에 점점이 묻은 빨간 피는 공포의 기억을 떠올리게 했다. 옛뱀은 만정을 생각하자 오싹했다.

"이세벨."

옛뱀은 저도 모르게 불러보았다. 이유도 없다. 무의식중에 입 밖으로 나온 말. 사악한 이세벨이 죽었다는 사실이 믿기지 않았다. 옛뱀은 피식 웃었다.

"풋, 개들에게 살이 파먹힌 악녀가 살아있을 리가 없지."

이세벨은 당연히 없었다. 아리도 없고 미친개도 간 곳 없었다. 사악한 이세벨과 아리의 얼굴이 떠올랐다. 붉은 피를 뒤집어쓰고 악랄하게 싸우던 둘의 얼굴이 머릿속에서 지워지지 않았다.

"그리 허무하게 죽을 것을… 뭐 하러… 그리도 싸웠을까?"

옛뱀은 생각 없이 뱉은 말에 가슴이 철렁했다. 자신의 처지와도 닮은 이세벨의 죽음 앞에 묘한 기분이 들었다.

옛뱀은 늘 주위를 두리번거렸다. 살벌한 죽음에서 살아난 옛뱀이 눈에 낯익은 무언가가 보였다. 빛을 반사시키는 그것, 한눈에 보아도 알 수 있다. 이세벨의 흔적. 옛뱀은 만신창이가 된 몸을 이끌고 느릿하게 다가갔다.

엄청나게 높은 탑이었다. 탑의 끝 위로 하늘은 탁 틔어 있었다. 탑의 넓이도 꽤 넓었다. 오래 전에 무너져버린 건물. 벽에 구멍이 숭숭 뚫려있고 바닥에는 돌들이 흩어져 있었다. 그 틈으로 이름 모를 잡초가 무성하게 자랐다. 잡초 사이로 반짝이는 이세벨의 물건이 보였다.

"이세벨의 손거울!"

옛뱀이 집으려는 순간 갑자기 거울이 도망을 갔다. 황당한 옛뱀의 눈이 거울을 따라갔다. 의외로 그곳에는 반가운 손님이 있었다.

"박수?"

박수였다. 너무나도 반가운 박수가 책상다리를 하고는 멀쩡히 앉아있었다. 박수의 바로 앞까지 날아간 거울은 이미 박수의 손에 들어있었다. 옛뱀은 박수를 보며 반색했지만 박수는 그런 거 같지 않았다. 심각한 얼굴로 거울을 뚫어져라 보았다.

"죽지 않았군."

옛뱀은 반가운 마음에 말을 내뱉으며 박수가 앉은 쪽으로 기어갔다. 그러나 박수는 눈을 흘기며 옆으로 돌아앉았다. 섬뜩한 옛뱀은 아무 말이나 붙여보았다.

"반가워."

그러나 박수는 말이 없었다. 손에 잡은 이세벨의 거울을 이리저리 돌려보며 눈을 흘겼다. 고개도 좌우로 계속 돌렸다. 하지만 끊임없이 돌아가던 4개의 눈동자는 이세벨의 거울에 고정되어 있었다.

"미친 건가?"

옛뱀은 박수를 자극했다. 그러나 박수는 눈을 치뜨면서 여전히 거울만 보았다. 어디서 많이 본 상황. 옛뱀은 불안했다.

'설마…'

옛뱀은 불안한 마음을 숨기며 말을 붙였다.

"박수, 이제 갈 길 가라. 내 거울 돌려주고."

옛뱀이 진지하게 말했다. 그러자 거울을 돌리면서 얼굴만 들여다보던 박수가 고개를 멈췄다. 그리곤 얼굴을 천천히 돌렸다. 잠시 미소를 지었다. 옆으로 반만 돌린 얼굴에 피어나는 사악한 미소. 진정 악했다. 옛뱀은 소름이 돋았다.

'설마… 설마…'

옛뱀의 소름이 가시기도 전에 박수가 거울을 돌려 옛뱀을 보며 입을 열었다.

"싫어. 내 꺼야."

그 말을 들은 옛뱀은 힘이 쭉 빠졌다. 허탈한 옛뱀은 그 자리에 주저앉았다.

다시 밀밭에서.

빛이 충만한 하늘, 구름 한 점 없는 하늘은 시간이 멈춘 것처럼 맑았다. 따가운 햇살에 달구어진 황금빛 밀 이삭 하나하나는 발육 좋은 아이들처럼 이리저리 몰려다녔다. 잘 익은 밀 이삭들이 서로를 부비며 내는 소리는 개구쟁이 아이들을 닮았다.

시끄러운 소리를 피해 하늘로 올라가 본다. 높은 하늘, 시간이 멈춘 그 하늘에서 끝이 보이지 않게 넉넉한 땅을 내려 본다. 하늘에서 내려다 본 광활한 밀밭은 보는 이의 마음을 시원하게 해준다.

위에서 보면 전체가 보이는 법. 탁 트인 밀밭, 그 한가운데로 실낱같은 길이 눈에 들어온다. 밀밭 가운데 있으면 보이지 않을 그 길은 유일한 길이다. 뱀처럼 구불거리며 지나가는 그 길옆으로 다 익은 밀들이 몸을 뒤틀며 군무를 춘다. 무슨 말을 하려는가? 밀밭을 지나간 수많은 이들을 기억이라도 하려는가? 약속이나 한 듯 규칙적으로 움직이는 밀밭의 장엄한 군무는 꼬리가 긴 햇살과 술래잡기를 하며 자글자글한 소리를 낸다. 속이 꽉찬 밀 이삭이 서로의 몸을 부대끼며 내는 자글자글한 소리들에 마음을 열고 귀를 기울이면 감동의 교향곡이 들린다.

밀밭 한가운데로 난 구불거리는 길은 밀밭이 만든 음악회의 가장 좋은 자리였다.

터벅터벅. 우리엘에게 고문당한 후유증에서 완전히 회복이 안 된 박수는 절뚝거렸다. 박수는 사탄에게 버림을 받은 그때처럼 지팡이를 짚었다. 힘들었다.

"휴."

짧은 신음소리에는 깊은 세월의 무게가 실렸다. 고단한 박수는 눈을 도로 넣고 걸었다. 눈이 많다고 다 잘 보이지는 않았다. 마음으로 보는 세상은 눈으로 볼 때와 사뭇 달랐다. 오히려 뜬 눈으로 볼 때와는 달리 많은 것을 볼 수도 있었다. 오랜 동안 암흑에 익숙해진 박수는 장님이 편했다.

박수는 눈을 넣고 붕대를 감았다. 피가 묻은 붕대라서 보기에 좋지 않았지만 익숙한 것이 편했다. 붕대에서 흐르는 은은한 피 냄새도 이미 친근해졌다. 지팡이도 붕대도 암흑도 모두 이제 박수에게는 삶이요 생활이었다.

광활한 황금밀밭에 들어선 박수는 이곳을 기억했다.

'밀밭.'

그랬다. 박수는 예전 옛뱀에게 눈을 얻던 이곳 밀밭이 생각났다. 진한 밀 냄새, 바람의 감촉, 그날의 날씨, 기온, 심지어는 동물들이 내던 소리 하나하나 잊어 본 적이 없었다. 눈을 얻고 새로운 생명을 얻은 그 날의 기억은 잊으려 해도 잊을 수가 없었다. 박수는 아스라한 그때의 기억 하나하나를 머리로 새기며 천천히 음미하듯 걸었다.

'예전과 똑같구나. 변한 게 없어. 밀의 움직임, 소리, 냄새, 심지어 옛뱀이 따라오는 것도 그때와 같다.'

박수는 이미 옛뱀이 따라오는 것도 알았다.

'같은 밀밭, 같은 귀신, 같은 냄새, 같은 바람까지… 게다가 울적한 마음도 같다. 단지 다른 것이 있다면 하늘에 까마귀가 없다는 것뿐이다.'

박수는 밀밭과 하나가 되어 천천히 걸어갔다. 대자연이 주는 감동의 밀밭, 그 한가운데를 가로지르는 고즈넉한 길의 중간에서 지팡이를 짚은 박수가 걸음을 멈추었다. 예전과 같은 상황. 박수는 조용히 입을 열었다.

"또 따라오는 거냐? 나는 이제 빈털터리인데… 뭘 더 얻어먹을 게 있다고?"

박수의 말이 밀밭 속에 파묻혔다. 바람이 밀려왔다. 그에 따라 밀밭이 흔들렸다. 밀밭 전체가 후두두 소리를 내며 한 바퀴 휘감아 돌았다.

잠시 후, 박수가 지나온 밀밭에서 어른거리는 그림자가 말을 했다.

"웃기지 않아? 세월이 가면… 만난다더니 우리야말로 그 꼴이지?"

친근한 말투. 옛뱀이다.

"……"

"너는 바로 여기서 눈을 얻고… 나는 천년의 예언과 한나를 얻고……."

말과 달리 옛뱀의 말에는 짙은 허무의 냄새가 배어있었다.

"나는 그때… 남는 장사라고 생각했다. 하지만… 지금 와서 돌아보면 나에게 남은 건… 아무것도 없다. 악한 영혼과 썩어 없어질 몸뚱어리… 빌어먹을 가죽만 빼고는 남은 게 없다."

옛뱀은 시인처럼 말했다. 박수도 마음 한구석이 시렸다.

"후후후. 옛뱀이 철이 든 건가? 헛소리를 다 하다니."

옛뱀의 넋두리가 이어졌다.

"그럴 수도… 내가 죽을 때가 되었든지, 아니면 이제라도 철이 든 것이든지. 하지만 사실이야. 내가 가지려 했던 그 모든 것들 중에 지금 나에게 남은 건 하나도 없다."

"……."

"웃기게 들리겠지만… 나의 것을… 누군가가 가져갔다."

박수는 입을 다물고 조용히 붕대를 벗었다. 옛뱀의 넋두리는 끝을 몰랐다.

"너에게서 하나를 얻었다. 하지만 하나를 주머니에 넣으려는 그 순간… 바로 나의 눈앞에서 놓쳤다. 나의 품안에 있었는데, 황당하게도 갑자기 사라져버렸다. 그 다음으로… 천년의 예언도 얻었다. 그 예언이야말로 확실히 내 손 안에 있었다. 분명 너 박수의 머릿속에서 내 머릿속으로 들어왔으니 없어질 수 없었는데, 그런데 세월이 흐르고 보니 그 천년의 예언이… 나의 머릿속에서 없어져 버렸다. 이제는 기억이 나지 않는다."

"옛뱀. 그건…"

옛뱀은 박수의 말을 가로막으며 넋두리를 이어갔다.

"알고 있다. 천년의 예언은 여러 번 말할 수 있는 게 아니라는 것을. 세 번까지라고 들었다. 천년의 예언은 세 번까지만 말할 수 있다고 들었다."

속마음을 들킨 박수는 싸늘하게 표정을 굳혔다. 하지만 이미 작정을 한 옛뱀은 쉬지 않았다.

"사탄 앞에서 한 번, 이곳 밀밭에서 한 번, 그러니 이제 너에게 남은 천년의 예언은 마지막 한 번이겠지. 너에게 남은 단 한 번의 천년의 예언을 달라 하지는 않겠다. 하지만 교환할 수는 있겠지?"

교환이라는 말에 박수가 한 발 뒤로 물러섰다.

"무엇으로 바꾸어 달라는 거냐?"

옛뱀이 떨며 말했다.

"아리에 대한 예언이다."

옛뱀의 작은 소리가 입 밖으로 나가자마자 박수가 그 자리에 우뚝 섰다. 박수가 당황한 옛뱀의 코앞으로 번개처럼 날아왔다. 그리고는 비호처럼 옛뱀의 목을 잡았다.

"다시 말해 봐. 누구에 대한 예언이라고?"

박수는 진심으로 살벌했다. 옛뱀은 까딱하다가는 목이 부러지리라는 걸 알았다.

"아리에 대한 예언이다. 네 원수 아리에 대한 예언. 모두 달라는 것도 아니다. 천년의 예언 안에 있는 아리에 대한 예언, 그 예언만 달라."

박수는 옛뱀의 말에 눈꼬리가 올라갔다.

"아리가 어찌 나의 원수냐? 나와는 상관없는 아이다."

"원수인 줄 알았는데, 아닌가 보네?"

"아니라고 했다."

옛뱀은 징그럽게 웃었다.

"과묵한 박수가 화를 벼락같이 내며 죽이려고 드는 걸 보면, 이렇게 참지 못하고 화를 내는 걸 보면 누굴까? 박수는 아닌 것 같은데……."

박수의 얼굴이 붉어졌다. 옛뱀은 그걸 보며 더욱 바싹 달라붙었다.

"그렇지, 그렇지. 하나가 있었지. 내가 알고 있는 제일 못된 것."

박수의 눈이 빠르게 돌았다. 옛뱀은 그걸 보며 귀에다 바싹 대고 말했다.

"이세벨. 불쌍한 이세벨, 아름다운 이세벨, 이제는 박수와 한 몸이 된 악녀 이세벨이겠지. 안 그런가? 이세벨."

박수의 얼굴에 갑자기 살기가 돌았다. 다시 손에 힘을 주려는 순간 옛뱀의 입이 박수의 귀를 파고들었다.

"아리에 대한 예언은 하나님께 직접 들었다. 내가 그 빌어먹을 저주를 받을 때 직접 들은 예언이다. 물론 일부분이지. 나머지는 천년의 예언 안에 있다. 그러니 같이 꺼내 놓으면 아리를 잡을 수 있다. …이세벨."

옛뱀의 말이 나오자 갑자기 광풍이 불어왔다. 눈을 뜨기 어려운 바람이 불더니 광활한 밀밭을 휩쓸고 다녔다. 광풍에 흔들리는 밀들은 자글거리는 소리를 허공으로 질렀다.

눈을 뜨기 어려운 폭풍에 박수의 몸이 흔들렸다. 그러자 이상하게도 4개의 눈동자가 빠르게 돌았다. 박수의 몸도 중심을 잡지 못하고 뒤뚱거리며 어색하게 돌았다.

눈을 뜨기 어려운 옛뱀은 한 발 뒤로 물러났다. 고개를 비스듬히 돌리며 박수를 보았다. 옛뱀의 눈에 비친 박수는 이상했다. 갈팡질팡하는 몸은 곧 넘어질 듯 위태로웠다. 입은 비뚤어지고 팔 다리는 따로 놀았다.

박수의 입이 마비 온 것처럼 뒤틀어지더니 이상한 소리들이 한꺼번에 새어나왔다.

"안 돼. 천년의 예언은 나의 생명과도 같다."

"개에게나 줘버려. 그깟 예언이 무어라고."

서로 다른 말과 서로 다른 목소리. 옛뱀의 눈은 더욱 가늘어졌다.

"싫다. 싫어 줄 수 없다."

"줘 버려. 아리에 대한 예언이다. 그러니 바꾸는 게 이득이다."

미친 듯 불어대는 광풍에도 지지 않을 만큼 큰 목소리가 박수의 목구멍으로부터 터져 나왔다.

"옛뱀을 어찌 믿나?"

"믿지 않아도 천년의 예언은 아깝지 않다."

"그래도 안 된다."

"좋게 말할 때 주어라. 아니면 강제로 뺏겠다."

"어디 뺏을 수 있으면 뺏어 보아라. 나의 몸에 들어왔다고 머릿속까지 들여다 볼 수 있는 건 아니다. 그러니 일찍 포기해라. 나에게는 천년의 예언이 내 목숨을 보증해주는 유일한 친구와도 같다."

박수 안에서 마구잡이로 싸우는 귀신들을 보며 옛뱀은 흥미롭게 보고 있었다. 바로 그때, 예상치 못한 일이 일어났다. 박수의 오른팔이 박수 자신의 오른 얼굴로 날아들었다.

"어!"

박수가 외마디 탄식을 지르며 몸을 돌리려 했지만 번개 같은 손놀림을 피할 수는 없었다.

퍽. 퍽.

풍선이 터지는 소리가 나며 박수의 오른쪽 눈에서 피가 분수처럼 솟구쳤다. 그와 동시에 박수가 내지르는 단말마의 비명이 밀밭 전체를 들썩였다.

"으악, 으악, 악!"

박수는 비명을 지르며 펄펄 뛰었다. 바닥을 구르다가 벌떡 일어나서는 이리저리 뛰면서 소리를 질렀다. 박수의 비명이 밀밭에 퍼지자, 광풍이 더욱 거세게 불었다. 옛뱀은 순식간에 일어난 일에 너무 놀랐다.

"헉."

옛뱀이 헛바람을 들이켰다.

'진정 악하구나.'

박수의 오른쪽 손가락에는 박수의 눈동자 두 개가 피를 흘리며 꽂혀있었다. 박수는 땅을 뒹굴며 비명을 질렀다.

"내 눈, 내 눈, 내 눈 아!"

죽을힘을 다해 지르는 비명소리 사이로 이세벨의 싸늘한 목소리가 들렸다.

"그러기에 좋게 말할 때 말을 들었어야지. 한 번만 더 내 말을 어기면 그때에는, 아예 네놈의 명줄을 끊어 놓으리라."

이세벨의 말은 단호했다. 그러나 박수의 비명은 그칠 줄 몰랐다.

"이제 알았으면 입 다물고 조용히 있어라. 다음은 너의 귀를 멀게 할 수도 있다."

이세벨이 날카로운 소리를 질렀다. 그러자 박수는 거짓말처럼 비명을 그쳤다. 박수의 오른쪽 얼굴에 미소가 피어나왔다.

"하하하. 좋아. 그래야지 착하지. 이제 이 몸의 주인은 나 이세벨이야. 박수, 그렇다고 억울해 할 필요는 없겠지? 나, 천하에서 가장 아름다운 이세벨이 비천한 박수, 네놈의 주인이니… 영광으로 알면 된다."

이세벨은 피를 흘리는 오른쪽 눈을 떨리는 왼손으로 눌렀다. 그리고는 오른손가락에 꽂혀있는 박수의 눈 2개를 미련 없이 바닥으로 버렸다. 그리곤 오른발을 들어 서서히 밟았다.

퍽. 퍽.

작은 소리지만 옛뱀은 심장이 떨리며 오싹했다. 이세벨은 왼편 얼굴에 남은 두 개의 눈으로 옛뱀을 보았다.

"옛뱀, 너무 많은 걸 알아. 죽일까? 아니면 살릴까?"

사악한 이세벨은 옛뱀에게 천천히 걸어왔다.

"악녀 이세벨, 과연 너의 근본이 누구기에 이리도 악할까? 오늘 잘못하다가는 살벌한 이세벨의 손에 죽을 수도 있겠는 걸. 하지만 박수의 말이 나를 살리겠구나. 박수의 말대로 천년의 예언을 아는 자는 죽지 않는다더니 그 말이 맞아. 나에게 있는 아리의 예언이 나의 목숨에 보증수표가 될 줄이야. 하하하."

"과연, 그럴까?"

이세벨이 한 발 더 가까이 왔다.

"확인을 원한다면 그리 해줄 수도 있지."

옛뱀도 마주 기어갔다. 이세벨은 목을 걸고 마주 오는 옛뱀을 보며 갑자기 크게 웃었다.

"하하하. 하하하. 하하하."

순식간에 밀밭 전체가 들썩였다. 이세벨의 몸에서 사악한 기운이 폭풍처럼 뻗어나갔다. 이세벨의 웃음소리가 옛뱀의 귀를 관통했다. 옛뱀은 제자리에 서 있기도 어려웠다.

'박수와 이세벨이 이처럼 강했던가? 이상한 일이다.'

옛뱀은 믿기지 않았지만 할 수 없었다. 눈앞에서 보는 이세벨은 가히 폭풍이었다. 폭풍 가운데 이세벨의 음성이 들렸다.

"네놈 먼저 예언을 하라."

옛뱀의 몸이 떨렸다. 뼈 속 깊이 얼어버린 것 같았다. 옛뱀은 마지막으로 피를 울컥 쏟고는 그 자리에서 똬리를 틀고 앉았다. 이세벨도 스르르 그 자리에 앉았다.

옛뱀이 숨을 크게 들이켰다.

잠시 후, 옛뱀은 분명하게 말했다.

"시간이 지나면 잊어버리는 예언은 사양한다. 내가 준 눈은 시간이 지날수록 잘 보인다. 그러니 잊어버리지 않는 예언을 말해야 한다."

이세벨도 단호하게 말했다.

"나는 모르는 일이지만 앞으로는 그런 일 없다. 박수는 분명히 천년의 예언을 주었다고 하니 네놈이야말로 네놈의 그 돌대가리로 까먹지 마라."

"나는 분명히 말했다. 예언에 장난을 치지 마라. 만약에 이번에도 그런다면 정녕 용서하지 않겠다."

옛뱀은 말을 마치고 눈을 감았다. 이세벨도 긴장한 얼굴로 앉아서 움직이지 않았다. 그러자 신기하게도 밀밭이 조용해졌다. 미쳐 불어대던 바람도, 뽑힐 것처럼 흔들리던 밀 이삭도 모두 조용해졌다. 광활한 밀밭은 이제 진공상태에 빠졌다.

여자의 후손은 네 머리를 상하게 할 것이요
너는 그의 발꿈치를 상하게 할 것이니라

이곳은 광풍이 몰아치는 밀밭이었다.

2일 후, 유브라데 강 상류 언덕 위 절벽

옛뱀은 단단히 마음을 먹었다. 심호흡을 여러 번 했다. 하지만 옛뱀의 마음은 흔들렸다.

'다시 나오지 못할 수도 있다. 이 길로 영원히 돌아오지 못할 수도 있다. 하지만 이 길만이 살 길이다. 박수의 예언대로라면… 아리가 그곳에 있다.'

옛뱀은 신중했다. 눈을 감고 다시 모든 걸 짚어보았다. 큰일을 하기 전에 하는 옛뱀의 오래 된 습관이었다. 박수와 이세벨이 같이 말해준 예언은 아무리 생각해도 알 수 없었다. 대략의 의미는 알겠지만 정확하게 무언지는 몰랐다. 신중한 옛뱀은 다시 한번 되짚어 보았다.

'아하. 세상의 악한 것들은 죄다 모였구나. 어린 그는 동쪽 끝 스발로 가리니 스발은 무저갱과 하나구나. 영악한 그는 이제 무저갱으로 들어가리니 나머지는 부활의 그때에 다시 만나리라. 그러나 조심하여라. 길에서 만

나는 그는 진정 악하니 그와 같이 다니지 말며 그와 같은 길을 걷지도 말라. 분명히 말하였노라.'

옛뱀은 난해한 박수의 예언을 되새겼다.

'이 예언도 시간이 지나면 기억이 가물거린다. 왜 그런지 모른다. 하지만 이제 믿을 건 그것 밖에는 없다. 잊어버리기 전에 움직이자. 아리를 만나기 위해 나는 무저갱의 길을, 박수는 동쪽 아시아의 길을 택했다. 지금 가지 않으면 내가 살길은 영원히 없다. 여자의 후손을 죽이지 않으면 나는 이미 죽은 목숨이다. 가서 죽든지 살든지 아리를 만나보자. 아리에게 답이 있을 것. 이게 마지막 도박이니 후회는 없다. 오히려 곤비한 나의 삶에 마지막 고난이 되기를 바랄 뿐이다. 가자, 사탄이 갇혀있는 저 무저갱으로.'

옛뱀은 눈을 감았다. 코로 이 좋은 세상의 마지막 향기를 들이마셨다. 옛뱀은 눈을 감은 채로 스르르 미끄러졌다.

'자유가 이런 거구나.'

옛뱀은 태어나서 처음으로 자유를 느꼈다. 이 순간만큼은 사탄과 박수와 악마와 마귀, 이세벨까지 모두에게서 자유로웠다. 심지어 옛뱀은 잡아당기는 중력에게서도 자유로웠다. 순종을 하니 새로운 게 보였다. 옛뱀은 한 번도 남의 입장이 되어 보지 않았지만 지금껏 자신에게 죽어간 수많은 영혼들도 마지막은 이랬으리라는 생각이 들었다.

눈을 감은 옛뱀은 물이 텅 비어버린 유브라데로 떨어졌다. 조금이라도 힘을 주면 안 된다는 박수의 말에 온몸에 힘을 빼고 떨어져 내렸다. 옛뱀은 바닥에 부딪혀 머리가 깨지고 몸이 부러지는 환상을 보았다. 하지만 공포를 이기려고 일부러 힘을 빼고 다른 생각을 했다.

'한나의 얼굴이 떠오른다. 아….'

생각은 짧았고 자유도 짧았다. 드디어 옛뱀은 짧은 자유낙하를 마치고 유브라데로 떨어졌다. 두개골이 으스러지고 피가 튀는 상상을 했다.

떨어져 내리던 옛뱀의 몸이 갑자기 무언가에 걸려서 둥둥 떠버렸다. 옛뱀은 놀라 둘러보았다. 아무것도 보이지 않았다. 이상했다. 물은 없는데 마치 물에 떠있는 것 같았다. 더 이상 떨어지지 않고 옛뱀의 몸을 무언가가 잡았다.

'어떻게 이런 일이?'

그렇게 이상하다고 생각할 무렵, 갑자기 엄청난 속도로 가라앉았다. 가라앉는 것이 아니라 빨려 들어가는 것 같았다. 순식간이었다. 눈을 뜰 수도 없는 속도였다. 옛뱀은 그제야 박수의 말이 무슨 의미인 줄 알게 되었다.

"네놈은 엄청나게 빨리 떨어지겠지. 그 누구보다도 빨리 떨어질 거야. 후후후……."

"그게 무슨 말이냐?"

"네가 일등이라고."

"나쁘지 않군."

"미친 놈. 일등할 걸 해야지."

"아니야. 이왕 하는 거, 일등이 좋아."

"그렇다면 할 수 없지. 하여간 빨리 떨어질 거야."

"그건 왜 그렇지?"

"그건 다 자기가 지은 죄의 무게 때문인데… 죄가 무거울수록 무저갱으로 가는 시간도 빨라지지. 네놈은 워낙 지은 죄가 많으니……."

"……."

"후후, 무슨 말인 줄 모르는군. 하긴, 가장 좋은 교육은 체험이라 했으니 그냥 가 봐. 그럼 알 거야. 유브라데… 진정 비밀이 많은 곳이지. 안 그래?"

옛뱀은 박수의 예언에 혀를 내둘렀다. 하지만 감탄만 하고 있을 겨를이 없었다. 너무나도 강한 힘이 죄의 무게가 많이 나가는 옛뱀을 끌어당겼다.
'거부할 수 없는 힘이다.'
깊고 깊은 유브라데로 빨려 들어가는 옛뱀은 저도 모르게 큰소리를 질렀다.
"으— 아 아 악!"

"옛뱀이 온다. 이리로 온다."
"미친 놈. 옛뱀은 아리를 찾으러 갔다."

"아리는 거쳐 가는 과정일 뿐. 결국 목적지는 네놈이겠지."
"우리겠지."

"후후 와보면 알겠지."
"얻을 게 있을까? 우리 신세를 보면 후회할 텐데."

"옛뱀은 손해 보는 장사는 안 한다. 살면서 배운 지혜, 실전 지혜라고나 할까?"
"하나만 알고 둘은 모르는 소리 마라. 옛뱀은 우리에게 얻으러 오는 것이 아니야."

"그럼? 우리에게 주러 온다는 말이냐?"
"이 단순한 바보야 옛뱀은 우리를 이용하러 온다."

우리엘이 아리를 데리고 만정을 빠져나온 후

만정에서 극적으로 아리를 구한 우리엘은 시공간의 중간지대 안에 갇히고 말았다. 우리엘이 시공간의 막대기로 시공간의 터널을 열었지만 시공간의 터널이 만정의 피를 만나면서 중간에 휘어져버렸다.

만정의 피는 시공간의 막과는 상극이었다. 악한 만정의 피는 직선으로 열리는 시공간의 터널을 계속 밀어서 휘도록 만들었다. 그래서 우리엘은 아리와 함께 이상한 시공간에 머물게 되었는데 그 공간은 시공간의 막과 다른 막 사이의 버려진 중간지대였다.

사실 그곳은 아리에게는 익숙한 공간이었다. 아리가 동궁에서 아기 진달래를 먹으며 지낸 공간도 바로 시공간의 중간지대였기 때문이었다. 동궁의 늙은이들은 절벽 안에 존재했기 때문에 공간이 없었다. 하지만 세월이 지나면서 시공간의 막과 막 사이의 공간을 찾아낸 동궁의 늙은이들은 그 은밀한 공간에 중요하고 소중한 것들을 몰아넣었다.

악한 사탄의 피로 만들어진 시공간의 중간지대는 동궁의 악령들의 집과도 같았다. 시공간의 중간지대는 시공간의 막대기로 자유롭게 들락거릴 수 없었다. 시공간의 막이 2중으로 겹쳐있어서 뚫기 어려웠다. 게다가 악한 피로 덧칠이 되어 있었기 때문에 시공간의 막대기로는 절대로 열리지 않았다. 오로지 그 공간을 지배하는 두목의 허락이 있어야만 문이 열리고 나올 수 있었다.

시공간의 중간지대는 또 여러 공간으로 나누어져 있었다. 그 공간마다 두목이 있었는데 그 두목은 그 공간에서 가장 강한 피를 가진 악령이었다. 아리와 이세벨 그리고 악한 영과 박수의 몸은 시공간의 중간지대에 갇혀

있었다. 악한 영혼만 다른 몸을 빌어서 밖으로 나갈 수 있었다. 동궁의 악독한 늙은이들은 사람의 몸과 영혼을 분리하고는 몸은 중간지대에 가두고 영혼만 밖으로 내보냈다. 하지만 쪼개진 영혼의 파편들도 중간지대에 남아있었다. 그래서 그 영혼의 파편들은 시공간의 중간지대에서 두목이 되었다.

우리엘과 아리는 두 개의 중간지대가 쌍둥이처럼 마주한 공간으로 들어갔다. 그 공간은 만정의 지하에 붙어있었는데 만정의 강력한 피를 이용해 매우 견고한 공간이었다. 우리엘과 아리는 그곳에서 아리의 쪼개진 영혼과 이세벨의 쪼개진 영혼을 만나게 되었다.

동궁의 늙은이들은 잔인했다. 동궁의 늙은이들은 어린아이들을 잡아와서 극한의 고통과 공포를 주었다. 그렇게 공포의 시간이 지나면 어린아이들의 영혼을 쪼갤 수 있었는데 쪼개진 영혼은 하나가 죽으면 나머지 영혼도 같이 죽었다. 쪼개진 영혼 중에서 하나는 사탄에게 주어 세상으로 보내고 나머지 반쪽의 영혼은 시공간의 중간지대에 가두어 버렸다.

아리는 영혼이 완전히 분리되기에는 너무나도 어렸다. 누나인 수영의 피를 먹고 자랐지만 어린 아리는 악해지지 않았다. 그냥 둘로 쪼개졌지만 불완전한 상태였다. 그래서 동궁의 늙은이들은 아리의 쪼개진 반쪽 영혼을 미친개와 들개들과 섞어서 하나의 영혼처럼 세상으로 내보냈다. 하지만 이세벨은 이미 완벽하게 영혼이 쪼개진 상태였는데 시공간의 중간지대에 가두어 놓은 영혼은 어린 수아의 영혼이었고 세상으로 나간 영혼은 한이 뼛속 깊이 맺힌 이세벨의 영혼이었다. 우리엘과 같이 시공간의 중간지대로 들어간 아리는 나머지 반쪽 영혼을 만나서 하나가 되었다.

만정에서 극적으로 살아남은 이세벨은 박수와 하나가 되었다. 옛뱀과 헤어진 이세벨은 혹시나 아리를 찾을 수 있을까 생각하고는 만정으로 돌아왔다. 이세벨은 마몬의 동굴에서 살아남은 귀신의 영들을 데리고 아리를 죽이려고 다시 만정의 지하로 찾아들어갔다. 그곳에서 박수의 무령과 이세벨이 힘을 합쳐서 중간지대의 두꺼운 막을 찢어버리고 들어갔다.

우리엘의 강력한 힘으로 만정이 죽자 숨겨져 있던 중간지대의 막이 찢어져서 입구가 드러나 있었기 때문이었다. 이세벨은 그곳에서 쪼개진 숨겨진 수아의 영혼을 만나게 되었다. 이세벨은 수아의 영혼과 눈물로 하나가 되었다.

박수와 이세벨은 다시 우리엘과 만나게 되었다. 하지만 막강한 우리엘에게서 아리를 빼앗을 수 없었다. 우리엘은 정신을 잃은 아리를 데리고 중간지대를 탈출하였다. 수아의 영혼과 하나가 된 이세벨은 박수의 예언을 따라 동쪽으로 갔다. 이세벨은 아리를 찾아 죽이기 위해 예언이 말하고 있는 동방의 백두산으로 먼 여행을 떠났지만 수아는 어린 동생 아리를 찾기 위해 백두산으로 갔다.

우리엘은 천신만고 끝에 시공간의 중간지대를 나왔는데 그곳에는 두발가인과 에노스가 우리엘을 기다리고 있었다. 우리엘은 아리를 에노스에게 넘기고 시공간의 막에 묶인 채로 에덴으로 가게 되었다. 그러나 에노스는 슬며시 우리엘을 풀어주고는 꼭 한나와 같이 돌아오라 말한다. 우리엘은 한나를 찾으러 다시 기나긴 여행을 시작했다.

아리의 아버지 키메라는 바벨론과의 전쟁에서 아합의 군대를 전멸시켰지만 너무나도 많은 피를 흘리게 되었다. 그 과정에서 그림자괴물들도 많이 죽게 되었는데 그 일로 그림자괴물들은 키메라를 원수로 여기고 키메라와 그의 아들 아리를 죽이기 위해 혈안이 되어 아리의 뒤를 쫓았다. 키메라는 자신이 저지른 죄를 씻으려고 동쪽의 백두산으로 이주하게 된다.

백두산에서 키메라는 아들 아리의 악을 없애고 아리를 살리기 위해 스스로 죽음을 택하게 되었다. 키메라가 아리의 악을 모두 걸머지고 죽자 여호수아는 아리의 악을 거울의 방에서 없애버린다.

아리는 어린아이로 돌아가 악을 모르는 아이가 되었다. 하지만 세상의 모든 귀신들은 아리를 찾아 백두산으로 몰려들었는데 여호수아는 아리를 아무도 모르는 곳으로 옮기기 위해 은밀한 시공간을 하나 만들었다. 그리고는 이름을 키메리안의 마을이라 불렀다. 그 공간은 이리저리 무작정 옮겨 다니는 시공간이었다. 여호수아가 시공간을 끄는 소를 방목했기 때문인데 그렇기 때문에 키메리안의 마을은 소가 가는 곳으로 매번 이동하게 되었다. 그래서 그 이후로 아리가 있는 키메리안의 마을은 아무도 찾을 수 없었다.

무저갱

시간의 생물 에노스가 일생을 바쳐 만든 감옥이었다. 에덴의 전쟁에서 불의 사슬로 사탄을 결박하여 넣은 무저갱, 그 무저갱에는 두 가지가 없었다. 하나는 바닥이 없었고 또 하나는 선한 영혼이 없었다.

바닥이 없는 무저갱은 끝없이 추락했다. 밑도 없고 끝도 없었다. 아래로 가면 더 아래가 있고 밑으로 가 보았자 그보다 깊은 밑이 있었다. 그건 당연했다. 무저갱은 아주 기다란 원형 도로와도 같았다. 돌고 돌아도 결국 제자리로 왔다. 여호수아가 고안하고 에노스가 만든 무저갱은 단면으로 자르면 아주 커다란 원과 그보다 조금 작은 원 사이에 있었다. 그 원들은 각각 서쪽 절벽과 동쪽 절벽이라 불렀다. 무저갱에서 중력은 두 절벽 사이로 작용했다. 그래서 무저갱에서 추락하면 끝없이 원을 그리며 돌았다. 하지만 무저갱은 그렇게 단순하지만은 않았다. 입체적으로 보면 무저갱은 커다란 항아리와 그보다 조금 작은 항아리가 겹쳐있는 구조였다. 그 항아리들이 바로 무저갱의 절벽들이었다. 그래서 무저갱에서 절벽을 따라 어디로 가든지 역시 마찬가지로 끝이 없었다. 한마디로 무저갱은 끝이 없는 공간이었다.

무저갱에 직접 들어가 보면 그 규모가 상상을 초월했다. 한없이 크고 깊은 공간에 바닥이 없었다. 아무리 내려가도 끝이 없는 공간 양 옆으로, 어마어마하게 커다란 절벽 두 개가 마주 보고 있었다. 절벽의 시작과 끝도 알 수 없었다. 이쪽 절벽에서 저쪽 절벽까지의 거리도 짐작할 수 없을 만큼 멀었다. 마치 서로 다른 두 세상처럼 어마어마하게 큰 두 개의 절벽이 서로를 무심하게 마주 보고 있었다. 양쪽 절벽으로는 수많은 동굴들이 입을 벌리고 있었다. 한 사람이 겨우 기어 들어갈 정도의 작은 동굴부터, 산 하나가 들어갈 정도로 큰 동굴도 보였다. 광대한 수직 절벽에 뚫린 동굴은 그 수를 셀 수도 없었다.

악한 영혼들을 절망하게 하는 건 끝없는 추락만이 아니었다. 악령을 좌절시키는 것은 바로 영혼마저 태워버리는 불이었다. 어디서부터 오는지 몰랐다. 사방 어디를 가든 뜨거웠다. 죄를 소멸시키고 태우는 불은 쉬어가는 법도 봐주는 법도 없었다. 모든 것이 뜨거웠고 괴로웠다. 불타는 고통에 죽을 것 같았지만 불에 데고 익은, 육과 영의 상처는 늘 바로 아물었다. 아물면 다시 몰려드는 불의 고통. 고통 속에 살아가는 악한 영혼들은 속이 다 타버리고 절망만이 남은 껍데기였다. 무저갱의 삶은 죽기보다 못한 저주 그 자체였다.

　뜨거운 돌이 달궈진 돌보다 시원했다. 녹아내리는 화강암의 진액은 달궈진 돌마저 녹였다. 쇠가 녹고 철이 끓어서 김이 나는가 싶더니 불의 열기가 그 김을 삼켰다. 그러고는 지옥의 열기 사이로, 녹아내린 돌들의 증기가 다시 오르고 그걸 삼키는 불은 모든 것을 태워 녹였다.
　절망의 땅, 불의 땅에서 세월에 지친 옛뱀이 달궈진 돌 위를 기어가고 있었다. 꿈틀거리며 앞으로 갈 때마다 타들어 가는 배의 기죽은 누렇게 타다가 다시 아물었다. 굳은살이 타들어 가면 늘 새로운 살이 돋아나왔다. 창자를 태우는 극한의 고통이었다. 고통 속에 악다문 입을 비집고 나오는 신음소리마저 불에 타서 재가 되었다. 전신에서 쏟아져 나오는 땀은 나오자마자 살을 찌르는 까칠한 소금이 되었다.

얼마인지 모를 시간이 흘렀다

　옛뱀은 지쳤다. 천년이 흘렀는지 만년이 흘렀는지 알 수 없었다. 세월을 잊어버리는 건 희망을 잃어버리는 것과 같았다. 무저갱에서의 시간은 고문하는 도구였다. 그러나 본능만큼은 살아있었다. 시간이 흐르고 예언의 그때가 다가오는 걸 알았다. 하지만 시간이라는 영화는 예고편이 없었다.
　'아리는 이미 죽었을 시간이다.'
　아리를 생각하면 잠이 오지 않았다.
　'여자의 후손… 진정 두려운 이름이다. 처음에는 한나가 예언의 여자인 줄 알았다. 하지만 한나와 뱃속의 아이는 죽고 없다. 그렇다면 이제 키메라의 아들이 여자의 후손이다. 만정에서의 아리는 이세벨과 황충과 미친 개가 먼저 차지하려고 몰려드는 힘의 근원과도 같다. 이세벨은 리워야단과 관련이 있고 황충의 기원은 사탄이다. 미친개는 동궁의 대리인이니, 그렇다면 악의 근원들이 모두 아리를 탐하고 있는 셈이다. 게다가 키메라는 사람이 아니니… 아리가 여자의 후손일 가능성이 가장 높다.'

옛뱀은 만정 이후로 여자의 후손 아리를 잡아 죽이려고 유브라데를 통해 무저갱으로 들어왔다. 하지만 자신의 머리를 상하게 할 여자의 후손 아리는 고사하고, 아리의 그 씨도 보이지 않았다. 아무리 열심을 다해 돌아다녀 보아도, 보이느니 귀신의 영들이요 악한 사탄의 졸개들이었다. 인간의 세상에서 분초를 쪼개 생활하던 옛뱀으로서는 천금과도 같은 시간이 아깝게 흘러갔다.

본능적으로 기다릴 줄 아는 옛뱀이지만 그에게는 세월이 흐르는 게 가장 안타까웠다. 더군다나 무저갱은 갈수록 뜨거워졌다. 걸음을 내디딜 때마다 숨이 막히고 힘이 들었다. 먹을 것도 별로 없는 이곳에서 옛뱀은 귀신의 영들을 잡아먹으며 근근이 살아가고 있었다.

그러던 어느 날, 생각지도 않은 어느 날이었다. 옛뱀은 여느 때처럼 땅 밑으로 은밀하게 돌아다녔다. 뜨거운 땅속은 가뜩이나 힘든 옛뱀에게 있어서 고난의 형무소였다. 혀를 내밀어 바싹 타들어가는 입술을 적셨다. 어김없이 몰려드는 극한의 고통을 참으며 기어가던 옛뱀의 귀로 작은 소리가 들렸다. 예민한 옛뱀의 귀는 본능적으로 주위의 소리를 빨아 당겼다.

'뱀족?'

뱀족의 언어가 들렸다. 반가운 생각이 들었다. 그러나 이곳은 사탄의 땅이었다. 조심성이 많은 옛뱀은 몸을 숨긴 채 진동을 감지하는 귀를 열었다.

"들었어?"

"뭘?"

"키메라에 대한 이야기 말이야."

옛뱀의 뒷목이 쭈뼛 섰다.

"아니 못 들었어. 근데 키메라는 이미 죽었잖아?"

"그래 죽었지. 하지만 그림자괴물들은 아직도 잊지 않고 있다는 거야."

"뭐를 잊지 않아? 키메라를 그리워한다는 거야?"

"아니 그 반대야. 키메라라고 하면 이를 간대."

"그래? 이상하네. 키메라가 그림자대왕이 아니었나? 왜 그러지?"

"너 정말 모르는 구나. 예전 키메라의 전쟁에서 키메라 때문에 전멸당할 뻔했잖아?"

"정말? 처음 듣는 얘기야."

"그래서 이번에 그림자괴물을 다 소집한대. 수다를 열려고 하나봐."

"수다는 누가 소집한대?"

"고라가 없으니 그 다음 놈이겠지. 하여간 걔들 완전 난리야. 원수 갚는다고."

"원수를? 키메라는 이미 없어졌는데 누구한테 원수를 갚는다는 거지?"

"키메라의 아들 아리래. 키메라가 없으니까 아들에게 화풀이를 하겠다는 거지."

아리라는 말에 옛뱀의 심장이 세차게 뛰었다.

"아 그렇구나. 그러면 이곳 무저갱에 아리가 있는 모양이지?"

"그건… 그런 거 같기도 하고 아닌 거 같기도 해. 아까 살짝 듣기로는 아리가 있는 곳을 알아냈다나… 아니면 알아낸다나… 하여간 그래서 모이는 거라고 하더라고."

"어디서 모인대?"

"그게 남쪽 어디라고 하던데… 뭐라더라……."

그때였다. 악. 짧은 비명이 들리고 몰라서 물어보던 뱀족이 허공으로 솟구쳤다가 땅으로 곤두박질 쳐졌다. 아리의 이름을 입에 담던 뱀족은 너무나도 놀랐다. 바로 옆에 목이 꺾여 죽어 나자빠진 동료의 모습이 보였다. 정신이 아득했다. 너무나도 빨라 아무것도 볼 수 없었다. 덜덜 떨면서 두리번거리다가 눈 하나와 마주쳤다. 사악한 뱀의 얼굴이 보였다. 그리고 지옥의 음성이 들렸다.

"수다는 어디서 열리나?"

여기는 지옥의 땅 무저갱이었다.

며칠 후, 무저갱 남쪽 절벽 아래 가장 깊은 곳

옛뱀은 무저갱에서도 가장 깊은 동굴 입구에 몸을 숨겼다. 신중한 옛뱀은 어느 곳에서든지 천천히 움직였다.

'그림자들의 수다가 시작되려면 아직 한 달이 남았다. 하지만 예민한 그림자들의 시선을 피하려면 지금부터 숨어있어야 한다.'

옛뱀은 그림자들의 수다가 열리기로 한 동굴로 미리 숨어들기로 했다. 워낙 조심성이 많고 은밀히 움직이며 극도로 예민한 본능을 가진 그림자들을 속이려면 이 방법 밖에는 없었다. 옛뱀이 숨으려고 맘만 먹으면 찾을 수 없었지만 그래도 상대는 그림자괴물들이었다. 땅 밑에서 은밀하게 다니고 숨는 데에 둘째가라면 서러워할 그들이었다. 옛뱀은 어느 때보다도 더 긴장의 끈을 놓지 않고 숨을 죽이고 어둠 속에 숨었다.

'수다가 나에게 마지막 기회다. 미친놈처럼 지옥을 제 발로 걸어 들어왔지만 결국… 아리를 찾을 단서를 잡는다면 한 달이 아니라 백 달도 참을 수 있다.'

옛뱀은 지난 세월이 주마등처럼 지나갔다. 여자와 아담을 만나던 그때, 저주를 받던 그때, 박수와 밀밭에서 만나던 그때, 그리고 달의 제국을 탈출하던 때, 모두 괴로운 기억뿐이었지만 지금 이 순간만큼은 그 모든 것을 잊었다. 옛뱀은 숨을 길게 들이마셨다. 뜨거운 기운에 폐가 터질 것 같았지만 살아남기 위해 참고 들이마셨다.

'그림자가 될 시간이 되었다. 그림자를 만나기 위해 나 역시 그림자가 된다.'

옛뱀은 자신 안에 살아 움직이는 모든 것을 죽였다. 심장도 죽였다. 징 그러운 몸을 돌아다니는 차가운 피도 멈추었다. 코로 내쉬는 호흡은 이미 사라졌다. 옛뱀은 극도로 민감한 영혼의 촉만 남기고 모두 죽였다. 그리고 는 꽃잎 사이를 오가는 산들바람이 되어 동굴 안으로 미끄러져 들어갔다. 그리고는 아무것도 남지 않았다.

한 달 뒤

어두운 동굴은 아무것도 없었다. 해가 비치지 않는 무저갱에서도 가장 깊은 곳으로는 빛 한 점 들어오지 않았다. 아무것도 없었고 아무것도 보이 지 않았지만 이곳 남쪽 벽 아래 깊은 동굴에서는 이상한 기운으로 가득 차 있었다. 곧 터질 것 같은 기운은 널찍한 동굴의 바닥과 벽 그리고 천정을 밀어낼 것처럼 가득 차 있었다.

터질 것 같은 동굴을 지나 앞으로 가면 비교적 너른 광장이 나오고 그 광장 한가운데에 커다란 샘이 있었다. 마치 얼어붙은 호수처럼 잔잔한 샘 은 아무리 보아도 이상했다. 모든 것이 절절 끓는 무저갱에 끓지 않는 고 요한 샘은 어울리지 않았다.

하지만 고요한 샘 주위는 비교적 온도가 낮아서, 다른 곳에 있다가 이곳 으로 가까이 오면 시원하게 느껴졌다. 극한 환경인 무저갱에서도 숨 쉴만 한 공간은 있었던 것이다.

그러던 어느 순간, 고요하던 샘 주위에서 갑자기 자글거리는 작은 소리들이 터져 나왔다. 조용하던 동굴이 자글자글 작은 소리들과 그 소리들의 메아리들로 가득 찼다. 귀청이 따가웠다. 작지만 수를 셀 수 없는 소리들은 저마다 하고 싶은 이야기들을 하고 있었다. 한참을 그러더니 고요한 샘 뒤로부터 낮고 무거운 소리 하나가 깔렸다.

"키메라의 아들 아리를 찾았는가?"

중저음의 소리가 울리자 자글거리던 작은 소리들이 거짓말처럼 멈추었다. 그리고는 샘 앞의 바닥으로부터 무언가 희미한 어른거림이 나타났다. 바람에 일렁이는 촛불의 움직임처럼 불규칙하게 흔들리는 어른거림은 작은 반딧불 밝기 같아서 알아볼 수 있었다. 빛 한 조각 없는 동굴에 희미하나마 알아 볼 수 있는 빛이 나타났다. 그리곤 말을 하였다.

"찾았다."

일렁이는 빛이 말을 하자 다시 자글거리는 소리가 온 동굴을 뒤흔들었다. 그러나 샘 뒤로부터 다시 말이 들리자 씻은 듯이 조용해졌다.

"어디인가?"

잠시 적막이 흐르고 반딧불처럼 일렁이는 어른거림 옆으로 더 크고 환한 어른거림이 나타났다. 그리고는 더욱 커다란 목청으로 말했다.

"오늘은 모르지만 내일은 알 수 있다."

다시 자글거리는 소리가 온 동굴을 뒤덮었다.

쾅. 탁자를 내리치는 것 같은 커다란 소리가 나자 자글거리는 소리는 다시 들리지 않았다.

"다들 조용히 하라. 아비람, 무슨 말인가?"

아비람이라 불리는 자는 나중에 나타난 더 밝은 어른거림이었다. 아비람 역시 형체가 없어서 이리저리 흔들리며 말했다.

"아리가 숨어있는 키메리안의 마을은 움직이는 시공간이다. 뿌드득, 아마도 여호수아 그 간교한 놈이 만든 것 같은데 얼마나 머리를 썼는지……."

아비람이 잠시 말을 끊었다. 아마도 끓어오르는 울분을 참는 것 같았다.

"오늘 있는 곳이 다르고 내일 정착하는 곳이 다르다. 원칙도 없고 제 멋대로 아무 곳에서나 짐을 푸는 망아지와 같지. 그렇게 시공간이 하루에 한 번 움직이니까 그 마을이 있는 곳을 아무도, 알아낼 수 없었다. 하지만 우리가 누구인가? 어둡고 은밀한 지하의 지배자 아닌가? 하하하."

말을 잠시 끊었다가 다시 말했다.

"우리 위대한 그림자들이 죽을 고생을 하며 마침내 알아냈다. 흐흐흐. 그 빌어먹을 키메리안의 마을은 몇 가지 원칙에 의해서 움직인다."

아비람이 침을 삼키는 것처럼 움직였다. 그러더니 말을 이어갔다.

"첫째, 키메리안의 마을은 애벌레가 낳은 알과 같아서 어딘가에 붙어 있어야 한다. 이 무저갱에 붙어있든지 아니면 깊음의 근원에 붙어있든지 해야 한다는 말이지. 그렇지 않고는 생존할 수 없는 시공간인 거야. 우리 무저갱에 붙어 있는 날이 하루 있으면 다음 날은 깊음의 근원에 붙어야 한다. 그렇지 않고 우리 무저갱에 며칠 동안 붙어 있으면 너무 뜨거워서 다 타버리게 되지. 반대로 일주일만 깊음의 근원에 붙으면 모두 얼어 죽든지 익사해 버릴 거야."

동굴 안은 숨소리 하나도 들리지 않았다.

"둘째는 일년 전에 갔던 곳을 다시 가게 될 확률이 반 정도 된다. 왜냐하면 키메리안의 마을을 움직이는 빌어먹을 시간의 소들이 풀을 먹으려고 다니다보니 그렇게 된 거다. 소들이 엄청 많이 먹어서 한 번 소들이 지나간 자리는 풀의 씨가 마르는데 그 풀이 다시 자라는데 일년이 걸리기 때문이다. 키메리안의 마을이 오늘은 깊음의 근원으로 열리겠지만 내일은 무저갱으로 열린다. 그리고 그 열리는 곳은 바로 이곳이다."

아비람의 어른거림이 손 모양을 하며 가리킨 곳은 놀랍게도 고요한 샘이었다.

그러자 낮은 목소리가 말을 했다.

"다른 곳으로 열릴 수도 있지 않나?"

아비람이 말했다.

"그렇지… 다단 네 말대로 그럴 수도 있지. 다른 곳으로 열릴 수도 있지. 하지만 작년도 재작년도 그 전 해에도 바로 이곳에서 열렸다. 다른 곳도 아닌 바로 이곳에서. 소들은 단순해서 같은 곳에 일년에 한 번 규칙적으로 오면 계속 온다. 왜 그런 줄 아는가?"

다단이라 불리는 자가 말했다.

"이유? 그런 이유가 있는가? 나는 모르겠다."

아비람이 힘주어 말했다.

"이유는 단순하다. 그건 바로 지금 이 순간, 이곳의 풀이 맛있기 때문이다. 소들은 아무 생각이 없어서 맛있는 풀을 기억했다가 다시 오는 것뿐이다. 그러니 내일 멍청한 소들이 이곳으로 키메리안의 마을을 끌고 올 것이다. 이 샘이 소용돌이치며 열리는 그때에 우리는 우리의 원수 아리를 잡아서 고라의 원수를 갚자. 그림자들의 원수를 갚자."

아비람의 한 맺힌 말이 끝나자 갑자기 봇물 터지듯 함성이 일어났다.

"와, 와, 와."

"아리에게 죽음을."

"배신자에게 처절한 응징을."

조용하던 동굴 안은 아수라장이 되었다. 저마다 소리를 지르며 동굴 안으로 모습을 드러내는 그림자들은 제 멋대로 움직였다. 커다란 동굴의 바닥과 벽과 천정에서 일렁이는 어른거림이 수 없이 나타나서 제 멋대로 춤을 추자 광란이 따로 없었다. 그림자들의 광란의 파티는 시간 가는 줄 모르고 이어지고 있었다.

다음 날, 고요한 샘 앞

아비람과 다단이 샘 앞에 모습을 드러냈다. 그 뒤로는 수많은 그림자들이 바닥과 벽 그리고 천정에서 모습을 드러냈다. 작은 빛을 내는 그림자들이었지만 셀 수 없는 무리가 모이자 동굴 안은 대낮처럼 환했다.

"잠시 후면 고요한 샘에서 소용돌이가 생길 것이다. 그러면 그때 들어갈 수 있다. 하지만 조심해야 한다. 까불다가는 목숨을 잃을 수도 있으니."

아비람의 말에 그림자들은 숙연해졌다. 다단이 아비람의 말을 받았다.

"시간이 얼마나 있나?"

"잘은 모르지만 길지는 않다. 아마도 시간의 소들이 풀을 먹는 시간이 길면 길수록 우리에게도 시간이 많이 있을 것 같다. 하지만 들어가서 아리를 데리고 나오려면 최대한 서둘러야 한다."

"작년에는 시간이 모자라서 실패한 것인가?"

"아니다. 작년에 들어가려다가 모두 몰살당한 건 시간이 문제가 아니라 소용돌이 때문이었다. 악마의 소용돌이… 그 소용돌이는 키메리안의 마을로 가는 통로지만 만약에 누군가가 들어가려고 하면 갑자기 닫히면서 그 어떤 것이든지 가루로 만들어버리거나 잘라버린다. 작년에 우리 형제 수십 명이 그 소용돌이에 당했지. 뿌드득."

아비람이 이를 갈았다. 다단의 어른거림이 뒤를 돌아보았다. 그곳에는 수백을 헤아리는 그림자괴물들이 따로 모여 있었다. 다단은 그들을 돌아

보며 우렁차게 말했다.

"너희들은 우리의 자랑스러운 그림자들이다. 작년에 죽은 형제들의 원한까지 모두 갚아주어야 한다. 이번에는 더욱 조심해야 한다. 작은 실수라도 범하면 우리 형제들이 죽게 된다. 모두 명심하고 더욱 은밀하게 들어가야 할 것이다. 그래야만 억울하게 죽은 우리들과 고라대왕의 원한을 갚을 수 있다. 키메라가 목숨처럼 소중하게 생각했던 아리를 고문하고 죽이는 것만이 우리의 원한을 갚는 길이다."

다단의 말이 끝나자 다시 한번 그림자들의 함성이 동굴을 들었다 놓았다.

"와, 와, 와."

한참을 시끄럽게 고함을 치는 그때였다. 갑자기 고요하던 샘에서 작은 움직임이 보였다. 샘 중앙에서부터 조그마한 소용돌이가 생기기 시작하더니 점점 커지고 있는 것이 보였다. 그 순간 모든 그림자들이 숨을 죽이고 움직이지 않았다. 작은 빛을 내는 그림자들이 일사분란하게 움직이고 멈추는 모습은 정말로 볼만했다. 이제 동굴 안은 극도의 긴장 상태로 접어들었다.

모든 그림자들이 눈을 까뒤집고 보는 샘의 소용돌이는 장관이었다. 작은 소용돌이는 완벽한 원을 이루며 돌았다. 그 안으로는 시커먼 암흑이 있었는데 죽음의 빛깔 같았다. 다단과 아비람은 소용돌이를 보면서 섬뜩했지만 아리를 잡아야 한다는 일념에 이를 갈며 때를 기다렸다. 샘의 소용돌이는 점점 커지더니 커다란 아름드리 통나무가 풍덩 빠질 정도가 되었다.

아비람의 어른거림이 꿈틀하더니 팔이 하나 불쑥 나왔다. 아비람이 팔을 치켜들자 아비람 뒤에 대기하던 그림자들이 모두 긴장하며 움츠러들었다. 아비람의 팔이 내려지기만 한다면 모두 목숨을 걸고 은밀하게 소용돌이 안으로 들어가려는 그 찰나, 갑자기 무언가가 빛의 속도로 소용돌이 안으로 들어갔다.

샘의 바로 위 천정에서부터 샘 안으로 수직으로 떨어져 내린 그것은 옛뱀이었다. 옛뱀이 빛처럼 빨리 들어가자 맹렬하게 돌던 소용돌이가 반대로 돌았다. 움직이는 무언가를 감지한 소용돌이는 완벽한 원에서 타원으로 찌그러지며 괴상한 소리를 냈다.

크아아.

듣는 이의 모골이 송연해졌다. 소용돌이는 괴성을 지르며 미친 것처럼 움직였다. 다단과 아비람은 너무 당황하여 소리만 질러댔다.

"잡아라."

"잡아라. 잡아."

그러나 뒤에 서 있던 그림자들은 어쩔 줄 모르고 그 자리에서 뛰기만 했다. 하지만 키메리안의 마을로 가는 시공간의 터널은 거의 닫히고 있었다. 아비람과 다단은 발만 동동 굴렀다. 아비람의 신호만 기다리는 그림자괴물들 역시 제자리 뛰기만 하고 있었다.

이곳은 무저갱 남쪽 벽 아래 깊은 동굴이었다.

키메리안의 마을

시공간의 터널로 들어간 옛뱀은 정신을 바짝 차렸다. 시공간의 통로를 빠른 속도로 날아가는 옛뱀은 달이 뒤집히던 날이 떠올랐다. 그 안에 갇혀서 죽을 뻔 했던 기억이 생생했다. 그리고 귀신들의 수다에서 우리엘이 만들어 놓은 시공간의 통로도 생각났다. 무시무시한 힘을 가진 시공간의 통로는 인정사정이 없었다. 옛뱀은 처음부터 이를 악물었다. 처음부터 최선을 다해야만 목숨을 건질 수 있는 걸 알았다.

빠르게 날아가며 앞을 본 옛뱀의 눈에 밝은 빛이 보였다. 한 달 동안 어둠속에 익숙해진 옛뱀의 눈에 통증이 몰려왔다. 하지만 그게 중요하지 않았다. 시공간의 통로로 들어오는 순간부터 시공간의 소용돌이는 빠르게 닫히고 있었다.

처음에는 커지던 원이 다시 반대로 돌기 위해 속도가 느려졌지만 곧 원이 작아지기 위해 빠르게 돌자 옛뱀의 생각보다 훨씬 빠르게 줄어들었다. 본능적으로 위험을 느낀 옛뱀은 모든 걸 운명에 맡기고 앞을 향해 날았다. 있는 힘을 다 짜내고 번개처럼 움직였지만 여호수아가 만든 소용돌이도 만만치 않았다. 꼬리 뒤에서부터 닫히는 시공간의 소용돌이가 느껴졌다. 머리 쪽도 급격하게 작아지고 있었지만 꼬리 뒤로는 더욱 빠르게 닫히고 있었다. 옛뱀을 잡으려고 빠르게 감겨서 따라오는 소용돌이는 집요했다. 옆으로도 조여 오는 소용돌이에 좌우로 요동치는 꼬리가 스쳤다. 그럴 때마다 극심한 통증이 몰려왔다. 하지만 조금만 가면 되었다.

옛뱀은 목을 길게 빼며 최대한 몸을 가늘게 만들며 마지막 힘을 내었다. 그러자 옛뱀의 머리가 환하게 빛나는 빛을 넘어갔다. 하지만 옛뱀의 몸은 길었다. 달의 제국이 고립되던 그날처럼 옛뱀의 꼬리가 환한 빛의 문턱을 넘지 못하고 걸렸다.

"으아악."

단말마의 비명이 목구멍을 넘어 나왔다. 극심한 고통이 꼬리를 타고 순식간에 머리로 달려왔다. 옛뱀은 극도의 고통으로 정신을 잃을 지경이었다. 하지만 시공간의 소용돌이를 빠져나오려고 발악을 하자 신기하게도 꼬리를 잡고 있던 힘이 서서히 풀리는 걸 느낄 수 있었다. 갑자기 정신이 든 옛뱀은 신기했고 이상했지만 그런데 신경 쓸 겨를이 없었다. 옛뱀은 마지막 기회임을 직감하고는 온힘을 다해 마지막 발악을 했다.

"끄아악."

속이 뒤집히는 소리를 내며 자신이 가진 모든 걸 쏟아 부어 앞으로 날았다. 그러자 옛뱀의 꼬리를 붙잡고 있던 막강한 힘이 비눗방울을 바른 손가락처럼 옛뱀의 꼬리를 서서히 놓아주었다. 그러던 어느 순간 옛뱀의 몸은 빛보다 빠르게 앞으로 날아갔다.

'빠져 나왔다.'

옛뱀이 안심하던 그 순간 갑자기 어마어마한 속도로 자유낙하를 했다.

"아아악."

옛뱀은 커다란 소리를 내며 큰 바위와 충돌했다. 쾨쾅. 바위가 바스라지면서 돌이 튀고 먼지가 피어올랐다. 한동안 자욱한 먼지가 피어올라 모든 것을 가려주었다. 그 먼지 안에서 가쁜 숨을 몰아쉬던 옛뱀은 모든 힘을 탈진해 잃어버리고는 그답지 않게 바위 위에 널브러져 버렸다. 아리를 만나야 한다는 무서운 일념이 어느 누구도 상상할 수 없는 기적을 이루었다.

이곳은 여호수아가 비밀리에 숨겨놓은 키메리안의 마을이었다.

한동안 널 부러져 있던 옛뱀이 가늘게 눈을 떴다. 머리가 지끈거리고 꼬리 전체가 통증으로 욱신거렸다. 옛뱀은 살아있다는 사실이 믿기지 않았다.

'정말 위험했다.'

늘 아슬아슬하게 살았지만 이번 일은 기적이라는 생각을 했다. 몸을 조금 움직여 보았다. 헉, 소리가 나며 아파왔다. 꼬리를 보았다. 하지만 감각만 조금 없을 뿐, 아무렇지도 않았다. 이상했다. 옛뱀은 왜 항상 꼬리가 걸리는지 몰랐지만 목숨을 잃지 않은 것만으로도 다행이라 생각했다.

옛뱀은 목숨을 아끼지 않고 들어온 키메리안의 마을을 천천히 둘러보았다. 무저갱의 일부분이라고는 믿기지 않을 만큼 밝은 해가 비쳤다. 구름 한 점 없는 하늘로 이름을 알 수 없는 큰 새들이 하늘의 높이를 알려 주려 높이 떠있었다. 그 아래로 날아다니는 작은 새들은 벌레를 쫓아 이리저리 까불며 다녔다. 넓은 땅은 습도도 적당하고 햇빛도 적당했다. 땅에 발을 딛고 사는 동물들도 그 수를 헤아리기 어려웠다. 땅에서 기운을 받은 푸른 숲이 마을을 둘러서 있는데 그 땅은 축복을 받아 엉겅퀴와 가시덤불을 내지 않았다.

마을에는 각종 과일들이 주렁주렁 달린 나무들이 지천에 널렸다. 맑은 시냇물이 마을을 휘감고 돌아 흘렀다. 어둡지 않고 따사로운 햇볕이 내리쬐었다. 에덴이 따로 없었다.

"아."

조심성 많은 옛뱀도 탄성이 터져 나왔다. 옛뱀은 고개를 들고 좌우를 돌아보았다. 부족한 것 하나 없는 아름다운 마을이었다. 옛뱀은 문득 자신의 처지가 고달프다는 생각을 했다.

'이렇게 아름다운 곳에서 편안하게 사는 것도 행복이겠구나.'

옛뱀 답지 않은 생각을 하며 두리번거리던 옛뱀의 귀로 포근하고 푸근한 노래가 들렸다. 아이 목소리였다. 옛뱀은 노랫소리가 나는 언덕으로 기어 올라갔다. 가까이 가자 더욱 노랫소리가 선명해졌다. 옛뱀은 그 노래를 들으며 그답지 않게 마음이 포근해지며 풀렸다.

넓은 벌 동쪽 끝으로 옛 이야기 지즐대는 실개천이 휘돌아 나가고,
얼룩백이 황소가 해설피 금빛 게으른 울음을 우는 곳,
─그곳이 참하 꿈엔들 잊힐리야.
질화로에 재가 식어지면 뷔인 밭에 밤바람 소리 말을 달리고,
엷은 조름에 겨운 늙으신 아버지가 짚벼개를 돋아 고이시는 곳
─그곳이 참하 꿈엔들 잊힐리야.

흙에서 자란 내 마음 파아란 하늘 빛이 그립어

함부로 쏜 화살을 찾으려 풀섶 이슬에 함추름 휘적이든 곳

—그곳이 참하 꿈엔들 잊힐리야.

전설바다에 춤추는 밤물결 같은 검은 귀밑머리에 날리는 어린 누이와

아무러치도 않고 여쁠것도 없는 사철 발벗은 안해가

따가운 해ㅅ살을 등에 지고 이삭 줏던 곳,

—그곳이 참하 꿈엔들 잊힐리야.

하늘에는 석근 별 알 수도 없는 모래성으로 발을 옮기고

서리 까마귀 우지짖고 지나가는 초라한 집웅

흐릿한 불빛에 돌아 앉어 도란 도란거리는 곳

—그곳이 참하 꿈엔들 잊힐리야.

언덕 너머로 작은 아이가 등을 돌리며 앉아있었다. 초록빛 잔디에 앉은 아이는 갈대 하나를 꺾어 손에 들었다. 맑은 하늘에 두둥실 뜬 하얀 구름을 보며 노래를 부르고 있었다. 옛뱀은 극도로 조심하며 몰래 기어갔다. 산들바람이 언덕을 넘어 옛뱀의 뺨을 지나갔다. 시원했다. 조금 더 기어가자 다시 한번 바람이 불어 언덕을 넘었다. 그리고는 작은 아이의 뺨을 간질였다. 아이가 시원한 바람에 고개를 옆으로 돌렸다. 그리고는 아이의 눈이 옛뱀과 마주쳤다.

그 모습을 본 옛뱀은 갑자기 악 소리를 내며 그 자리에 얼어붙었다. 그리고는 떨리는 목소리로 말했다.

"아리……"

자신의 눈앞에 꿈에서도 잊을 수 없는 아리가 앉아있었다. 수많은 세월이 지났지만 아리는 아직 어린아이였다. 만정에서 보던 아리보다는 컸지

만 어른은 아니었다. 옛뱀이 소리치는 바람에 아리가 자리에서 일어났다. 그리고는 옛뱀을 향해 서서히 걸어왔다. 그리고는 옛뱀 앞에 우뚝 섰다. 아리의 맑은 눈동자가 옛뱀의 눈을 정면으로 보고 있었다.

옛뱀은 섬뜩했다. 아리에게서 어떤 기운도 느낄 수 없었다. 하지만 옛뱀은 그것이 더욱 무서웠다. 사실 아리가 마음만 먹으면 자신은 죽은 목숨이었다. 아리가 너무나도 두려웠다. 생각할수록 소름이 돋았다. 하지만 놀란 것은 옛뱀만이 아니었다. 어린아이 아리도 그 자리에서 꼼짝하지 않고 옛뱀을 보고만 있었다. 옛뱀은 순간 이상했다. 두 눈을 동그랗게 뜬 아리가 뜻밖의 말을 했다.

"뱀이 말을 하네. 내 이름을 말했어. 신기하네."

아리는 전혀 가식적이지도 악하지도 않았다. 눈동자는 티 없이 맑았다. 얼굴은 엄마 말을 잘 듣는 아이의 얼굴이었다. 아리의 순전하고 착한 눈동자는 옛뱀의 머릿속을 혼란스럽게 만들었다.

'아리… 만나자마자 죽여야 하는 줄 알았는데… 만정에서 본 아리가 아니다. 내가 잘못 생각했나?'

머리를 빠르게 돌리던 옛뱀은 아리 앞에 가까이 가서 입을 열었다.

"아리? 아리 맞지?"

"응. 내가 아리야. 근데 너는 누구야?"

아리가 얼굴을 내밀며 옛뱀의 말에 대답하는 그 순간, 옛뱀은 재빨리 아리의 목을 물었다.

"악!!!"

목을 물린 아리는 짧은 비명을 지르고 그 자리에 쓰러졌다. 옛뱀의 치명적인 마취제가 온몸을 돌자 효과가 금세 나타났다. 아리의 얼굴이 새파래지며 입에 거품을 물었다.

"이게 무슨……."

잔인하고 사악한 아리는 어디가고 순진한 아리를 만난 옛뱀은 난감했다. 새파란 얼굴로 쓰러진 아리를 보는 옛뱀의 곤혹스러운 얼굴 역시 새파래졌다.

잠시 후, 기절한 아리를 앞에 놓고 갈등을 거듭하던 옛뱀은 결국 아리를 죽이기로 마음을 먹었다.

'착하든 악하든 이놈은 여자의 후손 아리다. 나의 목을 조르고 머리를 부술 여자의 후손 아리. 지금은 모르지만 언젠가는 나를 죽일 놈이다. 내가 죽느냐? 놈이 죽느냐 하는 전쟁일 뿐이다. 나 같은 놈이 자비를 생각할 때는 아니다. 죽여야 한다. 죽여야 내가 산다. 그래… 오직 내가 사는 길은 아리를 죽이는 길밖에 없다.'

아리를 죽이기로 마음먹은 옛뱀은 아리의 몸을 천천히 감았다. 생각 같아서는 빨리 죽여 없애버리고 싶지만 지난 세월이 너무나도 억울해서 최대한 고통스럽게 죽이기로 마음을 먹었다. 옛뱀은 자신의 커다란 입을 벌려 기다란 송곳니를 꺼냈다. 그리고는 정신을 잃은 아리의 목덜미를 서서히 물었다.

'아리, 나를 원망하지 마라. 이게 모두 예언 때문이니.'

옛뱀은 자신의 송곳니를 아리의 목덜미 깊은 곳에 자리한 커다란 동맥에 들이박았다. 그리고는 자신의 독을 서서히 집어넣었다.

'이 독은 사람을 악하게 만들고 미치게 만든다. 너무나 고통스럽고 아파서 결국 스스로 죽기를 원하게 되지. 아리, 이제 너는 돌이킬 수 없다.'

옛뱀은 독을 넣고는 송곳니를 빼려고 턱을 들었다. 하지만 그때였다. 갑자기 아리의 경동맥으로부터 무언가 강력한 힘이 나와서 옛뱀의 송곳니를 부여잡았다. 너무나도 강력하게 잡아 당겨서 옛뱀은 아리의 목에 박아 넣은 입을 빼낼 수 없었다.

'헉. 어째서.'

그뿐이 아니었다. 옛뱀의 독과 피와 악한 기운이 모두 아리의 몸으로 빨려 들어갔다. 당황한 옛뱀은 몸을 풀어 아리를 놓았다. 하지만 아리의 목에 송곳니가 매달린 희한한 형국이 되었다.

아리는 여전히 정신을 잃은 채로 바닥에 누워있고 옛뱀은 입을 아리의 목덜미에 고정시킨 채로 꼬리만 하늘을 날았다. 옛뱀은 더 이상 가만히 있을 수 없었다. 정신이 오락가락해지며 혼미해졌다. 옛뱀은 꼬리로 아리의 배를 힘껏 내리쳤다.

픽. 둔탁한 소리가 나며 아리의 몸이 출렁거렸다. 하지만 아직도 옛뱀은 얼굴을 들 수 없었다. 옛뱀은 다시 한번 꼬리를 들어 아리의 가슴을 내리쳤다.

픽. 그제야 아리의 몸이 활처럼 휘어지며 옛뱀을 놓아주었다. 옛뱀은 흔들거리는 송곳니를 갈무리하면서 멀찍이 떨어져 하늘에 떴다. 옛뱀은 두려웠다. 망설여졌다.

'아리를 죽이려면 지금이 마지막 기회다. 옛뱀 무엇을 망설이느냐? 눈 한 번 질끈 감고 죽여야 한다.'

옛뱀은 살기를 최대한 끌어올렸다. 그리고는 다시 한번 입을 크게 벌리고 날카로운 송곳니를 드러내고는 아리의 머리를 향해 날아갔다.

아리의 머리에 송곳니의 그림자가 어른거릴 그때에 갑자기 옛뱀이 그 자리에서 멈추었다. 날아가는 것보다 갑자기 멈추는 것이 훨씬 어려웠다. 급하게 브레이크를 밟은 옛뱀의 눈은 땅으로 가 있었다. 그곳에서는 커다란 시공간의 터널이 돌고 있었다. 옛뱀은 충격으로 그 자리에 주저앉았다.

옛뱀은 의식을 잃고 쓰러진 아리 앞에서 똬리를 틀었다. 한참을 돌던 시공간의 터널은 시간이 지나자 서서히 닫혔다. 그리고는 맨 땅이었다. 옛뱀은 소름이 확 돋았다.

'믿기지 않는다. 시공간의 막은, 태초의 철이 아니고서는, 세상의 어떤 것으로도 자를 수도 없고 뚫을 수도 없다. 그런데 아리의 피, 한낱 어린아이의 피 한 방울이 시공간의 막을 자르고 심지어 뚫어버리다니… 눈으로 보고도 믿기지 않는다. 사탄이 이 사실을 알고나 있을까? 아… 두렵고 두렵다.'

옛뱀은 생각할수록 자신이 초라해졌다. 아리를 다시 보았다. 목이 물렸지만 편안하게 자고 있었다. 방금 전에 자신을 빨아 당기던 괴물이 아니었다. 옛뱀은 무언가 잘못 알고 있다는 생각이 들었다.

'믿기지 않지만 이건 이세벨의 피보다 더 강력하다. 이세벨의 피는 우리엘이 만든 시공간의 터널을 멈추게 할 정도로 강했다. 하지만 이 아리에 비하면 아무것도 아니다.'

옛뱀은 찬찬히 생각해 보았다. 아리와 이세벨을 생각하니 만정이 기억났다. 기억하기 싫은 괴물이지만 사실 만정에 대해서 아는 것이 별로 없었다.

'만정… 비밀이 많은 곳이지만 이제 조금 알겠다. 사악한 피로 시공간을 열려고 만든 것이 만정, 피의 밭이구나.'

여기까지 생각이 들자 옛뱀은 순간 머릿속으로 스치는 것이 있었다.

'그 만정을 누가 필요로 하는 것일까? 그건 보나마나 악의 근원 사탄, 사탄이다. 그렇다면….'

옛뱀은 지난 만정에서의 사건을 하나하나 되짚어 보았다. 그리고는 속으로 소리쳤다.

'깊음의 근원!'

옛뱀은 깊음의 근원을 말하던 그림자괴물들이 생각났다. 그리고 리워야단의 동굴로 들어가던 사탄이 생각났다. 마지막으로 요나에 의해 깊음의 근원으로 들어간 리워야단이 생각났다. 그제야 옛뱀의 머릿속이 환해졌다.

'깊음의 근원은 리워야단과 사탄이 들어간 곳. 그 둘은 죽어도 하나가 되지 못한다. 하지만 상황이 급박하면 적도 친구가 되는 법. 미친 놈 둘이 그곳에 있다. 하지만 서로를 믿지 못하는 놈들이니 인간세상으로 각자 분신을 보낸 게로군. 그 분신이 이세벨과 아리였구나. 미친개는 동궁이 던진 변수였고. 그렇구나. 그랬어. 바보 같이 내가 잘못 알았구나. 그렇다면 이제 나도 모르게 나 자신이 변수가 되어 버렸어. 이게 운명일까? 아니면 예언일까?'

옛뱀은 모든 걸 알게 되자 고민이 되었다.

'운명이든 예언이든 거부하려면 할 수 있다. 하지만 내가 사는 길은 어느 길일까? 과연 에덴의 저주를 피해 살아남을 수 있는 길은 어디일까? 그런 길이 있기나 하는 걸까?'

옛뱀은 머릿속으로 정리가 되지 않았다. 생각이 복잡한 옛뱀은 아리를 다시 보았다. 깨어나려면 아직 시간이 멀다고 생각했는데 신기하게도 눈을 살며시 뜨고 깨어났다. 옛뱀은 다시 한번 놀라서 등 피부에 소름이 돋았다. 이곳은 아름다운 키메리안의 마을이었다.

아리가 깨어났다. 아리는 옛뱀을 보자 덜덜덜 떨었다. 옛뱀이 무서운 얼굴을 하고 물었다.

"깊음의 근원을 아느냐?"

아리는 아무 말도 하지 못하고 고개를 가로저었다. 당연했다. 하지만 옛뱀은 본능적으로 아리가 알고 있을 거라는 생각을 했다.

'내가 이 키메리안의 마을로 들어올 때 아리가 여기에 있는 것은 우연이 아니다. 분명 뭔가가 있다. 나는 시공간의 통로를 따라왔는데 그림자괴물들은 소를 따라왔다고… 말했다. 그렇다면 아리는 나를 기다린 것이 아니라 소와 가까이 있던 것이다.'

옛뱀은 그림자괴물들이 말하던 것이 기억났다.

"그럼 시간을 돌리는 소를 아느냐?"

아리는 역시 고개를 가로저었다. 눈동자로 볼 때 거짓이 아니었다. 옛뱀은 더욱 사나운 얼굴을 하였다. 송곳니를 드러내며 다시 물었다.

"풀을 뜯는 소를 모른다는 거냐?"

그러자 아리가 무어라 말했다. 하지만 겁이 잔뜩 들은 아리의 목소리는 성대를 넘지 못했다. 옛뱀은 눈동자를 빛내며 부드럽게 말했다.

"겁먹지 마라. 나는 소를 만나러 왔으니까. 소가 어디에 있는지 알려주면 된다."

아리는 고개를 끄덕였다. 그리고는 떨리는 손가락을 들어서 옛뱀의 뒤를 가리켰다. 옛뱀이 고개를 돌렸다. 그러자 그곳에는 커다란 황소가 유유히 풀을 뜯어먹고 있었다. 옛뱀은 아리를 데리고 소를 따라 천천히 움직였다.

그리고는 다음 날이 되기를 기다렸다. 가련한 아리는 무서운 뱀에 감겨 꼼짝도 하지 못했다.

다음날

다음 날이 되자 옛뱀은 서둘러 황소를 쫓아갔다. 잠을 자고 일어난 소는 다시 풀을 찾아다녔다. 옛뱀은 아리를 칭칭 감고는 소를 따라갔다. 소는 한참 동안 이리저리 다니다가 물이 약간 차있는 늪으로 갔다. 그리고는 그곳에서 물을 마시더니 바로 옆에서 풀을 뜯기 시작했다.

'저곳이다. 깊음의 근원과 붙어있는 곳이 저기에 있다.'

옛뱀은 아리의 얼굴을 보았다. 아리는 눈을 꼭 감고 바들바들 떨었다. 옛뱀은 아리에게 조용히 말했다.

"미안해. 아리. 네가 필요해서 그래. 나를 원망하지 마."

그리고는 입을 벌렸다. 저번에 목을 물었다가 큰일을 당한 옛뱀은 아리의 팔뚝을 물었다. 조심스레 물었다. 아리가 입을 벌리고 신음소리를 내었지만 소심하고 가련한 아리는 비명도 지르지 못하고 삼켜버렸다. 옛뱀은 아리의 팔뚝을 조금 더 물었다. 저번처럼 빨려 들어가는 일이 없자 송곳니로부터 독을 주입했다. 아리가 스르르 쓰러져서 잠이 들었다.

신중한 옛뱀은 아리의 피를 빨아서 입 안에 저장했다.

'됐다.'

옛뱀은 아리의 팔뚝에 박았던 입을 꺼내서는 소가 풀을 뜯고 지나간 자리에 조금 뿌렸다. 조금만 입을 벌리고 아주 조금만 피를 쏘았다. 그러자 놀라운 일이 벌어졌다. 아리의 피가 닿은 그곳에서 작은 회오리가 빠르게 돌기 시작했다. 그 소용돌이는 점점 커지더니 마침내 옛뱀이 서서 지나갈 수 있을 만큼 넓어졌다. 옛뱀은 주저하지 않고 그 안으로 쏜살처럼 날아 들어갔다. 가련한 아리는 의식이 없이 옛뱀의 꼬리에 감겨있었다.

시공간의 틈

아리를 데리고 들어간 그곳은 놀랍게도 물속이었다. 사방으로 아무것도 보이지 않는 물. 깊음의 근원이었다. 물의 나라의 근원이요 물을 백성으로 삼은 요나의 힘의 근원이기도 했다. 그러나 그곳은 차가웠다. 깊음의 근원의 차가운 물은 뼈를 얼렸다.

옛뱀은 덜덜거리는 아래턱에 힘을 주었다. 아리의 피를 한껏 머금은 옛뱀은 물속에서 눈을 크게 떴다. 주위를 조심스럽게 둘러보던 옛뱀은 어느 순간 눈이 빛났다.

'투명한 물?'

깊음의 근원에서도 투명해 보이는 곳이 있었다. 옛뱀은 저 아래에 보이는 투명한 물을 향해 조용히 헤엄을 치며 미끄러져 내려갔다. 소리도 없었다. 파동도 없었다. 물과 하나가 된 옛뱀은 흘러, 흘러 아래로 내려갔다. 그리고는 눈에 들어오는 광경에 흥분했다.

'깊음의 문.'

투명한 그곳은 말로만 듣던 깊음의 근원의 문이었다. 투명한 물 전체가 문이었다. 물속에 물. 투명한 물은 깊음의 문이 되어 어느 누구도 들어가는 걸 허용하지 않았다.

옛뱀은 흥분을 가라앉히고 조용히 턱에 힘을 모았다. 아리의 피를 뿌려 문을 열려는 순간 옛뱀은 그답지 않게 떨렸다.

'요나가 리워야단을 데리고 깊음의 근원으로 들어간 그날 이후, 세상의 어느 누구도 깊음의 근원으로 들어가지 못했다. 요나조차도 다시 나오지 못하고 있다. 그러나 나는 어느 누구도 서 보지 못한 깊음의 문 앞에 섰다. 이 문을 넘으면 깊음의 근원이다. 그곳은 나에게 복일까? 흉일까? 아… 박수라도 있었으면 점이라도 칠 것을… 박수가 그립구나.'

옛뱀은 지난날이 파노라마처럼 지나갔다. 하나하나 생생하지 않은 날이 없었고 생각나지 않는 장면이 없었다. 그러나 이제는 잊고 싶었다. 옛뱀은 깊음의 근원에 가면 잊을 수 있다는 생각이 들었다. 눈을 크게 떴다. 턱을 한껏 앞으로 내밀고 근육에 힘을 주었다. 그리고는 아리의 뜨거운 피를 조용히 쏘았다.

쉭-. 짧고 강한 소리가 나며 아리의 피가 칼이 되어 뻗어나갔다. 그러자 놀라운 일이 일어났다. 아리의 피가 날카롭게 지나가자 얇은 커튼이 한 겹 한 겹 갈라지며 걷히듯, 그렇게 시야가 트여갔다.

노련한 옛뱀은 지난날, 달이 고립 될 때를 기억했다. 잠시 열린 틈으로 머리를 비집어 넣었다. 아리의 피는 놀라웠다. 피가 가는 곳마다 시공간의 막이 저절로 밀려나며 찢어졌다. 옛뱀의 눈앞으로 더욱 커다란 구멍이 열렸다. 그 틈으로 비릿한 냄새가 들어왔다.

'리워야단의 향기다. 리워야단의 그 지독한 향기… 후후후, 이제 그놈에게로 가는가?'

옛뱀은 더욱 힘을 주며 투명한 물 아래로 점점 들어갔다. 깊음의 근원의 틈이 미세하게 조금씩 열리는 그때에 옛뱀은 이제 마지막임을 직감했다.

'마지막 커튼이 남았다. 잘못 들어가면 목을 걸어야 한다.'

옛뱀은 만정에서의 일이 생각났다. 우리엘이 시공간을 열자 엄청난 압력에 죽을 뻔했던 기억이 생각났다. 옛뱀은 잠시 주저하다가 입에 남은 피를 조금 불었다. 옛뱀의 입을 떠난 아리의 피가 나머지 커튼을 자르자… 옛뱀과 아리는 엄청난 힘에 끌려 쑥 빨려 들어갔다. 어마어마한 압력 차이만큼 빠르게 빨려 들어갔다. 옛뱀은 길게 비명을 질렀다.

"으아아악."

문이 열린 깊음의 근원은 옛뱀이 지른 단말마의 비명마저도 삼켜버렸다. 그리고는 찰나와도 같은 시간에 다시 막혀버렸다. 이곳은 무저갱 너머, 세상에서 가장 깊은 곳, 깊음의 근원이었다.

향수

넓은 벌 동쪽 끝으로 옛 이야기 지즐대는 실개천이 휘돌아 나가고,

얼룩백이 황소가 해설피 금빛 게으른 울음을 우는 곳,

―그곳이 참하 꿈엔들 잊힐리야.

질화로에 재가 식어지면 뷔인 밭에 밤바람 소리 말을 달리고,

엷은 조름에 겨운 늙으신 아버지가 짚벼개를 돋아 고이시는 곳

―그곳이 참하 꿈엔들 잊힐리야.

흙에서 자란 내 마음 파아란 하늘 빛이 그립어

함부로 쏜 화살을 찾으려 풀섶 이슬에 함추름 휘적이든 곳

―그곳이 참하 꿈엔들 잊힐리야.

전설바다에 춤추는 밤물결 같은 검은 귀밑머리에 날리는 어린 누이와

아무러치도 않고 여쁠것도 없는 사철 발벗은 안해가

따가운 해ㅅ살을 등에 지고 이삭 줏던 곳,

―그곳이 참하 꿈엔들 잊힐리야.

하늘에는 석근 별 알 수도 없는 모래성으로 발을 옮기고

서리 까마귀 우지짖고 지나가는 초라한 지붕

흐릿한 불빛에 돌아 앉어 도란 도란거리는 곳

―그곳이 참하 꿈엔들 잊힐리야.

정지용

천년의 예언 *1*
한 때 두 때

1판 1쇄 발행   2020년 9월 10일

지은이   김선도
펴낸이   김선도
펴낸곳   도서출판 돌판
편집디자인   (주)브레노스

출판등록   제307-2011-43호
전화   02-2270-0089
팩스   02-2275-7582
홈페이지   www.dolpan.co.kr

ISBN   978-89-971546-0-9 (03810)